LINE HOLM
STINE BOLTHER

GEFRORENES HERZ

Kriminalroman

Aus dem Dänischen von
Franziska Hüther und Günther Frauenlob

WILHELM HEYNE VERLAG
MÜNCHEN

Die Originalausgabe *For Barnets Bedste* erschien erstmals 2020
bei Politikens Forlag, Kopenhagen.

MIX
Papier aus verantwortungsvollen Quellen
FSC® C083411
FSC
www.fsc.org

Penguin Random House Verlagsgruppe FSC® N001967

2. Auflage
Deutsche Erstausgabe 01/2022

Redaktion: Maike Dörries
Printed in Germany
Umschlaggestaltung: Favoritbuero
unter Verwendung von © GW3ND0LIN/shutterstock,
© Pictureguy/shutterstock, © Evelina Kremsdorf/Trevillion Images,
© ConstantinosZ/shutterstock
Satz: Uhl + Massopust, Aalen
Druck und Bindung: CPI books GmbH, Leck
ISBN: 978-3-453-44146-0

www.heyne.de

Prolog

Die Ältesten der Stadt behaupteten, im Fjord lebe ein Hunderte von Jahren altes Wesen. Ein Ungeheuer, das bereits hier geherrscht habe, lange bevor die Vorväter in diese gottverlassene Bucht vorstießen, und das noch immer da draußen unter der grauweißen Oberfläche herumschwamm.

Die Alten sagten, das Wesen habe alles Leben geschenkt und warte in der Tiefe, um die Toten zu empfangen. Es werde den Menschen samt seiner Sünden und Untaten verschlingen und so für eine Weile die natürliche Ordnung wiederherstellen. Aus dem Meer bist du gekommen. Ins Meer kehrst du zurück.

Abergläubischen Unsinn gab es genug in diesem Land. Die Alten benützten diese Erzählungen, um den Kindern Angst einzujagen, damit sie gehorchten. Um Widrigkeiten, Katastrophen und Tod akzeptieren zu können oder einfach nur, um für sich selbst eine Erklärung zu finden für all das Unerklärliche in dieser atemberaubend schönen, jedoch lebensgefährlichen Landschaft.

Inzwischen hatten Gott sei Dank ein gewisser Glaube und eine gewisse Bildung Einzug gehalten, sodass die alten Mythen wohl hauptsächlich noch in den Touristenbroschüren zu finden waren. Im Tourismus steckte Geld, und Geld – Dollar, D-Mark, Kronen, *you name it* – war nötig, wenn es hier eine Zukunft geben sollte. Sehr viel mehr Geld. Sehr viel mehr Vernunft, verdammt.

Doch ein besorgniserregend großer Teil der Hohlköpfe da draußen lebte noch immer nach den alten Mythen und Gutenachtgeschichten. Diese Leute glaubten an Geister, Butzemänner, beseeltes Dies und beseeltes Das. Und gaben das Ganze an ihre Kinder weiter. Wie viele Generationen mussten durchlaufen werden, ehe man dieser Idiotie Herr wurde?

Sie blickte durch das Panoramafenster auf den Fjord und zog gedankenversunken an ihrer Zigarette. Eigens importierte Gauloises mit Filter, ein Mitbringsel von einem der Gäste des heutigen Abends. Der Rauch überdeckte für einen gesegneten Moment den Mief, den ihre Alkohol und Schweiß ausdünstende Abendgesellschaft hinterlassen hatte. Diese Dänen, was war nur los mit ihnen? Man konnte meinen, den in gemäßigten Breiten Geborenen fehle jede Fähigkeit, ihre Körpertemperatur zu regulieren, ganz gleich, ob sie sich in der Polarnacht unter freiem Himmel oder im Haus, umgeben von bollernden Heizkörpern, aufhielten.

Die Leute bezeichneten sie als stark. Eine Frau, die keinen Mann brauchte. Die das Drängen ihres Vaters auf Schwiegersohn und Enkelkinder freundlich, aber bestimmt beiseitegewischt hatte. Sie war eine Frau, die sich zum Entsetzen der älteren Frauen gegen die Mutterschaft entschieden hatte.

Eine alte Freundin hatte ihr neulich – im Irrglauben, sie sei unfruchtbar – angeboten, ein Kind für sie zu empfangen und auszutragen. Ein Gabenkind. Der Vorschlag war sicher lieb gemeint, aber ganz ehrlich: Sie hatte noch Tage später gelacht.

»Tut mir leid, aber kennen wir uns überhaupt?«, hatte sie die Freundin scherzhaft gefragt, und die Freundin hatte ihr Angebot und ihre dienstwillige Gebärmutter weggepackt. Beschämt, gekränkt und vielleicht auch verärgert. Seitdem hatten sie nicht mehr miteinander gesprochen.

Wie auch immer: Der Gedanke ans Muttersein lockte sie nicht, und ein Mann hätte es schwer, sich an ihrer Seite zu behaupten. Nicht nur aufgrund ihres Abschlusses an einer der renommiertesten Universitäten Europas und des gesellschaftlichen Status ihrer Familie. Nein, es hatte etwas mit der Art zu tun, wie sie nach außen hin auftrat. Mit einem Selbstbewusstsein und einer aufrechten Haltung, die sie größer erscheinen ließen als ihre bescheidenen eins zweiundsechzig. Überheblich, würden böse Zungen in der Stadt sagen.

Sollten sie ruhig. Auf deren Anerkennung konnte sie gut verzichten. Ihr Gesellschaftsleben war in erster Linie Leuten von außerhalb gewidmet. Gebildeten Menschen. Die dem Abschied der Gäste folgende Leere mochte sie nicht. Den eintönigen, prunklosen Alltag zwischen zwei Festen. Sie befand sich am liebsten im Zentrum der Aufmerksamkeit. Am Kopfende des Tisches, in der Mitte der Tanzfläche, alle Augen auf sich gerichtet.

Sie gab sich einen Ruck. Überlegte, eine Schallplatte auf dem Grammofon aufzulegen, aber nein, es war spät. Sie sollte besser schlafen, statt sentimental am Fenster herumzustehen.

Sie stutzte, als die Zigarette erneut in ihrem Sichtfeld erschien. Die graue Asche war beinahe bis zum Filter gewandert, während sie sich ihren Gedanken hingegeben hatte. Sie betrachtete den dünnen weißen Rauch, der nicht nach oben stieg, sondern unruhig zur Seite tanzte.

Sie sah sich im Wohnzimmer um. Irgendwo musste ein Fenster gekippt sein. Mit einem Seufzen begab sie sich auf einen leicht schwankenden Rundgang durchs Haus, durchs Esszimmer, die offene Küche und weiter hinaus in den Flur, wo sie sich einen Moment im Spiegel betrachtete. Die Pumps mit den acht Zentimeter hohen Absätzen hatte sie letzten Herbst viel zu teuer in Kopenhagen gekauft. Pinkes Kleid mit modischem Schnitt: figurbetont um Schultern und Brüste, weit ausgestellter Rock, ultrakurz. Die Frisur ein strenger Pagenschnitt mit noch strengerem Pony. Schwarz geschminkte Augen, rote Lippen. Zumindest waren sie rot gewesen, als der Abend begann.

Sie schlüpfte aus den Schuhen. Die überhitzten, schmerzenden Füße in der dünnen Nylonstrumpfhose registrierten augenblicklich den kalten Luftzug, der offenbar durch das gekippte Fenster hereindrang. Die Dielen knarzten kaum hörbar unter ihren Schritten. Vielleicht waren es die Putzfrauen. Planmäßig sollten sie erst morgen Vormittag kommen, aber sie wusste, dass die beiden katzbuckelnden, ununterbrochen schnatternden Weiber die Angewohnheit hatten, bereits in aller Herrgottsfrühe aufzutauchen, wenn sie außer Landes war. Vielleicht hatten sie sich im Datum geirrt.

Dann stand er auf einmal hinter ihr im Flur. Sie spürte seinen Atem und drehte sich um. Er hielt mit einer Art unterdrücktem Knurren die Luft an, als er sich aus den Schatten materialisierte. Wie ein Raubtier.

Ihr Körper, der instinktiv mit Furcht auf die unerwartete Gestalt reagiert hatte, entspannte sich. Er hatte sie schon den ganzen Abend lang angesehen. Sie schweigend über den Tisch hinweg mit seinen ungewöhnlich eisblauen Augen und diesem unergründlichen Blick beobachtet, mit dem Männer sie häufig anstarrten, wenn sie zur Höchstform auflief. Er hatte mit ernster Miene an ihren Lippen gehangen und ihren Gesten, was sie wie stets in solchen Situationen dazu verleitet hatte, ihre Stimme zu heben und noch pointierter zu argumentieren. Ihr Vater hatte immer gesagt, sie sei die geborene Politikerin, sollte sie eines Tages in seine Fußstapfen treten; sie besaß nicht nur den Mut, ihre Meinung offen kundzutun, sie verstand es auch, sie zu untermauern.

Für gewöhnlich deutete sie diesen Gesichtsausdruck bei Männern als perplexe Bewunderung. Als fasziniertes Staunen angesichts der modernen selbstständigen Frau, bei der selbst die Erfolgreichsten unter ihnen nicht recht wussten, wie sie sich verhalten sollten, die sie aber natürlich jagen und erlegen mussten. Gewisse Dinge änderten sich niemals.

»Oh, du?«, sagte sie und versuchte, die zwei Wörter nonchalant und gleichzeitig einladend klingen zu lassen.

Sie bereute die beiden letzten Drinks des Abends. Die Kontrolle über ihre Feinmotorik war beeinträchtigt. Aber sie hatte auch wirklich nicht mit einem *ergiebigen* Ende des Abends gerechnet, falls man es so bezeichnen konnte. Ihr Interesse an einer Beziehung hielt sich in Grenzen, doch sie stand zu ihren körperlichen Bedürfnissen, und in dieser Hinsicht kam ihr der Mann wie gerufen. Mit etwas Glück war er in einigen Tagen über alle Berge. Sie bräuchten einander nie wiederzusehen.

»Komm rein«, fuhr sie mit einer Handbewegung fort, ehe sie sich umwandte und zurück in Richtung Wohnzimmer ging. Er folgte ihr. Erst zögernd, dann mutiger, wie sie zufrieden feststellte. Einleitendes Geplänkel und höfliches Abwarten waren manchmal der reinste Stimmungskiller.

Sie hatte den Gedanken gerade zu Ende gedacht, als er unvermittelt dicht hinter ihr stand. Sie spürte dieselbe atemlose Anspannung wie zuvor von ihm ausgehen, doch nun schwang etwas anderes mit, etwas ganz und gar nicht Sinnliches. Weder Verlegenheit noch Erregung, sondern Wut. Sie erhaschte einen Blick auf ihren überraschten Gesichtsausdruck im Spiegel, als er sie nach hinten riss, zu Boden, und etwas um ihren Hals spannte. Es fühlte sich an, als würde ihr Kehlkopf durchgeschnitten. Sie schlug mit der rechten Hand nach ihm, bekam einen ihrer Pumps zu fassen und jagte ihm den spitzen Absatz in den Oberarm, vielleicht erwischte sie auch seinen

Hals, doch er gab nicht den leisesten Schmerzenslaut von sich und zog die Schlinge nur noch strammer zu. Sie lag nun auf dem Rücken und sah ihm direkt in die Augen. Sie trat mit aller Kraft nach ihm, doch er drehte sie brutal auf den Bauch und hockte sich mit seinem ganzen Gewicht auf sie, sodass sie mit Brust und Gesicht auf die Dielen gepresst wurde.

Wie lange sie gebraucht hatte, genau diese Holzsorte, genau diesen Lack auszuwählen. Nun lag sie mit blutig zerschlagenem Gesicht auf ebendiesem Holz, ebendiesem Lack und wusste, dass sie sterben würde.

Sein in ihren Rücken gebohrtes Knie schnürte ihr weiter die Luft ab. Der Puls pochte hinter den Lidern, als würde sie unter Wasser gezogen. Fast meinte sie zu sehen, wie die kleinen Blutgefäße in ihren Augen platzten. Sie sah Rot, dann Schwarz.

Er sagte etwas, das sie nicht verstand. Es war ihre Sprache, allerdings mit einem merkwürdigen Akzent, was nicht nur daran lag, dass er Ausländer sein musste. Er sprach altmodisch. Wie ein Echo vergangener Zeiten.

Er wiederholte es wieder und wieder, und da endlich verstand sie: »Teufelsbrut… Teufelsbrut.«

Sie dämmerte weg und kam wieder zu sich, als er sie erneut umdrehte wie eine Stoffpuppe. Sie vernahm das Geräusch von reißendem Stoff. Fühlte die Nylonstrumpfhose von ihrer Taille gleiten, als er das Bündchen aufschnitt. Ein brennender Schmerz schoss durch ihre Haut, als er zwei, drei, nein vier Linien in ihren Bauch ritzte. Durch den Nebel aus Schmerz sah sie verschwommen, wie er sein Werk mit zusammengekniffenen Augen begutachtete. Dann zog er die Hand abermals quer über ihren Bauch und verlängerte einen der Schnitte, aus dem bereits das Blut quoll.

Sie wollte sich wehren, doch ihre Glieder gehorchten ihr nicht. Es war so leicht für ihn. Ihr ganzes Leben hatte sie gewusst, dass sie ihre eigene Herrin sein, allein zurechtkommen, unabhängig und stolz sein wollte. Er hatte sie im Bruchteil einer Sekunde gebrochen. Er sah sie an, und in den meerblauen Augen stand abgrundtiefer Hass. Sie konnte nicht mehr. Die Dunkelheit wollte sie umfangen.

In diesem Moment hörte sie wieder die Stimme aus der Vergangenheit. Sie klang nicht länger zornig, sondern klein. Lieblich. Lockend und vertrauenerweckend. Sie sang.

In der tiefen Stimme des erwachsenen Mannes schwang etwas Unschuldiges mit. Wie bei einem Kind, das eine Strophe auswendig gelernt hat und sie unermüdlich herunterleiert. Die Worte waren ihr wohlvertraut. Natürlich waren sie das. Es war das Schlaflied über die Seele des Meeres, das auch ihre Mutter für sie gesungen hatte. Das Mütter seit jeher in diesem Land sangen.

Schlaf jetzt.

Sie ließ sich von dem Gesang der Kinderstimme einlullen, während die Kälte von unten in sie hineinströmte wie eisiges Meerwasser in ein leckes Boot. Und sie sah das mythische Meereswesen aus der Dunkelheit auf sich zukommen. In einem flüchtigen Moment der Überraschung bemerkte sie die wunderschöne Silhouette des Tieres. Unglaublich. Die Alten hatten recht gehabt. Die ganze Zeit über. Das Meer gibt, das Meer nimmt, und jetzt, dachte sie, jetzt kommt das Meer, um mich zu holen.

Das Letzte, was sie hörte, war der Refrain der Jungenstimme:

Ich bin das Meer. Das Meer ist in mir.
Ich bin das Meer. Das Meer ist in mir.
Ich bin das Meer …

ERSTE WOCHE

6. Januar bis 12. Januar 2020

1

Falls es physikalisch irgendwie möglich war, hätte Ilse Svann schwören können, dass ihr Nervensystem mit der Blase ihres Hundes verbunden war.

Sie wurde zu unchristlich früher Stunde wach, setzte sich ruckartig im Bett auf und schwang die Beine mit einer für ihr Alter bewundernswerten Geschmeidigkeit auf den Orientteppich. Angeberei lag Ilse Svann fern; sie stellte lediglich fest, dass sie bereits hellwach im Dunkeln saß und mit den Füßen nach ihren Pantoffeln tastete, als der Hund sein klägliches Winseln ausstieß. Bella musste raus.

Manche Leute behaupteten, Hundebesitzer würden mit der Zeit ihren Haustieren immer ähnlicher. Ilse strich sich über den schlohweißen Pagenkopf, knipste die Nachttischlampe an und schaute hinunter auf die Hündin mit ihren dunkelbraun gelockten Schlappohren. Rein äußerlich hätten sie kaum verschiedener sein können, aber Bellas innerer Uhr passte sie sich gern an.

»Ja, ja, Frauchen kommt ja schon«, sagte sie und spürte einen Druck auf der Brust. Ein Stich vorweggenommener Trauer. Eines Tages würde sie auch den Hund verlieren.

Ilse zog die Gardine ein Stück zur Seite und schaute hinaus. 2020 war sechs Tage alt, und bisher war das neue Jahrzehnt eine graue und regnerische Angelegenheit. Laut Wettervorhersage sollte dieser Montag ähnlich trübselig weitergehen, doch das ließ sich so früh am Tag noch nicht abschätzen. Es war erst 04.53 Uhr und stockduster da draußen auf der Østerbrogade.

Bella stand bereits an der Tür, als Ilse in ihre Ecco-Stiefel und den olivgrünen Thermo-Overall geschlüpft war, ein wattierter, dem Hintern wenig schmeichelnder Anzug, der sich in einem Laden für Anglerzubehör bestimmt für dreihundert Kronen erwerben ließ, den Ilse aber zum vierfachen Preis in einem Modegeschäft im Kopenhagener Stadtteil Østerbro gekauft hatte. Als »Fischersuit« hatte die Verkäuferin das Teil bezeichnet. Ilse hatte sich wahnsinnig modisch gefühlt, als sie das Geschäft mit dem Thermo-Overall verließ, bis sich herausstellte, dass so ziemlich jede Frau in einem ähnlichen »Fischersuit« durchs Viertel spazierte.

Dafür war das Teil verflucht praktisch. Im September hatte sie Bella nur mit einem Baumwollschlüpfer unter dem Thermo-Overall Gassi geführt. Beim bloßen Gedanken daran musste sie kichern. Rückblickend betrachtet, war es einer der Höhepunkte des Monats gewesen.

Zu dieser Tageszeit begegneten sie und Bella auf der Straße in aller Regel nur maßlos betrunkenen Gestalten oder solchen, die Ilse in privaten Zusammenhängen als »das neue Proletariat« zu bezeichnen wagte. Die Ausländer. Fremde. Dunkelhäutige.

Keine Frage: Eine gewisse Zahl an Gastarbeitern war natürlich notwendig. Die Dänen waren im Laufe der Jahre ein fauler Haufen geworden. Nicht wie Ilse, die nach ihrer Versetzung in den Ruhestand nach zweiunddreißig Jahren in der Buchhaltung der A. P. Møller-Mærsk-Gruppe mit Freuden zweimal die Woche zum Friedhof in Hellerup radelte, um dort die Buchführung des Friedhofsbüros zu machen.

Finanziell lohnte sich das kaum. Den Ansporn, sich zusätzlich zu betätigen, hatte eine rote Regierung nach der anderen längst ausgebremst. Im heutigen Dänemark war man fast ein Trottel, wenn man im Ruhestand auch nur einen Finger krumm machte. Aber Ilse mochte … nein, als alleinstehende, kinderlose Frau *brauchte* sie das Gefühl, nützlich zu sein. Für irgendjemanden. Und sei es nur für A. P. Møller, dem sie mit Stolz ein Menschenalter lang gedient hatte und der nun hier auf dem Friedhof begraben lag.

Doch weil die Dänen keinen Stolz mehr dabei empfanden, früh aufzustehen, etwas zu leisten und ihr eigenes Geld zu verdienen, strömten diese dunkelhäutigen Menschen ins Land und führten die Tätigkeiten aus, zu denen immer weniger Dänen sich herablassen wollten: Zeitungen austragen, Straßen fegen oder Putzen.

Ilse hatte grundsätzlich nichts gegen diese Menschen. Man konnte den Leuten schließlich schlecht vorwerfen, dass sie vor Krieg und Zerstörung flüchteten, wenn die Alternative darin bestand, ihre Kinder einem Regen aus Bomben und pulverisierten Steinbrocken auszusetzen. Sie gab gern ihren Obolus zum jährlichen Spendenaufruf des Roten Kreuzes und der Welthungerhilfe, UNICEF und wie sie noch alle hießen. Offen gestanden, war es ihr aber am liebsten, wenn die Gelder dort eingesetzt wurden, wo die Menschen herkamen. In diesem Punkt stimmte sie mit der Mehrheit der Dänen überein, wie sie neulich in der *Morgenavisen* gelesen hatte.

An einem Sommertag vor einigen Jahren wurde sie wie die meisten fernsehenden Dänen Zeugin, wie eine Schar von Flüchtlingen in Rødby ankam und sich von dort auf einen unkontrollierten Fußmarsch über die dänische Autobahn machte. Sie sagte es selten laut, da sie nicht mit ordinären Rassisten in einen Topf geworfen werden wollte, aber sie mochte die dunkelhäutigen Männer mit ihren leeren Blicken und dem wilden Gestikulieren nicht. Genauso wenig wie die jungen

Afrikaner, die lieber die Verantwortung für die Entwicklung in ihren Heimatländern übernehmen sollten, statt hier im Norden ihr Glück zu suchen. Die unterdrückten Frauen in ihren bauschenden Gewändern und mit viel zu vielen Kindern am Rockzipfel sahen – ja, jetzt wurde Ilse womöglich ein wenig grob – schlicht und ergreifend *undänisch* aus.

Sie konnte sich noch gut daran erinnern, wie die Frauen ihrer Generation für eine angemessene Bezahlung auf dem Arbeitsmarkt gekämpft hatten. An einem männerdominierten Arbeitsplatz wie Mærsk war Gleichberechtigung alles andere als selbstverständlich gewesen. Sie hatten lange darum gerungen, und sie sah nicht ein, dass die dänische Gesellschaft diesbezüglich Abstriche machen sollte. Nicht eine Sekunde. Sie würde sich nie daran gewöhnen, in Kopenhagen verhüllte Frauen auf der Straße zu sehen.

Den armen Kinderchen wollte sie jedoch von Herzen gern helfen. Sie sahen entzückend aus und lernten die Sprache im Handumdrehen. In der richtigen Umgebung untergebracht und frühzeitig von den dänischen Werten geprägt, konnte man ihnen, wenn es nach Ilse ging, ohne Weiteres einen Platz in Dänemark anbieten.

Die Eltern hingegen … Ja, das war schon ein Dilemma, aber hier musste man wohl zuallererst an Dänemark, die Dänen und die unschuldigen Kinder denken. Wenn die Immigranten nicht in der Lage oder willens waren, nach den dänischen Werten zu leben, musste man die Kinder wohl oder übel aus den Familien entfernen. Zur Adoption freigeben, so einfach war das. Natürlich ging es um das Wohl des Kindes, letzten Endes aber auch um den Zusammenhalt der Nation, wie der von Ilse sehr geschätzte Ministerpräsident Troels Mejding letzte Woche in seiner Neujahrsansprache gesagt hatte.

Ilse Svann rief Bella zu sich und überquerte die Østerbrogade an der Ecke zur großen Kreuzung Trianglen. So früh am Morgen bei den menschenleeren Straßen ließ sie den Hund ohne Leine laufen. Bella kam immer beim ersten Pfeifen, wohlerzogen wie sonst nur wenige.

Normalerweise ging sie über den noch unfertigen Platz an der U-Bahn-Station in den angrenzenden Fælledparken zur Hundewiese, aber jetzt war es zu dunkel dafür. Außerdem sah es gefährlich aus. Auf dem Boden lagen überall Bierbecher und Plastikverpackungen, ein einsamer Herrenhandschuh, eine verlorene Monatskarte und zerknülltes 7-Eleven-Papier – ein sicheres Zeichen, dass gestern Abend ein Konzert im Parken-Stadion stattgefunden hatte. Stattdessen bog Ilse in den Blegdamsvej ein. Einige hundert Meter weiter gab es einen Grasstreifen, auf dem Bella ungestört ihr Geschäft verrichten konnte.

»Bella!«, kommandierte sie etwas verärgert, als die Hündin plötzlich davonsauste. Sie schien wirklich dringend zu müssen. Ilse beschleunigte ihre Schritte. In der Dunkelheit hatte sie den Hund aus den Augen verloren.

»Bella, wo bist du?«, rief sie mit wachsender Unruhe, als sie am Studentenwohnheim mit den hohen, schmalen Fenstern vorbeihastete.

»Bella, komm zu Frauchen … Hörst du?«

Sie schaute sich um. Die Parkplätze vor dem Hauptsitz des Roten Kreuzes waren belegt, wodurch die Sicht auf Straße und Bürgersteig versperrt war.

»Bella!«, rief sie schrill und probierte es anschließend mit einer tieferen, vorwurfsvollen Stimmlage, um Bellas gut ausgebildetes Schamgefühl anzusprechen: »Pfui, pfui, Bella, jetzt wird Frauchen aber sauer! Komm sofort hierher!«, rief sie, unsicher, wohin sie ihren Ruf richten sollte.

»Bella, Leee-cker-li«, machte sie einen neuerlichen Versuch und griff in die Hosentasche ihres Thermo-Overalls.

Ilse sah am Rotkreuzgebäude hinauf. Der pyramidenförmige Anbau, der vor einigen Jahren vor dem Hauptgebäude errichtet worden war, beherbergte ein großes Auditorium und Konferenzräume für die Freiwilligen der Organisation, doch von außen glich die gestufte Fassade aus ockerfarbenen Klinkersteinen vor allem einer Tribüne, unterbrochen von einem geländerumsäumten Einschnitt, in dem sich der Haupteingang befand. Das Bauwerk war eine großzügige Schenkung der A. P. Møller-Stiftung. Daher war sie grundsätzlich positiv gestimmt, wenn sie hier vorbeiging, aber schön war das Ganze weiß Gott nicht.

In diesem Moment kam Bella fröhlich hechelnd aus dem tiefen Einschnitt gelaufen. Sie hinterließ feuchte Pfotenabdrücke auf dem Bürgersteig, als sie auf Ilse zusteuerte, dann aber kurz vor ihr kehrtmachte und erneut im Eingangsbereich verschwand.

»Bel-la!«

Ilse marschierte wütend dem Hund hinterher. Bella lief sonst nie einfach so davon.

Am Eingang fand sie sie mit der Schnauze und den Vorderpfoten in einer Ansammlung dunkler Flecken auf den Fliesen. Bella schaute glücklich zu ihr auf und schnaufte verzückt. Ihre Schnauze war mit irgendeinem klebrigen Zeug verschmiert.

Ilse hob verwundert den Blick und schlug sich die Hand vor den Mund. Am Treppengeländer über der Eingangstür und dem Rotkreuzemblem hing ein Mann an einem Nylonseil, das unter den Armen um die Brust gestrafft war. Um den Hals war eine Krawatte geschnürt, und sein nach vorn gekippter Kopf war blau angelaufen und aufgequollen. Die Arme waren seitlich ausgebreitet am Geländer festgebunden, als sei er in einem missglückten Versuch, aus eigener Kraft zu fliegen, erstarrt. Seine Beine hingen schlaff und leblos herab und endeten in einem Paar hässlicher Mokassins mit Zierbommeln. Sie hatte noch nie verstanden, weshalb ältere Männer meinten, solche Hugh-Hefner-Schuhe tragen zu müssen. Schließlich riskierte man – wie in diesem Fall –, tot darin aufgefunden zu werden.

Denn tot war er. Tot und gekreuzigt wie Jesus, der für die Sünden der Menschheit gestorben war.

Und auch dieser Mann, dieser Jesus vom Blegdamsvej, war Jude, dachte Ilse. Aber welche Sünden sühnst du? Deine eigenen? Unsere?

Sie senkte den Blick, beschämt über den taktlosen Zynismus ihrer Gedanken. Dann wurde ihr bewusst, dass wer auch immer hinter dieser ... dieser bestialischen Schweinerei steckte, noch in der Nähe sein könnte. Ihr womöglich in dieser Sekunde auflauerte. Sie spürte förmlich den warmen Atem des Bösen in ihrem Nacken und suchte fieberhaft in ihren Taschen nach ihrem Handy, bis ihr einfiel, dass es zu Hause lag.

Sie hatte den Toten sofort erkannt. Jeder Däne, der die Gesellschaftsdebatten auch nur einigermaßen mitverfolgte, würde ihn erkennen, auch wenn er grauenhaft aussah, so öffentlich zur Schau gestellt, im Anzug, den behaarten, blutig verunstalteten Bauch entblößt.

Ilse stand wie versteinert da, als sie einen Stups gegen ihr Knie spürte und nach unten schaute. Bella sah schmutzig, vergnügt und erleichtert aus. Befreit. Sie hatte einen formvollendeten Haufen unter den toten Mann gesetzt.

Ilse nickte.

»Ja, Bella. Lass uns nach Hause gehen.«

2

Maria bekam keine Luft. Ihr Verstand wusste genau, was geschehen würde. Wenn sie den Kopf nicht über Wasser bekam, würden ihr Hirn und ihre Lunge bald so verzweifelt nach Sauerstoff schreien, dass die Panik übernehmen würde. Sie würde den Mund öffnen und Wasser schlucken, und durch den Hustenreflex nur noch mehr. Es wäre eine Frage von Sekunden, bis sie das Bewusstsein verlor. Minuten, bis sie tot wäre.

Sie schlug die Augen auf, die augenblicklich zu brennen begannen. Vor sich im Wasser meinte sie das bläulich-fahle, aufgedunsene Gesicht ihres Vaters treiben zu sehen. Sie ruderte hektisch mit den Armen, stieß gegen etwas Hartes, griff danach und schlug ein paarmal ins Leere. Als sie erneut dagegenstieß, klammerte sie sich fest.

Hoch, Maria, hoch.

Maria Just durchbrach die Wasseroberfläche mit einem schluchzenden Luftschnappen und eisernem Griff um den Vollbart des Schwimmlehrers.

»Au, verdammt«, brüllte er und packte Marias Handgelenk, während er ihr half, Halt zu finden. »Steh! Stell dich hin. Hier ist es nicht tief, okay?«

Maria nickte hustend, während sie sich mit nassen Händen das Chlorwasser und die Scham aus den Augen zu wischen versuchte.

Der Schwimmlehrer fuhr sich unter der Nase entlang, schaute auf seine Hand und drückte mit Daumen und Zeigefinger die Nasenflügel zusammen.

»Jetzt habe ich wegen dir auch noch Nasenbluten«, sagte er.

Sein vorwurfsvoller Ton provozierte Maria. Schließlich warb Thomas Jæger auf seiner Homepage damit, jedem das Schwimmen beibringen zu können. Maria hatte ihn gleich in der ersten Stunde vorgewarnt, dass sie ein hoffnungsloser Fall und sicher nicht »jeder« sei. Aber ihr Herz pochte noch immer wie wild, und sie hatte nicht den Nerv, das neue Jahr mit der Suche nach einem weiteren Schwimmlehrer einzuleiten, der anfangs geduldig, dann immer gereizter und zum Schluss resigniert sein würde. Es war zu teuer und zu erniedrigend, daher schluckte sie ihren Ärger hinunter.

»Tut mir leid, das war wirklich keine Absicht. Ich habe einfach vergessen, was du mir gesagt hast.«

»Ich habe dich doch *festgehalten*. Wenn du mir nicht vertraust, weiß ich nicht, wie …«, setzte er an, unterbrach sich jedoch. »Hör mal, lass uns für heute Schluss machen. Wenn ich noch weiter ins Wasser blute, muss das ganze Becken geschlossen werden. Hygienevorschriften, du weißt schon«, sagte er und deutete an die Decke, als kämen die erwähnten Hygienevorschriften von einer höheren Macht dort oben. Mit der anderen Hand drückte er noch immer seine Nasenflügel zusammen, den Kopf hatte er in den Nacken gelegt. Alles in allem erinnerte er trotz seines beeindruckenden v-förmigen Oberkörpers an ein verletztes Tier.

»Na gut, okay. Dann sehen wir uns am Montag, hoffe ich. Noch mal Entschuldigung«, sagte Maria und tastete sich mit kleinen Schritten seitwärts bis zum Rand. Mit festem Griff um das Geländer zog sie sich durch das bauchtiefe Chlorwasser zur Leiter und hoch an den Beckenrand. Normalerweise schaute Thomas ihr und ihren durchs Joggen durchtrainierten Beinen am Ende der Stunde hungrig nach. Davon war er nun wohl ein für alle Mal kuriert, dachte Maria und warf einen Blick über die Schulter. Thomas hatte sich zum entgegengesetzten Ende des Beckens getrollt, wo er von einer Rettungsschwimmerin mit Verbandskasten und mütterlichem Blick versorgt wurde.

Erst unter der Dusche sank Marias Puls allmählich wieder auf normales Niveau. Mist, verdammter. Sie hatte sich feierlich geschworen, dass 2020 das Jahr würde, in dem sie endlich schwimmen lernte. Als einunddreißigjährige moderne, studierte, sportliche und grundsätzlich fähige Frau, die obendrein von der Nordseeküste stammte, war es ausgesprochen peinlich, das nicht zu können.

Sie hoffte inständig, dass Thomas ihren Aufwärtshaken nicht allzu persönlich nahm und sie trotzdem weiter unterrichtete. Sonst hätte sie vielleicht etwas härter zuschlagen sollen.

Maria unterdrückte ein Kichern und dachte an die Psychologin, zu der sie die gesamte Oberstufe hindurch regelmäßig gegangen war. Birthe W. Poulsen, die in jeder Sitzung dasselbe beigefarbene Rollkragenoberteil in Kombination mit einem leicht missbilligenden Ausdruck getragen hatte, hätte diese Art sarkastische Bemerkungen als *Bewältigungsstrategie* bezeichnet. Ihrer Ansicht nach verbarg Maria ihre wahren Gefühle nach dem Unglück hinter einer Mauer aus Ironie, die weder sie selbst noch andere durchbrechen konnten.

Damit hatte die Psychologin zweifellos recht gehabt. Doch damals wusste Maria nicht, wie ihre »wahren Gefühle« aussahen. Im Grunde war sie sich darüber noch immer nicht recht im Klaren.

Nach zwanzig effektiven Sekunden unter dem kalten Strahl

wickelte sie sich ein Handtuch um den Körper und ging zu ihrem Garderobenschrank im praktisch menschenleeren Umkleideraum. Sie liebte das alte Schwimmbad mit seiner gewölbten Decke beinahe ebenso sehr, wie sie das Becken fürchtete. Ministerpräsident Thorvald Stauning und König Christian X. persönlich hatten es 1930 eingeweiht, das damals erste offizielle Schwimmbad Dänemarks. Solcherart lexikalische Fakten speicherten sich beinahe automatisch bei einer Historikerin wie Maria ab. »Königin unnützen Wissens und kurioser Fakten« hatte ihr großer Bruder Mads sie hänselnd bei einer Runde *Trivial Pursuit* in den Weihnachtsferien genannt. Gewohnheitsgemäß hatte Maria souverän gewonnen, und wie immer war es in gutmütigen Sticheleien geendet.

»Lass Mads doch auch mal zum Zug kommen«, hatte ihre Mutter Maria vom Sofa aus ermahnt.

»Das ist ja wohl nicht der Sinn des Spiels!«, hatte Maria erwidert. Etwas zu schnippisch. Ihre Mutter hielt immer zu Mads. Mads, der in Thorup Strand geblieben und Fischer geworden war. Wie ihr Vater. Mads, der geheiratet und zwei entzückende Kinder bekommen hatte. Mads, der ein Haus in fußläufiger Entfernung zum Elternhaus gebaut hatte und stets zur Stelle war, wenn die Mutter Hilfe benötigte. Mads machte niemals etwas falsch. Maria hingegen …

Maria tippte den Code zu ihrem Schrank ein.

2-3-0-3. 23. März. Der Geburtstag ihres Vaters.

Sollte sich ein Hacker für ihr nicht existentes Vermögen oder ihr nicht existentes Liebesleben interessieren, hätte er bei ihr leichtes Spiel. Sie benutzte 2-3-0-3 für so gut wie alles – ihr iPhone, das Kettenschloss ihres Fahrrads, ihren Bibliotheks-Log-in und das Schloss für ihr Dachbodenabteil. Nicht nur die Eingangstür zum Polizeimuseum, sondern auch ihr Arbeits-PC wurden mit 2-3-0-3 geöffnet. Was das anging, nahm sie in etwa denselben Platz auf der Trottel-Skala ein wie all jene, die »iloveu«, »1234« oder »password« als Passwort benutzten. Maria wusste, dass man nicht ein und dasselbe Passwort für alles verwenden sollte, aber es interessierte sie herzlich wenig.

2-3-0-3. Der Geburtstag ihres Vaters und sein Todestag.

Als Erstes fischte sie ihre Armbanduhr aus dem Schrank. Shit. Schon 08.20 Uhr. Idealerweise war sie um Viertel vor neun im Museum, damit sie Zeit hatte, sich einen Kaffee zu holen und angemessen vertieft auszusehen, wenn ihre Chefin um Punkt 08.55 Uhr durch die Tür trat.

Maria schlüpfte schnell in Unterwäsche, Jeans und Socken, raffte ihre Sachen zusammen und eilte hinüber zum Hand- und Haartrockner an der Wand, der sich nach Bedarf höher- oder tieferstellen ließ. Sie schob den Apparat in die oberste Position, sodass sie trotz ihrer eins siebenundsiebzig aufrecht unter dem warmen Luftstrom stehen konnte, während sie gleichzeitig versuchte, sich zu schminken. Ein ästhetisch riskantes Manöver. Zum Schluss begutachtete sie das Ergebnis im Spiegel. Wie zu erwarten, sahen ihre Haare aus, als sei sie zu lang bei steifer Brise auf hoher See gewesen. Ein Wirrwarr ungezähmter Locken. Seit ihrer Jugend kriegte sie immer wieder zu hören, sie sehe aus wie die Dunkelhaarige aus *Thelma & Louise*. Damals hatte sie der Vergleich genervt, doch jetzt, da sie die dreißig überschritten hatte, fand sie es gar nicht so schlecht. Geena Davis mochte ein schräger Charakter sein, aber damit konnte sich die erwachsene Maria leicht identifizieren.

Mit notdürftig zugebundenem Mantel rannte Maria die Treppe hinunter und sprang auf ihr Fahrrad. Sie strampelte in Richtung Trianglen los, bog an der Kreuzung rechts ab und fuhr beinahe einem Motorradpolizisten in die Arme, der die Zufahrt zum Blegdamsvej mit seinem Fahrzeug versperrte.

Für den Bruchteil einer Sekunde ärgerte sie sich, weil sie nun sicher einen Strafzettel wegen Fahrens ohne Licht bekommen würde. Aber der Polizist winkte sie bloß vorbei.

»Was ist passiert?«, fragte sie.

»Die Straße ist bis zum Rigshospital gesperrt. Sie können hier nicht durch. Wenn Sie nach Nørrebro wollen, müssen Sie südlich um den Sortedams-See fahren.«

Er zeigte die Østerbrogade hinunter Richtung Innenstadt. Maria ignorierte ihn, stellte sich auf die Zehenspitzen und spähte in den Blegdamsvej. Polizeiautos und Kastenwagen standen als mobile Barriere quer über der Straße vor einer Reihe weißer Zelte, und sie sah einen Rettungswagen mit geöffneten Hecktüren sowie mehrere Personen mit Mundschutz, Handschuhen und blauen Overalls, die hinter einer Absperrung umherliefen. Eine Handvoll Pressefotografen wartete mit Thermoskannen, Teleobjektiven und kleinen Trittleitern ausgerüstet vor der Absperrung.

Es sah aus wie ein Mordschauplatz.

Nicht dass Maria eine Expertin gewesen wäre. Das heißt … eigentlich war sie es doch. In den ersten zwei Jahren und drei Monaten als Mitarbeiterin des Polizeimuseums hatte sie sich um die steigende Zahl von Medienanfragen gekümmert. Ihre Chefin war nicht gerade begeistert über diese Entwicklung, doch Marias Journalistenfreundin hatte ihr versichert, dass zumindest gewisse Pressevertreter es liebten, junge, wortgewandte Frauen ihrer Liste von Expertenquellen hinzuzufügen. Viel zu wenige Frauen hatten den Mut, sich ebenso selbstbewusst und freimütig zu äußern wie ihre männlichen Kollegen.

»Kann ich nicht einfach durch den Fælledparken fahren?

Ich muss in zweieinhalb Minuten am Sankt Hans Torv sein …«, versuchte Maria ihr Glück mit einer westjütisch angehauchten Charmeoffensive.

»Hallo, haben Sie nicht verstanden, was ich gesagt habe? Da drüben liegt ein toter Mann, kapiert? Fahren Sie außen herum«, antwortete er in unterkühltem Kopenhagener Dialekt.

Maria hob abwehrend die Hände, mimte ein *Sorry* und wendete das Fahrrad. Während sie energisch in die Pedale tretend am Sortedams-See entlangradelte und rechts in den Tagensvej einbog, erwog sie, ihr Handy aus der Tasche zu angeln und die Homepage des *Ekstra Bladet* aufzurufen. Die Boulevardzeitung musste doch wissen, was im Blegdamsvej passiert war.

Aber sie hatte es eilig. Es war fast neun, und sie hatte heute bereits zwei Männer verärgert. Wie sie ihre Chefin Bodil Toft kannte, wartete der dritte Anschiss auf sie, wenn sie in Kürze zum ersten Arbeitstag des Jahres durch die Tür trat.

Viel zu spät bemerkte sie die rote Ampel und das rechts abbiegende Auto, als sie in vollem Tempo auf die Kreuzung zwischen Tagensvej und Blegdamsvej brauste.

3

Mikael Dirk stieg so hart in die Bremsen, dass der Gurt sich über seiner Brust straffte. Die Radfahrerin war wie aus heiterem Himmel aufgetaucht und hatte ihn rechts überholt.

»Scheiße«, fluchte er und umklammerte das Lenkrad. Er hatte die Frau übersehen, was untypisch für ihn war. Nur der rot wirbelnde Schimmer ihrer Lockenmähne hatte sie davor bewahrt, von ihm überfahren zu werden. Sie wäre schuld gewesen, aber wer hatte schon Mitleid mit dem Fahrer, wenn ein Auto einen Radfahrer ummähte?

Die Frau blieb auf der anderen Straßenseite stehen und schaute zurück. Mit geröteten Wangen, leicht schräg gelegtem Kopf und den Haaren über die eine Schulter geworfen, blickte sie ihm direkt in die Augen. Nicht provozierend, im Gegenteil, sie sah aus wie eine einzige große Entschuldigung. Und sie sah aus wie jemand, für den man gern jeden Morgen aufstand.

Nein, es bestand kein Anlass, ihr wütend hinterherzurufen, er selbst war in Gedanken schließlich auch woanders gewesen als bei dem selbstmörderischen Kopenhagener Berufsverkehr.

Die morgendliche Meldung war eindeutig gewesen: »Möglicher Mord im Blegdamsvej 27. Täter auf freiem Fuß. Achtet auf die eigene Sicherheit.«

Er seufzte. Was für ein Start ins Jahr 2020, das direkt mit einem Mord auf offener Straße begann.

Er hatte miserabel geschlafen und war übel gelaunt aufgewacht. Das Bild eines kleinen blonden Jungen hatte klar und deutlich in seinen Träumen gestanden, eine von Sehnsucht und schlechtem Gewissen befleckte Erinnerung. Eigentlich hatte er vorgehabt, im Bett zu bleiben, doch dann hatte der Leiter des Dezernats für Gewaltverbrechen angerufen, und wenn Carlsen rief, erschien man. Dafür hatten sie im Alltag keine festen Arbeitszeiten. Solange man seine Aufgaben erledigte und da war, wenn ein Fall es verlangte, konnte man praktisch kommen und gehen, wie man wollte.

Er sah der Frau auf dem Fahrrad nach, als sie wieder auf den Sattel stieg und Richtung Sankt Hans Torv weiterfuhr, bis ein Auto hinter ihm ungeduldig hupte. Gereizt bog er in den Blegdamsvej ein und warf einen Blick auf das linker Hand aufragende Rigshospital. Seine Gedanken wanderten zurück zu dem Tag vor genau sechs Jahren, als da oben im zweiten Stock sein Sohn zur Welt gekommen war. Das Wetter war ähnlich wie heute gewesen: kalt, feucht, grau und trist. Es war einer seiner letzten richtig glücklichen Tage gewesen.

Karin hatte nach der langen Geburt geschlafen, während er mit seinem neugeborenen Sohn auf dem Arm durch die Gänge gewandert war. Hector. Er erinnerte sich noch daran, wie der Junge ihn ohne zu blinzeln angestarrt hatte, als suche er nach einer Bestätigung, dass Mikael bereit war. Manns genug. Vater zu sein.

Damals hatte er geglaubt, es zu sein. Hector war schließlich sein Sohn! Er war Hectors Vater und Karins Mann. Damals.

Stimmengewirr erklang, als Mikael sich der Traube von Kollegen und Kriminaltechnikern vor dem Gebäude des Roten Kreuzes näherte. Er kannte die meisten Gesichter, konnte sich aber nur an einzelne Namen erinnern. An die für ihn wichtigsten. Er hatte noch nie Zeit darauf vergeudet, sich die Namen von Kollegen, ihre Geburtstage oder ihren Familienstand einzuprägen. Es scherte ihn herzlich wenig.

Mittendrin stand sein neuer Partner, Frederik Dahlin.

Niels Carlsen hatte Mikael kurz nach Weihnachten in sein Büro gerufen und ihm mitgeteilt, dass ab dem neuen Jahr Frederik sein Partner wäre, weil sie so »ein ungleiches und daher perfektes Paar« abgäben. Wie auch immer man diese Worte interpretieren wollte. Mikael war nicht umhingekommen, sie als Kritik aufzufassen.

Er hatte gern mit seinem vorherigen Partner zusammengearbeitet, einem sattelfesten Ermittler der alten Schule, der unzählige Vorgesetzte, finanzielle Einsparungen und die fixen Ideen wechselnder Führungskräfte bezüglich »moderner Ermittlungsmethoden« überlebt hatte. Doch dann war die Frau des Kollegen gestorben, und er hatte zu Mikaels Überraschung eine höchstwahrscheinlich sterbenslangweilige Stelle in einer Polizeidirektion in der Provinz angenommen, um näher bei seinen Enkelkindern zu sein.

Mikael musterte seinen neuen Partner. Laut Carlsen hatte der frisch eingestellte Frederik »außergewöhnliche Fähigkeiten auf dem Gebiet datengestützter Ermittlungen«, womit er gleichzeitig implizierte, dass Mikael ebensolche vermissen ließ. Mikael hatte ein bleichgesichtiges Bürschchen mit Mundgeruch, fettigen Haaren und Gamerbuckel erwartet. Stattdessen stand dort ein charmanter Mann mit dichten dunkelbraunen Locken, lächelnden Augen und perlweißen Zähnen.

Frederik war laut Intranet drei Jahre jünger als er, dafür aber kleiner. Zum Glück. Hoffentlich war dieser Mann bloß eine Eintagsfliege, ein Musterknabe, der auf seinem Weg die Karriereleiter hinauf nur einen kurzen, schnell wieder vergessenen Zwischenstopp in der Abteilung einlegte.

Mikael seufzte und ging mit drei langen Schritten auf ihn zu.

»Tag«, sagte er und streckte die Hand aus.

Frederik ergriff sie zögernd, während er sein Handy in die Seitentasche seiner großen blauen Winterjacke steckte.

»Kennen wir uns?«, fragte er.

Mikael zog die Hand zurück. Arrogant war er also auch noch. Jetzt fehlte bloß, dass er obendrein nichts taugte.

»Nein, aber das soll sich laut unserem Chef wohl ändern. Ich schlage vor, wir machen uns an die Arbeit«, gab Mikael scharf zurück.

Der Mordfall hatte augenscheinlich bereits das Interesse der Medien geweckt. Zu beiden Seiten des abgesperrten Blegdamsvejs tummelten sich Pressefotografen, Journalisten und Übertragungswagen, und auf den gegenüberliegenden Balkonen standen schaulustige Bürger mit gezückten Handys. Am Himmel nahm Mikael schwach das dumpfe Knattern des NEWS-Hubschraubers wahr. Er spürte ein wachsendes Unbehagen. Nicht weil er sich ungern von der Öffentlichkeit über die Schulter schauen ließ. Er hatte unzählige Male in ähnlichen, wenn nicht drastischeren Situationen in Nørrebro und dem Nordvest-Viertel gestanden, wo er über zehn Jahre hinweg an der Aufklärung von Drogendelikten gearbeitet hatte. In Fällen, die mit Bandenkriminalität in Verbindung standen, gingen sowohl die Presse als auch die ansässigen Bürger äußerst aggressiv vor. Häufig waren er und seine Kollegen dadurch in ihrer Arbeit behindert worden. Nicht selten hatte er sich mit einer ganzen Familie konfrontiert gesehen, die wissen wollte, was passiert war, warum und wann ihr Sohn wieder freikäme.

Nein, er dachte vor allem an Karin. Sie würde ihn im Fernsehen oder auf Pressefotos erkennen und es ihm übel nehmen, dass er ausgerechnet heute hier herumlief. Als ob Hector nicht existierte. Als ob heute nicht sein Geburtstag wäre. Aber was sollte er tun? Sie ließ ihn das Kind ja nicht einmal sehen.

4

Die weißen Zelte der Katastrophenschutzbehörde zogen sich wie ein viereckiger Tausendfüßler am Anbau hinauf und schützten den Fundort wirkungsvoll gegen Wind und Wetter. Mikael merkte, wie Frederik an seine Seite trat. Beide beobachteten sie das zielgerichtete Hin und Her der Kriminaltechniker in ihren blauen Schutzanzügen in das Zelt hinein und wieder heraus.

»Hören Sie, das war nur ein Witz eben. Ich weiß natürlich alles über Sie. Sie sind eine Legende im Dezernat für Gewaltverbrechen.« Frederik reichte ihm die Hand. »Lassen Sie uns noch mal von vorn anfangen. Frederik Dahlin. Von mir aus können wir uns gern duzen. Ich bin Frederik. Dahlin ist für die *Bad Boys* reserviert«, sagte er mit einem Lächeln auf den Lippen.

Mikael drückte seine Hand, ohne das Lächeln zu erwidern. Er wies mit dem Kinn auf das Zelt, in dem der Tote lag. Oder besser gesagt hing, wie Carlsen heute Morgen am Telefon kryptisch gesagt hatte. Es würde nicht mehr lange dauern, bis der Rechtsmediziner kam und im Beisein der Ermittler den Toten in Augenschein nehmen konnte.

»Ich habe es mir zum Prinzip gemacht, an Tatorten keine Witze zu reißen. Niemals«, antwortete er spitz.

Niels Carlsen kam ihnen entgegen. Der Dezernatsleiter war leicht an seiner farbenfrohen Brille zu erkennen, über die Mikael zu gern seine Kommentare abgab, sobald sich eine

Gelegenheit dazu bot. Mit dem tadellos sitzenden Anzug, dem stets akkurat gestutzten weißen Haar und den gepflegten Fingernägeln sah Carlsen aus wie ein Wirtschaftsprüfer. Abgesehen eben von der bunten Brille, die wie der Versuch wirkte, eine Illusion jugendlicher Frische zu bewahren.

Vor Jahren hatte Carlsen im Dezernat für Wirtschaftskriminalität gearbeitet, und es machte den Eindruck, als vermisse er diese Tätigkeit. Seine Mitarbeiter witzelten hinter seinem Rücken, dass die Toten ihm Unbehagen bereiteten. Doch als Leiter des Dezernats für Gewaltverbrechen wurde er nun mal immer als einer der Ersten an den Fundort gerufen.

»Guten Morgen, alle zusammen. Dirk, Dahlin, ich sehe, ihr habt schon zusammengefunden. Stellt euch darauf ein, dass ihr euch in den nächsten Tagen und Wochen sehr gut kennenlernen werdet. Es ist ein heftiger Fall, mit dem wir hier konfrontiert sind. Wie ihr seht, haben wir bereits das Interesse der Öffentlichkeit.« Carlsen deutete in die Luft, wo direkt über ihren Köpfen der Nachrichtenhelikopter wie ein infernalischer Kolibri am grauen Himmel hing. »Und das Interesse wird wohl kaum nachlassen, wenn unser Mann da drinnen sicher identifiziert ist.« Mit einem Kopfnicken wies er auf das weiße Zelt und fuhr in seiner kurzen Einführung in den Fall fort. »Eine ältere Frau hat um 05.26 Uhr die Notrufzentrale verständigt. Sie ist mit ihrem Hund Gassi gegangen, der sie um etwa Viertel nach fünf auf den Toten aufmerksam gemacht hat. Da sie kein Handy dabeihatte, hat sie erst angerufen, als sie wieder zu Hause war. *Nachdem* sie die Pfoten ihres Hundes zunächst sorgfältig gewaschen und abgetrocknet hatte«, bemerkte Carlsen trocken.

Das bedeutete, dass die Frau möglicherweise wichtige Spuren vernichtet hatte. DNA des Täters, Mikrospuren im Fell oder anderes, das zu einer schnellen Auflösung des Falles beitragen könnte.

»Die Frau hat erzählt, dass der Hund am Tatort sein großes Geschäft erledigt hat. Genau gesagt, hat er einen Haufen direkt unter dem Toten hinterlassen. Damit ihr zumindest schon mal wisst, wer sich *dieses* Vergehens schuldig gemacht hat.«

Mikael schmunzelte. Es war typisch Carlsen, einen Ausdruck wie »großes Geschäft« zu verwenden. Der biedere, stets so korrekte Mann.

Frederik verzog keine Miene. Er hatte den Blick konzentriert auf Carlsen gerichtet, der nun zum Kern der Sache kam.

»Was den Toten angeht … Tja, vermutlich handelt es sich um den Generalsekretär des Roten Kreuzes, Georg Schmidt. Ihr kennt ihn sicher aus den Medien«, sagte Carlsen.

Ja, vielen Dank, Schmidt war für Mikael kein Unbekannter. Ein diskussionsfreudiger, besserwisserischer und aufgeblasener Typ, der einem vom ersten Moment an auf den Geist ging. Aber reichte das, um ermordet zu werden?

»Die Identifizierung ist noch nicht hundertprozentig abgeschlossen, aber er sieht aus wie Schmidt und hat einen auf ihn ausgestellten Führerschein im Portemonnaie. Wir können uns in puncto Identität also relativ sicher sein. Der Notarzt hat ihn für tot erklärt, ich habe hier eine Kopie des Totenscheins. Der diensthabende Rechtsmediziner ist bereits benachrichtigt worden. Das Rechtsmedizinische Institut ist ja nur ein paar hundert Meter von hier entfernt, er macht sich also einfach auf den Weg, sobald die Kriminaltechniker das Okay geben. Wir haben die Situation eingefroren. Die Leiche hängt noch so dort, wie wir sie vorgefunden haben, und keiner betritt das Zelt ohne die Erlaubnis des NKC«, sagte Carlsen mit Verweis auf das Nationale Kriminaltechnische Center der Landespolizei.

Mit zwei Klicks auf seinem Laptop öffnete er ein Video.

Frederik, Mikael und die übrigen Ermittler rückten dichter um ihn zusammen und sahen sich schweigend die zwei Minuten zweiundvierzig Sekunden lange Aufzeichnung an, die den Toten aus verschiedenen Winkeln zeigte.

Sowohl Frederik als auch Mikael stöhnten leise, als die Leiche ins Bild kam, die mit ausgebreiteten Armen am Geländer über dem Haupteingang des Gebäudes hing. Als hätte Georg Schmidt über den Blegdamsvej fliegen wollen, über die Hausdächer und hinauf in den Himmel. Aber er flog nirgendwohin.

»Wir müssen herausfinden, weshalb er umgebracht wurde – und warum ausgerechnet auf diese Weise. Lösen wir dieses Rätsel, finden wir auch den Täter«, sagte Carlsen.

»Sind die dringlichsten Ermittlungsschritte eingeleitet worden?«, fragte Frederik.

»Die Leerung sämtlicher Abfalleimer in der Umgebung ist angeordnet. Der U-Bahn-Betrieb wurde unterbrochen, damit das Gebiet untersucht werden kann. Einige Kollegen sind bereits dabei, ein Tatortprotokoll über sämtliche Personen zu erstellen, die heute Morgen hier waren: die Frau mit Hund, die Rettungssanitäter, der Notarzt und so weiter. Außerdem haben sie die Schuhabdrücke aller Beteiligten genommen. Zwei Mann wurden losgeschickt, um die nähere Umgebung nach Überwachungskameras zu durchforsten«, antwortete Carlsen.

Überwachungsvideos waren inzwischen zu einer der effektivsten Waffen bei der Jagd nach einem Täter geworden. Mikael dachte an die Zeit, als noch nicht an jeder Straßenecke, in jedem Geschäft und jedem öffentlichen Gebäude Überwachungskameras hingen. Damals musste man sich damit begnügen, von Haus zu Haus zu gehen und mit den Anwohnern zu sprechen. Wobei die altmodische Polizeiarbeit natürlich auch etwas für sich hatte. An den Türen klingeln, das Vertrauen der Leute gewinnen. Heutzutage konzentrierten sich viele der neuen Kollegen allzu sehr auf datengestützte Ermittlungen und elektronische Beweise. Obwohl er erst achtunddreißig war, fühlte Mikael sich eher den älteren Kollegen in der Abteilung zugehörig. Frederik mit seinen fünfunddreißig Jahren hingegen war laut Carlsen einer der Jungen, die moderne Ermittlungsmethoden der traditionellen Polizeiarbeit vorzogen. Mikael seufzte innerlich. Es würde kompliziert werden.

Frederik meldete sich erneut zu Wort.

»Wie sieht es mit der Erfassung der Handydaten aus? Wurde schon eine Funkzellenabfrage durchgeführt? Wann ist seine Kreditkarte zuletzt benutzt worden? Hat jemand seine elektronischen Geräte, Laptop, iPad und so weiter gesichert, damit wir sie näher in Augenschein nehmen können?«

Carlsen sah Frederik an.

»Ich dachte eigentlich, dass *Sie* sich um diese Dinge kümmern könnten. Wir haben uns jedenfalls schon mal den schwarzen Volvo V90 gesichert, der vor dem Gebäude steht. Er gehört dem Generalsekretär.«

Mikael stampfte mit den Füßen auf. Ihm war kalt, trotz der vorgeschriebenen Uniform mit dunkelblauem Pullover, Wollunterhemd und langer Unterhose. Na, ihm würde schon warm werden, wenn er erst mal loslegen durfte, dann konnte ihn nichts mehr stoppen. Weder Hunger noch Durst, Müdigkeit oder Kälte. Aber diese Warterei hasste er.

»Ich habe heute eine wichtige Besprechung beim PET«, sagte Carlsen zu Mikael, womit er sich auf den polizeilichen Nachrichtendienst bezog. »Ich gehe davon aus, dass du ab hier übernimmst?«

Er drückte ihm einen Stapel Unterlagen mit den vorläufigen Informationen zum Fall in die Hand und ging, ohne eine Antwort abzuwarten. Mikael schaute ihm nach und schickte seinem weißhaarigen Chef ein stummes »Danke« hinterher. Er war soeben zum Ermittlungsleiter ernannt worden.

5

Der Rechtsmediziner Professor Dr. med. Andreas Juul ging mit einem gemurmelten »Tag« an Carlsen vorbei und tauchte mitsamt seinem Instrumentenkoffer unter dem Absperrband hindurch.

Er zeigte einem dort wachhabenden Polizisten seinen Ausweis, hielt sich aber höflich im Hintergrund, als ein Polizeihund nach erfolgter Spurensuche mit seinem Hundeführer angehechelt kam. Der Hundeführer gab Mikael einen kurzen Bericht. Man hatte gehofft, den Fluchtweg des Täters verfolgen zu können, doch in dem geschäftigen Kopenhagener Stadtteil, nur einen Steinwurf vom Nationalstadion und einer U-Bahn-Station entfernt, hatte sich das als unmöglich erwiesen.

»So, was haben Sie denn heute für mich?«, fragte der Rechtsmediziner mit dunkler und rauer Stimme, als er zu Mikael trat.

»Einen Mann mittleren Alters, vermutlich der Generalsekretär des Roten Kreuzes«, antwortete Mikael.

Frederik war tief versunken über sein Handy gebeugt.

Was konnte wichtiger sein als der Moment, wenn der Rechtsmediziner an einem Tatort eintraf? Mikael räusperte sich, und Frederik steckte mit entschuldigendem Blick das Handy weg.

»Sie sind heute also die glücklich Auserwählten«, sagte Juul trocken. »Na dann, wollen wir?«

Mikael und Frederik sollten dabei sein, wenn Andreas Juul die äußere Leichenschau durchführte. Alle drei kleideten sich schweigend in die blauen Einweganzüge, Mundschutz, Handschuhe, Haarnetz und Überschuhe. Anschließend gingen sie im Gänsemarsch über die einen Meter breite Papierbahn, die die Kriminaltechniker für sie ausgelegt hatten, die Treppe am Gebäude hinauf bis zu dem Geländer über dem Eingang, an dem die Leiche hing. Eventuelle Spuren unter dem Papier waren bereits gesichert worden, daher konnten sie nun den Tatort betreten.

Der Generalsekretär hing mit dem Rücken zu ihnen und offenbarte eine beginnende Glatze am Hinterkopf. Schmidt schien ein bisschen kleiner als der dänische Durchschnittsmann zu sein. Vielleicht war ihm deshalb so daran gelegen, sich in intellektuellen Diskussionen hervorzutun, dachte Mikael. Dafür war der Tote kräftig. Nicht direkt dick, aber mit der Wampe eines Rotwein trinkenden Genussmenschen und dem Ansatz eines Doppelkinns. Der Täter musste über Kraft und die entsprechende Konstitution verfügen, um diese … tja, wie sollte man es nennen … biblische Hinrichtung in Szene zu setzen.

Juul tastete die Leiche ab, ging dann über die Papierbahn zurück nach unten in den Eingangsbereich und stieg auf die Stehleiter, die die Kriminaltechniker aufgestellt hatten. Er begutachtete den Toten eingehend, maß die Körpertemperatur und inspizierte die Verletzungen an Bauch und Hals. Mikael und Frederik ließen ihn einige Minuten in Ruhe arbeiten.

»Der Rigor ist bereits eingetreten«, teilte Juul mit. Die Leichenstarre war einer von vielen Indikatoren, anhand derer die Rechtsmediziner Rückschlüsse auf den Todeszeitpunkt ziehen konnten. »Die Schnitte in der Bauchwand sind etwa einen halben Zentimeter tief. Ich würde schätzen, er hat um die fünfzig Milliliter Blut verloren, auch wenn es nach sehr viel mehr aussieht. Es handelt sich um oberflächliche Schnitte, die nicht bis in die Bauchhöhle reichen. Sonst wäre der Darm nach außen gedrückt worden«, erklärte Juul, während er auf Schmidts blutigen Bauch zeigte.

»Sie meinen, sodass er heraushängt?« Frederik konnte seinen Ekel angesichts der Vorstellung nur schlecht verbergen.

»Jep.«

Juul sprang mit einer für einen Mann in den Fünfzigern bewundernswerten Geschmeidigkeit von der Leiter.

»Wie lange ist er schon tot?«, fragte Mikael.

»Tja, wann wurde er das letzte Mal lebend gesehen?«

»Wenn es sich tatsächlich um den Generalsekretär handelt, hat seine Frau angegeben, gestern Abend um halb sieben mit ihm gesprochen zu haben. Vielleicht wurde er aber auch noch später gesehen, das versuchen wir gerade in Erfahrung zu bringen«, antwortete Mikael, nachdem er Carlsens Unterlagen konsultiert hatte.

»Dann ist er zwischen 18.35 und fünf Uhr morgens, als er gefunden wurde, gestorben«, sagte Juul mit einem meckernden Lachen. »Schauen wir mal. Seine Körpertemperatur liegt bei achtundzwanzig Grad. Die Lufttemperatur heute Nacht hat zwei Grad betragen, eine vorsichtige Schätzung wäre also ein Zeitpunkt zwischen ein Uhr nachts und kurz bevor er gefunden wurde. Bei kaltem Wetter lässt sich das nur schwer eindeutig sagen. Normalerweise fällt die Körpertemperatur um ein Grad pro Stunde, aber das ist nur ein Richtwert. Er könnte zum Beispiel bereits vor Eintritt des Todes unterkühlt gewesen sein, daher ist dieser Zeitraum mit großer Unsicherheit behaftet.«

Andreas Juul holte sein Diktiergerät hervor und begann seine monotone Eingabe.

»Leichnam mit einem Nylonseil am Geländer festgezurrt, beide Arme mit Kabelbinder fixiert. Um den Hals ist eine Krawatte gebunden, es sind deutliche Livores vorhanden. Unmittelbar scheinen einige davon umlagerbar zu sein, andere fixiert. Beim Fundort handelt es sich vermutlich auch um den Tatort, da sich Blut unter dem Toten findet.«

Juul hielt inne. Mikael wusste, dass er den Mund halten sollte, bis der Rechtsmediziner seine Notizen fertig diktiert hatte, doch er konnte seine Ungeduld nicht länger zügeln. Er war oft genug bei der Durchführung einer Leichenschau dabei gewesen, um zu wissen, dass *Livores* Totenflecke bedeutete.

»Woran ist er gestorben?«, fragte er. »Wie wurde er ermordet?«

Jetzt würde Juul hoffentlich mit einer Information herausrücken, die nicht auch für jeden Polizeischüler im ersten Semester offensichtlich war.

Juul schaltete das Diktiergerät ab.

»Dazu möchte ich mich noch nicht äußern. Lassen Sie ihn mich erst mal für die Obduktion ins Institut überführen, dann hören Sie von mir. Oder Sie kommen einfach vorbei.«

»War gestern irgendetwas Besonderes hier in Østerbro?«, fragte Frederik, als er und Mikael wieder frierend auf dem Blegdamsvej standen.

»Ich weiß nur, dass es ein Konzert im Stadion gab. Irgendeine Metal-Band. Wir müssen schauen, ob wir Zeugen finden. Ich übernehme das, kümmerst du dich um die Dinge, die Carlsen erwähnt hat? Funkzellenabfrage, Kreditkarte, Sicherung von Schmidts Computer. Videoüberwachung in der Umgebung?«

Mikael ging, ohne eine Antwort abzuwarten. Es war wichtig, gleich von Anfang an zu markieren, wer der Leiter dieser

Ermittlung war – Partner hin oder her. Er schielte über die Schulter zurück zu seinem Kollegen, nur um festzustellen, dass dieser schon wieder dabei war, etwas in sein Handy zu tippen.

Er fragte sich, ob der offensichtlich vollkommen handyfixierte Dahlin überhaupt den Ernst der Lage begriff. Immerhin handelte es sich um einen Mordfall.

Seit Mikael im Dezernat für Gewaltverbrechen angefangen hatte, war er mental nicht in der Lage, sich mit sehr viel anderem als der Arbeit zu beschäftigen. In ihrem Dezernat waren sie für die schlimmsten Dinge zuständig, die ein Mensch einem anderen antun konnte: Gewalt, Vergewaltigung, Brandstiftung, Raub, Frauenhandel, Kindesmissbrauch und natürlich Mord. Das Leben eines anderen Menschen auszulöschen, war und blieb das ultimative Verbrechen. Die Sicherheit der Menschen in Dänemark basierte darauf, dass Menschen wie Frederik und Mikael ihr Äußerstes gaben. Insbesondere in den ersten entscheidenden Tagen. Ob Dahlin, dieser Wunderknabe mit seinem Colgate-Lächeln, das begriff?

Mikael ging hinüber zu drei Kollegen – zwei davon versierte Ermittler, der dritte ein Polizeischüler –, die mit je einem braunen Pappbecher dampfenden Kaffees beim Mannschaftswagen standen.

»Wir müssen uns unter sämtlichen Anwohnern in der Nachbarschaft umhören. Irgendjemand muss etwas gesehen oder gehört haben. Wer fährt hier nachts durch die Gegend? Taxifahrer, ambulante Pflegedienste, Zeitungsausträger?«

Mikael erhielt mühelos die volle Aufmerksamkeit der drei Kollegen. Endlich ging es zur Sache, ihrer Meinung nach standen sie schon viel zu lange hier herum und warteten darauf, dass die Leichenschau überstanden war.

»Ich schlage vor, wir teilen uns auf«, sagte Mikael und bat die beiden Ermittler, sich die Wohneinheiten um die

Trianglen-Kreuzung herum vorzunehmen, während er selbst mit dem Polizeischüler die dem Fundort gegenüberliegenden Wohnungen abklappern wollte.

Im Erdgeschoss des Gebäudes direkt gegenüber dem Tatort befand sich ein Netto, der zu dieser Zeit üblicherweise gut besucht war. Nun war er aufgrund der Polizeiarbeiten geschlossen, lediglich die unmittelbaren Anwohner durften über einen schmalen Fußgängerweg entlang der Hausmauer das Gebäude betreten und verlassen.

Mikael legte den Kopf in den Nacken und sah an dem hohen Klinkerbau hoch. Über dem Supermarkt waren sieben bewohnte Stockwerke.

»Lass uns oben anfangen«, sagte er zu dem Polizeischüler, der schweigend nickte.

Bevor sie die Straße überquerten, fiel Mikael im obersten Stock rechts eine reglos am Fenster stehende Gestalt auf, die zu ihnen nach unten starrte. Instinktiv hob Mikael die Hand zum Gruß, woraufhin die Gestalt zurückwich und die Jalousien herunterließ.

Mit ihm oder ihr mussten sie ein paar Worte wechseln. Jetzt sofort.

6

Die alte Haustür fiel schwer hinter Maria Just ins Schloss, während sie versuchte, sich zu beruhigen. Der Beinaheunfall steckte ihr noch in den Knochen.

In Sicherheit auf der anderen Seite der Kreuzung hatte sie zu dem Autofahrer zurückgeschaut. Ihre Blicke waren sich begegnet, und sie hatte einen gereckten Mittelfinger erwartet. Doch der Mann hatte sie nur ernst angesehen. Drei, vier lange Sekunden. Nicht wütend, sondern auf eine traurige und fürsorgliche Weise, die ihr ein schlechtes Gewissen bereitet hatte.

Mann, was für ein Morgen.

Einen Moment blieb sie still stehen und lauschte auf die Geräusche des alten Hauses. Das Gebäude des Polizeimuseums im Fælledvej im Stadtteil Nørrebro hatte bis ins Jahr 1977 die Polizeistation 6 beherbergt. Vor zehn Jahren war die rußgeschwärzte Fassade saniert und das Innere des Hauses mit den originalen Türen und den alten Böden sorgfältig instandgesetzt worden. Maria liebte den Klang der hallenden Schritte, wenn die Museumsbesucher die steinerne Treppe hinaufgingen. Man konnte sich lebhaft vorstellen, wie beklommen sich ein in Gewahrsam genommener Taschendieb oder Hochstapler vor einhundert Jahren gefühlt haben musste, wenn die Tür zur Freiheit mit einem markerschütternden Dröhnen hinter ihm ins Schloss fiel.

Maria warf einen Blick zum Schalter, aber von Pelle war, wie erwartet, nichts zu sehen. Pummel-Pelle, wie Bodil den studentischen Mitarbeiter ungeachtet jeglicher Political Correctness hinter dessen Rücken nannte, arbeitete nur dienstags, donnerstags und sonntags, wenn das Museum geöffnet hatte.

Maria stellte sicher, dass die Alarmanlage abgeschaltet war, ehe sie die Treppe hinauf in den bei den Besuchern beliebtesten Bereich des Museums ging: die Etage mit den True-Crime-Fällen, darunter der nicht für Kinder geeignete »Mordraum«.

Die Stelle im Museum war nicht Marias Traumjob gewesen. Und gleichzeitig doch. Denn wenn Bodil ihr zwischendurch erlaubte, sich nach bester Nerdmanier in die Schicksale der Kriminalgeschichte zu vertiefen, war Maria beinahe glücklich. Viele Besucher waren der Auffassung, die besonders grausamen, im Museum dokumentierten Verbrechen seien sinnlos. Doch Marias Aufgabe als Historikerin bestand eben darin, diesen Sinn zu finden. Natürlich konnte keine noch so gute Erklärung Mord, Gewalt, Missbrauch, Terroranschläge und Ähnliches mildern oder gar entschuldigen. Doch für den Täter oder die Täterin ergab das Verbrechen in dem Moment, in dem es begangen wurde, in aller Regel einen Sinn, und Maria war es wichtig zu versuchen, diese Rationalität zu verstehen. Nicht zu entschuldigen, aber zu verstehen.

Manchmal war ihre Arbeit ein bisschen so, als würde sie einen Krimi rückwärtslesen. In den meisten Fällen wusste sie von Anfang an, wer der Täter war. Ihr Job war es nun, der Nachwelt aufzuzeigen, *weshalb* der Täter oder die Täterin so gehandelt hatte, unter welchen Rahmenbedingungen er oder sie agiert und welche Bedeutung die Tat für die Nachwelt erlangt hatte.

Historische Verbrechen boten eine Flut an Informationen darüber, wie sich Dänemark und das Leben der Dänen im Laufe der Zeit entwickelt hatten. Vor Entstehung des Wohlfahrtsstaats gründeten die meisten Verbrechen in sozialer Not. In jüngeren Zeiten bewogen eher Eifersucht, verletztes Ehrgefühl, Machtgier, Habsucht und Rache die Menschen dazu, bis an die Grenzen zu gehen – und darüber hinaus. In der Erforschung dieser Motive fand Maria einen Sinn. Erst wenn man die Beweggründe des Täters wirklich verstand, bestand die Hoffnung, verhindern zu können, dass sich die Geschichte wiederholte.

Am Ende der Treppe wandte sich Maria nach links und schloss eine Tür mit dem Schild »Zugang verboten« auf, die zu den Büros des Museums führte.

Ein kleiner Seufzer entwich ihr, als sie einen Augenblick später in ihrem Büro aus dem Mantel schlüpfte. Keine Spur von Bodil, Standpauke abgewehrt. Sie konnte loslegen.

Ein Blick auf den Schreibtisch ließ sie stutzen. Es war jemand hier gewesen. Ihr Lieblingskaffeebecher – handgetöpfert in rosa Keramik – stand auf der Fensterbank. Sie war sich sicher, ihn auf einem Stapel Fallakten aus dem Keller abgestellt zu haben, bevor sie vor gut zwei Wochen in den Weihnachtsurlaub gegangen war. Jetzt hatte der Becher den Standort gewechselt, und die Ordner waren verschwunden.

Irritiert schaute Maria unter einem Stapel Papiere nach, aber da war nichts. Jemand musste die Akten weggenommen haben. Die Reinigungskraft kam kaum infrage. Und für einen Einbrecher gab es hier im Museum schwerlich etwas zu holen. Selbst an viel besuchten Tagen enthielt die Kasse kaum Bargeld, und die ausgestellten Schusswaffen waren unschädlich gemacht worden. Nein, jemand von Marias Kollegen, vielleicht sogar Bodil höchstselbst, musste in ihrem Büro gewesen sein. Dabei sollten die Mitarbeiter des Museums es eigentlich besser wissen.

Wenn ein Fall aufgeklärt wurde, gingen die Akten ans Polizeimuseum über, sofern der Fall von besonderem Interesse für die Nachwelt war. Die Asservate landeten im Keller des Museums.

Die ungeklärten Fälle wurden in einem Archivraum des Kopenhagener Polizeipräsidiums aufbewahrt, bis die zuständige Staatsanwaltschaft zu dem Schluss kam, dass ein Fall inzwischen so alt war, dass der Täter entweder verstorben oder über alle Berge war und es sinnlos erschien, weitere Ressourcen darauf zu verwenden. Auch diese Fälle wurden dann dem Polizeimuseum angeboten. Einige der Fallordner enthielten daher einzigartiges und unersetzbares Material der dänischen

Polizeigeschichte: Originalfotografien des Tatorts oder des Toten, gesicherte Spuren oder die letzten Lebenszeichen von Opfern, die in manchen Fällen niemals Gerechtigkeit erfahren hatten. Aus Historikersicht war es eine Katastrophe, wenn solches Material verloren ging.

Maria ging hinaus auf den Gang und zum Büro ihrer Chefin. Drinnen brannte Licht, die Tür war nur angelehnt. Maria klopfte leise an, hörte dann jedoch ein Schluchzen aus dem Büro. Sie drückte die Tür auf.

»Bodil?« Es fiel ihr schwer, den Unglauben in ihrer Stimme zu verbergen. Noch nie zuvor hatte sie ihre Chefin weinen sehen. Bodil zeigte nie auch nur die kleinste Gefühlsregung. Weder Begeisterung noch Lebenslust und schon gar nicht Trauer. Die einzigen Gemütszustände, die Bodil zuließ, waren Ärger, Enttäuschung und Skepsis. Diese beherrschte sie dafür meisterhaft.

»Oh, Maria, du bist's? Tut mir leid, dass ich hier rumsitze und flenne. Ich bin völlig neben der Kappe. Du hast es sicher schon gehört?«

Maria schüttelte zögernd den Kopf.

»Georg ist tot. Sie haben ihn heute Morgen gefunden. Stell dir vor, er soll ermordet und wie eine Vogelscheuche vor dem Roten Kreuz aufgehängt worden sein!«

Bodil brachte die letzten Worte unter hicksenden Schluchzern hervor, und Maria trat instinktiv ein Stück näher.

»Meinst du Georg Schmidt? Den Generalsekretär?«, fragte sie ungläubig. Fast wäre ihr ein »Heilige Scheiße« entfahren, aber sie biss sich gerade noch rechtzeitig auf die Zunge.

Das alles war total verrückt. Maria wurde klar, dass sie gerade erst an dem Tatort vorbeigeradelt sein musste, von dem Bodil sprach. Sie hatte angenommen, dass wieder einmal Bandenmitglieder in den Kopenhagener Straßen gewütet hatten, aber der Mord am Vorsitzenden des Roten Kreuzes hob das Ereignis natürlich in eine vollkommen andere Liga. Seit Schmidt vor zehn oder zwölf Jahren die Stellung als Generalsekretär angetreten hatte, war er eine öffentlich bekannte Person mit einer bedeutenden Position in der politischen Debatte gewesen. Sollte sich der Mord als politisch motiviert herausstellen, würde er in die Geschichte eingehen.

»Ja, *der* Georg. So ein netter Mann. Ich sehe beim besten Willen keinen Grund, weshalb jemand ihm etwas antun sollte. Oh Gott, arme Suzanne«, schluchzte Bodil.

Maria vermutete, dass es sich bei Suzanne um Schmidts Frau handelte, und nickte mitfühlend. Erstaunt fragte sie sich, in welcher Beziehung Bodil zu Schmidt gestanden hatte und warum dessen Tod einen solchen Weinkrampf bei ihr auslöste. Sie musste zugeben, dass sie ihrer Chefin nicht ganz folgen konnte. Als Leiterin eines Polizeimuseums wusste Bodil doch am besten, dass bei Mord selten Gerechtigkeit im Spiel war. Davon abgesehen, musste man die Debatte schon sehr selektiv verfolgt haben, wenn man nicht erkannte, dass der Generalsekretär im Laufe der Zeit einer ganzen Reihe von Leuten ans Bein gepinkelt hatte. Natürlich herrschte allgemein ein beträchtliches Wohlwollen gegenüber dem Roten Kreuz und der durch die Organisation geleisteten Hilfe für die Zivilbevölkerung in Katastrophengebieten und bei bewaffneten Konflikten. Doch Schmidt hatte die Rolle als Generalsekretär auf ungewöhnlich selbstprofilierende Weise ausgeübt.

Vor einigen Jahren hatte er seine Autobiografie mit dem etwas kuriosen Titel *Der Kanarienvogel im Kohlebergwerk – meine Memoiren* publiziert. Mehrere Rezensenten waren der Auffassung, bei dem Werk handele es sich vor allem um ein Debattenbuch, verpackt in Anekdoten aus Schmidts knapp sechzigjährigem Leben. Im Buch wurde geschildert, wie

Schmidts jüdische Eltern als Kinder den Holocaust überlebten und später vor antisemitischer Schikane im kommunistischen Osteuropa flohen. Sie kamen in den Sechzigern mit zwei Koffern und ihrem kleinen Sohn nach Dänemark und bauten sich in dem damals noch gastfreundlichen Land ein gutes Leben auf. Doch in den letzten Jahren waren die Geister der Vergangenheit laut Schmidt wieder aufgetaucht, und die jüdische Bevölkerung in Dänemark sah sich aufs Neue einem zunehmenden Antisemitismus ausgesetzt. Der Judenhass kam aus vielen Ecken; teils von fundamentalistischen Muslimen, teils von einer wachsenden Gruppe rechtsextremer Dänen, die, inspiriert durch selbst ernannte Ideologen auf YouTube und verborgene Internetseiten, dem nationalsozialistischen Gedankengut Leben einhauchten.

Neonazis, *White Supremacists* und wie sie sich sonst noch nannten, hassten die Juden aus Prinzip, doch die klassische Judenfeindlichkeit war in den letzten Jahren um jene Verschwörungstheorie erweitert worden, nach der die Juden selbst hinter der muslimischen Einwanderung der letzten Jahrzehnte steckten. Der Plan der Juden hinter der Massenimmigration nach Westeuropa hatte angeblich zum Ziel, die westlichen Gesellschaften zu destabilisieren, damit eine jüdische Elite die Weltherrschaft übernehmen konnte.

Schmidt hatte zweifellos recht in großen Teilen seiner Diagnose. Bericht um Bericht hatte er den zunehmenden Antisemitismus dokumentiert, und die Anzahl rechtsextremistischer Angriffe in Europa stieg. Dennoch hatte das Buch es geschafft, Repräsentanten praktisch sämtlicher Gruppen in Dänemark zu brüskieren. Sowohl die muslimische Bevölkerung als auch die politische Rechte fühlte sich durch das Buch an den Pranger gestellt. Die breite Mitte von Politikern, Teilnehmern der öffentlichen Debatte und Gutbürgern, die Schmidt beschuldigte, sich nicht deutlich genug vom Antisemitismus zu distanzieren, fühlte sich zu Unrecht angegriffen. Und schließlich war da die große Gruppe von Meinungsmachern, die kurz gesagt davon überzeugt waren, der Leiter des normalerweise politisch neutralen Roten Kreuzes sollte sich gefälligst auf das Schnüren von Nothilfepäckchen konzentrieren und ansonsten den Rand halten.

Das eigentliche Problem war dabei vor allem die *Persönlichkeit* des Generalsekretärs, dachte Maria. Wenn er an Fernsehdebatten teilnahm, trat er häufig mit einem belehrenden, ungeduldigen Gebaren auf. Er stellte eine Arroganz zur Schau, die sie und mit Sicherheit noch viele andere Frauen absolut unerträglich fanden. Vor allem jüngeren Frauen gegenüber neigte er zudem zu einem herablassenden Tonfall. Maria folgte ihm auf Twitter, wo er mit so ziemlich jedem, vom Ministerpräsidenten persönlich bis hin zu völlig unbedeutenden Privatpersonen, ins Gericht ging. Sein Ton war aggressiv und hart. Und nicht selten erntete er ebenso krasse Antworten im Kommentarfeld. Sie war dabei über einige Äußerungen gestolpert, die stark an strafbare Drohungen grenzten. Kommentare à la »Da hilft nur noch ein Genickschuss«, »Hoffentlich trittst du auf eine Bombe, wenn du das nächste Mal im Nahen Osten bist« oder »Dich vergasen wir als Allerersten«.

Maria hatte nie verstanden, warum Schmidt um so einen hohen Preis Zeit auf die sozialen Medien verwandte. Sie erinnerte sich, wie sie ihn im Dezember als Gast in einer seichten Talkshow gesehen hatte, wo er von einer Weihnachtsspendenaktion für syrische Geflüchtete im Libanon erzählte. Er hatte dabei müde und traurig ausgesehen und älter, als er war. Maria hatte in diesem Moment zum ersten Mal so etwas wie Sympathie für den Mann empfunden. Und nun war er also tot.

»Ich glaube, ich muss ein paar Überstunden abbauen und den restlichen Tag freinehmen«, seufzte Bodil auf ihrem Schreibtischstuhl und unterbrach Marias Gedanken. »Georg war mein Schulkamerad. Mein ältester Freund. Ich kann keinen klaren Gedanken fassen. Und ich habe Kopfschmerzen.«

»Das ist völlig verständlich. Ich sorge schon dafür, dass hier alles ordnungsgemäß läuft«, antwortete Maria, vielleicht etwas zu munter.

»Ich gehe fest davon aus, dass ich morgen wieder zurück bin. Ich bin ja schließlich nicht gestorben«, sagte die Museumsleiterin und schaute Maria scharf über den Brillenrand hinweg an. Da war sie wieder, die gute, alte Bodil.

»Mein Beileid«, sagte Maria und wandte sich zum Gehen, als ihr einfiel, weshalb sie eigentlich gekommen war. »Du, Bodil, tut mir leid, dass ich ausgerechnet jetzt damit komme. Aber kurz vor Weihnachten habe ich für meine Ausstellung ein paar Ordner aus dem Archiv geholt. Du weißt nicht zufällig …«

Bodil machte eine ungeduldige Handbewegung.

»Ach ja, die liegen hier.«

Sie stand auf, warf ein zerknülltes Taschentuch in den Mülleimer und ging zu einer kleinen Sitzgruppe. Sie nahm einen Stapel blauer Archivordner und drückte ihn Maria in die Arme.

»Das war vielleicht ein Akt, die zu finden. Ich habe mich einen halben Vormittag dumm und dusselig gesucht, bevor ich auf die Idee kam, bei dir nachzusehen. Denk dran, immer zu vermerken, welche Fälle du mitnimmst«, sagte Bodil und fügte mit einem säuerlichen Unterton, der Maria an ihre eigene Mutter erinnerte, hinzu: »Tja, aber du dürftest auch ordentlich unter Zeitdruck stehen, wenn die Ausstellung bis Ostern fertig sein soll, nicht wahr.«

»Ja, das ist…«, setzte Maria an, wurde allerdings erneut unterbrochen.

»Wie auch immer: Irgendwann zwischen Weihnachten und Neujahr hatte ich Besuch von einem VIP, der großes Interesse an den ungeklärten Fällen hatte«, sagte Bodil. Sie hatte die Angewohnheit, einige Mitarbeiter des Kulturamts oder der Stadt, den Wirtschaftsprüfer, Politiker, Mitglieder des Polizeihistorischen Vereins oder ausländische Museumsleute als *Very Important Persons* zu bezeichnen. Allerdings war »VIP«, wie Maria mit der Zeit gelernt hatte, auch der Bodil-Code für Gespräche, die die Museumsleiterin lieber persönlich führte. Maria war es offen gestanden verdammt leid, nie in die interne Planung und Administration einbezogen zu werden, doch diesen Kampf musste sie ein andermal ausfechten. Sie drückte die wiedererlangten Archivordner an die Brust und wandte sich ein letztes Mal ihrer Chefin zu.

»Mein Beileid noch mal«, sagte sie, doch Bodil beachtete sie nicht mehr.

Maria ging zurück in ihr Büro, schaltete ihren Computer an und gab das Passwort ein. 2-3-0-3. Gleich auf der ersten Nachrichtenseite prangte die Story über den Generalsekretär. Großbuchstaben und ein Archivfoto vor signalgelbem Hintergrund bestätigten, was Bodil gerade erzählt hatte.

Unter einem Bild, das Georg Schmidt im Smoking und mit steinerner Miene bei seiner Ankunft beim königlichen Neujahrsempfang vor weniger als einer Woche zeigte, wurde die bisher größte Neuigkeit des Jahres in Versalien herausgeschrien: ERMORDET!

7

Die Kälte prickelte in Mikaels Fingern, als er im Blegdamsvej 118 auf die Klingel drückte. Auf den länglichen Klingelschildern standen die typischen Hansen- und Jensen-Nachnamen, gemischt mit dem einen oder anderen etwas exotischer klingenden Nachnamen. Mikaels Interesse galt vor allem der oberen Reihe, dem Dachgeschoss, wo er vor wenigen Augenblicken eine Gestalt am Fenster gesehen hatte.

Ein Bewohner aus dem zweiten Stock ließ sie ins Haus, und Mikael wies den Polizeischüler an, schon mal mit den unteren Wohneinheiten zu beginnen. Der Aufzug war verlockend, doch Mikael lief stattdessen zwei Stufen auf einmal nehmend die Treppe hinauf. Schnaufend kam er oben an. Das Brennen in seiner Lunge ermahnte ihn, sein Lauftraining wiederaufzunehmen, sobald es wärmer wurde. Die Winterdunkelheit legte sich jedes Jahr aufs Neue wie eine bleierne Decke der Depression über Mikael.

Im obersten Stock gingen sieben Türen von einem Laubengang ab. Dieser Montag war für viele Dänen der erste Arbeitstag nach zwei Wochen Weihnachtsferien. Daher bezweifelte Mikael, dass sie viele Bewohner zu Hause antreffen würden. Er warf einen Blick auf seine Breitling-Uhr, das diesjährige kombinierte Weihnachts- und Geburtstagsgeschenk von ihm an sich selbst. Es war 11.45 Uhr.

In den ersten beiden Wohnungen war niemand zu Hause. Mikael schob ein vorgedrucktes Kärtchen mit dem Wortlaut

»Die Polizei war hier. Bitte nehmen Sie Kontakt zu uns auf« durch den Briefschlitz. In der dritten Wohnung wurde ihm geöffnet, doch Anne-Mette Henningsen, wie die Bewohnerin hieß, hatte von 21.00 Uhr bis eben geschlafen.

»Ich habe seit Silvester die Grippe und bin komplett im Eimer«, murmelte sie verschlafen und bat Mikael herein.

»Nein danke, aber rufen Sie uns an, falls Ihnen etwas einfällt«, antwortete Mikael. Eine Formulierung, die er im Laufe seiner Karriere Hunderte Male gebraucht hatte.

Die nächste Tür blieb wieder verschlossen. Mikael hatte schon lange keinen Urlaub mehr genommen. Er wusste in solch freier Zeit nicht recht was mit sich anzufangen. Schon gar nicht über Weihnachten, wenn alle anderen mit ihren Familien zusammen waren. Deswegen übernahm er mehr oder weniger freiwillig die langweiligen Dienste zwischen den Jahren. Die anfälligste Zeit für häusliche Streitereien und nächtliche Gewaltexzesse, während die Tage damit vergingen, dass die Polizei wegen ungebetener Gäste oder verstorbener Familienmitglieder gerufen wurde. Nicht alles davon landete im Dezernat für Gewaltverbrechen, durchaus aber ein Teil.

Mikael ging zur nächsten Tür. Eine Lichterkette mit bunten Birnchen blinkte daran, unregelmäßig wie der Herzschlag eines Sterbenden. Auf dem Briefschlitz stand kein Name, und es gab keine Klingel. Daher klopfte Mikael an die Tür. Er verkniff sich, »Hier ist die Polizei!« zu rufen, das erschreckte die Leute bloß unnötig. Er stampfte auf, um in dem zugigen Laubengang etwas Wärme in die Zehen zu bekommen, und schob dabei unbeabsichtigt die Fußmatte ein Stück zur Seite. Ein blanker Schlüssel lugte darunter hervor.

Mikael bückte sich, nahm den eiskalten Schlüssel und überlegte, ob er einfach aufschließen sollte, als die Tür aufging.

Eine Frau im rosa Kimono stand vor ihm und blickte auf den vornübergebeugten Mikael und den Schlüssel in seiner Hand.

»Tut mir leid. Ich dachte, es wäre niemand zu Hause«, murmelte Mikael und richtete sich verlegen auf.

»Aha.«

Der Kimono der Frau stand halb offen und offenbarte einen üppigen Vorbau.

»Mein Name ist Mikael Dirk. Ich bin von der Polizei und ermittle in einem Mordfall. Darf ich einen Augenblick reinkommen?«

Die Frage stand kurz zwischen ihnen, ehe die Frau zur Seite trat.

»Natürlich.«

Die Wohnung war kleiner, als er es von einer Dachwohnung in Østerbro vermutet hätte. Die etwa fünfzig Quadratmeter waren schmuddelig, und überall auf dem Fußboden und den Möbeln lagen Kleider. Bis auf einen imposanten Fernseher an der einen Längsseite waren die Wände nackt.

»Wie heißen Sie?«, fragte er die Frau, die ein wenig hektisch anfing aufzuräumen.

»Amalie.«

»Und weiter?«

»Skytte. Amalie Skytte. Mein Freund wohnt auch hier. Er schläft aber noch.«

Sie führte Mikael zu einer Sitzgruppe. Mikael warf einen Blick aus dem Fenster. Das Rotkreuzgebäude lag direkt gegenüber.

»Wo waren Sie gestern Abend und heute Nacht?«

Amalie sah ihn nervös an.

»Warum?«

»Wissen Sie, was heute Nacht beim Rotkreuzgebäude passiert ist?«, fragte Mikael, während er Platz nahm.

Amalie studierte sein Gesicht. Wie ein Kind, das versucht, die Stimmung eines launenhaften Vaters abzulesen.

»Ja, also … ich habe es im Fernsehen gesehen. Aber ich habe nichts mitbekommen. Ich bin eben erst aufgestanden. Ich bin gestern um eins von der Spätschicht nach Hause gekommen. Carsten müsste kurz danach gekommen sein. Er arbeitet beim Schlüsseldienst. Auf Amager. 24-Stunden-Service, wissen Sie.«

Ihre Antwort kam etwas unsicher. Amalie – Mikael schätzte sie auf Ende dreißig – wirkte durchaus glaubwürdig, aber auch wie jemand, der Probleme anzog. Eine naive Frau, die in ihrem noch jungen Leben zu oft den falschen Männern vertraut und nichts dazugelernt hatte. Sie wollte gefallen, das merkte er an der Weise, wie sie in seinem Gesicht nach den richtigen Antworten suchte. Sie wollte partout geliebt werden und hatte damit jedes Gespür für ihre eigenen Grenzen verloren. Mangelndes Selbstbewusstsein und fehlende Ausbildung kompensierte sie mit einem beeindruckenden Paar Brüste und einer einschmeichelnden Kleinmädchenstimme. Das hatte vorläufig für ein Leben mit diesem Carsten gereicht, der jetzt um die Mittagszeit offenbar immer noch im Bett lag und schnarchte, während sie seine Wäsche machte.

»Wo arbeiten Sie?«

»Im 7-Eleven am Bahnhof Nørreport.«

»Auch sonntags?«

»Das gibt extra. Ist ganz okay.«

»Und Sie sind gestern also um eins nach Hause gekommen, sagen Sie. Haben Sie da zufällig aus dem Fenster geschaut? Vielleicht als Sie die Jalousien runtergezogen haben?«

Amalie schüttelte den Kopf.

»Die waren schon unten. Die Fenster sind megaundicht, und die Jalousien halten die Kälte ein bisschen ab. Wir haben uns beim Hausmeister beschwert, aber er …«

»Könnten Sie vielleicht Ihren Freund wecken, damit ich mit ihm sprechen kann?«, unterbrach Mikael sie. Von der Frau würde nicht viel Brauchbares kommen, merkte er.

Amalie sah ihn nervös an.

»Ich kann's versuchen …«, meinte sie.

Sie stand auf und stellte sich vor die Schlafzimmertür, klopfte aber weder an noch ging sie hinein.

»Carsten. Carsten«, sagte sie, ohne wirklich die Stimme zu heben.

Ein unverständliches Grunzen ertönte, und Amalie erklärte ihrem Freund durch die geschlossene Tür, dass die Polizei mit ihm reden wolle.

Nach einer knappen Minute erschien besagter Carsten in Jeans und mit nacktem Oberkörper. Ein rotwangiger Mann in Mikaels Alter mit Halbglatze und einem Schnurrbart, der ihn wie einen Pornostar aus den Achtzigern aussehen ließ.

Der obere Knopf von Carstens Hose stand offen, und er sah eigentlich nicht sonderlich verschlafen aus. Mikael hatte das Gefühl, ihn schon mal irgendwo gesehen zu haben, kam jedoch nicht darauf, wo oder wann.

»Mein Name ist Mikael Dirk, und Sie sind Carsten, wenn ich es richtig verstanden habe. Darf ich nach Ihrem Nachnamen fragen?«

»Lassen«, nuschelte Carsten und gab Mikael die Hand, bevor sie sich setzten.

Amalie fragte, ob es in Ordnung sei, wenn sie zum Training ging.

»Ich will ins BodyFit, der Kurs fängt gleich an. Carsten findet, ich hab ein bisschen zu sehr zugelegt«, sagte sie und wurde rot. Carstens Anwesenheit im Wohnzimmer machte sie fahrig.

»Zugelegt? Saufett hab ich gesagt«, sagte Carsten und

schlug Mikael auf den Oberschenkel, als wäre die Bemerkung ein Insider unter alten Freunden.

Mikael sah ihn ausdruckslos an, während Amalie im Schlafzimmer verschwand und in pinken Tights, einem langen T-Shirt und einem Kapuzenpullover mit dem Aufdruck »Girl Power« zurückkam.

Sie gab Mikael ihre Handynummer. Er suchte vergeblich ihren Blick, in der Hoffnung auf einen Hinweis, was in diesen vier Wänden vor sich ging, doch Amalie mied jeden Augenkontakt und fragte stattdessen ihren Freund, ob er sich sein Frühstück selbst machen könne. Carsten grunzte eine mürrische Antwort, und kurz darauf war Mikael mit dem halb nackten Mann allein.

»Heute Nacht wurde am Rotkreuz-Gebäude ein Verbrechen verübt. Haben Sie etwas gesehen, als Sie nach Hause gekommen sind?«, fragte Mikael.

»Nee, glaub nicht. Alles war wie immer«, antwortete Carsten.

»War jemand auf der Straße?«

»Ich bin so gegen zwei nach Hause gekommen, und, nein, da war keiner auf der Straße. Oder, na ja, die üblichen Taxis und Busse halt. Und um die U-Bahn-Station herum waren ein paar Leute. Aber mir ist nichts Ungewöhnliches aufgefallen. War ja schweinekalt.«

»Haben Sie zum Rotkreuzgebäude hinübergesehen, als Sie nach Hause kamen?«

»Nee, warum sollte ich? Ich bin mit dem Auto gefahren und hab einen Parkplatz nicht weit von hier in der Ryesgade gefunden. Scheißglück, Alter. Wussten Sie, dass es in ganz Dänemark nirgends so schwer ist, einen Parkplatz zu kriegen wie in Østerbro? Alter, hier gibt's fast mehr Autos als Bewohner. Alles reiche Säcke. Die sollten sich aus der Stadt verpissen und aufs Land ziehen, dann gäbe es Platz für richtige Angestellte wie Sie und mich. Na ja, egal, also, ich bin von der Ryesgade durch den Durchgang beim alten Straßenbahndepot, und dann ist man ja fast schon vor unserem Haus. Aber ich … « Carsten unterbrach sich und biss sich auf die Lippe.

»Ja, was wollten Sie sagen?«, hakte Mikael nach.

»Sie sind kein Verkehrspolizist, oder? Wenn ich mit Ihnen rede, kriege ich dann Probleme? Mir wurde vor drei Jahren der Führerschein abgenommen. Aber ich mache ihn gerade neu! Und ich hab das Bußgeld bezahlt. Ein Schweinegeld, Alter. Sonst fahre ich immer mit dem Fahrrad, aber gestern hab ich Amalies Auto geliehen, es war so scheißkalt.«

»Mich interessiert nur, ob Sie gestern Nacht etwas gesehen haben«, sagte Mikael. Allmählich dämmerte ihm, dass er Carsten möglicherweise vor ein paar Jahren wegen Hasch- oder Koksbesitzes festgenommen hatte.

»Nichts!« Carsten schüttelte energisch den Kopf.

»Na schön. Eine letzte Frage: Haben Sie am Fenster gestanden, kurz bevor ich hier hochgekommen bin?«

»Nee. Das muss Amalie gewesen sein.«

»Amalie?«

»Ja. Ich habe bis eben im Bett gelegen.«

»Scheiße«, fluchte Mikael, stand auf und ging zur Tür. Auf der Schwelle drehte er sich noch einmal um und sah Carsten an. »Ab sofort lassen Sie das Auto stehen, klar? Wenn Sie sich zu fein fürs Fahrrad sind, müssen Sie sich eben von Ihrer Freundin fahren lassen.«

Er wusste, dass er sich am Riemen reißen sollte, konnte es sich aber nicht verkneifen, dem Kerl, der wie die Gleichgültigkeit in Person auf dem Sofa lümmelte, diese letzte Ohrfeige zu verpassen.

8

Der Kaffee war viel zu stark und schmeckte bitter und abgestanden. Das einzig Positive, was sich über das Gebräu in seinem Pappbecher sagen ließ, war, dass es seine Finger wärmte.

Mikael hatte stundenlang mit Anwohnern und Passanten gesprochen, und nun war es an der Zeit für eine Zwischenbilanz. In einem mobilen Einsatzwagen servierte die Katastrophenschutzbehörde ein paar Snacks, während sich die Ermittler besprachen. Die Ergebnisse der Befragungen in der Nachbarschaft waren niederschmetternd. Nur wenige Bewohner der angrenzenden Gebäude waren zu Hause, und von ihnen hatte keiner etwas Erwähnenswertes bemerkt.

Mikael dachte kurz an Amalie. Es war ein Fehler gewesen, sie gehen zu lassen. Andererseits hatte sie offensichtlich nichts gesehen, und bei Paaren wie ihr und Carsten war es immer besser, sich mit beiden getrennt zu unterhalten.

Andreas Juul hatte die äußere Leichenschau abgeschlossen, und die Rettungssanitäter Gitte und Leif kamen mit dem Leichenwagen. Die sogenannte Knochenrakete war in Wirklichkeit ein weißer Ford Transit mit dem Falck-Logo vorn und einem roten Streifen rundherum.

Es war kurz vor 16.00 Uhr, als Mikael gemeinsam mit den Sanitätern die Schutzkleidung überzog und zu dem Toten ging, neben dem bereits ein Kriminaltechniker wartete, der beim Abnehmen der Leiche helfen würde. Gitte und Leif hatten im Laufe ihrer Karriere schon so einiges gesehen, dennoch entschlüpfte Gitte beim Anblick des gekreuzigten Generalsekretärs ein ungläubiges »*What... the... fuck*«.

Mit einem weißen Leichensack stieg sie auf die Leiter unter dem Toten. Mikael kannte Gitte als starke, schlagfertige Frau, die sich niemals scheute, hart anzupacken. Sie zog den Sack über die Füße des Generalsekretärs und mithilfe von Leif, der nach oben hinter das Geländer über der Leiche gegangen war, weiter hoch bis zur Brust des Verstorbenen.

»Ich brauche noch jemanden zum Halten«, stöhnte Gitte, und Mikael sprang ihr zu Hilfe.

Gemeinsam hielten sie den Toten in aufrechter Position, während Leif und der Kriminaltechniker die Fesseln lösten. Erst einen Arm, dann den anderen. Wie er dort mit leichenstarr ausgestreckten Armen lag, erinnerte Schmidt an einen Boxer, der sich, obwohl er ein paar üble Treffer kassiert hatte, siegreich aus einem Kampf zurückziehen konnte.

»Brechen wir die Leichenstarre«, sagte Gitte und drückte die Arme des Toten neben den Körper. Der Reißverschluss des Sackes wurde zugezogen, und Leif legte die grüne Vinylhülle um den Leichensack. Sie arbeiteten schweigend, wie meist in Gegenwart eines Toten. Alle sprachen gedämpft im Flüsterton, und erst als das Gesicht des Verstorbenen bedeckt und die Leiche abtransportiert war, wurde wieder normal gesprochen. Als der Tote gut verpackt auf der Trage lag, spannte Gitte am Hals, am Bauch und an den Füßen drei Transportbänder um den Leichnam. Dann zogen die beiden ihre Einweganzüge aus, worauf die knallgelbe Uniformjacke mit dem Falck-Logo auf dem Rücken zum Vorschein kam, und machten sich bereit, die Leiche zur Knochenrakete zu rollen.

Das war der große Moment für die Pressefotografen. Mikael hatte noch nie verstanden, was so ungeheuer interessant an einem Foto von einem Leichensack oder einem Sarg war, aber jedes Mal wieder standen sich die Pressefotografen geduldig die Beine in den Bauch und warteten wie die Aasgeier auf just dieses eine Bild.

Gitte entdeckte einen Fotografen, der sich aus einem Giebelfenster des nebenan liegenden Studentenwohnheims lehnte.

»Fett. Dann sind wir morgen in der Zeitung«, sagte sie und feixte Mikael an. Er hasste die Presse, und das wusste sie.

»Da haben wir mal eben fünfundzwanzig Kronen und achtzehn Öre extra verdient«, sagte sie und schlug die Hecktür zu.

Damit spielte sie auf die Schmutzzulage aus der Zeit an, als die Falck-Sanitäter ihre Uniformen nach jeder Fahrt mit einem Toten in die Reinigung geben mussten. Die Zulage war erhalten geblieben, obwohl die Sanitäter inzwischen Schutzanzüge über ihren Uniformen trugen.

Mikael sah sich um. Die Leiche war abtransportiert und Andreas Juul nach Hause gegangen. Bald würde der Blegdamsvej wieder geöffnet werden. Die Kriminaltechniker und die Polizeihunde hatten ihre Arbeit getan, und es waren bereits die ersten Klagen von Bürgern und der Busgesellschaft Movia eingegangen, weil die viel befahrene Straße acht Stunden lang gesperrt gewesen war.

Tatortkoordinator und Kriminaltechniker Jan Munch kam zu Mikael.

»Hat der Herr Ermittlungsleiter einen Moment Zeit?«, fragte er munter.

Munch war bei der Spurensicherung tätig, seit Mikael denken konnte. Er war zweiundfünfzig Jahre alt und genoss bei allen, mit denen er zusammenarbeitete, großen Respekt. Mikael mochte ihn. Überhaupt mochte er Leute, die ihr Handwerk verstanden. Und solche, die immer guter Laune waren. Er selbst blies Trübsal genug, auch wenn er es ungern zugab.

»Wir haben einen unvollständigen Schuhabdruck oberhalb des Geländers gefunden, wo die Arme des Toten festgebunden waren. Er muss vom Mörder stammen, denn der Notarzt, der als Einziger so nah bei der Leiche gestanden hat, hat andere Schuhe getragen.«

Munch klang enthusiastisch. In Ausnahmefällen konnte ein Schuhabdruck beinahe ebenso einzigartig sein wie ein Fingerabdruck.

»Könnt ihr schon etwas über den Schuhtyp sagen?«, fragte Mikael, doch Munch schüttelte den Kopf.

»Noch nicht. Er muss erst mal gesichert und näher untersucht werden, ehe wir anhand des Profils möglicherweise die Schuhmarke identifizieren können. Sollte das nicht klappen, muss das ENFSI ran«, sagte Munch.

Es gab Fälle, in denen trotz perfekten Schuhabdrucks keine Schuhmarke ermittelt werden konnte. Da half dann nur noch eine Anfrage beim Europäischen Netzwerk Forensischer Institute.

»Außerdem haben wir etliche Zigarettenkippen gefunden, aber wie viele davon analysiert werden, müsst natürlich ihr entscheiden«, fuhr Munch fort. »Es ist ja eine öffentliche Straße, und selbst im Jahr 2020 schmeißen die Leute ihre Kippen weiterhin ungehemmt auf den Boden.«

Mikael sah seufzend zu Munch. Die DNA-Analyse von Zigarettenstummeln kostete pro Stück schwindelerregende dreitausendfünfhundert Kronen. Und er kannte Carlsens Haltung: Mordfall hin oder her: Die finanziellen Mittel der Abteilung mussten mit Bedacht eingesetzt werden. Niemand hatte den Freifahrtschein, mal eben einen ganzen Aschenbecher zur Analyse einzuschicken.

»Damit warten wir erst mal«, sagte Mikael. »Sonst noch was?«

»Nein, nicht direkt. Ich bin mit drei Teams angerückt, die die Spuren gesichert und alles fotografiert sowie dokumentiert haben. Jetzt müssen wir das Material nur noch untersuchen.«

Mikael verstand, was Munch ihm sagen wollte. Die Techniker hatten alle Hände voll zu tun, und Mikaels Aufgabe als Ermittlungsleiter war es nun, für sie die Prioritäten festzusetzen: Was musste als Erstes untersucht werden, und was konnte warten? Ein einziger falscher Schritt verzögerte die Aufklärung womöglich um Wochen, wenn nicht Monate. Munch versprach, die höchstwahrscheinlich durchweichten Zigarettenstummel in einem Trockenschrank im NKC zu trocknen. Doch der Schuhabdruck hatte oberste Priorität und musste sowohl im In- wie auch im Ausland überprüft werden.

»Alles klar«, sagte Munch. »Aber Dirk! Ist das nicht großartig? Wir haben schon die eine Hälfte des Beweises. Jetzt musst du nur noch den Schuh finden, dann haben wir den Täter«, strahlte er, bevor er zu seinen Leuten zurückging.

Mikael sah ihm nach. Trotz Munchs Optimismus hatte er das Gefühl, dass der Fall Georg Schmidt nicht ganz so einfach werden würde.

9

Obwohl der Erweiterungsbau des Rotkreuzgebäudes direkt am Blegdamsvej lag, konnte man bei Dunkelheit relativ unbemerkt oben auf der Treppe stehen. Trotzdem war der Täter mit dem öffentlichen Tatort ein hohes Risiko eingegangen, was für eine bewusste Wahl von Opfer, Inszenierung und Ort sprach. Mikael stand am höchsten Punkt des Gebäudes. Die Straße hinunter zur Linken lagen die Trianglen-Kreuzung und die neue U-Bahn-Station. Rechts ragte das Rigshospital mit seinen sechzehn Stockwerken grauen Betons in die Höhe. Auf seinem Handy checkte er die Nachtfahrpläne für Bus und U-Bahn. Die Linie 1 A fuhr die gesamte Nacht im Halbstundentakt – und die U-Bahn alle sieben Minuten.

Er hatte eine Nachricht von Carlsen bekommen.

Gib mir ein Briefing, muss um 18 h eine Pressekonferenz vor dem Präsidium halten.

Er klickte auf Carlsens Nummer, wurde aber unterbrochen, als Frederik von der Straße her nach ihm rief. Mikael krampfte sich innerlich zusammen. Wenn er eins nicht gebrauchen konnte, dann von einem neuen und jüngeren Partner herumkommandiert zu werden. Schließlich leitete *er* hier die Ermittlungen.

Frederik stand bei Munch und diskutierte irgendetwas mit ihm. Beide gestikulierten heftig. Ihre Blicke waren auf eine Reihe von Altkleidercontainern gerichtet, die entlang der Mauer zum angrenzenden Logenhaus des Dänischen Freimaurerordens standen. Mikael zählte sechs Container, allesamt mit dem Rotkreuzlogo versehen.

»Was ist los?«

»Munch schlägt vor, die Kleidercontainer zu leeren. Ich habe gerade mit den Rotkreuzmitarbeitern drinnen am Empfang gesprochen, aber die sagen, das dürften wir nicht. Die Kleiderspenden für einen wohltätigen Zweck sind rechtlich gesehen Privateigentum«, erklärte Frederik.

»Natürlich dürfen wir die Container leeren. Das hier ist schließlich eine Mordermittlung.«

Mikael griff symbolisch den Bügel der Klappe und realisierte zu spät, dass er damit womöglich wichtige Spuren zerstört hatte. Er spürte Munchs Blick und zog rasch die Hand zurück.

»Macht ihr ruhig, die Genehmigung besorge ich später«, sagte er, verärgert über sich selbst. Eine seiner größten Schwächen waren unbedachte Handlungen im Eifer des Gefechts. Mit der Zeit war das zwar besser geworden, doch da war milde ausgedrückt noch Luft nach oben. Erst schießen, dann fragen: Diese Taktik hatte ihm im Laufe der Jahre einige Scherereien eingebracht, sowohl beruflich als auch privat.

Seit die Beziehung mit Karin auseinandergegangen war, lebte Mikael allein. Er hatte weder den Mut noch die Energie, etwas gegen die Einsamkeit zu unternehmen, die ihn häufig überkam, wenn er die Haustür in Hvidovre aufschloss. Dabei war es nicht so, dass es an interessierten Frauen mangelte. Er war groß und breitschultrig, mit Lachfältchen um die Augen und zwei ernsten Furchen in der Stirn. Aber der Traum, sich mit Karin zu versöhnen, Hector aufwachsen zu sehen, vielleicht sogar ein weiteres Kind zu bekommen und alles besser zu machen, lebte in ihm weiter. Zumindest an manchen Tagen. An anderen jagte ihm der Gedanke eine Heidenangst ein.

Als Mikael nach einem weiteren schlechten Kaffee Richtung Mannschaftswagen ging, sah er, dass zwei von Munchs Leuten bereits mit der Spurensicherung um die sechs Container herum beschäftigt waren, während eine Mitarbeiterin des Roten Kreuzes ihnen widerwillig den Schlüssel aushändigte.

Sollte die Staatsanwaltschaft später herausfinden, dass er unautorisiert die Durchsuchung der Container angeordnet hatte, würde er garantiert einen Kopf kürzer gemacht werden, doch diesem Anpfiff sah Mikael gelassen entgegen.

Man konnte vieles über Mikael Dirk sagen, ein Duckmäuser war er jedenfalls nicht.

10

Mit einem Mal wurde Maria schlecht. Sie lehnte sich auf ihrem Schreibtischstuhl zurück und schloss für einen Moment die Augen, um die Ursache der Übelkeit, die beharrlich ihre Kehle hinaufwallte, zu identifizieren.

Gestern Abend hatte sie beim Gemüsehändler einen Tetrapack Erdbeerjoghurt gekauft. Ihre Nachbarin behauptete steif und fest, Jalal, der Inhaber, schalte nachts seine Kühlschränke mit Vollmilch, Mangosaft und türkischem Feta ab, um Strom zu sparen, doch bisher war ihr von den Lebensmitteln aus dem kleinen, gut sortierten Laden noch nie schlecht geworden.

Plötzlich kam ihr ein Gedanke, und sie nahm hastig ihr iPhone, öffnete den Kalender und blätterte einige Wochen zurück bis zu einer Reihe notierter Ms. Sie atmete aus. Nein, das war rein rechnerisch äußerst unwahrscheinlich.

Maria war vor einer knappen Woche auf einer privaten Silvesterparty in Vesterbro gewesen. Ihre Freundin Mette, von Beruf Journalistin und einige Jahre älter als sie, hatte sie eingeladen mitzukommen, doch Maria kannte keinen der anderen Gäste und hatte Mette um 16.00 Uhr geschrieben, dass sie sich nicht gut fühle.

Mette hatte umgehend angerufen.

»Pass mal auf. Du stellst dich jetzt unter die Dusche und dann ziehst du das blaue Kleid von letztem Jahr an. Und die großen schwarzen Ohrringe, du weißt schon, die mir so gut gefallen, alles klar? Ich hole dich in einer Stunde ab.«

Sie hatte aufgelegt, ehe Maria protestieren konnte, und der Abend war schöner gewesen als erwartet. Zwei Drittel der Leute waren Mettes Kollegen aus der Redaktion, und Maria hatte Jeppe als Tischnachbarn bekommen. Krimi-Jeppe, wie Mette ihn nannte, war ein kettenrauchender Journalist Mitte vierzig, der als Kriminalreporter für die *Morgenavisen* arbeitete. Eigentlich war er nicht Marias Typ. Ein bisschen zu sehr von sich selbst überzeugt, sechs, sieben Jahre zu alt und noch dazu frisch geschieden mit zwei Kindern. Maria war aber noch nie jemandem begegnet, der ein derartiges Interesse für sie und ihren Job im Polizeimuseum gezeigt hatte wie Krimi-Jeppe. Naheliegenderweise. Maria hatte sich davon um den Finger wickeln lassen, und Krimi-Jeppe hatte die erste Nacht und den Morgen des neuen Jahres in Marias Bett verbracht.

»Ich rufe dich an. Nein, weißt du was? Ruf du mich an«, hatte er gesagt, als er aus der Dusche gekommen war. Sie hatte seine Nummer in ihrem Handy gespeichert, und er hatte sie zum Abschied so leidenschaftlich geküsst, dass sie kaum Luft bekam.

Sie hatte nicht angerufen.

Wenn sie darüber nachdachte, war es eigentlich merkwürdig, dass sie noch gar nichts von Mette gehört hatte. Mette und Jeppe saßen in der Redaktion quasi Rücken an Rücken, sodass Jeppe ihr inzwischen von dem Abend erzählt haben dürfte. Entgegen ihrer Gewohnheit hatte sich Maria bisher nicht aufraffen können, die Details mit ihrer Freundin zu teilen. Sie konnte sich schon denken, was die sagen würde. Varianten der Sätze, die sie schon Hunderte Male zuvor gehört hatte: »Du bist eine Zynikerin, Maria.« Und: »Wann lässt du endlich jemanden an dich heran, Maria?«

Und Mette hätte recht. Wie üblich. Maria wollte gern jemanden an sich heranlassen. Nur nicht diesen Monat und nur nicht Jeppe mit den beiden kleinen Scheidungskindern und dem gescheiterten Familientraum.

Anyway, falls ihr Körper nicht gerade sämtliche biologische Grundgesetze brach, konnte ihre Übelkeit nicht von einem Mini-Jeppe herrühren. Vielleicht lag es am morgendlichen Stress mit dem Schwimmlehrer, dem unfreundlichen Polizisten und ihrer weinenden Chefin? Maria schaute auf ihren Computerbildschirm und die letzten Zeilen, die sie gelesen hatte, bevor ihr schlecht wurde.

»Der Generalsekretär hinterlässt seine Ehefrau Suzanne, die Tochter Sarah (31) und ein sechs Monate altes Enkelkind.«

Ein Vater war gestorben. Ein Vater, der eine Tochter im exakt selben Alter wie Maria hinterließ.

Oh Shit. Sie spürte, wie sich der Speichel in ihrem Mund sammelte, rannte zur Toilette, hob die Brille und beugte sich über die Schüssel.

Zurück in ihrem Büro schloss sie den Browser. Für heute hatte sie genug Artikel über den toten Generalsekretär gelesen. Viel schlauer war sie daraus nicht geworden. Die Polizei war nicht sonderlich mitteilsam, die Mitarbeiter des Roten Kreuzes wollten sich nicht äußern, und bis auf Weiteres hatte selbst die aggressivste Boulevardzeitung davon abgesehen, die Witwe in anderer Weise aufzusuchen als mit einem vulgär aufdringlichen Teleobjektiv vor der Patriziervilla des Paares im Kopenhagener Vorort Klampenborg.

»Das ist nicht deine Trauer, Maria. Du musst endlich weiterkommen«, ermahnte sie sich selbst.

Jahrelang hatte sie versucht, den Tod ihres Vaters und ihre Ängste zu verarbeiten, indem sie in das Chaos der Welt und die Tragödien anderer eintauchte. Sie durchlebte Schiffsunglücke, Zerstörung und plötzlichen Tod und durchkämmte historische Quellen über Kriege, Pestausbrüche, Sklavenhandel, niedergebrannte Städte und Terrorangriffe. Auf der Suche nach der goldenen Formel, wie der Mensch *weiterkommt*. Was allen anderen anscheinend gelang, wie ihr die Geschichte zeigte. Egal, wie viel Elend den Menschen widerfuhr: Die Erde und das Leben drehten sich weiter.

Maria war mit der Zeit zu dem Schluss gekommen, dass kein Weg um die Trauer herumführte. Man musste durch sie hindurch. Dummerweise war sie nie auf der anderen Seite angekommen; die Trauer über den Tod ihres Vaters war zur treibenden Kraft ihres Lebens geworden. Und sie hatte gelernt, dass es anmaßend war sich einzubilden, dass man sich vollkommen in die Trauer eines anderen Menschen hineinversetzen konnte. Jeder trauerte für sich.

Sie schüttelte den Kopf. Es war – wie ihre Chefin spitz bemerkt hatte – höchste Zeit, sich an die Arbeit zu machen. Bis Ostern musste die diesjährige Sonderausstellung in trockenen Tüchern sein. Die erste Ausstellung, bei der sie persönlich für die gesamte Recherche und alle Texte verantwortlich war. Im Rahmen des Budgets hatte sie eigenständig über Design, Beleuchtung und grafische Gestaltung zu entscheiden.

Der Arbeitstitel der Ausstellung lautete »100 Jahre ungeklärte Mordfälle«. Marias Idee war, für jede Dekade in der Zeitspanne von 1920 bis 2020 einen ungeklärten Mordfall zu finden, der entweder zeittypischen Charakter besaß oder aber grundlegende Bedeutung für die Gesellschaft oder die Denkweise der Bevölkerung erlangt hatte.

Die ungeklärten Mordfälle in der dänischen Kriminalgeschichte wurden nahezu mystifiziert. In einer Gesellschaft wie der dänischen, in der alles und jeder registriert war und die Leute der Polizei bereitwillig mit Informationen halfen, war die Aufklärungsrate turmhoch. Umso größeres Aufsehen erregten die ungelösten Fälle. Von den knapp vierzehnhundert Morden der letzten fünfundzwanzig Jahre in Dänemark waren etwa acht Prozent ungeklärt. Obwohl in Mordermittlungen jeder Stein umgedreht wurde, bezeichneten einige das Archiv der ungeklärten Fälle als das »schlechte Gewissen der Polizei«.

Untergebracht war dieses schlechte Gewissen in einem abgeschlossenen Raum im Keller des Polizeipräsidiums, wo es nach Staub und vergilbtem Papier roch. Doch in Wahrheit wurden selbst zwanzig, dreißig oder vierzig Jahre alte Fälle niemals ganz geschlossen – zumindest nicht offiziell. Der Polizei standen mit der Zeit immer bessere technische Hilfsmittel zur Verfügung, und so bestand stets die theoretische Hoffnung, dass neu aufgetauchte Spuren doch noch zum Täter führen könnten. Daher war auch landesweit eine kurze Zusammenfassung jedes ungeklärten Falles in den Mordkommissionen archiviert, als konstante Mahnung an die Ermittler, dass der Fall nicht in Vergessenheit geraten durfte. Doch die Originalakten, die Asservate, die Vernehmungsprotokolle, die Fotos – die wurden im Polizeipräsidium aufbewahrt.

Als Maria kurz vor Weihnachten die blauen Archivordner mit den historischen, ungeklärten Mordfällen aus dem Keller des Polizeimuseums mit nach oben genommen hatte, hatte sie sich über einige davon einen kurzen Überblick verschafft. Der Mord am Generalsekretär – falls es denn tatsächlich Mord *war* – zeigte Ähnlichkeiten mit einem dieser Fälle. Auch damals war eine hochrangige Person ermordet worden.

Sie schlug den zuoberst liegenden Archivordner auf.

Das war nicht der Fall, nach dem sie suchte, dennoch blätterte sie ein wenig in den Unterlagen aus dem Jahr 1945. Eine unter dem Namen Deutschen-Erna bekannte Frau war einige Monate vor der Befreiung erschossen in einem Wald vor Skanderborg aufgefunden worden. Ein aufgesetzter Schläfenschuss hatte ihr Leben beendet. Ernas Henker wurde nie gefasst. In Anbetracht der zu diesem Zeitpunkt herrschenden Stimmung hatte man womöglich auch keine allzu großen Anstrengungen unternommen.

Der Fall eignete sich perfekt für die Ausstellung. So zeittypisch wie nur irgendwas.

Sie schrieb »1945/Spitzelliquidierung/W, 33 Jahre« auf einen gelben Klebezettel, heftete ihn an den Ordner und legte ihn aufs Fensterbrett.

Maria war neulich auf eine Umfrage in der *Morgenavisen* gestoßen, laut der sich junge Frauen zunehmend ungern allein in der Öffentlichkeit bewegten. Die Angst der Frauen wurde als direkte Folge eines schockierenden, ungeklärten Mordes im Jahr zuvor gedeutet, als eine Kindergärtnerin, die sich in einem Park in Hillerød gesonnt hatte, mit mehreren Messerstichen getötet worden war. Die Mordwaffe und der Täter waren trotz Hunderter Vernehmungen nie gefunden worden.

Ein Mord ohne greifbaren Schuldigen konnte selbst in den abgesichertsten Gesellschaften eine Krise auslösen, so die Quintessenz der Umfrage, und das Risiko für eine Krise stieg, je höher der soziale und politische Status des Opfers war.

Maria öffnete den nächsten Ordner und suchte weiter, bis sie den richtigen fand.

Es handelte sich um einen Doppelmord, der zweiundfünfzig Jahre zurücklag.

Der Polizeipräsident Johannes Vinther und seine Frau Elisabeth waren an einem Frühlingstag des Jahres 1968 ermordet in ihrem Haus im Callisensvej in Hellerup aufgefunden worden. Der Fall hatte nicht nur aufgrund der Brutalität Aufsehen erregt, er hatte auch eine Schockwelle durch die Kopenhagener Oberschicht geschickt. Denn Johannes Vinther gehörte nicht bloß zur Spitze der dänischen Polizei, sondern auch zur gesellschaftlichen Machtelite.

Zuoberst im Ordner lag ein verpixeltes, unterbelichtetes Foto des Tatorts. Die Schwarz-Weiß-Aufnahme zeigte den Ausschnitt eines Wohnzimmers. Auf der einen Seite ein opulenter offener Kamin, auf der anderen ein umgestürzter Beistelltisch zwischen zwei Loungesesseln.

Auf einem Zebrafell vor dem Kamin lagen der Polizeipräsident und seine Frau, beide auf dem Rücken, die Hände über der Brust gefaltet. Ihre Gesichter waren zwei blutige Massen, die auf dem Schwarz-Weiß-Bild mit den Zebrastreifen unter ihren Körpern zusammenflossen.

Elisabeth Vinther trug ein helles Kostüm mit dunkler Borte, dicken Perlmuttknöpfen und geziemend langem Rock, das nach Chanel aussah. Die Kleidung saß tadellos. Der Rock war nicht zerrissen und Elisabeths Nylonstrumpfhose intakt. Also kein Sexualverbrechen. Dafür war sie ansonsten übel zugerichtet worden. Ihr Schädel wurde im Tatortbericht als »praktisch zertrümmert« beschrieben.

Johannes Vinther trug eine dunkle Uniformhose mit Hosenträgern und ein weißes Hemd. Neben seinem Kopf stand eine fünfundzwanzig Zentimeter hohe Messingfigur, welche

Justitia darstellte, die Göttin der Gerechtigkeit. Wie man später herausfand, handelte es sich hierbei um die Tatwaffe.

Die Rechtsmediziner waren außerdem zu dem Schluss gekommen, dass irgendeine Art von Messer, womöglich ein Jagdmesser, zum Einsatz gekommen war, da beide Opfer Abwehrläsionen und Schnittwunden an den Armen hatten. Dieses Messer war nie gefunden worden.

Maria blätterte weiter durch den Ordner. Aus einem maschinengeschriebenen Bericht, den ein Ermittler vermutlich schlechten Gewissens getippt hatte, als der Fall nach vier Jahren erfolgloser Ermittlungsarbeiten endgültig im Stapel ungeklärter Fälle endete, ging hervor, dass die Polizei am Mittwoch, den 8. Mai 1968, um 06.10 Uhr zu dem Haus im Callisensvej gerufen worden war. Dort trafen die Beamten die Haushaltshilfe an, die am Rande eines Nervenzusammenbruchs stand. Frau Fuglede war seit über zehn Jahren für die Vinthers tätig und hatte ihre toten Arbeitgeber gefunden, als sie frühmorgens ins Haus kam.

Elisabeth Vinther, geborene Schwarz, stammte ursprünglich aus Schweden und war eine ehemalige Opernsängerin. Sie war für ihre wohltätige Arbeit und ihr unskandinavisches Aussehen bekannt. Sie hatte glänzend schwarzes Haar und kirschrote Lippen und unterrichtete zweimal pro Woche ehrenamtlich die Mitglieder des Kopenhagener Knabenchors, hatte ihr Leben ansonsten aber ihrer Familie geweiht. Die kinderlosen Vinthers hatten in vergleichsweise hohem Alter ein Geschwisterpaar, einen Jungen und ein Mädchen, adoptiert. Doch das Glück währte nur kurz. Das Mädchen starb mit nur wenigen Jahren an einer unentdeckten Krankheit. Elisabeth Vinther trug die Trauer mit Würde, sprach jedoch nie über den Verlust. Sie ertrug es nicht einmal, den Namen der Tochter zu hören, wie die Haushaltshilfe zu erzählen wusste.

Der Sohn des Paares war zum Zeitpunkt der Tat ein junger Mann von dreiundzwanzig Jahren, der in einem Studentenwohnheim in der Kopenhagener Innenstadt lebte. Die Eltern sahen ihn so selten, wie es in Anbetracht der Aufbruchsstimmung 1968 zu erwarten war. Zum Zeitpunkt des Mordes hatte er sich bei seiner Freundin in Jütland aufgehalten.

Der Tod der Vinthers wurde auf einen Zeitpunkt zwischen 17.00 und 18.00 Uhr am vorangegangenen Abend festgesetzt. Das Abendessen des Paares, Schmorrippchen, stand halb verkohlt im Ofen, als die Haushaltshilfe am Morgen die Tür aufschloss, ein Topf ungekochter Salzkartoffeln stand auf dem Herd. Um etwa 16.50 Uhr hatte ein Nachbar Johannes Vinther auf der Straße gegrüßt, als der Polizeipräsident mit zielstrebigen Schritten vom Bahnhof Hellerup nach Hause gegangen war. Vinther war demzufolge am Spätnachmittag vor der Abendessenszeit dort eingetroffen. Das Paar, das üblicherweise um 18.30 Uhr zu speisen pflegte, war jedoch nie dazugekommen, die Mahlzeit einzunehmen.

Maria stand auf und ließ den Kopf kreisen, während sie die Informationen sacken ließ. Allein der soziale Status der Opfer und Vinthers Titel machten den Fall zu etwas Besonderem. Der Umstand, dass es der Polizei nicht gelungen war, den Mord an einem Spitzenbeamten in den eigenen Reihen aufzuklären, dürfte einen Rattenschwanz an Enttäuschung, Frustration und internen Streitigkeiten nach sich gezogen haben. Aber das reichte Maria nicht. Um Besucher in die Sonderausstellung zu locken – möglichst so viele, dass selbst Bodil beeindruckt war –, musste die Ausstellung unter die Haut gehen. Man musste sich mit den Opfern identifizieren können, mit den Angehörigen und den Ermittlern, die vergebens um die Aufklärung der Fälle gerungen hatten. Um diese Wirkung zu erzielen, brauchte es gutes Bildmaterial.

Maria blätterte den Stapel mit Familien- und Tatortfotos durch und entdeckte dabei ein Urlaubsfoto der Vinthers aus den frühen Jahren ihrer Ehe. Johannes Vinther lehnte darauf mit einem ungeduldigen Zug um den Mund und einer Pfeife in der Hand an einem Auto, während Elisabeth etwas zu der Person hinter der Kameralinse sagte. Der Schnappschuss hatte sie mit einer etwas ulkigen Grimasse eingefangen, dennoch war deutlich zu erkennen, dass Elisabeth Vinther mit ihrem schwarzen Haar eine außergewöhnlich hübsche Frau gewesen war.

Der Ordner enthielt darüber hinaus eine Auflistung von Quittungen der Einkäufe, die Elisabeth Vinther am Vortag des Mordes getätigt hatte. Sie war im Blumenladen und im Supermarkt gewesen. Nichts Auffälliges. Anschließend folgte eine Reihe von Nahaufnahmen der am Tatort gefundenen Gegenstände: die Loungesessel, deren Beine und Polster mit Blut bespritzt waren. Der umgestürzte Beistelltisch. Johannes Vinthers Brille, die weitgehend unbeschädigt ein Stück entfernt von den Leichen lag.

Das letzte Foto im Stapel war merkwürdig.

Maria betrachtete es lange, zu gleichen Teilen verwirrt und fasziniert. Die Schwarzweißaufnahme zeigte ein Gemälde, das neben weiteren kleineren Kunstwerken über dem Kamin hing und sich mit seinem moderneren und expressiveren Stil von den anderen abhob. Es war nicht abstrakt, man konnte erkennen, was jedes einzelne Element auf dem Bild darstellen sollte. Dennoch wirkte es insgesamt wie eine Traumsequenz. Oder vielleicht eher wie ein Albtraum. Das Gemälde strahlte etwas Naives, Kindliches aus. Doch es war das eigentliche Motiv des Bildes, das Maria mehrere Sekunden lang den Atem anhalten ließ.

Das Gemälde zeigte ein kleines Schiff auf einem aufgewühlten, tosenden Meer voller dunkler Schatten, wirbelnder Strömungen und Meereswesen – ein Wirrwarr aus Gestalten mit verzerrten Gliedmaßen, stumm schreienden Mäulern und schmerzerfüllten Augen, die Maria an Picassos *Guernica* erinnerten. Eines der monströsen Meereswesen näherte sich dem Schiff aus der Tiefe, bereit, es mitsamt der Besatzung zu verschlingen.

Dieses Meer war kein Urlaubstraum, kein Versprechen von neuen Abenteuern und endlosen Möglichkeiten. Es war genau wie das Meer, das Maria als Kind kennengelernt hatte: die Drohung von nahendem Tod und Trauer.

11

Die beiden sechzehn Meter hohen Säulen vor dem Eingang zum Logenhaus der Freimaurer im Blegdamsvej erzielten exakt die Wirkung, die ihnen vermutlich zugedacht war: unbefugten Besuchern den Zutritt zu verwehren.

Frederik sah zu der über dem rechteckigen Koloss im Wind flatternden rot-weißen Flagge mit dem Malteserkreuz hoch, dem Symbol des dänischen Freimaurerordens sowie im Laufe der Jahrhunderte diverser anderer Personen und Gruppierungen. Die Tempelritter hatten das Kreuz verwendet. Ebenso der schwedische Rettungsdienst. Und der Massenmörder Anders Breivik, mit dem die Freimaurer hier wohl kaum in Verbindung gebracht werden wollten.

Die große, solide Tür – die Grenze zwischen der geheimen Welt der Freimaurer und der Welt der normalsterblichen Bewohner in Østerbro – war zu Frederiks Überraschung unverschlossen. Er steckte sein Handy weg, zog die Tür auf und trat in eine gläserne Sicherheitsschleuse, die Aussicht in eine Eingangshalle mit hohen Decken bot. Hinter einem Empfangstresen aus dunkel lackiertem Holz saß ein Pförtner. Oder besser »Empfangssekretär«, wie er sich titulierte, als er Frederik hereinließ.

»Frederik Dahlin, Kopenhagener Dezernat für Gewaltverbrechen.« Frederik hielt seinen Ausweis hoch. »Haben Sie heute Nacht gearbeitet?«, kam er direkt zur Sache, während er sich umschaute. Die Tür zum nächsten Raum war aus Glas. Dahinter erstreckte sich ein beeindruckender Versammlungssaal mit Säulen zu beiden Seiten und Kronleuchtern an der Decke. Die sogenannte Pergola.

Der Pförtner war überraschend gesprächig.

»Wir arbeiten in drei Schichten. Ich hatte gestern Abend die Spätschicht bis um eins und bin heute wieder von 09.00 bis 17.00 Uhr hier, weil mein Kollege krank ist. So eine Extraschicht gibt doppelt Geld.«

Frederik erklärte, dass die Polizei in einem Mord ermittle, und fragte, ob der Pförtner etwas gesehen habe.

»Hm, nein … Sonntags ist es hier ziemlich ruhig. Wir haben selten jemanden im Gebäude, aber gestern hat tatsächlich eine Veranstaltung mit zwanzig Brüdern stattgefunden.« Der Pförtner grinste still in sich hinein. »Ich war mir sicher, dass alle im Anschluss direkt nach Hause gegangen sind, aber heute Morgen habe ich herausgefunden, dass der Großmeister im Haus übernachtet hat.« Er dämpfte die Stimme und beugte sich ein Stück vor. »Zusammen mit einer anderen Person.«

»Mit wem?«

»Das hat ganz sicher nichts mit Ihrem Fall zu tun, aber er hat gemeinsam mit einem Bruder hier genächtigt. Es ist unbedeutend. Völlig irrelevant.«

Der Pförtner hatte einen beinahe flehenden Tonfall angenommen. Offenkundig bereute er, überhaupt etwas gesagt zu haben.

»Ich benötige den Namen des Großmeisters und des Bruders, der mit ihm hier übernachtet hat. Und ihre Telefonnummern«, erwiderte Frederik trocken und notierte die Angaben auf seinem Block, als der Pförtner sie widerstrebend ausspuckte.

»Wird das Gebäude videoüberwacht?«

»Ja, natürlich«, sagte der Pförtner, anscheinend erleichtert, die Fragen über die nächtlichen Ausschweifungen des Großmeisters überstanden zu haben. »Wir haben Kameras im gesamten Außenbereich des Gebäudes und an mehreren Stellen im Inneren installiert.« Er zeigte auf eine kleine Kamera über ihren Köpfen.

»Wie lange werden die Aufnahmen gespeichert? Ich muss sie sehen.«

Der Pförtner antwortete, dass sie dreißig Tage gespeichert würden und die Freimaurerloge der Polizei die Aufnahmen natürlich gern zur Verfügung stelle.

Frederik nickte zufrieden. Er freute sich schon darauf, Mikael von seinem informativen Besuch bei den Freimaurern zu erzählen. Vielleicht lieferten ja die Überwachungsaufnahmen den entscheidenden Hinweis, der zum Durchbruch in den Ermittlungen führte. Er ging um den Empfangstresen herum auf die Seite des Pförtners, wo eine Reihe Monitore in beeindruckend guter Bildqualität leuchtete.

Einer der Monitore zeigte die Bilder der Kameras, die auf das angrenzende Rotkreuzgebäude gerichtet waren.

»Tut mir leid, wir filmen vielleicht ein bisschen zu weit außerhalb unserer Liegenschaft. Ist das schlimm?«

Der Pförtner schien mit den rechtlichen Grundlagen der

Videoüberwachung vertraut zu sein, denen zufolge es verboten war, den Nachbarn zu filmen.

»Ich bin nicht hier, um zu kontrollieren, ob Ihre Überwachungsaufnahmen gesetzeskonform sind, sondern weil wir einen Mord aufzuklären haben. Der Täter könnte auf Ihren Aufnahmen zu sehen sein«, sagte Frederik und setzte sich.

»Welchen Zeitraum möchten Sie sehen?«, fragte der Pförtner und startete, ohne Frederiks Antwort abzuwarten, die Aufnahme um 23.30 Uhr des Vorabends. Die Umgebung des Gebäudes war menschenleer. Er stellte auf sechsfache Geschwindigkeit, und so saßen sie mehrere Minuten lang schweigend nebeneinander, während das Überwachungsbild mit kleinen, unbedeutenden Variationen über den Monitor flimmerte. Plötzlich – laut Zeitcode um 00.41 Uhr – trat eine Gestalt in den Bildausschnitt der Kamera.

»Stopp!« Frederik schrie das Wort fast heraus.

Der Pförtner hatte es ebenfalls gesehen und spulte zurück, doch die Gestalt war unmöglich zu erkennen. Es ließ sich nicht einmal sagen, ob es sich um einen Mann oder um eine Frau handelte und ob die Person jung oder alt war.

Die Person trug einen halblangen dunklen Wintermantel mit Kapuze und ging vor den Kleidercontainern auf und ab, schaute jedoch zu keinem Zeitpunkt zum Freimaurergebäude hoch. Irgendwann blieb sie stehen und lehnte sich an einen der mittleren Container. Kurz flammte etwas auf, vermutlich steckte sich die Person eine Zigarette an.

Frederik notierte »Kippenstummel« auf seinem Block und bat den Pförtner, ein Stück zurückzuspulen. So saßen sie lange da. Frederik machte sich Notizen, sie schauten und spulten zurück. Der Pförtner war geduldig und hielt den Mund, um ihn in Ruhe arbeiten zu lassen.

Um 01.23 Uhr verschwand die Gestalt aus dem Bild, und

obwohl Frederik und der Pförtner bis 03.00 Uhr weiterschauten, tat sich nichts mehr.

»Können Sie die Aufnahme hier draufziehen?«, fragte Frederik und reichte dem Pförtner einen USB-Stick und ließ den Blick noch einmal über seine Notizen gleiten.

Er dankte dem Pförtner, ließ sich dessen Nummer geben und hinterließ seinerseits seine Karte. Dann trat er hinaus in die Dunkelheit.

Es war spät geworden. Hoffentlich schläft sie, betete Frederik im Stillen und hoffte, dass seine Frau ins Bett gegangen war, ohne allzu sauer zu sein. Er schaute auf sein Handy. Es war 22.30 Uhr, und er hatte fünfzehn entgangene Anrufe.

Shit.

12

Mikael zog den Handgriff des Rudergeräts ein letztes Mal zu sich. Der Schweiß rann ihm von der Stirn, und er war erschöpft bis in die letzte Muskelfaser, wusste aber, dass die Endorphine in Kürze durch seinen Körper strömen und ihn in bessere Laune versetzen würden.

Es war Dienstag, und er war früh aufgestanden, um zeitig im Fitnesscenter zu sein. In der Regel versuchte er zu trainieren, bevor das Studio von der Sorte Typen überrannt wurde, die er früher eingebuchtet hatte. Kurz vor Weihnachten war er in der Umkleide von zwei Bandenmitgliedern abgepasst worden, die ihn erkannt hatten. Es war ein unangenehmes Erlebnis gewesen, und er hatte sich ungewohnt verletzbar gefühlt, als er nackt und ohne Fluchtweg unter der Dusche gestanden hatte. Drei Teenager hatten sich schnell aus der Umkleide verdrückt, als sie sahen, was sich anbahnte, und Mikael hatte hektisch nach seinem Handtuch getastet.

Die Bandenmitglieder hatten ihm gedroht, dass sie nun wüssten, wo er zu finden sei, falls er ihre Freunde behelligen sollte.

»Unsere Brüder«, wie sie es ausgedrückt hatten, bevor sie vor ihm auf den Boden gespuckt hatten und abgezogen waren.

Seitdem trainierte er zu anderen Zeiten. Es war eine Zwickmühle: Er wollte sich nicht einschüchtern lassen, hatte aber auch wenig Lust, ihnen erneut zu begegnen.

Er kam frühzeitig im Dezernat für Gewaltverbrechen auf der Halbinsel Teglholmen im Stadtviertel Sydhavnen an. In der Teeküche im zweiten Stock holte er sich einen Kaffee, schnappte sich ein weiches Weihnachtsplätzchen aus der Gemeinschaftsdose und ging in den Konferenzraum, wo in Kürze die Morgenbesprechung stattfinden würde. Carlsen stand bereits am Whiteboard, und als alle ihre Stühle zurechtgerückt und sich gesetzt hatten, ergriff er das Wort. Es war Punkt 08.00 Uhr.

»Guten Morgen, alle zusammen. Wie ihr vielleicht schon in den Nachrichten gesehen habt, habe ich gestern Abend die Öffentlichkeit über den Mord an Georg Schmidt informiert«, begann er. »Aller Augen sind auf uns gerichtet, vergesst das bitte nicht. Wir können uns keine Fehler erlauben.« Er griff nach einem Marker und notierte Stichpunkte auf dem Whiteboard. *Funkzellenabfrage*, *Datenhistorie*, *Vernehmungen*, *Opferprofil* und *Motiv* schrieb er in Großbuchstaben. »Wir arbeiten auf Hochtouren, und das meiste wurde bereits in Angriff genommen. Möchte noch jemand etwas hinzufügen?« Carlsen sah in die Runde.

Frederik räusperte sich.

»Ich habe die Überwachungsaufnahmen aus dem Nachbargebäude gesichert, dem Logenhaus des Freimaurerordens, und bin auf etwas Interessantes gestoßen. Eine Person hat sich zwischen 00.41 Uhr und 01.23 Uhr bei den Kleidercontainern vor dem Rotkreuzgebäude aufgehalten. Ich lasse die Aufnahmen gerade aufhellen, damit wir hoffentlich sehen können, wer es war.«

Um den Tisch wurde es still, während Frederik schilderte, wie die Person dagestanden und geraucht hatte.

»Ich habe das NKC vorhin gebeten, die Zigarettenstummel, die bei den Containern gefunden wurden, zur DNA-Analyse zu schicken, aber mehrere davon sind so durchnässt, dass sie erst mal in den Trockenschrank müssen«, warf Mikael ein.

Frederik hatte ihn spät am Vorabend angerufen und von seinem Fund erzählt, woraufhin Mikael widerwillig hatte zugeben müssen, dass die Videoaufnahmen bisher ihre beste Spur waren.

»Die Kriminaltechniker haben in dem Bereich, wo die Person stand, acht Zigarettenstummel gefunden. Die wurden jetzt zur Analyse geschickt. Drei davon waren von der Marke Kings Blau, drei von Pall Mall und die letzten beiden Prince«, sagte Frederik.

Mikael fühlte sich abgehängt und saß unruhig auf dem Stuhl. All diese Meetings und internen Briefings waren in einer komplizierten Ermittlung wie dieser zweifelsohne wichtig, aber dieses ganze Palaver war noch nie sein Ding gewesen. Er brannte darauf, wieder nach Østerbro zu kommen, und als Carlsen sie kurz darauf mit einem »Viel Erfolg« entließ, konnte er gar nicht schnell genug den Raum verlassen.

»Fahren wir zu den Wohnungen gegenüber vom Roten Kreuz?«, schlug Mikael vor. »Ich finde, wir sollten noch mal mit diesem Pärchen aus dem obersten Stock reden.«

»Gute Idee«, sagte Frederik und griff seine Jacke.

Um 09.33 Uhr bogen Mikael und Frederik in den Blegdamsvej ein und parkten den Wagen in einer freien Lücke vor dem Netto. Die beiden hatten während der gesamten Fahrt kein Wort miteinander gesprochen. Frederik war in sein Handy vertieft gewesen, und Mikael hatte die Stille genossen. Eigentlich arbeitete er am liebsten allein.

Sie klingelten bei Skytte & Lassen im siebten Stock, und nach einer gefühlten Ewigkeit erklang der Summer. Als sie aus dem Fahrstuhl traten, stand die Wohnungstür offen. Mikael klopfte trotzdem an.

Amalie Skytte trug wie am Vortag den rosa Kimono.

»Sie noch mal«, stellte sie fest.

»Ja, und das ist mein Partner, Frederik Dahlin.«

Frederik reichte ihr die Hand.

»Dürfen wir reinkommen?«, fragte Mikael.

»Äh, ja klar. Carsten ist auf der Arbeit«, antwortete Amalie und sah verdattert von Mikael zu Frederik.

»Das macht nichts. Wir wollten mit Ihnen reden«, sagte Mikael.

Amalie band den Kimono enger und führte sie ins Wohnzimmer.

»Bevor ich gestern raufgekommen bin: Haben Sie mich da auf der Straße stehen sehen?«, leitete Mikael das Gespräch ein, nachdem sie Platz genommen hatten.

»Was meinen Sie?«, fragte Amalie.

»Ich habe auf der anderen Straßenseite gestanden und am Gebäude hinaufgeschaut. Und ich bin mir sicher, eine Person hier am Fenster gesehen zu haben, die zu mir nach unten geschaut hat. Wenn Sie es nicht waren, dann vielleicht Carsten. Aber er meinte, er sei es nicht gewesen.«

Amalie errötete.

»Ja, das war ich. Aber ich hatte nichts an und dachte, sie hätten mich vielleicht gesehen. Und das haben Sie ja offenbar«, sagte sie flirtend und schlug die Beine übereinander. Jetzt war Amalie in ihrem Metier. Mikael wurde rot.

Frederik ergriff mit einer Autorität das Wort, die Mikael sowohl überraschte als auch ärgerte.

»Okay, es war Ihnen peinlich, damit wäre das geklärt. Amalie, Sie sind in der Nacht auf Montag um 01.00 Uhr von Ihrer Spätschicht im 7-Eleven nach Hause gekommen, richtig? Aus welcher Richtung kamen Sie?«

»Ich fahre immer mit dem Fahrrad den Tagensvej runter und biege dann rechts in den Blegdamsvej ab.«

»Können Sie sich daran erinnern, vor dem Rotkreuzgebäude jemanden gesehen zu haben?«

»Ich denke seit gestern darüber nach, aber nein, ich habe nichts Auffälliges gesehen. Also, völlig ausgestorben ist es hier ja nie. Im Studentenwohnheim hat noch hinter einigen Fenstern Licht gebrannt, und bei der U-Bahn-Station standen Leute in kleineren Grüppchen zusammen.«

»Haben Sie bei der Freimaurerloge jemanden gesehen?«

Sie dachte kurz nach. Dann hellte ihre Miene sich auf.

»Ja! Da stand jemand und hat geraucht. Das ist mir aufgefallen, weil sich das Rote Kreuz schon mehrfach beschwert hat, dass die Leute ihre Müllsäcke in die Container schmeißen und sie als Aschenbecher benutzen und so. Ist ja auch voll assi.«

»Können Sie die Person beschreiben?«

»Nein, nicht wirklich. Ich habe ihn vielleicht zwei, drei

Sekunden gesehen, den würde ich nie im Leben wiedererkennen …«

»Sie sind sich aber sicher, dass es ein Mann war?«

»Ja … oder … Na ja, sicher bin ich mir nicht, aber …«

»War er groß? Klein? Dunkel oder hell?«, fragte Mikael.

»Vielleicht so in etwa wie Sie? Oh je, keine Ahnung, ich bin mir echt nicht sicher.«

Mikael musterte die Frau, die jetzt aus schierer Verlegenheit zu kichern begann. Es war eine dunkle Januarnacht gewesen, und sie hatte den Mann für wenige Sekunden über eine vierspurige Straße hinweg gesehen. Als Zeugin war sie praktisch unbrauchbar.

Während Frederik die Treppe nach unten lief, nahm Mikael den Fahrstuhl und rief auf dem Weg nach unten im NKC an.

»Wie lange wird die Analyse der Zigarettenkippen in etwa dauern?«, fragte er, als er Munch am Apparat hatte.

»Das weißt du doch«, lautete die Antwort. »DNA-Analysen können Wochen dauern. Eine Eilanalyse kostet im Labor bis zu 100.000 Kronen pro Stück.«

Mikael schluckte. Das würde Carlsen niemals genehmigen. Schließlich wussten sie nicht einmal, ob der rauchende Mann wirklich etwas mit dem Fall zu tun hatte.

Als Mikael im Erdgeschoss aus dem Fahrstuhl trat, sah er zu seinem Erstaunen, dass Frederik bereits unten angekommen war und auf ihn wartete.

Der Mann war irritierend fit.

13

Maria traf benommen im Museum ein, während die Morgendämmerung noch immer über dem Sankt Hans Torv hing.

Falls Bodil sich nach der gestrigen Krise wieder erholt hatte, würde sie in exakt elf Minuten ihr Büro betreten, wie immer mit ihrer klackernden Bernsteinkette um den Hals und eingehüllt in den Dunst der Morgenzigarette, die sie jeden Morgen heimlich zwischen Bahnhof Nørreport und Polizeimuseum rauchte. Unter keinen Umständen durfte die Chefin spitzkriegen, dass Maria gestern eine der strengsten Regeln für die Museumsmitarbeiter gebrochen und historisches Material mit nach Hause genommen hatte.

Im Anschluss an das Gespräch mit Bodil hatte Maria lange in ihrem Büro gesessen und das abfotografierte Gemälde angestarrt, bis sie sich aufgerafft hatte und in ihre Lieblingskaffeebar in der Guldbergsgade gegangen war, um ein Sandwich mit Avocado und Mozzarella zu essen. Sie musste den Kopf freikriegen und die aufwühlenden Gedanken vertreiben, die das Gemälde in ihr geweckt hatte. Herrgott, ihre eigene Vergangenheit war für den 1968er-Fall und die bevorstehende Ausstellung völlig irrelevant. Sie war sich so unprofessionell vorgekommen, und zu allem Überfluss hatte sich die vormittägliche Übelkeit wieder gemeldet.

Als sie zurückgekommen war, hatte das Bild noch immer auf ihrem Schreibtisch gelegen und nach Aufmerksamkeit verlangt wie ein quengeliges Kind. Sie hatte das Foto beiseitegeschoben und stattdessen drei E-Mails beantwortet, die Druckerei angerufen und nach den Preisen für selbstklebende Folie und Fotodrucke gefragt. Dann hatte sie eine spontane Entscheidung getroffen: Wenn ihre Chefin nicht da war, konnte sie den restlichen Tag genauso gut von zu Hause aus arbeiten.

Marias Wohnung in der Viborggade in Østerbro war klein, aber so teuer, dass ihr Anfangsgehalt vom Museum nur mit Ach und Krach dafür reichte. Ihr großer Bruder Mads war völlig entgeistert gewesen, als er hörte, was die neunundfünfzig Quadratmeter mit französischem Balkon an Miete kosteten.

»Das ist unsere monatliche Tilgungsrate für den Hauskredit. *Plus* Ansparung für zwei Urlaube im Jahr. *Plus* jeden Winter neue Schneeanzüge und Stiefel für die Kinder. *Plus* …«, fing er an, und Maria unterbrach ihn mit der Bemerkung, dass es schön für ihn sein müsse, so viel Geld gespart zu haben, wenn er eines Tages tot in Thorup Strand umfiel. Gestorben vor Langeweile.

Mads verstand nie richtig, was sie meinte. Er hatte nie wie Maria das Bedürfnis verspürt wegzukommen.

Es gab kaum einen Menschen auf der Welt, der Maria derart zur Weißglut treiben konnte wie ihr Bruder. Und niemanden, den sie so sehr liebte. Als Kinder hatten sie eigentlich kein sonderlich enges Verhältnis gehabt. Mads war viereinhalb Jahre älter als sie und der Altersunterschied damit etwas zu groß, als dass sie gemeinsame Interessen gehabt hätten. Der Tod des Vaters hatte sie dann aber zusammengeschweißt. Mads war eigentlich noch ein großer Junge gewesen, hatte aber stillschweigend die Rolle des Mannes im Haus übernommen. Er hatte gekocht und dafür gesorgt, dass die Mutter und Maria morgens aufstanden, statt in ihren Betten liegen zu bleiben und an die Decke zu starren. Er kaufte Geburtstagsgeschenke, machte den Abwasch, wenn Maria über ihre

Schulbücher gebeugt am Tisch saß, und er schirmte Maria gegen die stumme Wut der Mutter und die unausgesprochenen Fragen ab, die die Luft im Elternhaus verpesteten.

Warum hast du ihn nicht nach Hause gebracht, Maria? Warum hast du nicht getan, worum ich dich gebeten habe? Warum bist du allein nach Hause gekommen?

Mads war es auch gewesen, der mit Brettern, Stichsäge und Bohrer in einem Transporter quer durchs Land gefahren war, als sie vor über zwei Jahren ihre jetzige Wohnung bezogen hatte.

»Die Bude ist ja kaum größer als mein Kutter. Nur mit schlechterer Aussicht«, hatte er mit einem Blitzen in den Augen gesagt.

Sie hatte gelacht. Es stimmte ja. Manchmal zweifelte sie selbst, wer von ihnen der Klügere war. Er, der zu Hause an der Nordseeküste das ganze Paket hatte? Oder sie, die Karriere, Liebe und den Sinn des Lebens in einer Stadt suchte, in der sie sich trotz aller Bemühungen noch immer nicht recht heimisch fühlte?

Die Wohnung in der Viborggade – ihr erstes unbefristetes Mietverhältnis nach über zehn Jahren in Kopenhagen – würde, so hoffte sie, der Ort werden, an den sie als »Zuhause« dachte. Mads hatte jedenfalls das Beste aus den beiden Zimmern herausgeholt. Innerhalb von zwei Tagen hatte er Marias neue, deckenhohe Ikea-Regale montiert und eine Kombination aus Heizkörperverkleidung und Sitzplatz im kleinen Erker des Wohnzimmers gebaut.

»Wehe, du ziehst in drei Monaten mit irgendeinem Hansel aus Kopenhagen zusammen. Dann wäre die ganze Arbeit ja umsonst gewesen«, hatte er gescherzt.

Was das anging, bestand kein Grund zur Sorge. Marias große Liebe ließ gelinde gesagt auf sich warten.

»Vielleicht bist du etwas zu wählerisch, Maria«, hatte ihre Mutter vor einigen Jahren bemerkt, als Maria während eines Besuchs zu Hause erzählt hatte, dass sie die Beziehung zu Peter, einem unter Weltschmerz leidenden, veganen Philosophiestudenten, den sie auf einer Studentenparty kennengelernt hatte, beendet habe.

Der Kommentar ihrer Mutter hatte Mads wütend gemacht. Er hob nur selten die Stimme. In diesem Moment jedoch war er vom Sofa aufgesprungen, hatte seine Zigaretten geschnappt und mit den Worten »Sie hat verdammt noch mal auch allen Grund, wählerisch zu sein« die Terrassentür hinter sich zugeschlagen, als er zum Rauchen nach draußen ging.

Zu Hause in der Wohnung hatte Maria es sich mit dem Archivordner und der fünften Tasse Kaffee des Tages an ihrem Lieblingsplatz im Erker gemütlich gemacht. Sie hatte das Foto des Gemäldes im Ordner gelassen und stattdessen den Abschlussbericht des Ermittlungsleiters herausgenommen, um ihn von Anfang bis Ende zu lesen.

Die Mordermittler waren 1968 im Großen und Ganzen denselben Prinzipien gefolgt wie heute, nur standen ihnen natürlich nicht all die neuen Technologien zur Verfügung. Man hatte sich von Tür zu Tür und von Spur zu Spur vorgehangelt. Hunderte von Nachbarn, Kollegen und Personen im Gebiet um den Bahnhof Hellerup und den Callisensvej waren vernommen worden. Postboten, Zeitungsjungen, Taxifahrer, Kindermädchen, Laufburschen und Schornsteinfeger, die am betreffenden Dienstag in der Gegend zu tun gehabt hatten, waren aufgesucht und befragt worden. Man obduzierte die Leichen, sicherte Fingerabdrücke und suchte nach Schuhabdrücken um das Haus der Vinthers. Sämtliche Gärten, Mülleimer, Straßenränder, Beete und Grünflächen in der Nähe wurden durchkämmt. Der Bahnhof war für vier Stunden gesperrt, während zwei Dutzend Polizisten minutiös die Bahnsteige und das Gleisbett absuchten. Besonders das Messer, mit dem der Täter den Vinthers die Schnittwunden an den Armen zugefügt und dessen er sich womöglich auf der Flucht entledigt hatte, hofften die Polizisten zu finden.

Man gelangte zu dem Schluss, dass Herr und Frau Vinther dem Täter selbst die Tür geöffnet haben mussten, da es keinerlei Hinweise auf einen Einbruch gab. Doch wer hatte ein Motiv, dem respektierten Ehepaar Schaden zuzufügen?

Praktisch sämtliche Fälle, mit denen Johannes Vinther in Zusammenhang mit seiner Tätigkeit bei der Polizei zu tun gehabt hatte, wurden überprüft, um ein mögliches Rachemotiv zu finden.

Nichts davon führte zu einer brauchbaren Spur. Außerdem meinten die Rechtsmediziner, mit ziemlicher Sicherheit sagen zu können, dass Elisabeth Vinther vor ihrem Mann getötet worden war. Das schwächte die Theorie eines Täters aus dem kriminellen Milieu, auch wenn der Mord natürlich in dieser Reihenfolge ausgeführt worden sein konnte, um die Pein des Polizeipräsidenten noch zu verstärken. Ihn zusehen zu lassen, wie seine Frau umgebracht wurde, war eine unmenschlich perfide Form der Rache.

Eine der größten Herausforderungen für die Polizei war der Umstand, dass der Tatort auffällig »sauber« war. Sämtliche Fingerabdrücke im und außerhalb des Hauses stammten von der Familie selbst, der Haushaltshilfe Frau Fuglede, zwei Ehepaaren, die am vorangegangenen Wochenende zum Bridgespielen zu Besuch gewesen waren, sowie einem Gärtner, den Frau Vinther freundlicherweise einige Tage zuvor zu einer Erfrischung ins Haus eingeladen hatte. Sie hatten allesamt wasserdichte Alibis.

Der Doppelmord führte zu großer Aufregung und Unsicherheit, nicht nur in Hellerup, sondern auch in der Hauptstadt. Die Polizei stand unter massivem Druck, den Täter zu finden. Und mit der Zeit wurden die Theorien der Ermittler immer abwegiger.

Beispielsweise verwendeten sie sehr viel Zeit darauf, einem Gerücht nachzugehen, laut dem die hübsche Elisabeth Vinther chronisch depressiv gewesen sei und unter dem Einfluss erheblicher Mengen an Nervenmedizin den Doppelmord als eine Art theatralischen Selbstmord in Auftrag gegeben habe. Ein anderer anonymer Tipp, der höchstwahrscheinlich von einem Mitarbeiter der Polizei kam, deutete an, der Mord könnte mit Johannes Vinthers Führungsstil zu tun gehabt haben. Anscheinend war er bei seinen Untergebenen mehr gefürchtet denn respektiert gewesen. Vinther sei cholerisch, an schlechten Tagen regelrecht widerwärtig gegenüber seinen Angestellten gewesen, und er habe ein besonderes Vergnügen darin gefunden, Mitarbeiter, die einen Fehler gemacht hatten, zu demütigen. Dieser für die Polizei etwas heikle Tipp wurde vom Ermittlungsteam diskret untersucht, ohne jedoch zu einem konkreten Verdächtigen zu führen.

Ein dritter Hinweis, auf den die Polizei vergebens Hunderte Personenstunden verwandte, stammte von einem Zeugen, der ein Stück weiter den Callisensvej hinauf wohnte. Ein pensionierter Konteradmiral mit einem Walrossschnauzbart, der sich für den Ruhestand mit einer stattlichen Sammlung antiker und moderner Pistolen in seinem Haus verschanzt und am Dienstag, den 7. Mai, um die Essenszeit wie gewöhnlich ein wachsames Auge auf die Straße vor seinem Grundstück geworfen hatte. Hier hatte der Admiral einen schwarzen VW-Käfer mit den Zahlen Drei und Acht im Kennzeichen und drei männlichen Insassen schlingernd den Callisensvej hinunterfahren sehen. Die Männer hätten allesamt wildwuchernde Vollbärte wie diese neumodischen Hippies getragen.

Nach dem Auto mit den drei Männern wurde gefahndet, und die Morde im Callisensvej wurden bald als die »Hippiemorde von Hellerup« bekannt. Die populäre Theorie der Klatschpresse lautete, dass die Vinthers, welche in vielerlei Hinsicht die alte Zeit, die Beamtenschaft und die Oberklasse repräsentierten, der Art von respektlosen, unter Drogeneinfluss stehenden jungen Leuten zum Opfer gefallen waren, von denen es in Kopenhagen inzwischen so viele gab.

Die Theorie vom Mord im Drogenrausch passte unterdessen schlecht mit dem nahezu klinisch sauberen Tatort zusammen. Soweit der Polizei ersichtlich, fehlten auch keine Wertgegenstände im Haus der Vinthers, und der schwarze VW-Käfer wurde nie gefunden.

Vier Jahre nach dem Mord gab es keine weiteren Anhaltspunkte, keine weiteren Ressourcen und keine weiteren abzuklärenden Spuren.

Der Fall Elisabeth und Johannes Vinther wurde in Archivboxen verstaut und in der spärlichen Hoffnung, dass ein Durchbruch oder ein Täter eines Tages von selbst auftauchen würde, ad acta gelegt.

Das war nun achtundvierzig Jahre her.

Nach beendeter Lektüre des Berichts hatte Maria erneut das Foto des Gemäldes hervorgeholt und zu ergründen versucht, weshalb das Bild ein solches Unbehagen in ihr auslöste.

Das Bild war schlicht und ergreifend böse. Finster und Furcht einflößend. Trotzdem sprach es zu ihr. Sie hatte ihr Handy genommen und ein Zitat gegoogelt, an das sie sich vage aus der Schulzeit erinnerte.

Wer mit Ungeheuern kämpft, mag zusehn, dass er nicht dabei zum Ungeheuer wird. Nietzsche, natürlich.

Mit einem Schaudern hatte sie das Handy weggeschoben. Was oder wer war das Ungeheuer, das alles verschlingende Monster auf dem Bild? Die Person, die es gemalt hatte? Das Paar, das es als Dekorationselement am prominentesten Platz im Wohnzimmer aufgehängt hatte? Oder Maria, die nicht aufhören konnte, es anzustarren?

Schließlich hatte sie die Beine gestreckt und war in die Küche gegangen, um einen Happen zu essen. Sie deutete es als ein gutes Zeichen, dass sie so heftig auf das Bild reagierte. Vielleicht würden die Ausstellungsbesucher dann ebenfalls diese Mischung aus Beunruhigung und Faszination empfinden, auch wenn sie Marias traumatisches Verhältnis zum Wasser nicht teilten. Maria sah das Ausstellungsplakat bereits vor sich.

Die im Ordner enthaltenen Berichte und Aufzeichnungen lieferten keinerlei Hinweis darauf, inwiefern ausgerechnet dieses Gemälde relevant für die Ermittlungen gewesen war. Schließlich war es bloß eines von mehreren Gemälden im Wohnzimmer der Vinthers. Vielleicht waren Fingerabdrücke darauf gewesen. Oder Blutspritzer. Wenn die Angehörigen nicht darauf bestanden hatten, das Original ausgehändigt zu bekommen, befand es sich womöglich noch immer im Archiv des Polizeipräsidiums!

Mit diesem Gedanken im Kopf hatte Maria die Kontaktperson des Polizeimuseums im Präsidium angerufen, um eine Nachricht auf dem AB zu hinterlassen. Der Mann war trotz der späten Stunde ans Telefon gegangen, ziemlich gestresst, wie es schien. Trotzdem hatte er ihr angeboten, direkt am nächsten Vormittag den Originalordner im Archivraum mit den ungeklärten Fällen einzusehen, wie üblich im Beisein eines Polizeibeamten. Zivilisten durften aufgrund der heiklen Inhalte niemals allein das Archiv oder die Asservatenkammer betreten.

Maria verbrachte den Morgen in ungestörter Stille damit, ihr Material zu sortieren, ein Angebot von der Druckerei einzuholen und zwei, drei Ideen für ein Ausstellungsplakat zu skizzieren. Die Leute sollten ruhig sehen, dass etwas jüngere Kräfte hinter der neuen Ausstellung steckten.

Als sie nach einer guten Stunde Notizbuch und Kugelschreiber, ein kleines Diktiergerät, ihre Jacke und ihre Tasche zusammensuchte, war Bodil noch immer nicht aufgetaucht.

Unten im Erdgeschoss saß Pummel-Pelle bereits hinter dem Empfangstresen. Das Museum öffnete erst in etwas mehr als einer Stunde, um 11.00 Uhr.

»Hi, Pelle, ich gehe mal schnell ins Präsidium«, sagte sie.

Pelle fuhr zusammen.

»Hallo«, sagte er und wurde rot.

Der zehn Jahre jüngere Geschichtsstudent konnte seine Faszination für Maria nur schwer verbergen. Sie war sich nicht sicher, ob die Begeisterung fachlicher oder fleischlicher Natur war. Besonders verlegen machte ihn, wenn sie ihr langes, dichtes Haar wie heute offen trug.

»Ich werde ein paar Stunden weg sein, falls Bodil fragt«, fuhr Maria fort. Pelle nickte.

»Hast du von der Sache mit dem Generalsekretär gehört?«, fragte er dann und zeigte auf eine aufgeschlagene Zeitung auf dem Tresen. Sein Laptop streamte TV 2 NEWS. Der Mord an Georg Schmidt war auch heute die mit Abstand größte Story, wobei die wenigsten tatsächlich etwas Neues beizutragen hatten.

Die Polizei hatte tags zuvor eine kurze Pressekonferenz vor dem Präsidium abgehalten, bei welcher der in Marias Augen etwas trockene Leiter des Dezernats für Gewaltverbrechen im Grunde bloß die bereits veröffentlichten Details bestätigt hatte. Ministerpräsident Troels Mejding hatte sich spät gestern Abend mit einer ersten Reaktion auf Twitter zu Wort gemeldet: *Rotkreuzgeneralsekretär Georg Schmidt ist tot. Beileid an Angehörige und Kollegen. Zu früh, um Rückschlüsse auf ein Motiv zu ziehen, aber der Mord erfüllt mich mit Wut. Wir werden niemals brutale Gewalt gegen Unschuldige akzeptieren*, hatte Mejding in der für Twitter typischen, etwas abgehackten Kurzform geschrieben.

Weitere Politiker hatten ähnliche Beileidsbekundungen geäußert. Sie allesamt – besonders der Tweet des Ministerpräsidenten – wirkten distanziert und unpersönlich. Formelhaft.

»Ja, ich habe es gehört. Abscheulich. Anscheinend war er ein guter Freund von Bodil«, antwortete sie.

»Diese dreckigen Arschlöcher haben es immer auf die Besten abgesehen«, sagte Pelle.

Maria war baff, dass Pummel-Pelle Ausdrücke dieses Kalibers in seinem Repertoire hatte.

»Wen meinst du mit ›diese dreckigen Arschlöcher‹?«, fragte Maria.

»In der *Morgenavisen* steht, dass er mit ausgebreiteten Armen wie ein Gekreuzigter aufgehängt wurde. Am Kreuz des Roten Kreuzes. Das muss doch eine Botschaft sein«, sagte Pelle und hielt die Zeitungsseite hoch. »Ich meine, das hat garantiert irgendeinen religiösen Hintergrund. Vielleicht waren es Islamisten. Er war doch Jude, oder? Es könnten natürlich auch Nazis gewesen sein. Oder Satanisten. Soweit ich weiß, war Sonntagabend ein Death-Metal-Konzert im Parken-Stadion.«

Unter der Schlagzeile »Generalsekretär tot vor Rotem Kreuz aufgefunden« berichtete die Zeitung, dass Georg Schmidts Leichnam »Quellen der *Morgenavisen* zufolge« geschändet und in einer Pose aufgehängt worden war, die kaum zufällig sein konnte.

Über dem Artikel waren zwei kleine Porträtfotos der Journalisten abgedruckt: Mette Larsen und Jeppe Findsen. Marias Freundin und Krimi-Jeppe.

Es wurde Zeit, dass sie sich bei den beiden meldete.

14

Vor ihrer Anstellung im Museum war Maria nur ein einziges Mal mit der Polizei in Berührung gekommen, und zwar an dem Nachmittag, als zwei Beamte der örtlichen Polizeidienststelle an die Haustür der Familie in Thorup Strand geklopft hatten. Zu diesem Zeitpunkt hatten sie schon zweiunddreißig Stunden auf Nachricht gewartet. Marias Mutter hatte eine Kanne brühend heißen Kaffee auf den Fliesenboden der Küche fallen lassen, als Mads die Tür öffnete und die Beamten in den Flur traten.

Aber Maria mochte die Polizei. Sie mochte den Umgangston der Beamten, die direkte, klare Verlässlichkeit. Hatte man um 09.00 Uhr einen Termin im Präsidium, begann der Termin um Punkt 09.00 Uhr. Nicht um 8.58 Uhr und nicht um 09.02 Uhr. Heute passte Maria das besonders gut.

David Holz, Polizist aus der Kommunikationsabteilung, stand wie vereinbart um 10.30 Uhr mit den Schlüsseln am Empfang.

»Folgende Regeln: Sie dürfen keine Boxen berühren außer den abgesprochenen. Und Sie dürfen natürlich nichts ohne Handschuhe anfassen, geschweige denn mit nach draußen nehmen«, sagte er, als sie bei dem Raum im Keller ankamen, in dem die ungeklärten Mordfälle archiviert waren.

Sein Handy vibrierte in der Tasche.

»Sie waren schon mal hier, richtig? Ich muss ein paar Telefonate führen und einige E-Mails beantworten, während Sie nach den Unterlagen suchen, die Sie brauchen. Wir werden heute total bombardiert. Es gibt zwei Arten von Leuten, die das Wort Nein nicht verstehen. Journalisten und kleine Kinder wie mein dreijähriger Sohn«, sagte er und machte ein Gesicht, als habe er die gesamte Welt durchschaut.

Maria lächelte. »Ich verspreche, nicht zu stören«, sagte sie.

Der Polizist setzte sich auf einen Stuhl neben der Tür des Archivs. Maria zog ein Paar Latexhandschuhe über und begann, zwischen Archivboxen und Stapeln braunen Papiers nach dem Fall von 1968 zu suchen. Sie wusste von früheren Besuchen, dass die älteren Fälle in der Nähe der Tür standen.

Nach wenigen Minuten fand sie, wonach sie suchte: Achtzehn geschlossene Boxen, beschriftet mit »Mord, Vinther, Hellerup, 1968« und dem Aktenzeichen 0103-73111-00004-68.

Maria überprüfte eine Box nach der anderen, die mit Zeugenaussagen, Protokollen der Rechtsmediziner, technischen Berichten und Ähnlichem gefüllt waren wie etwa Asservaten in kleinen Umschlägen und Plastiktütchen, die möglicherweise interessant für die Ausstellung sein könnten. Doch Maria war erst einmal auf der Suche nach etwas anderem.

In Box Nummer sieben fand sie eine vergilbte Papprolle, die an beiden Enden notdürftig mit Pergamentpapier und brüchig gewordenen Küchengummis verschlossen war. Maria löste eines der Gummis, schaute in die Röhre und spürte ein Ziehen im Magen. Sie warf einen Blick den Gang hinunter. Hörte Holz telefonieren, sah ihn aber nicht.

Ob ich das darf?, fragte sie sich, als sie vorsichtig mit zwei Fingern den Inhalt der Papprolle herauszog. Es war eine zusammengerollte Leinwand. In genau den Farben, die Maria sich vorgestellt hatte: Blau, das in verschiedenen Nuancen changierte, Weiß, das von purster Reinheit in schmutziges Grauweiß überging, und transparentes Blauweiß. Wie Eis. In das blaue Meer war mit kohlschwarzen Strichen ein Wirrwarr aus leidenden, schreienden Kreaturen gemalt worden. Auf dem Original waren so viel mehr Details zu erkennen als auf der alten Fotografie. Einzelne rote Kleckse bildeten einen starken Kontrast zu den kalten Farben und zogen Marias Blick noch viel stärker in ihren Bann, als die Schwarz-Weiß-Aufnahme es vermocht hatte. Das Maul des monströsen Tieres, das jeden Moment das Schiff an der Horizontlinie verschlingen würde, war blutverschmiert.

Okay, *das* darf ich mit Sicherheit nicht, dachte Maria, als sie die Ecken mit Archivboxen beschwerte und das Gemälde in seiner Gänze sowie einzelne Details darauf abfotografierte.

David Holz beendete sein Gespräch mit »Na dann bis bald«, woraufhin sie das Bild hastig zusammenrollte. Dabei bemerkte sie zwei Buchstaben und eine Jahreszahl auf der Rückseite, die sie ebenfalls fotografierte.

HV, 1960.

Sie entfernte das Pergamentpapier auf der anderen Seite der Röhre und schüttelte sie leicht. Heraus fiel ein vergilbtes, handschriftlich beschriebenes Karteikärtchen.

Asservat 97/Hans Vinther, Ölgemälde 1960/zur technischen Untersuchung, stand darauf.

Hans Vinther? Der Sohn?

Das erklärte den etwas naiven Ausdruck des Bildes, trotzdem besaß der Sohn der Vinthers außergewöhnliches Talent. 1960 war er etwa fünfzehn Jahre gewesen, rechnete Maria zurück.

Ihr kam eine Idee. 1945 geboren, wäre Hans Vinther heute fünfundsiebzig und möglicherweise noch am Leben.

Und *wenn* er am Leben war und sie ihn finden und dazu bringen konnte, in Form einer Audioaufnahme oder einer Videomontage für die Ausstellung von dem Fall zu erzählen, wäre das ein kleiner Geniestreich. Im Gegensatz zu ihrer Chefin hatte Maria eingesehen, dass die vielleicht härteste Konkurrenz des Polizeimuseums nicht andere Museen oder der geistige Verfall der jungen Generation war, wie Bodil resigniert zu sagen pflegte, sondern die mittlerweile vielen verschiedenen True-Crime-Konzepte in Fernsehen, Radio oder Podcasts. Das Interesse der Leute am Wesen der Kriminalität war größer denn je, es musste nur auf mitreißende und berührende Weise serviert werden. Ein Hans Vinther, der persönlich von seinem langen Leben erzählte, ohne jemals eine Antwort auf die Frage zu erhalten, wer seine Eltern ermordet hatte … das wäre der Knaller!

Bevor sie sich auf die Jagd nach Hans Vinther machte, musste sie mit jemandem sprechen, der ihr erklären konnte, welche Rolle das Gemälde gespielt hatte. Sie glaubte nicht, die Antwort zwischen dem umfassenden Papiermaterial in den Boxen zu finden, und packte alles wieder ein.

»Ich bin fertig«, sagte sie wenig später zu dem eifrig SMS tippenden David Holz.

»Super. Dann kann ich zurück an die Arbeit. Gestern war hier der Teufel los. Der Generalsekretär, Sie wissen schon …«, sagte Holz und mimte mit geschlossenen Augen und schräg aus dem Hals hängender Zunge einen Erhängten. Oder vielleicht auch nur eine sehr gestresste Person, das war schwer zu erkennen.

Draußen im großen Säulenhof des Polizeipräsidiums suchte sich Maria eine geschützte Ecke. Sie blätterte in ihrem Notizbuch bis zu einem Namen und einer Handynummer, die sie gestern Abend im Online-Telefonbuch herausgesucht hatte. Nach elf oder zwölf Freizeichen wollte sie gerade auflegen, als eine tiefe Bassstimme durch die Leitung dröhnte.

»Hallo!«

Es war kein fragendes, einladendes Hallo. Die Stimme klang nach einem Mann, der sein Leben lang Befehle gebrüllt und die Fähigkeit zu einem normalen Umgangston verloren hatte. Maria ließ vor Schreck fast das Handy fallen.

Der Mann war um die hundert Jahre alt, in jedem Fall über neunzig, weshalb sie eine brüchige Pergamentstimme erwartet hatte, nicht Sauron persönlich. Sie fummelte an den seitlichen Tasten des iPhones herum, um die Lautstärke zu drosseln, und stammelte ein »Mein Name ist Maria Just, und ich rufe vom Polizeimuseum …«

Doch die Stimme am anderen Ende hatte bereits die Geduld verloren.

»Was in Gottes Namen wollen Sie?«

15

Mikael Dirk lenkte den Wagen an den Bordstein, damit Frederik mit zwei Sandwiches in der einen und zwei Pepsi Max in der anderen Hand einsteigen konnte. Anscheinend hatten sie denselben Lieblingssoftdrink, immerhin etwas.

Carlsen hatte sie gebeten, im Anschluss an das Gespräch mit Amalie Skytte zur Witwe Suzanne Schmidt nach Klampenborg zu fahren. Schmidts Frau war schockiert und wortkarg gewesen, als zwei Beamte ihr am Tag zuvor die traurige Nachricht überbracht hatten.

Sie schwiegen während der Fahrt aus der Stadt hinaus und aßen ihr frühes Mittagessen. Mikael mit einer Hand am Steuer, während er mit der anderen abwechselnd das Sandwich zum Mund führte und schaltete.

»Hast du eigentlich Kinder?«, fragte Frederik unvermittelt, als sie Hellerup hinter sich ließen.

Die Frage überraschte Mikael. Sie hatten seit zehn Minuten kein Wort miteinander gewechselt, und nun meinte Frederik offenbar, es sei an der Zeit, in den Privatmodus zu wechseln. Für Mikaels Geschmack eindeutig zu früh.

Es war drei Jahre her, dass Karin Mikael vor die Tür gesetzt hatte. Seit diesem Tag hatte er weder mit ihr noch mit Hector gesprochen, wofür er ihr kaum die Schuld geben konnte. Es war seine eigene Entscheidung gewesen. Zumindest anfangs.

Hector war inzwischen sechs Jahre alt. Sechs Jahre und zwei Tage. In wenigen Monaten würde er in die Schule kommen. Auf einmal war er ein großer Junge, und Mikael hatte mittlerweile so viel verpasst, dass er aufgehört hatte zu zählen: das erste Mal Radfahren ohne Stützräder, der erste Ausflug ins Stadion, der erste Urlaub mit dem Flugzeug, die Kindergartenzeit, der erste Wackelzahn. Das alles wollte er ganz sicher keinem Fremden anvertrauen.

»Irgendwie hat man doch immer Kinder«, erwiderte er, um das Gespräch zu beenden, während das Bild von Hector vor seinem geistigen Auge hängen blieb. Wenn er die Lider schloss, hatte er wieder den Duft seines Haars in der Nase. Er vermisste den Jungen bis ins Mark, wenn er allein war. Aber jetzt ließ er das nicht zu. Nicht hier.

»Was ist mit dir?«, fragte er Frederik.

Sein Partner schüttelte den Kopf.

»Noch nicht«, sagte er, und sie verfielen wieder in Schweigen.

Das Haus stand erhöht am Ende einer langen, herrschaftlichen Auffahrt. Das Heim des Generalsekretärs hatte schwarz gesprosste Fenster und eine weiß gekalkte Fassade. Das Dach war mit schwarz glasierten Ziegeln gedeckt und die Haustür so glänzend schwarz lackiert, dass man sich darin spiegeln konnte.

»Lass sie möglichst viel reden. Ohne Unterbrechungen«, konnte Mikael gerade noch zu Frederik sagen, bevor die Tür geöffnet wurde.

Suzanne Schmidt war eine zierliche Frau mit feinen Zügen, kurzem Pagenschnitt und einem teuren, diskreten Stil. Sie trug einen engen Rock in mokkafarbenem Kaschmir und eine weiße Seidenbluse. Die Nägel waren gepflegt und cremefarben mit etwas Glitzer lackiert. An den Füßen trug sie Mokassins mit Gummisohle, die dem Teil der Bevölkerung, der mal eben ein paar Tausend Kronen für Schuhe hinblätterte, vermutlich als eine Art Pantoffeln diente.

Nur die Augen der Frau verrieten, dass sie einer frischgebackenen Witwe gegenüberstanden. Ihre Wimperntusche war zu einem Klecks unter dem linken Auge verlaufen.

»Kommen Sie rein«, sagte sie seufzend und trat zur Seite, nachdem Mikael und Frederik sich vorgestellt und ihr Beileid bekundet hatten. Sie betraten den Eingangsbereich und zogen automatisch die Schuhe aus.

»Was möchten Sie? Ihre Kollegen waren doch gestern schon da?«, fragte Suzanne Schmidt und verschränkte die Arme vor der Brust.

»Können wir uns setzen?«, erwiderte Frederik, und die Frau nickte stumm.

Sie wandte sich um und führte sie ins angrenzende Wohnzimmer zu einer royalblauen Sitzgruppe aus weichem Samt mit fein säuberlich arrangierten Kissen.

»Wir haben vollstes Verständnis dafür, dass diese Zeit für Sie sehr schwer ist. Aber wir benötigen weitere Hintergrundinformationen, um uns ein besseres Bild über das Leben und den Bekanntenkreis Ihres Mannes machen zu können. Wann haben Sie und Georg sich kennengelernt?«, fragte Frederik und setzte sich.

Die Frage ließ die Frau etwas auftauen. In knappen Worten erzählte sie, wie sie sich über gemeinsame Freunde kennengelernt hatten, als sie achtzehn und er zweiundzwanzig gewesen war. Sie teilten ihr Interesse für Politik, die sozial Benachteiligten und Geld. Investitionen, Aktien und dergleichen.

Sozial Benachteiligte *und* Aktienmarkt? Eine bemerkenswerte Kombination, dachte Mikael bei sich. Ihm fiel auf, dass die Witwe sehr förmlich war.

Georg und Suzanne Schmidt hatten eine einunddreißigjährige Tochter. Sarah war glücklich verheiratet und hatte vor einem halben Jahr ihr erstes Kind zur Welt gebracht. Suzanne war seit Jahren Hausfrau und spielte – wie originell, dachte Mikael – leidenschaftlich Golf, während ihr Mann bevorzugt auf die Jagd gegangen war.

»Hatte Ihr Mann Feinde?«, unterbrach Mikael Suzanne, als diese gerade ihren und Georgs jüdischen Glauben schilderte.

Verblüfft sah sie auf.

»Nein«, sagte sie. »Mein Mann wurde respektiert und geschätzt. Schließlich hat er für die Schwachen gearbeitet, damit macht man sich keine Feinde.«

»Vielleicht gab es etwas bei der Arbeit oder eine aktuelle Debatte, die jemanden gegen ihn aufgebracht haben könnte? Hat er in letzter Zeit Drohungen erhalten?«

»Nein … Georg war natürlich eine öffentliche Person, daher bekam er hin und wieder wütende E-Mails. So viel weiß ich. Wir haben häufig über seine Arbeit gesprochen, aber gerade in diese Art von Problemen hat er mich selten eingeweiht.«

»Hören Sie, Sie könnten sehr dabei helfen, uns ein Bild von Ihrem Mann zu machen. Wer war er? Womit hat er sich außer der Arbeit und der Jagd beschäftigt? Wie war er als Ehemann, Vater, Großvater? Was hat er gern gegessen?«, fuhr Frederik dazwischen.

Suzanne runzelte die Stirn.

»Gegessen? Äh, also er hat alles gern gegessen. Keinen Salat oder Fisch, wie ich es vorziehe, am liebsten Fleisch und Geflügel, das er selbst erlegt hatte … Ich sehe nicht ganz, inwiefern das relevant ist«, sagte sie und legte den Kopf schief. »Wie er als Mann war, fragen Sie? Er war ein guter Mann. Weltgewandt, klug. Sehr klug. Alle mochten Georg. Wenn er einen Raum betrat, scharten sich die Leute um ihn.«

Suzanne sprach merkwürdig tonlos. Mikael fragte sich, in welcher Welt die Witwe wohl gelebt hatte. Die meisten anderen charakterisierten Schmidt auf Nachfrage mit Worten wie »arrogant« und »besserwisserisch«.

»Und was ist mit Ihnen? Mochten Sie ihn?« Die Frage war ihm herausgerutscht, und Suzanne sah ihn pikiert an.

»Wie meinen Sie das?«

Vielleicht war Georg Schmidt privat ja eine ganz andere Person als in der Öffentlichkeit, dachte Mikael ohne einen Funken schlechten Gewissens. Natürlich zog er es vor, zu trösten und freundlich zu sein, wenn er wie jetzt mit Angehörigen sprach, doch sein Job bestand zuallererst darin, Informationen zu beschaffen und den Täter zu finden. Und irgendetwas am Verhalten der Witwe kam ihm verdächtig vor.

»Wann haben Sie ihn zuletzt gesehen?«, fragte er weiter.

Frederik warf ihm einen mahnenden Blick zu. »Waren wir

uns nicht einig, die Frau reden zu lassen?«, stand deutlich in seinen Augen geschrieben.

Ein dunkler Schatten zog über Suzannes Gesicht.

»Das weiß ich nicht mehr«, antwortete sie. »Am Samstagabend waren wir essen, und Sonntagmorgen bin ich zum Golf gegangen. Als ich nach Hause kam, war er nicht da.«

»Also haben Sie ihn das letzte Mal gesehen, als Sie am Sonntagmorgen aufgestanden sind?«

Frederik sprach mit einem mitfühlenden Tonfall, und die Witwe wandte sich ihm dankbar zu.

»Nein …« Sie zögerte. »Das letzte Mal habe ich ihn am Samstagabend gesehen, als ich ins Bett gegangen bin.«

Aha. Das Paar hatte getrennte Schlafzimmer. Also waren entweder Schnarchen, Impotenz oder Untreue im Spiel, dachte Mikael.

»Wann war das?«, fragte Frederik, dem die Implikation anscheinend entgangen war.

»Ich bin gegen 23.30 Uhr schlafen gegangen, und da war Georg noch wach. Er saß in seinem Arbeitszimmer und tja … hat wohl gearbeitet. Aber was weiß ich schon? Es gab viele Bereiche in seinem Leben, an denen ich nicht teilhatte. Und umgekehrt.«

Ein bitterer Zug umspielte ihren Mund. Sie glich einem cremefarbenen Kolibri, wie sie so verletzlich und reglos vor ihnen saß. Bis jetzt hatte sie noch nichts gesagt, was den Verdacht von ihr selbst nahm. Rein körperlich konnte Mikael sie allerdings von der Liste der Verdächtigen streichen, es sei denn, jemand hatte ihr bei der Durchführung des Mordes und der bizarren Positionierung der Leiche geholfen.

Mikael bat darum, das Arbeitszimmer sehen zu dürfen. Sie standen auf und durchquerten drei weitere Räume, ehe sie in die »Bibliothek« kamen, wie das in diesen Kreisen wohl hieß.

In der Mitte des Raumes stand ein großer Schreibtisch. Von dort hatte man Aussicht in den nahe gelegenen Wildpark. Auf der Schreibtischplatte lagen mehr oder weniger säuberlich geordnete Stapel mit Papieren. Viele davon trugen das Rotkreuzlogo. Mikael bemerkte allerdings auch Briefpapier des Parlaments, des Dänischen Flüchtlingsrats und von *Save the Children*. All das mussten ihre Kollegen näher untersuchen, dachte er.

»Ich betrete das Zimmer nie, daher weiß ich nicht, was für Sie von Interesse sein könnte. Er sitzt … saß immer hier. Bevorzugt mit geschlossener Tür und laufendem Fernseher«, sagte Suzanne und sah nach wie vor nicht aus wie eine trauernde Witwe.

Entlang der Wand standen Bücher in deckenhohen Einbauregalen, ein Flachbildschirm zeigte die Bilder der ums Haus installierten Überwachungskameras.

»Werden die Aufnahmen gespeichert?«, fragte Frederik.

Suzanne nickte und trat an eine Schalttafel am Bücherregal, mit der sich die vielen Kameras und Aufnahmen anscheinend steuern ließen.

»Wonach suchen Sie denn eigentlich? Er wurde ja nicht hier ermordet …«

Wieso ist sie sich da so sicher?, dachte Mikael. Doch ehe er etwas sagen konnte, ergriff Frederik das Wort.

»Nein, aber wir würden gern überprüfen, ob es in letzter Zeit verdächtige Aktivitäten um das Haus herum gab. Ist es in Ordnung, wenn wir die Aufnahmen kurz durchsehen?«

Sowohl er als auch Mikael wussten, dass »kurz durchsehen« keinen Augenblick, sondern wohl eher ein paar Stunden dauern würde.

»Solange ich nicht dabei sein muss«, sagte Suzanne müde und ging zur Tür.

»Einen Moment noch. Haben Sie bemerkt, ob jemand das Haus, Sie oder Georg beobachtet hat?«, fragte Mikael.

Sie schüttelte wortlos den Kopf und schloss die Tür hinter sich.

Allein im Arbeitszimmer, begann Frederik an den Knöpfen der Überwachungskameras herumzudrücken, während Mikael auf seinem Kugelschreiber kaute. Mit dem Rauchen hatte er vor langer Zeit aufgehört, dafür hatte sich diese schlechte Gewohnheit eingeschlichen. Er schob sich daher schnell einen Kaugummi in den Mund.

Frederik begann mit der Kamera, die den Bereich vor der Haustür der Schmidts filmte, und spulte bis zu den Vormittagsstunden des 3. Januar zurück, dem Freitag zwei Tage vor dem Mord.

Wenige Minuten später rief Mikael in der Kriminaltechnik an.

»Kommt sofort nach Klampenborg und bringt eure besten Leute aus dem Überwachungs- und Analyseteam mit.«

16

In den ersten hektischen Tagen einer Mordermittlung schalteten immer alle einen Gang höher. Die Aufgaben mussten verteilt und der Fall aufgeklärt werden, koste es, was es wolle. Niels Carlsen wachte dabei fürsorglich über seine Leute. Er war ein moderner Chef, der häufig unter lauten Protesten Mitarbeiter nach Hause schickte, die kleine Kinder hatten oder kurz vor der Scheidung standen. In regelmäßigen Abständen sorgte er für besonders gutes Essen oder einen Kuchen vom neuen Bäcker an der Ecke. Er wusste, dass solche kleinen Zeichen der Anerkennung wichtig für die Stimmung und die Motivation waren, und er sorgte sich um das Wohlergehen seiner Mitarbeiter.

Auf Letzteres konnte Mikael für seinen Teil gut verzichten, wobei er durchaus einsah, dass es sinnvoll war, die Leute bei Laune zu halten. Es war Mittwochmorgen, das gesamte Team saß in dem gläsernen Konferenzraum, und viele von ihnen hatten in den letzten zwei Tagen Zwölf- oder Vierzehn-Stunden-Schichten geschoben. Daher stand heute eine Platte mit Kaffeeteilchen auf dem Tisch.

Die Überwachungsvideos des schmidtschen Hauses waren am Abend zuvor von den Technikern gesichert worden, die nun unter Hochdruck die vielen Stunden Filmmaterial analysierten und dokumentierten. Mikael und Frederik hatten genug gesehen, um sicher zu sein, dass sie auf etwas Interessantes gestoßen waren.

»Dirk und Dahlin haben eine auf den ersten Blick nicht identifizierbare, dunkel gekleidete Person auf den Überwachungsaufnahmen vom Freitag entdeckt, als die Schmidts nicht zu Hause waren. Das NKC arbeitet bereits daran, die Aufnahmen schärfer zu machen, damit man hoffentlich das Gesicht der Person erkennen kann«, erklärte Carlsen und fuhr fort: »Besonders interessant ist, dass diese Person durch die Fenster schaut. Es könnte sich um einen Einbrecher handeln, der die Lage sondiert, oder aber um den Täter. In jedem Fall muss das untersucht werden.«

Mikael hob die Hand, und Carlsen nickte ihm zu.

»Ich habe heute Morgen mit Munch gesprochen. Das NKC hat den Schuhabdruck analysiert, der am Tatort gefunden wurde. Er gehört zu einem linken Schuh der Marke Nike P-6000, leider ein beliebtes, massenproduziertes Modell. Das

NKC untersucht den Schuh jetzt auf charakteristische Merkmale wie irgendwelche Besonderheiten oder Macken im Profil.«

»Klingt gut, Dirk. Und ich habe mit Dahlin abgesprochen, dass er uns einen Überblick über die privaten Überwachungskameras um den Tatort verschafft. Dazu kommen all die Kameras, die nicht registriert sind. Es *muss* etwas Brauchbares geben. Der Täter ist wohl kaum vom Himmel gefallen. Er ist entweder zu Fuß oder mit dem Rad oder dem Auto zum Tatort gekommen. Irgendwo in Østerbro muss er auf einer Aufnahme zu sehen sein.«

Carlsen drückte sich in einer Weise aus, die keinen Zweifel daran ließ, dass seine Leute jede Straßenecke, jedes Geschäft, jeden Betrieb durchkämmen sollten, die Kameras zur Straße hatten. Viele Kamerabesitzer hielten sich nicht an die Regelung, nur das eigene Grundstück zu filmen, eine Gesetzesübertretung, die sich jetzt als nützlich für die Ermittler erweisen konnte. Niemand würde für diesen Fehltritt belangt werden, solange er willens war, seine Aufnahmen der Polizei zu überlassen. Ganz im Gegenteil hatte erst neulich ein Ladenbesitzer eine Belohnung bekommen, nachdem er einen Dieb gefilmt und diesen, als er ihn einige Tage später in der Nachbarschaft wiedererkannte, unter Gebrauch des Jedermannsrechts festgenommen hatte, was letztlich dazu geführt hatte, dass die Polizei einen Raub- und Hehlerring von siebzehn Mann hochnehmen konnte.

Kommen wir zur nächsten großen Frage«, sagte Carlsen. »Was könnte das Motiv für den Mord sein? Geld? Eifersucht? Begehren? Rache?«

Das waren die naheliegendsten Motive der meisten Mordfälle, doch der Generalsekretär konnte natürlich auch Opfer von Fanatismus oder schlicht und ergreifend verrücktem Nervenkitzel geworden sein.

»Ich fahre nachher in die Rechtsmedizin und erkundige mich, was Juul herausgefunden hat«, sagte Mikael.

Er leerte seinen Kaffee mit einem großen Schluck und merkte zu spät, dass die Tasse voller Kaffeesatz war.

Das Rechtsmedizinische Institut befand sich in einem langweilig aussehenden Gebäude direkt hinter dem Rigshospital. Das Institut teilte sich die Kantine mit dem Krankenhaus, gehörte jedoch zur Universität.

Mikael hatte von Andreas Juul einen Code für den Parkplatz bekommen und hielt wie immer in der für die Polizei reservierten Bucht. Hinter der großen Glastür folgte er einem braun gefliesten Gang, bis er zu einer Milchglastür mit der Aufschrift »Angehörige« kam.

Eine junge Frau hatte die Hände vors Gesicht geschlagen, während ein etwa gleichaltriger Mann sie zu trösten versuchte. Mikael drückte sich mit einem entschuldigenden Blick an ihnen vorbei.

Andreas Juul hatte Mikael in den Obduktionssaal bestellt, da es einfacher war, die Befunde direkt am Leichnam zu zeigen. Mikael stieg die Treppe in den ersten Stock hinauf, wo er sich Kittel, Haar- und Mundschutz sowie weiße Clogs anzog, ehe er den Raum betrat.

Er grüßte Juul, der ein knappes »Hallo« zurückmurmelte, ohne den Blick von den Papieren zu heben, in denen er mit der Nase steckte. Er war immer mit irgendetwas beschäftigt, und Mikael hatte oft das Gefühl, ungelegen zu kommen.

An sich konnte Mikael Juul gut leiden. Er war sachkundig, gründlich und erfahren. Dass er kein Freund der vielen Worte war, sein Privatleben vehement abschirmte und selten über die Witze anderer lachte, nahm Mikael ihm nicht übel. So war er selbst wohl auch ein bisschen. Zugeknöpft, was die Privatsphäre betraf, mitteilsam, wenn es ums Fachliche ging.

Auf dem Edelstahltisch in der Mitte des Raumes lag der ermordete Generalsekretär. Übergewichtig. Nackt. Mit fahler Haut.

Mikael wandte für einen Moment den Blick ab. Es fühlte sich immer wieder falsch an, in die Intimsphäre eines anderen Menschen einzudringen. Auch wenn er tot war. Mikael musste sich jedes Mal selbst ermahnen, dass vor ihm ein unbekannter Mensch lag und niemand, der ihm irgendwie nahestand. Es war eine Aufgabe, der er sich widmen musste. Sonst nichts. Keine Gefühle. Keine Empfindungen. Nichts. Nur ein toter Körper.

»Seine Familie durfte ihn gerade sehen«, sagte Juul.

Mikael nickte. Die junge Frau, die er unten gesehen hatte, war vermutlich Schmidts Tochter gewesen.

»Der Obduktionsbericht ist noch nicht fertig, aber ich kann Ihnen natürlich sagen, was mir aufgefallen ist. Der Kollege, der bei der Obduktion zugegen war, ist wohl noch nicht sehr erfahren?«, fragte Juul.

Mikael fiel ein, dass sie einen der ganz jungen, neu eingestellten Beamten hergeschickt hatten, um Erfahrungen zu sammeln.

»Tut mir leid«, entschuldigte er sich, doch Juul winkte ab.

»Wir haben alle mal angefangen. Kein Problem.«

Juul zeigte auf Schmidt, und Mikael zwang sich näherzutreten.

»Ich habe Totenflecke unter seinem Kinn, an den Füßen und an Teilen des Rückens festgestellt«, sagte der Rechtsmediziner. »Das passt mit den Beobachtungen zusammen, die ich am Fundort gemacht habe, und der Art und Weise, wie er aufgehängt war. Es handelte sich um überwiegend umlagerbare Totenflecke, was bedeutet, dass der Tod irgendwann zwischen ein Uhr nachts und dem Fundzeitpunkt eingetreten ist.«

So weit nichts Neues, dachte Mikael enttäuscht, ohne Juul zu unterbrechen.

»An äußeren Zeichen von Gewalteinwirkung haben wir Blessuren am Hinterkopf infolge stumpfer Gewalt gefunden. Die könnten allerdings auch durch einen Sturz verursacht worden sein, zum Beispiel auf der glatten Treppe. Ich habe die Verletzungen in unsere Skizze eingezeichnet, die dem Bericht beiliegen wird. Außerdem haben wir natürlich Gewebeproben entnommen und Blut und Urin ins Labor geschickt, um zu sehen, ob er Medikamente oder andere Substanzen im Körper hatte.«

Juul verrückte die Kunststoffstütze unter dem Nacken des Toten, damit Mikael besser sehen konnte.

»Ich habe die Verletzungen an seinem Hals genauer untersucht. Es besteht kein Zweifel, dass er nur mühsam Luft bekam. Der Tod war vermutlich langsam und qualvoll. Sehen Sie her.«

Mikael folgte Juuls Finger. Am Hals des Opfers entlang verliefen lange, tiefe Furchen, die aussahen wie Brandmale und dieselbe Breite hatten wie die bordeauxfarbene Krawatte, die um den Hals des Opfers gebunden gewesen war.

»In den Schleimhäuten und den Augenbindehäuten sind punktförmige Blutungen zu sehen. Zungenbein und Schildknorpeloberhörner sind gebrochen, und es finden sich Einblutungen in die Halsmuskulatur. Das alles spricht *am ehesten* für Strangulation durch Erdrosseln, also durch das Zuschnüren einer Schlinge.«

»Am ehesten« war Rechtsmedizinerjargon für so gut wie todsicher.

»Aber was ist mit dem vielen Blut unter der Leiche?«, fragte Mikael.

Juul, der neben der Leiche in die Hocke gegangen war und noch immer den Hals studierte, antwortete etwas verzögert.

»Für einen Laien sieht selbst sehr wenig Blut nach viel aus«, antwortete der Rechtsmediziner schließlich und fuhr mit einem Finger den Schnitt entlang, den sogenannten Y-Schnitt, der vom Halsbereich bis zum Bauch des Opfers führte.

Auf diese Weise wurden die Organe zur Untersuchung entnommen, bevor sie wieder zurückgelegt und die Wunde fein säuberlich zusammengenäht wurde. Doch das war es nicht, was Juul ihm zeigen wollte. Und jetzt sah auch Mikael die vier Schnitte, die Schmidt in den Bauch geritzt worden waren. Daher also das Blut unter der Leiche, in das der Hund der Anruferin seinen Haufen gesetzt hatte.

»Der Täter hat dem Opfer diese Schnitte unmittelbar vor oder nach Eintreten des Todes zugefügt. Höchstwahrscheinlich danach, aber das lässt sich schwer mit hundertprozentiger Sicherheit sagen. Ich glaube, es ist ein Zeichen«, sagte Juul und schaute Mikael an.

»Ein Zeichen?«

»Ja, ich habe so etwas schon einmal gesehen, als ich in den USA gearbeitet habe. Manche Täter signieren ihre Opfer, um eine Botschaft zu hinterlassen.«

Mikael betrachtete die Schnitte in der Bauchhaut des Generalsekretärs. Auf den ersten Blick wirkten sie zufällig. Unsauber. Stellten sie ein Viereck dar? Oder einen Buchstaben? Vielleicht ein A? Oder einen Zylinder? Er erkannte keinen Sinn darin. Aber was, wenn Juul recht hatte und es wirklich ein Zeichen des Täters war? Was zur Hölle bedeutete es dann?

17

Frederik ging strukturiert vor. Tabellen, Listen, Systeme und Überblick halfen ihm, einen klaren Kopf zu bewahren. Je mehr Ordnung herrschte, desto schneller bemerkte er Abweichungen. Und ebensolche Abweichungen suchten sie jetzt.

Er und die beiden Kollegen, mit denen gemeinsam er die Überwachungsaufnahmen aus dem Gebiet im und um den Blegdamsvej herum aufspüren sollte, hatten die Straßen unter sich aufgeteilt. Nun klapperten sie die Geschäfte ab und notierten ihre Ergebnisse in einer Excel-Tabelle. An vielen Stellen gab es keine Überwachungskameras oder aber es waren bloß Attrappen, die gar nicht filmen konnten, sondern nur ungebetene Gäste abschrecken sollten. An der Ecke von Nordre Frihavnsgade und Østerbrogade allerdings befand sich ein 7-Eleven mit Überwachung entlang der gesamten Fassade, und hier hatten sie Glück. Ja, die Aufnahmen wurden dreißig Tage gespeichert, und, ja, die Polizei würde natürlich umgehend eine Kopie bekommen. Frederik zog das Filmmaterial auf eine externe Festplatte und sah sich im Schnelldurchlauf die Aufnahmen von der Nordre Frihavnsgade an. In der Nacht auf Montag, den 6. Januar, waren nicht viele Passanten hier vorbeigekommen, und die meisten waren zu zweit unterwegs.

Beim Zeitcode 02.36 Uhr entdeckte er etwas und stoppte die Aufnahme. Es näherte sich eine Gestalt in dunklem Mantel und mit hochgezogener Kapuze, die an die Person erinnerte, die rauchend vor dem Rotkreuzgebäude gestanden hatte.

Beschwingt von seinem Fund, setzte Frederik seine Jagd die Nordre Frihavnsgade entlang fort. Im nationalen Kameraregister sah er, dass ein Blumenladen eine Überwachungskamera angemeldet hatte. Die Adresse war gerade mal fünfundsiebzig Meter vom 7-Eleven entfernt.

Ein Glöckchen bimmelte, als Frederik *Anjas Blumen* betrat. Der Duft nach Rosen und feuchter Erde stieg ihm in die Nase und weckte in diesem rekordnassen Winter die Sehnsucht nach dem Sommer. Hinter dem Tresen stellte eine untersetzte rothaarige Frau gerade einen Strauß aus roten und orangefarbenen Blumen für einen männlichen Kunden zusammen. Frederik wartete, während der Strauß mit Zellophan und Geschenkband verpackt wurde.

Als der Kunde gegangen war, schilderte er sein Anliegen. Die Miene der Frau hellte sich auf.

»Genau aus diesem Grund habe ich die Kamera registriert«, sagte sie. »Um die Polizei in ihrer Arbeit zu unterstützen. Østerbro ist keineswegs so friedlich, wie viele meinen. Wir haben haufenweise Einbrüche. Und Autodiebstähle. Und wissen Sie was? Neulich wurde meiner Schwester im Bus die Handtasche geklaut. Im 1 A. Das haben Ihre Kollegen aber nicht sonderlich ernst genommen.« Das Lächeln auf ihren Lippen verschwand.

»Manchmal haben schwerwiegendere Verbrechen Priorität. Wie dieses«, sagte Frederik und schenkte ihr sein strahlendstes Zahnpastalächeln.

Die Frau schien sich umgarnen zu lassen und führte Frederik in ein winziges Hinterzimmer.

»Sie können sich die Aufnahmen hier ansehen. Ich filme Tag und Nacht.«

Das Glöckchen bimmelte.

»Ich muss wieder nach vorn. Kommen Sie allein zurecht?«

Frederik versicherte ihr, dass sie ruhig gehen könne. Er spulte zum selben Zeitpunkt vor wie auf dem 7-Eleven-Video, und kurz darauf sah er die Gestalt auf der Aufnahme des Blumenladens auftauchen, allerdings auf der anderen Straßenseite. Auch diese Kamera war nicht vorschriftsgemäß angebracht. Weit entfernt sogar. Sie filmte über die gesamte Breite der Straße bis zum gegenüberliegenden Gebäude.

Als die Gestalt die Nordre Frihavnsgade 15 erreichte, verschwand sie in einem Hinterhof. Drei Minuten und achtunddreißig Sekunden später kam sie wieder heraus, nun mit Mütze auf dem Kopf und einem hellen Pullover anstelle des dunklen Mantels.

Was zur Hölle ist da passiert?, dachte Frederik. Er musste umgehend Carlsen Bescheid geben, damit dieser die Kriminaltechniker zu einem erneuten Besuch nach Østerbro orderte.

18

Die Weinbar in der Nordre Frihavnsgade war gut besucht, als Maria um 20.00 Uhr durch die Tür trat. Es war Freitag, und sie hoffte, dass der tote Generalsekretär ihrer Verabredung mit Mette nicht in die Quere kommen würde. Sämtliche im Laufe der vergangenen Woche in der *Morgenavisen* erschienenen Artikel über den Mordfall stammten aus ihrer Feder.

Ich bräuchte deine Hilfe bei einigen Recherchen, hatte Maria Mette am gestrigen Abend gesimst.

No problem. Nach zwei Glas Wein bin ich in Höchstform. Morgen 20 Uhr, Beviamo?, schrieb Mette zurück.

Maria hatte mit einiger Mühe ein Treffen mit Mogens Ostenfeldt vereinbart, der 1968 die Ermittlungen im Fall des Doppelmordes geleitet hatte und heute in einem Altenheim lebte. Sie hoffte, dass er ihr mit Informationen zu Hans Vinthers Leben und dessen Verbleib nach dem Tod seiner Eltern weiterhelfen konnte.

Sie schaute aus dem Fenster der Weinbar und sah Mette auf ihrem grünen Fahrrad angesaust kommen. Sie fummelte an einem Kettenschloss herum, entdeckte Maria hinter der Scheibe und winkte mit einem breiten Lächeln.

Vor neun Jahren war Maria in eine Zweizimmerwohnung in Nørrebro gezogen. An einem der ersten Nachmittage in der neuen Wohnung hatte sie sich darangemacht, Bilder und Haken aufzuhängen. Nach anderthalb Stunden, in denen sie zwei teetassengroße Löcher in die Wand gebohrt und sich durch ihr gesamtes Repertoire an westjütischen Kraftausdrücken geflucht hatte, klopfte es an der Tür. Draußen stand Mette in einer Schürze mit dem Logo der *Morgenavisen*, die Haare zu einem zerzausten Pferdeschwanz gebunden und mit einem undefinierbaren grünen Klecks auf der einen Wange. Mit zusammengekniffenen Augen hatte sie auf den Bohrer in Marias Hand und anschließend über Marias Schulter hinweg in den Flur geschaut, wo die neuen Garderobenhaken nun in unterschiedlicher Höhe hingen.

»Du machst einen irren Lärm«, sagte Mette und zeigte mit dem Küchenmesser, das sie in der Hand hielt, auf Maria. Maria brachte beim Anblick des Messers kein Wort über die Lippen, also fuhr Mette unverdrossen fort: »Folgender Plan. Du hörst jetzt auf der Stelle damit auf und isst mit mir. Ich habe gekocht, aber keinen Wein zu Hause. Den besorgst du. Morgen kümmere ich mich um deine Haken, deine Bilder und deine Hängematte. Und allen anderen Krempel. Okay?«

Mette hatte Maria drei, vier Sekunden lang mit ernstem Blick angeschaut und dann losgeprustet.

»Ich habe dich durch die offenen Fenster fluchen gehört. Komm runter und iss was. Es kommt echt selten vor, dass ich koche. Mach dich also auf das Schlimmste gefasst.«

Auf halbem Weg nach unten hatte sie sich umgedreht und Maria zugerufen: »Tut mir leid, dass ich dich mit dem Messer bedroht habe. Du bringst wohl besser zwei Flaschen mit.«

Es gab Wochen wie diese, in denen Maria und Mette sich nicht sahen. Mettes Job nahm nicht selten ihre Abende und Nächte in Anspruch, doch in der Regel versuchten sie, sich mindestens einmal pro Woche zu treffen. Mette war sechs Jahre älter als Maria und in vielerlei Hinsicht die Antithese zu der akademischen Welt, in der sich Maria bewegte. Mette verfügte, sicher bedingt durch ihren Job, über definitiv mehr Straßenschläue.

Bereits als sie sich kennenlernten, war Mette auf bestem Wege, sich als eine der bedeutenden Stimmen der *Morgenavisen* zu profilieren; eine Zeitung, die sonst als Männerhochburg bekannt war. Maria war immer wieder beeindruckt von Mettes Insiderwissen zu allem, was aktuell vor sich ging, während Mette Maria für die Möglichkeit beneidete, sich stundenlang in historische Details vertiefen zu können.

»Ha, jetzt weiß ich's«, hatte sie eines Abends leicht lallend gesagt, als sie auf Mettes Balkon saßen und eine Flasche Wein teilten. »Ich schreibe mit meinen Artikeln den ersten Entwurf für die Geschichtsbücher. Du redigierst die Texte und schreibst das Buch fertig. Das ist genial!«

Mette kam wie ein Wirbelsturm an Marias Tisch gerauscht, umarmte sie und winkte im gleichen Schwung die Bedienung zu ihnen. Sie roch nach Parfüm, Januarkälte und Zigarettenrauch.

»Ich dachte, wir hätten aufgehört zu rauchen«, sagte Maria mit mildem Vorwurf.

»Ja, ja, haben wir ja auch. Nur … dieser elende Rotkreuzfall«, fing Mette an, verstummte jedoch, als die Bedienung an ihren Tisch kam.

Wenn Mette an größeren Storys arbeitete, bei denen geheime oder anonyme Quellen involviert waren, erfuhr nicht einmal Maria, mit wem sie sprach. »Vergiss es. Quellenschutz«, argumentierte Mette dann und zog einen imaginären Reißverschluss quer über ihre Lippen.

»Du hast die Sache ja bestimmt verfolgt. Seit Montag sind wir praktisch nur zum Schlafen nach Hause gekommen, deshalb habe ich mich auch nicht bei dir gemeldet«, sagte Mette, als die Bedienung wieder gegangen war. Maria nahm an, dass Mette mit »wir« sich selbst und Krimi-Jeppe meinte.

»Es ist wahnsinnig mühsam. Die Polizei lässt nichts verlauten. Offiziell, meine ich. Hier und da hören wir ein paar Gerüchte, aber nichts Handfestes. Der Bekanntenkreis des Generalsekretärs ist auch keine große Hilfe. Es gibt null Anhaltspunkte, und wenn du mich fragst, tappt die Polizei total im Dunkeln. Überleg doch mal, Maria. Da wird ein Mann auf offener Straße umgebracht, gekreuzigt und geschändet, und keiner hat auch nur den leisesten Schimmer, wo der Täter zu suchen ist.«

»Ich dachte immer, nach solchen Ereignissen rufen alle möglichen Leute mit Tipps an?«, wunderte sich Maria.

»Tja, und für die Boulevardpresse sind das sicher jede Menge Steilvorlagen. Aber meine Zeitung kommt im Moment nicht weiter mit dem Mord. Dafür haben wir einen anderen interessanten Tipp bekommen. Er ist nicht ganz leicht zu überprüfen, aber wenn an der Geschichte was dran ist, wird sie den Nachruhm des Generalsekretärs nicht gerade aufpolieren«, sagte Mette und senkte die Stimme zu einem kaum hörbaren Flüstern.

Jeppe war von einem Mann mit unterdrückter Nummer angerufen worden, der sich als ehemaliger ehrenamtlicher Mitarbeiter in einem der Rotkreuzasylcenter präsentiert hatte. Der ansonsten anonyme Anrufer berichtete, dass es vor knapp zwei Monaten an einem von ihm nicht benannten Ort in Dänemark einen »Vorfall« mit zwei geflüchteten Kindern gegeben habe. Die beiden Kleinen – das eine trug noch Windeln – seien eines Abends von ihrem Aufenthaltsort »verschwunden«. Am nächsten Morgen hatte ein Bauer sie auf seinem zwei Kilometer entfernten Acker gefunden. Schwer unterkühlt, aber noch am Leben, nur mit Pyjamas bekleidet. Das ältere Kind hielt das jüngere im Arm.

Die Kinder hätten ihre Eltern gesucht, meinte der Mann am Telefon.

Die Geschichte an sich war schon eine Tragödie, die sicher Aufsehen erregen würde. »Aber«, hatte der Mann kryptisch hinzugefügt, »die echte Story finden Sie, wenn Sie der Frage nachgehen, warum die Kinder nicht mit ihren Eltern zusammen waren.«

»Was hat er damit gemeint? Waren das unbegleitete geflüchtete Kinder?«, fragte Maria.

»Keine Ahnung. Es war seltsam. Als wollte er damit andeuten, dass die Kinder gegen den Willen der Eltern von ihnen getrennt worden waren. Bleibt die Frage nach dem Warum?«

»Und was hat das mit dem Generalsekretär zu tun?«

»Wir wissen es nicht. Aber dass ein anonymer Anrufer Schmidt bei uns anschwärzt, zeigt doch, dass er, auch wenn er an der Spitze einer der respektabelsten Organisationen der

Welt stand, als Person nicht sonderlich beliebt war. Weder bei Links noch Rechts. Die Linken meinten, er hätte sämtliche Ideale verraten, als er letztes Jahr die restriktive Integrationspolitik der Regierung gestützt hat. Weißt du noch?«, fragte Mette.

Maria nickte.

Die vor drei Jahren neu gebildete Regierung hatte eine Reihe von Asyl- und Einwanderungsgesetzen verschärft. Besonderes Aufsehen hatten die Pläne der Regierung erregt, ein von Dänemark geführtes Auffanglager im nördlichen Libyen zu errichten, in dem die Wirtschaftsmigranten von den Migranten getrennt werden sollten, die tatsächlich Anspruch auf Schutz hatten. Erst nach beendeter Identifizierung und Überprüfung des Antrags – ein Prozess, der sich oft über Jahre hinzog – wollte man überlegen, die Integrationsfähigsten von ihnen nach Dänemark zu holen.

Die Idee hatte eine heftige Debatte ausgelöst. Die Gegner meinten, Dänemark würde sich auf diese Weise den Verpflichtungen entziehen, die mit der Unterzeichnung der Genfer Flüchtlingskonvention einhergingen. Die Befürworter wiesen ihrerseits darauf hin, dass die Flüchtlingskonvention veraltet sei und der gegenwärtigen Situation der Geflüchteten nicht gerecht werde, wenn ganze Familien im Versuch, das Gelobte Europa zu erreichen, im Mittelmeer ertranken. Außerdem, so das Argument der Regierung, würde es sowohl den finanziellen als auch den kulturellen Tod der europäischen Wohlfahrtsgesellschaft bedeuten, wenn man Millionen dieser nur schwer anpassungsfähigen Menschen nach Europa kommen ließ.

Inmitten dieser Debatte hatte Georg Schmidt ein wenig überraschend verlauten lassen, dass er die Pläne der Regierung unterstütze. Maria hatte Schmidts Kommentar in der *Morgenavisen* gelesen.

»Die Gastfreundlichkeit der Dänen stößt an ihre Grenzen, und das verstehe ich. Wer sich in seiner Existenz bedroht fühlt, hat keinen Platz für die Schicksale anderer.«

Das Problem war, dass Schmidts Versuch, die Wogen zu glätten, mit der skandalheischenden Überschrift »Rotkreuzchef: *Schlagt die Türen zu!*« versehen wurde. Schmidt wurde daraufhin gnadenlos in den sozialen Medien unter Beschuss genommen und avancierte bald zum Hassobjekt Nummer eins des linken Flügels. Seine Erklärungstournee durch diverse Abendsendungen und Talkshows im Fernsehen, um zu verdeutlichen, was er *eigentlich* gemeint habe, machte alles nur noch schlimmer. Nun wandten sich auch die Repräsentanten des rechten Lagers, die gerade geglaubt hatten, einen unerwarteten Verbündeten gefunden zu haben, gekränkt gegen ihn.

»Es war total irre damals«, fuhr Mette fort. »Wir bekamen einen Tipp, dass er mehrere Morddrohungen von Rechtsextremisten bekommen habe. Er weigerte sich strikt, einen Kommentar abzugeben, bat uns aber inständig, nicht darüber zu schreiben. Ohne seine Mithilfe konnten wir es nicht dokumentieren, also haben wir die Story ziehen lassen. Soweit ich weiß, stand er aber eine Weile unter Polizeischutz.«

»Glaubst du, dass das irgendwie in Verbindung mit dem Mord steht? Für einen Mörder mit politischen Beweggründen scheint mir das eine arg lange Vorbereitungsphase. In der Regel haben die ein besseres Gefühl fürs Timing.«

»Wir wissen es nicht«, antwortete Mette. »Genauso wenig wie die Polizei. Es könnte jeder sein. Aber unmittelbar scheint der Hass auf den rechtsgerichteten Webseiten am größten. Jeppe überwacht mehrere rechtsextreme Gruppen auf Facebook und diversen anderen Plattformen, und glaub mir, da herrscht kein Mangel an geschmacklosen Kommentaren über Schmidt. Die feiern seinen Tod, als wäre es Weihnachten und

Ostern zusammen. Dass er Jude war, macht es für diese Nazis nur zu einem doppelten Triumpf.«

»Aber glaubst du, der wahre Täter gibt sich auf so einer Plattform zu erkennen? Das wäre doch ziemlich unvorsichtig.«

»Man kann nie wissen. Wenn es sich um einen politisch motivierten Mord oder ein Terrorattentat handelt, macht die Sichtbarkeit normalerweise einen Großteil des Motivs aus. Die IS-Kämpfer stehen morgens kaum aus dem Bett auf, ohne es mit Maschinengewehrsalven auf Video anzudrohen, zu dokumentieren und zu feiern. Diese Art der Kommunikation hat leider viele Rechtsextremisten inspiriert«, sagte Mette und schenkte sich und Maria Wein nach. »Nimm nur den Attentäter von Christchurch, der fünfzig Moscheebesucher erschossen hat. Er hat den gesamten Tathergang auf Facebook gestreamt. Die Rechtsextremisten sind ebenfalls medienbewusst geworden.«

Maria knabberte nachdenklich an ihrer Oberlippe. Irgendetwas am Tod des Generalsekretärs bereitete ihr Unbehagen, ohne dass sie es genau benennen konnte.

»Hey, genug über tote Leute geredet«, unterbrach Mette ihre Gedanken. »Jetzt will ich wissen, was an Silvester passiert ist? Aus Jeppe kriege ich kein Wort heraus.«

Maria winkte abwehrend mit der Hand, um zu signalisieren, dass sie keine Lust hatte, darüber zu reden.

»Eigentlich nicht viel. Es war nett für diese eine Nacht, aber mehr ist es nicht.«

»Jeppe ist seit September geschieden, hatte ich das gesagt? Es ging seit Jahren vor und zurück mit ihm und Marlene. Anscheinend mehr zurück als vor. Er hat ja zwei kleine Kinder. Zwei und fünf, glaube ich. Es ist nicht leicht für ihn. Aber er ist ein lieber Kerl, Maria. Anständig.« Mette hielt einen Moment inne. »Willst du ihm nicht eine Chance geben? Ihr habt viel gemeinsam«, sagte sie und studierte Marias Gesicht.

Maria zuckte mit den Achseln.

»Kannst du dir mich als Stiefmama für zwei kreuzunglückliche Kleinkinder vorstellen? Wohl eher nicht, oder?«

Mette hob ihr Glas.

»Wenn du dich nicht ein bisschen öffnest, endest du noch wie ich: allein mit Katze oder einem Alkoholproblem«, sagte sie und trank einen Schluck Weißwein.

Maria nutzte die Trinkpause für einen Themenwechsel.

»Irgendetwas an Schmidts Tod lässt mich nicht los«, sagte sie. »Ich betrachte die Sache mal kurz durch meine Fachbrille, okay? Ihr habt in der Zeitung geschrieben, der Mörder hätte die Leiche in einer bestimmten Position arrangiert und sie geschändet. Das kostet Zeit, und der Mörder geht damit ein erhebliches Risiko ein. Sollte es sich dabei um eine Art Signatur handeln, erfüllt diese ein emotionales oder psychologisches Bedürfnis des Täters und spiegelt dabei häufig tief sitzende Fantasien oder ein Weltverständnis wider, das sich lange vor dem Verbrechen entwickelt hat. Vielleicht bereits in der Kindheit.«

Mette nickte. Sie hatte genügend Krimiserien gesehen, um das Konzept zu kennen.

»Eine Signatur trifft man typischerweise bei einem Mann an, der schon früher getötet oder die Neigung hat, erneut zu töten. Häufig hat die Sache persönliche Bedeutung für den Täter«, fuhr Maria fort.

»Ich kann dir folgen, aber worauf willst du hinaus?«

»Also, ich bin ja keine Polizistin, aber ich glaube, der Mörder hat früher schon mal getötet oder wird es wieder tun. Sein Motiv könnte durchaus politisch sein, allerdings spricht vieles an der Tat für einen *persönlichen* Hass auf das Opfer oder zumindest auf das, wofür das Opfer steht.«

Mette dachte kurz über Marias Worte nach, schüttelte dann jedoch den Kopf.

»Ich verstehe, was du mit dem persönlichen Hass meinst, Maria. Aber es ist einfach zu unwahrscheinlich, dass wir es mit einem Serienmörder zu tun haben. Wie viele Serienmörder gibt es in der gesamten dänischen Geschichte? Eine einzige Frau, wie hieß sie noch mal? Die, die ungewolltc Babys in den Kachelofen geworfen hat? Das müsstest du doch wissen, Frau Kuratorin.«

»Dagmar Overby, ja«, sagte Maria.

»Genau, die! Also ich weiß nicht, Maria ... Wenn du recht hast, sollten wir ein bisschen genauer nachforschen, welche Leichen unser Georg Schmidt im Keller hatte. Aber erst am Montag! Jetzt will ich hören, was du so treibst!«, sagte Mette.

»Tja, tatsächlich sitze ich gerade an meinem eigenen kleinen ungeklärten Fall.«

Mette sah sie mit hochgezogenen Brauen über ihr Glas hinweg an, und Maria begann mit der langen Geschichte von der Ausstellung und dem zweiundfünfzig Jahre zurückliegenden Doppelmord in Hellerup. Von den entstellten Leichen im Haus des Polizeipräsidenten und den Ermittlungen, die im Sand verlaufen waren. Sie erzählte von dem Bild und ihrer Idee, den Mann zu finden, der es in jungen Jahren gemalt hatte, um den ungeklärten, grausamen Fall aus der Perspektive eines Hinterbliebenen zu schildern.

Bodil hatte die Idee, Hans Vinther aufzusuchen, unterstützt, als sie wieder zur Arbeit gekommen war. Marias Chefin war gar nicht weit vom Callisensvej aufgewachsen und erinnerte sich noch gut daran, wie sich die Erwachsenen flüsternd über die Morde unterhalten hatten, und an das allgemein wachsende Unbehagen gegenüber Fremden im Kielwasser des ungeklärten Mordfalls.

»Ich habe aber keine Ahnung, wie ich ihn finden soll, falls das Landesarchiv nicht helfen kann.«

»Als Erstes solltest du dir überlegen, wieso dich dieses Bild so in den Bann zieht. Du sagst, es hätte etwas Kindliches, gleichzeitig aber auch Modernes und Expressives an sich. Und dass es sich dadurch von den anderen Bildern an den Wänden unterschied.«

»Ja. Es sieht total irre aus!« Maria zog ihr Handy aus der Tasche und zeigte Mette die Fotos, die sie im Polizeipräsidium gemacht hatte. »Dieses Bild ... es ist so schön und grausam zugleich. Er malt dieses schöne Meer, unter dessen Oberfläche sich etwas Böses und Leidvolles verbirgt. Vielleicht sollte es ausdrücken, wie klein und machtlos der Mensch in Wahrheit ist.« Maria verstummte und hing eine Weile ihren Gedanken nach.

Mette schaute sie an, sagte jedoch nichts. Wartete einfach. Das war einer ihrer Interviewtricks, wie Maria wusste: Unterbrich niemals eine Person, die gerade laut denkt.

»Aber wie gelangt ein Kind zu dieser Einsicht?«, fuhr Maria fort. »Der Junge kann höchstens fünfzehn gewesen sein, als er das Bild gemalt hat. Dieses Motiv spricht in meinen Augen von einer viel zu großen und frühen Begegnung mit irgendeiner Art des Bösen. Es wurde von einem jungen Menschen gemalt, der sämtliche Hoffnung und Unschuld verloren hat.«

Allmählich fühlte sich Maria etwas beduselt von dem Weißwein. Sie versuchte, in Mettes Gesicht abzulesen, ob ihre Worte irgendeinen Sinn ergaben oder ob sie wirr redete.

Mette schaute sie ernst an.

»Du hast das Gefühl, der Junge könnte du sein?«

ZWEITE WOCHE

13. Januar bis 19. Januar 2020

19

Es war noch dunkel, als Kriminaltechniker Jan Munch Mikael entgegenkam.

Der Mann hatte etwas Aristokratisches, war schlank, elegant und immer gepflegt, egal um welche Uhrzeit man ihn traf. Wie jetzt an diesem frühen Montagmorgen im Januar. Es war kurz vor acht und noch stockdunkel, aber Munch erhellte die trübe Stimmung mit einem breiten Lächeln, als er Mikael sah. Gemeinsam wollten sie die Funde am Blegdamsvej noch einmal durchgehen. Als Tatortkoordinator der letzten Wochen hatte Munch den besten Überblick.

»Hier entlang«, sagte er und führte Mikael durch eine Seitentür in das Gebäude Ejby 2. Die Zwei gab an, dass es sich um ein Schwestergebäude des Hauptsitzes der Landespolizei in Ejby bei Glostrup handelte. Zuvor war in dem Gebäude eine große Telefongesellschaft untergebracht gewesen. Nach dem Umbau lag es nun wie ein geheimnisvoller Bunker hinter einem grünen Stahlzaun mit Stacheldraht und unzähligen Überwachungskameras.

Ejby 2 war das Resultat langwieriger Planungen. Durch das vorsätzlich gelegte Feuer eines unbekannten Brandstifters hatte sich das Projekt mehrere Monate verzögert und war erst vor Kurzem eingeweiht worden. Damit hatte die Kriminaltechnik endlich die heruntergekommenen Baracken mit dem alten Schießstand im Keller und dem Fingerabdrucklabor im Erdgeschoss in Vanløse verlassen können, die bis dahin als zentrales Sammelbecken für alle kriminaltechnischen Untersuchungen gedient hatten. In dem neuen Gebäude würde »die dänische Polizei auch in Zukunft mit höchster Qualität alle physischen und digitalen Spuren sichern und die klassische sowie IT-Kriminalität bestmöglich bekämpfen«, wie die Polizeipräsidentin in ihrer Eröffnungsrede betont hatte. Das Gebäude bot nun Zugang zu einer Hightech-Schießbahn, einem sogenannten Blutraum und einem Brandversuchsraum.

Die Mitarbeiter waren geteilter Meinung über die neue Umgebung, aber die meisten erkannten die Vorteile der Neuerungen, und inzwischen hatten die modernen Technologien schon zu vielen positiven Resultaten geführt.

»Wir haben den Sohlenabdruck noch einmal genauer untersucht. Es gibt da ein paar spezifische Abnutzungsstellen, über die wir den Schuh klar identifizieren könnten, sofern ihr ihn findet«, sagte Munch und nahm Mikael gegenüber Platz, nachdem sie sich am Automaten zwei Kaffee gezogen hatten.

»Ich habe einige Kollegen damit betraut«, sagte Mikael und notierte sich, dass er nachfragen musste, ob die Herkunft der Nike-Schuhe inzwischen geklärt war.

»Gut. Lass es mich wissen, wenn wir dem noch weiter nachgehen sollen. Dann wären da noch die Fundstücke aus dem Hinterhof der Nordre Frihavsngade 15, wegen denen dein Kollege Dahlin am Mittwoch angerufen hat. Unsere Untersuchungen der Mülleimer und des Abfallschachts sind inzwischen beendet. Wie ich schon am Freitag am Telefon gesagt habe, gab es einen interessanten Fund: einen blutverschmierten koksgrauen Herrenmantel von H&M, Größe L. Es ist nicht viel Blut, aber genügend, um festzustellen, dass die Blutgruppe mit der des Opfers übereinstimmt«, sagte Munch und machte eine Kunstpause. »Wir haben eine Probe zur DNA-Analyse ins Labor der Rechtsgenetik geschickt. Ich möchte wetten, dass es das Blut des Generalsekretärs ist. Der Mantel wurde auch auf andere DNA-Spuren untersucht, die möglicherweise vom Täter stammen. Es liegen noch keine Ergebnisse vor, aber sobald wir was finden, gleichen wir das im Datenarchiv auf mögliche Treffer ab.«

»Hervorragend. Ich werde einige Kollegen daransetzen, enger einzukreisen, wo der Mantel gekauft wurde«, sagte Mikael, wohl wissend, dass ihnen das bei einer Ladenkette wie H&M kaum weiterhelfen oder zu ihrem Täter führen würde. In Verbindung mit dem übrigen Beweismaterial konnte es aber zumindest als Indiz dienen.

»Frederik ist im Übrigen auch gerade hier«, sagte Munch beiläufig, als sie aufgestanden waren. Mikael hob verwundert den Blick.

»Dahlin?«

»Ja. Wir haben eine Einheit des NC3 zu Hilfe gerufen, um möglichst rasch die Computerfestplatte des Generalsekretärs zu spiegeln«, sagte Munch mit Verweis auf das Nationale Cyber Crime Center der Polizei. »Frederik geht mit unseren IT-Spezialisten den Inhalt des Computers durch. Sie sitzen schon seit ein paar Stunden oben im zweiten Stock. Ich dachte, du wüsstest das.«

Munch sah Mikael augenzwinkernd an. Er wusste, wie sehr Mikael es hasste, nicht hundertprozentig informiert zu sein. Mikael hatte eine massive Aversion gegen alles, was mit Daten, Systemen, Evaluationen und IT-Berichten zu tun hatte – keine gute Voraussetzung für einen modernen Chef –, auf dem Laufenden wollte er aber trotzdem gehalten werden.

»Na ja, ich bin ja nicht der Dezernatsleiter. Darum ist es auf jeden Fall gut, dass Frederik hier ist. Carlsen ist doch sicher informiert«, sagte Mikael so beiläufig wie möglich, obwohl er innerlich kochte. Er hatte Carlsen gesagt, wo er an diesem

Tag zu finden sein würde, und es kotzte ihn an, dass sein Chef ihm nichts von Frederiks Anwesenheit im Ejby 2 gesagt hatte.

»Kannst du mich zu ihm bringen?«

Munch klopfte an und betrat den Raum, ohne auf Antwort zu warten. Das große Büro war bis unter die Decke vollgestopft mit Computern, Bildschirmen und Türmen von Harddisks. Frederik und ein IT-Techniker starrten auf einen Ameisenhaufen unverständlicher Codes und Zahlen auf einem Bildschirm. Es ärgerte Mikael, dass er nichts davon verstand.

»Habt ihr was Interessantes gefunden?«

Weder Frederik noch der Techniker reagierten. Sie hatten allem Anschein nach irgendetwas entdeckt.

»Habt ihr was gefunden?«, wiederholte Munch die Frage.

»Ja, da ist was«, erklärte Frederik. »Wir haben mit dem Üblichen angefangen, also seiner Suchhistorie, die deutlich zeigt, dass Schmidt sich nicht nur für hungrige Kinder in Afrika interessiert hat. Er hat Hotels im Großraum Kopenhagen gegoogelt, Nachtclubs, und auf seinem PC sind auch Pornos. Und zwar nicht wenige. Wir haben Zugang zu seinen Bankkonten und seine Transaktionen etwas genauer unter die Lupe genommen.«

Frederik erklärte, dass Schmidt seinen Kreditkartendaten nach zu schließen gern Bargeld genutzt hatte. Der Generalsekretär hatte mehrmals wöchentlich Geld abgehoben, nicht selten hohe Beträge. Auch die Bezahl-App MobilePay war häufig genutzt worden, sie erstellten gerade eine Liste der Empfänger. Außerdem hatte er nicht selten im Hotel übernachtet, obwohl er mit seiner Frau ja ganz in der Nähe von Kopenhagen wohnte.

»Allem Anschein nach hatte er auch mehrere Telefone«, sagte Frederik.

»Interessant. Vermerkst du das im System, damit wir das weiterverfolgen können?«, fragte Mikael.

»Ich habe bereits mit Carlsen gesprochen, das ist schon in die Wege geleitet. Wir haben auch Leute an die Auswertung der Funkzellenabfrage gesetzt, die wir in der Nähe des Tatorts durchgeführt haben. Wir müssen sehen, ob es Überschneidungen zwischen den Anrufen des Generalsekretärs und Handys gibt, die sich zum Tatzeitpunkt in der Nähe des Tatorts befunden haben. Das Blöde ist nur, dass Sonntagabend in der Gegend um den Trianglen Tausende von Leuten unterwegs waren. Insbesondere wegen des Konzerts im Stadion. Da waren viele auf dem Weg zur U-Bahn.«

Wieder fühlte Mikael sich irgendwie abgehängt. Da klingelte Frederiks Handy, und er entschuldigte sich.

Eine halbe Stunde später verließ Mikael das Gebäude und ging über den großen Parkplatz. Er hatte mit Munch noch einen Kaffee getrunken und alle losen Enden des Falles in einem Dokument zusammengefasst, das sie dann Carlsen gemailt hatten.

Er hätte gern ein Vieraugengespräch mit Frederik geführt, um seinem neuen Kollegen klarzumachen, wer diese Ermittlungen leitete und informiert werden musste, hatte ihn aber nicht finden können. Erst auf dem Parkplatz sah er ihn mit dem Handy am Ohr vor sich herlaufen.

Mikael rief seinen Namen, doch Frederik hörte ihn nicht. Er ging zielgerichtet zu seinem grauen Auto, stieg ein, gab Gas und war verschwunden.

Im Wagen rief Mikael Carlsen an und diskutierte mit ihm die Funde der Kriminaltechnik. Sein Chef wirkte gestresst und frustriert darüber, dass sie noch immer keine heiße Spur hatten.

»Wer könnte ein Interesse an Georg Schmidts Tod gehabt haben? Und wer ist in der Lage, eine solche Tat durchzuführen? Wie lautete die Botschaft? Lauter unbeantwortete Fragen.«

Mikael fuhr an einem Kiosk vorbei und sah die unmissverständliche Schlagzeile der *Morgenavisen:* »POLIZEI OHNE JEDE SPUR«.

Er hasste diese Überschriften, konnte der Zeitung in diesem Fall aber nur recht geben. Nach einer Woche Ermittlungsarbeit hatten sie noch immer nichts.

In der vergangenen Nacht war von 22.00 Uhr bis 05.00 Uhr eine Polizeiaktion im Bereich des Tatorts durchgeführt worden, um die Situation vor Ort am selben Wochentag und zur selben Uhrzeit wie dem Verbrechen nachzustellen. Nach Mikaels Erfahrung führten diese Aktionen nur selten zu Ergebnissen, aber ohne eine konkrete Spur, der man folgen konnte, war jeder Strohhalm willkommen. Vielleicht tauchten auf diese Weise ja Zeugen auf, die die Polizei noch nicht kannte. Bis jetzt deutete allerdings nichts darauf hin.

»Wir müssen weiterkommen, so schnell wie möglich«, hatten Carlsens letzte, hektische Worte gelautet.

Mikael wusste nur zu gut, was diese Stresserei bedeutete. Die Politiker und die oberste Polizeiführung begannen, sich zu rühren. Jemand musste die Verantwortung übernehmen, und wie immer würde die Scheiße nach unten fließen.

Von der oberen Etage über Carlsen bis zu Mikaels Leuten.

20

Ihre Stimme klang tränenerstickt. Und in der letzten Woche war zu der Traurigkeit noch etwas anderes hinzugekommen. Enttäuschung. Oder Verbitterung? Wut? Er hoffte nicht.

»Wo warst du denn? Du hattest mir versprochen zu kommen. Wir werden dieses Kind nie kriegen, wenn du die Untersuchungen nicht machst. Und ohne die Untersuchungen bekommen wir die Behandlung nicht bewilligt. Ist dir eigentlich klar, wie hoch die Kosten in einer Privatklinik sind?«

Sie schwieg, wartete, aber Frederiks Antwort blieb aus. Er wusste nicht, was er sagen sollte.

»Sag mal, willst du das überhaupt? Warum kommst du jetzt nicht nach Hause? Was ist wichtiger als unser Leben? Du gehst ja nicht mal ans Handy, wenn ich dich anrufe.«

Sie hatte ja recht, dass die Arbeit ihn in diesen Wochen voll in Beschlag nahm. Er war eben neu im Dezernat und musste sich erst beweisen. Außerdem standen sie mitten in den Ermittlungen des seit Jahren wichtigsten Mordfalls. Ohne konkrete Spur, ohne einen einzigen Beweis. Sie wussten noch nicht einmal, in welche Richtung sie ermitteln sollten. Deshalb war er sogar gestern auf der Arbeit gewesen, am Sonntag, und war auch heute früh morgens aufgebrochen, bevor sie überhaupt wach gewesen war. Das musste sie doch verstehen. Alles zu seiner Zeit.

»Hallo? Bist du noch da?«, fragte sie. Er räusperte sich, brummte ein leises »Ja« und sagte: »Wir sehen uns später Schatz, dann reden wir darüber.«

Er legte auf und versuchte die Vorwürfe, die sie ihm gemacht hatte, abzuschütteln, während er weiter in Richtung Freimaurerloge fuhr. Er war das Gefühl, eine Enttäuschung für jemanden zu sein, nicht gewohnt. Er dachte an die Ermahnungen des Ausbilders im ersten Jahr an der Polizeischule, dass Polizisten in der Scheidungsstatistik überrepräsentiert seien. War er auf dem Weg, Teil dieser Statistik zu werden? Nein. Es musste doch möglich sein, sowohl ein guter Polizist als auch ein guter Ehemann zu sein. So wie er es sich und Louise versprochen hatte.

Er parkte vor dem Netto im Blegdamsvej. Große Angebotsplakate warben für Diätprodukte, billige Trainingsklamotten und fertige Salatmischungen. Und das im Januar, dachte er, und schloss das Auto ab. Louise rief erneut an, aber er ging nicht ran. Er war ja bald zu Hause, dann konnten sie einen Plan machen.

Bei den Freimaurern saß derselbe Pförtner hinter dem Empfangstresen wie beim letzten Mal.

»Da sind Sie ja wieder«, sagte der Mann, nachdem er Frederik ins Warme gelassen hatte. Frederik streifte seine Schuhe auf der Matte ab und öffnete seine dicke Winterjacke.

»Ich habe einen Termin mit dem Großmeister«, sagte er. Der Gesichtsausdruck des Pförtners wechselte von freundlich zu misstrauisch.

»Davon habe ich nichts gehört.«

»Rufen Sie ihn an und sagen Sie ihm, Frederik Dahlin von der Kopenhagener Polizei ist hier. Ich bin mir sicher, dass er unsere Verabredung nicht vergessen hat«, erwiderte Frederik lächelnd und sah demonstrativ auf seine Uhr. Es war exakt 14.00 Uhr. Er war pünktlich.

Der Großmeister war ein kräftig gebauter Mann mit dicken dunklen Locken und einem gepflegten grau melierten Bart. Er stellte sich als Gerhard Walther Nielsen vor.

»Wie ich schon am Telefon gesagt habe, wüsste ich gern, warum Sie letzte Woche in der Nacht von Sonntag auf Montag hier übernachtet haben.«

»Und wie ich Ihnen bereits am Telefon gesagt habe, ist das absolut nichts Ungewöhnliches. Im Übrigen geht Sie das nichts an.«

Die zwei Männer musterten sich eine gefühlte Ewigkeit.

Dann sagte Frederik: »Ich weiß, dass Sie mit einem anderen Mann hier übernachtet haben. Wir sind mitten in einer Mordermittlung, Ihre sexuellen Präferenzen interessieren mich nicht, und Ihre Frau wird nichts erfahren, falls es Ihnen darum gehen sollte. Aber vielleicht können Sie uns mit wichtigen Informationen weiterhelfen.«

Frederik hatte die Stimme etwas gehoben, um den Ernst der Lage zu verdeutlichen. Vor Jahren wäre ein Mordfall in Nordjütland um ein Haar nicht aufgeklärt worden, weil ein Zeuge nicht sagen wollte, dass er Sex mit einem anderen Mann gehabt hatte. Erst als dieser Zeuge selbst in Verdacht geriet, weil er keine Angaben zu seinem Alibi machen wollte, hatte er seine Aussage gemacht. Der Fall hatte vielen Kollegen vor Augen geführt, dass selbst in modernen Zeiten eine ganze Reihe Dänen bereit war, ins Gefängnis zu gehen, um ihre Sexualität zu verbergen.

Der Großmeister senkte den Blick. Er dachte offensichtlich scharf nach, und Frederik ließ ihn mit seinem Gewissen ringen. Dann holte der Mann tief durch die Nase Luft, atmete durch den Mund aus und sah Frederik flehend an.

»Okay, wenn nicht herauskommt, mit wem ich hier übernachtet habe oder dass ich überhaupt mit jemandem hier übernachtet habe. Können Sie mir das garantieren?«

»Ich werde es versuchen«, erwiderte Frederik, wohl wissend, dass man so etwas niemals garantieren konnte. Je nachdem, was der Großmeister sagte, riskierte er, vor Gericht eine Aussage machen zu müssen.

»Wir haben in der Nacht hier geschlafen, ja. So um fünf vor halb zwei wurde ich von einem Schrei geweckt. Oder besser gesagt einem Brüllen. Wie von einem Besoffenen. Ich lag noch eine Weile wach und hörte kurz darauf einen weiteren Schrei, aber wir sind hier im Zentrum von Kopenhagen, da ist Lärm und Gegröle in der Nacht nichts Besonderes. Trotzdem bin ich ans Fenster gegangen, konnte aber nichts entdecken, als ich nach draußen gesehen habe.«

Frederik machte sich Notizen.

»Sind Sie sich sicher, was den Zeitpunkt angeht?«

»Ja, ich habe auf mein Handy geschaut und dann noch kurz eine Mail beantwortet, wo ich schon mal wach war. Die Mail wurde um 01.27 Uhr abgeschickt«, sagte der Großmeister und schob sein Telefon über den Tisch.

Frederik warf einen Blick auf den Sendezeitpunkt. Es stimmte.

»Aber gesehen haben Sie nichts?«

Der Großmeister schüttelte den Kopf, sodass seine Locken wippten.

»Schade, aber trotzdem danke. Der Zeitpunkt ist wichtig für uns, Sie haben mir also tatsächlich weitergeholfen. Ich gebe Ihnen meine Nummer, falls Ihnen noch etwas einfällt.«

Frederik schrieb seine Handynummer auf eine leere Seite seines Notizbuchs, riss sie heraus und reichte sie dem Mann.

»Kann ich mit Ihrer Diskretion rechnen?«

Gerhard Nielsens Worte klangen beinahe flehend.

»Ja, das können Sie. Ich muss Ihnen aber sagen, dass Sie, sollten Sie als Zeuge wichtig werden, die ganze Wahrheit sagen müssen.«

Der Großmeister nickte betreten und starrte auf den Fotorahmen auf seinem Tisch. Frederik vermutete, dass in dem Rahmen das Bild einer glücklich unwissenden Frau Großmeister steckte, vielleicht ja mit einer Schar kleiner glücklich unwissender Großmeister.

21

Wie durch ein Wunder bekam Mikael den letzten freien Parkplatz am Prins Jørgens Gård. Er legte den laminierten Sonderparkausweis, der seinen Wagen als Zivilfahrzeug der Polizei auswies, auf das Armaturenbrett. Die konstante Terrorbedrohung machte es beinahe unmöglich, in der Nähe von Schloss Christiansborg zu parken, weshalb er sich nicht sicher war, ob der Ausweis die Ordnungsbeamten, die wie flügellahme Geier in der Gegend zirkulierten, von weiteren Maßnahmen abschreckte.

Er schloss den Wagen ab, zog die Jacke über das neue Hemd, das er auf Aufforderung seines Chefs angezogen hatte, und ging in Richtung Staatskanzlei.

Die Politiker zeigten wenig Respekt vor der Arbeit der Polizei. Es war erstaunlich schwierig gewesen, einen Termin mit dem Ministerpräsidenten zu bekommen. Natürlich war zu erwarten gewesen, dass der wichtigste Mann des Landes einen vollen Terminkalender hatte, aber immerhin ging es bei den Ermittlungen um den Mord an einer der Stützen des Landes, und ein politisches Motiv war nicht auszuschließen. Etwas mehr Entgegenkommen hätte er von Ministerpräsident Troels Mejding schon erwartet.

Einige von Mikaels Kollegen im Dezernat für Gewaltverbrechen waren seit dem Fund von Georg Schmidts Leiche damit beschäftigt, Schmidts Aktivitäten in den letzten Wochen und Monaten nachzuzeichnen, eine teilweise recht einschläfernde Tätigkeit: Schmidt war beim Physiotherapeuten gewesen, beim Zahnarzt, bei einem gemeinsamen Frühstück mit Kollegen, bei seinen Routineauftritten auf TV 2 NEWS und bei seinem jährlichen Herzcheck im Krankenhaus von Gentofte.

Des Weiteren war der Generalsekretär zweimal in Krisengebiete gereist. Eine dieser Reisen war als streng vertraulich eingestuft worden. Schmidt hatte mit dem Verteidigungsminister und einem Mitglied der Königsfamilie dänische Soldaten in Mali besucht. Die ganze Aktion hatte weniger als sechsunddreißig Stunden gedauert und war beinahe von Anfang bis Ende von einem Kameramann des dänischen Radios dokumentiert worden. Die zweite Reise hatte ihn in ein überfülltes Flüchtlingslager des Roten Kreuzes im nördlichen Jordanien geführt, wenige Hundert Meter von der syrischen Grenze entfernt. Diese Reise hatte drei Tage gedauert, aber von den herzzerreißenden Berichten der syrischen Flüchtlinge abgesehen war der Aufenthalt von Routinen geprägt gewesen und ohne besondere Auffälligkeiten abgelaufen.

Es hatte aber auch ein paar besondere Aktivitäten gegeben, das sagte jedenfalls Schmidts Sekretär, Frej Thomsen, der seit vier Jahren Schmidts rechte Hand war und als engster Vertrauter des Generalsekretärs galt. Bei den anderen Mitarbeitern des Roten Kreuzes schien Thomsen allerdings wenig beliebt zu sein.

Der Sekretär war ein schmächtiger Mann in den Dreißigern mit unreiner Haut, umgeschlagener Jeans und einer dicken Hornbrille, die ihm ein fliegenhaftes Aussehen gab.

»Ich ziehe die Bezeichnung ›persönlicher Assistent‹ vor. So

hat Georg mich genannt«, hatte er bei der polizeilichen Befragung auf Teglholmen gesagt.

Der Assistent hatte während der gesamten Befragung beinahe hysterisch geklungen, was Mikael zutiefst irritiert hatte. Er konnte nicht sagen, ob der Mitarbeiter wirklich über den Tod des Generalsekretärs trauerte oder einfach nur um seine berufliche Zukunft bangte. Oder beides.

Nach Aussage des Assistenten hatte der Generalsekretär Anfang November eine Besprechung in der Staatskanzlei gehabt, bei der offenbar auch ausgewählte Parlamentarier anwesend waren. Schmidt hatte häufiger Verabredungen in Christiansborg, bemerkenswert an diesem Treffen sei laut Frej aber gewesen, dass der ansonsten so selbstsichere Schmidt sichtlich nervös und aufgebracht gewirkt habe – sowohl vor als auch nach dem Gespräch.

Es war ein kalter Novembertag, aber als Frej Thomsen seinem Chef eine gute Stunde vor dem Termin ein Sandwich brachte, habe Schmidt wie gelähmt an seinem Schreibtisch gesessen und sichtlich geschwitzt. Auf die Frage, ob er sich nicht wohlfühle, habe Frej die schmidtsche Arroganz zu spüren bekommen.

»Bist du mein Arzt? Verschwinde und lass mich in Frieden!«

Eine halbe Stunde später sei Schmidt mit dem Taxi abgefahren, das Sandwich hatte er nicht angerührt. Als er nach einigen Stunden wieder zurückkam, habe er kurz angebunden gesagt, dass er keine Telefonate durchgestellt bekommen wolle, und die Tür hinter sich geschlossen.

Anderthalb Stunden später habe er mit seinem Mantel und der Aktentasche das Büro verlassen. Er sei kurz vor Frejs Schreibtisch stehen geblieben und habe etwas Merkwürdiges gesagt. »Glaubst du, sie können mir vergeben?«

»Wer?«, hatte Frej zurückgefragt, aber da war Schmidt bereits auf dem Weg zur Tür hinaus gewesen.

Frej Thomsen war überzeugt, dass bei dem Treffen in der Staatskanzlei irgendetwas vorgefallen war. Etwas, das nichts mit Naturkatastrophen, weit entfernten Kriegen oder hungernden Kindern zu tun hatte. Die schwere Verantwortung auf den Schultern, das Elend der Welt zu mindern, würde sicher den meisten Menschen schlaflose Nächte bereiten, aber Schmidt hatte damit zu leben gelernt. Es musste etwas anderes gewesen sein. Etwas Persönliches, meinte Frej. Alle Versuche des Assistenten, mehr Details zu erfahren, waren abgewehrt worden. Das Treffen sei vertraulich gewesen, habe Schmidt lediglich geantwortet.

»Sonst hatte er nie Geheimnisse vor mir«, sagte Frej und sah aufrichtig gekränkt aus.

Um was es bei dem Treffen gegangen war und wofür Schmidt Vergebung erhoffte, hatte er nun mit ins Grab genommen.

Mehr würde Mikael nur erfahren, wenn er mit den anderen an der Besprechung beteiligten Personen redete. Und warum dann nicht gleich beim Gastgeber, Troels Mejding, anfangen.

Es war nicht einfach gewesen, eine Audienz zu bekommen. Erst hatte ihn ein gewisser Pressesekretär, dann einer der Staatssekretäre abgewimmelt, und das mit den immer gleichen Floskeln: »Wir werden uns bei Ihnen melden.« Oder: »In dieser Woche ist es terminlich sehr eng.« Irgendwann hatte Mikael dann den persönlichen Berater des Ministerpräsidenten, besser bekannt als Spindoktor Ulrik Keller, am Apparat gehabt, der ihn allen Ernstes gefragt hatte, ob die Polizei ihre Fragen nicht schriftlich einreichen könne, der Ministerpräsident würde dann alles *asap,* von Keller in lupenreinem Englisch ausgesprochen, beantworten.

»Nein, das geht nicht, ich muss persönlich mit ihm sprechen, und zwar *ey-zap*. Besser heute als morgen«, hatte Mikael geantwortet, und an diesem Dienstagmorgen war ihm tatsächlich eine Viertelstunde im Büro des Ministerpräsidenten gewährt worden.

Mikael war nicht unbedingt die erste Wahl, wenn man jemanden aufs hochglanzgebohnerte Parkett schickte, aber Niels Carlsen, der tunlichst vermied, sich bei Leuten unbeliebt zu machen, die mehr Sterne auf der Schulterklappe hatten als er, hatte diese Aufgabe eilig an Mikael delegiert.

»Du hast ja keine Probleme damit, jemandem ans Bein zu pinkeln, nicht wahr, Dirk?«, hatte Carlsen nicht ganz zu Unrecht gesagt. Mikael hatte keinerlei Karriere- oder Arschkriecher-Ambitionen. Trotzdem hatte er ein flaues Gefühl. Ob es die Magensäure war, weil er zu viel Kaffee getrunken hatte, oder ob er einfach nur nervös war, wusste er nicht recht.

Es gab keinen Ort, an dem Mikael sich sicherer und unangreifbarer fühlte als in einem Vernehmungsraum. Keine menschliche Interaktion lag ihm mehr als eine Vernehmung.

Im Umgang mit Fremden war er oft unbeholfen und linkisch. Vor einem halben Jahr hatte er in ein Blind Date mit einer Frau eingewilligt, von der ein Kollege im Dezernat meinte, dass sie zu ihm passen würde. Die Frau, die sich als bildhübsche Krankenschwester entpuppte, hatte den ganzen Abend verführerisch mit den Wimpern geklimpert, während Mikael widerstrebend Anekdoten aus dem Polizeialltag zum Besten gab. Unter anderem eine alte Geschichte von einem Drogendealer, der als peruanischer Flötenspieler verkleidet aus dem Polizeigewahrsam entkommen war. Der Anekdote fehlten das richtige Timing und die eigentliche Pointe, trotzdem hatte sein Date nach beinahe jedem Satz ausgerufen: »Irre – ist das wirklich wahr?«

Anschließend war er mit zu ihr gegangen, weil er das Gefühl hatte, dass sie sich das wünschte, und er ihr zeigen wollte, dass er sie durchaus hübsch fand und ihr Interesse an ihm schätzte. In erster Linie aber wollte er einfach das Gespräch beenden. Sobald sie eingeschlafen war, hatte er sich angezogen und sich in guter alter One-Night-Stand-Manier über die Hintertreppe davongestohlen.

»So arschig hättest du dich nun wirklich nicht verhalten müssen«, hatte sein Kollege anschließend gesagt.

Und damit hatte er sicher recht. Mikael *war* ein Arsch. Jedenfalls verhielt er sich oft wie einer. Auch wenn er versuchte, es nicht zu sein. Irgendwie hatte er nach dem Bruch mit Karin verlernt, wie man sich anständig benahm. Wie normale Menschen miteinander umgingen. Wenn er das nicht sogar schon vorher verlernt hatte. Oder vielleicht hatte er es auch noch nie gekonnt.

Karin und er waren blutjung gewesen, als sie sich kennenlernten. Er war damals zweiundzwanzig, sie ein Jahr jünger, und im Gegensatz zu Mikael stammte sie aus einer stabilen Kernfamilie, in der sie unendlich viel Liebe und Unterstützung erfahren hatte. Karin strotzte vor Selbstvertrauen, war extrovertiert und selbst an den schlimmsten Trauerklößen aufrichtig interessiert. Sie war der Mittelpunkt jeden Festes. Er war introvertiert und abwartend, ein Beobachter, der lieber zuhörte, als selbst den Ton anzugeben. Es hatte ihm gefallen, dass sie für ihn das Wort führte. Das hatte er sich damals zumindest eingeredet. Nach dem Bruch waren ihm Zweifel gekommen, ob die Rollenverteilung wirklich gepasst hatte. Für Karin und für ihn.

Small Talk war absolut nicht sein Ding. Die trivialen Themen, um die sich alles drehte – das Wetter, die Nachrichten, das Tratschen unter Freunden – interessierten ihn nicht. Vielleicht hatten ihn die Polizeiarbeit, die Undercover-Aktionen und nicht zuletzt auch die Mordermittlungen deshalb so in ihren Bann gezogen. Da ging es tatsächlich um Leben und Tod. Um Richtig oder Falsch. Gut und Böse. Schwarz und Weiß.

Es hatte ihn getroffen, als die hochschwangere Karin ihm eines Tages um die Ohren gehauen hatte, dass er doch nur das Extreme an sich heranließe und er endlich lernen solle, seinen Alltag zu lieben.

Damals hatte er nicht verstanden, was sie meinte.

Eine Vernehmung war etwas ganz anderes als ein Schwätzchen mit dem Nachbarn. Im Vernehmungsraum hatte er die Kontrolle, wusste, was von ihm erwartet wurde, und kannte die Spielregeln. Da gab es keine falsche Rücksicht. Die normalen sozialen Spielregeln blieben vor der Tür, wenn er die Menschen an ihre Grenzen brachte. Dahin, wo sie zu reden begannen.

Doch jetzt sollte er mit *Politikern* reden.

Wenn Mikael in einem Vernehmungsraum saß, bestand seine Taktik darin, die Verteidigungsbollwerke der Leute einzureißen, ihnen die Masken abzunehmen und in die Parade zu fahren. Oft merkten sie nicht einmal, wie das geschah. Er nutzte alle Kniffe: Freundlichkeit, Schmeicheleien, Trost, Überredung und Komplimente. Oder Wut, Hohn, Einschüchterung und unausgesprochene Drohungen. Er appellierte an ihre Moral, ihren Gemeinschaftssinn, ihre Angst und ihr Schamgefühl. Und am Wichtigsten von allem: Er machte sich die Selbstverliebtheit der Leute zunutze. Jeder Mensch sprach im Grunde gern über sich selbst. Erleichterte sich das Herz, um mit seinem Wissen nicht mehr allein zu sein und Schuld und Verantwortung zu teilen.

Politiker aber waren eine Herausforderung. Professionelle

Machtmenschen, die darauf trainiert waren, sich zu verstellen, und sich mit Intrigen und Ränkespielen auskannten. Und diejenigen, die ganz oben in der Hierarchie standen, waren in der Regel die Besten darin. Sie schoben eine unschuldige Fassade vor, spielten Wut, Verärgerung und Überraschung so überzeugend, dass der durchschnittliche Wähler, wie Mikael, das Einstudierte nicht vom Wahrhaftigen unterscheiden konnte.

Mikael passierte die Sicherheitskontrolle im Kellergeschoss des Parlamentsgebäudes, wo Jacke und Tasche durchleuchtet wurden, und meldete sich am Empfang an.

Nach kurzer Wartezeit kam Ulrik Keller, um ihn abzuholen. Er war einer der wandelnden Anzüge, die sich immer in der Nähe des Ministerpräsidenten befanden, wenn Mejding auf den Fluren von Christiansborg gefilmt wurde. Der Spindoktor war der Öffentlichkeit ein Mysterium, wobei man seinen Einfluss nicht unterschätzen durfte. Aber nicht einmal die Presse wusste, wie er die Macht verwaltete, die Mejding ihm erteilt hatte.

Keller sprach in den Medien niemals über sein Privatleben, es wurde aber gemunkelt, er habe eine von Vernachlässigung und Alkohol geprägte Kindheit hinter sich. Er hatte mehrere Jahre in einem Heim verbracht, bis ein wacher Dänischlehrer das virtuose Schreibtalent hinter der wortkargen, harten Fassade erkannte hatte.

Nicht weniger virtuos war es, wie Keller vor einigen Jahren einen Mann in einer Bar verprügelt hatte, der ihn angeblich provoziert hatte. Der Mann bezahlte mit fünf Zähnen und einem Monat Krankschreibung, während Kellers Urteil überraschend milde ausfiel, vorausgesetzt die in Polizeikreisen kursierenden Gerüchte entsprachen der Wahrheit.

»Keller«, sagte der Spindoktor mit einem kurzen Nicken und ignorierte Mikaels ausgestreckte Hand. »Wir gehen direkt zu Mejding. Wie schon am Telefon gesagt, das Programm des Ministerpräsidenten ist sehr straff.«

»Nicht nur seins«, sagte Mikael und folgte Keller über die mit rotem Teppich ausgelegte Dronningentreppe, über die sich ein gewölbtes Glasdach spannte. Erst vor wenigen Wochen waren hier beim vom Fernsehen übertragenen Neujahrsempfang Promis und Könige flaniert, darunter Mikaels oberste Chefin, Polizeipräsidentin Lone Kirtzner.

»Genießen Sie das Ambiente. Es ist nicht jedem vergönnt, sich hier aufzuhalten«, sagte Keller.

Mikael dachte daran, dass auch Georg Schmidt hier entlanggelaufen war. Nur wenige Tage vor seinem Tod. Er war allein zum Neujahrsempfang erschienen und hatte mit einem Ausdruck offensichtlichen Unbehagens im Blitzlichtgewitter der Fotografen gestanden.

»Was haben Sie mit Ihrer Hand gemacht?«

Mikael zeigte auf Kellers linke Handfläche, über die sich vom Daumen bis zum Handgelenk ein tiefroter Streifen zog.

»Ein Fisch, der nicht wollte, wie ich wollte. Er ist gestorben, ich nicht«, antwortete Keller und nahm die letzten Stufen der Dronningentreppe mit Riesenschritten.

Auch er schien kein Small Talker zu sein.

22

Troels Mejding stand mit dem Rücken zu ihnen am Fenster, als Mikael und der Spindoktor eintraten.

»Troels, Mikael Dirk von der Polizei ist hier. Ich habe ihn gebeten, sich kurz zu fassen«, sagte Keller.

Der Ministerpräsident blieb stehen, wo er war.

»Es gibt keine schönere Aussicht als diese. Nichts, was einen demütiger macht. Die Dächer von Kopenhagen, die Nationalflagge, die Königliche Leibgarde. All das Dänische, das wir schützen müssen«, sagte er und legte einen Zeigefinger an die Scheibe.

Unten zog ein Gespann aus vier Schimmeln eine glänzend schwarze Kutsche über den Reitplatz des Schlosses. Troels Mejding drehte sich um und maß Mikael mit dem Blick, ehe er ihm mit ausgestreckter Hand entgegenging. Er war ein attraktiver Mann mit einer auffälligen grauweißen Strähne im Stirnhaar, markantem Kinn und durchtrainiertem Körper. Der Anzug, den er trug, kostete garantiert zwei Drittel von Mikaels Monatsgehalt.

Doch der Ministerpräsident war kleiner, als Mikael erwartet hatte. Und er hatte eine ungesündere Gesichtsfarbe als in seiner live übertragenen Neujahrsansprache vor knapp zwei Wochen, in der er flankiert von einer opalgrünen Poul-Henningsen-Lampe und einem farblich darauf abgestimmten Blumengesteck erklärt hatte, auf Dänemark aufpassen zu wollen – nicht zuletzt um der nachfolgenden Generationen willen.

Was denn auch sonst?, hatte Mikael gedacht.

»Wie alle Dänen bin ich natürlich zutiefst erschüttert über Georgs Tod. Zutiefst erschüttert. Da spürt man die Schlechtheit der Welt wirklich aus direkter Nähe«, sagte der Ministerpräsident.

Aus dem Augenwinkel sah Mikael, dass Kellers Mund den letzten Satzteil mitmimte, und es kam ihm so vor, als hätte er diese Formulierung schon mal gehört. Vielleicht in einem Tweet oder einer Pressemeldung.

»Aber ich muss ehrlich sagen, dass ich nicht weiß, wie ich Ihnen in diesem Zusammenhang helfen könnte. Ich habe Georg vor Monaten das letzte Mal gesehen«, sagte Mejding und blickte Mikael fragend an.

»Wollen wir?«

Mikael zeigte auf zwei Sessel auf einem persischen Teppich, wo er bereits die Oberhäupter fremder Nationen mit dem Regierungschef hatte sitzen sehen.

»Nein, wir sitzen hier.«

Mejding ging zu seinem Schreibtisch. Er pflanzte sich in einen ledernen Chefsessel mit hoher Rückenlehne und bedeutete Mikael, auf einem niedrigeren Stuhl auf der anderen Seite Platz zu nehmen.

Alphamännchen-Syndrom, dachte Mikael und ließ die Provokation an sich abprallen. Von dem teuren Anzug und dem geschmackvollen Aftershave abgesehen, führte sich der Ministerpräsident ein bisschen auf wie die Bandenmitglieder, die Mikael während seiner Zeit beim Drogendezernat vernommen hatte. Mejding blies die Backen auf und trommelte sich auf die Brust, reines Reviermarkieren.

»Wir sind routinemäßig dabei, die Aktivitäten des Generalsekretärs während der letzten Monate nachzuzeichnen; seine Treffen, Gespräche, Unternehmungen und seinen Alltag. Sowohl privat als auch beruflich. Wir ermitteln breit«, erklärte Mikael.

»Mit anderen Worten: Ihr habt einen Dreck«, unterbrach ihn der Ministerpräsident und sah ihn herausfordernd an.

Im Hintergrund unterdrückte Keller ein blasiertes Hüsteln.

Mikael wog seine Antwort ab. Despektierliches Verhalten dem Ministerpräsidenten gegenüber würde Carlsen – oder Lone Kirtzner persönlich – ganz sicher weitergeleitet werden. Das war den Ärger nicht wert.

Mejding bemerkte sein Zögern.

»Ich habe den Justizminister angewiesen, die Ermittlungen mit scharfem Blick zu verfolgen. Mir ist bewusst, dass die Polizei aktuell viele Aufgaben zu bewältigen hat, ich erwarte aber, dass ein Ereignis wie dieses Priorität vor allem anderen bekommt. Letzten Endes bin ich derjenige, der den Wählern und nicht zuletzt unseren jüdischen Mitbürgern erklären muss, wie Schmidt auf offener Straße getötet werden konnte.«

»Dann lassen Sie uns zur Sache kommen. Ich kläre den Mord auf, Sie werden wiedergewählt, und alle sind glücklich«, erwiderte Mikael spitz.

Mejding und Keller sahen ihn beide mit demselben Ausdruck von Abscheu an, und Mikael räusperte sich.

»Am 5. November war Georg Schmidt zu einer Besprechung hier. Wenn ich richtig informiert bin, waren mehrere Minister und ausgewählte Politiker anwesend. Beim Roten Kreuz liegt aber weder ein Protokoll noch eine Aktennotiz davon vor. Worum ging es bei dem Treffen?«

Mejding beugte sich mit unter dem Kinn verschränkten Händen und auf die Tischplatte gestützten Ellbogen vor.

»Das Treffen war vertraulich, allerdings sehr informellen Charakters. Wir haben eine Reihe Ideen und Ansatzpunkte für die Arbeit mit neu angekommenen Flüchtlingen und Einwanderern diskutiert«, sagte er.

»Können Sie das präzisieren?«

Mejding seufzte entnervt.

»Wenn Sie politisch auch nur einigermaßen auf dem Laufenden sind, wird es Sie nicht überraschen, dass wir – die Regierung und die uns unterstützenden Parteien – Integration neu denken möchten. Wir wollen nicht länger akzeptieren, dass es Parallelgesellschaften und kleine Enklaven in unserer Gesellschaft gibt, die unsere Werte nicht teilen. Sonst enden wir in Situationen wie letztes Jahr, als der PET Leute festnehmen musste, die jahrelang hier gelebt hatten, aber trotzdem ein inneres Bedürfnis verspürten, Kopenhagener Busse in die Luft zu sprengen. Bestenfalls voll besetzt mit Senioren oder Kindern«, sagte Mejding und fügte hinzu: »In Zukunft soll die Integration von der ersten Nacht in Dänemark an beginnen, und in diesem Zusammenhang spielt das Rote Kreuz natürlich eine Rolle.«

Mikael schwieg, und wie erwartet fühlte Mejding sich nach einigen Sekunden Stille berufen, seine Erklärung auszuführen.

»Na ja, weil das Rote Kreuz für die Asylcenter verantwortlich ist, nicht wahr? Für die Erstaufnahmeeinrichtungen, die Unterkünfte für unbegleitete Minderjährige, für Frauengruppen, Radfahrunterricht, Hausaufgabenbetreuung und medizinische Versorgungszentren … Das alles. Die Mitarbeiter und freiwilligen Helfer des Roten Kreuzes gehören zu den ersten Kontaktpersonen der Flüchtlinge und Einwanderer, und hier müssen wir ansetzen. Etwas salopp ausgedrückt: Sie sollen nicht nur lernen, wie man Fahrrad fährt, sie sollen auch die dänischen Verkehrsregeln verinnerlichen. Sie sollen nicht nur die Sprache lernen, sondern auch die dänischen Werte. Es bringt nichts, wenn wir nach drei Jahren plötzlich von ihnen verlangen, einem zur Begrüßung die Hand zu schütteln und die Burka wegzuschmeißen. Das müssen sie vom ersten Tag an lernen. Deshalb haben wir das Rote Kreuz gebeten, einige Initiativen in die Wege zu leiten.«

»Was für Initiativen?«

Mikael registrierte aus dem Augenwinkel, dass Keller einen kaum merklichen Schritt näher an seinen Chef herantrat. Mejding fuhr sich mit der Hand über den Mund und zupfte ein unsichtbares Staubkorn vom Ärmel seines Jacketts. Es verstrich eine Sekunde, ehe er antwortete.

Berührung des Mundes. Zögern. *Self-grooming*. Flackernder Blick. Die klassischen Zeichen einer Lüge, registrierte Mikael.

»Verschiedene Pilotprojekte geringeren Umfangs. Wir hatten einige Ideen bezüglich besonderer Initiativen für unbegleitete Minderjährige. Oder für Familien, bei denen die Erziehungsfähigkeiten der Eltern als besonders gering eingestuft wurden. Integrationsmäßig, meine ich. Aber keines dieser Vorhaben konnte vollständig umgesetzt werden, bevor ...« Troels Mejding unterbrach sich und lehnte sich auf seinem Schreibtischstuhl zurück. »Tja, nun wird Georg nicht mehr derjenige sein, der diese Ideen und Projekte in die Tat umsetzt. Das ist sehr bedauerlich.«

Mikael sah den Ministerpräsidenten mit hochgezogener Braue an.

»Tut mir leid. ›Bedauerlich‹ ist keine geschickte Formulierung. Traurig! Tragisch! Unsere Zusammenarbeit mit Georg lief hervorragend. Einzigartig. Er war ein Pragmatiker. Mit politischem Gespür. Er wusste, dass eine gute Beziehung zur Regierung letzten Endes auch für das Rote Kreuz von Vorteil sein würde. Wir waren uns einig, dass bestimmte Dinge nicht zur Diskussion stehen. Haben Sie seine Biografie gelesen? Die mit dem Kanarienvogel?«, fragte Mejding.

Mikael schüttelte den Kopf.

»Das sollten sie aber. Vielleicht gründete sein Verständnis für die Politik der Regierung in der Geschichte seiner Familie. Er war keiner dieser *Werterelativisten*.«

Das letzte Wort spie Troels Mejding förmlich aus, wie ein Haar, das er in seiner Suppe gefunden hatte.

»Na dann. Gab es irgendwelche Unstimmigkeiten während des Treffens? Ich habe gehört, dass Schmidt recht niedergeschlagen aus der Besprechung kam.«

Der Ministerpräsident warf Ulrik Keller einen kurzen Blick zu.

»Nein, das würde ich nicht sagen. Natürlich, das Rote Kreuz hat seine eigenen Prinzipien und Herangehensweisen, aber ich hatte absolut den Eindruck, dass wir die kleinen Herausforderungen gut gelöst haben, die noch im Wege standen.«

»Welche Herausforderungen?«

»Ach, das weiß ich schon gar nicht mehr richtig. Wahrscheinlich ging es um finanzielle Aspekte. Haben Sie eine Vorstellung, wie viel die Integration Dänemark kostet?«

Mikael ignorierte die Frage. Wenn es eine Sache gab, bei der ein Polizist mit seiner Meinung in der Öffentlichkeit hinter dem Berg halten sollte, dann Politik.

»Welchen Eindruck hat Georg Schmidt an diesem Tag auf Sie gemacht?«, fragte er stattdessen.

»Auf mich? Tja, er war guter Laune. Bester Laune. Wie üblich. Georgs Leben war ja weiß Gott nicht permanent von Krieg, Katastrophen und Hungersnöten geprägt. Georg war ein Lebemann. Und damit meine ich wirklich *Lebemann*. Er hat voll ausgekostet, was das Leben zu bieten hatte: Vorspeise, Hauptgericht und Nachtisch.«

Keller gluckste im Hintergrund. Mejding stand auf und knöpfte sein Jackett zu.

»Falls Sie keine weiteren Fragen mehr haben …« Er tippte auf die Omegauhr an seinem Handgelenk.

»Wir sind noch nicht ganz fertig. Wer beim Roten Kreuz ist jetzt der zuständige Ansprechpartner für die Projekte und Initiativen, die Sie erwähnt haben?«

Der Ministerpräsident blickte ihn kalt an.

»Das weiß ich nun wirklich nicht. Wie gesagt: Das Ganze war noch im Ideenstadium. Isolierte Versuche, die einige Wochen getestet wurden, ehe man sie evaluierte und beendete. Soweit ich weiß, war Georg persönlich für den Großteil verantwortlich. Da müssen Sie sich beim Roten Kreuz erkundigen.«

Im Hintergrund fing Ulrik Keller an, Papiere zusammenzusammeln. Mikael stand auf und trat näher an den Ministerpräsidenten heran, worauf der Spindoktor abrupt innehielt und seinen Chef und Mikael wachsam beobachtete.

»Was meinen Sie mit ›Lebemann‹, ›Vorspeise, Hauptgericht und Nachtisch‹, wie Sie es ausgedrückt haben?«, fragte Mikael. Jetzt war er derjenige, der auf Mejding herabsah.

»Hören Sie – Dirk, richtig? Ich will Sie sicher nicht hinsichtlich ihrer Arbeitsmethoden belehren, aber es erscheint mir unpassend, dass Sie … die Polizei … den Ministerpräsidenten auffordern, sich an Tratsch und wilden Spekulationen zu beteiligen. Georg mochte Frauen, soweit ich weiß, und das sei ihm vergönnt gewesen. Uns wird häufig vorgeworfen, die Bürger zu überwachen und ihre Freiheit einzuschränken, aber lassen Sie es mich klar und deutlich formulieren: Volljährige Dänen können vögeln, mit wem sie wollen, solange es sich nicht um Tiere, Kinder oder meine Frau handelt, alles klar?« Er starrte Mikael an. »Mehr kann ich Ihnen dazu nicht sagen. Es sei denn, Sie sind hier, um mich darüber zu informieren, dass Georg Schmidts Mörder eine Liste geschrieben hat, auf der ich, meine Familie oder meine Minister aufgeführt sind. Ansonsten sind wir, denke ich, fertig.«

Mikael hielt seinen Blick fest, Mejding umgekehrt ebenfalls, und so standen sie drei, vier lange Sekunden da, ehe Ulrik Keller sie unterbrach.

»Der Ministerpräsident und ich müssen jetzt nach Marienborg. Wirtschaftsdelegation. Troels, kommst du?«

Mejding wandte den Blick von Mikael ab und verließ das Büro, während Keller noch stehen blieb.

»Wenn ich Sie richtig verstanden habe, möchten Sie auch mit den anderen Teilnehmern des Treffens sprechen. Ich habe sie hergebeten. Sie warten im Eichenholzzimmer, unserem Sitzungsraum«, sagte Keller und wies auf die Tür. »Wollen wir?«

»Welch ein Service«, erwiderte Mikael trocken und ging hinaus.

Vor der Tür zum Eichenholzzimmer bat Keller Mikael, einen Augenblick zu warten, ehe er sich an ihm vorbei in den Sitzungsraum zwängte und die Tür hinter sich schloss. Als sie sich wenige Minuten darauf wieder öffnete, kamen zu Mikaels Überraschung sowohl Ulrik Keller als auch Troels Mejding heraus. Er hatte gedacht, Mejding hätte die Staatskanzlei längst verlassen.

Mikael sah dem Ministerpräsidenten und seinem Spindoktor nach, bis die beiden nahezu identischen Anzüge um die Ecke verschwunden waren.

Unterwegs, um auf Dänemark aufzupassen.

Mikael schnaubte. Troels Mejding dürfte der Letzte sein, dem er jemanden oder etwas anvertrauen würde, das ihm am Herzen lag.

23

Im Eichenholzzimmer traf Mikael auf drei eng beisammenstehende Männer. Ihr gedämpftes Gespräch verstummte, als er eintrat.

»Mikael Dirk, Polizei Kopenhagen«, stellte er sich vor und musterte die drei Politiker. Es waren bekannte Gesichter. Sie waren allesamt Mitglieder des Integrationsausschusses und dem nicht sonderlich kooperationswilligen Ulrik Keller zufolge bei dem Treffen mit Georg Schmidt im November dabei gewesen.

Die Männer gehörten jeweils einer Partei in Mejdings Flickenteppich von Regierung an. Die Partei des Ministerpräsidenten war die dominierende in der Koalition, jedoch – zur ungeteilten Freude der Opposition – abhängig von den Stimmen der anderen, sobald etwas kontroversere Gesetzesvorschläge auf den Tisch kamen. Es waren kleine Parteien, die nicht immer vorhersehbar oder den politischen Erwartungen gemäß agierten. Viele Analytiker teilten die Auffassung, dass die Regierung nur dank Mejdings taktischen Talents und seiner rücksichtslosen Brutalität bis jetzt überlebt und es sogar geschafft hatte, die Resultate für Wirtschaft und Integration zu liefern, die seine Partei im Wahlkampf versprochen hatte.

Wie die drei Politiker so dastanden, glichen sie von der Statur her der Olsenbande.

Da war der feiste Villy Frandsen in seinem braunen Anzug, dessen Nähte am Rücken jeden Moment zu platzen drohten.

Er drehte den Kopf, beäugte Mikael blinzelnd und wischte sich mit einem Taschentuch den Schweiß von Stirn und Händen. Er war Ende vierzig, sah jedoch zehn Jahre älter aus. Frandsen war in jungen Jahren als Mitglied einer Gruppe von Politikern bekannt geworden, die eine Reihe umfassender Autobahnprojekte in Jütland durchgesetzt hatten. Soweit Mikael gelesen hatte, hegte er wenig Sympathie für andere Menschen als Autobahnpendler. Was er im Integrationsausschuss machte, war daher ein Rätsel und vermutlich lediglich Ausdruck dafür, dass Frandsens einst einflussreiche Partei nun auf lächerliche vier Parlamentsmitglieder zusammengeschrumpft war, die dafür aber mit weitaus mehr Fachgebieten jonglieren mussten als früher.

In der Mitte erkannte Mikael den jungen Kometen der Zentrumspartei, Rasmus Berg. Bei der letzten Wahl war er den meisten als Kandidat vollkommen unbekannt gewesen und nur mittels Ausgleichsmandat ins Parlament gekommen. Dort aber hatte er sich als politisches Ausnahmetalent erwiesen; wortgewandt im Plenarsaal, sympathisch im Fernsehen und selbst in den härtesten Debatten unmöglich aus der Fassung zu bringen. Zur Belohnung war ihm die Rolle des Sprechers für so wichtige Bereiche wie Recht und Integration erteilt worden.

Mikael erinnerte sich an das Porträt über ihn in der *Morgenavisen*. Die Bewunderung des Journalisten für den knapp zwei Meter großen, dunkelhaarigen Berg war förmlich an der Zeitungsseite heruntergetrieft. Rasmus Berg war bei schummriger Beleuchtung aus direkter Nähe fotografiert worden, sodass seine markanten Wangenknochen und die blauen Augen deutlich hervorstachen. Er war, das musste Mikael zugeben, aber auch wirklich ein verdammt attraktiver Mann. Berg war einer dieser irritierenden Typen, die aussahen, als könnten sie jederzeit den Anzug ablegen und ohne nennenswerte Anstrengung einen Marathon laufen. Wenn Mikael sich recht entsann, war er der Sohn wohlhabender Auslandsdänen, die ihn im Alter von fünfzehn zurück in die Heimat auf ein Internat geschickt hatten. Ob seine gewählte Ausdrucksweise der Kindheit im Ausland, dem Eliteinternat oder seiner anschließenden steilen Karriere beim Militär geschuldet war, erwähnte der Artikel nicht. Aber Berg hatte Format, das ließ sich nicht leugnen. Eine Aura von *Old Money* umgab ihn.

Am weitesten entfernt von Mikael stand der Älteste der drei Männer, der fünfundsiebzigjährige Nordjüte Henning Dyhr, der jahrzehntelang als König des Gemeinderats, der Kreisverwaltung und schließlich des Regionalrats seiner Heimatregion regiert hatte. Dann war die Flüchtlingskrise gekommen und mit ihr eine neue große Unterkunft für abgelehnte Asylsuchende in Dyhrs Heimatort. Dieses Ereignis hatte ihn bewogen, in einen glühenden Feldzug gegen die Integrationspolitik seiner eigenen Partei zu ziehen. Oder, wie Dyhr hervorhob: das Nichtvorhandensein einer solchen.

Das Aufbegehren des alten Dyhr hatte Wellen geschlagen, die selbst die Mutterpartei in Christiansborg erreichten. Besonders gut informierten Christiansborg-Journalisten zufolge hatte der Parteivorsitzende persönlich den aufrührerischen, Zigarre rauchenden Nordjüten in die Hauptstadt zitiert und versucht, ihn auf seinen Platz zu verweisen. Erfolglos. Dyhr hatte Gerüchten zufolge in frühem Alter seine Eltern verloren und war es gewohnt, allein zurechtzukommen und einen feuchten Dreck auf den Rest zu geben. Er hatte seine alte Partei nach fünfunddreißig stolzen Jahren verlassen und sich stattdessen der neu gegründeten Bürgerpartei angeschlossen.

Die Bürgerpartei wurde in politischen Kreisen als Amateurverein angesehen. Als ein Beispiel für moderne Politik, in der Ideologie gegen ein opportunistisches Herauspicken von Einzelfragen ausgewechselt wurde. Doch die junge Partei war bei der letzten Wahl mit immerhin vier Mandaten ins Parlament eingezogen, nachdem sie sich im Wahlkampf mit drei leicht verständlichen Zielen positioniert hatte: härtere Strafen, bessere Verhältnisse für ältere Bürger und ein kompletter Einwanderungsstopp. Henning Dyhr hatte mit Abstand die meisten Stimmen geholt.

Rasmus Berg streckte als Erster die Hand aus und begrüßte Mikael.

»Ich hoffe, wir können Ihnen weiterhelfen, auch wenn ich leider nicht viel Zeit habe«, sagte er.

Henning Dyhr gab Mikael als Zweiter die Hand und zog ungeduldig die Nase hoch, während Mikael auch dem schwitzenden Villy Frandsen die Hand schüttelte.

»Also, wie können wir der Polizei Ihrer Meinung nach helfen?«, fragte Dyhr brüsk.

Wie bereits im Büro des Ministerpräsidenten lag auch im Eichenholzzimmer eine Feindlichkeit in der Luft, die mit Händen zu greifen war. Mikael verlor allmählich die Geduld, auch mit sich selbst. Es war ein Riesenfehler gewesen, Troels Mejding einfach aus dem Büro spazieren zu lassen. Offensichtlich hatte er die drei unter ihm stehenden Politiker noch schnell instruiert, sodass ihm deren Antipathie bereits in der Sekunde entgegengeschlagen war, in der er den Raum betreten hatte.

Doch Mikael riss sich am Riemen. Er musste den Underdog spielen. Sich demütig zeigen und den drei Politikern das Gefühl geben, die Kontrolle zu haben. Andernfalls würde er den Raum niemals mit einer nützlichen Information verlassen.

»Es ist reine Routine«, begann er. »Wir versuchen, uns

einen Überblick über Georg Schmidts Aktivitäten und seinen Gemütszustand in den letzten Monaten bis zu dem Mord zu verschaffen. Wenn ich es recht verstehe, waren Sie am 5. November allesamt bei einem Treffen hier in der Staatskanzlei zugegen.«

»Das ist korrekt«, sagte Rasmus Berg, die beiden anderen nickten bestätigend.

»Worum ging es bei diesem Treffen?«

Die drei Männer tauschten kurze Blicke, bevor erneut Berg das Wort ergriff. Mikael war sich nicht sicher, ob er antwortete, weil er der geborene Anführer war oder weil die drei es so abgesprochen hatten.

»Das lässt sich schwer aus der Erinnerung sagen. Es war ein rein informeller Ideenaustausch im Bereich der Asylarbeit.«

»Aha«, sagte Mikael. »Welche Art von Ideen?«

Berg schaute ihm tief in die Augen.

»Georg Schmidt hat uns einige seiner Ideen für neue Ansatzpunkte in der Asylarbeit unterbreitet. Mit dem Hauptaugenmerk auf dem Wohl gefährdeter Kinder hatte er bereits einige Pilotversuche in die Wege geleitet, die in der nächsten Zeit evaluiert werden sollten. Er hatte die besten Absichten, daran besteht kein Zweifel. Aber angesichts dessen, was nun passiert ist, müssen wir uns wohl eingestehen, dass diese Arbeit weder weitergeführt werden kann noch wird.«

Wieder nickten die beiden anderen zustimmend.

»Warum nicht?«, fragte Mikael, der nicht vorhatte, sich mit einer vorfabrizierten Erklärung abspeisen zu lassen.

Villy Frandsen und Henning Dyhr wechselten einen verunsicherten Blick hinter dem Rücken von Berg, der erneut die Antwort gab.

»Nun ja, wie gesagt … Diese Vorhaben befanden sich noch im Ideenstadium. Es waren Projekte, die allein auf Schmidts persönliches Engagement zurückgingen. In solchen Fällen lässt sich nicht einfach ein Ersatz finden, wenn der Initiator verstirbt«, sagte er.

Mikael blieb an einer kleinen Unstimmigkeit in den Erklärungen hängen.

»Ich hatte es so verstanden, dass Georg Schmidt die Ideen des Ministerpräsidenten – also der Regierung – umgesetzt hat, nicht andersherum. Irgendetwas mit gefährdeten Flüchtlingskindern und untauglichen Flüchtlingseltern?«, hakte er nach.

Villy Frandsen und Henning Dyhr war sichtlich unwohl in ihrer Haut. Vor allem der schwitzende Frandsen wand sich. Zum Schluss sprach erstmals Henning Dyhr.

»Es war wohl eher eine gemeinsame Ideenentwicklung. Aber mit Schmidt sind auch diese Ideen gestorben. So etwas steht und fällt mit persönlicher Verantwortung und Initiative, mehr steckt nicht dahinter«, brummte er.

Es war wie mit Mejding, dachte Mikael. Auch hier würde er keine Offenbarungen zu hören bekommen.

»Ist Ihnen sonst irgendetwas bei dem Treffen aufgefallen?«

Alle drei schwiegen.

»Was meinen Sie mit ›aufgefallen‹?«, quakte Villy Frandsen.

»Hat Georg Schmidt während des Treffens etwas gesagt oder getan, über das Sie anschließend nachgedacht haben? Wirkte er gestresst? Schlecht gelaunt? Bekümmert?«

»Ich für meinen Teil kann das schwer einschätzen. Ich bin dem Mann nur wenige Male begegnet und kannte ihn kaum. Keinesfalls gut genug, um sagen zu können, ob er sich anders verhalten hat als sonst«, antwortete Berg.

Mikael sah die beiden anderen Männer durchdringend an. Frandsen schüttelte energisch den Kopf, während Dyhr bedauernd mit den Schultern zuckte.

»Ehrlich gesagt, habe ich keine Sekunde an den Mann gedacht, bis ich ihn letzte Woche auf der Titelseite des *Ekstra Bladet* gesehen habe.«

24

Die Heimleiterin empfing Maria am Eingang des Hauses. Als Maria zuvor angerufen und gefragt hatte, ob es möglich sei, Mogens Ostenfeldt zu besuchen, hatte sie leicht abweisend und autoritär geklungen, doch Maj Klausen erwies sich als höchstens vierzig und trat Maria in Sneakers und mit einer goldenen Pilotenbrille entgegen.

»Es freut mich, dass Sie hier sind, auch wenn der Anlass natürlich sehr betrüblich ist. Es würde Sie sicher überraschen, wie viele unserer Bewohner niemals Besuch bekommen. Und damit meine ich wirklich niemals. Mogens ist einer davon. Er hat in den neun Jahren, die er bei uns ist, ein einziges Mal Besuch bekommen, und auf den hätte er sicher verzichten können. In den Tagen danach war er total niedergeschlagen.«

Maj Klausen führte Maria in das frisch renovierte, gelb gestrichene Pflegeheim im Viertel Nyboder und bat sie, im Atrium mit Blick auf das treibhausartige Glasdach Platz zu nehmen, das sich drei Stockwerke über ihr aufspannte. Maria sah sich um. Im ersten und zweiten Stock führten Galeriegänge zu den Zimmern, und das Ganze wirkte eher wie ein Hotel als wie ein Altenheim. Wobei sie eigentlich noch nie in einem solchen Heim gewesen war.

Es hatte sie etwas überrascht, dass Ostenfeldt in einem Pflegeheim wohnte, auch wenn ihr klar war, dass er mittlerweile ein alter Mann sein musste. Aber aus den Fallakten hatte sie sich einen bärenstarken Hünen vorgestellt, einen Mann, der in Stiefeln und mit erhobenen Fäusten starb.

David Holz von der Kommunikationsabteilung der Kopenhagener Polizei hatte sich von ihr überreden lassen, einige ältere Beamte nach Ostenfeldt zu fragen, und drei von ihnen hatten ihn tatsächlich noch gekannt.

Mogens Ostenfeldt, dem nie das Glück eigener Kinder beschieden war, sei für seine jungen Kollegen wie eine Vaterfigur gewesen, erzählten sie. Ein guter Polizist und mit seinen fast zwei Metern, der tiefen Stimme und dem selbstbewussten Auftreten der geborene Leitwolf. Außerdem habe er einen bewundernswerten Überblick und ein gut entwickeltes psychologisches Gespür, weshalb sich die wichtigsten Fälle immer auf seinem Schreibtisch gestapelt hätten. Mit seiner Stellung als leitender Ermittler des Morddezernats rangierte er direkt unter dem Dezernatsleiter.

Die Verdächtigen zitterten, wenn der große Mann mit der Donnerstimme den Vernehmungsraum betrat, während er bei seinen Kollegen als ausgeprägter Humanist bekannt war. Selbst in den schlimmsten Verbrechern habe er noch den Menschen gesehen, hieß es.

1968, als Polizeipräsident Johannes Vinther und dessen Frau ermordet und grausam zugerichtet in ihrer Wohnung gefunden worden waren, war Mogens Ostenfeldt mit seinen siebenundvierzig Jahren die natürliche Wahl für die Ermittlungsleitung gewesen.

Es war ein Fall, der unbedingt gelöst werden musste und am Ende dennoch ungelöst blieb. Alles, was schiefgehen konnte, ging schief, sodass der Vinther-Fall zu einem Schandfleck im Korps und auf Mogens Ostenfeldts ansonsten so weißer Weste wurde. Der Fall verfolgte Ostenfeldt als Mensch wie als Polizist, bis er in den Achtzigern pensioniert wurde. Zudem war dieser Fall, wie seine jüngeren Kollegen meinten, die direkte Ursache dafür, dass Ostenfeldt ausgerechnet zum Ende seiner beeindruckenden Karriere eine demütigende Degradierung hatte hinnehmen müssen.

Marias Gedanken wurden von Maj Klausen unterbrochen, die mit zwei Tassen Kaffee ins Atrium zurückkam.

»Liege ich richtig, dass Sie Ihren Kaffee am liebsten schwarz trinken?«, fragte sie und stellte eine Tasse vor Maria auf den Tisch.

Maria nickte. Sie vertrat die These, dass die Menge Milch im Kaffee sich genau umgekehrt zur Höhe der Postleitzahl des Ortes verhielt, in dem man aufgewachsen war. Die von Thorup Strand lautete 9690, und ihr Vater hatte immer gesagt, dass nur Menschen mit deutschem Pass oder empfindlichem Magen ihren Kaffee mit Milch verdünnten.

»Mogens ist gleich so weit. Er hat noch geschlafen«, sagte Maj und fuhr etwas leiser fort: »Er hat gute und weniger gute Tage. Heute macht er einen recht fitten Eindruck, sagt die Pflegerin oben. Ich würde Sie aber trotzdem darum bitten, nicht zu lange mit ihm zu sprechen, das schafft er einfach nicht.«

»Ist er krank? Dement?«

Maria spürte eine gewisse Enttäuschung in sich aufsteigen. Ostenfeldt war ihre beste Chance, Johannes Vinther etwas näher zu kommen.

Die Heimleiterin lächelte.

»Nein, Mogens ist nicht dement. Nicht alle Alten sind dement. Mogens ist ganz einfach alt. Er ist achtundneunzig! An manchen Tagen ist sein Gedächtnis glasklar, an anderen nicht. Aber er ist müde und klagt über nächtliche Albträume, darum bekommt er etwas zum Schlafen«, sagte Maj Klausen und musterte Maria. »Sie kennen das vielleicht von Ihrem Vater? Erst in unserer Generation beginnen die Männer über ihre Gefühle zu sprechen, was sie bedrückt oder quält, wenn sie die Augen schließen. Ein Mann wie Mogens macht das mit sich allein aus. Wer weiß? Vielleicht sind es all die schrecklichen Dinge, die er als Polizist erlebt hat.«

»Ich weiß nicht viel darüber«, sagte Maria und starrte in ihre Tasse.

Mogens Ostenfeldt hatte im letzten Jahr der Besatzung geheiratet. Er hatte knapp fünfundsechzig Jahre mit seiner Frau Doris zusammengelebt, als sie sich eines Morgens im Badezimmer an den Kopf gefasst und gesagt hatte: »Mogens, es dreht sich alles.« Dann war sie umgefallen und nicht mehr zu Bewusstsein gekommen. Der plötzliche Status als Witwer hatte ihn fast das Leben gekostet, das er bis dahin der Aufgabe gewidmet hatte zu führen, den Kurs anzugeben und an der Spitze zu stehen. Dementsprechend war er selbstverständlich davon ausgegangen, seiner Frau auch in den Tod voranzugehen.

»Mogens war in einer traurigen Verfassung, als er zu uns kam. Seine Frau hatte sich um den gesamten Haushalt gekümmert. Nach ihrem Tod hatte er kaum mehr warm gegessen, geschweige denn seine Kleider gewaschen oder ein Bad genommen«, erzählte Maj Klausen.

Ihr Telefon meldete sich, und sie warf kurz einen Blick aufs Display.

»Kommen Sie«, sagte sie zu Maria. »Gehen wir nach oben. Mogens kann Sie jetzt empfangen.«

Mogens Ostenfeldts Zimmer im zweiten Stock hatte eine Dachschräge und ein breites Veluxfenster, auf das ein plötzlicher Hagelschauer trommelte, als Maria eintrat. In der Hand hielt sie einen angewelkten Weihnachtsstern, den sie im letzten Moment noch beim Gemüsehändler Jalal gekauft hatte.

Das Zimmer maß vielleicht fünfzehn Quadratmeter und war neben dem Pflegebett an der einen Wand mit einem Mahagonitisch und zwei Stühlen, einer Art Sekretär sowie einem Sessel mit hoher Rückenlehne möbliert. An einer Wand hing eine Pendeluhr mit Messinggewichten. Sie tickte laut und gab Maria das Gefühl, einem Countdown zu lauschen. Ticktack, zwei Sekunden näher am Tod, ticktack.

Um die Uhr herum hingen neun oder zehn Gemälde in goldenen Rahmen, Erinnerungen eines ganzen Lebens, jetzt eingepfercht in einen viel zu kleinen Raum.

Ostenfeldt hatte offenbar eine Vorliebe für expressive Landschafts- und Tiermalerei, bemerkte Maria. Ihr eigentliches Interesse galt aber der sepiafarbenen Fotografie in dem silbernen Rahmen auf seinem Nachtschränkchen, dem Hochzeitsfoto eines jungen Mogens mit nach hinten gekämmten Haaren, der seine ihn anstrahlende Frau um einiges überragte.

»Das war vor sechsundsiebzig Jahren, und noch heute verzaubert sie jeden, der hier reinkommt.«

Maria sprang vor Überraschung fast einen halben Meter in die Höhe. Der Sessel war herumgeschwungen, und darin saß ein klapperdürrer Mann, zusammengesunken auf einen Mahagonistock gestützt, und beobachtete sie. Seine Stimme war wirklich tief.

Man sah Ostenfeldt sein Alter an. Die pergamentdünne Haut war von Altersflecken übersät, und von seinen früher dichten, mit Brillantine nach hinten gekämmten Haaren waren nur noch schüttere, weiße Strähnen übrig, die an seinem Schädel klebten. Seine Brauen wucherten umso wilder über einem blinden weißen und einem wachen, aufmerksamen Auge. Er trug Hemd, Strickweste und dunkle Hosen. Die formelle Kleidung eines Buchhalters, in der er wie ein Haufen Knochen wirkte, die nur notdürftig von der dünnen Haut zusammengehalten wurden. Maria stellte erstaunt fest, dass die Hand, die er ihr reichte, warm war.

»Guten Tag, Maria Just mein Name. Wir haben telefoniert. Es geht um den Fall im Callisensvej«, sagte sie und stellte den Weihnachtsstern auf den Sekretär, bevor sie sich setzte.

»Na dann«, sagte er.

»Wie ich schon am Telefon gesagt habe, würde mich interessieren, was damals, 1968, passiert ist. Besonders mit dem Sohn der Vinthers, Hans, den ich gern finden würde.«

Er hielt ihren Blick so lange fest, dass es Maria fast schon unangenehm war.

»Und was wollen Sie von ihm?«, dröhnte die Bassstimme.

»Ich hoffe auf Hans Vinthers Mitarbeit an einer Ausstellung, die ich gerade im Polizeimuseum vorbereite. Auf einen Beitrag von ihm, der die Besucher unmittelbarer und greifbarer anspricht, als dies durch alte Asservate möglich ist.«

Sie nahm ihr iPhone und zeigte ihm das abfotografierte Bild, das Hans Vinther gemalt hatte.

»Dieses Bild fasziniert mich. Dass es von einem Kind gemalt wurde, finde ich unglaublich. Ich könnte mir gut vorstellen, die ganze Geschichte …«

»Ist es Ihnen noch nie in den Sinn gekommen, dass man von bestimmten Dingen besser die Finger lässt?«

Ostenfeldt sprach langsam, aber so laut, dass er Maria aus dem Konzept brachte. Sie konnte nicht einschätzen, ob seine Stimme unfreundlich oder warnend klang.

Mit einem Mal war sie verunsichert. Vielleicht war es doch keine gute Idee gewesen hierherzukommen. Ostenfeldt hatte dem Fall vier Jahre seines Lebens gewidmet, er hatte dadurch an Ansehen verloren und seine Karriere gegen die Wand gefahren. Die historische Aufarbeitung der Geschichte und ihre vertraglich vorgeschriebene museale Pflicht, die Menschen über vergangene Ereignisse zu informieren, war ihm sicher ebenso egal wie ihre persönliche Faszination für diesen Fall. Vielleicht war es wirklich unpassend, nach Hans Vinther zu suchen? Ostenfeldt hatte nicht darum gebeten, aufgesucht und an die Tragödie seines Lebens erinnert zu werden. Andererseits empfanden die meisten Menschen das drängende Bedürfnis, der Nachwelt ihre Lebensgeschichte zu erzählen, um gehört und gesehen zu werden und irgendeine Form von Abdruck in der Welt zu hinterlassen.

Es war unwahrscheinlich, aber nicht ganz auszuschließen, dass die Ausstellung zu neuen Erkenntnissen führen könnte. Möglicherweise hatte damals irgendjemand etwas gehört oder gesehen, das nie an die Öffentlichkeit gelangt war. Und vielleicht hatte dieser Jemand nach zweiundfünfzig Jahren das Bedürfnis, sich etwas von der Seele zu reden.

»Ich verstehe nur zu gut, dass es Ihnen nicht leichtfällt, darüber zu sprechen, aber wenn einer den Fall kennt, dann Sie. Deshalb dachte ich, dass Sie mir vielleicht helfen könnten?«, versuchte sie es.

Ostenfeldts sehendes Auge musterte sie mit einem unergründlichen Blick. Sie begann zu verstehen, warum ihm im Vernehmungsraum eine solch furchterregende Kraft nachgesagt worden war, und sie verspürte den heftigen Drang, die Stille zu brechen.

»Das Böse, das durch den Doppelmord zum Ausdruck kommt, ist für mich von besonderem Interesse«, fuhr sie fort. »Und für die Besucher des Museums. Es zeigt eine Seite der menschlichen Natur und unserer Gesellschaft, die wir unterdrücken und zu der wir uns nicht bekennen wollen, die aber …«

Mogens Ostenfeldt schienen ihre philosophischen Überlegungen nicht zu interessieren. Er drehte den Kopf zu der Wand mit den Gemälden, als träumte er sich weit weg von Maria und den Mauern des Altenheims. Vielleicht waren die Bilder für ihn so etwas wie ein Fenster in die Welt seiner Gefühle und in seine Vergangenheit.

Die Minuten tickten schweigend dahin. Die einzigen Geräusche kamen von der Wanduhr und dem leise röchelnden Atem des alten Mannes. Maria musterte ihn. War er eingeschlafen? War das abgewandte Gesicht ein Hinweis, dass sie gehen sollte? Die Heimleiterin hatte sie vorgewarnt, dass er schlechte Phasen hätte, vielleicht war das gerade eine? Ostenfeldt wirkte entrückt, vielleicht war er aber auch nur verärgert darüber, dass eine Fremde die Gespenster seiner Vergangenheit geweckt hatte.

Sie tastete nach ihrer Tasche, als Ostenfeldt den Kopf drehte. Seine Stimme war jetzt ganz ruhig und sonor.

»Ich werde Ihnen von dem Fall erzählen. Und von dem Gemälde. Ich habe lange nicht mehr über den Callisensvej gesprochen, aber glauben Sie mir, in den fünfzig Jahren seither ist kein Tag vergangen, an dem der Fall nicht hier oben herumgespukt hat«, sagte er und klopfte sich mit dem Finger an die Schläfe. »Aber!« Ostenfeldt spuckte das Wort wie eine verbale Drohung aus. »Was Hans Vinther angeht, kann ich Ihnen nicht helfen. Das müssen Sie akzeptieren. Meinen Informationen zufolge ist er wenige Jahre nach dem Mord ins Ausland gezogen. Für den Jungen gab es hier nichts mehr, für das es sich zu leben lohnte«, sagte er. »*Niemanden* mehr, für den es sich zu leben lohnte.«

Maria spürte Ärger in sich aufsteigen, und es gelang ihr nur mit Mühe, nicht zu protestieren.

»Das Gemälde«, sagte sie stattdessen. »Es hat mich gewundert, dass es noch im Archiv ist? Sind Fingerabdrücke darauf? Oder Blut?«, fragte sie.

Ostenfeldt schüttelte den Kopf. Er zögerte ein paar Sekunden, als suche er nach den richtigen Worten.

»Wir hatten ... eine Theorie. Oder eher eine vage Annahme«, begann er. »Wie Sie vielleicht in den alten Berichten gelesen haben, waren die beiden Leichen nicht nur durch die Schläge mit der Tatwaffe malträtiert worden. Die Hände der Opfer waren unmittelbar nach der Tat über ihrer Brust gefaltet worden, wie im Gebet. Außerdem wurden die Körper der Toten geschändet. Der Täter hat mit einem Messer auf sie eingestochen«, sagte er und fuhr sich mit einem langen gelben Fingernagel mehrmals über den linken Unterarm.

Maria nickte. Sie hatte die Fotos vom Tatort gesehen.

»Die Opfer wurden mit unverhältnismäßiger Wut getötet«, fuhr Ostenfeldt fort. »Sie waren schon lange tot, ehe der Täter aufhörte, sich an ihnen abzureagieren. Warum dann also auch noch diese Schnitte?«

Er sah Maria an, wartete aber keine Antwort ab.

»Wir haben sie damals zunächst für Abwehrverletzungen gehalten, was von der Rechtsmedizin aber sofort entkräftet wurde. Die Wunden hatten nur minimal geblutet, die Schnitte mussten den Opfern also bei Eintritt des Todes oder etwas später zugefügt worden sein.«

Maria war es fast peinlich, dass sie Ostenfeldt noch vor wenigen Minuten als verkalkt eingeschätzt hatte.

»Auf den ersten Blick sahen die Schnittwunden zufällig aus. Striche kreuz und quer. Bei näherem Hinschauen aber ließen sich Teile der Schnitte als Zeichen deuten. Möglicherweise als ein Buchstabe, den wir nicht erkannten, nicht unähnlich dem griechischen Pi-Zeichen oder einer Rune. Und an diesem Punkt kam das Gemälde des Jungen ins Spiel.«

»Das Bild wurde mit ›HV, 1960‹ signiert. Hans Vinther hatte es gemalt, nicht wahr?«, fragte Maria.

»Ja, der Junge war sehr kunstinteressiert und außergewöhnlich talentiert. Er bekam Unterricht und perfektionierte mehrere Stunden täglich seine Technik.«

»Sie sagen, dass das Bild für die Ermittlungen von Interesse war? Warum?«

»Geduld, junge Dame … Wir haben nie herausgefunden, was es bedeutet. Aber nach ein paar Ermittlungstagen entdeckte ich auf dem Gemälde ein Zeichen oder eine Figur oder jedenfalls eine Anordnung von Strichen, die den Schnittwunden auf den Armen der Opfer glich.«

Maria sah ihn überrascht an.

»Sind Sie sicher?«

Ostenfeldts gesundes Auge starrte sie irritiert an.

»Sicher? Nein. Wie ich bereits sagte, haben wir nie herausgefunden, was diese Zeichen bedeuten. Es kann Zufall sein. Vier Striche, die eine Person im Blutrausch kreuz und quer in die Arme der Opfer geritzt hat. Keine große Kunst. Wir hatten aber die Theorie, dass der oder die Mörder sich von dem Bild inspirieren ließ oder die Morde als etwas Mystisches oder Religiöses inszenieren wollte.«

»Sie kennen den Fall besser als jeder andere. Was denken Sie heute darüber?«, fragte Maria.

»Ich denke das, was ich in meinem Bericht geschrieben habe«, sagte Ostenfeldt barsch.

»Und im Rückblick gibt es niemanden, den Sie verdächtigen? Nachdem Sie so viele Jahre darüber nachgedacht haben?«

»Dann wäre ich jetzt selbst auf der Suche nach dem Betreffenden. Niemand hat sich mehr als ich gewünscht, den Täter zu finden. Niemand.«

Ostenfeldt verschränkte die Arme vor der Brust, als wollte

er sich schützen. Der alte Mann tat Maria leid. Die Scham, die seinen fachlichen Stolz gebrochen haben musste, war noch immer zu erkennen.

»Und der Sohn? Hans Vinther? Wenn die Zeichen auf seinem Gemälde und auf den Leichen dieselben waren, wurde er dann nicht verdächtigt?«

Ostenfeldt sah sie scharf an. Sie deutete seinen Blick als Warnung, dass sie im Begriff war, gegen die Prämisse zu verstoßen, die er zu Beginn ihres Gesprächs aufgestellt hatte.

»Nein. Wir haben ihn mehrmals verhört, die entscheidenden Verhöre habe ich persönlich geführt. Ich bin ihn hart angegangen, und er hat geheult wie ein Schlosshund. Er hatte ein wasserdichtes Alibi. Er war zum Zeitpunkt des Mordes nicht in Kopenhagen, sondern bei seiner Freundin in Jütland.«

»Und was hat er zu dem Symbol gesagt? Wenn er das Bild acht Jahre vor den Morden gemalt hat, wäre er doch der Urheber des Zeichens.«

Ostenfeldt wirkte wieder verärgert.

»Er hatte keine Ahnung. Er konnte sich kaum an dieses Bild erinnern. Für ihn war es eines von vielen, die er gemalt hatte. Seine Eltern haben immer wieder andere Bilder von ihm an der Wand gehabt. Die Haushaltshilfe hat das bestätigt.«

Maria fühlte sich seltsam erleichtert. Als wäre sie selbst damit ebenfalls freigesprochen worden.

»Gibt es sonst noch etwas von früher, das Ihnen keine Ruhe lässt?«

Er hob den Blick und sah sie unter seinen voluminösen Augenbrauen hinweg an.

»Sie meinen abgesehen davon, dass ich seit fünfzig Jahren über diesen Fall nachdenke?«, brummte er.

Maria lächelte entschuldigend. Doch dann fuhr Ostenfeldt wider Erwarten fort.

»Es gibt da eine Sache, die mich immer gewundert hat. Und das war das Mädchen.«

»Das Mädchen?«

»Ja, die Vinthers hatten eine Tochter. Pippi. Pippi und Hans waren Geschwister, sie wurden beide von Johannes und Elisabeth Vinther adoptiert, als sie noch klein waren. Wenn ich mich recht entsinne, waren sie Waisen. Die Vinthers hatten alles, nur eben keine eigenen Kinder. Die Adoption muss für beide Seiten ein großes Glück gewesen sein«, sagte er. »Es ist nicht allen vergönnt, auf diese Weise Kinder geschenkt zu bekommen.« Maria hörte einen Anflug alter Trauer in Ostenfeldts Stimme, als er fortfuhr: »Aber Pippi starb, als sie noch klein war. Das muss Anfang der Fünfziger gewesen sein. Es war damals sicher nicht ungewöhnlich, ein Kind durch eine Krankheit zu verlieren. Trotzdem wurde bei der Polizei darüber geredet, dass Polizeimeister Vinther, der nach Jahren der Gebete endlich eine Tochter geschenkt bekommen hatte, diese auf so tragische Weise wieder verlor.«

»Das kann ich mir vorstellen«, sagte Maria mit einem Nicken.

»Merkwürdig war nur«, fuhr Ostenfeldt fort, »dass es im ganzen Haus der Ostenfeldts nicht eine Spur dieses Mädchens gab. Kein Bild, kein Kinderschuh, keine aufbewahrte Haarspange. Nichts. Ich hatte bis dahin noch nie von einem Kind namens Pippi gehört, aber nicht einmal das Kinderbuch haben wir gefunden.«

»Sie meinen *Pippi Langstrumpf?*«, fragte Maria.

»Ja, natürlich. Die Kleine war doch vermutlich nach ihr benannt worden. Hans wollte auch nicht über seine tote Schwester reden. Wir haben das respektiert. Es hatte ja nichts mit dem Mord zu tun.«

»Ich habe gelesen, dass mehrere Zeugen ausgesagt haben,

Elisabeth Vinther sei jahrelang sehr … bedrückt und traurig gewesen?«

»Ja, aber diese Trauer … wie soll ich sagen … war nirgendwo zu sehen. Das hat mich verwundert«, sagte Ostenfeldt wie zu sich selbst.

»Vielleicht haben die Eltern es nicht ertragen, mit den Erinnerungen konfrontiert zu werden?«, schlug Maria vor.

Ostenfeldt wandte sich ihr zu. Sowohl das gesunde als auch das blinde Auge waren gerötet.

»Junge Dame«, sagte er, »ich bin schrecklich müde.«

»Ich bin gleich fertig. Nur noch eine Frage.«

Maria trat an Ostenfeldts Sekretär, auf dem ein Block und ein Kugelschreiber lagen.

»Können Sie mir das Zeichen aufmalen, das Sie damals gefunden haben?«

Sie hielt ihm den Block hin, den er zögernd entgegennahm, und bereute es in der gleichen Sekunde. Er sah wirklich erschöpft aus. Erschöpft und gequält, genau wie die Heimleiterin gesagt hatte.

Er blickte gedankenversunken auf den Block, dann zog er vier Striche über das Blatt Papier, riss es heraus und faltete es in der Mitte zusammen.

»Vergessen Sie nicht, was ich gesagt habe. Wir sind nie dahintergekommen, was es bedeutet. Vielleicht hat es überhaupt keine Bedeutung.«

Er reichte Maria das Blatt Papier, hielt es jedoch fest, als sie es nehmen wollte.

»Sie würden den Fall gern besser verstehen, sagen Sie. Dann müssen Sie auch die richtigen Fragen stellen.«

Maria sah auf die knöchernen Finger, die das Papier hielten. Dann hob sie den Blick und sah in Ostenfeldts waches Auge.

»Sie haben gesagt, der Doppelmord sei ein Ausdruck des Bösen. Aber Sie müssen erst einmal klären, was das Böse eigentlich ist und woher es kommt.«

Erst als Maria sich von ihm verabschiedet hatte und wieder unten auf der Straße stand, faltete sie das Papier auseinander.

25

Frederiks Frage, ob er Kinder habe, veranlasste Mikael dazu, mal wieder über sein Leben nachzudenken. Über die Entscheidungen, die er getroffen hatte. Hatte er als Vater versagt? Zweifellos. Würde er eine zweite Chance bekommen? Im Moment sah es nicht danach aus, und er konnte nicht umhin, einen gewissen Neid auf Frederik zu empfinden, der noch alles vor sich hatte: Frau, Kinder, einen Grund, nach Hause zu kommen.

Mit einem belegten Brötchen aus der Kantine steuerte er nun die Kaffeemaschine im Herzen der Abteilung an. Heute konnte er einen extrastarken Kaffee gebrauchen. Carlsen hatte Mikael mitgeteilt, dass er und Frederik ab sofort einen Schreibtisch in einer Ecke des Großraumbüros teilen würden. Hier sollten sie versuchen, ihre Gedanken zu sortieren und »die Ermittlung zu verinnerlichen«, wie Carlsen es in seiner modernen Führungssprache ausgedrückt hatte.

Schon bevor Mikael um die Ecke zur Teeküche bog, hörte er Frederiks Stimme.

»Versteh doch, ich stecke mitten in den Ermittlungen und kann mir nicht einfach freinehmen… Ja, ich weiß, dass ein gewisses Timing nötig ist, aber… Was?«

Mikael wartete einen Augenblick, bevor er sich laut räusperte und in den kleinen Glaswürfel trat, der in das künstliche Licht mehrerer Leuchtstoffröhren getaucht war. Frederik zuckte zusammen und steckte hastig das Handy weg. Mikael ließ sich nichts anmerken, nickte ihm zu und ging zielgerichtet zur Kaffeemaschine. Der Kaffee war noch nicht fertig durchgelaufen, trotzdem nahm er die Kanne heraus und schenkte sich einen großen Becher ein. Es zischte, als Tropfen frisch gebrühten Kaffees auf der Wärmeplatte landeten.

»Hast du Carlsens Mail schon gesehen? Wegen unseres neuen Platzes?«, fragte Mikael.

»Ja, ich find's okay. Wir müssen uns einen Überblick verschaffen, und es wäre bestimmt auch gut, das Ganze systematisch zu ordnen. Normalerweise benutze ich ein Gantt-Diagramm, sagt dir das was? Da können wir die bisher gefundenen Spuren eintragen, eine Zeitübersicht erstellen, Zeugenaussagen vergleichen und …«

»Fang ruhig schon mal damit an«, sagte Mikael. Frederiks Ideensalve war ja schön und gut, im Augenblick wollte er aber möglichst davon verschont bleiben, um in Ruhe nachzudenken und seine Gedanken zu den gestrigen Vernehmungen in Christiansborg zu ordnen. Die abgesprochenen Aussagen der Politiker ließen mehrere Deutungen zu. Entweder wussten sie etwas über die letzte Zeit des Generalsekretärs – das Schmidt sie gebeten hatte geheim zu halten oder das sie politisch in den Fall verwickelte – oder sie hatten ganz einfach Angst davor, dass ihre vage Verbindung zu einem grausamen Mord an die Öffentlichkeit gelangen könnte. Umso mehr, da es sich bei dem Opfer um einen Mann handelte, der Christiansborg mit seinen Ansichten und politischen Meinungsäußerungen regelmäßig provoziert hatte.

»Dirk, Dahlin. Ich muss mit euch beiden reden.«

Carlsen schob den Kopf durch die Tür zur Teeküche und unterbrach Mikaels Überlegungen. Der Dezernatsleiter schien alles andere als gut gelaunt zu sein.

Es bestand auch wenig Grund zum Lachen, begriffen Mikael und Frederik, als sie die Polizeipräsidentin Lone Kirtzner sahen. Gemeinsam mit Chefpolizeiinspektor Gert Federspiel saß sie in Carlsens Glaswürfelbüro, als Mikael und Frederik eintraten.

»Setzt euch«, sagte Carlsen und wies auf die unbequemen Stühle an seinem Schreibtisch. Die Polizeipräsidentin sah verstimmt aus. Mit der Pagenfrisur, den eingefallenen Wangen und dem emsig zuckenden Putenhals glich sie eher einer pensionierten Lehrerin als der Vorgesetzten der größten Polizeidirektion Dänemarks mit ihren über dreitausend Angestellten.

Kirtzner musterte die vier Männer durch ihre schwarze, viereckige Brille. Der konstant gekränkte Blick der Frau hatte Mikael schon immer fasziniert. Als Polizeipräsidentin war Kirtzner bekannt für ihre fundierten Kenntnisse im Strafrecht und ihren Einblick in die Arbeit der Staatsanwaltschaft. Sonderlich beliebt aber war sie nicht. Nach dem Jurastudium hatte sie eine Weile als Strafverteidigerin gearbeitet, bevor sie sich bei der Staatsanwaltschaft bewarb. Anschließend hatte sie mehrere Jahre die Stelle als Leiterin des polizeilichen Nachrichtendienstes PET bekleidet, bis ihr die Führung der Kopenhagener Polizei übertragen wurde. Die Fünfzigjährige hatte den Chefposten als eine Art Ehrenmedaille erhalten, doch sie vermisste den Status und die politischen Schäkereien, die mit der Tätigkeit für den PET einhergegangen waren. So zumindest Mikaels Theorie.

»Ich bin heute hier, weil ich Sie schlicht und ergreifend bitten muss, Gas zu geben«, sagte Kirtzner, erhob sich halb von ihrem Stuhl und faltete demonstrativ die beiden Zeitungen auf dem Tisch auf.

»Schmidt-Mord: Polizei tappt im Dunkeln«, schrieb die eine. Die andere, eine Kopenhagener Lokalzeitung, stellte die Frage: »Kopenhagener Polizei – träge, teuer, tatenlos?«

Mikael konnte nur einzelne Wörter aus dem Artikel lesen, aber anscheinend hatte sich der Justizminister Jørgen Andersen zu Wort gemeldet. Mal wieder. Der Justizminister mischte sich zu oft und zu den unglücklichsten Zeitpunkten in die Polizeiarbeit ein. Richtete eine Zeitung den Fokus auf eine Ermittlung oder ein bestimmtes Problemfeld im Zuständigkeitsbereich der Polizei, konnte sich der verantwortliche Polizeipräsident gleich schon mal darauf gefasst machen, innerhalb weniger Stunden Justizminister Andersen oder dessen Abteilungsleiter am Hörer zu haben. Manchmal brauchte man als Polizeibeamter nur die Zeitung aufschlagen oder die Nachrichten einschalten, um zu wissen, welche Aufgabe in den Augen der hohen Herren an diesem Tag besonders dringlich war. Ob das ermittlungstechnisch Sinn ergab, stand auf einem ganz anderen Blatt.

Mikael dachte über den gestrigen Besuch in der Staatskanzlei nach. Ob das Erscheinen der Polizeipräsidentin auf Mejding und seine Leute zurückzuführen war? Schließlich hatte Mejding laut eigener Aussage den Justizminister angewiesen, ein scharfes Auge auf die Ermittlungen zu haben. Da passte es nur zu gut, dass er jetzt, keine vierundzwanzig Stunden später, einen Anschiss der Polizeipräsidentin kassierte. Aber wofür?

»Überschriften wie diese sind verheerend – *ver-hee-rend*. Wie, bitteschön, sollen wir begründen, dass wir zusätzliche Mittel für moderne Ermittlungsmethoden und internationale Zusammenarbeit benötigen, wenn eine Kernaufgabe wie diese derart schleppend vorangeht?« Kirtzner sah ihnen der Reihe nach in die Augen, als wollte sie sicherstellen, dass sich auch alle schämten. »Bei diesem Fall dürfen keine Fehler passieren. Er muss so schnell wie möglich aufgeklärt werden, am besten gestern. Die Bürger sind verunsichert, das Ausland schaut zu, und der Justizminister ist alles andere als zufrieden«, fuhr sie fort und bedachte Mikael mit einem gereizten Blick.

Kirtzner stützte die Ellbogen auf den Tisch, verschränkte die Hände und beugte sich vor; eine typisch maskuline Machthaberpositur, die sie sich, wie Mikael wusste, im Laufe ihrer langen Karriere in der von Männern dominierten Führungsebene der Polizei angeeignet hatte.

»Die eigentliche Frage lautet doch: Womit haben wir es hier zu tun? Mit einem rechtsextremistischen Verbrechen? Terror? Antisemitismus? Einem bizarren Sexspiel? Es ist doch absurd, dass wir die Frage nach dem Motiv neun Tage nach dem Auffinden von Georg Schmidt noch immer nicht beantworten können.«

Mikael hörte die Worte und konzentrierte sich auf Kirtzners zuckenden Putenhals, um nicht zu explodieren.

»Die Augen der Bevölkerung ruhen nicht nur auf Ihnen. Sie ruhen auch auf dem Justizminister. Und er hat mich zu Recht darauf hingewiesen, dass er seine politischen Geschütze erst dann auffahren kann, wenn Sie herausgefunden haben, was hinter diesem Mord steckt. Falls die Tat politisch motiviert war oder es sich um Terror oder Judenhass handelt, hat die Bevölkerung Anspruch auf eine entsprechende politische Reaktion«, blaffte sie, um den Schlusspunkt in einer leiseren, deutlich einschüchternden Tonlage zu setzen. »Ich brauche Sie wohl nicht daran zu erinnern, dass der Justizminister Ihr oberster Vorgesetzter ist. Er bestimmt, ob Sie nach rechts oder links gehen, nach oben oder unten schauen.«

Das war der Tropfen, der das Fass für Mikael zum Überlaufen brachte.

»Wie viele Morde hat Andersen bitte schön aufgeklärt? Wie vielen Verbrechern hat er Handschellen angelegt? War er vorher nicht Entwicklungsminister? In der nächsten Regierung ist er dann vielleicht Minister für Ernährung und Landwirtschaft? Politiker kommen und gehen, und wir müssen jedes Mal nach ihrer Pfeife tanzen, sobald sie sich wieder etwas Neues einfallen lassen. Wie wär's, wenn Sie uns stattdessen ein wenig Ruhe zum Arbeiten lassen?«

Carlsen legte Mikael besänftigend die Hand auf den Arm.

»Versuchen wir, konstruktiv zu bleiben. Vielleicht sind wir bisher ein wenig richtungslos vorgegangen. Es ist ein komplizierter Fall. Aber ich habe jetzt zwei meiner besten Ermittler als Team zusammengesetzt, das wird die Ermittlungen in Schwung bringen und uns auf die Spur des Täters führen. Wir stehen *nicht* mit leeren Händen da, das möchte ich gern betonen. Es gibt noch eine ganze Reihe weiterer Spuren zu verfolgen und das eine oder andere ausstehende Untersuchungsergebnis.«

Carlsen schob seine bunte Brille auf der Nase hoch und zog den Stapel mit Papieren näher zu sich heran.

»Doch bevor wir uns anschauen, wo wir konkret stehen, wüsste ich gern, warum Sie in der dritten Person über die Ermittlungen sprechen?«, sagte er an Kirtzner gewandt. »Sind wir kein Team, gehören wir nicht alle zur Polizei? Als Chefin sollten Sie hinter uns allen stehen, egal, welchen Rang wir bekleiden.«

Frederik und Mikael wechselten einen Blick. Offensichtlich dachten sie dasselbe: Zeig's ihr, Boss.

Chefpolizeiinspektor Federspiel, der während der gesamten Zeit geschwiegen hatte, setzte an, etwas zu sagen, doch Kirtzner schnitt ihm mit erhobener Hand das Wort ab.

»Schön. Ich sehe Ihren Punkt, Niels. Aber ich erwarte ein tägliches Update, das ich an den Justizminister weitergeben kann, und dann müssen Sie … dann müssen *wir* in die Pötte kommen.«

26

Er hatte Kaninchen gekauft. Lebende Kaninchen. Zwei noch nicht ausgewachsene, schwarz-weiße Kaninchen mit langen, flauschigen Ohren. Sie kuschelten sich wärmesuchend im Schuhkarton aneinander.

Der kaugummikauenden Teenagerin, die die Kaninchen über eine Kleinanzeige zum Verkauf angeboten hatte, hatte er erzählt, er wolle seine zwei kleinen Nichten überraschen. Sie hatte ihn ungeniert von Kopf bis Fuß gemustert, von seiner tief in die Stirn gezogenen Mütze hinunter über seine Cargopants bis zu den schlammigen Militärstiefeln.

»Sie sehen gar nicht aus wie ein Onkel«, hatte sie mit präpubertärer Skepsis gesagt und eine Haarsträhne um zwei Finger gezwirbelt. Dann hatte sie ihn mit der frechen Selbstsicherheit angeschaut, die nur Kinder besitzen, die auf Händen durch ihr gesamtes Dasein getragen werden. Sie gehörte mit Sicherheit zu den beliebten Mädchen in ihrer Klasse. Hübsch, dünn, *stupid*. Instagramfähiges Gesicht. Dreckiges Flittchen. Mädchen wie sie hatten keine Ahnung, was es hieß, er zu sein. Mädchen wie sie nahmen einen wie ihn gar nicht wahr.

Er überlegte, ob er ihr ein Foto schicken sollte, wenn die Fütterung vorbei war. Nein. Damit würde er nur unerwünschte Aufmerksamkeit auf sich ziehen. Erst mal hatte er eine Aufgabe auszuführen.

Er konnte sich nicht mehr an eine Zeit erinnern, in der er nicht wütend gewesen war. Sie hatten es zu erklären versucht, all die wohlmeinenden, händeringenden Idioten. Hatten Aktionspläne initiiert, zu Gesprächen einberufen und Bericht erstattet. Naive, verschissene Rassenverräter waren das. Landesverräter. Geschlechtsverräter. Und die sahen ihn an, als ob *er* das Problem wäre?

Er schaltete den Laptop an, klickte auf den Browser und loggte sich auf Iron Cross ein. *Proud Goy*, hieß er dort. Stolzer Nichtjude.

Die Seite öffnete sich mit ihrem blutroten Logo und dem englischen Slogan *»Gas The Jews. Kill The Faggots. Race War Now.«* Man könnte gleich mit »Journalisten, Politiker, Psychologen, Ärzte, Lehrer, Bullen …« weitermachen. Alle hier auf der Plattform hassten die politisch Korrekten, die falschen Autoritäten, die linksgerichteten Kriecher. Vor allem aber die Juden. Die Juden steckten hinter allem: der Masseneinwanderung, der Rassenvermischung, der Finanzkrise, der Erderwärmung, der wachsenden Ungleichheit. Das alles waren Instrumente der Juden, um die Weltherrschaft an sich zu reißen. Und sie erhielten eifrig Unterstützung. Die Feministinnen hatten dafür gesorgt, dass die Geburtenrate in Dänemark auf einen Punkt gesunken war, an dem sich die weißen Dänen nicht mehr reproduzierten. Und der verweiblichte dänische Schlappschwanzmann hatte die Macht über seine Familie und seine Männlichkeit verloren.

»Kill the fucking kikes«, schrieb er beinahe aus Reflex in einem Thread mit der Überschrift *»Why excuse Holocaust? Be proud!«* *Kikes* war das auf Iron Cross meistgebrauchte Schimpfwort für Juden.

Er war zufällig auf die Seite gestoßen. Eine Zeitung hatte über ein *Meme* berichtet, das aufgrund seines antisemitischen Inhalts auf Facebook verboten worden war, woraufhin er das *Meme* aus Neugier gegoogelt hatte. Ein Klick hatte zum nächsten geführt, und bald war er bei den schwer zu entschlüsselnden Threads auf Iron Cross gelandet. Das war jetzt zwei Jahre her.

Er scrollte durch die neuesten Threads von Gleichgesinnten und seufzte gelangweilt. Allmählich war er die pseudointellektuellen Diskussionen und Bullshit-Phrasen leid. Am schlimmsten waren die Neulinge im Forum. Auch wenn der Administrator der Seite hart gegen *Non-Believers* vorging, gab es nach wie vor welche, die von Demokratie, Wahlen und Demonstrationen schwafelten. Es war erbärmlich. So erbärmlich, unterwürfig und tuntig zu glauben, man könnte, indem man mit einem Banner durch die Kopenhagener Straßen zog, irgendetwas anderes erlangen als die Aufmerksamkeit von Luschen und Linksgerichteten. Nein. Das Problem musste durch Destabilisierung und Gewalt gelöst werden. Durch Rache und Aktionen, die wirklich Aufsehen erregten. Um neue Herzen zu gewinnen, mussten andere gebrochen werden. Nur wer gewaltbereit war, hinterließ einen Abdruck in der Geschichte.

Doch nur wenige waren bereit, den ganzen Weg zu gehen. Wenige waren mutig und Manns genug wie Ritter Breivik oder der Attentäter von Christchurch, und er hatte es satt, darauf zu warten, dass jemand etwas unternahm. Vielleicht war er selbst ja dieser »Jemand«?

Vollkommen unerwartet, hatte er einen Auftrag erhalten. Wie ein Wink des Himmels war er gekommen. Doch dieser Auftrag war nur der erste Schritt auf dem Weg zu etwas Größerem, hatte er beschlossen. Leicht war es nicht gewesen. Auf

Iron Cross wimmelte es von Symbolen, Zeichen und Logos, und er kannte die meisten davon. Doch für diesen Auftrag war er angewiesen worden, ein ganz spezielles Zeichen zu verwenden. Es glich einem Ausschnitt des Eisernen Kreuzes, was ihm nur recht war. Das Entscheidende aber war die Sache. Die Botschaft. Die Adressaten.

Er hatte geübt, und inzwischen gingen ihm die vier Striche mühelos von der Hand. Er hatte sich sogar selbst mit dem Zeichen ausgestattet. In ein Handtuch gebissen, während er den leichten Bogen, zwei senkrechte Striche und einen waagerechten Strich in die weiche, unbehaarte Haut auf seinem linken Unterarm ritzte.

Es war an der Zeit, dass er sich zu erkennen gab. An der Zeit, dass die Welt ihn sah. Ihn anerkannte.

Er starrte lange auf den Cursor, während die perfekte Mitteilung in seinem Kopf Form annahm. Keine Tat war vollendet ohne nachfolgenden Internetruhm.

»Das internationale Syndikat verbrecherischer Juden hat unsere Gesellschaft infiziert, unsere Wirtschaft, unsere politischen Organe und unsere Kultur. Wir werden mit der jahrtausendealten Kultur von Hochstaplern verseucht, die die Zukunft des weißen, europäischen Mannes nach dem Kuckuckskind-Prinzip in den Tod stürzt«, schrieb er auf Englisch und zögerte einen Moment, ehe er fortfuhr. »Und wir treiben unseren eigenen Tod voran. Unsere Frauen wollen keine Kinder mehr gebären, und die Fürsorge der wenigen Kinder, die noch geboren werden, haben die lebensmüden Männer unserer Zeit zionistischen Erzieherinnen, Behörden und Politikern übertragen.«

Er zog ein zusammengefaltetes Stück Papier aus einer der Seitentaschen seiner Hose und las ein weiteres Mal, was darauf stand, ehe er seine Botschaft fertig schrieb. Es passte ausgezeichnet zusammen, auch wenn er normalerweise einen etwas direkteren Stil vorzog.

»*Aber ohne Kinder kein Volk. Ein Kind ist das Volk, die Zukunft der Nation. Wer einem Kind etwas zuleide tut, muss sterben. Ich bin das Meer, das Meer ist in mir*«, schrieb er sowohl auf Dänisch als auch auf Englisch.

Er hatte gar nicht darüber nachgedacht, wie cool *I am the Ocean* auf Englisch klang. Ein oder zwei Sekunden vergingen, dann poppten die ersten Likes unter dem Post auf. Es war perfekt.

Er stand auf, reckte die Arme über den Kopf und spannte in einer Bodybuilder-Positur seine Bizeps an.

»*I am the ocean!*«, brüllte er den Bildschirm an.

Es klopfte laut an die Tür, und er schaltete hastig den Monitor aus. Eine vom Rauchen heisere Stimme zeterte auf der anderen Seite.

»Was schreist du da drinnen so rum, hä? Sag mal, hast du schon wieder vergessen, das Tier zu füttern? Verdammte Scheiße, kriegst du nicht mal dieses eine Mal im Monat gebacken?«

»Verfickte Nutte. Dich stelle ich als Erste an die Wand«, zischte er leise, ehe er ebenso laut zurückschrie: »Ich komm gleich!«

Er nahm den Schuhkarton mit den scharrenden Kaninchen vom Boden und öffnete die Tür. Drückte sich mit einem vernichtenden Blick an der sauertöpfischen Vettel mit ihren Hängetitten und dem ewigen Jogginganzug vorbei und ging ins Wohnzimmer zum Terrarium, in dem sich eine gelbe Königspython mit unendlich langsamen Bewegungen auseinanderschlängelte. Das Tier hob den Kopf.

»Fressi, Fressi«, sagte er und öffnete den Schuhkarton.

27

Eine tote Pflanze, die zu Lebzeiten wohl mal ein Farn gewesen war, und zwei hohe Rollschränke trennten Frederiks und Mikaels neuen Arbeitsbereich vom Rest des Großraumbüros.

Nach dem Treffen mit Kirtzner hatte Frederik sich auf ein Datenprogramm gestürzt, das die vielen Spuren des Falles systematisieren konnte und es Carlsen erleichtern würde, täglich die neuesten Ermittlungsergebnisse aus dem Server zu ziehen. Für den Dezernatsleiter bedeutete es einen erheblichen Mehraufwand, die Polizeipräsidentin und den Justizminister wie gewünscht auf dem Laufenden zu halten, doch es war notwendig, um dem Ermittlungsteam Ruhe zum Arbeiten zu verschaffen.

»Wo fangen wir an?«, fragte Frederik und sah von seinem Computerbildschirm auf. Er hatte mehrere Minuten lang auf den Tasten geklappert und war nun anscheinend bereit, das System in Gebrauch zu nehmen. Zwischen ihnen lag ein Stapel mit Unterlagen, die durchgesehen werden mussten, und auch elektronisch warteten weitere Dokumente darauf, kategorisiert zu werden.

»Fangen wir hiermit an«, sagte Mikael und hielt einen gelben Umschlag mit Papieren hoch, damit Frederik die Beschriftung lesen konnte. »Vielversprechende Tipps« hatte der Fachkoordinator auf die Ausdrucke der eingegangenen Hinweise geschrieben. Mikael reichte Frederik einen Stoß mit DIN-A4-Blättern, behielt die andere Hälfte bei sich und begann zu lesen.

Anon. Anrufer gibt an, den Toten, Georg Schmidt, im Casino Copenhagen gesehen zu haben. Der Verstorbene habe das Casino wöchentlich besucht, um dort Poker zu spielen. Anr. wurde mitgeteilt, dass er kontaktiert wird. Anr. möchte anonym bleiben, hat aber eine korrekte Telefonnummer angegeben.

Das Casino Copenhagen lag im Kellergeschoss des Radisson Blue auf Amager. Hier hatte Schmidt also wöchentlich Poker gespielt, wenn man dem Informanten Glauben schenkte.

»Wöchentlich« schien viel. Beinahe ungesund viel. Wenn man einmal die Woche über Karten und Jetons gebeugt an einem Kasinotisch saß, musste man spielsüchtig sein und über gewisse finanzielle Mittel verfügen. Vielleicht war das die Erklärung, weshalb Schmidt so häufig Geld abgehoben hatte.

Das Casino Copenhagen war ganzjährig geöffnet, und Mikael wusste, dass es dort eine umfassende Videoüberwachung gab. Das musste natürlich überprüft werden.

Sein Anruf wurde nach dem zweiten Klingeln angenommen. Mikael stellte sich vor und versicherte dem Informanten, dass er weiterhin anonym bleiben würde.

»Ich wüsste gern mehr über Georg Schmidts Interesse fürs Spiel«, sagte er.

»Interesse? Ha! Das ist die Untertreibung des Jahres. Besessenheit würde ich es eher nennen. Ich arbeite als ... Äh, ist ja eigentlich egal, aber ich arbeite seit Jahren im Casino, und ich kann Ihnen garantieren, dass der Umsatz unter seinem Tod leiden wird. Was der an Geld hiergelassen hat, ich sage Ihnen, das waren keine kleinen Beträge.«

»Ja …?«

»Er kam fast jede Woche. Meistens hat er Poker gespielt, und es ging immer um sehr viel Geld. Die letzten Male ist mir aufgefallen, dass er nicht ganz so viele Jetons hatte wie üblich, aber vielleicht war das auch nur Zufall.«

»Was macht man, wenn man spielen will, es sich aber nicht leisten kann?«

»Dann hat man ein Problem. Bei uns bekommt man kein Darlehen. Aber die Kredithaie lauern ja überall im Casino und draußen auf dem Parkplatz. Ein bekanntes Phänomen. Und hochkriminell übrigens. Vielleicht sollten sich Ihre Kollegen das mal näher ansehen.«

»Können Sie schätzen, welche Summe Georg Schmidt im Laufe der Zeit gewonnen hat?«

Am anderen Ende wurde es still.

»Über die Jahre schon einiges, aber es ist lange her, dass er zuletzt einen nennenswerten Betrag gewonnen hat. Dafür hat er jede Menge verloren.«

Im Hintergrund des anonymen Informanten lärmte es. Jemand rief einen Namen, den Mikael leider nicht verstehen konnte.

»Ich muss los. Hoffe, Sie können was mit der Info anfangen. Löschen Sie meine Nummer, ja? Ich will nicht in die Sache verwickelt werden.«

Die Verbindung wurde unterbrochen.

War die Spielleidenschaft des Generalsekretärs womöglich so groß gewesen, dass er sich in unüberschaubare Kreditgeschäfte auf dem Schwarzmarkt verstrickt hatte?

Sie mussten die Überwachungsaufnahmen des Casinos durchsehen, um festzustellen, wann Schmidt zuletzt dort gewesen war und ob er irgendwelche »alten Bekannten« der Polizei getroffen hatte. Vielleicht war Schmidt seinem Mörder an dem grünen Filztisch begegnet. Geld – oder besser gesagt Schulden und Habgier – war eines der ältesten Mordmotive der Welt.

Mikael gab Frederik eine kurze Zusammenfassung des Telefonats.

»Ich checke die Überwachung«, sagte Mikael, und Frederik nickte.

»Während du mit dem Informanten geredet hast, habe ich einige interessante Tipps ins System eingetragen. Zum Beispiel hat ein ehemaliger Mitarbeiter des Roten Kreuzes angerufen und erzählt, Georg Schmidt sei ein widerwärtiger Chef gewesen. Manchmal direkt bösartig. Das könnte natürlich einfach die Meinung dieses einen Mitarbeiters sein, der vermutlich gefeuert wurde, aber vielleicht war der Mord auch eine Art zu sagen: ›Vielen Dank, Arschloch, wer zuletzt lacht, lacht am besten.‹«

»Wäre möglich«, räumte Mikael ein und widmete sich wieder seinem Stapel Papiere.

Neben Geld war Sex ein weiteres klassisches Motiv. Hatte Schmidt sich vielleicht mit einer verheirateten Frau eingelassen, deren Mann daraufhin Rache genommen hatte? Oder handelte es sich bei dem Mörder in Wirklichkeit um eine Mörderin? War es am Ende doch Schmidts Frau; eine verschmähte, wütende und verbitterte Suzanne? Aber sie war eigentlich zu zierlich, um ihren Mann eigenhändig zu überwältigen und zu töten. Und bislang deuteten ihre Aktivitäten und finanziellen Transaktionen in keiner Weise darauf hin, dass sie jemanden engagiert hatte, es zu tun. Außerdem blieb die Frage, welche Rolle das Symbol auf Schmidts Bauch in diesem Fall spielte.

Gegen 08.00 Uhr waren die Pizzakartons und Colaflaschen leer und die Lider bleiern nach einem langen Tag über Papieren und vor dem Bildschirm.

»Wollen wir für heute Schluss machen?«, fragte Mikael.

Zu seiner eigenen Verwunderung nahm seine Antipathie dem jüngeren Kollegen gegenüber allmählich ab. Es fiel ihm zunehmend schwerer, negative Energien in Frederiks Richtung zu schicken, wenn Frederik so verdammt freundlich war. Der Mann war einfach permanent gut gelaunt, eine echte Frohnatur. Vermutlich hatte er die ersten fünfunddreißig Jahre seines Lebens auf der Sonnenseite verbracht. Vielleicht hatte Carlsen recht, wenn er meinte, dass sie sich gut ergänzten. Im Einsatz fehlte es Frederik hier und da vielleicht noch an Erfahrung, aber Mikael musste zugeben, dass es lange her war, seit er zuletzt einen ganzen Tag mit jemandem zusammengearbeitet hatte, ohne gereizt zu werden.

Es wunderte ihn, dass Frederik keine Eile zu haben schien, nach Hause zu kommen. Nach zehn Stunden vor dem Computer sah sein jüngerer Kollege langsam müde aus.

»Ja, okay. Haben wir genug Stoff für Carlsens Briefing der hohen Damen und Herren morgen?«, fragte Frederik.

Mikael hielt den Stapel mit den Ausdrucken hoch, fünfundvierzig DIN-A4-Seiten, die nun für ihren Chef bereitlagen.

Auf dem Weg nach draußen klingelte Frederiks Handy. »Louise« stand auf dem Display, doch Frederik ließ es klingeln.

»Willst du nicht rangehen?«

Frederik schien beinahe erleichtert darüber, es erklären zu dürfen.

»Wir versuchen, ein Kind zu bekommen. Das wäre jetzt ja quasi der nächste Schritt, oder? Wir sind verheiratet, haben ein Haus gekauft, sind glücklich, haben gute Jobs und so weiter. Aber es läuft nicht so gut. Das mit dem Schwangerwerden. Wir sind in Behandlung. Das heißt … eigentlich wollten wir diesen Monat damit anfangen. Louise will das unbedingt. Ich denke eher, dass es früher oder später schon klappen wird. Sie grübelt zu viel darüber nach! Aber natürlich zeugt man kein Kind mit seiner Frau, indem man auf Teglholmen sitzt und mit einem männlichen Kollegen den Sonnenuntergang bewundert.«

Die beiden lachten kurz, ehe sie durch den Hinterausgang zu dem großen Parkplatz gingen.

»Ich hatte überlegt, ob du vielleicht ein Feierabendbier trinken gehen willst, aber …« Mikael hielt inne.

Wie erwartet, schüttelte Frederik den Kopf. »Ein andermal. Bald«, sagte er und hob die Hand zum Abschied.

Mikael blieb stehen und sah ihm nach. Als er ins Auto einsteigen wollte, drehte Frederik sich um und rief mit in die Höhe gereckter Faust: »Wir werden diesen Fall schon knacken! Ich hab's im Gespür!«

Mikael antwortete mit einem leisen Schnauben. Sein neuer Partner musste der größte Optimist der dänischen Kriminalgeschichte sein.

28

Die Uhr am Herd zeigte 23.14 Uhr. Louise war gerade eingeschlafen, und Frederik setzte sich mit dem Laptop auf dem Schoß aufs Sofa.

Es war ein langer Tag auf Teglholmen gewesen, gefolgt von einem schweren Abend zu Hause.

Er hatte Louise mit einer guten Flasche Wein und einer Schachtel Pralinen überrascht. Ein Lob auf alle gut sortierten Kioske nach 20.00 Uhr. Louise hatte sich gefreut, den Wein aber dankend abgelehnt.

»Die Ärzte sagen, dass man auf Alkohol verzichten soll, wenn man eine Schwangerschaft plant. Und das tun wir doch. Oder?«, hatte sie gefragt und ihn mit ihren bezaubernd schönen, vorwurfsvollen Augen angesehen.

Fruchtbarkeitsbehandlung war vermutlich das Wort, das Frederik in den letzten Monaten am häufigsten gehört hatte. Das Problem war nur, dass er diesen Begriff mit seinem eigenen Leben irgendwie nicht in Einklang brachte. Er konnte sich an nichts in seinem Leben erinnern, bei dem er keinen Erfolg gehabt hatte. Ob Studium, Sport, Arbeit oder Beziehungen. Alles war immer wie am Schnürchen gelaufen. Wie es von ihm erwartet worden war. Schließlich brachte er die besten Voraussetzungen mit. Und seine Eltern ließen keine Chance aus, ihn daran zu erinnern, wenn er sich doch einmal beklagte.

Die beiden Alten dachten immer nur an die Fassade. Seine Mutter pflegte zu sagen, dass Sorgen und Gejammer bloß zu Falten und zerrütteten Beziehungen führten. Wer immer nur rumnörgelte, dem hörte irgendwann niemand mehr zu. Brust raus, Kinn in die Höhe! Begegne der Welt mit einem Lächeln, und die Welt lächelt zurück.

Jetzt saßen Louise und er also hier. Und die Welt lächelte sie nicht mehr an. Es war bald drei Jahre her, dass sie den Entschluss gefasst hatten, nicht mehr zu verhüten, und sie hatten beide damit gerechnet, dass es nur eine Frage von Monaten sein würde, bis sie einen Haken hinter eine weitere, erfolgreich umgesetzte Sache machen konnten.

Vor ein paar Wochen auf der Silvesterparty hatte ein

befreundetes Paar, nachdem die Frau den Champagner zum Anstoßen abgelehnt hatte, glücklich »seine« Schwangerschaft verkündet und dass 2020 nicht nur ein neues Jahr, sondern ein ganz neues Leben beginnen würde.

Ein anderes Paar mit chronisch dunklen Ringen unter den Augen und zweieinhalb Jahre alten Zwillingen hatte Frederik und Louise erzählt, dass sie ihre letzten Jahre ohne Kinder unbedingt genießen sollten.

»Es ist so hart, Kinder zu haben. Seid froh, dass ihr eure Zeit allein noch genießen könnt. Betrinkt euch und geht aus, wann immer ihr wollt. Habt Sex, wann immer ihr wollt. Oder besser gesagt: Habt überhaupt noch Sex«, hatte die etwas überoffene Zwillingsmutter Louise anvertraut.

Louise war in der ersten Nacht des neuen Jahres deprimiert zu Bett gegangen bei dem Gedanken an die unerträgliche Leichtigkeit und den unbeschwerten Sex, mit dem ihr Leben offenbar bereichert war. Sie wollte etwas anderes. Sie war inzwischen vierunddreißig und überzeugt davon, dass ihre Eierstöcke eingetrocknet waren und Frederik sie über kurz oder lang zugunsten einer fruchtbaren Amazone verlassen würde, die ihm mit der Entschlossenheit und Kraft einer Serena Williams bei ihren Aufschlag-Assen gesunde, optimistische, lockige Babys heraushauen würde.

Frederik verstand das alles nicht. Und es verletzte ihn mehr als die fehlenden Kinder oder Louises spitze Bemerkungen. Er vergötterte sie.

Sie hatten sich am Abend versöhnt, nachdem sie eine Art Vereinbarung getroffen hatten. In der kommenden Woche würde Frederik endlich eine Spermauntersuchung machen lassen. Louise hatte ihren Teil der Untersuchungen bereits begonnen, was unzählige Besuche beim Frauenarzt und eine überraschend schmerzhafte Injektion von Kontrastmittel in die Eierstöcke bedeutete. Von der anschließenden Ultraschalluntersuchung war sie blass und weinend zurückgekehrt. Eine Samenprobe abzugeben war verglichen damit wirklich nichts. Ihn demütigte aber schon der bloße Gedanke, dass mit ihm etwas nicht stimmen könnte und sein in aller Bescheidenheit stets gehorsam reagierender Schwanz nicht das lieferte, was er sollte. Natürlich ärgerte ihn das. Selbstverständlich konnte er Kinder zeugen!

Ihre Vereinbarung hatte Louise glücklich gemacht. Und er hatte seinen Frieden bekommen. Vorläufig, um noch ein Stündchen zu arbeiten, bevor er ins Bett ging. In den letzten Tagen hatte er mit Nachdruck an einer exakten Kopie von Georg Schmidts Computer gearbeitet, insbesondere seiner E-Mail-Postfächer. Und zwar sowohl der privaten als auch der geschäftlichen.

Viele interessante Dinge waren dabei zum Vorschein gekommen. Unangenehme Dinge. Schon beim ersten Überfliegen der Mails war klar geworden, dass der Generalsekretär bereits seit längerer Zeit von rechtsnationalen Kräften bedroht wurde. Auf der Geschäftsmail hatte er sogar einen speziellen Ordner erstellt: »Drohungen/Hass/Stalking«.

Exakt zwei Wochen vor dem Mord hatte er eine kurze, aber unzweideutige Mail von einer verschlüsselten E-Mail-Adresse bekommen:

»Bereite dich auf deinen Tod vor, du Judensau«, stand dort.

Es war allgemein bekannt, dass Georg Schmidt in den sozialen Medien immer wieder zum Gegenstand von Hasskampagnen geworden war. Mehr Dänen, als man meinen sollte, machten sich nicht die Mühe, ihren eigenen Namen, Arbeitsplatz oder Wohnort zu verbergen, wenn sie geschmacklose Beleidigungen an öffentliche Personen wie Schmidt schickten. Frederik hatte gleich mehrere Konten gefunden, insbesondere bei Twitter, die Salven von Hassbotschaften in Schmidts Richtung abgefeuert hatten.

Viele der Drohungen stammten von anonymen Hotmail- oder Gmail-Konten. Die dahinterstehenden Personen konnten mit etwas Feinarbeit aber oft ermittelt werden. Die Frage war nur, ob ein kaltblütiger Mörder wie der, mit dem sie es hier zu tun hatten, seine Tat vorher ankündigen würde. Wenn Rechtsextreme aus politischem Hass töteten, gaben sie ihre Tat vorher eher intern in engeren Kreisen bekannt und prahlten anschließend damit vor Gleichgesinnten, sofern sie ihre Tat überlebten.

Deshalb war es für Frederik ein logischer Schritt, ins Internet zu gehen und zu sehen, was an Orten, wo die breite Öffentlichkeit nicht mitlas, über Georg Schmidts Tod geschrieben worden war.

Die Tatsache, dass Frederik vor Kurzem im Dezernat für Gewaltverbrechen aufgenommen worden war, hatte er unter anderem seiner Fähigkeit zu verdanken, Dinge im Netz zu finden, die andere Menschen dort zu verstecken versuchten. Die wenigsten Polizisten kannten sich in diesem Bereich sonderlich gut aus, weshalb die Polizei in den letzten Jahren eine Reihe Zivilpersonen eingestellt hatte, die das Projekt »OSINT« bearbeiteten, das offiziell *Open Source Intelligence* hieß. Es ging in dem Projekt um die Dokumentation von Informationen, die man in offenen Internetquellen wie sozialen Medien, Onlineregistern, öffentlichen Datenbanken und größeren Datenlecks finden konnte. Des Weiteren wurden Fotos, Videofilme, Geolokalisierung, Chatforen, Blogs, akademische Berichte und Telekommunikation gesichtet. Selbst Menschen, die mit aller Macht versuchten, sich anonym im Internet zu bewegen, hinterließen Spuren und Muster, die die Ermittler letzten Endes nutzen konnten.

Es ging hier nicht um irgendwelche Google-Recherchen oder darum, bei Facebook jemanden zu finden. Es war viel komplexer, weil das Internet in ständiger Bewegung war und die größten Webseiten unter dem Druck von Nutzern und Gesetzgebern standen. Jeden Tag wurden Pforten geschlossen, während sich andere, neue Möglichkeiten eröffneten – sowohl für die Ermittler als auch für die Kriminellen.

Frederik war mehrmals aufgefordert worden, sich für eine der neuen Stellen im NC3, dem Nationalen Cyber Crime Center der Landespolizei, zu bewerben. Dort saßen auch die IT-Ingenieure, die ein ähnliches Interesse für Daten hatten wie er. Aber Frederik hatte dankend abgelehnt. Eine solche Stelle konnte er annehmen, wenn er Vater war und feste Arbeitszeiten brauchte. Im Moment brannte er noch dafür, raus an die Front zu kommen und als Kommissar zu arbeiten. Sich die Finger schmutzig zu machen. Einer von denen zu sein, die den Angehörigen und Verdächtigen in die Augen sahen. Außerdem vertrat er die Meinung, dass man den realen Menschen kennen musste, um zu verstehen, was die Menschen online anstellten. Deshalb war er bis jetzt bei seinem Nein geblieben.

Stattdessen nutzte er seine Spezialkompetenz beinahe täglich bei seinen Ermittlungen, wenn er Kollegen pädagogisch verpackt erklärte, was eine IT-Spur bedeutete oder wie man elektronische Spuren am besten sicherte.

Sein besonderes Interesse galt dem *Darknet, the deep web, the Undernet, The Onion Router, Tor* oder wie immer man die dunkle Seite des Internets nennen wollte. Sie war ein Schlaraffenland für Terroristen, lichtscheue Aktivisten, Drogen- und Waffenhändler, Frauenhändler und Pädophilenringe.

Frederik verstand sich darauf, kreativ, quer und unkonventionell zu denken. Wie ein Krimineller, könnte man sagen. Es ging darum, den Verbrechern einen Schritt voraus zu sein und die kleinen Fehler zu finden, die alle Kriminellen machten. Aber dafür musste man wissen, wo man suchen musste. Auf diese Weise war es ihm unter anderem gelungen, den Kollegen zu helfen, einen größeren Hehlerring auffliegen zu lassen, über den man Designermöbel bestellen konnte, die dann gestohlen und für ein Drittel des Originalpreises verkauft wurden.

Er loggte sich bei *Tor* ein und bewegte sich kurz darauf anonym durch Chatgruppen und Foren mit rechtsextremem Inhalt, die er schon früher besucht hatte. Gewaltfantasien, politische Brandreden, Angriffspläne und Verschwörungstheorien wechselten sich dort wild und unreguliert ab.

Rechtsnationale Kräfte waren im Darknet massiv repräsentiert. Dort konnten sie ohne großes Risiko ihre rassistischen und nationalistischen Einstellungen von sich geben. Drohungen, Bombenbaupläne und sogar Videos von realen Morden wurden hochgeladen. Jeden Tag, jede Stunde, überall auf der Welt.

Frederik brauchte nicht lang, bis er Kommentare über den Mord an Georg Schmidt fand. Dass ein prominenter, jüdischer Bürger in dem ansonsten sicheren und übertoleranten Kopenhagen ermordet worden war, wurde in den internationalen rechtsextremen Foren, von denen viele aus den USA oder Kanada gesteuert wurden, wie ein ganz besonderer Sieg gefeiert.

Frederik versuchte, die User zu isolieren, die sich aller Wahrscheinlichkeit nach in Dänemark befanden. Nach etwa zwanzig Minuten hatte er vierzehn Personen, deren Muttersprache entweder Dänisch war oder die ein unwahrscheinliches Glück mit Google Translate gehabt hatten.

»Verfickte Judensau. Der hat das verdient. *Sieg Heil*«, schrieb ein User mit dem Namen Der Dänische Krieger.

Ein RudolfHess19 antwortete: »Hab seine Judenpisse schon immer gehasst. Sein sogenanntes Buch *»Der Kanarienvogel im Kohlebergwerk«* – zum Kotzen. Wer auch immer ihn von diesem Erdball entfernt hat, sollte von nun an jedes Jahr gefeiert werden.«

Frederik machte Screenshots der beiden Kommentare und notierte sich Usernamen und Zeitpunkt.

Dann hörte er Louise im Schlafzimmer rufen und klappte den Laptop zu. Die letzten Nazis mussten warten. Er fühlte sich effektiv. Geladen. Wenn es nach ihm ging, zeugten sie heute Abend ihr Kind.

29

Die Sachbearbeiterin des Landesarchivs verschränkte die Arme vor der Brust.

»Wie oft soll ich es denn noch sagen!«, meckerte sie. »Ich kann Ihnen keine persönlichen Informationen über Privatpersonen geben.«

Maria hatte fast Mitleid mit der zierlichen Frau, die mit ihrem straffen Dutt und der graziösen Haltung an eine gealterte Ballerina erinnerte. Sie musste der Frau wirklich zugesetzt haben, sonst würde sie nicht so reagieren, als wäre sie das letzte Bollwerk zwischen Hans Vinther und Maria.

»Ich habe diese Regeln nicht aufgestellt. § 23, Absatz 1 des Archivgesetzes lässt da wirklich keinen Spielraum. Wir dürfen niemandem über die privaten Verhältnisse einzelner Personen Auskunft geben, bevor diese Informationen nicht mindestens fünfundsiebzig Jahre alt sind. Sie interessieren sich für einen

Mann, der 1945 geboren ist. Damit erklärt sich von selbst, dass ich Ihnen die Informationen, die Sie wollen, nicht geben kann«, sagte die Frau.

Maria hatte nur wenig Erfahrung mit dem gewaltigen Archiv in Christiansborg, in dem seit Jahrhunderten alle Informationen über dänische Staatsbürger gesammelt wurden. Hier lagerten die Daten von zehn Millionen lebenden und verstorbenen Dänen. Wenn man sich für die Vergangenheit seiner Familie interessierte, war dies der Ort, an dem man suchen musste.

Einer von Marias Professoren hatte während einer Vorlesung gesagt, jeder zweite oder dritte Däne könne seine Familie bis ins 18. Jahrhundert zurückverfolgen. Besonders die älteren Generationen interessierten sich für Ahnenforschung. Jedenfalls saß an diesem Donnerstag Mitte Januar eine ganze Reihe grauhaariger Amateurforscher im Lesesaal und studierte Archivmaterial auf der Jagd nach Informationen, anhand derer sie in einer individualisierten und globalisierten Welt ihre Identität festmachen konnten. Auf der Suche nach ihren Wurzeln.

Maria wusste, dass manche Menschen Jahre ihres Lebens damit zubrachten, die Archive nach Stammrollen, Urkunden, Grundbuchauszügen und Kirchenbüchern zu durchstöbern, um Licht in Familiengeheimnisse, Namen, Todesfälle, Haarfarben, Tragödien zu bringen. In ihrer Naivität und ihrem fachlichen Hochmut hatte Maria allerdings gedacht, dass die Türen für sie als Fachhistorikerin weiter offen stünden als für Amateure.

Schon vor ein paar Tagen hatte sie dem Recherchedienst des Landesarchivs geschrieben, um mehr Informationen über Hans und Pippi Vinther zu bekommen, schien jetzt aber endgültig in einer Sackgasse gelandet zu sein. Ein letztes Mal versuchte sie, die Frau mit einem leiseren, versöhnlicheren Tonfall zum Einlenken zu bewegen.

»Das Archivgesetz ist mir natürlich bekannt, es müsste aber doch möglich sein, die Regeln etwas zu dehnen. Ich will ja gar nicht in den privaten Daten von Hans Vinther herumgraben oder ihn gar in Verlegenheit bringen. Ich bin Historikerin, Museumsangestellte und arbeite an der Offenlegung krimineller Tendenzen im Lauf der Geschichte. Ich bin rein zu Forschungszwecken hier.«

Die Archivarin sah sie unbeeindruckt an.

»Es ist theoretisch möglich, beim Landesarchivar eine Sonderbewilligung zu erwirken, aber ich kann Ihnen schon jetzt sagen, dass Sonderbewilligungen nicht für private Informationen über einzelne Personen erteilt werden. Auch nicht an Historiker, Museen oder Wissenschaftler. Egal wie ehrenhaft die Ziele auch sein mögen.«

»Es gibt aber doch Historiker, die Daten aus Ihren Archiven auswerten«, protestierte Maria. »Darunter auch Daten, die jünger als fünfundsiebzig Jahre sind. Wie wäre es, wenn ich zum Beispiel die Scheidungsstatistiken der Siebzigerjahre untersuchen wollte? Oder die Abtreibungsstatistik bei unverheirateten Frauen in den Sechzigern?«

»Man bekommt nach einem persönlichen Gespräch mit dem Landesarchivar Registerkarten ausgehändigt. Dazu muss man dann aber eine Schweigeverpflichtung unterschreiben. Bei der Nutzung der Informationen darf auf keinen Fall die Identität der einzelnen Personen erkennbar werden«, sagte die Archivarin und setzte ihre Lesebrille auf, die an einer goldenen Kette vor ihrem Bauch gebaumelt hatte. Sie sah Maria über den Rand der Brille hinweg an. »Und wenn diese Verpflichtung nicht eingehalten wird, kommt es zu einer Anzeige. So etwas ist kein Kavaliersdelikt.«

»Der Doppelmord im Peter Bangs Vej ist von Journalisten und Historikern über Jahre hinweg untersucht worden, und der war 1948! Das ist doch noch keine fünfundsiebzig Jahre her!«

»Bei dem Fall, den Sie ansprechen, wurden mehrmals Sonderbewilligungen erteilt, weil heute keine Personen mehr leben, die durch die Freigabe der Informationen Nachteile erleiden könnten. Ich war damals die zuständige Sachbearbeiterin. Sie wissen ja nicht, ob dieser Hans Vinther noch am Leben ist, oder?«, sagte die Archivarin.

»Aber genau das versuche ich doch herauszufinden!«, rief Maria entnervt.

Vor vierundzwanzig Stunden war sie vor dem Altenheim auf die Straße getaumelt und hatte mit zitternden Fingern die Zeichnung des alten Mannes auseinandergefaltet.

Für sie gab es keinen Zweifel. Das Symbol war dasselbe, wie sie es in dem Wirrwarr der Striche auf dem Gemälde von Hans Vinther entdeckt hatte. Sie hatte das Blatt ein paarmal hin und her gedreht, während sie im Regen auf dem Hof des Heims stand. Es sah wie ein Axtkopf an einem leicht gebogenen Stiel aus. Oder wie ein Zylinder, wenn sie das Papier ein wenig drehte.

Aber was bedeutete es?

Mogens Ostenfeldt hatte ihr keine Informationen über Hans Vinther geben wollen. Maria wurde den Gedanken an den Jungen, von dem dieses Symbol stammte, einfach nicht los.

Sie sah das Plakat schon vor sich. Das düstere Gemälde mit den mystischen Zeichen wäre als Illustration für eine Ausstellung über ungeklärte Mordfälle ein echter Eyecatcher. Eine Ausstellung, in der sich die Fantasie des Jungen, die Schönheit der Kunst und das Grauen der Wirklichkeit trafen. Ein

Mörder, der die Inspiration zu seiner grausamen Tat an der Wand seiner Opfer fand. Verrückt.

Am Tag nach dem Treffen mit Ostenfeldt war Maria zum Einwohnermeldeamt gegangen, um mehr über Hans Vinther herauszufinden. Sie kannte seinen Namen, sein Geburtsjahr und seine Adresse in den Sechzigerjahren, trotzdem hatte sie auf dem Amt in Gentofte keine Informationen bekommen. Nach dem Callisensvej war keine dänische Adresse von Hans Vinther mehr registriert und auch kein Wegzug ins Ausland vermerkt worden. Aber ein kommunaler Angestellter hatte Anfang der Siebziger eine Randnotiz hinzugefügt, dass Vinther vermutlich ins Ausland verzogen sei, nachdem mehrere offizielle Schreiben ungeöffnet zurückgekommen waren.

»Ist er tot?«, hatte Maria gefragt.

»Das ist ausgehend von den wenigen Informationen, die wir haben, nicht zu sagen. Falls er nach Tonga emigriert ist, könnte er dort gut unter irgendeinem Steinhaufen beerdigt liegen, ohne dass jemand uns informiert hat«, hatte der Verwaltungsangestellte lächelnd erwidert. Maria hatte das Rathaus unverrichteter Dinge verlassen und einen Versuch im Landesarchiv ins Auge gefasst. Wenn weder Ostenfeldt noch das Einwohnermeldeamt weiterhelfen konnten, kam nur noch das staatliche Archiv infrage. Für irgendetwas musste es ja gut sein, dass kaum ein Land so durchregistriert war wie Dänemark. Sollte es irgendwelche Informationen über Hans Vinther, über Pippi Vinthers Tod oder die eigentliche Herkunft der Kinder geben, dann dort.

Was alles leider gar nichts nutzte, wenn Maria keinen Zugang zu den Daten bekam.

»Sagen Sie, sind Sie verwandt mit dem Mann?«

Die Ballerina-Archivarin sah Maria mit einem Mal etwas freundlicher an.

»Nein. Er hat vor Jahren seine komplette Familie verloren. Erst starb seine Schwester, dann wurden beide Eltern ermordet. Der Fall wurde nie aufgeklärt. Die Toten waren ein Polizeichef und seine Frau, geschehen ist das alles 1968 in Hellerup. Ich würde gern mit ihm reden, wenn er noch lebt. Wer weiß, vielleicht könnte man heute noch Spuren finden.«

»Ein Polizist aus Hellerup? Meinen Sie den Mord im Callisensvej?«

Maria nickte bestätigend.

»Oh, daran erinnere ich mich gut.« Ein Leuchten ging über das Gesicht der Archivarin. »Mein Vater war damals Redakteur bei der *Berlingske Aftenavis*. Er hat sich ziemlich intensiv mit dem Fall beschäftigt. Meine Mutter hat damals alle seine Leitartikel ausgeschnitten und in einem Schuhkarton aufbewahrt. Ich habe nach ihrem Tod fünf Umzugskartons mit vergilbten Artikeln geerbt. Tja, andere Leute hätten sicher Schmuck oder Silberzeug vorgezogen, für mich waren diese Artikel aber viel mehr wert als alles Gold. Es war eine Reise in die Vergangenheit meines Vaters. Dieser Fall war den Lesern ordentlich an die Nieren gegangen.« Die Archivarin legte die Fingerkuppen ihrer Hände wie zu einer Pyramide zusammen. »Das waren damals unruhige Zeiten, und mein Vater machte sich Sorgen über das Misstrauen, das in den Jahren danach der Polizei entgegengebracht wurde. In der Welt meines Vaters hatten die Menschen sich vertraut. Und den Behörden. Da war ein Nein noch ein Nein. Aber sehen Sie sich doch an, was daraus geworden ist! Heute diskutieren wir allen Ernstes darüber – denken Sie nur an sich selbst –, ob Paragrafen Auslegungssache sind.«

Maria hatte keine Kraft zu protestieren. Ihr war klar, dass sie die Auseinandersetzung mit der Ballerina nur verlieren konnte und Hans Vinther keinen Schritt näherkommen würde.

»Wurden damals nicht irgendwelche Hippies für die Tat verantwortlich gemacht?«, fragte die Archivarin.

»Diese Theorie konnte nie bestätigt werden«, erwiderte Maria wenig entgegenkommend, witterte aber bei der Neugier in den Augen der Frau eine neue Chance. »Es würde sich natürlich positiv auf das Vertrauen in die Fähigkeiten der Polizei auswirken, sollten doch noch entscheidende Hinweise gefunden werden. Was ich leider nicht versprechen kann. Aber meine Arbeit zielt genau darauf ab. Ich brauche nur irgendeinen Ansatzpunkt.«

Die betagte Ballerina sah sie lange an. Ihre Korrektheit war schier unerträglich. Nicht ein Haar steckte verkehrt, nicht ein Kugelschreiber auf ihrem Tisch lag schief.

»Hören Sie«, sagte die Ballerina und beugte sich mit dem Mund etwas näher an Marias Ohr. »Ich mache eine Ausnahme. Wenn Sie mir hoch und heilig versprechen, dass Sie das nicht von mir haben, gebe ich Ihnen ein paar Informationen über eine vor langer Zeit verstorbene Person.«

Sie sah Maria mahnend an, und Maria nickte überrascht.

»Vor langer Zeit verstorben?«

»Pippi Vinther, das Mädchen«, sagte die Ballerina, nachdem sie einen Blick in ihre Papiere geworfen hatte. »Bei uns ist keine Pippi Vinther registriert. Aber das ist nicht ungewöhnlich. Wie wir immer sagen: Wenn man den Wunsch hat, spurlos aus der Geschichte zu verschwinden, ist das auch möglich. Am einfachsten war das damals für Kinder unter fünf Jahren. In der Zeit vor der digitalen Registrierung und dem Impfprogramm für Kinder begann die offizielle Existenz der Kinder oft erst mit dem Schulbeginn. Pippi Vinther wurde jedenfalls nirgends registriert.«

»Gibt es keine Adoptionsunterlagen?«

»Ich habe nichts gefunden, habe aber auch nicht unendlich viel Zeit darauf verwendet. Eine Erklärung könnte sein, dass in den Jahren von 1950 bis 1956 ein besonderes Adoptionsrecht in Dänemark galt, durch das gänzlich anonyme Adoptionen möglich waren.«

»Was heißt das?«

»Ganz sicher bin ich mir nicht, ich glaube aber, dass man im Gegensatz zu der Zeit davor die Verbindung mit der leiblichen Mutter vollständig abgebrochen hat. Davor konnte ein adoptiertes Kind seine biologische Familie zum Beispiel noch beerben. Damit war 1950 Schluss«, sagte die Archivarin. »Vielleicht war es auch gar keine offizielle Adoption, sondern bloß eine Vormundschaft. Generell waren Adoptionen damals ein ziemliches Chaos. Der Wohlfahrtsstaat entwickelte sich, und parallel dazu die Kenntnis über Verhütung, sodass es plötzlich viel zu wenige zur Adoption freigegebene Kinder für die zahlreichen kinderlosen Paare gab. Die Wissenschaft hat vor einigen Jahren nachgewiesen, dass es in dieser Periode einen illegalen Import von elternlosen Kindern aus dem von den Nachwehen des Krieges geschüttelten Deutschland gab. Nur um zu illustrieren, wie verzweifelt der Adoptionsbedarf damals war.«

»Okay, das klingt nicht gerade vertrauenerweckend.«

»Nein, wirklich nicht. Aber dahinter standen ja gute Absichten.«

»Und Hans Vinther? Gibt es auch über ihn keine Unterlagen?«

Die Archivarin sah sie streng an. »Ich sage Ihnen nur eins über den Hans Vinther, der seinerzeit im Callisensvej gemeldet war«, begann sie und machte eine kurze Pause. »Wir haben ihn nie als tot registriert.«

30

»Das ist eine sauschlechte Idee!«

Mikael stand so abrupt auf, dass sein Schreibtischstuhl gegen die Wand hinter ihm krachte.

»Wenn ihr das macht, klären wir den Fall nie auf. Was kommt als Nächstes? Wollt ihr vielleicht noch enthüllen, welche Schuhe der Täter getragen hat oder welche Zigarettenstummel wir am Tatort gefunden haben? Wie das Opfer festgebunden war?«, protestierte er.

Carlsen hatte Frederik und Mikael mitgeteilt, dass die Chefetage entschieden hatte, die Bevölkerung über Details zu Georg Schmidts Verstümmelung zu informieren.

Inzwischen war es Freitag. Der Fund von Schmidts Leiche lag nun bald zwei Wochen zurück, und sie waren längst über die ersten wichtigen Tage hinaus, an denen sich die Dinge praktisch von selbst ergaben. Alle – einschließlich Mikael – wussten, dass eine rasche Aufklärung des Falles utopisch war, weshalb seine Vorgesetzten nun hofften, mit der Bekanntgabe des rätselhaften Symbols auf Schmidts Bauch wichtiges Wissen hervorlocken zu können.

Die Öffentlichkeit hatte längst Wind von Schmidts Misshandlungen bekommen. Die Zeitungen hatten darüber berichtet, es musste irgendwo ein Leck gegeben haben, und es sah ganz einfach besser aus, wenn sich die Polizei proaktiv zeigte, statt ein ums andere Mal mit heruntergelassenen Hosen erwischt zu werden.

»Hör mal zu, Mikael, mag ja sein, dass es *deiner* Meinung nach eine schlechte Idee ist, aber die Entscheidungen fälle immer noch ich. Und ich sage, dass wir mit dem Symbol oder dem Zeichen oder was auch immer es ist, an die Öffentlichkeit gehen. Ich habe für heute Nachmittag eine Pressekonferenz anberaumt, und danach müssen wir unverzüglich den Tipps nachgehen, die wir erhalten. Wir stecken verdammt noch mal fest, Mikael. Es sind jetzt elf Tage verstrichen.«

Frederik schaute auf die Tischplatte und strich diskret über das Display seines Handys. Er wusste ebenso wie Mikael, was Carlsens Pressekonferenz heute Nachmittag für sie bedeutete: null Wochenende.

Es war nicht der Verlust der beiden dringend benötigten freien Tage, der Mikael ärgerte, sondern der garantierte Kontrollverlust, den sie erleben würden, wenn ein so zentrales Element des Falles publik gemacht wurde.

»Können wir nicht wenigstens bis Montag warten?«, bat Frederik.

»Nein. TV 2 NEWS ist schon wegen der Pressekonferenz informiert. Auch das Ministerium weiß Bescheid.«

»Ja aber, Herrgott… siehst du es denn nicht? Das wird alle möglichen Bekloppten dazu bringen, das Zeichen auf sämtliche Gebäudefassaden und Kreisverkehre in ganz Dänemark zu schmieren. Die sozialen Medien und das Darknet werden Amok laufen. Das ruiniert alles. Bringt Verwirrung in das Ganze. Wir haben gute Karten in der Hand und…« Mikael war aufgestanden und schritt frustriert auf und ab.

»Und was sollen wir sonst tun? Hast du einen Verdächtigen? Oder vielleicht jemanden festgenommen? Das Symbol kann der Schlüssel sein, um den Fall zu öffnen. Mir ist die Herausforderung bewusst, die es mit sich bringt, die Karten in der Hand offen auf den Tisch zu legen. Aber das ist ja nur ein Punkt von vielen. Und die Redezeit an so einem Freitagnachmittag ist unschätzbar. Die Presse ist hungrig, sie wollen etwas von uns, und wir sind auf sie angewiesen. Ich brauche eine Nahaufnahme des Symbols, die die Kriminaltechniker bei der Obduktion gemacht haben. Eines der nicht ganz so makabren Fotos. Das bekommt die Presse heute.«

Mikael gab sich geschlagen. Er war nicht der Chef des Dezernats, er leitete lediglich die Ermittlungen. Und Carlsen hatte seine Entscheidung offensichtlich bereits getroffen. Vermutlich auf Druck von Kirtzner hin.

Außerdem stimmte es natürlich, dass sie zum gegenwärtigen Zeitpunkt noch keinen Verdächtigen hatten. Kein einziger Überwachungsbeschluss, keine einzige Durchsuchung stand in Aussicht.

Carlsen wies sie an, ihm binnen einer Stunde das Foto des Symbols zukommen zu lassen, und kehrte zu seinem Glaswürfelbüro zurück, das alle nur »das Aquarium« nannten. Carlsen war unter seinen Mitarbeitern geschätzt, konnte jedoch sehr resolut durchgreifen, wenn er es für angebracht hielt. Er wusste, wann er den Chef herauskehren und einen Riegel vorschieben musste, und wann er besser auf seine Mitarbeiter hörte. Eine Dreiviertelstunde später lag der Entwurf für eine Pressemeldung in Frederiks und Mikaels Postfächern.

Polizei Kopenhagen – 17.01.2020 13:32

In Verbindung mit dem Fall im Blegdamsvej 27, 2100 Kopenhagen Østerbro, wo der Generalsekretär des Roten Kreuzes Georg Schmidt am Montag, 6. Januar, tot aufgefunden wurde, wird für heute, 15.00 Uhr, ein Pressebriefing vor dem Kopenhagener Polizeipräsidium anberaumt.

Das Kopenhagener Dezernat für Gewaltverbrechen arbeitet intensiv an dem Fall und wird heute einen Status über die Ermittlungen geben. Bislang sind noch keine Festnahmen erfolgt, es liegen jedoch viele brauchbare Spuren vor, die im Augenblick untersucht werden.

Zum gegenwärtigen Zeitpunkt können keine Interviews angeboten werden, im Rahmen des Pressebriefings besteht jedoch die Gelegenheit, einzelne Fragen zu stellen.

Beim Pressebriefing wird der Leiter des Dezernats für Gewaltverbrechen Niels Carlsen zugegen sein.

Für weitere Informationen folgen Sie der Polizei Kopenhagen gern auf Twitter: @kobenhavnpoliti.

Mikael griff sich an den Kopf. Auf dem Briefing würde die Öffentlichkeit von dem Symbol erfahren. War das nicht genau das, was der Täter wollte?

»Wir arbeiten ihm in die Hände«, murmelte Mikael und sah Frederik an. Dahlin schien nicht zu verstehen, was er meinte. »Siehst du das nicht? Wir arbeiten dem Täter in die Hände. Er will, dass die ganze Welt sein Werk sieht.«

31

Übertragungswagen mit Medienlogos, Smartphones und Kameras auf Stativen, dazu ein Wald aus Mikrofonen waren bei den Säulen vor dem Polizeipräsidium aufgestellt worden. Journalisten von Rundfunk und landesweiten Zeitungen waren erschienen, und der Pressechef der Kopenhagener Polizei stand diskret am Rand, bereit, sofort einzuschreiten, sollte jemand die ungeschriebene Regel brechen und nicht hinter der angewiesenen Linie bleiben.

Um Punkt 15.00 Uhr trat Carlsen aus der Tür direkt an die Mikrofone. Er nickte den Journalisten, die er kannte, freundlich zu. In der Ferne läuteten die Glocken des Rathauses.

»Schönen guten Tag«, begann er. »Einleitend möchte ich Sie darauf hinweisen, dass es bei dem heutigen Pressebriefing zum Mordfall Georg Schmidt ausschließlich um die Details gehen wird, die wir in Verbindung mit den laufenden Ermittlungen preisgeben *können* und *wollen*. Ich hoffe auf Ihr Verständnis und bitte Sie, dies zu respektieren. In dem kurzen Briefing werde ich auf einige Aspekte der Ermittlungen zu sprechen kommen, bei denen wir die Bevölkerung um ihre Mithilfe bitten möchten. Falls jemand Hinweise hat, möge er sich bitte telefonisch unter 1-1-4 an uns wenden.« Carlsen hob kurz den Blick. »Wie bereits bekannt, wurde die Polizei am Montag, den 6. Januar, in den Blegdamsvej gerufen. Eine Frau, die mit ihrem Hund unterwegs war, hatte eine tote Person gefunden. Sie alarmierte die Notrufzentrale um 05.26 Uhr. Wir haben lange am Fundort gearbeitet, der sich später auch als Tatort herausgestellt hat. Der exakte Tatzeitpunkt steht noch nicht fest, wir können jedoch sagen, dass der Mord nach ein Uhr nachts und vermutlich ein gutes Stück vor fünf Uhr früh verübt wurde. Der Tote wurde im rechtsmedizinischen Institut obduziert und als Georg Schmidt identifiziert. Die Todesursache war Erdrosseln.«

Carlsen machte eine kurze Pause.

»Die Rechtsmediziner stellten zudem fest, dass dem Toten entweder bei Eintritt des Todes oder unmittelbar danach mehrere Schnitte in die Bauchhaut zugefügt wurden. Diese Schnitte könnten eine Art Symbol oder Logo darstellen, und wir möchten die Bevölkerung bitten, uns bei der Deutung dieses Zeichens behilflich zu sein. Vielleicht ist es auch ein Schriftzeichen aus einer fremden Sprache oder ein Graffiti-Tag. Es gibt zahlreiche Möglichkeiten, und wir haben uns noch nicht festgelegt. Jede Information ist äußerst willkommen. Daher fordern wir alle Bürgerinnen und Bürger auf, uns unter 1-1-4 zu kontaktieren, falls sie auch nur den geringsten Hinweis haben.«

Carlsen sah in die teilweise überrumpelten Gesichter der Journalisten. Aus der Einladung zum Pressebriefing war nicht hervorgegangen, dass die Polizei *Breaking News* hatte.

Der Dezernatsleiter hielt ein DIN-A4-Foto von Georg Schmidts Bauchdecke mit dem stark herangezoomten Symbol in die Höhe. Im Zentrum des ansonsten aus Rücksicht auf den Toten und seine Angehörigen unscharf gemachten Hautbereichs war deutlich ein scheinbar bewusstes Muster aus kreuz und quer in die Haut geritzten Schnitten zu erkennen.

32

Maria zwängte sich, eine Tüte Sushi in der einen Hand, eine Flasche Weißwein in der anderen und ihre Arbeitstasche über der Schulter balancierend, durch die Tür. Mette saß bis über beide Ohren in Arbeit begraben in der Redaktion, mit Ausgehen wurde es heute Abend also nichts. Der Plan war daher, faul vor dem Fernseher abzuhängen, sich mit Wein einen anzuschickern und mindestens acht Stunden traumlos zu schlafen.

Sie hatte den ganzen Tag darauf verwendet, sich ein neues Konzept für die Ausstellung zu überlegen. Ohne Hans Vinther eignete sich der Doppelmord vom Callisensvej nicht mehr als Aufmacher. Falls Hans Vinther noch irgendwo auf der Welt am Leben war, stellte es außerdem ein ethisches Problem dar, den Mord an seinen Eltern zum Highlight der Ausstellung zu machen, da sie ihn nicht einmal informieren konnte, dass ihre Verwertung des Falls womöglich zu einer erneuten Berichterstattung in der Presse führen würde. Das Museum erhielt immer mal wieder Klagen von Opfern oder Verurteilten in den ausgestellten Fällen. Nicht alle verspürten den Wunsch, ein weiteres Mal im Rampenlicht zu stehen.

Sie hatte jetzt beinahe zwei Wochen damit verschwendet, in die falsche Richtung zu laufen. Und weshalb? Weil sie eine besondere Verbundenheit mit diesem unbekannten Mann verspürte. Eine Schicksalsgemeinschaft, für die nicht einmal sie selbst eine andere Erklärung fand als das Gemälde, das Vinther vor über sechzig Jahren gemalt hatte. Das Gemälde eines Meeres, das offensichtlich Trauer und Leid für ihn symbolisierte, genau wie es das Meer für Maria tat. Eben das vermochte Kunst: emotionale Bande zwischen Menschen schaffen.

Sie seufzte, schaltete TV 2 NEWS ein und ging ins Schlafzimmer, um mit den Nachrichten als Hintergrundgeplätscher ihre Schlafanzughose anzuziehen.

Ihr war unbegreiflich, wie Mette und ihre Kollegen das aushielten. Die Medienagenda, die täglichen Schlagzeilen oder wie auch immer man das konstante Chaos aus Tristesse und ungeordneten Ereignissen von Presseagenturen und Twitter nannte. Desillusionierend und deprimierend, mehr war es nicht.

Marias Arbeit war da ganz anders: Die Vergangenheit ließ zumindest Raum für Hoffnung. Die Geschichtsbücher waren voller Kriege und Hungersnöte, Katastrophen und Großbrände, Schwarzem Tod, Beulenpest, Atombomben und Völkermorden, doch irgendwie kam die Welt jedes Mal wieder ins Lot. Was man erst erkannte, wenn man die Dinge durch die historische Brille betrachtete. Nicht, wenn man als Journalist oder gewöhnlicher Nachrichtenempfänger inmitten des täglichen Todes und Elends stand.

Ein paar einzelne Worte aus dem aufgeregten Redestrom eines NEWS-Reporters unterbrachen sie in ihren Gedanken. Sie humpelte vor den Fernseher, die Schlafanzughose erst halb hochgezogen. Der Reporter stand gemeinsam mit einem ernst dreinschauenden Polizisten vor dem Polizeipräsidium.

»Polizei veröffentlicht Foto von Symbol auf Georg Schmidts Leichnam« stand auf knallgelbem Breaking-News-Hintergrund zuunterst im Bild, während rechts, in einer Box neben dem laufenden Interview mit dem Leiter des Dezernats für Gewaltverbrechen, besagtes Foto eingeblendet war:

ein Stück behaarter, wächserner Haut, verunstaltet durch vier Striche. Schnitte, besser gesagt. Die Haut schien gesäubert worden zu sein, doch man konnte sehen, dass die Wunden geblutet hatten.

»Die Polizei bittet die Bevölkerung um ihre Mithilfe. Wer auch immer irgendetwas dazu weiß, ist angehalten, sich unverzüglich bei uns zu melden … in der Hoffnung, dass jemand das Symbol erkennt oder andere Informationen hat, die uns der Aufklärung des Falls näherbringen«, sagte der Dezernatsleiter, als der Sender zum Pressebriefing vom Nachmittag zurückspulte.

Maria starrte ungläubig auf das Bild mit dem Symbol. Sie ging näher an den Fernseher heran und kniff die Augen zusammen, bevor sie ihren Laptop einschaltete und eine Nachrichtenseite aufrief, die das Foto in voller Breite der Homepage brachte. Maria schluckte.

»Das ist doch nicht möglich …«, sagte sie laut.

Sie holte ihre Arbeitstasche, öffnete den Reißverschluss der Seitentasche und zog den Zettel hervor, den Mogens Ostenfeldt ihr vor zwei Tagen in die Hand gedrückt hatte. Sie faltete ihn auseinander, schaute auf den Fernseher und dann erneut auf den Zettel. Ihr Magen krampfte sich zusammen, und ihr wurde schwindelig.

»… in der Hoffnung, dass jemand das Symbol erkennt oder andere Informationen hat, die uns der Aufklärung des Falls näherbringen.«

Die Stimme des Dezernatsleiters, die als Dauerschleife abgespielt wurde, drang durch Marias Benommenheit. Sie griff zum Handy und starrte darauf, während sie versuchte, im Kopf einige Sätze zu formulieren, die nicht wie das Hirngespinst einer Verrückten klangen.

Dann wählte sie die Nummer der Polizei.

33

Mikael Dirk war nach wie vor überzeugt, dass sie einen Fehler gemacht hatten.

Er hatte viel zu viele Stunden des Wochenendes im Servicecenter verbracht, wo zusätzlich einberufenes Personal Hunderte von Anrufen entgegengenommen hatte. Die bemerkenswert geduldigen Hilfskräfte an den Telefonen waren instruiert und mit den üblichen Meldeformularen ausgestattet worden, auf denen sie Telefonnummern und Namen notieren konnten, es sei denn, der Anrufer wollte anonym bleiben. Darunter war Platz für zehn Zeilen über das, was der Betreffende auf dem Herzen hatte.

Das Personal umfassend zu instruieren war der Versuch, von vornherein die glaubwürdigen Informanten von all den Spinnern und falschen Geständigen zu trennen, die sich, wie Mikael vorhergesehen hatte, in der Telefonschlange meldeten, kaum dass Carlsen im Fernsehen aufgetreten war.

Ein Anrufer meinte, es handele sich um den Buchstaben Pi, und der Mord am Generalsekretär sei eine Vorwarnung für ein größeres Massaker, das am »Pi-Tag«, dem 14. März, stattfinden könnte.

Ein anderer war der Ansicht, das Symbol sehe aus wie das Logo seines Bäckers um die Ecke, der im Übrigen »ein mieser Drecksack« war, ergo musste er der Mörder sei. Ein dritter Anrufer erzählte von einem seiner Lehrer, der ein ähnliches Zeichen auf den Zeugnissen der Schüler verwendete, während eine weitere Anruferin Georg Schmidt in einer erotischen Traumvision begegnet war, in der er ihr kundgetan habe, das Zeichen stelle eine Vagina dar.

Besonders die Hellsichtigen waren in den ersten Stunden aktiv. Besser so, denn für den Umgang mit ihnen musste man sowohl erfahren als auch hellwach sein. Nun war Mikael ganz allgemein nicht sonderlich spirituell veranlagt und gab keinen Pfifferling auf die sogenannten »übernatürlichen Fähigkeiten« dieser Menschen. Er glaubte an keinen Gott, keine Geister, keine Schutzengel. Vielleicht gab es da draußen noch nicht einmal »gute« oder »schlechte« Menschen. In Mikaels Augen gab es nur den Unterschied zwischen richtigen und falschen, guten und schlechten Entscheidungen.

Er hatte selbst einige der letztgenannten getroffen. Machte ihn das zu einem schlechten Menschen? Aus der Perspektive der Leidtragenden vielleicht schon? Hector zum Beispiel? Er hoffte es nicht.

Ein weiteres Problem war, dass Appelle der Polizei stets eine Gruppe von Bürgern auf den Plan riefen, die ein krankhaftes Bedürfnis hatten, sich nützlich zu machen, etwas zu bewirken oder auch einfach nur von jemandem *gesehen* zu werden. Vielleicht waren sie einsam, vielleicht langweilten sie sich. Andere waren entfernte Bekannte oder frühere Mitarbeiter des Verstorbenen, die Entsetzen oder ein diffus schlechtes Gewissen verspürten und daher etwas tun wollten. Die Mehrheit dieser Hinweise basierte in der Regel auf Vorurteilen sowie Über- und Fehlinterpretationen.

Dann gab es da noch die etwas pikanteren Tipps. Das Ermittlerteam hatte im Laufe des Wochenendes die Bestätigung erhalten, dass nicht nur der Ministerpräsident über Georg Schmidts außereheliche Romanzen tratschte. Schmidt war anscheinend ein Mann mit … gewissen Neigungen gewesen.

Vielleicht war es seine Art, das Böse der Welt auszublenden. Jedenfalls hatte der Generalsekretär laut einer Anruferin Vergnügen an einer milderen Form des Sadomasochismus gefunden. Peitschenhiebe, Augenbinde und Wäscheklammern an Stellen, an denen man normalerweise nicht so gern gezwickt wurde. Solche Dinge. Die Frau, von der Mikael annahm, dass es sich um eine Escort-Lady handelte, wollte die Polizei darauf aufmerksam machen, dass die Verletzungen auf Schmidts Bauch Zeichen eines Sexspiels sein konnten, das gründlich schiefgegangen war.

Kein unmögliches Szenario, in Mikaels Augen aber dennoch unwahrscheinlich. Nichts an dem Mord oder dem Zustand der Leiche deutete darauf hin, dass Sex in welcher Form auch immer während oder vor Schmidts Todesmoment eine Rolle gespielt hatte.

Nein, Mikael hielt es für wahrscheinlicher, dass der Mord politisch motiviert war, worin ihn das Wochenende nur bekräftigt hatte. Viele Anrufe waren um die Theorie gekreist, dass der Mord am jüdischen Schmidt antisemitische Gründe hatte.

Nach Jahrzehnten in Ungnade tauchte der Judenhass inzwischen wieder in verschiedenen Ecken der dänischen Gesellschaft auf. Der Schutz der jüdischen Schule war fester Bestandteil der Kopenhagener Polizeiarbeit geworden, die Synagoge stand seit dem Terroranschlag 2015 unter ständiger Bewachung, und Schikane jüdischer Privatpersonen sowie Schändung von Grabstätten waren keine Ausnahme mehr.

Mehrere Anrufer hatten die Möglichkeit erwähnt, dass es sich bei dem Symbol um die obere Hälfte des Eisernen Kreuzes handelte, eines der bevorzugten Symbole des Nationalsozialismus. Hitler hatte den alten preußischen Militärorden 1939 revitalisiert, wie Mikael nachgelesen hatte, und ihn mit einem Hakenkreuz in der Mitte ausgestattet. Die wenigen, jedoch zählebigen neonazistischen Bewegungen hatten das Eiserne Kreuz in den letzten Jahrzehnten als einendes Symbol übernommen, da das Hakenkreuz inzwischen in mehreren Ländern verboten war.

Der Mord und die Verstümmelung von Georg Schmidt konnten durchaus von einem Neonazi begangen worden sein. Einen prominenten Juden mit einem nationalsozialistischen Symbol zu versehen war ein ziemlich starkes Signal an alle Gleichgesinnten in der ganzen Welt.

Da Georg Schmidt die Verletzungen während oder um den Todeszeitpunkt herum beigebracht worden waren, ließ sich auch nicht ausschließen, dass die Schnitte Folterzwecken gedient hatten. Alles in allem aber dürften sie primär ein Signal sein, dachte Mikael. Besonders, wenn man das demonstrative Aufhängen von Schmidt hinzunahm. Dieser Mord war nicht bloß Grausamkeit um der Grausamkeit willen, nicht nur das Werk eines Irren. Der Mörder hatte eine Botschaft, von der er wollte, dass die Welt sie sah und verstand. Und genau aus diesem Grund war die Veröffentlichung von Schmidts verunstaltetem Bauch in Mikaels Augen ein Fehler. Indem sie die Bevölkerung um Hilfe baten, teilten sie dem Täter mit, dass sie seine Botschaft nicht verstanden hatten.

Das beinhaltete, erkannte Mikael mit einem Schaudern, ein ernstes Risiko: Der Täter könnte erneut zuschlagen.

DRITTE WOCHE

20. Januar bis 26. Januar

34

Maria stand mit eingeseiften Haaren unter der Dusche, hielt einen Rasierer in der Hand und hatte ein Bein mit nach Zitrus duftendem Rasierschaum eingeschmiert, als das Handy auf dem Rand des Waschbeckens vibrierte. Das unregelmäßige Geräusch verriet ihr, dass sich das Telefon gefährlich nah an den Rand des Porzellanbeckens bewegte und Gefahr lief, auf die Terrakottafliesen zu fallen.

Es war wirklich eine Unsitte, ihr Handy immer in Reichweite zu haben. Insbesondere an Schlechtwettertagen, an denen ihr großer Bruder Mads auf dem Meer war, legte sie es kaum aus der Hand. Sie konnte sich einfach nicht an den Gedanken gewöhnen, dass er denselben Werdegang wie ihr Vater eingeschlagen hatte.

Dabei war das Wetter an diesem Tag überraschend gut. Die Sonne hatte wie ein orangefarbener Ball am Himmel gestanden, als sie am Morgen ganze zwei Runden um die Seen gejoggt war.

Der meditative Rhythmus des Laufens hatte ihr gutgetan. Musik in den Ohren, ein Bein vor das andere setzen, ihr Tempo finden, ein- und ausatmen, ein und aus, den Kopf leeren und die frische Luft genießen. Nicht gerade Nordseeluft, aber sei's drum.

Die intensive Beschäftigung mit dem bestialischen Mordfall in den Sechzigern hatte sie aufgewühlt. Und die Tatsache, dass sie nach ihrem Anruf bei der Polizei jetzt zwei Kommissare treffen sollte, um über mögliche Übereinstimmungen zwischen den Morden in Hellerup und dem an Georg Schmidt zu sprechen, machte die Sache nicht besser.

Es musste ein Zufall sein. Ein Fehler in der Matrix.

Sie schob den Duschvorhang zur Seite und warf kurz einen Blick auf das Display, das kurz darauf schwarz wurde. Unterdrückte Rufnummer, hatte sie noch lesen können. Das musste warten.

Sie trat aus der Dusche, wischte mit einem Handtuch den Spiegel über dem Waschbecken ab und betrachtete sich selbst, während sie ihre nassen Locken einwickelte. Die morgendliche Joggingtour hatte ihr eine gesunde Gesichtsfarbe gegeben.

Das Telefon brummte erneut. Wieder die unterdrückte Nummer. Sie drehte es um und legte es auf das Display. Sie war nervös wegen des vor ihr liegenden Gesprächs, dabei hatte sie in ihrer täglichen Arbeit immer wieder mit Polizisten zu tun. In diesem Fall fürchtete sie jedoch, dass die Ermittler von ihr so etwas wie akademische Klarheit erwarteten, dass Maria durch ihren Hinweis den festgefahrenen Ermittlungen neuen Schwung gab. Aus den vielen historischen Fällen, mit denen sie sich beschäftigt hatte, wusste sie, dass die Polizei in der Regel ohne jede Spur dastand, wenn sie sensible Details mit der Öffentlichkeit teilte. Insbesondere wenn es sich um Details am Opfer handelte, deren Verbreitung in der Presse für die Hinterbliebenen in der Regel schwer zu ertragen war.

Vermutlich würde sie die Kommissare enttäuschen. Sie hatte nur eine vage Ahnung und bereute es mittlerweile, überhaupt diesen Hinweis gegeben zu haben. Es war einleuchtend, dass der Täter aus dem Jahr 1968 nicht hinter einem Mord zweiundfünfzig Jahre später stand. Unmöglich war es nicht, aber im höchsten Maße unwahrscheinlich. Der Mann wäre ganz einfach zu alt. Und warum sollte der Täter von damals nach einem halben Jahrhundert im Verborgenen überhaupt wieder zuschlagen? Hinzu kam noch, dass weder die Methode noch der Tatort oder die Vorgehensweise mit dem früheren Mord zu vergleichen waren.

Falls es sich überhaupt um das gleiche Symbol handelte, war die Schändung damals wie heute wohl eher von symbolischer Bedeutung.

Maria hatte das Wochenende auf Google verbracht. Sie hatte sogar eine Professorin der Semiotik an der Universität in Aarhus angerufen und sie um ihre Meinung über das mystische Zeichen gebeten. Ohne Resultat.

Gekritzel, mehr war es vermutlich nicht.

Ein neuerliches Brummen riss sie aus ihren Gedanken. Sie musste sich fertig machen. Letzten Endes war ja nicht sie diejenige, die all die losen Fäden zusammenbringen musste. Vielleicht ging es den Ermittlern auch lediglich darum, sämtliche erdenklichen Details zu kennen, um dann die richtigen Schlüsse zu ziehen und Wichtiges von Unwichtigem zu trennen. Sie tat nur ihre Bürgerpflicht.

Dreizehn Minuten später war Maria aufbruchsbereit. Sie hatte sich die Haare geföhnt, sodass die Locken einigermaßen gezähmt waren. Mit etwas Glück behielten sie ein paar Stunden ihre Form. Sie zog die Stiefel und ihre Jacke an und überprüfte, ob die Schlüssel in ihrer Tasche steckten. Das Handy lag noch auf dem Waschbecken. In der Zwischenzeit hatte sie eine SMS und eine Sprachnachricht auf dem Anrufbeantworter bekommen. Auf dem Weg nach unten hörte sie die Nachricht ab.

Hallo Maria, begann eine Frauenstimme. Maria blieb stehen. *Ich hoffe, du weißt, wer ich bin?*

Doch, Maria erkannte die Stimme. Es war der Klang von

Geborgenheit. Aus dem Freiraum ihrer Kindheit. Es war der Klang von Kuchen, Mandeltörtchen mit dicker Glasur und Muffins mit Nutellafüllung. Von unzähligen Runden Kalaha und Hausaufgaben, versüßt mit Limo mitten in der Woche.

Es war aber auch der Klang einer Zeit, die Maria hinter sich gelassen hatte. Warum rief Ane an? Warum jetzt? Maria hatte seit Jahren nicht mehr mit ihr gesprochen. Seit zwölf Jahren, um genau zu sein.

Ich habe so oft an dich gedacht. Zum Glück habe ich immer erfahren, wie es dir geht. Wie ich gehört habe, bist du jetzt bei der Polizei. Mads muss so stolz auf dich sein.

Bei der Polizei?

Das war so nicht richtig, auch wenn das Polizeimuseum offiziell zur Landespolizei gehörte. Die Landespolizei bezahlte Marias Gehalt, aber sie und die restlichen Angestellten des Museums setzten ihre Ehre daran, unabhängig und kritisch in Bezug auf etwaige Fehltritte der Polizei zu sein.

Irgendetwas an Anes Stimme klang verkehrt. Sie konnte es nur nicht genau benennen.

Maria kannte Ane Bjerre fast ihr ganzes Leben. Ihr Sohn Jakob war seit dem Kindergarten Mads bester Freund gewesen, und soweit Maria wusste, trafen sie sich noch immer.

Ane hatte damals als Kindergärtnerin in Aabybro gearbeitet, während Jakobs Vater Søren die Nachtschicht in der Fischmehlfabrik in Hanstholm geleitet hatte. Er war ein gemütlicher Mann – leicht zu erkennen an seiner konstant dampfenden Pfeife und dem buschigen Backenbart –, der immer bis mittags schlief und den Nachmittag nutzte, um zu backen, bis sich der Abwasch im Spülbecken stapelte und der ganze Küchenboden von einer dünnen Schicht Mehl bedeckt war.

»Richtige Frauen essen jeden Tag Kuchen!«, protestierte er, wenn Ane einmal in der Woche erklärte, dass sie nun aber wirklich Diät machen müsse.

Das tägliche Pfeiferauchen und die Kuchendiät hatten vor sechs oder sieben Jahren ihren Tribut gefordert. Er war an einem Blutgerinnsel im Herzen gestorben, mit einer Rhabarbertorte auf dem Schoß in seinem Sessel. Genau wie er es sich gewünscht hatte.

Als Kinder hatten Mads und Jakob fast täglich miteinander gespielt, und wenn Carl Christian Just auf dem Meer gewesen war und ihre Mutter anderes zu tun hatte, war Maria die vier Kilometer durch den Wald zu Ane und Søren nach Vester Torup geradelt.

Ane hatte immer Zeit. Ohne Details zu kennen, wusste Maria, dass Ane einen harten Start ins Leben gehabt hatte, dann aber von einer Pfarrersfamilie in Ringkøbing adoptiert worden war, weshalb sie ihr Leben der Aufgabe gewidmet hatte, allen Kindern um sich herum ein gutes Leben zu bescheren. Nicht nur dem Sohn, den sie selbst auf die Welt gebracht hatte.

Als Marias und Mads' Vater starb, wurde das Bjerre-Haus zu einer Freistatt. An schlechten Tagen radelte Maria zu Ane, um dort einfach nur unter einer gehäkelten Decke auf dem Sofa liegen zu dürfen. An guten Tagen nahm Ane Maria mit in die Bibliothek in Fjerritslev. Sie verbrachten Stunden damit, die Bücher auszuwählen, die sie mit nach Hause nehmen wollten, und schrieben kurze Zusammenfassungen über die Bücher, die sie bereits gelesen hatten.

Es fühlte sich wie ein anderes Leben an. Aus einer anderen Zeit.

Maria, ich brauche deine Hilfe. Könntest du mich zurückrufen? Dann werde ich dir alles erklären, ging Anes Nachricht zögernd weiter. *Melde dich, Maria*, sagte sie, nannte dann noch zweimal ihre Telefonnummer und legte auf.

Maria sah auf die Uhr. Sie würde zu spät kommen, wenn sie jetzt zurückrief. Außerdem fühlte es sich seltsam an, denn irgendwann war damals das Unausweichliche geschehen. Eines Tages war Maria kein Kind mehr gewesen, kannte die Geschichtsbücher, die sie beide liebten, deutlich besser als Ane und musste beschämt erkennen, dass ihr primärer Grund, ins Bjerre-Haus zu kommen, nicht mehr Ane, sondern vielmehr Jakob war.

Jakob war damals siebzehn gewesen und hatte sie nicht einmal wahrgenommen. Erst Jahre später, als Maria zum Studieren nach Kopenhagen gezogen war, hatten sie sich auf einem Sommerfest geküsst. Es war, wie nach Hause zu kommen. Aber da war es zu spät gewesen. Maria hatte gespürt, dass nur die Vergangenheit sie verband.

Maria speicherte die Nachricht und lief die letzten Stufen nach unten. Als sie auf ihrem Fahrrad saß und Richtung Teglholmen fuhr, ging ihr auf, was an Anes Stimme so anders geklungen hatte.

Sie hatte Angst.

35

Die Nachricht auf dem Anrufbeantworter hatte Maria etwas aufgehalten, daher hastete sie auf den letzten Drücker durch die Tür des großen hellen Gebäudes auf Teglholmen im Kopenhagener Südhafen. Kurzatmig schob sie sich durch die Sicherheitskontrolle des Gebäudes, in dem die Ermittlungsdezernate der Kriminalpolizei und einzelne Abteilungen der Staatsanwaltschaft untergebracht waren.

Seit dem Tod ihres Vaters erachtete sie es als eine Tugend, pünktlich zu kommen. Alles andere fand sie respektlos. Aber irgendwie hatte sie das Jahr 2020 als eine leicht verwirrte, richtungslose Version ihrer selbst begonnen. Mit dem Kopf unter dem Arm. Das Gefühl, neben sich zu stehen, verstärkte sich bei dem Gedanken, dass gleich zwei Ermittler ihre wertvolle Zeit auf sie vergeudeten und auf ihre … ja, was? … Räuberpistole warteten.

Sie sah die beiden Männer, kaum dass sie die Sicherheitskontrolle passiert hatte. Ein typisches Ermittlerpaar. *Office Guy and Field Guy*, dachte sie. Der eine trug dunkle Jeans, Hemd und eine graue Anzugjacke. Er hatte freundliche Augen und blonde, so wohlfrisierte Locken, wie Maria es niemals hinkriegen würde.

Der andere hatte grau melierte, kurze Haare und sah fünf bis zehn Jahre älter aus. Vielleicht lag das aber auch an seiner etwas derberen Art. Seine Jeans war an den Knien abgenutzt, und seine Dr.-Martens-Schuhe schienen, seit sie aus der Fabrik gekommen waren, keine Schuhcreme mehr gesehen zu haben. Auch sein marineblauer Rollkragenpullover wirkte abgetragen. Er trug ein Pistolenholster am Gürtel.

»Warten Sie auf mich? Mein Name ist Maria Just. Vom Polizeimuseum«, sagte sie.

Der ältere Polizist reichte ihr als Erster die Hand.

»Mikael Dirk«, sagte er.

Sie erkannte den Namen wieder. Er hatte den Termin mit ihr vereinbart. Aber auch sonst kam er ihr irgendwie bekannt vor, wie er sie so mit ruhigem Blick musterte. In aller Eile ging sie gedanklich ihre Treffen mit Polizeibeamten der vergangenen zwei Jahre durch, wurde aber nicht fündig.

Auch er schien zu stutzen. Auf jeden Fall drückte er ihre Hand länger als nötig und musterte sie auf eine Art, die sie verlegen machte. Zum Glück kam ihr sein jüngerer Kollege zu Hilfe, indem er sich vorbeugte und ihr die Hand reichte.

»Frederik Dahlin«, stellte er sich vor.

Maria sah vom einen zum anderen.

»Ich habe Ihnen bereits einen Gästeausweis ausstellen lassen. Folgen Sie uns bitte in unsere Abteilung«, sagte Frederik und reichte ihr eine Plastikkarte an einer roten Schnur.

»Wir kennen den Fall aus dem Jahr 1968 nur sehr oberflächlich«, begann Mikael Dirk bereits auf der Treppe nach oben. »Seit der Veröffentlichung der Bilder stehen wir ziemlich unter Druck. Zeit für einen Besuch im Archiv bleibt da keine, und digitalisiert wurde der Fall noch nicht«, sagte er zu Maria.

»Ich kenne den Fall mittlerweile auswendig und kann Ihnen sicher eine Zusammenfassung geben. Es ist ja auch nicht sicher, dass das in irgendeiner Weise relevant ist. Vielleicht sehe ich nur Gespenster. Ich dachte nur, dass …«

»Es war absolut richtig von Ihnen, sich zu melden«, unterbrach Frederik sie. »Glauben Sie mir, wir haben ganz andere Anrufe erhalten. Mikael hält nicht viel davon, die Öffentlichkeit um Hilfe zu bitten. Und in gewisser Weise muss ich ihm recht geben. Am Wochenende haben wirklich alle Tarot-Apostel und hellsichtigen Geister im Großraum Kopenhagen ihre Hilfe angeboten … Hier, hier müssen wir rein.«

Er führte Maria in einen Sitzungsraum mit einem ellipsenförmigen Tisch für zwölf Personen mit Aussicht auf die gesichtslosen Neubauten auf Teglholmen.

»Ich hole Kaffee. Schwarz oder schwarz mit weißem Pulver?«

»Schwarz«, sagte Maria mit einem dankbaren Lächeln.

Die Tür fiel hinter Frederik ins Schloss, und sie blieb allein mit dem traurig schweigenden Dirk zurück.

36

Als sie sich umdrehte, wusste er plötzlich, wo er sie schon mal gesehen hatte.

Die Locken, die ihren Kopf so ungezähmt umspielten, die Sommersprossen auf ihrer Nase, die neugierigen und doch auch irgendwie schüchternen Augen und der breite Mund, der ihn an eine der Schauspielerinnen erinnerte, die er in seiner Jugend so angehimmelt hatte.

Zwanzig Jahre bei der Polizei hatten ihn gelehrt, kein Gesicht zu vergessen. Das war die Frau, die er vor zwei Wochen auf dem Weg zum Tatort beinahe angefahren hatte.

»Kann es sein, dass ich Sie an jenem Morgen gesehen habe? Als wir Georg Schmidt gefunden haben? Ich hätte Sie beinahe angefahren. Kurz vor neun, auf dem Blegdamsvej etwa in Höhe des Rigshospitals. Sie sind rechts an mir vorbei und bei Rot über die Ampel gefahren«, sagte er.

Er sah ihr an, dass auch sie sich erinnerte. Sie sagte jedoch nichts.

»Gut, dass ich Sie nicht überfahren habe. Ich meine, wo Sie jetzt Informationen für uns haben, die uns möglicherweise zu einem Durchbruch im Schmidt-Fall verhelfen«, sagte er in einem Versuch, lustig zu sein, den er sofort bereute. Über den möglichen Unfalltod einer fremden Frau machte man nun wirklich keine Witze, als *Ice-Breaker* war das ein echter Griff ins Klo.

»Das war nicht Rot, das war Taxi-Grün«, erwiderte sie schlagfertig. Offensichtlich war sie nicht der Typ, der sich einschüchtern ließ.

»Taxi-Grün? Sie scheinen irgendwo aufgewachsen zu sein, wo es keine Ampeln gibt«, sagte er und war sich mit einem Mal sicher, dass die fremde Frau seinen Ton einordnen konnte.

»Kann man wohl sagen. Thorup Strand. Nordwestjütland. Also Jütland sieht ja aus wie ein Weihnachtsmann im Profil, und Thorup Strand liegt dann hier oben auf der Rückseite des Kopfes. Zwischen Hirtshals und Hanstholm«, sagte sie und zeigte irgendwo hinter ihrem Kopf in die Luft.

Mikael hatte Schwierigkeiten, sich auf ihre eigentlich recht charmante Geografielektion zu konzentrieren. Ihre rotblonden Locken leuchteten wie ein Glorienschein in der Januarsonne.

Sie wurden unterbrochen, als Frederik die Tür öffnete und mit einer Thermoskanne und drei Tassen in der Hand den Raum betrat.

»Maria«, sagte Frederik, als sie alle saßen. »Der Ordnung halber müssen wir Sie darauf hinweisen, dass dies kein Verhör ist. Wir erachten Sie eher als eine von vielen technischen Experten, deren Rat wir uns einholen.«

»Na ja, Expertin … ich weiß ja nicht.«

»Der Punkt ist«, sagte Mikael, »dass wir hier möglicherweise Dinge besprechen, die nicht an die Öffentlichkeit kommen dürfen. Es ist wichtig, dass Sie uns versichern, dass nichts, was hier in diesem Raum besprochen wird, an andere weitergegeben wird. Das alles ist im höchsten Maße vertraulich. Normalerweise müssten Sie eine Erklärung unterschreiben, aber da Sie ja formell Angestellte der Landespolizei sind, überspringen wir diesen Punkt mal ganz elegant.«

»Will heißen, wir haben so schon genug Papierkram zu erledigen«, ergänzte Frederik.

Mikael sah ihn ausdruckslos an und wandte sich an Maria. »Erzählen Sie uns von dem Doppelmord.«

37

»Verrückt. Den Fall hätte man heute in fünf Minuten gelöst«, sagte Frederik, als Maria mit der kurzen Skizzierung des Tatverlaufs im Callisensvej fertig war.

Mikael schnalzte abschätzig mit der Zunge und schüttelte den Kopf.

»Doch, das hätte man! Es muss am Tatort doch Unmengen von DNA-Spuren gegeben haben. Und mit der heute vorhandenen Videoüberwachung ...«, protestierte Frederik.

»Okay, lieber Marty McFly, dann starte mal deine Zeitmaschine. Während du ins Jahr 1968 zurückkehrst und die damaligen Morde aufklärst, lösen Maria und ich dann hier den Schmidt-Fall«, sagte Mikael.

Die *Zurück in die Zukunft*-Referenz perlte an Frederik vollständig ab, während Maria laut lachte.

Mikael räusperte sich.

»Wir können mit ziemlicher Sicherheit ausschließen, dass es sich um denselben Täter handelt. Wenn man sich die damalige Mordmethode anschaut – wie Sie sie beschrieben haben, Maria –, muss der Täter eine erwachsene Person gewesen sein. Nicht allein wegen der Brutalität der Morde, sondern auch, weil die Opfer anschließend bewegt und arrangiert wurden. Der Täter ist berechnend und abgebrüht genug gewesen, um seine Spuren zu verwischen und spurlos zu verschwinden. Wir müssen also davon ausgehen, dass diese Person mindestens sechzehn oder achtzehn Jahre alt war. Mindestens.«

Frederik und Maria nickten.

»Entsprechend wäre diese Person heute mindestens achtundsechzig, vermutlich älter. Es ist aber kaum vorstellbar, dass ein Mann mit achtundsechzig, fünfundsiebzig oder achtzig Jahren dazu in der Lage ist, ein solches Szenario zu arrangieren, wie wir es vor zwei Wochen vor dem Roten Kreuz vorgefunden haben. Außer er hat Hilfe bekommen. Vorläufig deutet aber nichts darauf hin, dass wir es mit mehreren Tätern zu tun haben.«

»Nein«, sagte Frederik. »Und ich bezweifle, dass es in der Weltgeschichte ein einziges Beispiel für einen Mörder gibt, der fünfzig Jahre nach seiner ersten Tat noch einmal zuschlägt.«

»Zu dem Schluss bin ich auch gekommen. Aber was ist mit den identischen Symbolen? Das kann kein Zufall sein. Ich habe allerdings noch keine Idee, was es bedeuten könnte«, sagte Maria.

»Wir sollten keine voreiligen Schlüsse ziehen«, warnte Mikael. »Wenn ich die Rechtsmediziner richtig verstanden habe, ist es ungeheuer schwierig, ein präzises Muster in die Haut eines Menschen zu ritzen. Insbesondere – wie soll ich sagen –, wenn es viel Haut gibt, wie beim Generalsekretär. Vielleicht ist es ein Teil eines alten, bekannten Symbols, und wir erkennen es nur nicht, weil wir nicht das große Ganze sehen? Aber Sie haben recht, Maria. Die Zeichen ähneln einander. Die Frage ist nur, was sie bedeuten. Hatten die damaligen Ermittler 1968 keine Idee?«, fragte Mikael.

»Nein, sie waren ebenso ratlos wie wir jetzt.«

Die Antwort ließ Mikael aufblicken.

»Woher wissen Sie das eigentlich alles?«, fragte er, und

Maria zog den Kopf ein. Wie ein Kind, das bei einer Unartigkeit ertappt worden war.

»Ich habe mit dem damaligen Ermittlungsleiter gesprochen, Mogens Ostenfeldt. Er ist achtundneunzig Jahre alt und wohnt in einem Pflegeheim in Nyboder«, sagte sie.

Die beiden Polizisten sahen sie überrascht an. Zum ersten Mal seit Beginn ihrer Besprechung lächelte Mikael.

»Alle Achtung ...«, sagte er.

Maria schlug den Blick nieder.

»Das ist eine längere Geschichte. Ich wollte einfach aus erster Hand etwas über den Doppelmord erfahren. Sie wissen doch sicher auch, dass bei Berichten aus zweiter Hand immer bestimmte exakte Details und wichtige Nuancen verloren gehen.« Sie sah die beiden an. »Der alte Kommissar hat noch einen ziemlich klaren Kopf und konnte sich gut an Details erinnern«, fuhr sie fort. »Er hat mir erzählt, dass das Symbol, das damals in die Arme der Opfer geritzt wurde, auch auf einem Gemälde zu sehen war, das im Wohnzimmer der Vinthers hing. Eine Art Landschaftsgemälde, welches das Meer, ein paar Fabelwesen und ein kleines Schiff zeigt. Das Bild war acht Jahre vor dem Mord vom Sohn des Ehepaares gemalt worden.«

Maria steckte die Hand in ihre Gesäßtasche und zog ein zusammengefaltetes Blatt Papier heraus.

»Ostenfeldt hat das hier für mich gezeichnet. Es ist das Symbol, das sie an den Opfern und auf dem Gemälde über dem Kamin gefunden haben.«

Die beiden Polizisten starrten auf das zerknitterte Papier.

»Also eine Kinderzeichnung?«, warf Frederik mit ungläubiger Miene ein.

»Ich würde nicht von einer Kinderzeichnung sprechen. Das Bild ist sehr ausdrucksstark, geradezu schön. Das Original liegt im Archiv des Polizeipräsidiums. Es ist wirklich faszinierend.«

Kunst sagte Mikael nicht viel. Rockmusik, ja, aber Kunst und Theater waren nicht seine Baustelle. Er tat sich schwer mit Gefühlsduselei und den aufdringlichen Empfindungen anderer. Die Herausforderungen seines persönlichen, privaten Morasts waren schon groß genug. Und Dramen hatte er in seinem Job reichlich erlebt.

»Der Sohn des Paares … Wie alt war er zum Zeitpunkt des Mordes?«, fragte er. Zurück zur Sache.

»Er war damals dreiundzwanzig. Sein Name lautet Hans Vinther. Wenn er noch lebt, ist er heute fünfundsiebzig Jahre alt. Er wurde damals natürlich verhört und überprüft. Es stellte sich aber heraus, dass er gar nicht in Kopenhagen war, als die Morde geschahen. Er war bei seiner Freundin in Jütland«, sagte Maria.

»Haben Sie ihn auch aufgesucht?«, fragte Mikael foppend und hoffte, dass sie seinen gutmütigen Scherz verstand. Doch sie sah in erster Linie verärgert aus, als sie antwortete.

»Das hatte ich vor, ich konnte ihn aber nicht finden. Laut Ostenfeldt hat er das Land nach dem Tod seiner Eltern verlassen. Im Landesarchiv ist nichts über ihn vermerkt, es liegt auch kein Totenschein vor. Aber wenn er damals wirklich ins Ausland gezogen ist, ist nicht sicher, dass sein etwaiger Tod ans Archiv gemeldet wurde«, sagte sie.

Sie schien Mikaels Gedanken zu lesen und kam seiner Folgefrage zuvor.

»Er würde Ihnen – oder mir – aber vermutlich auch nicht weiterhelfen können, was die Bedeutung des Zeichens angeht. Ostenfeldt hatte ihn damals danach gefragt, aber für den jungen Mann war das nur eines von sehr vielen Gemälden, die er in seiner Jugend gemalt hatte. Ostenfeldt verfolgte deshalb die Theorie, dass der damalige Täter eine Art Raubmörder war, der sich von dem Bild inspirieren ließ, um es mal recht brutal zu sagen.«

»Okay, fassen wir zusammen«, sagte Mikael. »Wir haben zwei identische Zeichen, die bei Verbrechen auftauchen, die zweiundfünfzig Jahre auseinanderliegen. Wir können mit großer Wahrscheinlichkeit ausschließen, dass es sich um denselben Täter handelt. Wenn es also eine Verbindung zwischen den beiden Fällen gibt, muss sie in der symbolischen Bedeutung der Zeichen liegen, die wir noch nicht kennen. Strengen wir doch mal unseren Grips an ... Was wäre eine mögliche Verbindung zwischen den Morden 1968 und dem Mord an Georg Schmidt? Stehen die Opfer in einem familiären Verhältnis? Sind sie eine Interessengemeinschaft? Gibt es irgendetwas, das sowohl das Ehepaar Vinther als auch Georg Schmidt kennzeichnet? Haben Sie gemeinsame Bekannte? Haben sich ihre Spuren irgendwo gekreuzt?«

Maria zuckte mit den Schultern.

»Ich kenne den Schmidt-Fall primär aus der Presse, aber soweit ich weiß, ist seine Familie erst Ende der Sechzigerjahre nach Dänemark gekommen, also unmittelbar vor dem Mord an den Vinthers. Ich sehe da keine Verbindung zu Schmidt, der muss damals noch ein kleiner Junge gewesen sein.«

»Wie sieht es mit der Religion aus? Waren Johannes oder Elisabeth Vinther Juden?«

Maria biss sich auf die Lippe.

»Denken Sie, dass der Mord an Schmidt ein antisemitisches Motiv haben könnte?«

»Das ist auf jeden Fall eine Möglichkeit. Antisemitisch oder rechtsextrem. Neonazistisch. Schmidt hat konstant mehr oder minder ernst zu nehmende Drohungen erhalten, per Mail und auch in gewissen Internetforen. In den letzten Tagen haben wir eine Reihe Hinweise erhalten, die in diese Richtung gehen. Das Zeichen soll dem obersten Teil des Eisernen Kreuzes gleichen, das unter den Nazis offenbar hip ist, seit das Hakenkreuz verboten …«

»Schwarz! Elisabeth Vinthers Mädchenname war Schwarz«, platzte Maria heraus, dann senkte sie die Stimme. »Sie ist in der Schweiz geboren und aufgewachsen. Schwarz könnte ein jüdischer Name sein, nicht wahr?«

Frederik nickte anerkennend.

»Durchaus, und gut, dass Sie sich daran erinnern.«

»Ich habe ein fotografisches Gedächtnis«, sagte sie und tippte sich mit dem Zeigefinger an die Schläfe.

»Okay … Es wäre also nicht auszuschließen, dass es da eine Verbindung gibt. Im Gegenteil: Es deutet sehr viel auf einen rechtsextremen Hintergrund hin«, sagte Mikael.

»Auf den Neonaziseiten im Netz herrscht auf jeden Fall viel Aktivität. Vielleicht ist es nur eine Frage der Zeit, bis wir in diesen Foren das richtige Symbol finden. Es gibt mehrere rechtsnationale Chatforen, in denen Dänen aktiv sind«, warf Frederik ein.

Mikael schlug sich auf die Schenkel, um zu signalisieren, dass sie am Ende der Besprechung angekommen waren. Er stand auf, stemmte die Hände auf die Tischplatte und sah Maria eindringlich an.

»Maria, wie gesagt … versprechen Sie uns, nichts über dieses Gespräch auszuplaudern. Es darf niemand davon erfahren, dass wir den Fokus auf den extrem rechten Flügel richten«, sagte er.

»Natürlich, das verstehe ich«, antwortete Maria.

»Na dann, herzlichen Dank, dass Sie gekommen sind«, sagte Frederik, der offenbar die Rolle des Gastgebers übernommen hatte. Mikael hoffte im Stillen, dass Maria Just Dahlins allzu großen und frisch polierten Ehering bemerkt hatte, der die meisten Frauen abschrecken dürfte. Dem Ehering nach zu urteilen hatte die Hochzeit sicher irgendwo auf einem Landgut stattgefunden. Mit einem Brautkleid, das Frederik mindestens so viel gekostet hatte wie Mikael sein Motorrad. Trotzdem hatte Frederik nun mit einer verbitterten, kontakthungrigen Frau zu kämpfen. Gab es da draußen überhaupt irgendwelche glücklichen Menschen? So *richtig* glücklich?

»Darf ich Sie etwas fragen?«, sagte Maria, die noch immer auf ihrem Platz saß.

»Natürlich.«

Sie fuhr sich mit der Hand durch die Haare. Eine Locke fiel ihr in die Stirn, was anscheinend öfter geschah, da sie sie mit perfekter Präzision zurückpustete.

»Wenn dieses Symbol mit voller Absicht in die Haut der Leichen geritzt wurde, sprechen wir doch wohl von einer Signatur. Dann gibt es zwei Möglichkeiten: Entweder ist es derselbe Täter oder es handelt sich um zwei Täter mit derselben Überzeugung oder demselben Ziel«, sagte sie.

»Letzteres ist wohl wahrscheinlicher«, sagte Mikael.

»Das denke ich auch. Sie haben jetzt aber der ganzen Welt verkündet, dass Sie das Zeichen nicht deuten können. Dass die Botschaft also nicht angekommen ist, um es mal so zu sagen. Riskieren Sie damit nicht, dass der Mörder – oder ein weiterer Mörder mit derselben Botschaft – erneut zuschlägt?«

Frederik und Mikael sahen sich an. Mikael lehnte sich zurück, verschränkte die Arme vor der Brust und sah Maria lange an.

»Ich hatte exakt denselben Gedanken«, sagte er.

38

Villy Frandsen wachte auf dem Bauch liegend und mit dem Gesicht in einer nassen Lache begraben auf. Er hob den Kopf, der ihm allerdings nicht richtig gehorchen wollte, als wäre ein fremder Schädel auf seinem Hals festgeschraubt. Villy betrachtete den gelblichen Kissenbezug. Es war bereits Vormittag, und in dem bleichen Januarlicht stellte er zufrieden fest, dass das Nasse durchsichtig war. Wenigstens lag er nicht in seinem eigenen Erbrochenen wie irgend so ein suizidaler Rockstar.

Der Arzt, der Villys Schlafapnoe diagnostiziert hatte, hatte ihn ermahnt, niemals auf dem Bauch zu schlafen und im Übrigen fünfundzwanzig Kilo abzunehmen, wenn er das Rentenalter erreichen wollte.

Dann hatte dieser Spargeltarzan mit seinen femininen Gesten ihn an einen Diätassistenten überweisen wollen. Dem Mann hatten sie offensichtlich ins Hirn geschissen. Villy vertraute niemandem, der einen aufforderte, den drei größten Freuden des Lebens zu entsagen: Muschis, Speck und Fernet Branca.

Zwei dieser Freuden hatte Villy am Abend zuvor gefrönt, als er sich auf Spesenrechnung mit einem Parlamentskollegen durch Aamans Smørrebrød-Menü geschlemmt hatte. In Butter gebratenes Schollenfilet, begraben in Krabben und Remoulade. Heringssalat. Schweinebrust mit eingelegten roten Zwiebeln und knuspriger Schwarte. Leberpastete mit extra

Bacon. Hühnersalat an frisch gerührter Mayonnaise. Tatar mit rohem Eigelb. Und Schnapsverkostung während des gesamten Gelages. Das alles auf Kosten des Steuerzahlers. Was nur recht und billig war, schließlich hatte das Volk sie gewählt und ihnen damit die Bürde auferlegt, ihren Arbeitsalltag weit weg von der Familie und dem eigenen Bett zu verbringen.

Villy stemmte sich hoch und schwang die Beine über die Bettkante. Scheiße, wie ihm der Schädel brummte. Einen Moment saß er mit den Ellbogen auf die Knie und dem Gesicht in beide Hände gestützt da, während er in sich hineinspürte. War da Übelkeit im Anmarsch? Nein, ganz im Gegenteil, er hatte Hunger. Schon wieder. Da sah man's.

Es war Freitag, am Nachmittag wollte er heimwärts nach Jütland zu einem wohlverdienten Wochenende in Give fahren. Er hoffte nur, dass Lis anständig gekocht hatte. Dänisches Essen. Er wollte seine Kartoffeln mit Soße, das wusste sie. Ihre Kichererbsen und ihr Kohlsalat lösten Würgereiz in ihm aus. Inzwischen kam es ihm ganz generell hoch, wenn er Lis sah. Besonders schlimm war es nach längeren Aufenthalten in Kopenhagen, wo er von jungen Assistentinnen umgeben war, die mit ihren Knackärschen in Miniröcken durch Christiansborg trippelten und förmlich darum bettelten, von einem richtigen Mann flachgelegt zu werden.

Sein Blick wanderte durch das Zweizimmerapartment, in dem er wohnte, wenn er in Kopenhagen war. Aus Gründen, an die er sich nicht mehr erinnerte, hatte er gestern einen frisch gereinigten dunklen Anzug bereitgehängt, ehe er ins Smørrebrød-Restaurant gegangen war. Er tastete nach seiner Brille auf dem Nachttisch, fand mit einiger Mühe sein iPhone – es lag auf dem Boden, halb unter dem Bett – und öffnete seinen Kalender.

Die Beerdigung, natürlich!

Georg Schmidt, der alte Drecksack, sollte heute im privaten Rahmen auf einem jüdischen Friedhof begraben werden. Vorher gab es eine Gedenkfeier in der Synagoge in der Krystalgade. Wurde auch Zeit. Soweit Villy wusste, fanden jüdische Beerdigungen in aller Regel innerhalb der ersten Tage statt, doch in diesem Fall hatte es beinahe drei Wochen gedauert, bis die Polizei den Leichnam freigegeben hatte.

Offen gestanden hatte er nie viel für Schmidt übriggehabt. Der Kerl war dermaßen besserwisserisch, herablassend und versnobt gewesen, dass Villy mehrfach Lust verspürt hatte, ihn mit bloßen Händen zu erwürgen. Spätestens bei diesem verdammten Treffen, das sie nach Schmidts Tod alle in die Bredouille gebracht hatte, als der Polizist mit dem bohrenden Blick mit seinen Fragen und Andeutungen in der Staatskanzlei aufgetaucht war.

Zum Glück hatten sie ihn abwimmeln können. Troels Mejding, der gerissene Fuchs, war auf diesem Gebiet ein wahrer Meister.

Villy Frandsen kratzte sich im Schritt und schnupperte aus alter Gewohnheit an den Fingern. Er warf einen Blick auf die Uhr. Eine Dusche und ein Besuch in der Konditorei für einen Kaffee und zwei Plunderteilchen sollten drin sein, bevor er aus Sicherheitsgründen um zwölf in der Synagoge sein musste. Auf strenge Anweisung des PET. Da durften er und alle anderen Trauergäste dann eine Stunde lang hocken, bis die Gedenkfeier losging. Als ob er nichts Besseres zu tun hätte. Würde es nicht das Bestehen der Regierung und damit sowohl Villys Karriere als auch die bloße Existenz seiner Partei in Gefahr bringen, hätte er Schmidts peinliches Geheimnis längst selbst an die Öffentlichkeit gebracht. Die übelsten Schmierblätter des Landes hätten sicher Schlange gestanden.

Dieses heuchlerische Schwein.

Villy erschien nur zu der Gedenkfeier, weil das Fernsehen unter Garantie ausgiebig über das Ereignis berichten würde und er – ja, Eigenlob stank, aber so war es nun mal – im schwarzen Anzug eine verdammt gute Figur machte. Ob man in der Synagoge wohl eine dieser flachen Mützen aufsetzen musste?

Villy hievte sich aus dem Bett und hielt sich am Türrahmen fest, um den Kreislauf zu stabilisieren, bevor er weiterging. Ein Rülpser arbeitete sich die Speiseröhre hinauf und füllte seinen Mund mit dem Geschmack von Dillschnaps und halb verdautem Rotkohl. Auf dem Weg ins Badezimmer öffnete er sein E-Mail-Postfach auf dem Handy, um zu sehen, ob es dringliche Nachrichten vom Vorsitzenden oder – Gott bewahre – von lästigen Bürgern gab, die ihn wegen ihrer belanglosen Probleme um Hilfe anflehten. In der Regel schickte er eine Standardzeile zurück, in der er sein volles Verständnis ausdrückte und versprach, sich baldigst darum zu kümmern, was er jedoch nie tat.

Er hatte nur eine neue Mail, empfangen um Punkt 06.00 Uhr früh. Sie stammte von einer »Pippi Langstrumpf«. Na, da wusste man gleich, woran man war. Entweder handelte es sich um einen komplett bekloppten Internettroll, der sich heute ausgerechnet Villy ausgesucht hatte, oder aber um eine Feministin. *Same-same.*

Villy klickte die Mail an. Sie war leer, abgesehen von einem PDF-Anhang. Er öffnete die Datei und blickte auf einen kurzen Text unter einer Art Logo, das ein bisschen wie ein Zylinder aussah. Das Logo erinnerte ihn an irgendetwas, aber so spontan wollte es ihm nicht einfallen.

Der Text sah auf den ersten Blick wie ein Gedicht aus, und wenn es eine Sache gab, auf die sich Villy Frandsen nicht verstand, dann Gedichte.

Ein Kind ist ein Geschenk.
Ein Tropfen im Meer, geboren aus der Liebe einer Frau,
Ein Kind ist ein Volk, die Zukunft einer Nation.
Wer einem Kind etwas zuleide tut, muss sterben.
Ich bin das Meer, das Meer ist in mir.
Aus dem Meer bist du gekommen.
Ins Meer kehrst du zurück.
Ich gebe Leben. Ich nehme Leben.
Und du wirst sterben, Villy Frandsen.

39

Er las den Text vier Mal.

Er hatte schon so einiges einstecken müssen, nachdem er sich in einem schwachen Moment von der blutjungen Social-Media-Beauftragten der Partei dazu hatte überreden lassen, ein Facebookprofil einzurichten. Dort wurde er mit Schimpfwörtern und unflätigen Beleidigungen nur so bombardiert: Fetter Frandsen und Spesen-Villy waren noch harmlose Beispiele für die Spitznamen, mit denen ihn die Onlinekrieger lustvoll bewarfen. Aber eine Todesdrohung? Das war dann doch eine Nummer härter.

Er öffnete sein Adressbuch im Handy, tippte einen Namen ein und wählte.

»Berg«, meldete sich sein Kollege am anderen Ende.

»Hier ist Frandsen, hallo. Du, Rasmus, ich habe eine Mail bekommen, und ich glaube, äh, das ist eine Morddrohung. Da steht ›Du wirst sterben, Villy Frandsen.‹«

»Moment.«

Villy hörte Berg das Telefon ablegen und mit etwas rascheln, bevor er es wieder hochnahm. Er konnte sich nicht erinnern, seinen jüngeren Kollegen jemals außer Fassung erlebt zu haben, doch als Berg zu lesen begann, klang er erschüttert.

Es war exakt derselbe Text, bloß der Name war ausgetauscht.

»*Und du wirst sterben, Rasmus Berg.*« Berg hielt einen Moment inne, ehe er fortfuhr: »Henning Dyhr hat vor einer Stunde angerufen. Er hat die Drohung auch erhalten. Seine war ausgedruckt und nach Christiansborg geschickt worden. Seine Sekretärin hat es für einen Scherz gehalten, aber Mejding hat auch eine Mail bekommen. Und wenn selbst der Ministerpräsident betroffen ist … dann ist es echt eine verdammt ernste Angelegenheit.«

Villy versuchte, die Informationen zu verdauen. In gewisser Weise tröstete es ihn, dass nicht nur er diese Drohung erhalten hatte. Auf der anderen Seite klang das Ganze umfassender – und damit professioneller – als zunächst angenommen.

»Der Brief lag heute Morgen in meinem Briefkasten. Ist das derselbe Text, den du bekommen hast?«, fragte Berg.

»Ja, wortwörtlich derselbe Text. Abgesehen vom Namen«, antwortete Villy mit selbst ihm peinlicher, weinerlicher Stimme und räusperte sich. »Du hast ihn ganz altmodisch in Briefform erhalten?«, fragte er.

Rasmus Berg lebte in einem Haus am Rand des Hareskoven, eines Waldgebiets nördlich von Kopenhagen. Ganz allein, obwohl er sich vor Frauen vermutlich kaum retten konnte.

»Ganz altmodisch in Briefform, genau. Ich habe keine Ahnung, wann er gekommen ist, weil ich zu Besuch bei meinem Vater war. Er ist krank, wie du ja vielleicht noch weißt. Als ich heute Morgen nach dem Joggen die Zeitung mit reinnehmen wollte, lag er im Briefkasten. Warte kurz, ich hol den Umschlag.«

Villy hörte Bergs hallende Schritte, als ginge er durch einen beschissenen Saal in einem ebenso beschissenen Schloss.

»Laut Poststempel wurde der Brief vor ein paar Tagen in Slagelse aufgegeben«, sagte Berg, als er zurück war. »Ich habe keinen Schimmer, was das bedeuten soll. ›Wer einem Kind etwas zuleide tut‹ … Ich habe doch keinem Kind etwas zuleide getan. Du, Villy?«

Die Frage überrumpelte Villy, und er suchte nach einer Antwort. Die Formulierung »einem Kind etwas zuleide tun« roch nach Missbrauch. Nach Pädophilie. Was zum Teufel wollte Berg damit andeuten? Gut, zugegeben, Villy hatte mehr als einmal fünfzehn-, sechzehnjährige Gymnasiastinnen mit dem Blick verschlungen und dabei alles andere als väterliche Gedanken im Kopf gehabt. Aber pädophil, scheiße, das war er nun wirklich nicht.

»Nein, um Gottes willen …«, sagte er.

»Villy! Natürlich hast du das nicht! Hör zu, das ist eine Angelegenheit für die Polizei, darin sind Henning und ich uns einig. Ich habe ihm versprochen, dort anzurufen. Hast du schon mit anderen Abgeordneten gesprochen? Könnte ja sein, dass noch mehr Leute so eine Drohung erhalten haben. Wir müssen nach einem Muster schauen, das uns vielleicht verrät, wer dahintersteckt und wie ernst wir die Angelegenheit nehmen müssen.«

Da war er wieder, der dynamische, tatkräftige Berg. Widerstrebend musste Villy zugeben, dass Berg der Rechtschaffenste unter ihnen war. Er glaubte noch immer voller Idealismus an das Gute. Im Gegensatz zu Villy war Berg nicht korrumpiert von jahrelangen Machtkämpfen in Christiansborg. Rasmus Berg stand jeden Morgen mit dem Wunsch auf, die Welt zu einem besseren, reineren und gerechteren Ort zu machen. So war es bei den meisten neuen Parlamentsmitgliedern, und so war es auch bei Villy gewesen. Bis ihn die Wirklichkeit eingeholt hatte.

»Nein. Nein … sonst habe ich mit keinem gesprochen. Noch nicht. Ich hatte viel zu tun heute Morgen. War beim Fitnesstraining, deshalb …«

Mitten in der Lüge fiel sein Blick auf sein Konterfei im Badezimmerspiegel, und er verstummte. Er betrachtete seinen aufgedunsenen Körper, gekrönt von dem rotbackigen Gesicht. Alles zusammen zum Bersten gespannt vor Heuchelei. Er starrte seinem Spiegelbild in die Augen, und zum ersten Mal in seinem Leben fand er den Anblick nur schwer zu ertragen.

Ein Gedanke meldete sich. Er hielt das Handy von sich weg, rief erneut das PDF auf und studierte es.

»Ist auf deinem Brief auch so eine Art Symbol oder Logo?«

»Ja«, sagte Berg. Er machte eine kurze Pause. »Hör mal, Villy. Ich weiß, was du denkst. Aber jeder Idiot hat doch gesehen, wie die Polizei das Zeichen im Fernsehen gezeigt hat. Das war ja wohl eine echte Steilvorlage für solchen Blödsinn wie das hier.«

»Aber jetzt mal im Ernst, der Satz von wegen einem Kind etwas zuleide tun. Und das Symbol! Glaubst du, das hat etwas mit unserem Treffen mit Schmidt zu tun? Erst holen sie sich ihn, und jetzt sind wir dran?«

Villy Frandsens Stimme wurde immer dünner.

Die Stille am anderen Ende der Leitung ließ darauf schließen, dass Berg diesen Gedanken bisher noch nicht gehabt hatte. Natürlich nicht. Einige Sekunden verstrichen, bevor Berg antwortete.

»Das kann ich mir wirklich schwer vorstellen. Aber Villy,

wir sollten das nicht am Telefon besprechen. Und denk dran: Das mit den Kindern, das war Schmidts Idee. Schmidts, okay?«

40

Es war eine gute Schwimmstunde gewesen. Auf jeden Fall besser als die letzte. Keine Panik, keine blutige Nase.

Thomas hatte Maria den unbeabsichtigten Uppercut von neulich verziehen, und sie hatte versucht, ihr Gehirn auszuschalten und den Anweisungen des Trainers blind zu folgen. 2020 *musste* das Jahr werden, in dem sie schwimmen lernte. Weil sie fest davon überzeugt war, dass ihre hartnäckigen Albträume, in denen sie das Gesicht ihres Vaters aufgedunsen und kreideweiß im dunklen Meerwasser treiben sah, erst an dem Tag aufhören würden, an dem sie in der Lage war, allein zurechtzukommen.

Wenn sie das Wasser beherrschte, könnte sie auch ihre Trauer beherrschen. So weit zumindest ihre Theorie, und heute war sie mit einer neuen Strategie, wie sie die Angst in Schach halten konnte, zum Schwimmtraining gekommen: Sie versuchte ganz einfach, an etwas anderes zu denken.

Und es gab mehr als genug, worüber sie nachgrübeln konnte. Der Doppelmord im Callisensvej, der Besuch bei Ostenfeldt, die fehlenden Antworten im Landesarchiv und nicht zuletzt das Treffen mit den Ermittlern sowie natürlich ihre Ausstellung.

Die Frage, die Mogens Ostenfeldt kurz vor ihrem Gehen

gestellt hatte, kreiste unablässig in ihrem Kopf: Woher kommt das Böse?

Das war im Grunde genommen die zentrale Frage ihrer Ausstellung, ja des ganzen Museums. Dessen eigentliche Existenzberechtigung. Wenn sie im Keller zwischen braunen Pappkartons und Asservatenbeuteln mit abgeschnittenen Haarsträhnen, Mordwaffen, den zerschnittenen Kleidungsstücken der Opfer und Pappkärtchen mit den Fingerabdrücken einstiger Mörder umherging, fiel es ihr schwer, die Sammlung als etwas anderes zu betrachten denn als einen Ausdruck der verdorbensten Seite der Menschheit.

Wenn ihr Job einen Sinn ergeben sollte, musste sie sich genau die Frage stellen, die Ostenfeldt auf den Punkt gebracht hatte: Woher *kommt* das Böse? Wie werden aus Familienvätern, Wissenschaftlern, alten Jungfern oder Gymnasiasten Mörder und Mörderinnen?

Philosophen, Theologen und Historiker versuchten seit Tausenden von Jahren, diese Frage zu beantworten. Wenn Gott per definitionem gut ist, wieso lässt er dann das Böse zu? Früher lautete die Antwort, das Böse sei das Werk des Teufels. Heute waren sich die meisten Polizisten, Sozialarbeiter, Pfarrer und Psychologen einig, dass die Brutstätte des Bösen der Mensch selbst war. Die Gründe dafür lagen häufig in einer lieblosen und von mangelnder Fürsorge geprägten Kindheit, ideologischer Verblendung oder einfach einem Moment aufflammenden Zorns.

Ein früherer Leiter des ehemaligen Sonderermittlungsteams der Landespolizei war bekannt für den Satz, dass man in Mordfällen eine Bestie jagt, meistens jedoch einen Menschen findet. Einen Menschen, der vielleicht bis unmittelbar vor dem Tatzeitpunkt über einen gewissen Grad an Vernunft und Empathie verfügt hat und dessen Freunde, Familie und Kollegen steif und fest behaupteten, das Böse in keiner Weise kommen gesehen zu haben. Auf einmal war es da: ausgelöst von Gefühlen wie Eifersucht, Rachsucht, Wut, Begierde oder Verzweiflung.

Dieser Punkt war für Maria der interessanteste, weil er darauf hindeutete, dass alle Menschen eine böse Seite haben. Dass das Böse in den meisten schlummert und – unter den entsprechenden Bedingungen oder der entsprechenden Provokation – ohne jede Vorwarnung herausbrechen kann.

Dennoch war Ostenfeldts Frage ein Rätsel, das zu lösen ihr die Voraussetzungen fehlten. Aber sie war sicher, dass der alte Mann ihr etwas damit sagen wollte.

Aber was?

Auf dem Weg aus dem Schwimmbad klingelte ihr Handy. Sie runzelte irritiert die Stirn, schaute auf die Telefonnummer und stutzte. Die Nummer kam ihr irgendwie bekannt vor.

»Maria Just«, sagte sie kurz angebunden. Eigentlich hatte sie sich eine halbe Stunde in Ruhe mit einem Americano und einer Zeitung in Emmerys Bäckerei setzen wollen. Nichts schlauchte sie mehr als das dreißigminütige Bad in Chlorwasser und Angst.

»Maria, hier ist Jakob.«

Seine Stimme traf sie wie ein Rammbock. Es war mehr als zehn Jahre her, seit sie sich von ihm verabschiedet hatte, aber sie würde seine Stimme überall und jederzeit wiedererkennen. Sanft und melodisch, westjütisch, umarmend.

Sie spürte die Wärme von ihrem Herzen hinunter in den Bauch strömen.

Jakob.

Im selben Moment meldete sich das schlechte Gewissen, weil sie sich noch gar nicht bei seiner Mutter gemeldet hatte! Anes Anruf lag vier oder fünf Tage zurück. Nach dem Treffen mit den Ermittlern im Präsidium hatte sie es total verschwitzt. Und jetzt rief Jakob an.

»Jakob? Hi …«

Sie versuchte vergeblich, lässig zu klingen. Als hätten sie erst vor wenigen Tagen miteinander gesprochen und nicht an jenem Tag im August in einem anderen Jahrzehnt, einem vollkommen anderen Leben, als sie ihn zu Hause am Strand geküsst hatte, sich aus seiner Umarmung gelöst, ein letztes Mal seine Hand gedrückt und ihm und den Augen, die nichts verstanden, den Rücken zugekehrt hatte. Sie hatte nicht zurückgeblickt. War über die Dünen durch den Strandhafer gestapft, der ihr in die Füße schnitt, bis sie sicher war, dass er sie nicht mehr sehen konnte.

Für sie beide gab es keine Zukunft.

»Jakob, deine Mutter hat mich angerufen. Ich habe sie noch gar nicht zurückgerufen. Das tut mir wirklich l …«

»Maria, ich habe sie gestern gefunden«, unterbrach er sie. »Sie ist tot. Meine Mutter ist tot.«

41

Zwischen den Büscheln aus Strandhafer schlängelte sich ein Trampelpfad durch die Dünen. *Ihr* Pfad, den sie nach über zehn Jahren in Kopenhagen noch immer im Schlaf fand. Der Pfad begann hinter ihrem Gartentor, führte über einen Kiesweg und weiter zwischen den schwarz gestrichenen Trockenschuppen der Räucherei hindurch. Zu dieser Jahreszeit waren sie nicht in Benutzung, und der Wind heulte hohl durch sie hindurch, wenn er übers Land pfiff.

Sie folgte dem Pfad durch die Dünenniederung. Vorbei an dem neuen »fancy« Fischgeschäft, das während der Wintersaison geschlossen hatte, und der frisch gestrichenen Station des Küstenrettungsdienstes, die menschenleer aussah, es jedoch niemals war. Das letzte Stück die Düne hinauf erklomm sie mit schnellen Schritten und nach außen gewendeten Füßen. Dann stand sie hoch oben über der Landschaft, während ihr der kalte, salzige Wind ins Gesicht peitschte.

Zu ihrer Linken, auf dem Sand zwischen den Dünen und den Wellen, die weit auf den flachen Strand rollten, lagen die Kutter. Hebron, Marianne, Kristine, Seeglück und wie sie sonst noch hießen, ruhten wie gestrandete hellblaue Wale im Sand. Auf den Achterdecks schlugen die Flaggen, die zur Markierung der Fanggeräte dienten, im Wind.

Hier, am größten Küstenlandeplatz Nordeuropas, ließ sich inzwischen nicht schlecht von der Fischerei leben. Die Kutter benutzten keine Schleppnetze, sondern eine schonendere Fangmethode mit Garn und Snurrewaden, und so konnten die Fischer auf einmal mit dem großen Trendwort werben: »Nachhaltigkeit«. Zu Marias Erstaunen war in den letzten Jahren ein Reihenhaus nach dem anderen in Thorup Strand in die Höhe gewachsen. Das von Mads war eines davon.

Sie streckte die Arme aus und beugte sich ein Stück vor. Der Wind blies nicht stark genug, um sie zu halten, reichte aber aus, um ihren Kopf vom Kopenhagener Feinstaub und der stickig-trockenen Luft des Autos zu reinigen. Sie war um fünf Uhr morgens losgefahren, um die gut vierhundertfünfzig Kilometer bis Thorup Strand hinter sich zu bringen.

Jakob hatte sie gebeten, zu kommen. Es könne nicht warten, Ane habe etwas für sie hinterlassen. Was das war, wollte er am Telefon nicht sagen. Maria kannte ihn aber gut genug, um den Missklang in seiner normalerweise ruhigen, westjütischen Stimme zu hören. Es waren nicht nur die Trauer und der Schock über den plötzlichen Tod seiner Mutter. Da war noch etwas anderes. Dasselbe, was sie in Anes Stimme auf dem Anrufbeantworter vernommen hatte. Jakob hatte Angst.

Sie hörte langsame Schritte hinter sich, dann legte sich ein Arm um sie.

»Na, siehst du dem Monster in die Augen?«

Maria boxte ihrem großen Bruder in den Bauch. Härter als beabsichtigt.

»Das ist nicht witzig«, fuhr sie ihn an.

Mads wischte das Lächeln weg.

»Nicht das Meer hat ihn umgebracht, Maria, sondern seine eigene Dummheit.«

»Willst du jetzt ernsthaft darüber reden?«

»Manchmal idealisierst du ihn einfach über alle Maßen. Er hatte etliche Fehler. Und an diesem Abend war er ein außerordentlicher Idiot. Besonders dir gegenüber.«

»Und seit wann hast du die Weisheit gepachtet?« Maria hasste es, wenn Mads herablassend über ihren Vater sprach.

»Seit ich selber Kinder habe«, erwiderte er trocken. Er deutete auf seinen SUV auf dem Parkplatz vor dem Hawkiosken. »Wollen wir?«

Jakob wohnte ein Stück von der Küste entfernt, auf halber Strecke zwischen dem Fischerdörfchen Thorup Strand und Vester Torup, auf einem alten Hof.

Maria sah sich sprachlos um, als Mads in Jakobs Auffahrt einbog und den Motor abschaltete.

»Was ist das denn, um Gottes willen?«

Die Auffahrt glich einem Schrottplatz. Überall lagen Haufen mit verbogenen schmiedeeisernen Toren, Traktorfelgen, Maschendraht und verrosteten Abdeckplatten. Dazwischen bizarre Figuren: ein schreiendes Gesicht auf einem Stecken, ein lang gestreckter Frauenkörper mit ungleichen Hängebrüsten, ein Tier mit dem Kopf einer Kuh, dem Körper eines Pferdes und einem Adlerschnabel, ein Baum mit knubbeligen Ästen, die in Dutzenden kleinen Händen endeten, und ein zweiköpfiger Hahn, der schizophren in zwei Richtungen krähte.

Der Schrott stand wirr durcheinander ans Wohnhaus und eine alte Garage gelehnt, deren Dach schon vor langer Zeit aufgegeben hatte. Der Giebel wölbte sich so bedrohlich nach unten, dass die Garage Marias Einschätzung nach höchstens einen kräftigen Regenschauer vom totalen Einsturz entfernt war.

»Wart's ab«, sagte Mads mit einem Schmunzeln und stieg aus dem Auto.

Sie klopften, Jakob öffnete, und Maria wurde zwölf oder fünfzehn Jahre in der Zeit zurückgewirbelt.

Vor ihr stand eine ältere Ausgabe von Jakob. Derselbe Mann – und doch nicht. Seine Gesichtszüge waren markanter geworden, die Haut für Januar auffallend sonnengebräunt. Vielleicht war er einfach wettergegerbt wie schon als surfender Teenager; Wind, Sonne und Salzwasser hatten Jahr für Jahr sein Gesicht bearbeitet, in dem mittlerweile ein paar tiefe Falten die mandelförmigen Augen umkränzten. Sein einst kohlrabenschwarzes Haar war an den Schläfen von einzelnen grauen Strähnen durchzogen, und er hatte es etwas länger wachsen lassen.

Wenn sie sich im Laufe der Jahre zwischendurch einmal gestattet hatte, an Jakob zu denken, hatte sie den großen Jungen vor sich gesehen. Den Jakob in den Zwanzigern, den sie damals geküsst hatte. Jetzt stand ein Mann vor ihr, der in vielerlei Hinsicht größer wirkte. Kräftiger, muskulöser, ruhiger, charismatischer. Erwachsen, ganz einfach. Ein erwachsener Mann mit geröteten Augen.

»Du hast dich nicht verändert«, sagte Jakob und legte seine Arme um sie. Er hielt sie lange fest. So lange, dass Maria sich fallen ließ.

»Hier hat sie die letzten Jahre gelebt. Seit mein Vater gestorben ist.«

Jakob hatte gereizt ein rot-weißes Polizeiabsperrband zur Seite geschoben und die Tür aufgeschlossen. Jetzt standen sie in Anes kleiner Wohnung, und zum zweiten Mal an diesem Nachmittag war Maria sprachlos.

Jakobs mit Schrott gefüllte Auffahrt hatte sie an die unzähligen sanierungsbedürftigen Gehöfte erinnert, die man auf dem Weg hierher entlang der Landstraße sah. Der greifbare Beweis für die Landflucht einer ganzen Generation. Jakob war einer der wenigen Rückkehrer. Nach dem Schulabschluss hatte er einen kurzen, erfolglosen Aufenthalt an der Handelshochschule in Aarhus gehabt. Eine Wahl, die rückblickend betrachtet wohl vor allem Søren Bjerres glühender Hoffnung entsprungen war, seinem Sohn Nachtschichten und auslaugende, monotone Fabrikarbeit zu ersparen. Aber Jakob empfand das Studium und die Großstadt als erstickend. Er fühlte sich fremd in dem »Haufen aus Eierköpfen mit zwei linken Daumen«, wie er es nannte. Er vermisste die Nordsee, er vermisste die frische Luft und er vermisste die Arbeit mit den Händen.

Nach sechs Monaten war er zurück in die Heimat nach Vester Torup gezogen, hatte in Thisted eine Ausbildung zum Schmied gemacht und anschließend eine Stelle bei einem Bauunternehmen in Fjerritslev bekommen. Nebenher hatte er begonnen, Figuren anzufertigen. Keinen kleinen Nippes, den man auf die Fensterbank stellte, sondern riesige, halb abstrakte Skulpturen. »Paraphrasen der Wirklichkeit«, wie Jakob sie mit einem nicht sonderlich schmiedefachlichen und nicht sonderlich westjütischen Ausdruck beschrieb.

Bei den Einheimischen hieß er mittlerweile nur noch Eisen-Jakob. Er war kein Robert Jacobsen, aber er war gut genug, damit Betriebe seine Kunstwerke bestellten, um ihren unpersönlichen Kästen aus Glas, Stahl und Beton damit vielleicht ein wenig Leben einzuhauchen.

Mehrere Kommunen in der Gegend hatten auffällige und mehrere Meter hohe Skulpturen für ihre neu angelegten Kreisverkehre in Auftrag gegeben, und erst neulich hatte ein Multimillionär aus Aalborg Jakob gebeten, vier Figuren für seinen Garten anzufertigen. Drei davon hatte er bereits geliefert und aufgestellt. An der letzten arbeitete er noch. Oder besser gesagt: *hatte* er gearbeitet.

Kaum war Maria durch die Tür getreten, musste sie ihren ersten Eindruck von Jakobs Zuhause gründlich revidieren. Das Wohngebäude war vom Boden bis zur Decke geschmackvoll renoviert. Das Badezimmer war mit Metrofliesen gekachelt und mit einem handgeschweißten Handtuchhalter aus recyceltem Messing ausgestattet. Die Küche war aus Räuchereiche getischlert, die Wand zum Wohnzimmer durch Jakobs handgeschmiedete Trennwände aus Eisen und Glas ersetzt worden. Bei den Möbeln handelte es sich um Flohmarktfunde von der Art, die lässig luxuriös aussahen, und die Wände und Fensterrahmen waren mit Gemälden, Kunstdrucken, Webschmuck und Keramik dekoriert, die allesamt von einem Sinn für Ästhetik zeugten, den man nicht durch das Lesen von Wohnmagazinen erlangte.

Jakob hatte sie durch das Haus und zur Hintertür hinausgeführt, von wo man zu der vierzig Meter entfernten alten

Scheune gelangte. Ein Teil des vollständig instandgesetzten Gebäudes diente als Jakobs Werkstatt, den anderen Teil hatte er als ebenso stilvolle Wohnung eingerichtet wie seine eigene, nur mit einem etwas feminineren Touch.

Hier hatte Ane gelebt. Nah bei ihrem Sohn und doch weit genug weg, dass jedem sein Privatleben blieb. Sie hatte ihre eigene Küche, ihr eigenes Bad, ja sogar ihre eigene Zufahrt. Jakob hatte eine neue, breite Auffahrt angelegt, die von der Landstraße abzweigte und über ein Feld zu der alten Scheune führte. Die neue Auffahrt war notwendig gewesen, um Jakobs teilweise tonnenschwere Skulpturen mithilfe eines Krans aus der Werkstatt zu ihrem Bestimmungsort zu transportieren.

Aus dem kleinen Eingangsbereich gelangte man in Anes Schlafzimmer, ein Bad mit Dusche und eine offene Küche, die in ein Wohnzimmer mit Kamin überging, von dem aus man durch eine Sprossenfensterfront in der gesamten Breite des Wohnzimmers die Aussicht über die weiten Felder genießen konnte.

»Kommt mit«, sagte Jakob und führte Maria und Mads mit schweren Schritten durch die Küche zu einer dicken, isolierten Hintertür. Sie kamen durch einen kleinen Zwischenraum, in dem ein Staubsauger und ein Bügelbrett standen, und nachdem Jakob eine weitere Brandschutztür geöffnet hatte, traten sie in seine Werkstatt, in der Schweißgeräte, Masken, Gasflaschen, Feuerlöscher, Chemikalien und Haufen mit Eisen um den Platz kämpften.

An einer Pinnwand hingen ungefähr ein Dutzend handgezeichnete Skizzen, ein Fotokalender und ein Notizbuch an einer Schnur mit der Aufschrift »Inspiration«.

»Sie haben sie hier drinnen gefunden. Unter der Skulptur dort«, sagte Jakob. Er zeigte auf den Boden, wo eine knapp zwei Meter lange Figur mit welligen Formen umgestürzt lag.

Maria schaute ihn verständnislos an.

»Unter der Skulptur?«

»Ja. Unter der dort. Sie heißt *Wasser*. Sie gehört zu einem vierteiligen Werk – *Feuer, Erde, Luft* und *Wasser*. Ich hätte sie dem Kunden nächste Woche liefern sollen«, sagte er und trat wütend gegen die liegende Skulptur. Unter dem verbogenen Eisen der Skulptur lag Sand. »Ich habe keinen Schimmer, was zur Hölle sich hier abgespielt hat.«

Maria hörte den Unterton von Selbstvorwürfen in Jakobs Stimme, den sie schon so oft bei sich selbst wahrgenommen hatte.

»Die Skulptur hat sie unter sich begraben. Sie sagen, dass sie sich wohl dagegengelehnt und sie irgendwie aus dem Gleichgewicht gebracht hat.«

»Und dann ist das Teil auf sie gestürzt?«, fragte Mads ungläubig.

»So lautet die Theorie der Polizei. Und des Notarztes. Und auch des Oberarztes im Krankenhaus, der sie untersucht hat. Es sieht so aus, als ob die Skulptur sie beim Umkippen am Hinterkopf erwischt hat. Und mit ihrem Gewicht von vier-, fünfhundert Kilo hatte sie die Schlagkraft eines Hammers. Stellt euch mal vor, so hat der Arzt es ausgedrückt.« Ein Anflug von Wut glitt über Jakobs trauergezeichnetes Gesicht. »Sie hatte einen offenen Schädelbruch und war sofort tot, haben der Notarzt und der Oberarzt gesagt. Vielleicht wollten sie mich aber auch nur trösten. Ich verstehe das alles nicht. Sie ist niemals in die Werkstatt gegangen, wenn ich nicht zu Hause war. Nicht dass ich wüsste, jedenfalls.«

»Wo warst du?«, fragte Maria.

»In Klitmøller. Am Mittwoch. Ich war bei der Hauptversammlung der Künstlervereinigung. Das ist ein Verein für ausübende Künstler hier in der Umgebung, ein großer Haufen von Professionellen sowie begeisterten Amateuren. Ich bin mit Glas-Gunnar hingefahren«, sagte Jakob.

Als er Marias fragenden Blick sah, schob er für die Städterin eine Erklärung hinterher.

»Glas-Gunnar ist Glasbläser und hat einen kleinen Laden in Klim eröffnet, bei der Ferienanlage. In den letzten Jahren ist eine Menge Leute hierher nach ›Cold Hawaii‹ gezogen, um der Hektik und dem Karrierehype in Kopenhagen zu entfliehen.«

Maria glaubte, eine versteckte Kritik an ihr aus seinen Worten herauszuhören. Ein Wiederaufgreifen ihrer alten, unüberwindbaren Meinungsverschiedenheiten: Wo gibt es das gute Leben? Was *ist* ein gutes Leben?

»Die Hauptversammlung artet jedes Mal in eine Trinkorgie aus, sodass ich spät nach Hause gekommen bin. Gunnar hat mich gegen Viertel nach zwei abgesetzt, und ich bin direkt ins Bett. Erst am nächsten Vormittag kam ich hier raus, und da…« Jakob wies mit einer verzweifelten Geste auf den Boden. Seine Stimme brach, und er rieb sich fest mit beiden Händen durchs Gesicht und anschließend durch die Haare. »Da lag sie hier.«

Eine Träne lief den Nasenflügel entlang, er wischte sie hastig weg, und Maria verspürte den starken Drang, ihn in den Arm zu nehmen. Wäre Mads nicht da gewesen, hätte sie es wohl getan. Stattdessen legte Mads Jakob eine tröstende Hand auf die Schulter.

Jakob schniefte.

»Ich bin es tausendmal im Kopf durchgegangen. Stand die Skulptur instabil? War der Boden uneben? Warum habe ich sie nicht mit einem zusätzlichen Gurt an der Decke befestigt? Es ist eine der größten und schmalsten Figuren, mit denen ich bisher gearbeitet habe.« Er schüttelte den Kopf und versuchte, sich zu sammeln. »Aber wie ich mir dir Situation auch ausmale: Es ergibt einfach keinen Sinn. Ich wiege einhundertzwei Kilo, und an einem guten Tag könnte ich sie unter Einsatz aller Kräfte vielleicht – *vielleicht!* – zum Umstürzen bringen. Ane hat siebenundfünfzig, achtundfünfzig Kilo gewogen. Ich kann mir beim besten Willen nicht vorstellen, wie eine dreiundsiebzigjährige, zierliche Frau das Ding von der Stelle bewegen sollte.«

Maria betrachtete Jakob und die Skulptur vor ihnen aufmerksam. Sie dachte an Anes Stimme, als sie am Montag angerufen hatte, und zögerte, bevor sie die nächste Frage stellte.

»Was willst du damit sagen, Jakob? Glaubst du, Anes Tod war womöglich gar kein Unfall?«

»Ich weiß es nicht! Die Polizei untersucht ihn als ›verdächtigen Todesfall‹, wie sie es nennen. Sonderlich eilig scheinen sie es aber nicht zu haben. Und vielleicht wollen sie am Ende *mich* dafür belangen! Wegen fahrlässiger Tötung oder wie auch immer das heißt. Vielleicht habe ich sie ja tatsächlich umgebracht, weil ich zu unachtsam war.«

»Jakob! Das hat niemand behauptet!«, unterbrach Mads ihn.

»Aber die Alternative ist doch noch viel irrwitziger. Ich meine, wer sollte denn meine Mutter umbringen? Meine Mutter?! Sie hat nie auch nur einer Fliege etwas zuleide getan.«

»Könnte es ein Einbruch gewesen sein?«, fragte Mads.

»Davon geht die Polizei nicht aus. Es gibt keinerlei Anzeichen, dass jemand sich gewaltsam Zutritt verschafft hat, und soweit ich sehen kann, fehlt auch nichts. Sie hatte einen nagelneuen Laptop. Und viertausendfünfhundert Kronen in ihrem Portemonnaie. Am Wochenende wollte sie zum Ausverkauf nach Aalborg und einen neuen Sessel kaufen. Nichts davon wurde angerührt.«

Sie schwiegen einige Sekunden, dann räusperte sich Maria.

»Warum hat sie mich angerufen, Jakob? Warum mich?«

Jakob drehte sich so plötzlich zu ihr um, dass Maria fürchtete, ihn mit der Frage verletzt zu haben. Vielleicht empfand er es als kränkend, dass seine Mutter sich kurz vor ihrem Tod an Maria gewandt hatte – und nicht an ihn.

»Anscheinend gab es Dinge, von denen sie mir nichts sagen wollte. Ich habe etwas mit deinem Namen darauf gefunden, Maria.«

42

Erst als sie wieder in Anes Wohnung kamen, nahm sie die diskreten, aber untrüglichen Zeichen wahr, dass hier eine Frau gestorben war, nicht ahnend, dass der Tod vor ihrer Tür lauerte.

Eine Tasse mit einem eingetrockneten Teebeutel im Spülbecken, ein achtlos über die Stange der Duschkabine gehängtes Handtuch. Die Decke auf Anes Bett war ordentlich zusammengefaltet, das Bett aber noch nicht gemacht. Und die Lammfellhausschuhe standen noch dort, wo sie sie ausgezogen hatte.

Maria ging achtsam durch das kleine Wohnzimmer. An manchen Stellen erkannte sie Gegenstände aus Ane und Sørens Heim in Vester Torup. Ein Lexikon, eine bemalte Vase, das kleine Bild eines Kutters. Die Schiffsuhr aus Messing, die Søren mit nach Hause gebracht und die Ane verabscheut hatte.

Das einzig Ungewöhnliche, das Marias Blick einfing, war

die Zeitung *Ekstra Bladet*, die aufgeschlagen auf dem kleinen Tisch in der Küche lag. Ane las eigentlich keine Boulevardblätter, und die Zeitung war auch nicht vom Tag ihres Todes. Sie trug das Datum vom 18. Januar – ein paar Tage vor Anes Anruf bei Maria.

Die Artikel auf der aufgeschlagenen Doppelseite handelten allesamt von der Schändung der Leiche des Rotkreuzchefs. Maria musste den Text oder die sensationsgeilen Überschriften gar nicht lesen, das überbelichtete Foto des Dezernatsleiters, der die makabre Nahaufnahme von Schmidts Bauch hochhielt, reichte vollkommen aus. Unten am Rand war ein Foto von Schmidt auf einer seiner Dienstreisen. Er saß im Schneidersitz auf einem persischen Teppich, trug eine indigoblaue Weste über einem Baumwollhemd und schwitzte. Kein gerade schmeichelhaftes Bild, dachte Maria.

Warum hatte Ane eine fünf Tage alte Zeitung gelesen?

Jakob unterbrach ihre Gedanken. Er hatte etwas aus Anes Schlafzimmer geholt und hielt es ihr hin. Es war ein liniertes, kleines Spiralbuch.

Maria sah ihn fragend an.

»Ich weiß nicht, ob dir das etwas sagt. Aber wir kennen keine andere Maria. Und da sie dich ein paar Tage vorher angerufen hat, gehe ich davon aus, dass das hier für dich ist.«

Mads sah perplex von Jakob zu Maria. Aus irgendeinem Grund wünschte Maria sich, Mads würde jetzt gehen. Sie hatte ihn gebeten mitzukommen, um das peinliche Wiedersehen mit Jakob aufzulockern. Aber mit einem Mal wurde die ganze Situation ziemlich intim, wie ein zutiefst persönliches Anliegen zwischen Jakob und Maria. Seine Mutter hatte *ihr* etwas hinterlassen. Etwas, das speziell für sie war? Aber warum ihr?

Sie dachte an Anes Wortwahl am Telefon. Seit Jakobs Anruf hatte sie sich die Nachricht sicher sieben- oder achtmal angehört.

»*Zum Glück habe ich immer erfahren, wie es dir geht. Wie ich gehört habe, bist du jetzt bei der Polizei*«, hatte Ane ihr aufs Band gesprochen.

Wie ich gehört habe, bist du jetzt bei der Polizei. Wenn Ane aus irgendeinem Grund in Schwierigkeiten geraten oder im Besitz von etwas war, das die Polizei sich ansehen sollte, warum hatte sie dann nicht einfach den Notruf der Polizei gewählt?

Maria öffnete den Block und starrte auf das Papier. Oben auf der ersten Seite stand »FÜR MARIA«. In Blockbuchstaben und doppelt unterstrichen. Dann folgten zwei Zeilen:

IJ, 22041977
DISKO

Sie starrte auf die Zahlen und Buchstaben, als könne sie ihnen so irgendeinen Sinn entlocken. Sie hätte Jakob so gern eine Antwort gegeben, aber die beiden Zeilen sagten ihr nichts.

Wohl aber das Gekrakel, das Ane darunter gezeichnet hatte. Es zeigte immer wieder dasselbe Symbol. Als hätte sie versucht, einen Buchstaben oder eine Hieroglyphe zu perfektionieren.

Alle Symbole bestanden aus vier Linien. Wie ein Zylinderhut. Ein Axtkopf an einem Stiel. Oder das blutige, hastig in die Haut des sterbenden Generalsekretärs geritzte Muster.

43

Kalter Wind schlug Mikael ins Gesicht, als er aus dem Auto stieg. Es war Samstag, trotzdem hatte Carlsen alle zu einer außerordentlichen Sitzung in sein Büro bestellt und bereits angedeutet, dass es mindestens drei Stunden dauern könne.

Mikael stöhnte innerlich. Er brauchte eine Pause, musste seinen Kopf ausruhen und Energie tanken. Am liebsten wäre er ins Fitnessstudio gefahren und hätte anschließend mit ein paar der Kumpels, die er viel zu selten sah, ein Bier getrunken. Außerdem hatte er seinem Jugendfreund Lars versprochen, ihm morgen beim Bau eines Schuppens zu helfen. Lars' Frau wollte als Dank ein Curry machen, und in der Regel war es bei ihnen und den Kindern immer sehr nett. Wie in einer richtigen Familie. Jetzt wusste er weder, ob er das eine noch das andere schaffen würde.

Mikael zog seine Chipkarte durch das Lesegerät, und das Gittertor am Parkplatz auf Teglholmen öffnete sich. Kurz darauf hallten seine Schritte über den menschenleeren Hof.

Aus Carlsens Büro waren bereits Stimmen zu hören, als Mikael durch die Tür des Dezernats trat. Es war 12.58 Uhr.

Außer Carlsen waren Frederik, der Polizeischüler und zwei ältere Ermittler gekommen. Sie nahmen an dem ovalen Tisch Platz, und um Punkt 13.00 Uhr ergriff Carlsen das Wort.

»Es tut mir leid, dass ich Ihnen zum wiederholten Mal den Samstag vermassele, aber es ist etwas Schwerwiegendes passiert. Der Ministerpräsident sowie siebenundzwanzig Abgeordnete haben im Laufe des gestrigen Tages Morddrohungen erhalten. Der PET nimmt die Drohungen sehr ernst.«

Carlsen warf einen Blick auf seine Unterlagen.

»Lassen Sie mich vorausschicken, dass es sich um einen etwas … na ja, ungewöhnlichen Text handelt«, sagte er und trug eine Art Gedicht vor. »Der Wortlaut der Briefe ist identisch, von den Namen und der finalen Morddrohung abgesehen, die jeweils an den Empfänger angepasst sind. Die Absenderin der Briefe nennt sich Pippi Langstrumpf. Warum, wissen wir noch nicht. Einige Briefe sind per E-Mail gekommen, andere als gewöhnliche Briefe, ein Teil lag im Postfach der Politiker in Christiansborg. Der unmittelbare Zusammenhang zwischen den Betroffenen scheint zu sein, dass sie alle – abgesehen vom Ministerpräsidenten – zum Integrationsausschuss gehören. Das müssen wir natürlich genauer unter die Lupe nehmen«, sagte Carlsen und teilte eine Fotokopie des Textes an alle im Raum aus.

»Hat das etwas mit Georg Schmidt zu tun, weil Sie uns gerufen haben? Wir haben mit der Ermittlung ja eigentlich schon genug um die Ohren«, wandte Frederik ein.

»Der PET und ich gehen davon aus, dass die Drohungen mit dem Mord in Verbindung stehen könnten. Sehen Sie sich das Symbol an.«

Unten auf der Kopie, die Carlsen in die Höhe hielt, war das Symbol zu erkennen, das auf der Leiche des Generalsekretärs gefunden worden war.

»Es kann sich natürlich um einen Trittbrettfahrer handeln, aber auch Schmidt hatte Morddrohungen bekommen. Die niemand ernst genommen hat. Frederik hat verschiedene Versionen davon in Schmidts Mailbox gefunden. Inzwischen sind zahlreiche Politiker davon betroffen, und es kann nicht ausgeschlossen werden, dass da draußen wirklich ein Wahnsinniger sitzt, der bereit ist, seine Ankündigung in die Tat umzusetzen.«

Die Anwesenden sahen sich an. Die Ermittlungen im Schmidt-Fall traten auf der Stelle, und die neuerlichen Drohungen konnten theoretisch ein Zeichen für eine größere Konspiration sein, eine reelle Terrorgefahr. Andererseits hatten sie es aber vielleicht auch mit einer psychisch instabilen Person zu tun, die das Symbol im Fernsehen gesehen hatte und jetzt den krankhaften Versuch unternahm, Aufmerksamkeit zu bekommen. Der Wortlaut der Morddrohungen klang jedenfalls wie das Ergebnis einer Beschäftigungstherapiestunde in der Psychiatrie.

»Da hat bestimmt irgendein Blödmann das Symbol aufgegriffen, das du vor zwei Tagen publik gemacht hast«, sagte Mikael und sah Carlsen an.

Carlsen richtete sich auf.

»Dirk, darüber haben wir doch schon ausführlich gesprochen …«

»Ja, aber … siehst du das denn nicht? Überall tauchen Leute auf, die das Symbol in den unterschiedlichsten Zusammenhängen nutzen. Wir können unmöglich jedem Fall nachgehen.«

Mikael spürte eine etwas selbstgerechte Wut in sich aufsteigen, die Pulsader an der rechten Schläfe pochte. Es ging ums Prinzip. Das hier war genau das Szenario, vor dem er gewarnt hatte, und Carlsen sollte zugeben, dass Mikael recht gehabt und er einen Fehler gemacht hatte.

Mikael erwartete kein Schulterklopfen im Beisein der anderen. Aber von allen im Dezernat kannte Carlsen ihn am besten und verstand ihn. Oder … auf jeden Fall wusste er besser als jeder andere, dass Mikael keinen Grund hatte, nach Hause zu gehen. Dass er Karin und Hector verloren hatte.

Den Grund kannte Carlsen nicht, aber er wusste, dass Mikaels Leben einzig und allein darin bestand, ein guter Polizist und ein verdammt fähiger Mordermittler zu sein. Und dass er hin und wieder eine Bestätigung brauchte. Sonst wäre sein Leben ja … vollkommen leer.

Frederik meldete sich zu Wort.

»Kann schon sein, Mikael. Andererseits könnte es sich aber auch um eine politisch motivierte Person handeln, die tatsächlich vorhat, noch einmal zuzuschlagen. Ich meine, das mit der ›Nation‹ und den ›Kindern, denen etwas zuleide getan‹ wurde klingt schon ein bisschen nach politischem Extremismus. Ich finde, wir sollten das ernst nehmen.«

Carlsen sah ihn beinahe erleichtert an, während Mikael seinem Kollegen einen verärgerten Blick zuwarf. War er etwa der Typ, der seinem Chef nach dem Mund redete? Auf Kosten anderer?

Carlsen sah Mikael jetzt etwas freundlicher an.

»Wir müssen das ernst nehmen, Mikael. Solltest du schließlich doch recht haben, darfst du gern über mich lachen. Wie ihr wisst, hatte ich unmittelbar nach dem Fund von Schmidts Leiche eine Besprechung mit dem PET, in der ich darüber informiert wurde, dass Schmidt seit Jahren Drohungen erhielt. Telefonisch und per Post. Er hat selbst nie viel darauf gegeben, aber das sollten wir jetzt tun. Wir dürfen nicht riskieren, dass irgendwo eine weitere gekreuzigte Leiche auftaucht.«

Mikael fühlte sich missverstanden. Er stimmte seinem Chef voll und ganz zu, dass sie die Angelegenheit ernst nehmen mussten, ihn störte nur die verfluchte Offenheit gegenüber der Presse. Wäre das Symbol nicht veröffentlicht worden, hätten sie jetzt viel größere Klarheit über die Ernsthaftigkeit dieser Drohungen.

»Wie können wir sicherstellen, dass der oder die Menschen, die hinter diesen Drohungen stehen, sie nicht in die Tat umsetzen? Bei den Adressaten handelt sich allem Anschein nach um Politiker, die über das ganze Land verteilt wohnen«, fragte Frederik.

»Der PET arbeitet an einer Einschätzung des Bedrohungspotenzials für jeden Einzelnen, daraus soll dann abgeleitet werden, ob jemand konkret geschützt werden muss. Unsere Aufgabe ist es, die Verantwortlichen zu finden, der PET kümmert sich um die Sicherheit. Ich habe mit der Landespolizei vereinbart, dass wir die Leitung der Ermittlung übernehmen. Auch in den Fällen, in denen die Politiker in anderen Teilen des Landes wohnen«, sagte Carlsen.

Mikael hatte die aktuelle Ausgabe des *Ekstra Bladet* mit in den Sitzungsraum genommen. Eine große Reportage der Beerdigung von Georg Schmidt am Tag zuvor füllte drei Seiten. Die Titelseite lockte mit der Überschrift: »Witwe in tiefer Trauer; ›Lebe wohl mein Geliebter!‹« Darunter prangte das Bild einer ganz in Schwarz gekleideten Suzanne Schmidt, die Hand in Hand mit ihrer Tochter die Synagoge verließ. Beide Frauen trugen einen kleinen Hut mit schwarzem Schleier.

»Waren die bedrohten Politiker bei der gestrigen Trauerfeier?«, fragte er und sah zu Carlsen.

»Ja, der Ministerpräsident hat alle um ihre Anwesenheit gebeten, das Sicherheitsniveau war deshalb sehr hoch. Der PET hat jede Person fotografiert, die sich in der Nähe der Synagoge in der Krystalgade aufgehalten hat. Die Bilder schauen wir gemeinsam mit dem PET durch. Vielleicht ist der Absender ja dabei. Manchmal geilen sich die Leute, die solche Drohungen von sich geben, ja an den Reaktionen ihrer Opfer auf. Mit etwas Glück haben wir es mit einem alten Bekannten zu tun.«

Diese Aufgabe wurde zwei älteren Ermittlern zugeteilt, die ihre Pappenheimer kannten.

»Frederik, das NC3 analysiert die Drohungen, die per Mail an die Ausschussmitglieder geschickt wurden. Begleitest du das? Dann kann Mikael sich die Drohungen anschauen, die per Brief gekommen sind. Die Schreiben sind jetzt in der Kriminaltechnik, Munch und seine Leute untersuchen sie bereits auf Fingerabdrücke und eventuelle biologische Spuren.« Carlsen wartete die Antwort nicht ab. »Es ist wichtig, dass wir in diesem Fall Gas geben. Vielleicht schaffen wir so den Durchbruch, den wir so dringend brauchen.«

»Hoffentlich«, sagte Frederik.

»Da ihr schon mal da seid«, fuhr Carlsen fort. »Lasst uns noch mal kurz durchgehen, wo wir im Schmidt-Fall stehen. Welche Spuren sind kalt, welchen müssen wir weiter folgen? Mikael?«

»Okay. Zuerst wäre da die Witwe. Suzanne Schmidt ist mittlerweile schon ein paarmal verhört worden. Sie schmückt ihr Familienglück in der Villa in Klampenborg vermutlich ziemlich aus, aber eine Mörderin ist sie nicht«, sagte Mikael und sah sich um. Die anderen nickten.

»Wir haben auch Georg Schmidts Finanzengpässe nach seinen häufigen Besuchen im Casino Copenhagen unter die Lupe genommen. Die Spuren sind im Sand verlaufen. Er hat ohne Zweifel gespielt, es deutet aber nichts darauf hin, dass er wegen irgendwelcher Spielschulden verfolgt wurde. Auf seinem privaten Konto stand die ganze Zeit über eine beruhigende Summe. Aktuell reden wir von hundertfünfzigtausend Kronen. Wäre er in Geldnot gewesen, hätte er also sicher erst einmal auf dieses Geld zurückgegriffen«, sagte Mikael.

»Gut, dann konzentrieren wir uns jetzt erst einmal auf folgende Spuren«, sagte Carlsen und notierte am Whiteboard:

Drohungen – Briefe und E-Mails
Neonazis / Rechtsextreme
Symbol

Mikael schrieb mit. Er wusste aus früheren Fällen, dass politisch motivierte Gewalt oft brutal und gnadenlos war und die Täter häufig zu allem bereit waren. Das Problem war nur, dass sie keine Ahnung hatten, was das wahre Motiv ihres Täters war.

Was hatten Georg Schmidt, Ministerpräsident Mejding und der gesamte Integrationsausschuss gemeinsam, dass sie dafür den Tod »verdienten«?

VIERTE WOCHE

27. Januar bis 2. Februar 2020

44

Rasmus Berg betrachtete Villy Frandsen, der zitternd und blass vor ihm saß. Er hatte beinahe Mitleid mit dem Mann. Normalerweise war Villy so von sich selbst eingenommen, dass er sich bei ihrer ersten Begegnung gar als »Villy, Muschimagnet Frandsen« vorgestellt hatte.

Jetzt saß der bekennende Verführer des Parlaments zusammengesunken und verschwitzt auf Rasmus' Sofa. Er roch nach Schnaps und war unrasiert. Die weißen Bartstoppeln ließen sein Doppelkinn noch mächtiger und die Augen noch geröteter wirken, als sie es waren.

»Ich denke, du solltest dich für ein paar Tage krankmelden, das haben einige der anderen auch gemacht. Fahr zu deiner Familie, mach Spaziergänge und lass einfach ein bisschen Gras über die Sache wachsen«, sagte Rasmus nach einer Weile, in der nur Villys zitternder Atem zu hören war.

Nach Villys Anruf über die Pippi-Langstrumpf-Briefe am Freitagmorgen hatte Rasmus versprochen, die Polizei zu informieren. Aber die Verwaltung des Parlaments war schneller gewesen. Wie sich zeigte, hatten nämlich nicht nur Villy, Henning Dyhr und Rasmus solche Drohbriefe erhalten, sondern insgesamt siebenundzwanzig Parlamentsmitglieder sowie auch der Ministerpräsident Troels Mejding. Die einleuchtende, bis jetzt aber einzige Gemeinsamkeit der siebenundzwanzig Parlamentarier war, dass sie alle dem Integrationsausschuss angehörten.

Die Presse besprach das geheimnisvolle Symbol beinahe täglich, seit der Chef des Morddezernats die Bevölkerung eine Woche zuvor um Hilfe gebeten hatte. In Christiansborg war die vorherzusehende Panik ausgebrochen. Die Betroffenen hatten nervöse Telefonate geführt, und nur wenige hatten Lust verspürt, an der am selben Tag angesetzten Gedenkfeier für den Generalsekretär teilzunehmen.

Troels Mejding hatte dann aber ein Machtwort gesprochen und persönlich alle Parteivorsitzenden angerufen, damit diese sicherstellten, dass wirklich jeder wie geplant in der Synagoge erschien.

»Wir lassen uns weder von Terroristen noch von irgendwelchen Drohungen in die Knie zwingen«, hatte die Botschaft des Ministerpräsidenten gelautet. Offiziell. In den Gesprächen mit den Parteivorsitzenden war das nicht ganz so sauber rübergekommen. In der Synagoge hatte der Vorsitzende der extremen Linken neben Rasmus gesessen, der ihm zuflüsterte, Mejding habe ihn angerufen und gesagt, er solle verdammt noch mal dafür sorgen, dass seine beiden heulenden Jammerlappen von Parteikollegen jetzt mal die Arschbacken zusammenkniffen und in fünfundvierzig Minuten in der Synagoge erschienen.

»Man findet im ganzen Land keinen kaltblütigeren Kerl als ihn. Es würde mich nicht wundern, wenn er selbst Schmidt ins Jenseits befördert hätte, um ja in gutem Licht dazustehen«, hatte der Parteivorsitzende gesagt und in Richtung Mejding genickt, der tatsächlich gemeinsam mit der Königin, dem Justizminister Jørgen Andersen und Georg Schmidts Familie tadellos gekleidet in der ersten Reihe saß. Die ernste Miene schien er mit Puder sogar noch akzentuiert zu haben.

»Aber er hat doch recht. Diese Briefe kommen zu einem ungünstigen Zeitpunkt, da ist das Signal, das wir an die Bevölkerung aussenden, extra wichtig. Außerdem gibt es heute keinen sichereren Ort als diesen hier«, hatte Rasmus flüsternd erwidert.

Nicht weil er das Bedürfnis hatte, Mejding zu verteidigen, sondern weil es der Wahrheit entsprach. Neben der Sicherheitsschleuse am Eingang der Synagoge, die die jüdische Gemeinde schon zuvor installiert hatte, war die gesamte Krystalgade von schwer bewaffneten Polizisten abgesperrt worden, die jeden Unbefugten fernhielten.

Villy Frandsen stöhnte.

»Ja ... äh. Vielleicht hast du recht. Ich müsste aus dem letzten Jahr ohnehin noch ein paar Urlaubstage haben. Aber verdammt, ich ertrage Lis nicht mehr. Sie ruft pausenlos an und jammert nur rum. Sie hat Angst. Ist hysterisch, wie es nur Frauen sein können.«

»Du bist doch selbst hysterisch«, sagte Rasmus tonlos.

Frandsen schnaufte beleidigt, aber eine Entschuldigung von Rasmus blieb aus. Da schlugen die Jahre im Militär durch. Er hatte keine Geduld und konnte Gejammer auf den Tod nicht ausstehen; seine Devise war, dass die Menschen in persönlichen Krisen die Wahrheit erfahren mussten, wenn sie am Boden waren. Hart und konsequent. Dann kannten sie wenigstens das Problem. Wenn alle Abwehr und alles Verleugnen nichts mehr nutzte, begannen sie zu handeln. Insofern sie unter ihren Fettschichten, ihrer Bequemlichkeit und ihrem Selbstmitleid so etwas wie Rückgrat hatten. Menschen in der Krise vorzugaukeln, dass es »doch nicht so schlimm« sei oder sie »das schon schaffen« würden, kam für ihn einem Betrug gleich. Rasmus zog es vor, Probleme nüchtern zu betrachten, sich der Herausforderung zu stellen, Handlungsmöglichkeiten zu eruieren, Vor- und Nachteile gegeneinander abzuwägen und dann eine Entscheidung zu treffen. Eine Entscheidung, die er anschließend ohne jedes Zweifeln oder Zurückblicken umsetzte.

Dieser Zugang fußte, wie vermutlich alles, was in Rasmus' Persönlichkeit von Bedeutung war, auf den Erfahrungen, die er als Kind gemacht hatte, wenn er mit seinem Vater auf der Jagd gewesen war. Jeder moderne Pädagoge würde vermutlich die Hände über dem Kopf zusammenschlagen, wenn er von den teils mehrtägigen Ausflügen hörte, die Vater und Sohn gemeinsam unternommen hatten, als Rasmus noch ein kleiner Junge war. Auf diesen Jagden hatte sein Vater ihm beigebracht, dass Überleben und Glück einzig und allein von den Entscheidungen abhängen, die man trifft.

In der Natur gibt es keine gottgegebene Gerechtigkeit. Eine falsche Entscheidung kann einen das Leben kosten. Mindestens aber muss man mit hungrigem Magen ins Biwak kriechen. Deswegen weinte man nicht. Man zog seine Lehren daraus. Und wuchs daran.

Rasmus Bergs Handy klingelte auf dem Schreibtisch. Darauf hatte er im Stillen gehofft, seit das zweibeinige Nervenwrack von einem Kollegen zur Tür hereingekommen war.

Er sah auf sein Telefon.

»Mette Larsen, *Morgenavisen*«, stand auf dem Display.

»Rufen Sie um vier an«, antwortete er ihr mit einer SMS.

Was sie wohl wollte? Bislang war es auf wundersame Weise gelungen, die Todesdrohungen gegen den gesamten Integrationsausschuss vor der Presse geheim zu halten, aber es war sicher nur eine Frage der Zeit, bis irgendjemand diese Story brachte.

Christiansborg war löchrig wie ein Sieb.

Er hielt das Handy hoch.

»Villy, ich kriege gleich einen wichtigen Anruf. Können wir später weiterreden?«

Villy Frandsen stemmte sich aus dem Sofa hoch und prustete. Ob vor Anstrengung oder Selbstmitleid war schwer auszumachen.

»Und was ist mit dir? Lässt es dich völlig kalt, dass da irgendein Psychopath herumläuft und uns mit dem Tod droht?«, fragte er. »Immerhin hat der schon den Generalsekretär auf dem Gewissen.«

Er sah zu Rasmus. Als der nicht augenblicklich antwortete, platzte ihm der Kragen.

»Und dieses Experiment lässt dich auch kalt … diese Operation?«, fauchte er, sodass ihm der Speichel über die Lippen spritzte.

Rasmus sah ihn an. Aus seinem Blick sprachen Wut und Überraschung.

»Das macht mich unglücklicher, als du es jemals verstehen wirst.«

45

»Hallo Rasmus, hier ist Mette Larsen von der *Morgenavisen*. Haben Sie ein paar Minuten?«

Die Journalistin rief exakt in dem Moment an, in dem Villy die Tür hinter sich zuzog.

Rasmus hatte als frisch gebackener Parlamentarier seine ganz eigene Rolle in der Beziehung zur Presse finden müssen. Die Zusammenarbeit war viel enger, der Austausch vertraulicher Informationen viel stärker und die Unterstützung umfangreicher, als er es sich vor der Wahl auch nur im Traum vorgestellt hatte.

»Natürlich«, antwortete er.

Mette Larsen war eine der fähigeren Journalistinnen. Sie hockte nicht jeden Tag in Christiansborg, hatte unter den Politikern aber gute Quellen. Die meisten ihrer Kontaktpersonen beschäftigten sich mit ihren Spezialthemen: Kriminalität und Integration. Und sie wussten, dass Mette ihren Teil der Vereinbarung einhielt. Rasmus hatte ihr mehrmals mit Ausschussdokumenten und Informationen geholfen, die der Presse eigentlich nicht zugänglich waren, seiner Meinung nach aber an die Öffentlichkeit gehörten.

Viele seiner Kollegen erachteten die Presse als Gegner. Für Rasmus hatten diese Menschen ganz einfach vergessen, dass auch sie der Öffentlichkeit dienten. In seinen Augen sahen nur solche Politiker die Presse als Feinde, die Angst vor der Wahrheit hatten.

»Ich arbeite an einem Fall, über den ich gern mit Ihnen sprechen würde. Es geht um ein paar Hintergrundinformationen, wenn das okay für Sie ist?«, fragte die Journalistin.

Hintergrundinformationen. *Here we go.*

»Okay, lassen Sie mich hören.«

Es gab noch immer die Möglichkeit, die Notbremse zu ziehen und keinen Kommentar abzugeben.

»Sie sind Mitglied des Integrationsausschusses. Wir haben den Tipp bekommen, dass es im Herbst einen Vorfall mit zwei geflüchteten Kindern gegeben haben soll, die abends von ihrem Aufenthaltsort verschwunden sind und erst am nächsten Morgen gefunden wurden. Bloß mit Schlafanzügen bekleidet. Sie wären fast erfroren. Die Windel des Kleinen war vollkommen durchnässt. Und das bei Temperaturen um den Gefrierpunkt. Stellen sie sich das mal vor, ein kleines Kind mit gefrorener Windel!«

Die Journalistin machte eine Pause, um die Details auf Rasmus wirken zu lassen.

»Die Kinder waren in der Obhut des Roten Kreuzes, sind aus irgendeinem Grund aber von ihren Eltern getrennt worden, obwohl diese sich, unseren Informationen zufolge, ebenfalls in Dänemark befinden, gesund sind und sich nichts zuschulden kommen haben lassen.«

Die Journalistin machte erneut eine Pause. Bei Gesprächen dieser Art folgten beide Seiten stets einer wohlüberlegten Strategie.

»Laut unserer Quelle hatten die Kinder ihren Aufenthaltsort verlassen, um ihre Eltern zu suchen. Und die Eltern haben ihrerseits verzweifelt nach den Kindern gesucht. Das an sich ist ja schon tragisch genug. Ich versuche jetzt aber herauszufinden, was genau da passiert ist. Warum die Familie getrennt wurde.«

Mette Larsen schwieg, und Rasmus spürte den Puls in seinen Schläfen pochen. Er hatte eine Frage nach den Drohbriefen erwartet. Nicht nach dieser Sache, diesem ... Experiment.

Er hätte die Geschichte herzlich gern an die Öffentlichkeit gebracht und Mejding als das dumme Schwein entlarvt, das er war. Doch dafür war die Zeit noch nicht reif. Vorläufig. Das musste ordentlich vorbereitet werden. Im Gegenzug würde die Journalistin dann allerdings die Story ihres Lebens bekommen.

»Ich denke, es muss da irgendeine Anweisung von einem der Ministerien gegeben haben, wenn das Rote Kreuz in der Arbeit mit Geflüchteten plötzlich gegen UN-Konventionen verstößt und Familien trennt«, fuhr die Journalistin fort. »Ich bezweifle im Übrigen, dass eine solche Anweisung rechtens wäre. Wir haben jedenfalls Akteneinsicht beantragt. Laut Aussage des Ministeriums steht in den Akten aber nichts darüber. Das kann nicht stimmen. Auch beim Roten Kreuz kriegen wir keinerlei Informationen. Dort sind sie im Gegenteil erbost darüber, dass wir es überhaupt wagen, ein kritisches Licht auf Georg Schmidts Führung zu werfen ... Können Sie mir dazu etwas sagen?«

Rasmus' zögerndes Schweigen hatte die Journalistin angestachelt.

»Das klingt ziemlich verrückt. Mir ist nichts dergleichen zu Ohren gekommen. Wann soll das passiert sein?«

»Anfang November. Wir glauben, irgendwo in Jütland.«

»Hm, das sagt mir wirklich nichts.«

»Könnten Sie sich ein bisschen umhören? Ich meine, diskret?«, fragte die Journalistin, hörbar enttäuscht über den Verlauf des Gesprächs.

»Alles klar, mache ich, Mette. Sie hören dann von mir. Bald«, sagte er.

Er legte auf, lehnte sich zurück und rieb sich die pochenden Schläfen.

Er wusste genau, wo er weitere Informationen bekommen konnte.

46

»He, was soll das? Sie können da nicht einfach so reinstürmen!«

Rasmus war durchs Sekretariat marschiert und schon fast an der Tür zu Mejdings Büro, als Keller sich auf einmal mit festem Griff um seine Schulter hinter ihm materialisierte.

Er wirbelte herum, und sie standen einander wie zwei Boxer in Anzügen gegenüber. Die Sekretärin schlug sich hinter ihrem Schreibtisch erschrocken die Hand vor den Mund.

»Ich habe gesagt, Sie können da nicht einfach reinstürmen.«

Die Augen des Spindoktors funkelten.

»Und wie wollen Sie mich daran hindern? Wollen Sie mich vielleicht zu Boden ringen?«, forderte Rasmus ihn heraus, als die Tür von innen aufgerissen wurde.

»Was zur Hölle ist hier los?« Troels Mejding sah vom einen zum anderen, doch da schob sich Rasmus bereits an ihm vorbei in das Büro des Ministerpräsidenten. Mejding schloss die Tür mit einem Nicken in Kellers Richtung.

»Berg?«

»Hallo, Troels.«

»Waren wir verabredet?« Der Ministerpräsident sah ihn mit verärgert gerunzelter Stirn an.

»Nein.«

Rasmus ließ einen Moment der Stille verstreichen.

»Georg Schmidts Tod hat mich zum Nachdenken gebracht, Troels. Besonders unser letztes Treffen mit ihm geht mir nach. Ich finde, du geizt ein wenig mit Informationen, was diesen ›Versuch‹ angeht, von dem Georg gesprochen hat«, sagte er und malte Anführungszeichen in die Luft.

»Einen Scheiß tue ich«, erwiderte der Ministerpräsident kalt. »Ihr habt bei dem Treffen schon mehr als genug erfahren. Mehr als geplant, dank Schmidts plötzlichem Anfall von schlechtem Gewissen. Mein Gott, so was Erbärmliches! Und du …! Ich kann ja verstehen, dass Spesen-Villy sich in die Hosen scheißt, aber von dir mit deinem Hintergrund hätte ich ehrlich gesagt ein etwas rationaleres Verhalten erwartet.« Mejding machte eine Pause und deutete auf einen Stuhl. »Setz dich.«

Rasmus blieb stehen.

»Es war also nicht geplant, dass wir bei dem Treffen vom konkreten Inhalt der ›Operation‹ erfahren sollten?«

»Konkret, konkret, scheiße, was heißt das schon ... War geplant, dass die zwei Kinder halbtot auf einem Acker enden? Nein, natürlich nicht. Aber das ändert doch nichts daran, dass der ›Operation‹ die richtigen Absichten zugrunde lagen. Die Kindergruppe hat so gute Resultate gezeigt, dass ich bereits beschlossen habe, den Versuch weiterzuführen und ihn auf eine lange Reihe weiterer Zielgruppen außerhalb des Asylbereichs auszuweiten. Vielleicht in ein paar Monaten, wenn sich die Lage ein wenig entspannt hat.«

»Das meinst du nicht ernst? Die Operation weiterführen? Ausweiten?«

»Ja, zum Beispiel auf Kinder aus sozial schwachen Familien. Gettokinder. Du weißt schon, die Art Eltern, die nicht in der Lage sind, dafür zu sorgen, dass ihre Kinder ordentlich zu essen oder Hilfe bei den Hausaufgaben bekommen und nicht ins Drogenmilieu oder in die Kriminalität abrutschen. Dänische wie ausländische.«

»Kinder gehören zu ihren Eltern!«

»Ja, absolut deiner Meinung. Zunächst einmal schon. Und vor zehn Jahren hätte ich dir sicher recht darin gegeben, dass an diesem Prinzip nicht zu rütteln ist. Aber ich bin klüger geworden.«

»Klüger?«

»Du weißt genauso gut wie ich, dass der Zusammenhalt in Dänemark dieser Tage ernsthaft bedroht ist. ›Dänisch‹ zu sein, ein ›Teil der Gesellschaft‹, ist keine Selbstverständlichkeit mehr. Die Leute haben jetzt Internet und suchen wie verirrt herumtrudelnde Satelliten alle möglichen abstrusen ›Wahrheiten‹. Wenn wir nicht aufpassen, haben wir Bürger bald nichts mehr miteinander gemein«, sagte Mejding. »Terror und der Islamische Staat und solche Dinge sind nicht das alleinige Problem. Es geht viel weiter. Politischer Aufruhr und Spaltung, Globalisierung, die Finanzkrise und zunehmende Ungleichheit, schwindendes Vertrauen zu den Politikern – *you name it.* Das alles trägt dazu bei, uns als Volk und Nation zu spalten. Die Leute wollen nicht länger persönlich Verantwortung übernehmen.« Mejdings nächste Worte klangen für Rasmus wie der Entwurf zu einer Rede. »Du sagst, Kinder gehören zu ihren Eltern. Ich sage: Richtig, aber sie gehören auch zum Staat. Und als Staatsoberhaupt bin ich verpflichtet, das Gemeinwohl, das Wohlbefinden der Gesellschaft und die Zukunft der Nation im Auge zu behalten. Das bedeutet leider, dass Eltern, die unsere dänischen Werte nicht teilen, die ihre kleinen Mädchen in den Niqab zwingen oder nicht in der Lage sind, ihre Kinder zu guten, gesetzestreuen, gebildeten Dänen zu erziehen, die Fürsorge entzogen werden muss.«

»Du willst die Kinder wirklich aus ihren Familien reißen, um – wie nennst du es – den ›Zusammenhalt der Nation‹ zu erhalten? Um den Leuten die Denk- und Lebensweise aufzuzwingen, die *du* für richtig erachtest? Ungeachtet der Tragödie, die Schmidt vor uns eingestanden hat? Hinter dem Rücken des Parlaments?«

Rasmus war sprachlos.

»Ach, Berg. Die USA tun das andauernd. Familien trennen. Die haben längst eingesehen, dass Naivität zum Tod der Nation führt.«

Mejding verschränkte in Kampfpositur die Arme, doch Rasmus ließ sich nicht einschüchtern.

»Weißt du, wer das auch noch getan hat? Kinder von Menschen gestohlen, die aus dem einen oder anderen Grund als ungeeignete Eltern abgestempelt wurden, weil sie linksgerichtet, Prostituierte oder einfach nur arm waren? Francos Regime. Pinochet! Und die Kommunisten! Deutschland lebt immer noch mit der Scham über all die Kinder, die zu DDR-Zeiten zwangsadoptiert wurden. Willst du das wiederholen?«

Mejding schnalzte mit der Zunge.

»Leute wie du, Rasmus Berg, sind privilegienblind. Du kommst hier mit deinem Oberklassenhintergrund anstolziert, aus wohlhabender Familie, als Kind liebender Eltern, mit deiner vorbildhaften Karriere beim Militär, dekoriert mit Medaillen und weiß der Teufel noch was. Du mit deinen korrekten Ansichten und deinem unbestechlichen Idealismus glaubst, du hättest auf alles eine Antwort. Du glaubst, du wärst ach wie gut. Und dann holt dich die Wirklichkeit ein, stimmt's?« Mejdings Stimme triefte vor Verachtung. »Ich habe das schon so oft gesehen. Zuletzt nach der Flüchtlingskrise. Auf einmal sind allen Halal-Hippies die Augen aufgegangen. Auf einmal haben sie erkannt, dass Straffungen und die Verteidigung der eigenen Werte gar nicht so schlecht sind. Und so wird es auch in diesem Fall sein.« Mejding trat ans Fenster und blickte hinaus. Selbstsicher fuhr er fort: »Natürlich holen wir das Parlament mit ins Boot. Die Regierung wird den Vorschlag logischerweise unterstützen, und mehrere der Oppositionsparteien werden sich ebenfalls fügen. Sie haben erkannt, in welche Richtung der Wind in der Bevölkerung weht. Die Leute da draußen stimmen mir zu«, sagte er und nickte hinaus in die Januardämmerung. »Es mag brutal erscheinen, aber ich weiß, dass ich das Richtige für Dänemark tue. Das Gute, Berg! Und die Nachwelt wird mir recht geben.«

»Ich glaube kaum, dass meine Partei bei diesem Irrsinn mitspielt. Damit solltest du nicht rechnen«, erwiderte Berg.

Troels Mejding wandte sich um und sandte ihm ein dämonisches Lächeln.

»Mein Gott, bist du naiv. Natürlich ist deine kleine Partei dabei. Andernfalls sorge ich dafür, dass du und dein lächerlicher kleiner Haufen von Besserwissern auf Jahrzehnte ohne jeglichen Einfluss dasteht. Ihr seid ja jetzt schon bei großen Teilen des linken Flügels unten durch, weil ihr eine Koalition mit *meiner* Regierung gebildet habt. Ha, ihr stinkt schon jetzt nach ›den falschen Ansichten‹«, spie Mejding und malte Gänsefüßchen in die Luft. Dann gefror sein Lächeln, und er sah Rasmus tief in die Augen. »Deine Zeit in Christiansborg wird kurz und schnell wieder vergessen sein. So viel kann ich dir jetzt schon sagen.«

Rasmus traute seinen Ohren nicht.

»Ist das eine Drohung?«

»Das ist ein Versprechen.«

Rasmus wog seine Möglichkeiten ab. Ein Wortgefecht brachte ihm nichts ein. Informationen, Fakten, Gewissheit – dafür war er gekommen.

»Wie hast du Schmidt dazu gebracht, bei der Sache mitzumachen? Sich ein Modell auszudenken, wie man Kinder von Eltern entfernt, die nicht deinen hehren Standards entsprechen? Flüchtlinge in seiner Obhut zu Versuchskaninchen für dein großartiges Gesellschaftsprojekt zu machen? Ich dachte, das Ganze sei ein Versuch des Roten Kreuzes. Aber die Idee kam in Wahrheit von dir, stimmt's?«

Mejding lächelte.

»Schmidt war anfangs auch wenig begeistert, als ich es vorgeschlagen habe. Aber ich brauchte ihn nur daran zu erinnern, dass wir dem Roten Kreuz die Verantwortung für die Asylarbeit im Handumdrehen entziehen können. Hast du gewusst, dass die staatlichen Gelder für die Asylarbeit ein Fünftel der Einkünfte des Roten Kreuzes ausmachen? Dreihundertdreißig Millionen Kronen! Von deinem und meinem Steuergeld«, erklärte der Ministerpräsident und pfiff vielsagend. »Diesen Auftrag zu verlieren, wäre Schmidts beruflicher Zukunft nicht eben zuträglich gewesen. Und wir wissen doch beide, dass Georg, dieser Zocker, privat vor gewissen finanziellen Herausforderungen stand.«

Rasmus spürte, dass ihm jeden Moment der Kragen platzen würde. Er musste hier raus, sonst würde er noch etwas tun, das er später bereute. Dennoch versuchte er es mit einem letzten Gegenargument.

»Die UN-Kinderrechtskonvention verbietet es, Kinder von ihren Eltern zu trennen!«

»Falsch! Die UN-Kinderrechtskonvention spricht vom ›Wohl des Kindes‹. Wir sind verpflichtet, jedem Kind Zugang zu Bildung zu gewähren, seine Identität und seine Freiheit zu achten und für sein Wohlergehen zu sorgen. Das beinhaltet, dass man das Kind manchmal vor seinen eigenen Eltern schützen muss.«

Mejding glich nun einem Wolf, der seine Beute an den äußersten Rand einer Klippe trieb.

»Ja, wenn das Kind vernachlässigt oder misshandelt wird. Aber doch nicht, weil die Eltern deine Werte nicht teilen«, wandte Rasmus ein. »Du zerstörst Familien. Du wirst Kinder zerstören. Und *deren* Kinder.«

Der Ministerpräsident schnaubte.

»Aus deinem Mund klingt es so … *dreckig*, Rasmus. Aber frag dich doch mal selbst: Ist einem jungen Mädchen wirklich am besten gedient, wenn es von ihrem Vater unterdrückt, in ein Umerziehungslager geschickt und gezwungen wird, ein Kopftuch zu tragen? Sieht seine Zukunft nicht rosiger aus, wenn sie in eine dänische Pflegefamilie kommt, die Freiheit und Bildung hochhält?«

»Die Kinder sind dir doch scheißegal. Du denkst nur an dein höheres politisches Ziel. Du benutzt die Kinder als Waffen gegen ihre Eltern«, rief Rasmus, doch Mejding schien gar nicht zuzuhören.

»Wo ist ein Kind besser aufgehoben, bei einer chronisch kranken Mutter, die mit Mühe und Not ein Ei kochen kann, oder in einem Kinderheim mit festen Regeln, gesunden Mahlzeiten und Hausaufgabenhilfe? Was glaubst du, würden Kinder von Drogensüchtigen, Kriminellen, Pädophilen und Alkoholikern wählen, wenn sie ihre Kindheit ändern könnten?«

Rasmus sah den Ministerpräsidenten mit leerem Blick an. Er vermochte nicht länger zu sagen, ob Mejding oder er selbst auf Irrwege geraten war.

»Natürlich tun wir es im Interesse der Kinder. Du siehst es vielleicht noch nicht, aber die zukünftigen Generationen werden es uns danken!«, sagte Mejding und folgte Rasmus mit dem Blick, als dieser sich umdrehte und das Büro verließ.

Ulrik Keller stand mit geballten Fäusten im Vorzimmer. Er hatte das ganze Gespräch belauscht.

Das Letzte, was Rasmus auf dem Weg aus der Staatskanzlei hörte, war Mejding, der ihm hinterherbrüllte: »Wir tun es mit den besten Absichten, Berg! Zum Wohle des Kindes! Verstehst du das? *Zum Wohle des Kindes!*«

47

Maria trieb im Wasser, das sie wie in einer warmen Umarmung sanft hin- und herwiegte. Sie hatte die Augen geschlossen und genoss die Stille. Jemand sprach zu ihr, doch die Stimme drang nicht bis zu ihr unter die Wasseroberfläche. Sie klang, als sei sie in einer Flasche gefangen. Undeutlich, dumpf, belanglos.

Da sah sie ihn, und das Licht und die Wärme verschwanden. Als ob ein Schalter umgelegt worden wäre, verwandelte sich das Meer um sie herum in eine kalte, trübe Suppe. Direkt vor ihr trieb ihr Vater. Nein, er *stand* reglos ihm Wasser. Den linken Fuß in einer algengrünen Ankerkette verfangen, das rechte Bein und die Arme Richtung Wasseroberfläche gestreckt, schwebte der kreideweiße, vom Salzwasser aufgelöste Körper wie ein übergewichtiger Balletttänzer in einer erstarrten Pirouette. Seine glasigen Augen starrten sie mit dem Blick eines toten Fisches an. Sie war sicher, dass er tot war, denn Miesmuscheln waren an seinen Knien und Algen in seinem Nabel festgewachsen, doch sein Mund bewegte sich. Öffnete sich und entließ einen Strom aus Luftbläschen, die an Marias Körper hochperlten. Mit fuchtelnden Armen versuchte sie zu entkommen. Weg, nur weg. Hinauf zur Oberfläche. Doch es war zu spät. Die Bläschen platzten, und während das Salzwasser durch ihren Mund die Kehle hinunter in die Lunge drang, hörte sie ihren Vater rufen.

»Maria … Maria … Maria!«

Sie fuhr im Bett hoch und stieß ihn mit all der Kraft, die sie im Halbschlaf aufbringen konnte, von sich weg.

»Ich ertrinke!«, schrie sie.

Sie schlug die Augen auf und sah Jakob mit erschrockenem Blick am Fußende sitzen.

Er hob abwehrend die Hände.

»Niemand ertrinkt unter meiner Aufsicht, Maria.«

Maria griff sich an den Kopf, unsicher, ob sie vor lauter Verlegenheit weinen oder lachen sollte. Jakob rückte vorsichtig ein Stück näher, sichtlich nervös, womöglich eine weitere Panikattacke auszulösen, doch nah genug, um sie in den Arm zu nehmen und an sich zu drücken.

»Was ist denn passiert?«, fragte er leise, die Nase in ihr zerzaustes Haar gedrückt.

»Du musst mir helfen«, sagte sie.

Sie war am Vorabend unangemeldet zu Besuch gekommen. Auf der Fahrt zu Jakob hatte sie sich ununterbrochen eingeredet, dass sie ausschließlich kam, um über die Notizen zu reden, die Ane ihr hinterlassen hatte. Was zum Teil sogar stimmte.

Sie hatte die halbe Nacht von Samstag auf Sonntag zu Hause in ihrem Jugendzimmer über die Bedeutung von »IJ«, »22041977« sowie »DISKO« nachgegrübelt. Und über den Grund, weshalb Ane diese Zeichen gekritzelt hatte, die an das Symbol aus dem alten Mordfall erinnerten.

Irgendwann zwischen zwei und drei Uhr war Maria aufgestanden und hatte sich drei Gläschen Dillschnaps aus dem Kühlschrank ihrer Mutter genehmigt. Die Flasche stammte vom Weihnachtsessen mit der Familie und hatte erstaunlicherweise noch ungeöffnet im oberen Fach gelegen.

Als Maria da so mitten in der Nacht im Licht des offenen Kühlschranks stand, hatte sie trotz allem einen gewissen Stolz auf ihre Mutter gespürt. Wie lange hatte sie nun schon keinen Alkohol mehr angerührt? Über drei Jahre? Diesmal schien sie es wirklich ernst zu meinen.

Während sich der Schnaps seinen Weg in Marias Magen brannte und ihre Muskeln entspannte, kam sie zu dem Ergebnis, dass Anes kleine Zeichnungen beiläufig entstanden waren und keinerlei Bedeutung hatten. Sicher gab es eine ganz einfache Erklärung: Ane hatte im *Ekstra Bladet* von der grausamen Verstümmelung Georg Schmidts gelesen und dabei geistesabwesend wieder und wieder das Symbol gekritzelt. Maria selbst konnte keinen Spiralblock öffnen, ohne kleine Blütenblätter um die Ringlöcher zu zeichnen. Man musste schon Freudianer auf Speed sein, um darin eine besondere Bedeutung zu sehen.

Zurück in ihrem Bett hatte die betäubende Wirkung des

Schnapses eingesetzt, doch Maria hatte unruhige Träume von Ane gehabt, die eingeklemmt unter der schweren Eisenfigur hilflos und blutend mit einem Schädelbruch in Jakobs Werkstatt lag. Am Morgen war sie zutiefst unglücklich aufgewacht.

Als sie die gerade frisch aufkeimende Beziehung zu Jakob vor zwölf Jahren beendet hatte, war die Verbindung zu Ane und Søren naheliegenderweise ebenfalls abgebrochen. Von Jakob hatte sie hin und wieder Neuigkeiten mitbekommen, wenn der stets loyale Mads seinen guten Freund beiläufig erwähnte. Sie wusste, dass es zwischendurch eine Frau in Jakobs Leben gegeben hatte, doch in den letzten Jahren hatte er allein gewohnt. Was Maria wunderte. Weder Jakobs Aussehen noch seine Persönlichkeit waren damals der Grund für die Trennung gewesen.

Ane war in Grönland geboren, und ihre Gene, kombiniert mit Sørens unverkennbar rotblonder Nordsee-DNA, hatten einen hochgewachsenen schwarzhaarigen Jakob mit blauen Augen hervorgebracht. Sein exotisches Aussehen hob ihn deutlich aus der nordwestjütischen Dorfgemeinschaft hervor, und vor zwölf Jahren hatte Maria bemerkt, wie einige Badegäste – häufig beträchtlich ältere Frauen – dem jungen Keanu-Reeves-*Look-Alike* hungrig hinterhersahen, wenn er in den Sommermonaten als Rettungsschwimmer am Strand arbeitete. Dazu kam, dass er einer der intelligentesten Menschen war, denen Maria je begegnet war. Er besaß eine angeborene Neugier auf Wissen, Menschen und Fähigkeiten, und es war fast schon ungerecht, wie leicht ihm die Dinge zuflogen. Vielleicht fiel es Maria deshalb so schwer zu akzeptieren, dass er an ihrem Geburtsort Wurzeln geschlagen hatte, wo es zugegebenermaßen jede Menge Luft zum Atmen gab, gleichzeitig aber – in Marias Augen – erstickend war. Hier war einfach nichts los. Man kam nicht vom Fleck. Jakob hätte mit einem

Fingerschnipsen all das bekommen können, wovon andere träumten und wofür sie sich ein Leben lang abrackerten.

Doch das, wovon andere träumten, war ihm nicht wichtig. Tatsächlich gab es Mads zufolge wenige Dinge auf der Welt, die Jakob etwas bedeuteten.

Maria war eines davon gewesen.

Falls ihr Auftauchen gestern Abend überraschend für ihn gewesen war, hatte er sich jedenfalls nichts anmerken lassen. Er hatte lediglich die Tür geöffnet und den Blick auf einen mit Papieren übersäten Wohnzimmerboden freigegeben.

»Ich versuche, Antworten zu finden. Für dich. Und eigentlich auch für mich selbst«, hatte er mit geröteten Augen gesagt. Maria nahm an, dass er eine ebenso schlaflose Nacht hinter sich hatte wie sie.

Sie hatte ihm geholfen, Anes Rechnungen, Kontoauszüge und Quittungen durchzusehen. Nach einigen Versuchen hatte Jakob Anes Passwort für ihr Hotmail-Konto erraten. »Jakob1985« lautete es natürlich. Doch sie hatten nichts Auffälliges gefunden, und nach zwei Stunden hatte Jakob es nicht länger ertragen, im Privatleben seiner Mutter herumzuschnüffeln.

Stattdessen hatte er eine Flasche Wein geöffnet.

»Ist Pizza okay? Mit Besuch hatte ich nicht gerechnet«, hatte er gesagt und die Tür zum Gefrierfach und damit einem ganzen Stapel Pizzas von einem Bio-Hipster-Landwirt aus der Umgebung von Aarhus geöffnet. Er hatte eine mit Nordseekäse, Bärlauch und luftgetrocknetem Kalbsfleisch herausgezogen und den Ofen eingeschaltet, ehe er sich etwas verlegen umdrehte.

»Du … Es ist schön, dass du hier bist. Ich hatte gehofft, dich wiederzusehen. Eines Tages.«

Maria hatte gezögert. Sie wusste, dass Jakob damals Monate, wenn nicht Jahre gebraucht hatte, um über die Trennung hinwegzukommen. Und vielleicht war es bei ihr ähnlich gewesen. Sie hatte eine lange Phase gehabt, in der ein Wochenendflirt den nächsten ablöste. Inzwischen hatte sie erkannt, dass sie vermutlich die ganze Zeit nach Jakob gesucht hatte. Wenigstens einem Quäntchen von ihm.

»Ich möchte dir noch etwas anderes zeigen«, hatte er gesagt, bevor sie eine angemessene Antwort formulieren konnte. Er war aus dem Zimmer gegangen und wenige Minuten später mit einem iPad zurückgekehrt.

»Ich bin gestern ihre Notizen durchgegangen. Sie hat ihr iPad geliebt, besonders, seit sie einen dieser E-Book-Streamingdienste abonniert hatte. Sie hat jeden Tag gelesen oder Hörbücher gehört. Aber sie hat auch einiges darauf geschrieben, und da bin ich auf das hier gestoßen. Ich habe keinen Schimmer, was das sein soll.«

Er hatte ihr das iPad gereicht, auf dem eine Notizen-App geöffnet war. Maria hatte Anes beinahe lyrisch anmutenden Brief mehrmals gelesen.

Ich schulde dir mein Leben. Aber wie lange soll diese Schuld noch abbezahlt werden? Wie lange soll ich Unrecht als Recht durchgehen lassen? Wie lange kann ich die Augen vor dem einen Bösen verschließen, welches das andere Böse vertreiben soll? Kann Böses mit Bösem vertrieben werden? Oder ist das nur die wirre Logik des gebrannten Kindes? Wir waren Gabenkinder. Wir waren gestohlene Kinder. Aber wir sind keine Kinder mehr. Ich kann nicht länger schweigen. Nur Gutes kann das Böse vertreiben.

»Hat sie das geschrieben?«

Jakob hatte mit den Achseln gezuckt.

»Ich weiß es nicht. Es könnte auch ein Ausschnitt aus

einem der Bücher sein, die sie gerade gelesen hat. Du weißt vielleicht noch, dass sie keinen Roman lesen konnte, ohne besonders schöne Textpassagen zu markieren und Notizen dazu zu machen.«

Maria hatte genickt, ohne ihn zu unterbrechen.

»Aber den Begriff ›Gabenkinder‹ hat sie öfter in Bezug auf Kinder wie sie selbst benutzt. Sie hat einige Jahre in einem Kinderheim gelebt und wurde mit vier oder fünf adoptiert. Meine Großeltern haben sie als ›Geschenk Gottes‹ betrachtet, das haben sie häufig gesagt. Aber in Grönland ist ein ›Gabenkind‹ eine geläufige Bezeichnung dafür, dass man sein Kind weggibt, weil man selbst arm ist oder Kinderlose im Bekanntenkreis oder der Familie hat.«

»Aber wem ›schuldet‹ sie ihr Leben? Das klingt nicht nach ihren Eltern, die sie weggegeben haben, denn zu denen hatte sie ja keinen Kontakt mehr, oder?«

»Keine Ahnung. Sie hat immer gesagt, dass sie sich kaum an die Zeit vor dem Pfarrhof erinnert. Und ihr Leben war schließlich … Na ja, vielleicht war es nicht das große Abenteuer, aber es war ein gutes Leben. Sie war glücklich. Das hat sie selbst noch gesagt, als mein Vater gestorben ist. All diese negativen Wörter wie ›das Böse‹ und ›Unrecht‹ klingen einfach überhaupt nicht nach ihr.«

»Sie schreibt ›ich kann nicht länger schweigen‹. Was glaubst du: Was meint sie damit?«

»Noch mal: keine Ahnung.«

Jakob war vom Esstisch aufgestanden, vermutlich, so deutete Maria es, frustriert über die ganze Situation. Er hatte eine weitere Flasche Wein geholt und mit wütenden Bewegungen den Korken herausgedreht.

»Du weißt, was für ein enges Verhältnis ich zu meiner Mutter hatte, oder? Wir standen uns sehr nah. Wir haben zusammen gewohnt und zusammen gegessen. Jetzt ist sie tot und hat dir eine Nachricht hinterlassen, auf die ich mir keinerlei Reim machen kann. Und auf ihrem iPad ist ein Text, der nicht den geringsten Sinn für mich ergibt. Langsam wird mir klar, dass man die Personen, die einem nahestehen, vielleicht doch gar nicht so gut kennt, wie man glaubt. Dass ich *sie* vielleicht gar nicht gekannt habe. Meine eigene Mutter, verdammt!«, rief er und riss mit einem lauten Ploppen den Korken heraus.

»Natürlich hast du sie gekannt, Jakob«, hatte Maria vorsichtig protestiert. »Aber jeder Mensch hat doch Geheimnisse. Oder verschweigt irgendetwas. Jeder hat das Recht auf einen privaten Raum, zu dem niemand Zutritt hat. Nicht einmal die Eltern oder die eigenen Kinder.«

»Aber warum hat sie nicht mit mir geredet? Ich vermisse sie jetzt schon, und es tut weh, dass sie mir anscheinend nicht genug vertraut hat. Ich hätte ihr geholfen, ganz egal, worum es ging.«

Er hatte sich wieder gesetzt. Maria hatte ihm die Flasche aus der Hand genommen und ihnen beiden hastig eingeschenkt. In dem Moment war ihr klar geworden, dass sie bereits zu betrunken war, um die wenigen Kilometer nach Hause zu fahren.

»Vielleicht hat sie versucht, dich zu beschützen? Oder vielleicht war ihr die Sache peinlich? Manchmal fällt es uns bei unseren nächsten Angehörigen am schwersten, sie in Geheimnisse einzuweihen, oder?«, hatte sie versucht, ihn zu beruhigen.

Jakob hatte sein Weinglas angestarrt, dann war er aufgestanden und hatte die Pizza aus dem Ofen geholt.

»Es würde mir wahrscheinlich nicht so nahegehen, wenn ihr Tod nicht so verflucht rätselhaft wäre. Irgendetwas stimmt da nicht. Oder vielleicht will ich auch einfach nicht akzeptieren, dass …« Er hatte die Hände vors Gesicht gelegt und sich an den Tisch gesetzt. Seine Schultern hatten kaum merklich gebebt.

Maria hatte ihn angeblickt. Ratlos und außerstande, ihn zu berühren, hatte sie dem Mann, den sie mehr geliebt hatte als jeden anderen, dabei zugesehen, wie er zum zweiten Mal in zwölf Jahren die Fassung verlor. Und auf einmal waren ihr Zweifel gekommen, ob sie überhaupt jemals aufgehört hatte, ihn zu lieben.

Sie war zu ihm gegangen und hatte die Hände auf seinen gesenkten Kopf gelegt. Er hatte aufgeschaut, und sie hatte wortlos seine Wange gestreichelt. Da hatte er ihre Hände genommen und war aufgestanden. Sie staunte immer wieder, wie groß er war, wenn er so nah bei ihr stand, und sie hatte gedacht, dass dies der Zeitpunkt wäre, an dem sie aus der Tür laufen und die drei Kilometer durch den Fichtenwald zurück zu ihrem Jugendzimmer stapfen sollte. Denn in dem Ganzen – in seinen blauen Augen, die sie durchdringend ansahen – lag keine Zukunft. Es war wie ein Blick in die Vergangenheit, von der sie versucht hatte, sich zu befreien. Ungeachtet des Schmerzes, ungeachtet dessen, wie falsch es sich anfühlte. Diese Augen symbolisierten Thorup Strand oder besser gesagt: Sie symbolisierten »zu Hause«. Und »zu Hause« war verknüpft mit Erinnerungen an einen toten Vater und eine permanent betrunkene Mutter. »Zu Hause« war ein Leben ohne die Aussicht auf *mehr*. Und Maria hatte immer mehr gewollt.

Doch an diesem Abend hatte sie Jakob gewollt, und so war sie nirgendwohin gegangen. Er hatte eine Hand unter ihre Locken geschoben, sich zu ihrem Nacken vorgetastet und dort einen Moment verharrt, bevor er sie zu sich zog und sie küsste. Sie hatte sich in den Kuss fallen lassen, und er hatte wohl gemerkt, wie sie sich hingab, denn er war in die Knie gegangen, hatte die Arme um ihre Taille gelegt und sie hochgehoben.

Das Letzte, was sie sah, als er sie ins Schlafzimmer trug und die Tür mit dem Absatz zudrückte, waren die ungegessene, erkaltete Gourmetpizza und Anes leuchtendes iPad mit den Worten: *Nur Gutes kann das Böse vertreiben.*

»Wobei soll ich dir helfen? Tut mir leid, dass ich dich geschüttelt habe, aber du hast im Schlaf geschrien.«

Jakob sah sie besorgt an, und ein widersprüchliches Gefühl von Ärger und Zuneigung wogte in Maria auf. Da saß er und tröstete sie, trotz seiner eigenen, noch ganz frischen Trauer.

Sie hatte nie das Bedürfnis verspürt, ihre Albträume und Zwangsgedanken über den Tod des Vaters mit jemandem zu teilen, und fand es peinlich, nach all der Zeit weder die Albträume noch die sogar zunehmende Angst vor dem Wasser in den Griff bekommen zu haben.

Sie hatte die letzten zwanzig Jahre darauf verwendet, unabhängig zu werden, sich niemals zu stark an jemanden zu binden, niemals die Verantwortung für andere außer sich selbst zu übernehmen. Kurz gesagt: die Kontrolle über ihr Leben zurückzugewinnen. Das war ihr gelungen, abgesehen von diesem schwarzen Loch kompletten Kontrollverlusts, in das sie fiel, wenn sie schlief oder sich im Wasser befand.

»Hey … Bleib liegen, ich hole dir einen Kaffee.«

Jakob verließ das Schlafzimmer, und sie hörte eine Espressomaschine losmahlen. Sie warf einen Blick auf ihre Armbanduhr, die auf Jakobs Nachttisch lag. Es war fast elf. Er kam mit einem Becher zurück, nun in T-Shirt und Jeans.

»Es ist mein Vater«, sagte Maria und war selbst erstaunt, dass sie den Satz laut gesagt hatte. »Ich träume von ihm. Sehe ihn tot im Wasser treiben und so.«

»Glaubst du immer noch, dass du schuld an seinem Tod bist?«, fragte Jakob, und sie sah ihn überrascht an. »Mads hat mir vor ein paar Jahren von deinen Selbstvorwürfen erzählt.« Er lächelte entschuldigend. »Ja, tut mir leid, wir haben hin und wieder über dich gesprochen. Maria – die *Unnennbare*.«

Sie lächelte kurz zurück. Für ihren großen Bruder war es in all den Jahren sicher nicht leicht gewesen, und er würde wohl kaum gutheißen, was heute Nacht geschehen war. Mads hasste es, wenn die Leute um ihn herum uneins waren oder sich gegenseitig das Leben schwer machten. Vielleicht, weil ihm stets die Rolle des Vermittlers zugefallen war.

»Du weißt, dass es nicht deine Schuld war, oder?« Jakob sah sie eindringlich an.

Sie zuckte mit den Achseln.

»In gewisser Weise war es das schon«, sagte sie. »Ich hätte es ja verhindern können.«

»Wie hättest du es verhindern können? Maria, du warst zwölf! Du warst ja nicht mal dabei, als er ins Meer gestürzt ist. Was hättest du denn tun sollen?«

Maria begann zu zittern. Sie zog die Decke enger um sich, wie um sich vor dem zu schützen, was sie noch nie zuvor laut ausgesprochen hatte.

»Es war sein Geburtstag. Der 23. März 2001. Er wurde vierzig, wusstest du das? Ein runder Geburtstag. Er konnte sein Glück kaum fassen, weil sein Geburtstag auf einen Freitag fiel«, sagte sie mit einem schiefen Grinsen. »Meine Mutter hat mich zum Strand geschickt, um ihn zum Essen nach Hause zu holen. Sie hatte gekocht. Drei Gänge. Krabbentoast, Rumpsteak mit Sauce béarnaise und Eis zum Nachtisch. Sein Lieblingsessen. Ich hatte den Tisch gedeckt und eine Geburtstagsdekoration gebastelt und freute mich schon, ihm alles zu zeigen. Als sie die Boote an den Strand gezogen haben, bin ich vor lauter Aufregung auf und ab gehüpft.«

»Das war doch lieb von dir«, sagte Jakob vorsichtig.

»Aber er wollte nicht mit nach Hause. Er wollte noch mit den anderen ins Wirtshaus in Hanstholm, um mit einem Bier auf seinen Geburtstag anzustoßen. Wir könnten dann ja am nächsten Tag zusammen essen. Ich bin total geknickt nach Hause gelaufen und habe meiner Mutter davon erzählt, und da wurde sie wütend und hat mich noch mal zurückgeschickt. Aber da saßen sie schon im Auto, um nach Hanstholm zu fahren. Er hat gesagt …«

Maria verstummte, und Jakob strich ihr behutsam übers Haar.

»Was hat er gesagt?«

»Ich erinnere mich erst jetzt so richtig Wort für Wort daran. Er hat gesagt: ›Geh mir nicht auf den Geist. Du bist ja schon fast wie deine Mutter.‹«

Ihr liefen Tränen über die Wangen.

»Das … das tut mir leid, Maria«, sagte Jakob und zog sie an sich.

»Und das war's. Meine Mutter war stocksauer, als ich ohne ihn nach Hause kam. Den Rest der Geschichte kennst du.«

»Carl Christian hat sich im Wirtshaus in Hanstholm betrunken und ist ins Hafenbecken gefallen, ja.«

»Anscheinend hat er sein Auto gesucht, um nach Hause zu fahren. Vielleicht wollte er vorher noch pinkeln und ist deshalb an den Beckenrand gegangen und dann … Sie haben ihn erst anderthalb Tage später gefunden.«

Sie sah Jakob an.

»Er hätte an diesem Tag nicht in Hanstholm sein sollen. Hätte ich ihn zu seinem Geburtstagsessen nach Hause gebracht, wäre alles ganz anders gekommen.«

Jakob wog seine Worte ab, ehe er antwortete.

»Carl Christian war ein versoffener Idiot, Maria. Aber er war auch ein guter Vater. Manchmal. Es war nicht deine Schuld, dass er an diesem Tag nicht nach Hause gekommen ist. Das war seine. Seine allein.«

Maria erwiderte nichts. Die plötzliche Erinnerung an die letzten Worte ihres Vaters hatte ihren Kopf wie leer gefegt. Ihren Kopf und ihr Herz.

»Wobei soll ich dir helfen?«, fragte Jakob vorsichtig.

»Bist du immer noch Rettungsschwimmer?«

»Ich?«

»Ja, du.«

»Na ja … es ist einige Jahre her, dass ich zuletzt Touristen aus dem Wasser gefischt habe, aber manchmal sitze ich im Schwimmbad in Fjerritslev, wenn dort ein Kinderwettkampf stattfindet. Warum?«

Maria schlug die Decke zur Seite, sodass ihr Kaffee beinahe aufs Bett schwappte.

»Du musst mir das Schwimmen beibringen. Heute.«

48

POLITIKER IN PANIK: BIN ICH DER NÄCHSTE?

Mehrere Parlamentsabgeordnete erledigen ihre Arbeit derzeit in konstanter Furcht um ihr Leben. Steckt hinter den zahlreichen Morddrohungen gegen die Politiker und dem Mord an Georg Schmidt ein und dieselbe Person?

»Natürlich frage ich mich, ob ich der Nächste sein werde«,

bringt ein Abgeordneter, der anonym bleiben möchte, seine Angst zum Ausdruck. Er berichtet, nicht mehr schlafen zu können, seit er den Brief erhalten habe. Ihm und weiteren Parlamentsmitgliedern wurden heute Morgen jeweils zwei Personenschützer zugeteilt.

Letzten Freitag erhielten Ministerpräsident Troels Mejding sowie siebenundzwanzig Parlamentarier Briefe von einem unbekannten Absender. Die Briefe enthielten nach Quellen des *Ekstra Bladet* das Symbol, das die Polizei in Zusammenhang mit dem Mord an Georg Schmidt öffentlich bekannt gemacht hat. Die gleichlauteten Drohungen gegen die Politiker sollen überdies die Formulierungen enthalten haben »Wer einem Kind etwas zuleide tut, muss sterben« und »Du wirst sterben«.

Die Polizei von Kopenhagen und der Polizeiliche Nachrichtendienst PET wollten die Sache am Dienstag nicht kommentieren.

Frederik klickte den Artikel der Onlinezeitung mit einem Seufzen weg.

Das Parlament war vermutlich die Institution Dänemarks, in der sich vertrauliche Informationen am wenigsten vor der Öffentlichkeit geheim halten ließen. Das war nichts Neues. Problematisch war aber, dass Presse und Politiker die Bevölkerung auf diese Weise noch weiter verunsicherten. Es wäre für die Mitarbeiter der Polizei sehr viel leichter, wenn sie etwas mehr Ruhe zum Arbeiten hätten. Stattdessen hatte auch dieser Tag damit begonnen, dass Polizeipräsidentin Lone Kirtzner ein Briefing verlangte. Neben all dem anderen, das ohnehin noch zu erledigen war.

Montagnachmittag hatte der Journalist Jeppe Findsen von der *Morgenavisen* die Breaking News gebracht, dass der Ministerpräsident sowie eine Reihe von Parlamentariern Todesdrohungen erhalten hatten. Offensichtlich hatte er einen guten Draht zu gleich mehreren der verängstigten Politiker.

Drei von ihnen hatte es anscheinend gutgetan, sich die Geschichte von der Seele zu reden und dem ach so verständnisvollen Journalisten anzuvertrauen. Um 16.00 Uhr war auf morgenavisen.dk dann die Bombe geplatzt. Die Geschichte hatte die komplette Webseite der Zeitung dominiert und war sogleich von den anderen Medien aufgenommen worden. Darunter auch das *Ekstra Bladet* und TV 2 NEWS, die ihre Abendausgaben und Nachrichtensendungen für die sensationellen Nachrichten umgestaltet hatten.

Mikael hatte Frederik am späten Montagnachmittag angerufen.

»Schalt mal TV 2 NEWS ein«, hatte er nur gesagt und wieder aufgelegt. Mental gehörte der Mann offensichtlich der Generation an, die das Konzept SMS noch nicht verstanden hatte.

Frederik hatte den Fernseher eingeschaltet und dabei zugesehen, wie der Nachrichtensprecher die wenigen Informationen, die dem Sender vorlagen, enthüllte:

»Auf allen Drohbriefen findet sich das Zeichen wieder, das die Polizei im Zusammenhang mit dem Mord an Georg Schmidt bekannt gemacht hat. Der Generalsekretär des Roten Kreuzes war wie gemeldet am 6. Januar ermordet in Østerbro aufgefunden worden. TV 2 NEWS bleibt natürlich an der Sache dran. Wir werden im Laufe des Abends versuchen, einige Kommentare von den betroffenen Politikern zu erhalten.«

Auch zu Hause bei der Polizeipräsidentin hatte zu unchristlicher Zeit das Telefon geklingelt. Ministerpräsident Troels Mejding war so ungehalten darüber, dass die Morddrohungen gegen ihn und weitere siebenundzwanzig Parlamentarier in den Medien breitgetreten wurden, dass er seinen Justizminister übergangen und persönlich bei Lone Kirtzner angerufen hatte. Er hatte sie nicht einmal begrüßt, sondern gleich losgebrüllt.

»Verdammt noch mal, was geht da eigentlich vor bei Ihnen!«

Lone Kirtzner war ihm die Antwort schuldig geblieben. Und wenn es etwas gab, was sie hasste, dann gegenüber einem männlichen Gegenpart als handlungsunfähig dazustehen. Der Weg an die Spitze der von Männern dominierten Polizei hatte sie gelehrt dazwischenzuschlagen, ihre Ellbogen zu nutzen und mit extra tiefer, autoritärer Stimme zu sprechen. Gegenüber einem wütenden Troels Mejding reichte jedoch selbst ihre jahrzehntelange Erfahrung mit aufgeblasenen Testosteronbomben nicht aus.

Frederik wollte einiges im Netz checken und war an diesem Dienstagmorgen als einer der Ersten an seinem Platz.

Nur in der Großküche war man bereits dabei, das Tagesgericht vorzubereiten und Brötchen zu backen, was deutlich zu riechen war. Sein Magen knurrte, trotzdem wollte er mit dem Frühstück noch warten.

Er setzte sich an einen der speziellen »Stand-Alone-Computer«, an denen er in den letzten Tagen viel Zeit verbracht hatte, um die lichtscheuen Seiten des Internets zu durchforsten und sich mit *Open Sources* zu verbinden. Er wollte den Ort im Netz finden, an dem der Kriminelle ein Leck zu schließen vergessen hatte.

Nach einer knappen Stunde hatte er etwas gefunden, das für ein untrainiertes Auge vermutlich unsichtbar geblieben wäre. Für Frederik aber war es ein Tor zur Identität des Gesuchten.

49

Mikael versuchte konstant, seinen Bartwuchs im Zaum zu halten. Ließ er ihn zu einem Vollbart auswachsen, erinnerten ihn die nicht zu verhehlenden grauen Strähnen viel zu sehr an sein Alter.

»Du siehst aus wie dein Vater«, war das Schlimmste, was seine Mutter sagen konnte, als die Eltern noch lebten. Mikael kam nach seiner Mutter und war heilfroh, nicht die schiefen Zähne und die hohe Stirn seines Vaters geerbt zu haben.

Er wünschte Frederik einen guten Morgen, ehe sie sich an den kleinen Tisch mit den eingetrockneten Kaffeeflecken setzten. Sie wollten einander noch schnell auf den neuesten Stand bringen, bevor um acht Uhr die Morgenbesprechung begann.

Seit dem Treffen mit Carlsen am Samstag hatten sie die Drohungen gegen Schmidt, Troels Mejding und die siebenundzwanzig Abgeordneten analysiert. Frederik hatte Stunde um Stunde im Tor-Browser verbracht und IT-Adressen und unregistrierte SIM-Karten ausfindig gemacht. All das, um auf die Spur der Person oder Personengruppe zu kommen, die hinter den Drohungen stand. Und vielleicht sogar auf die Fährte des Mörders von Georg Schmidt.

»Ich habe spannende Neuigkeiten. Ich glaube, ich habe unseren Mann gefunden«, sagte Frederik mit einem schiefen Lächeln, kaum dass Mikael den Mantel ausgezogen hatte.

»Was?«, fragte Mikael und hielt inne.

»Ich glaube, ich hab den Typ identifiziert, der die Drohbriefe geschrieben hat«, begann Frederik. »Das Darknet zeichnet sich ja dadurch aus, dass die Leute dort nicht gefunden werden wollen. Sie wähnen sich anonym und glauben, ungestört agieren zu können. Mit etwas Fantasie kann man sich aber in die entsprechenden Gruppen und Chatforen einschleichen, in denen sich die anvisierten Zielpersonen einer Ermittlung aufhalten. Was politischen Extremismus angeht, habe ich ein Fake-Profil, über das ich mich schon früher in verschiedene Foren habe einladen lassen. Auf diese Weise bin ich jetzt auch in ein rechtsnationales Netzwerk mit Namen Iron Cross gekommen.«

Mikael nickte und dachte an das, was Frederik kürzlich bei der Morgenbesprechung über die Neonaziforen gesagt hatte.

»Die User sind im höchsten Maße gewaltbereit und in ihrer Rhetorik wirklich extrem. *Anyway*, ich bin stundenlang auf der Seite rumgesurft und habe die Beiträge der letzten Wochen durchsucht, besonders Posts in dänischer Sprache. Und dabei ist mir ein Typ aufgefallen, der mit den Drohbriefen sympathisiert. Er gehört zu einem guten Dutzend Dänen, die Mitglied bei Iron Cross sind, und er begrüßt auch den Mord an Georg Schmidt. ›Gut, dass diese Judensau tot ist‹, hat er unter anderem geschrieben. Er hat außerdem ein Foto einer handschriftlichen Notiz eingestellt, in der er skizziert, wie die Juden bekämpft werden können. Hier, schau.«

Frederik schob ihm den Ausdruck eines Screenshots über den Tisch. Darauf waren Zeichnungen von Nazisymbolen und ein Viereck mit der Aufschrift »Gaskammer« zu sehen.

»Siehst du die Ähnlichkeit zu der Schrift auf den Drohbriefen?«

Mikael konnte nur zustimmen. Besonders auffällig war die Schreibweise des »S«.

»Ich habe daraufhin alle weiteren Informationen über diese Person zusammengetragen. Er nennt sich *Proud Goy*. Nicht *Guy* oder *Gay*, sondern das hebräische Wort für *Nichtjude*.«

Frederik machte eine kurze Pause, damit Mikael mitkam.

»Dieser *Proud Goy* ist ein Rechtsextremer. Seine Texte handeln von einem Dänemark für die Dänen, die Ausländer sollen einfach weg. Er ist total besessen von der Idee, dass die vielen Geflüchteten in Europa die Ethnien der ursprünglichen Länder bedrohen. Dass wir irgendwann keine germanische Rasse mehr sind, sondern von arabischen und semitischen Völkern überschwemmt werden.«

Frederik beugte sich vor.

»Es ist verdammt schwer, Menschen auf diesen anonymen Seiten zu identifizieren. Aber viele der Onlinekrieger sind oft eng mit ihrem Nutzernamen verbunden. Sie identifizieren sich auf besondere Weise mit ihrem Internet-Alter-Ego und machen es zu einem wichtigen Teil ihres Lebens. Deshalb habe ich untersucht, ob *Proud Goy* sich auch außerhalb des Darknets bewegt.«

Frederik machte eine Kunstpause.

»Dabei bin ich darauf gestoßen, dass im Debattenforum des *Ekstra Bladet* auch immer mal wieder ein *Proud Goy* in Erscheinung tritt. Er schreibt nicht viel, aber das, was er schreibt, hat die gleiche Tönung wie die Posts auf Iron Cross. Ich habe sogar einen komplett identischen Satz gefunden: ›Juden und Muslime bereichern uns mit ihrer Kriminalität, ihren Krankheiten und ihrer Schwäche. Sie stehlen unsere Frauen und nutzen unser Land aus. Das sind alles Kakerlaken.‹«

Mikael hob den Blick.

»Und über sein Profil in dem Forum habe ich seine IP-Adresse herausgefunden. Er wohnt in Slagelse, wo ja auch einige dieser Drohbriefe abgestempelt wurden. Sein Name ist Morten Hasselgren, geboren 1997. Er wohnt mit seiner Mutter, Kirsten Hasselgren, zusammen. Der Vater ist achtundneunzig gestorben. Im Kriminalregister taucht Morten Hasselgren mit zwei Geschwindigkeitsübertretungen und einer dreißigtägigen, zur Bewährung ausgesetzten Haftstrafe wegen einer Kneipenprügelei auf. Das war 2018. Er wird Hasse genannt, das habe ich auf seiner Facebookseite gesehen. Sein Profilbild dort ist eine gelbe Königspython.«

»Mann, echt gute Arbeit, Dahlin. Wirklich klasse!«, sagte Mikael.

»Danke, ich bin auch mit mir zufrieden«, sagte Frederik mit breitem Grinsen und legte ihm eine Übersicht hin, die er mit grünem Filzstift auf ein DIN-A3-Blatt gezeichnet hatte. Mit kleinen Schritten in Richtung der Spinne: Alles deutete auf Hasselgren.

»Ein Neonazi … gute Arbeit. Eine echte Leistung, diesen Typen zu finden.«

»Und noch etwas: Das schwache Glied bei Kriminellen sind ja oft die Personen, mit denen sie sich umgeben. So auch bei Morten. Seine Mutter ist sehr aktiv auf Facebook, ihr Profil steht sperrangelweit offen. Sie postet immer wieder Bilder ihres Sohnes. Auf einem davon hält er eine Schlange im Arm, die wie die Schlange auf seinem Profilbild aussieht. Auf einem anderen stehen Mutter und Sohn gemeinsam vor einem Schrank, der verdammt nach einem Waffenschrank aussieht. Das müssen wir im Hinterkopf behalten. Er könnte bewaffnet sein.«

Mikael nickte. Das alles passte gut zusammen. *Endlich* ein Durchbruch, der sie weiterbrachte, nach diesen ergebnislosen, trostlosen Wochen ohne jede Spur. Jetzt freute er sich richtig auf die Morgenbesprechung, auf der er als Ermittlungsleiter Neues berichten konnte.

»Hast du schon mit Carlsen darüber gesprochen?«

»Nein, noch nicht. Ich wollte mich an die Kommandowege halten. Von mir zu dir, von dir zu Carlsen, und dann weiter nach oben.«

Frederik lächelte ihn an, und Mikael streckte den Rücken. Vielleicht war Frederik doch gar kein so dummer Partner. Er räusperte sich, peinlich berührt, dass er selbst kaum Neuigkeiten hatte.

»Ich habe mit Munch gesprochen. Die Ergebnisse der Fingerabdruckanalysen der Drohbriefe sind da. Auf den Briefen sind ausschließlich Abdrücke der jeweiligen Adressaten. Auf den Umschlägen waren zwar massenweise Abdrücke, die haben aber keine Treffer in der Datenbank erbracht. Die anderen Abdrücke stammen wohl vom Postpersonal oder von den Familienangehörigen der Politiker.«

»Wie sieht es mit biologischen Spuren aus?«, fragte Frederik.

»Sie haben alles auf DNA untersucht und werden sicher was finden, vermutlich Speichel. Die Frage ist nur, ob der vom Täter stammt. Die Antwort haben wir frühestens in drei Wochen.«

Sie sahen sich etwas resigniert an. Drei Wochen kamen in der aktuellen Situation einer Ewigkeit gleich.

»Neun der achtundzwanzig Briefe wurden mit der Post geschickt, aufgegeben an verschiedenen Stellen. Weitergeleitet wurden sie aber alle über die Post in Slagelse. So weit, so gut. Die Adressen auf den Umschlägen sind mit blauem Kugelschreiber geschrieben. Wie es aussieht, alle vom selben Mann. Ich sage *Mann*, weil die Grafologin sich die Umschläge angesehen hat und mit ziemlicher Sicherheit von einem Mann ausgeht«, sagte Mikael und warf einen Blick in seine Notizen.

»Die Linienführung ist unregelmäßig und linkisch, als wäre die Person es nicht gewohnt, mit der Hand zu schreiben. Daraus schlussfolgert die Grafologin, dass er vermutlich nicht studiert hat, wenn er denn überhaupt eine Ausbildung gemacht hat. Außerdem sei die Schrift ›aggressiv‹.«

Frederik sah sich die Kopie eines Umschlags an. Die blaue Schrift schien mit Kraft in die Oberfläche des Papiers gedrückt worden zu sein.

»Wenn wir den Täter haben, müssen wir für einen Schriftabgleich sorgen«, sagte Mikael, wohl wissend, dass die Kriminaltechnik danach fragen würde.

»Wie sieht es mit der Videoüberwachung der Post in Slagelse aus?«

»Ziemlich deprimierend. Stell dir mal vor, die speichern die Aufnahmen nur für achtundvierzig Stunden, die relevante Zeit war also längst gelöscht. Ich glaube, diese Vorgehensweise werden sie jetzt ändern. Ich weiß aber nicht, ob die Briefe in der Nähe von Slagelse eingeworfen und dann nur in der Post abgestempelt wurden oder ob er sie direkt bei der Post abgegeben hat. Auf jeden Fall hat diese Spur zu nichts geführt.«

Sie saßen einen Moment schweigend da. Mikael kaute auf seinem Kugelschreiber.

»Wir müssen Hasselgren festnehmen, und zwar so schnell wie möglich«, sagte er.

50

Maria ließ sich auf der Katamaranfähre zwischen Aarhus und Seelands Odde auf einen freien Sitz fallen, in den Händen einen Americano und ein viel zu teures Schokocroissant, auf das sie schon keine Lust mehr hatte.

Das Wochenende steckte ihr wie ein Kater in den Knochen. Sie hatte das Gefühl, aus einer mentalen Achterbahn geflogen zu sein, in der Anes Tod und Jakobs von Selbstvorwürfen belastete Trauer das eine Extrem waren und die Nächte mit ihm das andere. Ganz nach dem üblichen Muster war ihr Aufenthalt in Thorup Strand am Morgen vom kränkenden Abschiedssalut ihrer Mutter gekrönt worden.

»Ach, fährst du schon wieder? Und ich dachte, du wärst gekommen, um deine alte Mutter zu besuchen. Ich hab dich ja kaum gesehen!«

Sie hatte ihre Mutter in die Arme genommen, ohne sich auf die rituellen, gegenseitigen Vorwürfe einzulassen. Vor ein paar Jahren hatte sie den grundlegenden Entschluss gefasst, nie mehr jemanden, der ihr nahestand, ohne ordentlichen Abschied zu verlassen. Und das galt auch für ihre Mutter. Mit den Jahren war die Wut auf sie abgelöst worden von … ja, von was? Resignation? Oder Mitleid? Jetzt musste sie ihr nur noch vergeben. Für all die Jahre, in denen sie ihr nach dem Tod des Vaters konstante, unzweideutige Vorwürfe gemacht hatte. Dabei war Maria damals noch ein Kind gewesen, wie Jakob betont hatte. Ein Kind, das sich schon vorher mit Selbsthass gequält hatte.

Dabei war es fraglich, ob ihre Mutter sich überhaupt an diese Jahre erinnerte oder ob jene Zeit in dem Nebel aus Selbstmitleid, finanzieller Not, Alkoholrausch und Scham über die Unfähigkeit, für ihre Kinder da zu sein, untergegangen war?

Maria sah sich auf dem Deck um. Es war eine typische Alltagspendelfahrt: Handwerker saßen über Pommes frites oder Hotdogs gebeugt da. Geschäftsleute und Studenten starrten abwesend auf ihre Smartphones, während Rentner ihre mitgebrachten Thermoskannen oder ihr Strickzeug auspackten.

Vor Maria war eine Spielecke, in der eine magere Mutter mit ihrem Kind saß. Die Frau mochte Anfang zwanzig sein, hatte schlechte Haut und noch schlechtere Zähne. Ihre Haare waren gebleicht – es sah ganz nach einem Do-it-yourself-Unfall aus –, und die Ränder unter ihren Augen zeugten von zu wenig Schlaf und zu viel Kaffee. Ihre Tochter hatte gerade erst laufen gelernt, sie stolperte unsicher umher, den dicken Windelpo nach hinten gestreckt, und quietschte vergnügt, als es ihr gelang, einen Fuß auf ein grünes Spielkrokodil zu stellen.

Maria lächelte, als sie Augenkontakt mit der Mutter bekam. Die Mutter klatschte begeistert und gab ihrer Tochter einen Kuss, als diese in ihre Arme fiel.

Ein Mann, vermutlich der Vater des Kindes, tauchte auf. Er trug einen ausgewaschenen Kapuzenpulli. Auch er sah mitgenommen aus, hatte hängende Schultern, einen dünnen Pferdeschwanz und einen spärlichen Bart. Er kam vom Achterdeck, wo die Raucher ihre kleine Freistatt hatten, wenn das Schiff mit vierunddreißig Knoten über das Meer schoss. Der Vater schob ein breites Feuerzeug und eine Packung Zigaretten in seine Tasche und machte einen Donald-Duck-Laut in Richtung des Kindes, der die Kleine glücklich auflachen ließ.

In diesem Moment vibrierte es in Marias Tasche, und sie zog die Augenbrauen zusammen. Sie wurde nur ungern bei einer ihrer Lieblingsbeschäftigungen gestört: Fremde zu beobachten und sich vorzustellen, an ihrer Stelle zu sein.

Dieses Beobachten war vermutlich ein Milieuschaden, wenn man wie Maria in einer Mikrogemeinde aufwuchs und das ganze Jahr über gezwungen war, dieselben einhundertfünfzig Bewohner zu sehen. Wie sie die Eintönigkeit damals gehasst hatte. Die Konformität. Den Mangel an Menschen, die sich von den anderen unterschieden. Umgekehrt hatte sie es geliebt, wenn der Sommer kam und plötzlich überall Kinder krakeelten und die Autos vollbepackt mit Kühltaschen, Sonnenschirmen und Ghettoblastern langsam durch die Ferienhausgegenden rollten. Auch wenn sie ihren Vater beim Anblick all der dickbäuchigen, sonnenverbrannten Familienväter nur umso mehr vermisst hatte. Sie hatte sich kleine Geschichten zu den Menschen ausgedacht. Wer waren sie? Worüber redeten sie? Woher kamen sie? Und waren sie glücklich?

Sie sah auf ihr Handy. »Mikael Dirk« stand auf dem Display. Der Polizist.

Erst sagte er nichts, als sie den Anruf entgegennahm, sondern lauschte nur ein paar Sekunden.

»Wo sind Sie gerade?«, fragte er dann.

Aufmerksamer Typ, dieser Dirk, aber Höflichkeiten waren nicht gerade seine Stärke.

»Auf der Fähre. Auf dem Rückweg von Jütland.«

Sie hatte während des Wochenendes mehrmals an Mikael Dirk gedacht. Wie Jakob zweifelte sie daran, dass Ane wirklich durch einen Unfall gestorben war, und eigentlich hätte sie gern die Meinung des erfahrenen Ermittlers eingeholt. Sie verstand auch nicht, warum Ane ausgerechnet ihr diese kryptische Botschaft hinterlassen hatte.

»IJ, 22041977« und »Disko«. Das war so spärlich, dass nicht einmal Google oder das Telefonbuch weiterhalfen.

Die Suche nach dem Wort Disko brachte natürlich einige Treffer. Ein paar Einträge bei Wikipedia, Diskotheken und eine Insel vor der Küste Grönlands, aber die halfen ihr auch nicht weiter.

»IJ, 22041997« war noch unergiebiger. Die ersten Treffer bei Google hatten Maria in die Arme eines blondierten Instagram-Users in Griechenland und zu alten UN-Berichten über Seelachsfischerei geführt. Auch kein Thema, das Ane unbedingt mit Maria hätte teilen wollen. Maria hatte versucht, die Nummer anzurufen, aber sie existierte nicht.

In Norwegen gab es eine solche Telefonnummer, der Teilnehmer passte aber nicht zu den Initialen. Außerdem kannte er keine Ane in Dänemark, wie er sagte, als Maria ihn anrief.

Die Ziffernfolge konnte auch alles andere sein. Eine Archivnummer, eine Mitgliedsnummer, ein Code, ein Bankkonto. Maria hatte keine Ahnung, wo sie mit der Suche anfangen sollte. Sie brauchte jemanden, mit dem sie darüber diskutieren konnte. Nicht Jakob, sondern einen Außenstehenden.

Sie öffnete den Mund, um etwas zu sagen, doch Mikael Dirk kam ihr zuvor.

»Äh, also, ich rufe eigentlich nur an, um Ihnen mitzuteilen, dass wir einen Durchbruch im Schmidt-Fall haben.«

»Oh?«

»Ich kann Ihnen am Telefon nichts Konkretes sagen, finde aber, dass wir Ihnen nach unserem Treffen letzte Woche eine Rückmeldung schuldig sind. Es war sehr gut, dass Sie Kontakt aufgenommen haben, und über Umwege sind wir jetzt wohl auf der richtigen Spur, denke ich.«

»Was heißt das? Glauben Sie, dass der Mord an Schmidt mit dem alten Doppelmord zusammenhängt?«

Maria sah sich hastig um, sie hatte in der halb vollen Fährencafeteria zu laut gesprochen. Mikael Dirk schwieg. Maria konnte nicht einschätzen, ob er ein Lachen unterdrückte oder seine nächsten Worte abwog.

»Nein, sicher nicht. Das muss ein Zufall sein. Es sei denn, das Symbol, das in beiden Fällen auftaucht, wurzelt in irgendeiner Weise im Neonazimilieu. Mehr kann ich dazu im Moment nicht sagen.«

Während er sprach, summte das Handy in ihrer Hand. Sie warf einen Blick aufs Display. Eine SMS von Mette.

Wo bist du? Vermisse dich!

Sie spürte einen Anflug von Paranoia, als Dirk fortfuhr.

»Maria, ich muss Sie noch einmal darum bitten, dass alles, was wir besprochen haben, unter uns bleibt. Reden Sie mit niemandem darüber. Schon gar nicht mit irgendwelchen Journalisten. Wir haben die Polizeiführung im Nacken. Sie verfolgen im Moment fast schon hysterisch jeden unserer Schritte. Die Festnahme, mit der wir bald rechnen, *muss* glattgehen.«

Ob er ihre Nachrichten irgendwie überwachen konnte?, fragte Maria sich, bevor sie antwortete. »Verstehe.«

Maria brachte Ane – ihre liebe, westjütische Ersatzmutter – beim besten Willen nicht in Verbindung mit irgendwelchen Neonazis oder Rechtsextremisten. Es gab sicher keinen Grund, ihren Tod in diesem Zusammenhang zu erwähnen.

»Danke, dass Sie mir Bescheid gegeben haben. Ich hoffe, ich habe Ihnen keine allzu großen Umstände gemacht?«

Sie fühlte einen Anflug schlechten Gewissens, als würde sie Ane im Stich lassen.

»Sie haben uns überhaupt keine Umstände gemacht«, sagte Dirk mit einer Wärme in der Stimme, die ihr zuvor nicht aufgefallen war. »Ich hoffe, wir sehen uns wieder«, fuhr er fort. »Vielleicht in einem Zusammenhang … ohne Tote.«

Flirtete er etwa mit ihr? Maria presste sich ihren Schal vor den Mund, um das Kichern zu unterdrücken, als ihr klar wurde, dass Mikael Dirk, der Polizist, der noch vor einer Woche Witze über ihren Beinaheunfall gemacht hatte, es jetzt mit einer Charmeoffensive versuchte. Vor einer Woche hätte sie vermutlich gewirkt, doch jetzt roch ihr Schal noch nach Jakob.

»Bis dann«, sagte sie und drückte auf den roten Hörer. »Fuck!«, fluchte sie so laut, dass eine ältere Dame am Nebentisch mit dem Stricken aufhörte und missbilligend in ihre Richtung schaute.

Das Telefon brummte wieder. Eine neue SMS von Mette.

Ich arbeite im Moment rund um die Uhr. Es geht um die geflüchteten Kinder, von denen ich dir erzählt habe. Ich hoffe, wir kriegen diese Woche noch Klarheit. Aber ruf an! Alles ok bei dir?

Maria schickte ein Daumen-hoch-Emoji und schrieb: *War in Thorup, bin jetzt auf dem Rückweg nach KPH. Rufe dich später an.*

Sie hätte Mette gern alles über Ane und ihr Treffen mit der Polizei erzählt, aber das durfte sie ja nicht. Dafür konnte sie ihr von Jakob erzählen. Nur dass Maria sich bis dahin vielleicht darüber klar werden sollte, was da eigentlich lief. Die alten Gefühle für Jakob waren in den letzten Tagen wieder angefacht worden. Sie hatte es gewagt, die Tür zur Vergangenheit zu öffnen, und alles, was sie hinter sich geglaubt hatte, hatte sie in kürzester Zeit zurückgesogen in den Mahlstrom aus Leidenschaft und Anziehung, in dem sie als Zwanzigjährige festgesteckt hatte. Sie hatte sich augenblicklich zu Hause gefühlt. Bei ihm. Aber was bedeutete das für sie? Sollte sie zurück nach Thorup ziehen und Hausfrau werden? Ihre Karriere aufgeben, bevor diese richtig in Gang gekommen war? All die Jahre an der Universität im Klo runterspülen?

Natürlich gab es auch in Nordjütland Akademikerjobs, aber vermutlich keinen in ihrem Fachgebiet. Es würde den Abschied vom Polizeimuseum bedeuten, von Mette und von den Herausforderungen und Möglichkeiten in Kopenhagen. Und wofür? Für »die große Liebe«, die statistisch gesehen nur eine fünfzigprozentige Chance hatte, ein Leben lang zu halten? Um Kinder zu bekommen? Maria wusste nicht einmal, ob sie Kinder *wollte*.

Sie warf ihr Telefon wütend in die Tasche, hob den Blick und sah den jungen Vater zwei Teller Pommes frites mit je einem Berg Mayonnaise auf den Tisch stellen. Mit geübten Bewegungen setzte er seine Tochter in einen Hochstuhl vor die Pommes, die mit seligem Blick und einem großen Glas Kakao runtergespült wurden.

Sie sahen wie eine der Familien aus, die die Kommune besonders im Auge behielt, deren Leben immer von Sozialhilfe und Arbeitslosigkeit eingeschränkt sein würde. Repräsentanten der Teile Dänemarks, zu denen Gesundheitskampagnen und staatliche Reformen nie ganz vordrangen und gegen die sich die erst kürzlich vom Ministerpräsidenten angekündigte härtere Gangart richten sollte.

Es ginge um die zukünftigen Generationen, um das Wohlergehen der Kinder und des dänischen Wohlfahrtsstaates, hatte Troels Mejding mit einer Argumentationskette erklärt, deren innere Logik Maria nicht überzeugt hatte. Ihrer Meinung nach gab es in der dänischen Geschichte nur wenige Beispiele dafür, dass ein harter Kurs den Bürgern jemals etwas gebracht hätte. Und wie wollte man entscheiden, wer gute Eltern waren und was das Beste für die Kinder war? Würde Maria, die sich in der zweiten Hälfte ihrer Kindheit konstant ungeliebt gefühlt hatte, selbst eine gute Mutter werden können?

War ihre Mutter eine gute Mutter gewesen? War ihr Vater mit seinem verantwortungslosen Verhalten ein guter Vater gewesen? War der Ministerpräsident, der seine kleinen Kinder in den Armen seiner zu Hause bleibenden Frau geparkt hatte, ein guter Vater, wenn er beständig unterwegs war und sich in seiner Achtzigstundenwoche als Vater der Nation aufspielte?

Ging es bei einer guten Elternschaft um Zeit? Um Geld? Um saubere Kleider und gemachte Hausaufgaben? Um Werte? Oder um glückliche Momente im Alltagschaos?

Die junge Mutter drückte sich einen Klecks Mayonnaise auf die Nase und schielte ihre Tochter an, die vor Freude quietschte. Der Vater reichte ihr betont galant ein Feuchttuch und sagte: »Mein Fräulein.« Die drei sahen so glücklich aus, wie sie da vor ihren Pommes saßen. Wie gute Eltern mit einem geliebten Kind.

Vielleicht, dachte Maria, waren gewisse Dinge leichter, wenn man keine so hohen Erwartungen an die Welt, an sich selbst oder an das Glück stellte. Was auch immer das war.

51

Der Kies knirschte unter den Füßen des Einsatzleiters, als er vor der Polizeistation Slagelse in der Antvorskov Allé aus dem Befehlskraftwagen, einem VW-Transporter, stieg. Kommissar Preben Jensen von der Polizeidirektion Südseeland und Lolland-Falster klopfte sich den Staub von der Hose und hieß den Trupp aus Kopenhagen willkommen.

»Nach Ihrem Anruf haben wir sämtliche zur Verfügung stehenden Leute mobilisiert«, sagte er und gab Mikael die Hand. »Sagen Sie einfach Bescheid, wen Sie wann wo brauchen.«

Mikael hatte in der Nacht kaum ein Auge zugetan. Und sein Magen knurrte. Auf der Fahrt hierher hatte er ein Croissant vom Vortag im Auto gefunden, dass wieder essbar geworden war, nachdem er eine mit Wasser befeuchtete Serviette in die Tüte gesteckt hatte. Jetzt standen sie hier, Mittwochnachmittag, im südwestseeländischen Slagelse, um Morten Hasselgren dingfest zu machen – den Mann, der aller Wahrscheinlichkeit nach hinter den Drohbriefen an die Politiker steckte und vielleicht auch Georg Schmidt umgebracht hatte. Der Zugriff sollte um 17.00 Uhr erfolgen, nach Einbruch der Dunkelheit. Sie hatten also noch eine gute Stunde bis zum »Showdown«.

Gemeinsam mit Frederik und Preben Jensen begab sich Mikael in die mobile Einsatzzentrale. Sie war in einem weißen Lkw untergebracht, der einen voll ausgestatteten Besprechungsraum enthielt. An einem Whiteboard an der Wand hing bereits eine Übersicht über das soziale Brennpunktviertel Nordbyen, wo Hasselgren und seine Mutter in einer Erdgeschosswohnung lebten, 3,6 Kilometer vom Standpunkt entfernt.

»Das Gebäude hat vier Stockwerke, und die Bewohner sind üblicherweise nicht sonderlich erfreut über die Anwesenheit der Polizei. Es gibt keinen Türsummer, wir kommen also direkt ins Treppenhaus, ohne irgendwo klingeln zu müssen«, sagte Jensen, während er Kaffee einschenkte und die Becher herumgehen ließ. »Ich würde daher vorschlagen, dass wir Leute in allen Stockwerken sowie Hundepatrouillen an sämtlichen Ausgängen positionieren, bevor wir ›anklopfen‹.«

Mikael stimmte ihm zu. Hasselgren durfte keine Fluchtmöglichkeit haben. Von der Hilfe durch Nachbarn musste er ebenfalls abgeschnitten werden.

»Alle Wohnungen, auch die im Erdgeschoss, haben Balkone. Wir müssen also auch die Rückseite des Gebäudes im Auge behalten.« Jensen reichte einen Grundriss der Wohnung herum. »Es gibt vier Zimmer, eine Küche und ein Bad. Die Wohnung ist einhundertzwei Quadratmeter groß, und Hasselgrens Mutter Kirsten ist dort im Jahr 2000 eingezogen. Unser Freund, die Hauptperson des heutigen Tages, lebt also seit seinem zweiten oder dritten Lebensjahr dort.«

»Wir müssen alle Wege in dem Komplex absperren, aber erst unmittelbar vor dem Einsatz. Haben Sie schon Beobachtungsteams losgeschickt?«, fragte Mikael.

»Ja, wir haben drei zivile Teams vor Ort, die die Adresse observieren. Denen geht nichts durch die Lappen«, sagte Jensen.

Gut, dachte Mikael im Stillen. Heute durfte nichts schiefgehen. Lone Kirtzner war einige Stunden zuvor nach Teglholmen gekommen, um sich persönlich über die Pläne für Slagelse informieren zu lassen. Und so, wie sie vor den Politikern katzbuckelte, schaute ihnen gerade unter Garantie auch das Parlament über die Schulter. Womöglich hatte Kirtzner direkt den Justizminister, den Rechtsausschuss oder sogar Mejding persönlich angerufen und von der bevorstehenden Festnahme in Kenntnis gesetzt.

Erwartet wurde eine erfolgreiche Aktion mit dem richtigen Täter im Sack. Das nahm nicht unbedingt Druck von ihnen. Mikael hatte einen trockenen Mund und sah sich nach einem Glas Wasser um.

»Soweit wir die Lage im Vorfeld beurteilt haben, ist es nicht notwendig, die Antiterroreinheit des PET hinzuzurufen. Wir müssen zwar davon ausgehen, dass Hasselgren Zugang zu Waffen hat und sie im Bedarfsfall auch benutzen wird. Ich denke aber, dass wir mit dem Romeo-Team als Festnahmetrupp sowie den Einsatzkräften ausreichend gut aufgestellt sind. Vergesst bitte nicht seine Schlange und möglicherweise weitere Kriechtiere«, sagte Mikael und öffnete eine Flasche lauwarmen Mineralwassers, die er auf einem Ecktisch gefunden hatte.

Das Romeo-Team war eine Spezialeinheit, die nach dem vermehrten Auftreten von Terroranschlägen in Europa und vor allem den Anschlägen auf das Kopenhagener Kulturzentrum Krudttønden und die Synagoge zusammengestellt worden war. Die speziell ausgebildeten Beamten waren bekannt dafür, besonders schwere Waffen zu tragen und diese auch bereitwillig zu benutzen.

Allmählich ging es auf 17.00 Uhr zu. Die zivilen Beobachter waren längst vor Ort. Laut einer ersten Meldung waren die Vorhänge von zwei der Fenster im Erdgeschoss zugezogen. Um 13.45 Uhr hatten sie einen Mann, der der Zielperson glich, die Wohnung betreten und seither nicht mehr verlassen sehen.

Inzwischen war es dunkel, und die zivilen Beamten konnten hinter dem erleuchteten Küchenfenster eine leicht gebeugte Frau sehen, die vermutlich das Abendessen vorbereitete.

Mikael und Frederik hörten von der mobilen Einsatzzentrale aus mit. Ein Monitor streamte Livebilder des Gebäudes. Aus zwei unterschiedlichen Winkeln sah man die beiden Fenster, die zu der großen Grünfläche hinter dem Haus wiesen, sowie die beiden Fenster zur Vorderseite. Mikael hatte feuchte Hände. Es war lange her, dass er sich in einer angespannten Situation wie dieser befunden hatte.

»*P7, P7, Romeo in Position und bereit*«, klang es aus dem Walkie-Talkie. P7 stand für die Polizeidirektion Slagelse. Die Aktion würde jeden Moment anlaufen. Das gesamte Gebiet war voller Polizisten, und niemand würde den Bereich mehr betreten oder verlassen.

Preben Jensen sah zu Mikael, der kurz nickte.

»Hier Einsatzzentrale. Startet die Aktion. Ende«, sagte Jensen ins Walkie-Talkie, und wenige Sekunden später erklangen Rufe und Klopfen auf der anderen Seite.

»*Aufmachen, Polizei!*«

Das Romeo-Team stand jetzt vor Hasselgrens Wohnungstür.

Kurze Pause. Keine Reaktion.

»*Aufmachen, Polizei!*«

Immer noch keine Reaktion. Mikael sah auf seine Armbanduhr und zählte die Sekunden.

»Schau mal«, flüsterte Frederik und zeigte auf den Bildschirm. Das Licht in der Wohnung war ausgegangen und die Frau vom Fenster verschwunden.

»*Wir gehen rein*«, klang es aus dem Walkie-Talkie.

Ein lautes Geräusch verriet, dass das Romeo-Team versuchte, die Tür einzutreten oder zu -schlagen.

»*Scheiße! Er hat sich verbarrikadiert!*« Die Stimme kratzte, und die Worte kamen abgehackt.

»*Wir hören eine Frau in der Wohnung schreien.*«

Tatsächlich waren die Schreie so laut, dass das Mikrofon sie einfing.

»*Wir haben eine mögliche Geiselsituation*«, stellte der Romeo-Polizist trocken und diesmal deutlich hörbar fest.

Mikael wischte sich den Schweiß von der Stirn.

»Friert die Situation ein! Rufen Sie ihn an. Rufen Sie Hasselgren an, und geben Sie mir den Hörer«, rief er Jensen zu.

52

Mikael erlebte so eine Situation nicht zum ersten Mal, aber er hatte sich nie daran gewöhnt. Seine Gedanken flackerten zu einem Ereignis vor knapp sechs Jahren zurück. Hector war erst wenige Wochen alt und Mikaels Elternzeit gerade vorbei, als er und ein Kollege im Wochenenddienst zur Købmagergade in der Innenstadt gerufen wurden. Ein Mann wolle vom Rundetårn springen, lautete die Meldung.

Psychisch kranke Menschen nahmen immer reichlich Raum während der Dienststunden ein. Soweit Mikael die Statistik kannte, war inzwischen jeder siebte Einsatz, zu dem die Polizei ausrückte, eine Situation, die besser von einem Arzt betreut werden sollte.

Als sie beim Rundetårn ankamen, waren die Leute bereits aus den umliegenden Straßen zusammengeströmt und schauten angstvoll und sensationslüstern am Turm hinauf. Die Kopenhagener Feuerwehr bereitete das Sprungtuch vor.

Mikael lief den spiralförmigen Gang zur Aussichtsplattform hinauf und traf auf einen vielleicht sechzehn oder siebzehn Jahre alten Teenager, einen blonden Jungen in löchrigen Jeans und mit nacktem Oberkörper, obwohl Januar war. Sein Pullover und seine Winterjacke lagen bei einem der Aussichtsfernrohre. Der Junge stand auf der anderen Seite des Geländers, mit großen, wilden Augen, eindeutig in einer Form von Psychose. Hasch oder Pilze, vermutete Mikael.

»Ich springe jetzt«, sagte er.

»Nein. Rede mit mir«, sagte Mikael, nervös auf eine Gelegenheit lauernd, nah genug an den Jungen heranzukommen, um ihn festzuhalten.

»Wenigstens das will ich selbst bestimmen.«

Der Junge lächelte Mikael mit toten Augen an.

»Das ist ein großer Entschluss, den du da gefasst hast. Dir geht es offensichtlich schlecht. Magst du dir nicht von mir helfen lassen?«

Mikael streckte die Hand aus, und der Junge machte tatsächlich Anstalten, sie zu ergreifen, als Mikael einen Fehler beging. So jedenfalls würde er sich später daran erinnern.

Hinterher erkannte er, dass er nicht zu einhundert Prozent bei der Sache gewesen war. Er hatte den blonden Jungen gesehen und an Hector gedacht, der zu Hause in seinem Bettchen lag. Dieser kleine Mensch, den er und Karin gerade erst kennenlernten. Und er hatte sich gefragt, wie es mit einem Menschen, einem Kind, so weit kommen konnte wie mit diesem selbstmordbereiten Teenager. Ob er genug Liebe und Aufmerksamkeit bekommen hatte.

»Denk an die, die dich lieben. Deine Eltern machen sich gerade bestimmt große Sorgen um dich«, sagte er zu dem Jungen, doch da wurden dessen Augen vollkommen leer und dunkel, und er sah Mikael mit einem Blick an, als hätte er ihm ins Gesicht geschlagen.

Und dann sprang er. Oder besser gesagt: Er ließ los. Ließ einfach das Geländer los und ließ sich rückwärts hinabfallen. Für eine lange Sekunde hatte Mikael Augenkontakt mit ihm, dann riss ihn die Schwerkraft mit sich.

»Es ist nicht deine Schuld. Er hatte sich entschieden«, versuchten seine Kollegen, ihn anschließend zu trösten.

Einen Monat später hatte Mikael während einer Razzia bei einem Dealer zum ersten Mal ein Tütchen Koks eingesteckt. Als Stimmungsheber, hatte er sich eingeredet.

Doch bald schon war sein Leben, wie er es kannte, mehr und mehr aus den Fugen geraten.

Darum hatte er die Rolle als Verhandlungsführer seither stets zu meiden versucht.

Aller Augen ruhten auf Mikael. Er wandte den anderen den Rücken zu, räusperte sich und lauschte dem Anrufsignal im Telefon. Das Telefon war an ein Aufnahmegerät gekoppelt, damit das Gespräch mit Hasselgren aufgezeichnet werden und die Kollegen gleichzeitig mithören konnten.

»Versuchen Sie es noch mal«, sagte Preben Jensen, als niemand ranging, doch Mikael schickte stattdessen eine SMS.

Hallo Morten. Mein Name ist Mikael. Ich möchte Ihnen erklären, warum die Polizei vor Ihrer Wohnung steht. Sie haben nichts zu befürchten. Ich rufe gleich noch mal an.

Er ließ zwei Minuten verstreichen, bevor er erneut wählte. Diesmal wurde der Anruf mit einem wütenden »Hallo« entgegengenommen.

»Hallo Morten, hier ist Mikael.«

Keine Antwort, aber es wurde auch nicht aufgelegt.

»Ich gehöre zu denen, die gerade an Ihre Tür geklopft haben. Wir möchten gern mit Ihnen reden. Sind Sie damit einverstanden?«

Mikael hörte zwei Arten von Atmung. Kleine, schnelle Stöße und leises Schniefen vermischten sich mit Hasselgrens wütendem Schnauben. Es klang, als ob zwei Personen in der Nähe des Telefons wären.

»Sind Sie allein, Morten?«

»Warum? Was geht dich das an?«

»Dürfen wir reinkommen?«

»Ich hab nichts gemacht. Haut ab.«

»Das werden wir, aber erst möchten wir mit Ihnen reden.«

»Meine Mutter hat Angst. Verpisst euch!«

»Morten, hören Sie, wir möchten nur mit Ihnen reden. Ihnen passiert nichts …«

»Ich hab keine Angst vor euch.«

»Dann kommen Sie raus, damit wir reden können. Wo in Ihrer Wohnung sind Sie gerade? Ich habe die Leute gebeten, nicht mehr anzuklopfen. Kommen Sie einfach ganz ruhig mit erhobenen Händen heraus, dann …«

»Einen Scheiß werd ich. Ihr schießt doch eh. Aber ihr habt keine Ahnung, was euch erwartet. Ich habe haufenweise Waffen.«

»Das weiß ich, Morten. Wir werden nicht schießen. Und Sie werden auch nicht schießen. Morten, warum öffnen Sie nicht einfach die Tür? Stehen Sie an der Tür?«

»Ich stehe nicht an der verkackten Tür, und ich mache nicht auf, ihr verfickten Bullenschweine. Jetzt verpisst euch endlich.«

Mikael rieb sich die Stirn und lehnte sich an die Wand.

Neue Taktik: Rede über etwas anderes.

»Ich habe gesehen, dass Sie eine Schlange besitzen. Welche Art ist es?«

Schweigen.

»Es ist eine Königspython, oder?«

Morten räusperte sich am anderen Ende.

»Ich hab schon mein ganzes Leben lang Schlangen. Sie geben einem Ruhe.«

»Ruhe vor was?«

»Vor Typen wie dir. Dreckigen linken Systemlakaien.«

Die letzten Worte spie er aus, und jetzt hörte Mikael ganz deutlich die Frauenstimme, die mit einem Schluchzen auf Hasselgrens Ausbruch reagierte.

»Sind Sie bei Ihrer Mutter, Morten? Ist Kirsten bei Ihnen?«

»Natürlich ist sie hier.«

»Lassen Sie mich mit ihr sprechen.«

»Nein. Sie hat keine Lust.«

Die Frauenstimme sagte etwas, schrie kurz auf und begann zu schluchzen.

»Was ist los, Morten?«

»Sie will einfach nicht stillsitzen. Ich hab ihr gesagt, dass sie stillsitzen soll. Sie will verfickt noch mal nicht stillsitzen. *Bleib gefälligst sitzen!*«

Mikael hörte ein lautes Klatschen, und das Weinen der Frau wurde heftiger. Dann ein weiteres Klatschen, und das Weinen verstummte. Hasselgren schlug seine Mutter. Was zur Hölle sollte er tun?

Er warf einen Blick über die Schulter. Preben Jensen sah ihn entschlossen an. Mit einer Handbewegung gab er ihm zu verstehen, dass sie die Wohnung jetzt stürmen mussten. Mikael schüttelte heftig den Kopf, signalisierte »fünf Minuten« und wandte den anderen erneut den Rücken zu.

»Morten. Bitte hören Sie mir zu. Ich habe noch fünf Minuten bekommen, dann kommen die Männer zu Ihnen rein, falls Sie nicht freiwillig rauskommen. Schicken Sie erst mal Ihre Mutter zu uns raus. Ihr soll doch nichts passieren, oder?«

Stille.

»Morten? Hören Sie mich?«

»Sie sagt nichts mehr … Das ist deine Schuld.«

Mikael sah zu Jensen, der bereit war, dem Festnahmetrupp vor Hasselgrens Tür das Okay zu geben. Mit erhobenem Daumen signalisierte Mikael ihm, dass sie zugreifen sollten.

53

»Woher zur Hölle haben die diese Informationen? Von Kirtzner?«

Frederik hielt sein Handy hoch, damit Mikael lesen konnte, was auf dem Display stand.

»BRANDAKTUELL: Gefährlicher Täter in Slagelse festgenommen. Polizei spürt gefährlichen Mann in Getto auf. Ist das der Durchbruch im Rotkreuzfall? #rotkreuz #mord #dkpol #politidk«, hieß es im Tweet eines Mitglieds des parlamentarischen Rechtsausschusses.

Das Romeo-Team hatte die Wohnung gestürmt und mit Tränengas gefüllt. Sie hatten Hasselgren gefunden, der sich in seinem Zimmer verschanzt hatte. Seine Mutter war bewusstlos, aber außer Lebensgefahr. Seit dem Abschluss der Aktion waren dreißig, vielleicht fünfunddreißig Minuten vergangen. Der Tweet war vor achtundzwanzig Minuten geschrieben worden.

Mikael zuckte mit den Achseln und sah zur Liveübertragung auf dem Fernsehbildschirm, wo Morten Hasselgren, gekleidet in einen weißen Overall, von zwei Beamten aus dem Gebäude geführt wurde. Seine Hände waren mit Handschellen hinter dem Rücken gefesselt. In einem synchronen Blitzlichtgewitter leuchteten die Kameras der Pressefotografen auf, und er blinzelte. Die Beamten trugen schusssichere Westen, Helme mit Visier und Maschinenpistolen.

Der Leiter des Romeo-Teams kam anschließend zu ihnen in die Einsatzzentrale.

»Meine Fresse, was für ein Rattennest. Da waren überall Kriechtiere. Dazu jede Menge Waffen und Computer«, sagte er und ließ sich auf einen der blauen Bürostühle fallen.

Er rollte nach hinten, öffnete seine Schutzweste an der Seite und zog sie aus.

»Habt ihr den Einsatz gefilmt?«, fragte Mikael.

»Ja, meine Helmkamera war eingeschaltet, ihr könnt euch also alles anschauen, wenn ihr wollt.«

Mikael nickte.

Sie steckten die SD-Karte aus der Helmkamera des Romeo-Führers in einen Laptop und projizierten die Aufnahme auf einen Bildschirm.

»Ich spule zu der Stelle vor, wo er festgenommen wird«, sagte der Romeoführer.

Es gab eine lange Pause, in der Mikael am Telefon mit Hasselgren gesprochen hatte. Warum hatte er Hasselgren nicht dazu gebracht, sich zu ergeben?

Der Romeo-Führer schien seine Gedanken lesen zu können.

»Was Sie gesagt haben, war klasse«, sagte er. »Ich bin sicher, er hätte auf uns geschossen, wenn Sie ihn nicht am Hörer bearbeitet hätten. Er hatte sich geladene Waffen bereitgelegt, sich aber während des Gesprächs von ihnen entfernt. Das ist Ihr Verdienst.«

Mikael sah ihn verdutzt an. »Ist das Ihr Ernst?«

»Ja, er hat total am Rad gedreht, aber Sie haben ihn beruhigt.«

»Was ist mit seiner Mutter?«

»Sie wird überleben. Das Wichtigste ist, dass keine Schüsse abgegeben wurden und die Festnahme mehr oder weniger ruhig erfolgt ist.«

Auf dem Bildschirm erschien dichter Rauch, und als er sich wieder auflöste, sah man einen glatzköpfigen Mann mit den

Händen im Nacken und dem Gesicht auf den dunklen Teppich gedrückt auf dem Boden liegen. Seine aus dem T-Shirt ragenden Arme waren tätowiert, außerdem hatte er ein Tattoo an der linken Seite des Halses.

Die Kamera richtete sich auf eine Frau neben dem Mann. Sie saß an die Wand gelehnt auf dem Boden, während ihr ein Beamter in die Augen leuchtete.

»Sie ist am Leben«, rief er dem Romeo-Führer zu, der seine Kamera daraufhin durch den Rest des Zimmers schweifen ließ. Neben einem schmalen, ungemachten Bett und drei Computerbildschirmen auf einem großen Schreibtisch war das Zimmer vom Boden bis zur Decke mit Nazimemorabilien bestückt. Hakenkreuze, Embleme, Hitlerbilder, Südstaatenflaggen, Ku-Klux-Klan-Symbole und Fotos von SS-Offizieren bedeckten jeden Zentimeter der Wände. An der Wand über dem Bett hing die große rot-weiß-schwarze Flagge mit dem Hakenkreuz in der Mitte. Das Wohnzimmer war nur minimal »gemütlicher« mit einem Sofa aus Kunstleder, einem Couchtisch mit Brandflecken, einem Fernseher und einer ganzen Wand voller Terrarien mit Spinnen, weißen Mäusen und einer großen gelben Python.

Der Romeo-Führer hatte Hasselgrens Waffenschrank hinter der Tür seines Zimmers ausgemacht, aber es waren keine Waffen zu sehen. Die fanden sich auf dem Esstisch in der Küche: zwei Handwaffen und eine lange Machete mit Hakenkreuz.

»Wir dürfen nicht vergessen, den Technikern zu sagen, dass wir nach etwas Handschriftlichem von ihm suchen«, sagte Frederik, und Mikael schrieb es für das nächste Briefing ans Whiteboard.

»Übrigens«, der Romeo-Führer schaute sie an. »Auf den Aufnahmen sieht man es nicht, aber Hasselgren hatte sich selbst etwas in den linken Unterarm geritzt. Ziemlich unbeholfen. Sieht aus wie das Symbol aus dem Rotkreuzfall, das in den Medien veröffentlicht wurde. Die Wunden waren noch rot und geschwollen. Das solltet ihr euch wohl näher ansehen, sobald ihr mit ihm sprecht.«

Mikael nickte anerkennend.

»Gut gesehen.«

Als die anderen die mobile Einsatzzentrale verließen, blieb Mikael allein zurück. Auf einem Bildschirm lief TV 2 NEWS. Preben Jensen als der lokale Einsatzleiter war bereits nach Nordbyen gefahren, um sich um die Presse zu kümmern.

Mikael war froh, allein zu sein. Er studierte das Whiteboard und ging die Bilder, die er gerade aus der Wohnung gesehen hatte, ein weiteres Mal in Gedanken durch. Irgendetwas passte nicht. Das Profil, das man sich als Ermittler im Kopf von einem Täter machte, stimmte selten vollends mit der Wirklichkeit überein. In diesem Fall aber störten einfach zu viele Dinge das Bild.

Der Mord an Georg Schmidt war riskant, brutal, symbolgeladen und allem Anschein nach von großer persönlicher Wut angetrieben. Und der Täter hatte auffällig wenige Spuren hinterlassen. Nun hatten sie jemanden festgenommen, der bei seiner Mutter lebte und sich vermutlich kaum bequemte, seine schmutzigen Unterhosen in den Wäschekorb zu schmeißen.

Irgendetwas stimmte ganz und gar nicht.

54

Ulrik Keller streckte den Kopf durch die Türöffnung.

»Du hast mich rufen lassen?«

»Komm rein, Ulrik«, sagte der Ministerpräsident. »Und schließ die Tür.«

Troels Mejding stand von seinem Schreibtisch auf, zog sein Jackett aus und trat an das einzige Fenster, durch das ein Rest Tageslicht in den Raum fiel.

Sein »Denkfenster«, wie seine Frau es nannte, nachdem ein Zeitungsfotograf ein wirklich gelungenes Foto von ihm an eben jenem Fenster geschossen hatte, auf dem er wie ein echter Staatsmann aussah. Attraktiv, verantwortungsbewusst und mit der entschlossenen Ausstrahlung eines Landesvaters.

Das Bild war für diesen Anlass natürlich sorgsam in Szene gesetzt worden. Während des gesamten Shootings hatte Mejding sich zwingen müssen, an den Tag zu denken, an dem sein Vater ihren alten Labrador hinter die Scheune gezogen und dort erschossen hatte. Mejding war damals acht oder neun Jahre alt gewesen, aber das Geschehnis hatte dem Jungen Charakter und Haare auf der Brust gegeben, wie sein Vater es ausgedrückt hätte. Erst in jenem Moment, vierzig Jahre später, hatte Mejding realisiert, dass die Erinnerung an den treuen Max, der mit blutigem Fell hinter der Scheune gelegen hatte, noch immer die angemessenen gedankenschweren Falten in sein Gesicht grub. Wie auf Kommando. Es war doch tatsächlich nichts so schlecht, dass es nicht zu irgendetwas nutze war.

Er lockerte seinen Schlips.

»Ulrik, wir haben ein Problem«, begann er.

»Lass hören«, erwiderte der Spindoktor. Wie immer loyal, dienstbereit, kontrolliert. Keller war die Schlüsselfigur von Mejdings gut geschmierter Wahlkampagne vor drei Jahren gewesen und danach zum persönlichen Berater des Ministerpräsidenten aufgestiegen.

»Das ist der größte Tag meines Lebens«, hatte er gerührt gestammelt, und Mejding hatte fast schon ein schlechtes Gewissen bekommen.

Denn er hatte Keller nicht ausgewählt, weil er der beste politische Stratege war. Diesen Teil der Arbeit bewältigte Mejding problemlos allein. Er hatte Keller auch nicht wegen seines gottbegnadeten Schreibtalents eingestellt, sondern einzig und allein wegen seiner Loyalität. Und weil er noch immer die Dreistigkeit eines Straßenkindes, die Brutalität eines Gangmitglieds besaß. Kellers Kindheit hatte ihn geprägt. Sie war hart gewesen. So hart, dass Keller niemals darüber sprach. Mejding hatte ihn selbstverständlich überprüfen lassen, und was bei diesem Hintergrundcheck herausgekommen war, hatte ihm einen gewissen Respekt eingeflößt.

»Das Problem ist Rasmus Berg. Er ist … außer Kontrolle. Er ist noch neu in Christiansborg und versteht nicht, wie wichtig es ist, dass er in dieser Situation den Mund hält. Über Georg Schmidt, über den ›Versuch‹ … das alles. Was da geschehen ist, darf unter keinen Umständen ans Licht kommen. Berg muss … in seine Schranken verwiesen werden.«

Keller sah ihn ausdruckslos an, was in der Regel bedeutete, dass er genau zuhörte. Mejding fuhr fort und ärgerte sich über seine sich plötzlich überschlagende Stimme.

»Verdammt. Nicht mal eine beschissene Morddrohung bringt den Kerl dazu, den Mund zu halten. Wir dürfen jetzt nicht riskieren, dass er verrücktspielt. Geh damit an die Presse oder wende dich ans Präsidium. Wir müssen dafür sorgen, dass dieser ›Versuch‹ korrekt kommuniziert wird. Dass die Dänen verstehen, was wir vorhatten, vorhaben. Wie wir uns die Zukunft vorstellen.« Er sah Keller direkt an. »Oder was meinst du?«

»Ich bin ganz deiner Meinung«, antwortete Keller. Vollkommen kühl. Wie immer.

Wenn irgendjemand Mejdings radikalen Einsatz »für die Kinder« stützte, dann Keller. Zweifellos hatte das mit seiner eigenen Kindheit zu tun, mit der Verwahrlosung, die er erlebt hatte, dem Suff und was noch alles dazugehörte. Eigentlich stammten die rhetorischen Phrasen aus Kellers Feder: »Auf der Seite der Kinder«, »Zum Wohle der Kinder« oder »Verdienen Eltern wirklich eine zweite Chance?«. Lauter Schlagworte, die bald ins Spiel kommen könnten.

»Wir sollten spätestens in einem Jahr Neuwahlen ausschreiben. Spätestens. Da die Meinungsforscher uns nach Schmidts Tod und den Morddrohungen jetzt so gute Zahlen prognostizieren, sollten wir eventuell darüber nachdenken, die Wahlen schon im Frühjahr anzusetzen? Anfang Mai? Was meinst du?«, fragte Mejding.

»Ich wollte das Gleiche vorschlagen. Die Rede, die du nächste Woche vor der großen Friedensdemo in Østerbro hältst, wird ja von beiden großen Fernsehsendern übertragen. Das haben TV 2 und DR jedenfalls angekündigt. Ich denke, du hast volle Rückendeckung, und keine der Oppositionsparteien wird es wagen, dich an diesem Tag zu kritisieren. Das wäre sicher ein guter Zeitpunkt, um das Thema Neuwahlen anzusprechen«, antwortete er.

Typisch Keller. Pragmatisch durch und durch.

»Eine Ausnahme gibt es vielleicht«, sagte Mejding. »Und

das ist Berg. Ich vertraue nicht darauf, dass er wirklich den Mund hält. Auch nicht an diesem Tag. Mit seinem archaischen Verständnis von Richtig und Falsch lebt er doch in seiner ganz eigenen Welt.«

Mejding spürte eine für ihn ganz untypische, nervöse Wut in sich aufsteigen, die die Kontrolle übernahm, sodass seine Stimme beinahe schrill klang, als er weitersprach.

»Als stammte er aus einer anderen Zeit. Alles weiß er besser als wir. Keller, du musst dich um ihn kümmern. Bring ihn zum Schweigen. Bei Schmidt hat das ja auch geklappt.«

Keller sah ihn lange an.

»Verstehst du, was ich meine?«

Zum ersten Mal seit drei Jahren fühlte sich Mejding durch Kellers ausdruckslose Fassade provoziert.

Endlich tat sich etwas in Kellers Miene.

»Ich verstehe genau, was du meinst.«

55

In Wohnzimmer, Küche und Waschküche des kleinen gelben Hauses mit der schlaff herunterhängenden Flagge brannte Licht. Mikael warf einen Blick auf seine Omega. 23.15 Uhr. Es sah seiner Ex-Frau gar nicht ähnlich, an einem Wochentag so spät noch auf zu sein.

Er hatte am üblichen Ort im Schutz des Altglascontainers und der Bushaltestelle geparkt, mit freiem Blick auf alle Fenster, die zur Straße gingen. Manchmal fragte er sich, warum er immer wieder hierherkam. Mindestens einmal pro Woche saß er hier im Dunkeln und fand eine gewisse Ruhe darin, zehn oder fünfzehn Meter von dem kleinen Jungen entfernt zu sein, den er schrecklich vermisste. Auch wenn dieser Junge vermutlich kaum noch wusste, wer er war.

Er konnte es einfach nicht lassen. Auf diese Weise erhielt er sich wenigstens einen winzigen Schnipsel des Lebens, das so weit entfernt war. Es war seine Art, Hector seine Liebe zu zeigen. Indem er hier saß und auf ihn aufpasste. Sicherstellte, dass ihm da drinnen nichts Böses zustieß. Vielleicht war es aber auch Mikaels Art, sich selbst zu beweisen, dass er noch immer Vater war. Ein seiner Möglichkeiten amputierter, schlechter Vater, der die beiden verlassen hatte und unsichtbar war. Aber dennoch ein Vater.

Durchs Küchenfenster war nichts zu sehen. Die zwei Lampen über dem Spülbecken, die er selbst angebracht hatte, brannten. Sie hingen ein wenig schief, eine etwas höher als die andere. Damals hatten sie darüber gelacht und anschließend miteinander geschlafen. Erst hatte Mikael nicht gewollt, aus Rücksicht auf das Kind, aber Karin hatte abgewinkt und gesagt, das Kind solle sich ruhig daran gewöhnen, dass Mutter und Vater sich liebten.

Das war damals. Jetzt trennte sie weit mehr als eine Autotür und ein paar Meter. Zwischen ihnen standen Hass, Frustration und Enttäuschungen. Mangelnde Loyalität. Mikael wusste, dass das alles sein Fehler war.

Sie hatte ihn eines Abends im Bad beim Koksen überrascht.

Er hatte gedacht, sie würde schlafen. Sie war von Hectors Rufen wach geworden. Danach war es vorbei gewesen.

So einfach, so schnell.

Sie hatte ihn gefragt, ob es das erste Mal wäre, dass er etwas nahm, und er konnte nicht lügen. Nicht, nachdem sie ihn so angesehen hatte, mit Hector auf dem Arm.

Das erste Mal hatte er nach dem Selbstmord des Jungen

auf dem Rundetårn Koks genommen. Hector war damals gerade auf der Welt. Nur das eine Mal hatte er sich gedacht. Aber zwei Tage später war er nach einer von Albträumen geplagten Nacht aufgewacht und hatte eine weitere Line geschnieft, um einen klaren Kopf zu bekommen. Drei Tage später hatte er dann den Rest des konfiszierten Dopes auf einem Fest genommen und dabei festgestellt, dass die Drogen ihn redselig und extrovertiert machten. Zum ersten Mal in seinem Leben hatte er das Gefühl gehabt, im Mittelpunkt zu stehen. An diesem Abend hatte er Karins Unterstützung nicht gebraucht.

Danach hatte er immer wieder ein Tütchen konfiszierte Drogen in die eigene Tasche gesteckt. Die Dealer beschwerten sich nie, wenn ihnen der Besitz von weniger Stoff angelastet wurde, als sie bei sich gehabt hatten, und die Kollegen bemerkten nichts.

Auch Karin hatte in den ersten Jahren nicht die richtigen Schlüsse gezogen. Oder vielleicht doch? Seine manische Art hatte sie zunehmend verwundert, wie auch seine Suche nach immer extremeren Arbeitsaufgaben, obwohl sie ein kleines Kind hatten. Die schrumpfende Zeit für Hector und sie. Wie auch seine Schlaflosigkeit im Wechsel mit Nächten, in denen er vierzehn Stunden durchschlief. Seine konfuse Zerstreutheit, wegen der sie Hector nur ungern in seiner Aufsicht ließ.

An jenem Abend hatte sie die Erklärung für all das bekommen.

Sie hatte ihn aufgefordert, seine Sachen zu packen. Auf der Stelle. Und als er sie um Verzeihung bat, um Verständnis, und ihr Buße und Besserung gelobte, hatte sie damit gedroht, zu seinem Vorgesetzten zu gehen.

»Du hast meine Familie zerstört«, sagte sie. *Meine Familie*, nicht *unsere*. In ihren Augen hatte er an dem Tag, an dem er zum ersten Mal Drogen mit in ihr Heim gebracht hatte, jedes Recht, Hector zu sehen, verspielt.

Es war ein echter Teufelskreis. Wenn Karin etwas sagte, verlor er seinen Job. Und was blieb ihm dann noch? Wofür sollte er dann noch leben?

Es war nicht nur die Angst vor der Kündigung gewesen, die ihn zurückgehalten hatte, sondern auch die Erkenntnis, dass sie recht hatte: Er war nicht in der Lage, sich um Hector zu kümmern. Er war eine Gefahr für seinen eigenen Sohn.

Irgendwann hatte er sie nicht mehr besucht. Nur hier, im Schutz der Dunkelheit, hatte er das Gefühl, noch ein bisschen auf seine Familie aufpassen, seinem Sohn ein klein wenig seine Liebe zeigen zu können. Wie ein gefallener Schutzengel.

In der Waschküche sah er plötzlich einen Schatten hinter dem Fenster und merkte, dass er seit Sekunden nicht geatmet hatte. Es waren Karin und Hector. Karin sagte etwas zu dem Jungen, und Mikael beobachtete mit feuchten Augen, wie der Kleine seine Mutter umarmte. Karin schaute aus dem Fenster, doch Mikael war sicher, dass sie ihn nicht sehen konnte. Sie stand im Licht, er parkte im Dunkel.

Er irrte sich.

Karin verschwand mit Hector im Wohnzimmer. Ein bläulich flackerndes Licht sagte ihm, dass der Fernseher eingeschaltet wurde. Dann kam Karin mit ihrer offenen Winterjacke aus dem Haus, an den Füßen braune Fellstiefel.

Fahr. Bleib. Hau ab. Steig aus. Die Möglichkeiten überschlugen sich in Mikaels Kopf, aber er blieb wie versteinert sitzen. Gefangen in drei Jahren Dunkelheit. Verdammt. Wie musste die Situation in Karins Augen aussehen?

Er ließ das Fenster herunter, um sich zu erklären.

»Was zum Teufel machst du hier? Sitzt du etwa da … und beobachtest uns?«

Karins Stimme war schrill. Mikaels Mund war trocken. Plötzlich fehlten ihm alle Antworten. Sie würde ihm kaum glauben, dass er nur hier saß, um auf Hector aufzupassen. Nur wenige Meter von dem Haus entfernt, in dem der Kleine sicherer war als an jedem anderen Ort.

»Karin, ich …«

»Hör damit auf. Ich habe dich hier schon öfter sitzen sehen, aber ich wollte es nicht wahrhaben. Was stimmt bloß nicht mit dir?«

»Setz dich ins Auto, dann erkläre ich …«

»Vergiss es, ich muss wieder rein zu Hector, deinem Sohn, vielleicht erinnerst du dich ja! Du hast ihn verlassen!«

Verlassen?

Er hatte Hector nicht verlassen, er hatte sich von ihm ferngehalten, um ihn zu schützen. In den ersten chaotischen Monaten nach der Trennung, als er versucht hatte, wieder auf die richtige Bahn zu kommen, hatte er sich unwürdig als Vater gefühlt. Er hatte Angst, nicht zu genügen und Hector zu schaden. Nur deshalb hatte er sich zurückgezogen. Aber das angeknackste Selbstbewusstsein blieb, die Monate verstrichen, und irgendwann wollte Karin nicht mehr, dass er den Jungen sah. In diesem Moment hatte Mikael sich eingestehen müssen, dass er nicht um seinen Sohn gekämpft hatte. Nicht, weil er Hector nicht liebte. Sondern weil er sich selbst nicht ertrug.

Mikael schluckte und wog seine Worte genau ab. Er wollte nichts Dummes sagen. Karin drehte sich um und ging zurück Richtung Haus.

»Ich will nicht, dass du uns weiter ausspionierst«, sagte sie über die Schulter.

»Karin, bitte, hör mir zu.«

Mikael öffnete die Autotür und stolperte hinter ihr her. In der Einfahrt blieben sie stehen. Der Fernseher war bis nach draußen zu hören. Wahrscheinlich hatte sie ihn extra laut gestellt, damit Hector nichts mitbekam.

»Ich nehme nichts mehr«, sagte er. »Ich habe das Dezernat gewechselt, mit Drogen habe ich nichts mehr zu tun. Ich … ich vermisse einfach Hector.«

»Du hast deine Entscheidung vor drei Jahren getroffen. Da wolltest du nur dich selbst. Du kannst jetzt nicht einfach hier auftauchen und in unser Leben eindringen. Halt dich von uns fern.«

56

Die Presse war zahlreich vor dem Gerichtsgebäude erschienen, aber der Haftprüfungstermin von Morten Hasselgren war an diesem letzten Donnerstagmorgen im Januar schon wieder zu Ende, ehe er richtig begonnen hatte.

Die Richterin fragte, ob Hasselgren seinen Namen bestätigen könne, sein Geburtsdatum und ob es der Tatsache entspräche, dass er tags zuvor um 17.02 Uhr festgenommen wurde. Hasselgren murmelte ein Ja, und die Richterin bat ihn, lauter und direkt ins Mikrofon zu sprechen. In den Reihen hinter ihm saß ein knappes Dutzend Journalisten und machte sich Notizen.

Der Staatsanwalt erhielt das Wort und verlas die Anklage.

»Sie werden des Mordes an Georg Schmidt beschuldigt, begangen am 6. Januar 2020 zwischen 00.30 Uhr und 05.20 Uhr im Blegdamsvej 27, 2100 Kopenhagen Østerbro. Sie haben den Mann mit seinem eigenen Schlips stranguliert.«

Hasselgren rutschte unruhig auf seinem Stuhl herum und sah zu Kristina Truestrup, seiner bestellten Strafverteidigerin.

Der Staatsanwalt fuhr fort.

»Des Weiteren wird Ihnen zur Last gelegt, gegen § 139 verstoßen und die Leiche nach dem Tod geschändet zu haben.« Der Staatsanwalt blätterte weiter und fuhr beinahe tonlos fort. »Drittens wird Ihnen vorgeworfen, in der Zeit vom 17. bis 24. Januar 2020 mehrere schriftliche Drohungen per E-Mail oder Brief an Mitglieder des Parlaments verschickt zu haben, darunter auch Ministerpräsident Troels Mejding. Sie haben in den gleichlautenden Schreiben zum Ausdruck gebracht, dass die Empfänger den Tod verdient hätten. Des Weiteren werden Sie angeklagt, gegen § 192 a verstoßen zu haben und unerlaubt im Besitz von Waffen gewesen zu sein, darunter mehrere geladene Schusswaffen mit passender Munition.«

Der Staatsanwalt hob den Blick und nickte der Richterin zu, die erneut das Wort ergriff.

»Möchten Sie zu diesen Vorwürfen Stellung nehmen?«, fragte sie an die Verteidigerin gerichtet.

»Nicht schuldig«, sagte Kristina Truestrup laut vernehmlich. Ein Raunen ging durch die Zuschauerreihen.

»Ich möchte das Gericht bitten, die Öffentlichkeit von diesem Verfahren auszuschließen. Aus Rücksicht auf den Charakter des Falls und die Ermittlungen der Polizei«, sagte der Staatsanwalt.

Die Verteidigerin nickte zustimmend.

»Ich möchte außerdem darum bitten, ein Namensverbot für meinen Mandanten auszusprechen, da eine Bekanntmachung seiner Identität ihn nur unnötiger Kränkung aussetzen würde«, fügte sie hinzu.

Ein Namensverbot bedeutete für die Presse, dass weder Hasselgrens Name noch seine Adresse oder sein Arbeitsplatz angegeben werden durften. Auch die Identität seiner Familie durfte nicht genannt werden.

Die Richterin sah zu den anwesenden Journalisten.

»Möchte jemand dazu Stellung nehmen?«

»Ja!«, ertönte eine klare Stimme. Eine Frau erhob sich auf den für die Presse reservierten Plätzen.

»Mette Larsen von der *Morgenavisen*. Ich protestiere auch im Namen meiner Kollegen gegen den Ausschluss der Öffentlichkeit. Nach § 65 ist es ein Grundsatz der Rechtspflege, dass Verhandlungen öffentlich zugänglich sind. In diesem Fall hat die Öffentlichkeit unserer Meinung nach ein ganz besonderes Recht, informiert zu werden«, sagte sie und blieb stehen. »Ich protestiere des Weiteren gegen das Namensverbot. Der Mann wird eines schwerwiegenden Verbrechens beschuldigt, dessen Ziel es war, die Öffentlichkeit zu verunsichern und Angst und Schrecken zu verbreiten. Die Öffentlichkeit hat daher ein Recht, die Identität des Verdächtigen zu erfahren. Dieses Recht wiegt unserer Meinung nach schwerer als das Persönlichkeitsrecht des Täters, das die Anwältin geltend machen möchte«, sagte Mette und holte tief Luft. »Ich möchte aber hinzufügen, dass wir in das Namensverbot einwilligen würden, wenn das Verfahren dadurch öffentlich bleibt.«

Die Richterin hatte sich einige Notizen gemacht, während Mette redete, ging jedoch nicht weiter auf ihre Entscheidung ein.

»Wir schließen hiermit die Öffentlichkeit aus Rücksicht auf die Ermittlungen aus. Außerdem wird ein Namensverbot verhängt. Meines Erachtens liegt es nicht im Interesse der Öffentlichkeit, bereits zum jetzigen Zeitpunkt die Identität des Beschuldigten zu kennen.«

Tiefe Seufzer waren zu hören, Stuhlbeine kratzten über den

Boden. Die Zuhörer verließen den Saal und ließen Hasselgren mit Verteidigerin, Richterin und Staatsanwalt allein.

»Das ist nicht in Ordnung, ich werde diese Entscheidung anfechten«, sagte Mette zu einem Kollegen von einer konkurrierenden Zeitung.

Er zuckte mit den Schultern.

»Hast du etwas anderes erwartet? Mittlerweile ist es doch die Regel, dass wir ausgeschlossen werden«, sagte er und fischte eine Zigarette aus seiner Tasche, während sie auf die Straße gingen, um auf den Entscheid zu warten.

Nach dreiundzwanzig Minuten wurden sie wieder in den Saal gerufen.

Hasselgren war bereits abgeführt worden, als die Richterin der Presse verkündete, dass der Angeklagte vorläufig für vier Wochen in Untersuchungshaft genommen werde.

57

In der Dunkelheit des Kellers schoss Maria mit einem Mal ein stechender Schmerz vom rechten Knie bis hinauf in den Oberschenkel. Sie stöhnte laut auf, zog ihr iPhone aus der Tasche und schaltete die Taschenlampen-App ein.

Im vorderen Teil des Kellers war eine Glühbirne durchgebrannt, und sie hatte offenbar etwas zu selbstsicher darauf gebaut, die labyrinthischen Gänge zwischen den Kisten und Kartons gut genug zu kennen, um unbeschadet bis zum nächsten Schalter zu kommen.

Direkt vor ihr stand das schmerzhafte Hindernis, an dem sie sich das Knie gestoßen hatte: ein stattlicher dunkelblauer

Kinderwagen mit geschwungenem Chromgestell und großen, altmodischen Rädern. Er gehörte zum Basse-Fall, der Polizei und Öffentlichkeit über Jahrzehnte beschäftigt hatte und bis vor Kurzem das Zugpferd im Ausstellungsraum im Erdgeschoss gewesen war. 1966 war auf offener Straße ein Säugling aus dem Kinderwagen geraubt worden und seither spurlos verschwunden.

Maria humpelte weiter. Ihre schlechte Laune hatte sich durch den Zusammenstoß mit dem Kinderwagen nicht gerade verbessert. Am Vormittag war sie auf dem Weg zu einem Treffen in Teglholmen gewesen, um den diensthabenden Staatsanwalt dazu zu bewegen, den Fall über den Doppelmord 1968 freizugeben, damit das gesamte Material an das Polizeimuseum übergeben werden konnte. An der Rezeption hatte sie erfahren, dass der Mann wegen eines dringenden Falls unabkömmlich sei.

Beim Verlassen des Gebäudes war sie Mikael Dirk in die Arme gelaufen, der ihr erklärt hatte, dass die Abwesenheit des Staatsanwalts sicher mit dem Durchbruch im Schmidt-Fall zu tun habe.

Am Abend des Vortages habe die Polizei einen Mann festgenommen, der unter dringendem Tatverdacht stand, den Generalsekretär des Roten Kreuzes ermordet und die Drohbriefe an die zahlreichen Politiker geschrieben zu haben.

Bei dem Festgenommenen handelte es sich um einen zweiundzwanzigjährigen Mann aus der Neonazi-Szene.

Schon aus dem wenigen, das Mikael ihr erzählt hatte, war deutlich geworden, dass ein Zusammenhang mit den Morden 1968 höchst unwahrscheinlich war. Die Festnahme brachte sie einer Lösung des Vinther-Mysteriums also keinen Schritt näher.

Mikael Dirk, der bei ihrer letzten Begegnung wie auch bei

dem Telefonat auf der Fähre fast schon mit ihr geflirtet hatte, war an diesem Morgen verschlossen und reserviert gewesen, beinahe abweisend. Seine Augen waren gerötet, als hätte er die ganze Nacht nicht geschlafen. Und als sie ihm etwas linkisch viel Glück bei seinem Fall gewünscht hatte, hatte er sehr knapp geantwortet: »Mal sehen, ob das wirklich der Durchbruch ist.«

Doch Mikael war nicht der einzige Mensch, der ihr an diesem Morgen aufgestoßen war. Bodil hatte ihr, nachdem sie Maria nicht im Büro angetroffen hatte, eine E-Mail geschickt und darin nicht einmal versucht, ihren Unmut in schöne Worte zu kleiden, der sich unter anderem auf Marias Abwesenheit wegen des Todes einer »entfernten Bekannten« bezog und – leider zu Recht – darauf, dass der geplanten Ausstellung noch immer jegliche Struktur und Planung fehlten. Als abschließenden Trumpf hatte die Museumsleiterin ihr zu verstehen gegeben, dass sie in dem Meer der arbeitslosen Akademiker sicher pflichtbewusstere Exemplare als Maria finden könne, sollte sie wichtigere Dinge zu tun haben, als sich um das Museum zu kümmern.

Deshalb stand sie jetzt im Keller und funzelte wie ein blöder Einbrecher mit ihrer Taschenlampe herum. Wenn der Doppelmord in Hellerup als Aufmacher nicht infrage kam, fehlten ihr neben einem Fall aus den Sechzigern auch noch Fälle aus den Siebzigern und Neunzigern.

Für die Neunziger bot sich einer der zahlreichen unaufgeklärten Frauenmorde an, die dieses Jahrzehnt geprägt hatten. Die Siebziger waren ein größeres Problem, wobei ihr da ein Fall in den Sinn gekommen war, der der Ausstellung einen leicht exotischen Touch geben könnte.

Maria drückte den Schalter, und das bläulich kalte Licht der Neonröhren begann zu flackern. Nur gut, dass sie keine

Angst im Dunkeln hatte oder an Arachnophobie litt, dachte sie, als sie sich eine klebrige Spinnwebe aus den Locken zog. Der Keller war die reinste Geisterbahn.

Sie ging zwischen den Regalen hindurch und zog einzelne Kartons heraus, bis sie fand, wonach sie suchte. Ein unaufgeklärter Mord aus dem Jahr 1977, der im Gegensatz zu den meisten anderen Frauenmorden nur spärlich in der Presse besprochen worden war. Wofür es eine naheliegende Erklärung gab: Der Mord war auf Grönland geschehen und das Opfer eine Grönländerin. In den grönländischen Medien war der Mord als der Ivalu-Fall bekannt geworden.

Maria hatte vor Kurzem eine deprimierende Studie über die Mordfälle der letzten fünfzehn Jahre in Grönland gelesen. Statistisch gesehen, gab es in Grönland sechzehnmal mehr Morde als in Dänemark, wobei sich Täter und Opfer im Gegensatz zu Dänemark beinahe immer kannten. Bei den meisten Taten waren Alkohol oder Drogen im Spiel.

Maria schaltete das Licht aus und trat mit dem Karton in den Händen den gefährlichen Rückweg durch den dunklen Vorraum an. Dieser Mord unterschied sich von den üblichen grönländischen Taten in der Hinsicht, dass das weibliche Opfer offensichtlich von einem Fremden getötet worden war. Und die Tat war auch nicht im Drogenmilieu anzusiedeln. Ganz im Gegenteil handelte es sich bei der getöteten Frau um die Tochter eines der mächtigsten Männer Grönlands, des wohlhabenden Geschäftsmanns und Politikers Jens Johansen.

Wenn man in dem dünn besiedelten Land überhaupt von Elite sprechen konnte, gehörten Jens und Ivalu Johansen mit Sicherheit dazu. Ivalu Johansen war zweiunddreißig Jahre alt gewesen, unverheiratet und kinderlos. Sie hatte an der Universität Kopenhagen und der London School of Economics studiert und bis zu ihrem Tod eine etwas unklare Position in der Firma ihres Vaters, Arctic Fur, innegehabt. Sie hatte teils in Kopenhagen, teils in einem neu gebauten Bungalow am Stadtrand von Nuuk gewohnt, von dem aus sie durch die großen Panoramafenster Aussicht auf den Fjord hatte.

Am 22. April 1977 hatte Ivalu sieben grönländische und ausländische Gäste zu einem Essen zu sich nach Hause eingeladen. Das Küchenpersonal hatte das Haus gegen 22.00 Uhr verlassen, als es am Tisch noch hoch hergegangen war. Die Stimmung war ausgelassen, es wurde wild diskutiert, gelacht, und immer wieder hatten die Gäste sich zugeprostet.

Die junge Frau, die am Tisch bedient hatte, formulierte es in ihrer Aussage so: »Die Gastgeberin hat geradezu gestrahlt.«

Wenige Stunde später war Ivalu tot.

Maria erreichte den Ausgang des Kellers, wo sie von dem ganzen Dreck und Staub erst einmal niesen musste. Sie öffnete die Tür und schob sich mit dem Karton hindurch, als sie plötzlich seinen keuchenden Atem hörte. Er stand unmittelbar vor ihr, die Augen weit aufgerissen.

»Pelle, verdammt, hast du mich erschreckt! Was machst du hier?«

Er antwortete nicht. Sein Mund öffnete und schloss sich wie bei einem Fisch, es kam aber nur ein gestammeltes »I…i…i über seine Lippen. Stattdessen wedelte er mit einem kleinen Karton herum. »Ich… wollte die Glühbirne wechseln. Bodil hat gesagt, dass da eine Lampe kaputt ist.«

»Du sollst dich nicht immer anschleichen. Es ist hier so schon gruselig genug«, fuhr Maria ihn an und bereute es sofort. Schließlich konnte Pelle nichts für ihre schlechte Laune, auch wenn er ihr mit seiner Art wieder einmal auf die Nerven ging.

»Ich wusste ja nicht, dass du hier unten bist«, stammelte Pelle.

»An der Treppe brennt Licht. Dann ist doch klar, dass jemand unten ist!«

Pelle brachte nichts zu seiner Verteidigung hervor.

»Die kaputte Birne ist im ersten Kellerraum. Weiter hinten funktioniert alles«, sagte sie.

Sie ließ den stumm nickenden Studenten stehen, bevor die Situation noch peinlicher wurde.

58

Zurück im Büro holte Maria sich einen Kaffee und schlug den Ordner auf. Sie schauderte, als sie die ersten Dokumente durchgesehen hatte.

Am 21. April 1977 war spätabends noch Leben in Ivalus Haus gewesen, wie ein Nachbar bemerkt hatte, als er sich um 23.20 Uhr schlafen legte. Als er gegen 02.30 Uhr auf die Toilette gegangen war, war Ivalus Haus in Stille gehüllt.

Am nächsten Morgen schlossen zwei Putzfrauen die Tür auf, hinter der sich ihnen ein grauenhafter Anblick bot. Ivalu Johansen lag auf dem Rücken auf dem Wohnzimmerboden, das pinke Kleid bis zum Nabel aufgeschnitten, der untere Teil des Bauches entblößt. Ihre Hände waren über der Brust gefaltet, und ein Stück Zugleine von einem Hundeschlitten lag um ihren Hals. Ihre Nylonstrumpfhose war aufgeschnitten, der Slip jedoch intakt und unberührt. Laut Bericht der Rechtsmediziner war Ivalu weder bevor noch nachdem sie erdrosselt wurde vergewaltigt worden.

Draußen im Schnee fanden sich wie erwartet Hunderte Fußabdrücke von Ivalu selbst sowie ihren Gästen und dem

Servicepersonal. Auch im Haus kamen die Ermittler nicht weiter: Es wimmelte von Fingerabdrücken des Küchenpersonals, der Bedienung, des Vaters, der Putzfrauen und der sieben Abendgäste, die ihre Gastgeberin um kurz vor Mitternacht in kleinen Gruppen verlassen hatten.

Es schien ein feuchtfröhlicher Abend gewesen zu sein. Überall im Raum verteilt, standen Gläser mit Resten von Alkohol, und den Spuren auf dem Wohnzimmerboden nach zu schließen, war dort getanzt worden.

Der Mörder habe sich vermutlich durch die unverschlossene Haustür hereingeschlichen und die nichts ahnende, angetrunkene Ivalu überwältigt, schrieb ein Ermittler in seinem Bericht. Vielleicht habe sie ihrem Mörder aber auch selbst die Tür geöffnet, kurz nachdem die Gäste gegangen waren. Ihre Schuhe hatte sie offenbar ausgezogen, schien jedoch nach wie vor vollständig bekleidet gewesen zu sein, als sie überfallen wurde.

Der Rechtsmediziner sagte, dass Ivalu mit großer Wahrscheinlichkeit von hinten angegriffen, rücklings zu Boden gerissen und ins Wohnzimmer gezerrt worden war, wo sie nach einem »festen und ausdauernden Griff um den Hals« gestorben war, wie es im Obduktionsbericht hieß.

Der Todeszeitpunkt wurde auf irgendwann zwischen 00.30 Uhr und 02.30 Uhr festgelegt.

Der Täter wurde nie gefunden, und Ivalus Vater starb wenige Jahre später an schlechtem Herzen und abgrundtiefer Trauer. Jeder Form von Gerechtigkeit und seines einzigen Kindes beraubt.

Der erste Verdacht richtete sich natürlich gegen die sieben Personen, die während Ivalus letzten Stunden in ihrem Haus zu Gast waren, doch nach mehreren Vernehmungen der Gäste gaben die Ermittler es auf, diese Möglichkeit weiterzuverfolgen.

Keinem der Gäste war aufgefallen, dass sich einer der anderen Anwesenden während des Abends ungewöhnlich verhalten hätte. Sie alle waren grönländischer oder dänischer Abstammung und trugen seit Jahren als Unternehmer, Beamte oder soziale Wohltäter dazu bei, das Ansehen und die wirtschaftlichen Verhältnisse Grönlands zu verbessern.

Die Ermittlungen verliefen im Sand. Die allgemeine Theorie der grönländischen Presse und der Bevölkerung lautete, dass der Täter ohne weitere Schwierigkeiten ins Ausland geflüchtet sei, vermutlich wenige Stunden nach dem Mord.

Maria machte eine Pause und lehnte sich auf ihrem Bürostuhl zurück.

Grönland war momentan absolut im Trend, und der Fall eignete sich gut, um zu beleuchten, was für eine große Bedeutung soziale Probleme und lockere Waffengesetze für die Mordstatistik eines Landes hatten. Seit den Siebzigern hatte Grönland beides besser im Griff, und die Mordrate war gesunken.

Dass der amerikanische Präsident vor nicht allzu langer Zeit – offenbar allen Ernstes – den Wunsch geäußert hatte, Grönland zu kaufen, als wäre es ein Reihenhaus in einer Kleinstadt, machte das Timing nicht eben schlechter.

Ob es wohl möglich war, jemanden zu finden, der Licht auf den alten Fall werfen konnte? War einer der Zeugen dieser letzten schicksalhaften Abendgesellschaft vielleicht noch am Leben?

Sie nahm einen Block und begann zu schreiben. *Ivalu J., 32, Nuuk/Grönland, gestorben 22. April 1977.* Dann blätterte sie durch den Ordner und fand eine Liste der Zeugen, suchte die Namen aus dem Bericht heraus, die als »während der Abendgesellschaft anwesend« gelistet waren, und notierte sie in Blockbuchstaben:

SUSANNE FREDERIKSEN
THOMAS FREDERIKSEN
JENS LYBERTH
KRISTIAN JOSEFSSEN
ANNELISE JEREMIASSEN
ERIK LYNGE
OTTO KLEIST

Sie überflog die maschinengeschriebenen Vernehmungsprotokolle und stellte fest, dass die Aussagen weitgehend nichtssagend waren. Alle hatten einen angenehmen, unauffälligen und feuchtfröhlichen Abend gehabt.

Ganz hinten im Ordner fand sie den Obduktionsbericht, der handschriftlich in stellenweise kaum lesbarer Schreibschrift in ein vorgedrucktes Formular eingetragen worden war.

Das Opfer, eine kleine, zierliche Frau, etwas über eins sechzig groß und neunundvierzig Kilo schwer, wäre für praktisch jeden eine leichte Beute gewesen. Der Terminus *Tod durch Strangulation* war in Blockbuchstaben geschrieben und unterstrichen.

In der nächsten Zeile folgte ein Detail, das Marias Puls beschleunigte. *Oberflächliche scharfe Läsionen in der Oberhaut, Abdominaltrauma. Folter?*, stand dort. Sie blätterte zur nächsten Seite und starrte eine Weile ungläubig darauf. Ihr Magen zog sich in einer Mischung aus Unbehagen und wachsender Paranoia zusammen. Wäre Bodils Persönlichkeit nicht zu einhundertzwanzig Prozent unvereinbar mit dem Konzept Aprilscherz, hätte Maria geglaubt, dass sie sich einen Spaß mit ihr erlaubte.

Auf Seite zwei des Obduktionsprotokolls war sie auf den Standardumriss eines weiblichen Körpers gestoßen, in dem der Rechtsmediziner die Stellen an Ivalus Körper mit physischen Verletzungen markiert hatte. Unterhalb des Nabels hatte er die Schnitte eingezeichnet, die der Täter dem Opfer zugefügt hatte, dem Rechtsmediziner zufolge »unmittelbar bei Eintritt des Todes«.

Es bestand kein Zweifel. Der Zylinder, das Eiserne Kreuz – was auch immer es darstellen sollte. Es war das Symbol.

Maria fotografierte den Obduktionsbericht mit ihrem Handy, heftete das Dokument zurück in den Ordner und klappte ihn zu. Sie musste den Ermittlern von ihrer Entdeckung erzählen. Das konnte einfach kein Zufall sein. Ein und dasselbe Zeichen, zuerst auf einem Gemälde, dann 1968 auf den Leichen zweier Bürger aus Hellerup, 1977 auf dem Leichnam einer grönländischen Frau und nun auf dem Körper eines toten Generalsekretärs.

Und dazu Anes Kritzeleien auf dem Block!

Maria rieb sich die Augen. Ob es das war, was als Burn-out oder Depression bezeichnet wurde, das Gefühl, so abgekämpft zu sein, dass sich Wirklichkeit und Einbildung nicht länger unterscheiden ließen? Wenn man aus reiner Paranoia begann, Zusammenhänge zu sehen, wo es keine geben konnte?

Immerhin war es gerade eine äußerst emotionale Zeit für Maria. Anes Tod. Das Wiedersehen mit Jakob. Der Druck durch ihre Chefin. Das Gemälde, das sie zurück in die dunklen Jahre nach dem Tod ihres Vaters geschickt hatte. Und dann das nagende Gefühl, dass sie etwas Wichtiges übersah.

Sonderlich viel Schlaf hatte sie auch nicht bekommen, seit sie vor einer knappen Woche in die Heimat nach Nordwestjütland geeilt war.

Eine Erkenntnis zuckte durch Marias benommene Müdigkeit. Sie setzte sich kerzengerade hin, knipste ihre Schreibtischlampe an und kramte in ihrer Tasche. Sie zog den Spiralblock heraus, den Ane ihr hinterlassen hatte, und starrte auf deren Handschrift. Dann auf die Notizen, die sie selbst gerade gemacht hatte.

IJ, 22041977.

Ivalu J., 32, Nuuk/Grönland, gestorben 22. April 1977.

Es war keine Telefonnummer, die Ane aufgeschrieben hatte. Es war ein Datum. Und Ane kam ursprünglich selbst aus Grönland. Was zur Hölle wollte sie damit sagen? Hatte sie Ivalu gekannt?

Maria nahm ihr iPhone und scrollte im Adressbuch zu Mikaels Nummer, legte das Handy dann aber doch wieder zur Seite.

Wie sollte sie die Sache erklären? Stattdessen setzte sie sich an den Computer und begann zögernd, eine E-Mail zu tippen.

59

Er hatte die ganze Nacht kein Auge zugetan, hatte sich abwechselnd ruhelos im Bett herumgewälzt, dann wieder war er aufgestanden und hatte die Nachrichten vom Vortag über seine eigenen Ermittlungen angeschaut, die in Dauerschleife im Fernsehen liefen, ohne etwas Neues zu enthüllen.

Die Gedanken an Hector, Karin, seine Spionage – falls man seinen nächtlichen Besuch vor Karins Haus so nennen konnte – ließen ihm keine Ruhe. Um 05.45 Uhr hatte der Wecker geklingelt, und er war aufgestanden. Schlaf oder nicht: Hasselgrens Haftprüfungstermin wollte er nicht verpassen, auch wenn die Verhängung der U-Haft wie erwartet reine Formalität war. Zum Glück war zudem die Öffentlichkeit aus dem Verfahren ausgeschlossen worden, auch wenn die Presse wie immer lautstark protestiert hatte. Endlich bekam die Polizei die nötige Ruhe zum Arbeiten.

Als er gegen Mittag zurück nach Teglholmen gekommen war, war er Maria vom Polizeimuseum über den Weg gelaufen. Ausgerechnet an einem Tag, an dem er sich so überhaupt nicht auf der Höhe fühlte. Sie hatte ihm ihr breites Lächeln geschenkt, und er hatte sich gefragt, wo man im Januar so einen vitalen Outdoor-Look herbekam. Sie hatte ihn zu der Festnahme beglückwünscht, und, ja, ganz allgemein hatte sie wohl versucht, wie ein normaler, sozial kompetenter Mensch Konversation zu betreiben. Aber er war nicht sozial kompetent. Generell nicht und heute schon gar nicht. Er hatte sie mit knappen Worten abgewimmelt, Schwachkopf, der er war.

Jetzt war Hasselgren dran. Den Kerl würde er grillen, dachte Mikael grimmig, als er ins Gemeinschaftsbüro ging, um die erste Vernehmung vorzubereiten. Wenn Hasselgren irgendetwas mit dem Mord an Georg Schmidt oder den Drohungen gegen die Parlamentsmitglieder zu tun hatte, wenn er auch nur ein drohendes Wort gegenüber jemand anderem als seinem hässlichen Spiegelbild geäußert hatte, würde er es bereuen.

Frederik saß bereits an dem kleinen Besprechungstisch, um den Schlachtplan zu machen.

»Wir müssen uns auf eine Strategie für die Vernehmung einigen«, sagte Mikael und warf gereizt seinen Dienstausweis auf den Tisch.

»Ja, aber die Verteidigerin hat mitgeteilt, dass Hasselgren erst um 16.00 Uhr kommt. Wir haben also noch etwas Zeit«, sagte Frederik.

»Ich dachte, wir lassen Hasselgren einfach frei von der Leber reden und uns alles erzählen, was er auf dem Herzen hat. Falls er überhaupt vorhat, sich zu äußern. Wenn man sich den Typ anschaut, könnte er gut hinter den Drohbriefen an die Politiker stecken. Was den Mord angeht … da bin ich mir nicht so sicher«, meinte Mikael.

Frederik nickte zustimmend.

»Versuchen wir, uns Schritt für Schritt vorzutasten«, fuhr Mikael fort. »Wir fragen nach seinen Onlineaktivitäten, seinen politischen Sympathien, dem schulischen Hintergrund, dem Verhältnis zu seiner Mutter – allem, was erklärt, wie sein Zimmer zu einem Mikromuseum für Nazideko geworden ist.«

Die Kurse kognitiver Vernehmungstechnik, die Mikael absolviert hatte, waren ihm schon in etlichen Situationen zugutegekommen. Das Wichtigste war, den Beschuldigten dazu zu bringen, sich wohlzufühlen, indem man eine positive, zwanglose Gesprächsatmosphäre erzeugte. Selbst wenn man tiefe Verachtung für sein Gegenüber empfang. Die »Guter Bulle, böser Bulle«-Taktik gab es zwar offiziell nicht in Dänemark, aber man konnte durchaus dafür sorgen, dass einer der beiden Polizisten im Raum besser mit dem Beschuldigten zurechtkam als der andere. Außerdem war eine gute Vorbereitung essenziell. Man musste über sämtliche Facetten der Ermittlung Bescheid wissen, damit man erkannte, wenn der Befragte anfing, von der Wahrheit abzuweichen.

»Alles klar bei dir, Dirk?«, fragte Frederik. Er musterte Mikael prüfend.

»Ja, ja«, murmelte Mikael und fuhr sich wie ertappt durchs Haar und sah an sich hinab. Aber er hatte weder Kaffee verschüttet noch stand sein Hosenstall offen. Vermutlich sah er nach der schlaflosen Nacht nur total gerädert aus.

Um kurz vor vier begrüßten sie die Strafverteidigerin Kristina Truestrup, die beim Empfang auf sie wartete.

Die Anwältin gehörte zu den erfahrenen Frauen in der Branche und sah immer wie aus dem Ei gepellt aus. Heute trug sie einen kurzen schwarzen Rock mit passendem Blazer und eine weiße Seidenbluse. Ihre Nägel waren akkurat gefeilt, und ihr kurzer Bob sah aus, als würde er jede vierte Woche nachgeschnitten.

Truestrups unterkühlte Erscheinung stand in krassem Kontrast zu den Typen, die sie in der Regel vor Gericht repräsentierte. Vielleicht lag es daran, dass die Mandanten ihr gegenüber stets großen Respekt zeigten.

Hasselgren saß bereits im Vernehmungsraum am Tisch. Die Verteidigerin schüttelte ihrem Mandanten die Hand. Dasselbe taten Mikael und Frederik, bevor sie die beiden Vollzugsbeamten, die den U-Häftling hergebracht hatten, baten, den Raum zu verlassen.

Frederik legte das Diktiergerät auf den Tisch und sah Mikael an. Sie hatten abgesprochen, dass er die Führung übernehmen würde. Unterdessen sollte Frederik darauf achten, ob Hasselgrens Erklärungen in bestimmten Punkten ausweichend oder unzusammenhängend erschienen.

»Hasse, passen Sie auf … Ist es okay, wenn ich Sie Hasse nenne?«, begann Mikael.

Hasselgren sah ihn gleichgültig an, ehe er antwortete.

»Nein, wir sind nicht befreundet.«

»Sie sind in Untersuchungshaft, da wir glauben, dass Sie die achtundzwanzig Drohbriefe an die Politiker geschickt haben. Gleichzeitig werden Sie des Mordes an Georg Schmidt sowie der Leichenschändung beschuldigt. Und dann wäre da noch unerlaubter Waffenbesitz, alles klar? Der Form halber muss ich Sie darüber belehren, dass es Ihnen freisteht, sich zu den Vorwürfen zu äußern, und Sie jederzeit die Möglichkeit haben, einen Verteidiger zu bestellen, wie ja bereits geschehen.«

Mikael sah Hasselgren in die Augen.

»Haben Sie etwas zu den Vorwürfen zu sagen, Hasse... oder soll ich Sie Proud Goy nennen?«

Hasselgren zuckte leicht zusammen, als Mikael sein Alias erwähnte. Er starrte Mikael an.

»Nein. Ich rede nicht mit Bullen.«

»Okay, aber können Sie dann nicht einfach mit mir reden? Ich heiße Mikael, und ich betrachte mich selbst nicht als ›Bulle‹.«

»Es hilft nicht, mit meinem Mandanten wie mit einem Kleinkind zu sprechen«, mischte sich die Verteidigerin ein und sah Mikael an, als beleidige er ihre Intelligenz.

»Natürlich nicht, aber wenn er nach wie vor abstreitet, den Mord begangen zu haben, müssen wir ja wissen, was er in der Nacht gemacht hat, als Georg Schmidt gefoltert, gekreuzigt und umgebracht wurde. Können Sie da ein wenig Licht ins Dunkel bringen, *Hasse*?«

Mikael sah Hasselgren herausfordernd an. Der Häftling senkte den Blick und schwieg beharrlich.

»Können Sie sich erinnern, wo Sie waren, Hasse? Vielleicht kann uns Ihr Handy helfen. Oder Ihre Mutter?«

Erneut zuckte Hasselgren zusammen.

»Ihr sollt nicht so viel rumstochern«, nuschelte er kaum hörbar durch zusammengepresste Zähne.

»Na, da schau an, Sie können ja doch sprechen. Warum erzählen Sie uns dann nicht einfach, wo Sie in der Nacht zum 6. Januar waren? Kann jemand bestätigen, dass Sie dem Mann, den sie als ›Judensau‹ bezeichnet haben, nicht im Blegdamsvej aufgelauert haben?«

Mikael beugte sich zu Hasselgren vor. Frederik warf ihm einen Blick zu.

»Mikael, lass mich kurz...«, setzte er an, aber Mikael war noch nicht fertig.

»Was genau haben Sie eigentlich gegen die Juden, Hasse? Was haben Sie Ihnen getan?«

Hasselgren wand sich, doch ehe er antworten konnte, ging Frederik mit lauter, deutlicher Stimme dazwischen.

»Hören Sie … Morten. Lassen Sie uns erst mal die Formalien klären. Können Sie bestätigen, dass Ihr Name Morten Hasselgren ist?

»Ja«, murmelte er und sah die Verteidigerin fragend an. Sie nickte ihm mit einem Lächeln zu.

»Und Sie wohnen in Nordbyen, in Slagelse …« Frederik blätterte in seinen Unterlagen und suchte nach der Adresse. »Im Schackenborgvej 27? Mit Ihrer Mutter?«

Hasselgren nickte und antwortete hörbar mit »Ja«, als Truestrup ihn anstieß.

»Welcher Beschäftigung gehen Sie nach?«, fragte Frederik und versuchte, Augenkontakt zu dem Mann herzustellen.

Mikael betrachtete seine Nägel, als gäbe es gerade nichts Interessanteres auf der Welt.

»Ich … ich mache nichts. Vielleicht fange ich im Sommer eine Ausbildung an«, stammelte Hasselgren.

Frederik lächelte.

»Klingt doch spannend. Erzählen Sie mir ein wenig über sich selbst. Mit Ihren eigenen Worten.«

Hasselgren sah Frederik verwirrt an.

»Da gibt's nicht so viel zu erzählen. Ich game, surfe im Internet und so …«

»Haben Sie Freunde?«

Schweigen.

»Haben Sie Umgang mit Gleichaltrigen? Alte Schulfreunde oder Ähnliches?«

»Na ja, nee, würde ich nicht sagen. Darin war ich nie sonderlich gut. Mich einzufügen, meine ich.«

»Und online? Haben Sie da Freunde?«

»Ja, einige.«

»Auf Iron Cross?«

»Es gibt mehrere Plattformen. Natürlich kennt mich da keiner so richtig. Aber sie verstehen mich.«

»Verstehen was?«

»Was ich über die Dinge denke.«

»Und was denken Sie über die Dinge? Dass man die Juden vergasen und die Schwuchteln umbringen sollte? Dass es Straßenkämpfe zwischen den verschiedenen Rassen geben sollte?«

Frederik sah Hasselgren freundlich an, der zögerte und ein wenig verlegen zu seiner Verteidigerin schielte.

»Also, äh, ganz so, wie Sie das sagen, denke ich ja nicht … oder doch, schon, aber man muss wahrscheinlich ein Teil davon sein, um verstehen zu können, warum wir … Ich habe dort Freunde gefunden. Leute, denen gefällt, was ich schreibe. Die meisten Leute halten mich für dumm. Aber ich kann sehr wohl denken. Ich kann lesen und mich gut ausdrücken. Auch auf Englisch. Ich weiß nicht mehr genau, was ich über den Typ vom Roten Kreuz geschrieben habe, aber ich finde, dass …«

Mikael rutschte mit einem lauten Seufzer auf die vordere Stuhlkante. Mit einer Handbewegung gab er Frederik zu verstehen, dass er den Mund halten sollte und er jetzt wieder übernehmen würde.

»Wissen Sie was, *Hassilein*. Wir wissen ganz genau, was Sie denken. Sie hassen die Juden. Sie fordern online zu Gewalt auf. Soll ich Ihnen mal ein paar Bilder von einem toten Juden zeigen? Vielleicht hilft das ja Ihrer Erinnerung auf die Sprünge?«

Mikael legte eine Hand auf den dicken Stapel Unterlagen und Ordner, den er mitgebracht hatte. Blätterte einen Moment darin und zog dann eine Nahaufnahme vom verunstalteten Körper des Generalsekretärs auf dem Edelstahltisch im Obduktionssaal hervor. Nackt, blutig und mausetot.

Hasselgren sah mit großen, runden Augen auf das Foto.

»Das habe ich nicht getan. Das ist ja krank.«

»So, krank, finden Sie. Dann schauen Sie sich das mal an.«

Mikael legte eine Nahaufnahme von Schmidts Bauch auf den Tisch. Das Symbol auf der toten Haut des Generalsekretärs hob sich deutlich ab.

»Ist das immer noch krank?« Mikael stand auf und brüllte dem jungen Neonazi ins Gesicht. »Ziehen Sie doch mal Ihren linken Ärmel hoch, und zeigen Sie uns allen Ihr hübsches, neues Amateur-Tattoo. Exakt dasselbe Symbol, das jemand Schmidt in den Bauch geschnitten hat. Und das haben Sie sich selbst in den Arm geritzt? Sie sind ja wohl der Geisteskranke hier!«

Die Verteidigerin war aufgesprungen und stand mit ihrer Handtasche als Schutzschild vor die Brust gepresst an der Wand.

»Mikael Dirk! Es reicht. Ihr Verhalten ist vollkommen inakzeptabel. Setzen Sie sich auf der Stelle wieder hin«, kommandierte sie.

Hasselgren hielt den Kopf weiter gesenkt, doch Mikael sah deutlich das schmierige Grinsen, das um seinen Mund spielte.

»Mikael, komm mal kurz mit«, sagte Frederik und fasste Mikael am Arm.

Mikael schüttelte ihn wütend ab. Er hatte große Lust, über den Tisch zu hechten und Hasselgren einen wohlverdienten Faustschlag ins Gesicht zu verpassen. Ein eindringlicher Blick von Frederik brachte ihn zur Besinnung. Er wusste, dass er zu weit gegangen war.

»Während wir draußen sind, würden Sie bitte Ihren Namen

und Ihre Adresse in dieses Formular eintragen, Morten?«, sagte Frederik und schob Mikael auf den Flur.

Frederik schloss die Tür zum Vernehmungsraum hinter ihnen. Er verschränkte die Arme und sah seinen Partner, der wie ein Löwe im Käfig auf und ab schritt, gelassen an.

»Mikael, was soll das? Du bist total auf Konfrontationskurs, aggressiv … Wir hatten doch abgesprochen, genau das nicht zu sein. Die ganze Sache gleitet uns aus den Händen, wenn du so weitermachst. Was ist los?«

Mikael seufzte und drückte die Stirn gegen die Wand. Schwieg.

Frederik kratzte sich am Kopf.

»Pass auf, *du* weißt es, und *ich* weiß es. Also haken wir es ab: Der Mann da drinnen hat den Generalsekretär nicht ermordet. Er hat das Symbol benutzt, um seine neonazistische Sache voranzutreiben. Er ist ein Trittbrettfahrer, genau wie du es vorhergesagt hast. Aber Mikael, ich dachte, du wärst die Ruhe selbst im Vernehmungsraum. Das sagen jedenfalls die anderen über dich: Dass du ein Meister darin bist, den Leuten Geständnisse zu entlocken. Aber auf diese Weise knackst du ihn ganz bestimmt nicht.«

Mikael grunzte etwas Unverständliches. Ein paar lange Sekunden stand er schweigend da. Dann ließ er resigniert die Schultern sacken, drehte sich zu Frederik um und sah ihn müde an.

»Ich bin heute etwas neben der Kappe, okay? Ich hatte einen richtig beschissenen Abend gestern. Nach der Aktion. Ich habe die ganze Nacht nicht geschlafen.«

»Warum sagst du das nicht? Ich hätte doch übernehmen können.«

Frederik hatte recht. Er hätte diese wichtige Vernehmung von seinem Partner durchführen lassen sollen. Eine typische

Dirk-Aktion: der Einzelkämpfer. Kann alles allein, will alles allein.

»Macht dir privat etwas zu schaffen? Oder ist es die Ermittlung? Wir stehen ja schon unter einem gewissen Druck von oben. Und wir müssen leider Gottes zugeben, dass wir da drinnen nicht Schmidts Mörder sitzen haben«, sagte Frederik und zeigte mit seinem Kaffeebecher in Richtung Vernehmungsraum.

Mikael überlegte.

Er hatte nach wie vor keine Lust, Frederik in seine private Misere einzuweihen. Tat er es aber nicht, würde sich bei Frederik und von ihm aus weiter in der restlichen Abteilung die Auffassung verbreiten, dass Mikael der Aufgabe nicht gewachsen war. Dass er mitten in der Aufklärung des womöglich politischsten Falles seit Jahren die Kontrolle verloren hatte. Wenn Carlsen Wind davon kriegte – was nach Kristina Truestrups Reaktion wahrscheinlich schien –, war er womöglich die längste Zeit Ermittlungsleiter gewesen. Verflucht, wie hatte er sich blamiert.

»Na schön«, sagte er mit einem Seufzen, als er einsah, dass er Frederik auf seine Seite ziehen musste. »Die Sache ist die: Ich habe einen Sohn, Hector. Ein süßer Junge, den ich leider seit drei Jahren nicht gesehen habe. Das heißt … gesehen habe ich ihn schon, aber ich durfte nicht mit ihm zusammen sein. Ich habe das Sorgerecht verloren, und meine Ex-Frau will nicht, dass ich Umgang mit ihm habe. Vielleicht habe ich mich auch nicht darum bemüht. Nicht genug zumindest.«

Er mied Frederiks Blick.

»Du hast einen Sohn, den du nicht sehen darfst?«

In Frederiks Frage schwang keinerlei Urteil mit.

»Das ist eine lange Geschichte. Gestern habe ich mich jedenfalls mit meiner Frau gestritten. Sie hat entdeckt … wie soll ich es sagen? Sie hat vielleicht entdeckt, dass ich doch noch nicht ganz aufgegeben habe. Und sie ist wahnsinnig wütend geworden. Unsere Trennung vor drei Jahren war nicht ihre Schuld, sondern allein meine. Ich wünschte bloß, ich könnte die Zeit zurückdrehen und es anders machen.«

Sie schwiegen beide. Dann sagte Frederik: »Bei Louise und mir klappt es nicht so recht mit dem Kinderkriegen. Es wird schon werden, ich bin da eigentlich optimistisch. Aber *wenn* ich einen Sohn hätte, würde ich alles tun, um ihn zu sehen. Schon um seinetwillen. Du wärst ein toller Vater.«

Mikael hockte sich hin und lehnte sich an die Wand.

»Da bin ich mir nicht so sicher. Ein toller Vater lässt wohl kaum seinen Sohn im Stich, oder?«

Frederik sah Mikael an und warf dann einen Blick auf seine Uhr. Es war nach fünf.

»Hör mal, lass uns die Vernehmung doch morgen fortsetzen. Wenn wir uns einig sind, dass ›Hassilein‹ da drinnen nicht unser Mörder ist, sollten wir besser schleunigst herausfinden, wer es sonst war.«

Frederik lächelte Mikael breit an, und Mikael nickte. Dankbar und unendlich müde.

60

Heute hatte sie keine Blumen mitgebracht, sondern marschierte stattdessen mit einer 400-Gramm-Schachtel Pralinen in das Atrium des gelb gestrichenen Pflegeheims in Nyboder. In Anbetracht von Ostenfeldts magerer Erscheinung schienen ihr Pralinen eine bessere Investition zu sein als eine Pflanze, die vor seiner Wandcollage aus expressiven Gemälden ohnehin nur blass wirken würde.

Maria hoffte auf einen der guten Tage des alten Ermittlungsleiters. Natürlich konnte sie einen Achtundneunzigjährigen nur begrenzt unter Druck setzen, aber sie hatte vor, diese Grenze auszuloten und wenn nötig zu überschreiten.

Wenn jemand eine qualifizierte Auskunft darüber geben konnte, warum ein Zeichen, das 1968 in die Opfer in Hellerup geritzt worden war, neun Jahre später auf dem Körper einer ermordeten Grönländerin und jetzt bei einem aktuellen Mord in Kopenhagen auftauchte, dann Ostenfeldt.

Als Ermittlungsleiter kannte er den ursprünglichen Fall besser als jeder andere, und auch wenn er persönlich nichts mit den Ermittlungen in Grönland zu tun gehabt hatte, dürfte der Mord 1977 auch unter den dänischen Polizisten Gesprächsthema gewesen sein.

Seit ihrem letzten Besuch im Pflegeheim hatte sie das Gefühl, dass der alte Mann der Schlüssel zu diesem Fall war und sie irgendetwas übersehen oder er etwas verschwiegen hatte.

Maria klopfte an Maj Klausens Tür. Das Gesicht der Heimleiterin hellte sich auf, als sie Maria erkannte.

»Oh, schön, dass Mogens in letzter Zeit so viel Besuch bekommt«, sagte sie.

»Kann ich einfach hochgehen?«, fragte Maria und schwenkte die Pralinenschachtel.

»Natürlich, in die Besuche unserer Bewohner mischen wir uns nicht ein. Mogens sollte längst wach und angezogen sein.«

Sie warf einen Blick auf die Wanduhr. Es war 10.25 Uhr.

Ostenfeldt antwortete nicht, als Maria an die angelehnte Tür seines Zimmers klopfte.

Sie fand den alten Mann in exakt derselben Haltung wie

beim letzten Mal vor. Er saß schweigend und zusammengesunken in seinem Sessel und betrachtete die Bilder an der Wand.

»Guten Tag, Herr Ostenfeldt«, sagte sie.

Keine Reaktion.

Der leere Blick des Alten und das Netz aus Falten, die sich von den buschigen Augenbrauen bis hinunter zum Kinn zogen, ließen nicht erkennen, ob er schlief oder sie einfach nur ignorierte.

Sie legte eine Hand auf seine Schulter, und Ostenfeldt zuckte zusammen. Sein lebendes Auge öffnete sich weit und sah sie lange an, ehe der Alte kaum merkbar in Richtung Sofa nickte; die stumme Einladung, dass Maria sich setzen durfte.

Maria zog ihre Jacke aus. Ostenfeldts Entgegenkommen wirkte fast, als ob er sie erwartet hätte. Sollte dem so sein, würde ihr Treffen vielleicht ergiebiger werden als beim letzten Mal. Dieses Mal hatte sie eine ganze Reihe von Fragen vorbereitet. Ostenfeldt kam ihr jedoch zuvor. Sein tiefer Bass vibrierte leise, und er war kaum zu verstehen.

»Ich werde bald sterben. War ich ein guter Mensch?«

Maria sah Ostenfeldt fragend an. Der Alte redete weiter, ohne sie anzusehen.

»Folgendes Dilemma: Ein Kapitän ist mit drei Passagieren auf dem Weg übers Meer. Das Boot schlägt leck, und er ist der Einzige, der schwimmen kann. Er kann sich selbst retten. Darüber hinaus nur eine weitere Person. Was tut er?«

Ostenfeldts Worte hallten wie ein leiser Donner zwischen ihnen, Maria hatte aber keine Ahnung, auf was er hinauswollte oder ob die Frage überhaupt ihr galt.

»Der Kapitän entschließt sich, den jüngsten Passagier zu retten. Die beiden anderen verschwinden in der Tiefe.«

In Marias Mund sammelte sich Speichel. Metaphern übers Ertrinken waren nun wirklich nicht ihr Ding.

»Sagen Sie mir: Ist dieser Mann ein guter oder ein schlechter Mensch? Gut, weil er einen der drei rettet? Oder schlecht, weil er den Tod der beiden anderen in Kauf nimmt?«

Maria versuchte, dem alten Mann etwas entgegenzukommen.

»Das klingt nach einer unmöglichen Entscheidung. Es ist wohl immer besser, ein Leben zu retten, als dass alle vier umkommen. Wer ein Leben rettet, rettet die ganze Welt. Heißt es nicht so?«

»Das Problem ist nur, dass man das nicht weiß, wenn man eine solche Entscheidung trifft. Was, wenn derjenige, den man gerettet hat, später ein Kind tötet? Oder wenn einer der Ertrunkenen später ein Heilmittel gegen Krebs gefunden hätte?«, brummte Ostenfeldt. »Unser ganzes Leben hindurch versuchen wir, gute Menschen zu sein. Man schaut in den Spiegel, und ein guter Mensch blickt daraus zurück. Man ist beruhigt, weil man sich für das Gute entschieden hat. Bis man irgendwann zu zweifeln beginnt. Denn was einmal eine gute Handlung war, kann sich auf lange Sicht als das Gegenteil erweisen. So unendlich verkehrt.«

Ostenfeldt wandte sich ab und murmelte etwas Unverständliches.

»Wie bitte?«, Maria fühlte sich komplett abgehängt. Ostenfeldt schien in einer Vergangenheit festzustecken, zu der sie keinen Zugang hatte.

»*Between the devil and the deep blue sea* …«, summte Mogens Ostenfeldt die Zeile eines Liedes. »Ella Fitzgerald. Sie fängt das Paradoxon, ein Mensch zu sein, treffsicher ein. Es klingt so einfach, das Richtige zu tun, aber in Wirklichkeit navigiert man ein Leben lang zwischen Skylla und Charybdis, zwischen dem Teufel und der bodenlose Tiefe. Das Urteil wird erst am Ende des Lebens gefällt: Warst du wirklich ein guter Mensch?«

Ostenfeldt sah sie mit verwirrtem Gesichtsausdruck an. Maria legte ihre Hand vorsichtig auf seine knochigen Finger.

»Ein guter Mensch zu sein, heißt doch wohl, mit den richtigen Absichten gehandelt zu haben. Was andere Menschen in ihrem späteren Leben tun, kann man nicht beeinflussen«, sagte sie.

Die Hand des Alten zitterte leicht. Sie kannte ihn kaum, und empfand trotzdem so etwas wie Mitgefühl mit dem Mann, der zum Ende seines langen Lebens so von Reue ergriffen war. Was er bereute, wusste sie nicht.

»Was wollen Sie eigentlich?«

Ostenfeldt hatte sich etwas aufgerichtet und starrte sie mit derselben Schärfe an, die sie von ihrem ersten Besuch in Erinnerung hatte. Der plötzliche Stimmungsumschwung ließ sie ihre Hand zurückziehen, als hätte sie sich verbrannt.

»Ich habe im Archiv der Polizei einen Fall gefunden, der in irgendeiner Weise mit dem Doppelmord 1968 zusammenhängen könnte. Es geht um den Mord an einer Frau in Nuuk auf Grönland im April 1977«, sagte sie und zog Notizbuch und Handy aus ihrer Tasche.

Sie berichtete kurz, was sie in der Archivmappe über den Mord an Ivalu Johansen gelesen hatte, ehe sie ihm auf ihrem iPhone die Zeichnung zeigte, die der Rechtsmediziner von den Schnitten auf dem Bauch des Opfers gemacht hatte.

Mogens Ostenfeldt nahm das Handy und hielt es dicht vor sein gesundes Auge. Seine Hände zitterten.

»Das … das …«, stammelte er.

»Was?«, fragte Maria vorsichtig.

»Verdammt«, sagte Ostenfeldt und ließ das Telefon fallen. »Das sieht dem anderen wirklich ähnlich.«

»Das finde ich auch«, sagte Maria. »Und deshalb bin ich wieder hier. Haben Sie irgendeine Idee, warum das Symbol neun Jahre später auf einer ermordeten Frau auf Grönland zu finden ist?«

Ostenfeldt saß eine ganze Weile in Gedanken versunken da, ohne zu antworten.

Maria verlor die Geduld. »Kennen Sie den Fall?«, fragte sie eindringlich. »Das Opfer war die Tochter eines wohlhabenden Politikers und Geschäftsmannes.«

»Ja, ich erinnere mich gut an den Fall«, antwortete Ostenfeldt endlich. »Ich glaube sogar, dass die Polizei in Kopenhagen ein paar Kollegen nach Grönland geschickt hat, um die dortige Polizei zu unterstützen. Vielleicht war es aber auch das mobile Ermittlungsteam. Ganz genau weiß ich das nicht mehr. Der Polizeichef da oben war Däne, aber er hatte wenig Erfahrung mit Mord, und als er Wochen später realisierte, dass er nicht weiterkam und um Hilfe bat, war es zu spät. Da waren alle Spuren längst zerstört und der Täter über alle Berge. Seien wir doch ehrlich: Der Fall hätte sicher eine höhere Priorität bekommen, wäre das Opfer Dänin gewesen. Es ist mir allerdings vollkommen neu, dass das Symbol, das in unsere Opfer geritzt worden war, auch bei ihr gefunden wurde. Wir… Ich habe einen Fehler gemacht. Das sehe ich jetzt. Ich hätte damals offen darüber reden sollen, damit auch die anderen Mordermittler über dieses Symbol Bescheid wussten.«

Ostenfeldt starrte betroffen vor sich hin. Als entschuldigte er sich bei den Geistern der Vergangenheit.

»Ich verstehe nur nicht, warum ein Symbol, das zum ersten Mal auf dem Landschaftsgemälde eines jungen Mannes auftaucht, im Laufe der nächsten fünfzig Jahre auf vier ermordeten Menschen wiederzufinden ist. Sie haben als Erste die Ähnlichkeit zwischen dem Gemälde und den Schändungen erkannt. Vielleicht… vielleicht können Sie mir etwas mehr über Hans Vinther erzählen? Irgendetwas, damit ich verstehe, was dieses Symbol …«

»Ich habe Ihnen schon beim letzten Mal gesagt, dass ich nicht über Hans Vinther reden will«, antwortete Ostenfeldt ebenso knapp wie scharf.

»Warum nicht?« Maria spürte Wut in sich hochkochen.

»Weil das *die Entscheidung* war, die ich getroffen habe. Damals stand ein junger Mann vor mir, der alles verloren hatte. *Alles*, sage ich. Er war als Kind im Stich gelassen worden und hatte jetzt auch noch seine neue Familie verloren. Nachdem er erst ein paar Jahre zuvor seine kleine Schwester beerdigt hatte«, sagte Ostenfeldt mit Nachdruck und sah Maria in die Augen. »Also, vergessen Sie es! Ihnen … und mir zuliebe. Vergessen Sie Hans Vinther«, donnerte er.

Ein neuer Gedanke nahm in Marias Kopf Form an.

»Sie haben gesagt, es habe bei den Vinthers nicht eine Spur von dem kleinen Mädchen gegeben. Gibt es ein Grab?«

Ostenfeldt sah sie verwundert an.

»Pippi wurde auf dem Friedhof in Hellerup beerdigt. Die Eltern bekamen das Grab neben ihr.«

»War Hans Vinther jemals an Pippis Grab?«

»Jede Woche«, antwortete Ostenfeldt müde.

Nach einem langsamen Blinzeln schloss er die Augen, und Maria hatte mit einem Mal das Gefühl, dass sie den Alten jetzt besser in Ruhe lassen sollte. Die Fragen, wegen derer sie gekommen war, waren nicht beantwortet, aber sie hatte eine Idee, wie sie vielleicht weiterkommen konnte.

Sie stand auf und zog ihre Jacke an, als Mogens Ostenfeldt die Augen wieder aufschlug.

»Junge Dame, warten Sie einen Augenblick. Sie haben von vier Mordopfern gesprochen, auf denen das Symbol gefunden wurde? Warum vier?«

Jetzt war es an Maria, Ostenfeldt verwundert anzusehen. Dann wurde ihr bewusst, dass der Mann die täglichen Nachrichten vermutlich nicht mehr verfolgte.

»Zwei Opfer 1968, eines 1977 und das vierte?«, fragte er.

»Das Symbol wurde auch auf der Leiche des Generalsekretärs des Roten Kreuzes gefunden, der am 6. Januar ermordet aufgefunden wurde. Vor drei Wochen. Der Fall war nonstop in den Medien. In den Leichnam wurde exakt dieses Symbol eingeritzt. Die Polizei hat sich deshalb an die Medien gewandt«, sagte Maria.

Ostenfeldt sah aus, als wäre alle verfügbare Luft aus ihm entwichen.

»Das wusste ich nicht, ich schaue und höre keine Nachrichten mehr.« Er zeigte auf sein blindes Auge. »Ich kann weder lesen noch fernsehen.«

»Es ist sicher nicht derselbe Täter, aber falls Sie doch noch mehr über dieses Symbol wissen, müssen Sie es mir sagen …«

»Mein Gott …«

Ostenfeldt sackte in sich zusammen, hustete trocken und rang krampfhaft nach Atem. Er legte sich die knochige Hand auf die Brust und klopfte ein paarmal, als bräuchte sein Herz einen extra Kickstart. Dann sah er Maria an.

»Der Teufel in der bodenlosen Tiefe«, sagte er heiser und mit geschlossenen Augen, während sein Kopf nach hinten kippte.

Maria sah sich panisch um, erblickte eine rote Alarmschnur am Bett und zog mit aller Kraft daran.

Ostenfeldts Pflegerin, eine schwarze Frau mit bordeauxrotem Hijab, kam auf quietschenden Gummisohlen angeeilt und sah fragend von Maria zu dem leichenblassen Mann auf dem Sessel.

»Ich glaube, ich habe ihn umgebracht«, brachte Maria hervor.

61

»Hast du die Mail von dieser Maria Just aus dem Polizeimuseum gesehen?«

Frederik sah Mikael über den Bildschirm hinweg an. Sie waren beide früh gekommen, um einen neuen Plan für die Vernehmung von Morten Hasselgren zu machen, die am Vortag so aus dem Ruder gelaufen war. Hasselgren sollte um 12.30 Uhr nach Teglholmen gebracht werden. Bereits am Vormittag hatte die Strafverteidigerin allerdings angerufen und gesagt, dass Hasselgren gern eine Erklärung abgeben würde.

Der unerwartete Anruf hatte ihren Tagesplan wie auch ihre Vorbereitungen ziemlich durcheinandergebracht. Möglicherweise würde Hasselgren gestehen, hinter den Drohbriefen zu stehen. Wenn nicht noch mehr. Sie mussten mit allem rechnen, und in der Abteilung herrschte eine nervöse Anspannung.

Mikael hatte die Kollegen jedoch im gleichen Atemzug gebeten, ihre Erwartungen etwas zu drosseln, da er Hasselgren nach wie vor nicht für den Mörder hielt.

»Ja«, antwortete er und sah Frederik an. »Ich habe die Mail schon gestern Abend gelesen. An Fantasie fehlt es denen im Polizeimuseum offensichtlich nicht. Aber das ist schon ein merkwürdiger Zufall. Mehrere merkwürdige Zufälle.«

»Aber drei zusammenhängende Morde? Derselbe Täter über einen Zeitraum von zweiundfünfzig Jahren? In einem Radius von dreitausendfünfhundert Kilometern? Ich weiß ja nicht … es muss eine logische Erklärung dafür geben. Schließlich haben wir immer noch nicht herausgefunden, was das Symbol bedeutet. Vielleicht ist es ein indianisches Schriftzeichen für ›du bist tot‹ oder Swahili für ›Kilroy was here‹. Was weiß denn ich?«

Mikael musste über Frederiks Witz lächeln. Er gewöhnte sich immer mehr an die muntere Art seines Partners. Frederik ging jedes Problem positiv an, versuchte, jede Krise zu meistern, und hatte immer einen dummen Spruch parat. Ein Psychologe könnte sich bestimmt stundenlang über die Bedeutung eines solchen Verhaltens auslassen. Dabei passte es Mikael eigentlich besser, als er sich selbst eingestehen wollte. Frederiks Humor war ganz einfach ansteckend.

»Was denkst du über die Tote in Westjütland? Sollten wir uns den Fall mal genauer ansehen?«

»Nein, verdammt, Mikael, das ist nun wirklich nicht unsere Baustelle. Das sollen die Leute in Jütland selbst untersuchen. Wir haben so schon genug zu tun, findest du nicht?« Er schwieg einen Moment, und ein schelmisches Lächeln umspielte seine Lippen. »Aber du kannst Maria ja mal zu einem Glas Wein einladen und dir alles erzählen lassen. Deinem plötzlich erstarkten Interesse für die Polizeigeschichte solltest du allerdings außerhalb deiner Arbeitszeit nachgehen.«

Mikael warf einen Kugelschreiber in Frederiks Richtung.

»Reiß dich zusammen. Ich rufe sie am Wochenende an und erkläre ihr, wie weit wir sind.«

»Cool. Ich schicke das hier noch schnell weg«, sagte Frederik und wedelte mit einem Blatt Papier in einer Klarsichtfolie herum.

Es war das Blatt, auf das Hasselgren tags zuvor seinen Namen und seine Adresse geschrieben hatte. Es sollte zur näheren Untersuchung zur Grafologin, obwohl schon mit untrainiertem Auge zu erkennen war, dass die Handschrift der auf den Drohbriefen sehr ähnlich war.

Was auch immer Hasselgren bei der Vernehmung sagen wollte: Er steckte in handfesten Schwierigkeiten.

»Morten, erzählen Sie ihnen, was Sie mir eben erzählt haben.«

Kristine Truestrup eröffnete das Gespräch, als Frederik und Mikael sich im Verhörraum eingefunden hatten.

Hasselgren sah erst zu Mikael, dann zu Frederik. Schließlich senkte er den Blick und starrte auf seine Hände.

»Es stimmt, ich habe diese Briefe geschickt. Das gebe ich zu. Aber ich habe niemanden umgebracht.«

»Okay, fangen wir mit den Briefen an«, sagte Frederik freundlich. Sie hatten abgesprochen, dass Mikael sich nach dem unglücklichen Ende der Vernehmung am Tag zuvor zurückhalten würde.

»Und warum haben Sie diese Briefe und Mails geschickt?«

»Ich habe eine Liste mit den Namen der Leute bekommen, die die Briefe kriegen sollten. Der Text war beigefügt, ich musste nur die jeweiligen Namen anpassen.«

Frederik warf einen kurzen, verwirrten Blick zu Mikael und beugte sich vor.

»Sie sagen, Sie haben eine Liste *zugeschickt* bekommen? Also die Namen der Empfänger samt deren Adressen?«

»Ja, und was ich schreiben sollte. Das war, nachdem ich auf Iron Cross geschrieben hatte, dass ich diesen Mord ... äh, eigentlich weiß ich gar nicht mehr genau, was ich da geschrieben habe.«

»Sie haben geschrieben, dass Sie mit dem Mord sympathisieren. Dass es gut sei, dass die Judensau jetzt tot ist«, half ihm die Verteidigerin. Nur wenige Leute waren wie sie in der Lage, hässliche Worte so neutral klingen zu lassen, als bestellte sie etwas in einer Apotheke.

»Na ja, das war nach diesen Zeitungsartikeln«, sagte Hasselgren.

Mikael suchte eine Kopie der Briefe aus den Unterlagen heraus.

»Dieser Text stammt also nicht von Ihnen?«, fragte er und legte das Blatt vor Hasselgren.

Der junge Mann warf einen kurzen Blick auf den Ausdruck.

»Nein. Ich kenne mich mit Computern aus und bin ziemlich gut in Rechtschreibung. Aber ich war noch nie gut darin, so Gefühlszeug zu formulieren. Aber das da ist echt krass. Richtig besonders. Irgendwie mystisch, finden Sie nicht?« Hasselgren sah sie beide Bestätigung heischend an.

»Wir sind vermutlich nicht die richtige Zielgruppe.« Frederik drehte das Blatt um und zeigte auf die Illustration unter dem Text.

»Was hat es mit diesem Symbol auf sich? Warum haben Sie gerade das gezeichnet?«

»Das sollte ich so machen. Ich fand die Idee krass gut. Online ist das echt ein wildes *Meme* geworden. Also nach dem Mord an diesem Rotkreuztypen. Wir benutzen das jetzt alle. Es ist ein Symbol für unseren Hass gegen die Juden, die Linken und alle politisch Korrekten geworden.«

»Wer hat Ihnen die Namen und Adressen geschickt?«

Mikael beugte sich über den Tisch und ignorierte Frederiks nervösen Blick.

Hasselgren verstummte abrupt. Er verschränkte die Arme vor der Brust und sah von Mikael zu Frederik und wieder zurück.

»Das sage ich nicht, ich bin doch kein Scheißverräter.«

»Okay. Aber Sie sind derjenige, der in der Klemme steckt. Wenn Sie nichts sagen, übernehmen Sie die Strafe für andere. Mir soll's recht sein«, sagte Mikael und hob beide Hände.

Hasselgren lehnte sich zu seiner Verteidigerin und flüsterte ihr etwas ins Ohr. Kristina Truestrup antwortete leise, aber doch so laut, dass Mikael und Frederik es hören konnten.

»Sagen Sie es, wie es ist.«

»Brauchen Sie eine Pause? Rauchen Sie? Wenn Sie wollen, können Sie mit nach draußen kommen und eine Zigarette rauchen«, bot Frederik an.

Hasselgren schüttelte den Kopf.

»Was passiert, wenn ich Ihnen nicht sage, wer das geschickt hat?«

»Dann arbeiten wir weiter. Wir haben die Pflicht, objektiv zu ermitteln, aber wenn wir keine Beweise dafür finden können, dass nicht nur Sie hinter den Drohbriefen stehen, werden Sie formell angeklagt und dafür bestraft werden …«

Mikael wusste gut, dass er übertrieb, aber es war einen Versuch wert. Vielleicht log Hasselgren ihnen auch einfach ins Gesicht wie so viele Verbrecher.

Der junge Mann kratzte sich am Kopf. Das Symbol auf dem Unterarm kam zum Vorschein.

»Ich hatte vorher nie mit ihm Kontakt. Aber er hat einen guten Eindruck gemacht. Er hat mir geschrieben, ich sei einer von ihnen und dass ich kluge Worte auf Iron Cross geschrieben hätte. Und dann hat er mir Geld geboten, damit ich diese Briefe verschicke. Ich sollte sie ausdrucken, in den Umschlag stecken und abschicken. Ein paar sollte ich an verschiedenen Stellen in Kopenhagen abliefern. Das war leichtes Geld, ich konnte das echt gut brauchen, versteht ihr?« Hasselgren sah zu Mikael, der aber nichts erwiderte, damit Hasselgren weiterredete.

»Er wollte mir dreißig Riesen geben, wenn ich die Briefe schreibe. Die Sache war total schnell erledigt, und zwei, drei Tage später lag das Geld in meinem Briefkasten. Dreißig Tausender in einem Umschlag«, sagte Hasselgren mit breitem Lächeln.

»Haben Sie den Umschlag noch?«

»Nee, ganz sicher nicht. Das Geld ist ja auch schon weg.«

»Morten. Sie sind sich im Klaren darüber, dass Sie allein für diese Tat bestraft werden, wenn Sie nicht sagen, was Sie wissen, oder? Ist es das wert? Ade Freiheit, ade Computer, ade Mama …«

Das Wort »Mama« war kaum gefallen, als Hasselgrens Verhalten sich änderte.

»Meine Mutter kommt allein doch gar nicht klar. Sie braucht mich.«

»Sie wissen aber schon, dass Sie sie vorgestern beinahe umgebracht hätten, oder?«

Ein gequälter Ausdruck trat in Hasselgrens Blick.

»Sie ist keine gute Mutter.«

»Okay, das ist sicher eine traurige Geschichte, aber meinen Sie nicht, dass Sie die für sich behalten sollten …«, begann Frederik, schwieg aber, als Mikael ihm die Hand auf den Arm legte.

»Warum ist sie keine gute Mutter?«

»Sie beschwert sich den lieben langen Tag. Außer mir hat sie keinen, und ich tue alles für sie. Aber sie verhält sich so, als würde sie mich hassen, als hätte sie mich immer gehasst.«

»Ich glaube nicht, dass sie Sie hasst. Vielleicht hasst sie das, wofür Sie sich begeistern«, sagte Mikael.

»Erzählen Sie uns, wer Sie aufgefordert hat, diese Briefe zu schreiben«, versuchte Frederik es.

»Wird er erfahren, dass ich ihn verraten habe?«

»Nein, von uns jedenfalls nicht«, sagte Mikael.

Hasselgren seufzte laut und sah zu Truestrup. Er nahm ein paarmal Anlauf, begann dann aber, mit belegter Stimme zu sprechen.

»Er hat versucht, anonym zu bleiben. Hat eine Hotmail-Adresse genutzt. Aber er hatte den Text aus einer anderen E-Mail weitergeleitet und vergessen, sie zu löschen. So, als wäre er es nicht gewohnt, Mails zu schreiben. Ich hatte den Eindruck, dass es sich um einen ziemlich alten Mann handelt.«

»Haben Sie die Mail noch?«, fragte Frederik.

»Nein. Er hat mich gebeten, alles zu löschen.«

Frederik machte sich Notizen. Sie mussten die IT-Experten des NC3 bitten, die E-Mail wiederherzustellen.

»Und der Name? Der Name des Mannes?«

Hasselgren sah zu seiner Anwältin. Kristina Truestrup nickte ihm zu und forderte ihn mit einer Handbewegung zum Weitersprechen auf.

»Lynge«, sagte Hasselgren schließlich. »Er heißt Erik Lynge.«

62

Die weiß gestrichene Kapelle lag am Ende einer winterlich blattlosen Lindenallee. Die Äste reckten sich kahl in den weißen Himmel, von dem ein feiner Nieselregen auf die Hauptstadt fiel. Marias Jacke war durchnässt, ihre Füße waren kalt, und seit dem Besuch bei Mogens Ostenfeldt stand sie noch immer etwas neben sich.

Es brauchte offensichtlich mehr, um den alten Mordermittler umzubringen. Die Schwester hatte Ostenfeldt eine bestimmte Stelle auf dem Handrücken gerieben, und er war mit verwirrtem Blick wieder zu sich gekommen.

»Sie haben ihn nicht umgebracht, aber es könnte passieren, wenn Sie jetzt nicht gehen. So viele aufregende Besuche sind nicht gut für ihn, Mogens braucht Ruhe«, hatte die Frau mit starkem Akzent gesagt und Maria durch die Tür auf den Flur geschoben.

Maria war in ein Café in der Kronprinsensgade gegangen und hatte bei einem Sandwich versucht, ihre Gedanken zu ordnen. Ohne großen Erfolg. Sie hatte ein schlechtes Gewissen, dem alten Mann so zugesetzt zu haben.

Drei Dinge hatten sich in ihrem Kopf festgesetzt, als sie sich auf ihr Fahrrad geschwungen und zum Friedhof in Hellerup gefahren war. Eine geschlagene Stunde hatte sie dort auf eigene Faust versucht, das Grab von Johannes und Elisabeth Vinther zu finden, musste aber schließlich doch an die Tür der stillgelegten Kapelle klopfen, die einem kleinen Schild zufolge jetzt als Friedhofsbüro fungierte. Vielleicht konnte ihr dort jemand helfen. Im Gebäude brannte Licht, obwohl sie außerhalb der Öffnungszeiten gekommen war.

Eine Frau mit schlohweißem Pagenschnitt sah durch die Glasscheibe, musterte Maria von Kopf bis Fuß und öffnete schließlich die Tür.

»Das Büro ist geschlossen«, sagte sie diplomatisch und wollte die Tür schon wieder zumachen, als ein Cockerspaniel seine Nase durch den Türspalt schob. Er wedelte beim Anblick von Maria so hingerissen mit dem Schwanz, dass sein ganzer Körper zitterte.

»Nein, Bella-Schatz, wir gehen noch nicht Gassi«, sagte die Frau, und die Art, wie sie es sagte, ließ Maria den Schwachpunkt der Frau erkennen.

»Was für ein süßer Hund«, sagte sie, hockte sich hin und kraulte den überglücklichen Cockerspaniel hinter den Ohren. »Wie alt ist sie? Ich wollte immer schon selbst einen Hund haben.«

Die Frau ließ die Schultern sinken und öffnete die Tür etwas weiter. Sie trug eine rote Bluse unter einem oben geöffneten olivgrünen Thermoanzug.

»Bella ist acht. Ich hoffe, dass ich sie etwas länger behalten darf als meine erste Bella. Ich habe keine Kinder, wissen Sie. Sie ist mein Ein und Alles.« Die Frau beugte sich etwas vor und fügte in vertraulicherem Ton hinzu: »Ich habe die Regeln großzügig ausgelegt und nehme sie mit ins Büro. Vor ein paar Wochen hatte ich auf der Straße in Østerbro ein schrecklich unangenehmes Erlebnis, weshalb ich sie nicht mehr allein zu Hause lassen will. Und ich will auch nicht allein hier sein.«

Maria lächelte verschwörerisch.

»Ich werde niemandem etwas sagen. Ich suche nur nach einem bestimmten Grab.«

Die Frau öffnete die Tür und winkte sie herein.

»Na schön, kommen Sie kurz rein. Der Friedhof schließt bei Sonnenuntergang, Sie müssen sich also in jedem Fall beeilen«, sagte die Frau und stellte sich mit einem Händedruck vor.

»Ilse Svann. Ein paar Mal in der Woche helfe ich hier im Büro aus, seit ich in Rente bin«, sagte sie und führte sie in ein ordentlich eingerichtetes Büro. Der Computer war noch eingeschaltet.

»Wen suchen Sie?«, fragte sie.

»Johannes und Elisabeth Vinther. Ein Polizeipräsident und seine Frau. Sie sind im Frühjahr 1968 gestorben. Am selben Tag. Sie hatten auch eine Tochter, Pippi Vinther, die aber bereits 1953 verstorben ist. Alle drei sollen meinen Informationen zufolge hier beerdigt sein«, sagte Maria und nahm gegenüber von Ilse Svann Platz.

»Das Paar ist am selben Tag gestorben? Ein Unfall?« Ilses Ton war mitfühlend, in ihren Augen aber war die Neugier nur zu deutlich zu erkennen, weshalb Maria die weiteren Fakten ohne mildernde Umstände servierte.

»Sie wurden ermordet. In ihrem eigenen Haus. Der Mord ist nie aufgeklärt worden.«

»Oh, mein Gott!« Ilse fasste sich an die Brust. »Sind Sie mit ihnen verwandt?«

»Nein, nein. Ich bin von Amts wegen hier«, sagte Maria. Ilse sah aus wie jemand, der einen angeborenen Respekt vor solchen Wendungen hatte. »Ich arbeite im Polizeimuseum, das gehört zur Landespolizei.« Sie achtete darauf, das Wort »Landespolizei« extra deutlich auszusprechen. »Ich arbeite an einer Ausstellung über die unaufgeklärten Mordfälle der letzten hundert Jahre, und der Mord am Ehepaar Vinther soll ein Teil dieser Ausstellung werden. Eigentlich will ich nur kurz ein Foto vom Grab machen. Für die Dokumentation«, sagte Maria.

»1968, sagen Sie? Hm, da war ich sechzehn … ich glaube, ich erinnere mich sogar an diese Geschichte. Haben die nicht in der Nähe vom Bahnhof Hellerup gewohnt?«

Maria nickte.

»Im Callisensvej, fünfhundert Meter von hier entfernt.«

Ilse öffnete ein Programm und tippte schweigend etwas ein.

»Ah ja, da ist es«, sagte sie nach kurzem Suchen. Sie druckte ein Blatt aus und studierte es. »Kein Wunder, dass Sie das Grab nicht gefunden haben. Johannes und Elisabeth Vinthers Grabstelle wurde 1988 aufgelöst. Nach dänischem Recht gilt eine Ruhezeit von zwanzig Jahren für eine Grabstelle. Diese Frist gilt auch auf diesem Friedhof. Will ein Angehöriger die

Grabstelle behalten, kann das Nutzungsrecht erneuert werden, aber das ist in diesem Fall nicht geschehen. Deshalb ging die Grabstelle Ende 1988 an den Friedhof zurück.

»Also vor mehr als dreißig Jahren?«

An diese Möglichkeit hatte Maria nicht im Traum gedacht. Erst jetzt wurde ihr bewusst, wie lang 1968 schon zurücklag. Waren Grabstellen wirklich nur zwanzig Jahre gültig? Das würde bedeuten, dass sie, ihre Mutter und Mads schon in wenigen Jahren darüber entscheiden mussten, ob das Grab ihres Vaters… verschwinden sollte? Für immer? Allein der Gedanke fühlte sich wie Verrat an.

Ilse musterte Maria.

»Ich weiß, was Sie denken. Das passt eigentlich gar nicht zu Hellerup. Hier auf dem Friedhof haben die Familien die Grabstellen über Generationen gepflegt, über Jahrhunderte. Das sind Familien mit stolzen Traditionen, die hier leben. Damals auf jeden Fall«, sagte Ilse und seufzte tief. »Aber die Zeiten haben sich geändert. Traditionen verschwinden. Die Bindung an die Heimat, an die Familie. Die Leute haben keine Fixpunkte mehr, nicht einmal mehr die eigene Familie zählt.«

»Hm«, sagte Maria, die nur mit halbem Ohr Ilses improvisierter Moralpredigt zuhörte. Enttäuscht. Wieder einmal. Sogar das Grab war weg. Alle Spuren endeten hier. Wenn Hans Vinther nicht einmal das Grab seiner Eltern und seiner Schwester bewahrt hatte, konnte das nur heißen, dass er entweder tot oder weit weg war.

Ilse unterbrach ihre Tirade und las etwas auf dem Blatt, die Lesebrille auf die Spitze ihrer Nase geschoben.

»Das ist ja interessant«, sagte sie. »Wie ich sehe, hat man bei der Auflösung der Grabstelle eine Urne umgebettet. Eine Kinderurne. Im selben Zug wurde ein neuer Grabstein bestellt, um den alten zu ersetzen. Der Grabstein mit den Namen Johannes, Elisabeth und Pippi Vinther wurde abgeräumt und die Kinderurne an eine neue Grabstelle gebettet. Mit einem neuen Stein«, sagte sie.

Die Hündin nahm den Kopf von Marias Bein, auf dem er geruht hatte, seit Maria sich hingesetzt hatte. Sie lief zur Tür und bellte leise.

»Ja, ja, Bella. Wir gehen gleich«, antwortete Ilse und sah zum Bildschirm. »Anscheinend ist auch das wieder ein Beispiel für eine gewisse … na ja, nennen wir es neumodische Tendenz. 1988 hat man einen kleineren Grabstein machen lassen, auf dem nur der Vorname des Mädchens steht.«

»Nur der Vorname?«

»Ist doch unbegreiflich, oder? Das ist wirklich etwas, was ich am heutigen Dänemark nicht verstehe. Ich habe zweiunddreißig Jahre an einem Arbeitsplatz gearbeitet, an dem man sich immer mit Herr oder Frau angesprochen hat. Es hieß immer ›Guten Tag, Herr Møller‹ und ›Guten Tag, Frau Svann‹, auch noch nach dreißig Dienstjahren. Gestern Abend bin ich von so einem Callcenter für die *Morgenavisen* angerufen worden. Ein Mann wollte mir ein Abo verkaufen. Und er hat mich immer nur Ilse genannt, als wären wir zusammen zur Schule gegangen! Das ist respektlos. Nicht einmal im Tod dürfen die Menschen heute noch ihren Nachnamen behalten.«

Die Frau machte eine kurze Pause, um weiterzulesen.

»Das Grab muss für die Hinterbliebenen aber trotzdem von Bedeutung sein. Es ist schon einmal erneuert worden, und vor Kurzem wurde wieder ein stattlicher Betrag einbezahlt, damit das Grab auch in den nächsten zwanzig Jahren gepflegt wird. Bepflanzung, Heckenpflege, das ganze Programm, und dann sind da noch zwei weitere Plätze reserviert worden.«

»Da sind Plätze reserviert worden?«

»Ja, für zwei weitere Urnen.«

»Wie bitte?«

Maria versuchte, die Information zu verarbeiten. Jemand hatte 1988 entschieden, Pippis Urne umzubetten. Erst neulich war die Grabpflege für weitere zwanzig Jahre bezahlt und am selben Ort Platz für zwei weitere Urnen reserviert worden. Jemand in der Familie Vinther – oder besser gesagt, jemand, der Pippi Vinther geliebt hatte – musste also am Leben sein.

Der Hund trippelte vor der Tür herum. Er suchte Ilses Blick und nahm den Kopf zur Seite.

»Ach, kleine Bella, musst du raus? Wie konnte ich das nur vergessen!«, sagte Ilse. Sie stand auf, hielt ihren Thermoanzug um die Hüften fest und schaltete den Computer aus.

»Es tut mir leid, aber ich muss jetzt gehen. Und das sollten Sie auch, wenn Sie noch am Grab vorbei wollen. Sonst werden die Tore geschlossen. Sie haben noch zwanzig Minuten.« Ilse Svann zog eine Broschüre aus einer Halterung. »Sie finden das Grab hier. In der Abteilung 15«, sagte sie und zeichnete einen Kreis um einen Bereich am Bernstorffsvej.

»Sagen Sie, kommt ein Hans Vinther für den Unterhalt der Grabstätte auf?«

Ilse sah mit gestresstem Blick von Maria zu Bella, die immer unruhiger winselte.

»Ich weiß wirklich nicht, ob ich Ihnen das sagen darf … Aber nein, der Name steht hier nicht«, sagte sie und hielt den Ausdruck hoch.

»Darf ich mal sehen?« Maria zeigte auf das Papier in Ilses Hand.

Ilses Blick wanderte von dem Ausdruck zu Maria, zu Bella und wieder zurück zu Maria.

»Ja ja, mein Gott, es bleibt ja zwischen uns. Wenn Sie bei

der Polizei angestellt sind, behandeln Sie solche Informationen doch vertraulich, nicht wahr?«

Sie reichte Maria das Blatt, nahm eine Hundeleine vom Garderobenständer in der Ecke und schob Maria nach draußen in den Nieselregen.

»Ich muss zum Bus, der fährt am Bahnhof. Sie müssen in die andere Richtung, dahin«, sagte sie und zeigte nach Westen.

Wenige Minuten später stand Maria mit großen Augen vor dem Grab. Es war nicht der Name Pippi, der in den hellgrauen Granit geschlagen worden war. Trotzdem wusste sie, dass sie das richtige Grab gefunden hatte. Sie hockte sich hin und folgte mit dem Zeigefinger dem stilisierten, eingravierten Symbol, das die obere Ecke des Steins zierte. Auf einmal wusste sie, was es bedeutete. Eine wellige Horizontlinie aus Wasser, die von der Schwanzflosse eines großen, abtauchenden Wals durchbrochen wurde. Darunter war der Stein mit einem fremd klingenden Mädchennamen, zwei Jahreszahlen und einem kursiv gesetzten Zitat versehen worden:

Pipaluk
1948 – 1953
Ich bin das Meer

Sie nahm ihr Handy heraus und googelte den Namen. Pipaluk war ein grönländischer Mädchenname im Thule-Dialekt. Er bedeutete »Das Liebste, was ich habe« oder einfach nur »Kleines Ding«.

Grönland. Wo vor dreiundvierzig Jahren eine Frau ermordet und mit demselben Symbol geschändet worden war.

Marias Kopf brummte. Es gelang ihr nicht mehr, all die

losen Fäden zusammenzubringen, stattdessen meldete sich ein Gefühl der Paranoia. Das Symbol schien sie zu verfolgen. Als wollte es etwas von ihr. Als wollte es ihr etwas zeigen. Aber was?

Ein Strauß Rosen, der höchstens eine Woche alt war, stand in einer Vase dicht am Grabstein. Sie holte das Blatt aus der Tasche, das Ilse Svann ihr etwas widerwillig gegeben hatte, und überflog es. Suchte nach dem Namen der Person, die für die Pflege des Kindergrabes aufkam.

Erik Lynge, stand da.

Wo hatte sie diesen Namen schon gehört?

Den Kopf voller Fragen stand sie über das Blatt gebeugt da und konnte in der herabsinkenden Dämmerung kaum noch etwas lesen, als der Kies hinter ihr knirschte und sich eine schwere Hand auf ihre Schulter legte.

63

Ein weiteres Mal hatte Frederik Louise enttäuschen müssen.

Sie hatte ein Spa-Wochenende in Båstad, Schwedens Tennisstadt, gebucht. Im Hotel Skansen. Der Plan war gewesen, sich durch ein Drei-Gänge-Menü mit ausgewählten Weinen zu schlemmen, während übereifrige Kellner um sie herumwuselten. Sie hätten am Ende der langen Holzbrücke bei eisigen Temperaturen im Meer gebadet und sich in Oversize-Frottee-Bademäntel gehüllt. Und sie hätten miteinander schlafen sollen. Im Versuch, die Intimität zurückzuerlangen, die ihnen im krampfhaften Bemühen, ein Kind zu bekommen, abhandengekommen war. Sie hätten miteinander schlafen und vielleicht für einen Augenblick vergessen sollen, dass es eine Sache in ihrem Leben gab – eine einzige verdammte Sache –, die sie weder unter Kontrolle hatten noch erfolgreich meisterten.

Aber der Trip fiel ins Wasser. Nach mehrwöchiger Wartezeit waren endlich die Ergebnisse der Funkzellenabfrage eingetroffen, und Frederik musste nach Teglholmen. Endlich hatten sie eine vollständige Übersicht, nicht nur über Schmidts Aktivitäten und die von ihm geführten Telefonate vor seinem Tod, sondern auch darüber, wer oder besser gesagt welche Handynummern in den Stunden um den Tatzeitpunkt in der Nähe des Rotkreuzgebäudes eingeloggt gewesen waren.

Louise war fassungslos, als er Freitagvormittag zu Hause anrief und die Bombe platzen ließ.

»Du könntest doch mit einer Freundin fahren. Oder mit deiner Mutter«, hatte Frederik vorgeschlagen.

»Mit meiner Mutter? Hallo, geht's noch? Als ob ich ein Romantikwochenende mit meiner *Mutter* verbringen will!«, hatte Louise in den Hörer geschrien.

Frederik wusste, dass es nicht um den Trip nach Schweden ging. Louise hatte im Grunde gar keine Lust, mit fremden Menschen im Whirlpool zu liegen. Doch inzwischen betrachtete sie jede Absage, jede Stunde, die sie getrennt voneinander verbrachten, als Grund, weshalb sie nicht schwanger wurde. Weil er es offensichtlich nicht genug wollte.

Er hatte vorsichtig angefragt, ob er die Buchung auf einen späteren Zeitpunkt verschieben und die eine Nacht auf zwei Nächte verlängern dürfe. Das hatte Louise besänftigt, und jetzt hatte sie ein großes Herz um den 28. und den 29. März im Kalender am Kühlschrank gemalt. Frederik betete, dass der Mord am Generalsekretär bis dahin aufgeklärt war.

Nachdem sie aufgelegt hatten, saß er lange da und starrte auf das Hintergrundbild seines Handys. Eine breit lächelnde

Louise im Sommerkleid mit einem Strohhut auf dem Kopf in einem Strandrestaurant in einem Vorort Barcelonas.

Als sie beide sich kennenlernten, war Louise ebenso lebenslustig und unbeschwert gewesen wie er, doch die ausbleibende Schwangerschaft hatte sie zusehends verbittert, besonders in den letzten Monaten, in denen immer mehr Freundinnen stolz ihre wachsenden Bäuche und einen Strom unnötiger, farblich aufeinander abgestimmter Babyeinkäufe vorzeigen konnten.

Frederik fiel es schwer, Louise in diesem Punkt nachzuvollziehen. Für ihn war das Leben vor allem eine Frage der richtigen Einstellung. Er selbst bezeichnete sich als »geborener Optimist«. Geborener Glückspilz, sagten andere. Sein helles Gemüt war durch eine weitgehend sorgenfreie Kindheit und Jugend nur verstärkt worden. Es gab genügend Liebe, genügend Anerkennung, genügend Geld.

Er selbst zweifelte keinen Augenblick daran, dass das Kind schon irgendwann kommen würde. Sie mussten bloß daran glauben. Oder an etwas anderes denken.

Louise hatte ihn zornig angefunkelt, als er dieses Argument vor einigen Wochen vorgebracht hatte.

»An etwas anderes denken?«, hatte sie gefaucht. »Also, ich bin ja keine Biologin, aber wenn ich recht informiert bin, braucht es etwas mehr als Glauben und positive Gedanken. Du könntest unser Projekt zum Beispiel einfach ein winziges bisschen wichtiger nehmen als deinen Job.«

Er war glücklich mit Louise, aber es gelang ihm nicht, sie davon zu überzeugen, dass die Entscheidung für die Stelle in der Mordkommission keine Entscheidung gegen sie und ihren gemeinsamen Traum von einem Kind war. Eher das Gegenteil. *Work-Life-Balance* war vermutlich das neue Leitwort in der Personalabteilung der Kopenhagener Polizei. Bloß nicht gerade dann, wenn es einen Mord aufzuklären galt. Einen Mord, den ganz Dänemark mit wachsamen Augen verfolgte und der maßgeblich für Frederiks weitere Karriere sein konnte. Für sein und Louises Leben und für das ihres Kindes.

64

Maria wirbelte herum und riss abwehrend den Arm hoch. Dabei versetzte sie dem Mann hinter sich einen so heftigen Stoß, dass nicht nur seine Hand weggefegt wurde, sondern auch der Zigarettenstummel, der ihm im Mundwinkel gehangen hatte, in hohem Bogen über eine Hecke flog und in einem Vogelbecken landete.

Maria starrte in das wettergegerbte Gesicht vor ihr. Der Mann und der prankenhafte Gärtnerhandschuh, den er ihr auf die Schulter gelegt hatte, hatten sie erschreckt. Nun verlangsamte sich ihr Herzschlag. Der Mann war mindestens doppelt so alt wie sie und leicht gebeugt. Er trug eine Schirmmütze und eine wenig furchterregende blaue Latzhose, in der er aussah wie Super Mario.

»Ganz ruhig, junge Dame. Der Friedhof schließt jetzt. Wenn Sie also nicht vorhaben, die Nacht hier zu verbringen, sollten Sie besser zum Ausgang gehen.«

Maria lächelte.

»Tut mir leid, ich hab nicht auf die Zeit geachtet. Ich will nur kurz …« Sie klickte auf die Kamera auf ihrem Handy, richtete sie auf den Grabstein und stellte sicher, dass sie das Symbol mit auf dem Bild hatte. Dann eilte sie zum Ausgang.

Aus Ilse Svanns nun beinahe gänzlich durchweichtem Dokument ging nicht hervor, wer 1988 den neuen Grabstein und die Umbettung von Pippis Urne bezahlt hatte, doch es lag nahe, dass es dieser Erik Lynge gewesen war, der auch die Grabgebühr für mehrere Jahrzehnte im Voraus entrichtet hatte.

Irgendwo hatte sie den Namen schon mal gehört.

Sie scrollte durch die Bilder, die sie in den letzten Tagen gemacht hatte, und kam zu einer Aufnahme, die sie am Tag zuvor auch den beiden Ermittlern per Mail geschickt hatte: ein Foto ihrer handgeschriebenen Liste über die Personen, die 1977 an Ivalu Johansens letztem Abend zu Gast gewesen waren.

Maria blieb mitten auf der Straße stehen.

Da war er! Erik Lynge stand als Nummer sechs auf der Liste.

Der Name Erik Lynge war nicht ungewöhnlich, aber wenn er sowohl im Fall Ivalu als auch Vinther auftauchte, konnte es kein Zufall sein. Bloß ergab es keinen Sinn.

Sie klickte erneut auf die Galerie, um das Symbol auf dem Grabstein genauer zu betrachten, fuhr jedoch zusammen, als das Handy klingelte.

Mikael Dirk, stand auf dem Display.

Maria hatte noch nie einen Gast wie ihn in ihrer Wohnung in der Viborggade gehabt.

Sein Verhalten erinnerte sie an ein Interview mit einem pensionierten Elitesoldaten, das sie mal im Radio gehört hatte. Laut eigenem Bericht trieb der Soldat seine Frau jedes Mal in den Wahnsinn, wenn sie im Urlaub waren, da er bei der Ankunft zunächst die Umgebung des Hotels sondierte, Türen öffnete, die Fenster zählte, die Sprunghöhe vom Balkon berechnete, das Alarmsystem überprüfte und die schnellste Fluchtroute für den Fall eines Brandes oder eines Entführungs- oder Mordversuchs ausmaß. Erst dann konnte er sich entspannen.

In etwa so war Mikael Dirk vorgegangen. Er hatte angeklopft, war mit einem knappen »Hallo« eingetreten und hatte völlig ungeniert Marias überschaubare Wohnung in Augenschein genommen. Nachdem er die Tür hinter sich geschlossen hatte, rüttelte er heftig daran. Fuhr mit den Fingern die Fenster ab, drückte gegen die Rahmen, zeigte auf ihre Hintertür und fragte, ob auch die mit einem Schloss gesichert sei. Dann hatte er die Sicht aus all ihren Fenstern überprüft und die Viborggade hinauf- und hinuntergespäht.

»Sie machen mich ein bisschen nervös«, hatte sie schließlich gesagt.

»Tut mir leid. Langsam wird bloß alles etwas … arg merkwürdig. Uns fehlt einfach der Überblick.«

Er setzte sich auf ihren Leseplatz im Erker.

So energisch er eben noch durch ihre Wohnung marschiert war, so erschöpft sah er nun aus.

»Möchten Sie einen Kaffee?«, fragte sie.

Er nickte.

Am Telefon war er kurz angebunden gewesen. Anscheinend war das seine Art.

»Ich muss mit Ihnen reden. So schnell wie möglich«, hatte er gesagt.

»Ich muss auch mit Ihnen reden. Ich glaube, ich habe die Verbindung zwischen den beiden Mordfällen gefunden«, hatte sie erwidert.

Er hatte wissen wollen, wo sie gerade war, und sie hatte geantwortet, dass sie auf dem Weg zu ihrem Fahrrad durchnässt bis auf die Knochen durch Hellerup laufe. Er hatte angeboten, sie abzuholen. Maria hatte keine Lust, wie eine Jungfrau in Nöten aus Regen und Kälte gerettet zu werden, und stattdessen vorgeschlagen, sich auf halbem Weg zu treffen – in ihrer Wohnung.

Der Polizeibeamte folgte Maria in ihre schmale Küche und beobachtete sie, während sie den Wasserkocher aufsetzte.

»Ich habe nur löslichen Kaffee, ist das okay?«, fragte Maria.

»Perfekt«, antwortete er. Nach kurzem Zögern fügte er hinzu: »Ich weiß nicht, wie Sie das machen.«

»Was? Kaffee?«

»Nein, Herrgott… Wie Sie auf die Fälle stoßen! Etliche Leute im Polizeimuseum und auch von der Polizei haben Zugang zu den Archiven, aber Sie haben als Einzige den möglichen Zusammenhang erkannt.«

Maria lächelte. Sie war sich nicht sicher, ob der Kommissar beeindruckt oder sauer über ihre Entdeckungen war.

»Eigentlich war es auch eher Zufall. Ich bin ja wegen der Ausstellung alle Archivfälle durchgegangen, das kommt sonst nicht gerade jeden Tag vor.«

»In Ihrer Mail haben Sie etwas von einem grönländischen Mordfall aus den Siebzigern geschrieben.«

»Genau.«

»Wir haben im Zusammenhang mit dem Rotkreuzfall jemanden festgenommen. Einen Zweiundzwanzigjährigen mit Nazi-Sympathien. Er hat zugegeben, für die Todesdrohungen gegen die achtundzwanzig Politiker verantwortlich zu sein, streitet aber jede Verbindung zu dem Schmidt-Mord ab. Und nach der Vernehmung bin ich überzeugt, dass er die Wahrheit sagt.«

»Ah ja?«

Mikael nahm den Kaffee entgegen, den Maria ihm reichte, und nippte daran.

»Es passt einfach nicht zusammen. Der Mann wurde zu Hause bei seiner Mutter festgenommen, Sie wissen schon, in so einer schmuddeligen Sozialhilfewohnung. Er ist ein vernachlässigter Junge, der bestimmt nie genügend Liebe und Aufmerksamkeit bekommen hat. Voller Hass, keine Frage, aber ich kann mir schwer vorstellen, dass er in der Lage ist, einen derart ›sauberen‹ Tatort zu hinterlassen wie im Blegdamsvej.«

»Hm«, sagte Maria. »Heißt das, Sie tappen weiterhin im Dunkeln?«

Mikael erwiderte Marias unbeabsichtigte Beleidigung mit einem Brummeln. »Im Dunkeln tappen« war so eine Floskel, die die Presse gern benutzte, die aber dem Umstand, wie langwierig und zeitraubend Polizeiermittlungen in aller Regel waren, keinerlei Rechnung trug.

»Na ja, nicht so ganz. Dieser Mann, Morten Hasselgren heißt er, bekennt sich wie gesagt zu den Todesdrohungen. Aber er hat die Briefe im Auftrag von jemand anderem verschickt und wurde angewiesen, was er schreiben soll. Er hat sozusagen die Drecksarbeit erledigt, die Idee aber stammte von jemand anderem. Vielleicht hatten die Drohbriefe das Ziel, die Polizei in die Irre zu führen, oder aber sie sollten den Terroreffekt des Schmidt-Falls verstärken. In dem Fall wäre der Mord die ›Bombe‹ gewesen, und anschließend kamen die Todesdrohungen, um hervorzuheben, dass niemand sicher ist und jeden Augenblick ein neuer Mord geschehen kann.«

Allmählich dämmerte Maria, worauf Mikael hinauswollte.

»Sie glauben, Georg Schmidts Mörder hätte diesen jungen Typ beauftragt, die Drohbriefe zu verschicken, um eine falsche Fährte zu legen? Um die Aufmerksamkeit von sich selbst abzulenken?«

Mit einer Handbewegung wies sie Mikael ins Wohnzimmer. Dort stürzte er direkt zum Fenster des Erkers, wo er erneut einen Blick hinaus in die Dunkelheit und hinüber zu den Nachbargebäuden warf.

»Vielleicht. Schwer zu sagen. Weshalb sollte jemand, der erfolgreich einen Mord ausgeführt hat, auf diese Weise riskieren, erneut Aufmerksamkeit auf sich zu ziehen? Schließlich bringt jedes neue Verbrechen neue Möglichkeiten mit sich, Fehler zu begehen. Deshalb dachte ich anfangs, die Drohbriefe seien das Werk eines Verrückten. Eines Irren, der meinen Chef mit dem Symbol im Fernsehen gesehen und beschlossen hat, auf den Zug aufzuspringen.«

»Aber?«

Maria hatte sich an ihren kleinen Esstisch gesetzt und sah ihren Gast mit hochgezogenen Brauen an.

Der Ermittler, der nun auf ihrem Lieblingsplatz saß, war abgesehen von seiner schroffen Art durchaus anziehend. Und sie wusste nur zu gut, weshalb sie so empfand: Es war seine Schwermütigkeit, in der sie sich wiedererkannte. Der Umstand, dass der Polizist in ihrer Leseecke offensichtlich irgendeine Bürde mit sich trug – Trauer, Scham, ein traumatisches Erlebnis –, gab Maria das Gefühl, einer verwandten Seele gegenüberzusitzen. Mit unbekümmerten Menschen hatte sie noch nie etwas anfangen können. Leider. Das würde ihr Leben sicher einfacher machen. Sie ertappte sich dabei, wie sie sich durch das noch immer regenfeuchte Haar fuhr, und spürte einen Stich schlechten Gewissens.

War es wegen Jakob? Waren sie und Jakob an einem Punkt, an dem sie ein schlechtes Gewissen haben sollte?

»Die Drohbriefe scheinen kein einfacher Scherz zu sein. Und hier kommen Sie ins Spiel. Unser junger Neonazi hat uns im Vernehmungsraum nämlich erzählt, dass sein Auftraggeber Erik Lynge hieß.«

»Was?« Maria spuckte beinahe ihren Kaffee aus.

»Ja. Und dieser Name kam mir bekannt vor, deshalb habe ich Ihre Mail geöffnet. Erik Lynge war einer der Abendgäste, der in Verbindung mit dem grönländischen Mordfall vor dreiundvierzig Jahren vernommen wurde.«

Maria zog ihr iPhone aus der Tasche und rief das Foto von dem Grabstein auf. Sie reichte es Mikael und ging im Wohnzimmer auf und ab, während er näher an das Symbol heranzoomte.

»Ich fasse es nicht. Jetzt erkennt man endlich, was das Symbol darstellen soll. Die Schwanzflosse eines … eines Wals? Und der Satz ›Ich bin das Meer‹. Dieser Ausdruck wird auch in den Drohbriefen gebraucht. Wessen Grabstein ist das? Wer ist Pipaluk?«

»Pipaluk«, sagte Maria, »ist Pippi Vinther. Die kleine Schwester von Hans Vinther, dessen Eltern 1968 im Callisensvej ermordet wurden.«

In knappen Worten berichtete sie, was sie auf dem Friedhof herausgefunden hatte.

Mikael starrte eine Weile ins Leere.

»Erik Lynge … Könnte das Hans Vinther sein, der sich heute so nennt? Ist er am Leben?«

»Den Gedanken hatte ich auch«, meinte Maria.

»Aber wie alt wäre Hans Vinther dann jetzt?«

»Etwa fünfundsiebzig.«

»Okay, lassen Sie mich das kurz sortieren. Hans Vinther hat als Kind das Schwanzflossensymbol auf einem Gemälde gezeichnet. Dann werden seine Eltern ermordet und mit eben diesem Symbol signiert. Später wird das Grab seiner kleinen Schwester erneuert, und es erhält einen Grabstein mit dem Symbol, einem grönländisch klingenden Namen und den Worten ›Ich bin das Meer‹.«

Maria nickte bestätigend.

»Und jetzt, Jahre später, wird ein Mann in Kopenhagen ermordet und bekommt dasselbe Symbol in den Bauch geritzt.

Anschließend erhält eine Reihe Politiker Drohbriefe von einer Pippi Langstrumpf – wieder mit dem Symbol und der Wendung ›Ich bin das Meer‹ als wiederkehrende Elemente.«

»Ja«, warf Maria ein. »Und dieser Erik Lynge hat die Drohbriefe in Auftrag gegeben und Pippis Grab bezahlt. Wer sonst, außer ihrem großen Bruder, sollte ein Interesse daran haben, ihr Grab zu erhalten und einen Platz neben ihr zu reservieren? Ich habe keine anderen lebenden Angehörigen ausfindig machen können. Elisabeth Vinther war Einzelkind, und Johannes Vinthers Bruder starb in jungen Jahren. Erik Lynge *muss* Hans Vinther sein.«

»Hm«, brummte Mikael und massierte sich die Schläfe.

»Vielleicht haben wir uns geirrt, als wir dachten, Schmidts Mörder könnte kein alter Mann sein. Die einzig sinnvolle Erklärung ist, dass Hans Vinther oder Erik Lynge auch Georg Schmidt ermordet hat«, fuhr Maria fort.

Mikael schüttelte leicht den Kopf.

»Da können wir uns nicht sicher sein. Noch nicht. Aber ich meine … Ein Fünfundsiebzigjähriger kann heutzutage ja durchaus fit und stark sein. Wie auch immer: Wir werden umgehend versuchen, Erik Lynge ausfindig zu machen. Mit etwas Glück haben wir bis zum Wochenende eine Adresse«, sagte er.«

»Okay.« Maria biss sich auf die Lippe. »Das Symbol – diese Schwanzflosse – taucht in allen Fällen auf. Aber wie passt der grönländische Mord ins Bild? Und Georg Schmidt? Und aus welchem Grund soll Hans Vinther seine Adoptiveltern umgebracht haben?«

»In der Regel gibt es eine logische Erklärung. Nicht ›logisch‹ wie in ›rational‹, sondern logisch für den Mörder. *Falls* es wirklich derselbe Mörder war«, sagte Mikael.

»Aber so muss es doch sein?«

Marias Stimme klang ungewöhnlich schrill.

Mikael studierte ihr Gesicht.

»Hören Sie, wir machen Erik Lynge ausfindig, und dann stellen wir ihm genau diese Frage. Das ist schließlich unser Job. Mir ist ohnehin nicht ganz klar, weshalb Sie so viel Energie auf die ganze Sache verwendet haben. Doch nicht nur, weil Sie im Museum arbeiten? Hat es mit der Frau zu tun, die neulich gestorben ist und von der Sie in Ihrer E-Mail geschrieben haben?«

Maria zögerte.

Sie hatte eine starke Verbundenheit zu dem Gemälde aus dem Vinther-Fall gespürt. Zu dem Jungen, der es gemalt hatte. Jetzt, wo alles darauf hindeutete, dass sich dieser Junge zu einem psychopathischen Serienmörder entwickelt hatte, war sie nicht gerade stolz darauf, und im Laufe der letzten Woche hatte immer mehr dafür gesprochen, nicht weiter in der Sache zu graben. Doch dann war Ane gestorben, und ihre hinterlassenen Notizen deuteten darauf hin, dass sie eine Verbindung zwischen dem Symbol, dem grönländischen Mordfall und dem aktuellen Rotkreuzfall gesehen hatte. Es war, als hätte Ane ihr eine Aufgabe übertragen, und wenn sie sie nicht löste, war es Verrat.

»Hm, ja … Vielleicht bin ich ein bisschen neben der Spur. Als Kind hat sie mir sehr viel bedeutet.«

»Aber warum haben Sie geschrieben, dass sie … hieß sie Ane? Dass sie den grönländischen Fall kannte?«, fragte Mikael.

»Sie hat mir einen Brief hinterlassen, in dem sie das Datum des Mordes in Nuuk notiert hatte. Und die Initialen ›I. J.‹ – für ›Ivalu Johansen‹. Außerdem hatte sie die Schwanzflosse gezeichnet. Und in ihrer Küche lag eine Zeitung mit aufgeschlagenen Artikeln über Georg Schmidt.«

Mikael sah sie skeptisch an.

»Bei allem Respekt, aber ich kann mir nur schwer vorstellen, woher eine Hausfrau aus Nordjütland Insiderwissen von irgendwelchen Mordfällen haben konnte, weder 1977 noch heute. Wäre es nicht einfach möglich, dass sie ein paar zu viele Klatschblätter gelesen hat?«

»Man ist nicht automatisch minderbemittelt, weil man in der Provinz lebt«, gab Maria schnippisch zurück, rief sich dann aber zur Besinnung. Völlig unrecht hatte Mikael schließlich nicht.

»Die Sache mit Ivalu lässt sich erklären. Ane wurde selbst in Grönland geboren, kam aber als kleines Mädchen nach Dänemark und wurde dann von einer dänischen Familie adoptiert. Vielleicht hat sie das Geschehen in Grönland daher einfach aufmerksamer verfolgt als andere. Und es *war* eine große Story damals, dass die Tochter von einem der prominentesten Männer des Landes brutal in ihrem eigenen Zuhause ermordet wird. Aber Sie haben recht: Ich wüsste nicht, woher Ane Insiderwissen von den anderen Morden gehabt haben sollte.«

»Ich wollte Sie nicht kränken. Tut mir leid. Ich denke nur, wir sollten die Polizei vor Ort ermitteln lassen, ob der Todesfall in irgendeiner Weise verdächtig ist, während wir versuchen, Erik Lynge zu finden.«

Mikael stand auf.

Auf dem Weg zur Tür drehte er sich um. In seinem Blick stand Besorgnis geschrieben.

»Hören Sie, ich weiß nicht, wie das alles zusammenhängt, aber Sie müssen aufhören, Detektivin zu spielen. *Falls* damals tatsächlich Hans beziehungsweise Erik die Morde begangen hat und *falls* er auch Georg Schmidt umgebracht hat, haben wir es mit einem äußerst gefährlichen Mann zu tun. Darum kümmern *wir* uns, alles klar?«

Er starrte Maria so durchdringend an, dass eine verräterische Röte in ihre Wangen stieg. Sie nickte. Anscheinend nicht deutlich genug.

»Maria, das ist mein Ernst! Wenn Sie durch die Gegend laufen und in öffentlichen Behörden, bei alten Ermittlern im Pflegeheim und weiß der Teufel wo noch überall nach Erik Lynge und Hans Vinther fragen, könnte er entdecken, wer *Sie* sind. Wo Sie wohnen, wo Sie arbeiten. Er könnte Sie in dieser Sekunde beobachten. Ihn zu schnappen, ist nicht Ihre Aufgabe.«

Mikael suchte nach einem Zeichen von Einverständnis in ihrem Gesicht. Und fand es anscheinend, als Maria kurz beide Augen zusammenkniff. Er umfasste sie in einer Art distanzierten Umarmung.

»Passen Sie auf sich auf, okay? Machen Sie keinem Fremden die Tür auf. Und halten Sie sich eine Weile aus den Fällen heraus.«

»In Ordnung«, sagte Maria.

Sie wusste, dass sie ihr Versprechen nicht halten würde, und hätte sich fast erfolgreich eingeredet, dass ihre schamlose Lüge seine eigene Schuld war.

Er hatte gerade etwas gesagt, dass sie genauer untersuchen musste.

65

Mit wenigen Klicks rief Frederik eine Datei auf, in der ein Kollege alle ihnen bisher über Georg Schmidt vorliegenden Informationen zusammengetragen hatte. Er und Mikael lehnten sich vor und lasen schweigend.

Mit Schmidts Handydaten, den Überwachungsaufnahmen aus großen Teilen des Kopenhagener Stadtgebiets und den vielen vom Ermittlungsteam gesammelten Zeugenaussagen hatten sie nun endlich eine vollständig verifizierte Übersicht über Schmidts Aktivitäten in den letzten zwei Tagen vor seinem Tod.

Georg und Suzanne Schmidt waren am Samstag, den 4. Januar, zum Abendessen bei ihren Nachbarn gewesen, und Suzanne hatte ihren Mann das letzte Mal gesehen, als sie ihm um 23.30 Uhr gute Nacht sagte und zu Bett ging. Da das Ehepaar in getrennten Zimmern schlief, konnte sie nicht mit Sicherheit sagen, ob er am Sonntagmorgen zu Hause war, als sie zum Golf ging. Was aber der Fall zu sein schien, da sich um 11.30 Uhr sein Handy mit einem Sendemast in der Nähe des Hauses verbunden hatte. Er hatte ein Gespräch mit der Tochter geführt, die ihm ein Geburtstagsgeschenk für Suzanne besorgen sollte.

Schmidts Wagen hatte einen Bordcomputer, der im NC3 ausgewertet worden war. So ließ sich für die Ermittler leicht nachverfolgen, wann der schwarze Volvo V90 das Haus in Klampenborg verlassen hatte und wo er hingefahren war.

Schmidts erster Stopp war eine Tankstelle gewesen. Dort hatte er Benzin nachgefüllt sowie einen Hotdog und eine Cola gekauft. Die Shell-Rechnung trug den Zeitstempel 12.24 Uhr. Dann war der Generalsekretär zum Hellerup Parkhotel gefahren, wo er um 12.45 Uhr ein- und um 18.30 Uhr wieder ausgecheckt hatte. Anschließend rief er kurz seine Frau an. Laut Suzanne hatte er ihr nur mitgeteilt, dass er zum Abendessen nicht nach Hause kommen würde.

Der Wagen war während Schmidts Hotelaufenthalt nicht benutzt worden, und nach Aussage der Rezeptionistin hatte er das Zimmer während des knapp sechsstündigen Aufenthalts nicht verlassen, dort allerdings Besuch von einer Frau gehabt. Die Rezeptionistin kannte die Frau als »Freudenmädchen«, und einer der Ermittler hatte sie vernommen. Ja, sie hatte gegen Bezahlung Sex mit Georg Schmidt im Hotel gehabt. Nein, sie hatte ihn vorher noch nie gesehen, er hatte sie über ihr Profil auf seite6.dk gebucht. Sie und der Generalsekretär hatten ganz normalen Sex gehabt, und sie hatte das übliche Honorar erhalten: achtzehnhundert Kronen für eine Stunde Service plus zweihundert Kronen Trinkgeld. Alles in bar. Schmidt stand unter der Dusche, als die Prostituierte das Zimmer verließ.

Um 18.33 Uhr setzte sich Schmidts Wagen wieder in Bewegung. Er fuhr von Hellerup Richtung Süden durch Østerbro entlang der Kopenhagener Seen, bog links in den H. C. Andersens Boulevard ein und folgte diesem bis zum Hafenviertel Islands Brygge. Auf dem Parkplatz vor dem SAS Radisson Blue und dem Casino Copenhagen hatte er nahe dem Haupteingang geparkt und ein Ticket am Automaten gezogen. Mehrere Überwachungskameras hatten ihn gefilmt.

Alle Mitarbeiter des Casinos waren vernommen worden, und sämtliche Besucher waren in den Systemen ausfindig gemacht und ebenfalls vernommen worden. Frederik und Mikael sahen sich zufrieden an. Dass Casinobesucher vor dem Einlass mittlerweile mit Namen, Foto und persönlicher Identifikationsnummer registriert wurden, war ein fantastisches Arbeitsinstrument in einer Polizeiermittlung. Schmidts Foto vom 5. Januar zeigte einen lächelnden Mann in Hemd, Jackett und Krawatte. Der Krawatte, mit der er später erdrosselt wurde.

Die Casinomitarbeiter, die Schmidt kannten, berichteten einstimmig, dass er nüchtern gewesen sei und sich verhalten habe wie immer. In den ersten Stunden hätte er nur verloren, doch dann hatte sich das Blatt gewendet. Er hatte einige Runden gewonnen, um am Ende alles wieder zu verlieren.

Auf Dauer gewinnt immer die Bank, wie es in Spielerkreisen heißt.

Gegen 01.00 Uhr war Schmidt aufgestanden und hatte den Tisch mitten in einem Spiel verlassen. Er hatte seinen Mantel geholt und war zu seinem Wagen gegangen. Der Bordcomputer speicherte die Route, die vom Casino auf Amager nach Østerbro führte: über die Langebro, am Rådhuspladsen vorbei, zurück entlang der Kopenhagener Seen, links in den Tagensvej, dann rechts in den Blegdamsvej, wo er vor dem Rotkreuzgebäude zum Stehen gekommen war.

Mehrere Überwachungskameras hatten den Wagen auf dem Weg gefilmt, und Schmidts Handy hatte sich unterwegs mit mehreren Sendemasten verbunden, ehe er um 01.23 Uhr den Motor ausschaltete. Zum exakt selben Zeitpunkt, als die rauchende Person vom Überwachungsvideo der Freimaurer aus dem Bild verschwunden war, wie Frederik zufrieden feststellte.

Laut Suzanne war es keineswegs ungewöhnlich, dass ihr Mann zu jeder Tages- und Nachtzeit im Büro vorbeischaute.

Es gab immer irgendein Dokument abzuholen oder abzugeben, eine E-Mail zu beantworten oder ein wichtiges Telefonat in ein Land in einer anderen Zeitzone zu führen.

Aber war Schmidt in dieser Nacht tatsächlich noch in seinem Büro gewesen – wenige Stunden vor seinem Tod?

Den Handydaten zufolge war er zwischen 00.41 Uhr und 01.00 Uhr mehrfach von einer nicht registrierten Nummer angerufen worden, Schmidt war jedoch nicht ans Telefon gegangen. Um 01.05 Uhr bestand dann aber für achtundvierzig Sekunden eine Verbindung. Wem die unregistrierte Prepaidkarte gehörte, ließ sich nicht ermitteln, doch die Garderobenmitarbeiterinnen des Casinos hatten ausgesagt, dass Schmidt sehr gestresst gewirkt habe, als er zu etwa diesem Zeitpunkt seinen Mantel holte und daraufhin umgehend das Casino verließ.

»Wer ruft Schmidt von einer unbekannten Nummer an und macht ihn so nervös, dass er sein Spiel unterbricht und geht, bevor das Casino schließt? Laut seinen Pokerfreunden blieb er sonst immer bis zum Schluss.«

Frederik sprach die Frage laut aus, die sie sich beide gestellt hatten.

Und sie kannten beide die Antwort: Der Mann am anderen Ende der Leitung musste der Täter gewesen sein. Und Schmidt war seinem Henker freiwillig in die Arme gelaufen. Alles sprach dafür, dass der Generalsekretär seinen Mörder gekannt hatte.

66

Das Pflegeheim wirkte noch ruhiger als sonst, als Maria am frühen Samstagvormittag das Atrium betrat. Sie sah sich um und erblickte oben auf einem der Laubengänge eine jüngere Frau mit gold gerahmter Brille, die in einer Teeküche verschwand.

Sie eilte mit großen Schritten die Treppe hinauf zu Maj Klausen, die dabei war, Kaffee und roten Saft in Zweiliterkrügen auf einen Rollwagen zu stellen.

»Ach, Sie schon wieder?«, wunderte sich die Heimleiterin.

»Ja«, keuchte Maria. »Aber Sie als Heimleiterin hätte ich samstags nicht hier erwartet.«

»Das ist auch eine Ausnahme. Im Januar haben wir immer so viele Krankmeldungen.« Maj zögerte, dann sah sie Maria an. »Verstehen Sie mich bitte nicht falsch: Wir freuen uns für jeden unserer Bewohner, der Besuch bekommt. Lieber ein Besuch zu viel als zu wenig. Aber für Mogens war es in letzter Zeit einfach zu anstrengend.«

»Ich weiß, ich weiß. Aber genau danach wollte ich Sie fragen«, sagte Maria. »Sie haben gestern gesagt, dass Ostenfeldt in der letzten Zeit viel Besuch bekäme. Was haben Sie damit gemeint? Ich dachte, er bekommt überhaupt keinen Besuch?«

Maj Klausen knibbelte nervös an einer Ecke des Rollwagens.

»Maj, das ist wichtig. Ich glaube, Ostenfeldt weiß etwas aus seiner Zeit als Ermittler, das ihm Probleme bereiten könnte. Ich denke, es gibt da einen Mann, einen älteren Mann, etwa fünfundsiebzig Jahre, der gefährlich für Mogens werden könnte«, sagte Maria.

»Gefährlich?«

»Vielleicht, ich weiß es nicht. Genau das versuche ich ja herauszufinden.«

»Mogens bekommt in der Regel keinen Besuch. Aber letzte Woche kam ein Mann. Jamilah, die auf Mogens Etage arbeitet, ist schon sehr lange hier im Haus, und sie hat sich erinnert, dass dieser Mann kurz nach Mogens Einzug schon mal hier war. Der Gast hat angegeben, Mogens von früher zu kennen. Jamilah nahm an, dass er ein früherer Kollege war. Also ein Polizist«, sagte Maj und sah Maria etwas verlegen an.

»Übrigens hat er dasselbe gefragt.«

»Wie dasselbe?«

»Er wollte wissen, ob Mogens in letzter Zeit noch anderen Besuch hatte.«

Marias Magen zog sich zusammen.

»Und?«

»Ich hoffe, wir haben nichts Falsches gesagt, aber Jamilah hat ihm erzählt, dass eine junge Frau aus dem Polizeimuseum bei ihm war. Da sie den Mann ja für einen pensionierten Polizisten gehalten hat, dachte sie dass Sie ja sozusagen in der gleichen Branche sind.« Maj sah sie nervös an. »Es tut mir wirklich leid, falls …«

Maria machte eine abwehrende Handbewegung und dachte an die Ermahnungen von Mikael Dirk. Schöne Scheiße …

»Ach was, schon gut. Wissen Sie, wie er hieß? Der ältere Mann, der Mogens besucht hat? War es ein Hans oder vielleicht Erik?«

»Keine Ahnung! Er war ja vorher schon mal hier und wusste, dass er Mogens im zweiten Stock findet, weshalb er gleich nach oben gegangen ist, ohne sich anzumelden. Und wie schon gesagt: Die Zimmer sind das Reich unserer Bewohner. Es geht uns nichts an, wen sie dort empfangen.« Maj dachte einen Augenblick nach. »Wir hätten diesen Besuch vermutlich auch vergessen, wenn es Mogens anschließend nicht so schlecht gegangen wäre. Er war vollkommen außer sich. Als Jamilah ihn etwas später zum Kaffee abholen wollte, stand er mit aufgerissenen Augen und hoch erhobenem Stock vor seinen Gemälden und hat Tod und Teufel geschrien. Und dann ist er gestürzt. Jamilah konnte ihn gerade noch auffangen. Danach wollte er nur noch schlafen und hat für die Nacht nach stärkeren Schlaftabletten verlangt.«

Maj sammelte sich und versuchte, wieder mehr Autorität auszustrahlen, wie es sich für eine Heimleiterin gehörte.

»Und Ihr Besuch gestern hat ihm auch sehr zugesetzt. Sagen Sie, was läuft da eigentlich? Ich bin für die Sicherheit in diesem Haus verantwortlich, aber in der Regel haben wir es nur mit simplen Trickbetrügern und dergleichen zu tun ... Hören Sie mir eigentlich zu?«

Maj beugte sich etwas vor, um Augenkontakt mit Maria zu bekommen, die gedankenversunken dastand und sich vorzustellen versuchte, wie Ostenfeldt wackelig und klapperdürr vor seinen Bildern stand und all dem Bösen, das ihn quälte, mit dem Stock drohte. Oder vielleicht dem Bösen, das ihn *besucht* hatte?

Etwas an dem Gesamteindruck störte sie. Irgendetwas fehlte. Etwas, das sie sehen sollte. Sie war dafür ausgebildet worden, in enormen Mengen historischen Materials den roten Faden zu erkennen. Den einen Dominostein zu finden, der die Kettenreaktion ausgelöst hatte.

Sie schloss die Augen und ging in Gedanken noch einmal die beiden Besuche bei Ostenfeldt durch. Er saß in seinem

Sessel, sein Blick wanderte zur Wand mit den Gemälden. Sie ignorierte Maj, die mit einem »Hallo?« zu ihr durchzudringen versuchte.

Was hatte sie gesehen, ohne es wirklich zu registrieren?

Maj Klausen legte Maria die Hand auf die Schulter.

»Geht es Ihnen gut?«

Maria riss die Augen auf.

Jetzt wusste sie es.

67

Das kleine Ölbild hing ganz unten links. So tief, dass Maria sich hinhocken musste, um es richtig in Augenschein nehmen zu können. Es war etwas kleiner als DIN A5, vielleicht dreizehn mal achtzehn Zentimeter. Das Bild wurde von den deutlich größeren Ölgemälden, die in einem tetrisartigen Mosaik an der Wand hingen, aus dem Fokus gedrängt. Auch lenkte der viel zu breite, beinahe vulgär verzierte Goldrahmen vom eigentlichen Bild ab.

Vermutlich war es ihr deshalb nicht gleich aufgefallen. Vielleicht hatte sie es deshalb nicht *richtig* gesehen. Aber jetzt, als sie davor kniete, gab es keinen Zweifel mehr. Sie riss es mitsamt Dübel und Putz von der Wand.

Maj, die ihr laut protestierend in Ostenfeldts Zimmer gefolgt war, schnappte nach Luft. Ostenfeldt saß reglos auf der Kante seines Bettes. Er trug einen Schlafanzug, der noch aus den Siebzigern zu stammen schien, und seine schütteren, halblangen Haare standen wirr vom Kopf ab.

Maria drehte das Bild um und fand, was sie suchte.

»Woher haben Sie das?«

Sie hielt Ostenfeldt das Gemälde hin. Er schaute es sich lange an. Dann hob er den Blick und sah verzweifelt erst zu Maria, dann zu Maj. Die Heimleiterin schien fieberhaft ihren mentalen Werkzeugkasten zu durchsuchen, brachte aber nur heraus: »Mogens, sag uns bitte, wenn wir dich …«

Mogens Ostenfeldt öffnete den Mund.

»Das war ein Geschenk. Ich glaube, eine Art Dankeschön. Es kam vor vielen Jahren mit der Post«, sagte er ruhig.

Sowohl er als auch Maj starrten auf das kleine Bild. Ostenfeldt mit fast sanftem Gesichtsausdruck, während sich zwischen den Augenbrauen der Heimleiterin eine tiefe Falte bildete. Als wäre das Gemälde ein Bilderrätsel, das sie nicht entschlüsseln konnte.

Das Motiv war unauffällig. Ein technisch sauber ausgeführtes, etwas banales Bild zweier Wale, die synchron zwischen einem Eisberg und der tief stehenden rotorangen Sonne schwammen. Es war ein glückliches Bild, harmonisch und hoffnungsvoll, doch der kindliche Pinselstrich, das an Chagall erinnernde Farbenspiel und das Motiv zwischen Traum und Realismus, gaben Maria beinahe vollkommene Gewissheit.

Hans Vinther hatte auch dieses Bild gemalt.

Eines der Tiere hob die Schwanzflosse aus dem Wasser, und da erkannte sie es, obwohl es kleiner war als ein Fingernagel: das stilisierte Symbol, das sie am Vortag auf Pipaluks Grabstein gesehen hatte. In der unteren linken Ecke des Bildes standen die Initialen EL, 1978.

»Ein Geschenk, sagen Sie? Von wem?«, fragte Maria.

»Ich weiß es nicht. Es war kein Absender auf dem Päckchen.« Ostenfeldt wich ihrem Blick aus.

»Wofür steht EL? Kann es sich dabei um Erik Lynge handeln?«

Mogens Ostenfeldt antwortete nicht. Er saß auf der Bettkante und starrte vor sich hin.

»Mogens, antworten Sie mir. Erik Lynge. Sagt Ihnen der Name etwas? Ist das dieselbe Person wie Hans Vinther? Wo ist er heute? Lebt er in Dänemark?«

Ostenfeldts altersfleckige Hände begannen zu zittern, sein Mund öffnete und schloss sich ein paarmal. Maj Klausen trat einen Schritt auf den Alten zu und stellte sich mit leicht gespreizten Beinen vor ihn, um ihn auffangen zu können, falls er nach vorn kippte.

Auch Maria trat einen Schritt näher. Sie hielt das kleine Bild wie einen Schild vor sich, als sie die Frage stellte, die für jemanden wie ihn, der sein ganzes Leben der Polizeiarbeit gewidmet hatte, die schlimmste aller Fragen sein musste.

»Haben Sie Ihre Hand über ihn gehalten, Mogens? Haben Sie damals die Hand über Hans gehalten?«

»Die Hand über …«, wiederholte Mogens Ostenfeldt, als verstünde er die Worte nicht.

»Hat Hans Vinther seine Eltern umgebracht? Warum haben Sie ihn gehen lassen?«

Ostenfeldt schluckte und rieb sich mit der knochigen rechten Hand über den Schädel, während er nach Worten suchte.

»Johannes Vinther«, donnerte Ostenfeldt dann auf einmal. »Johannes Vinther hatte keine Kinder verdient. Er war ein Sadist. Ein Furcht verbreitender Mann, ein abscheulicher Chef. Er war ein Meister der Demütigung. Und, wie ich herausgefunden habe, der physischen Strafen. Auch gegen Kinder.«

Ostenfeldt starrte durch das Fenster in den weißen Himmel.

»Und Elisabeth Vinther war nicht viel besser. Sie hat nicht geschlagen, war aber eiskalt. All die Jahre, in denen sie davon träumte, Mutter zu werden, haben wohl dazu geführt, dass sie genau dazu nicht in der Lage war, als es so weit war. Sie war vollkommen ungeeignet als Mutter. Vielleicht war sie tatsächlich manisch-depressiv, vielleicht war es auch einfach ihr Wesen. Die Kinder, die sie sich so eindringlich gewünscht hatte, konnten ihren Träumen und Vorstellungen einfach nicht gerecht werden, nachdem sie sie adoptiert hatten. Sie waren nicht gehorsam genug, liebten sie nicht genug. Kein Wunder! Sie vermissten ihre wahre Mutter.« Ostenfeldt sah zu Maria. »Wie die Vinthers diese Kinder bekommen haben … warum Gott der Meinung war, dass ausgerechnet diese beiden sie verdient hatten, war mir ein Rätsel. Und meiner Frau auch.«

Er sah auf das sepiafarbene Hochzeitsfoto von sich und seiner Frau auf dem Nachtschränkchen.

»Doris hätte das kleine Mädchen niemals sterben lassen. Und ich hätte *niemals* Hand an den kleinen Jungen gelegt.«

»Das Mädchen sterben lassen?« Maria sah Ostenfeldt an.

Der alte Mann nickte düster.

»Das Mädchen bekam eines Abends hohes Fieber, und der Hals war stark geschwollen. Die Kleine war damals ja erst vier oder fünf Jahre alt. Sie weinte und suchte Trost bei Frau Vinther, doch Elisabeth wimmelte sie ab. Mit dieser Seite ihrer Mutterschaft wollte sie nichts zu tun haben. Hans hat seine kleine Schwester mit in sein Bett genommen. Als er am nächsten Morgen wach wurde, lag sie tot und kalt in seinen Armen.«

Maj Klausen schlug sich die Hand vor den Mund, während sie mit weit aufgerissenen Augen zuhörte.

»Johannes Vinthers erste Reaktion, als er die Kinder an jenem Morgen fand, war nicht Trauer. Nein, er prügelte Hans grün und blau. Und Elisabeth warf Hans vor, schuld an Pippis

Tod zu sein. Er sei böse. Ein schlechter Bruder. Der Junge war damals erst acht Jahre alt.«

Ostenfeldt sah zu Maria.

»Können Sie sich vorstellen, wie es sich anfühlt, in dem Glauben aufzuwachsen, seine eigene Schwester umgebracht zu haben? Mit dieser Schuld zu leben?«

Maria blinzelte.

»Hat Hans Vinther seine Mutter und seinen Vater umgebracht?«

Ostenfeldt sah zu Boden und antwortete mit uncharakteristisch dünner Stimme.

»Ich weiß es nicht.«

»Mogens! Hat er seine Adoptiveltern umgebracht? Wissen Sie etwas? Sie haben den Fall bearbeitet. Sie haben mit ihm gesprochen.«

»Ich weiß es nicht. Vielleicht!«, die Stimme des alten Mannes überschlug sich.

»Sie wissen es nicht? Und haben ihn trotzdem gehen lassen?«, sagte Maria aggressiver als geplant.

»Ihn gehen lassen? *Gehen* lassen?« Mogens Ostenfeldt wandte sich an Maria und brüllte ihr die Worte ins Gesicht. Mit einer Bewegung, die aller physischen Logik trotzte, stemmte er seine knochige Gestalt von der Bettkante hoch. Er beugte sich über seinen Stock und donnerte, dass der Speichel flog: »Der Junge hatte genug durchgemacht. Genug!«

Bei dem letzten Wort hämmerte der alte Mann den Stock auf den Boden. Maria zuckte wie ein ängstlicher Hund zusammen. Mogens Ostenfeldt schien mit seinem Ausbruch jedoch alle Kraft verbraucht zu haben. Er schwankte einen Augenblick und kippte nach vorn über den Stock, wo die Heimleiterin mit einer routinierten Drehung die Schulter vor ihn schob und sich mit ihrem ganzen Gewicht gegen ihn stemmte. Sie bugsierte den großen, dünnen Mann zurück auf die Bettkante, und er ließ sich mit einem verzweifelten Ächzen auf die Matratze fallen.

»Sie sind noch so jung. Sie wissen nicht, was Reue ist. Wie sollten Sie auch?«, murmelte er schwach.

»Ich weiß es«, sagte Maria leise. »Glauben Sie mir, ich weiß es nur zu gut.«

Ostenfeldt sah schuldbeladen zu ihr auf.

»Ich war mir damals fast sicher, dass er der Täter war. Ich hatte ihn allein im Verhörraum und spürte, dass etwas nicht stimmte. Ich konnte es aber nie beweisen! Er hatte ein Alibi. Seine Freundin schwor bei ihrem Leben, dass er zum Tatzeitpunkt bei ihr in Jütland war. Ich habe jahrelang nach etwas gesucht, durch das ich Hans mit der Tat in Verbindung bringen konnte. Aber außer dem Gemälde gab es nichts. Und auch das war bloß ein Indiz.«

Er saß da, versunken in fünfzig Jahre alte Grübeleien.

»Und mit der Zeit hat der Fall sich für mich verändert«, fuhr er fort. »Je mehr wir über die Verhältnisse in diesem Haus herausfanden, desto schwerer fiel es mir zu beantworten, wer in Wahrheit der Schuldige war. Ich vermochte nicht mehr zu erkennen, wer in dem Haus im Callisensvej die Guten oder die Bösen gewesen waren.«

Ostenfeldt hielt einen Augenblick inne, bevor er fortfuhr:

»Ich habe es nie so empfunden, als hätte ich ihn gehen lassen. Ich ließ lediglich die Zweifel, die es in diesem Fall gab, für ihn sprechen. Diesen Entschluss habe ich gefasst, und dazu habe ich gestanden, auch wenn meine Karriere daran zerbrochen ist.«

Ostenfeldt sah von Maj zu Maria, nun mit einem beinahe trotzigen Blick.

»Hans Vinther ging ins Ausland. Er verschwand. Erst Jahre

später fand ich heraus, dass er seinen Namen geändert hatte. Oder besser gesagt: Er hatte wieder seinen alten Namen angenommen. Den Namen, den er trug, bevor er adoptiert wurde. Sein Geburtsname war Erik. Erik Lynge.«

68

Maria ging in dem kleinen Raum auf und ab, während sie versuchte, Ostenfeldts Geschichte zu verstehen. Sie nahm Maj Klausen nur schwach wahr, die wie eine Musterschülerin den Zeigefinger hob, um auf sich aufmerksam zu machen.

Hans Vinther hatte aller Wahrscheinlichkeit nach 1968 seine Adoptiveltern erschlagen. Danach war er aus Dänemark emigriert. Er hatte seinen Namen in Erik Lynge geändert, und sie wusste, dass ein Erik Lynge 1977 während der Abendfeier in Nuuk zugegen gewesen war, die mit dem sadistischen Mord an Ivalu Johansen geendet hatte.

Das Motiv für den Mord an der gleichaltrigen Grönländerin kannte sie nicht, aber rein praktisch und vom Zeitverlauf her konnte Lynge es gewesen sein. Aber wie verhielt es sich mit dem letzten Mord? Konnte der heute Fünfundsiebzigjährige tatsächlich erneut zugeschlagen haben? Und warum ausgerechnet Georg Schmidt? Hatten die beiden sich gekannt?

Sie trat zu dem zusammengesunkenen Mogens Ostenfeldt und beugte sich etwas hinunter, um ihm direkt in die Augen schauen zu können. Sein blaues Auge erwiderte müde ihren Blick.

»Herr Ostenfeldt. Hans oder Erik, wie er jetzt heißt, hat zwei Menschen ermordet. Viele Menschen durchleiden schlimme

Kindheiten und werden trotzdem nicht zu Mördern. Haben Sie nie daran gedacht, dass er gefährlich für andere werden könnte?«, fragte sie.

Aus Ostenfeldts faltigem Gesicht sprach erneut die Reue.

»Ich hätte nie gedacht, dass er noch einmal zuschlagen würde. Er war ein guter Junge. Ein guter Junge, der von den falschen Entschlüssen und den falschen Menschen zerstört wurde. Er hat keine Liebe bekommen. Er war nicht schlecht. Das habe ich damals wirklich geglaubt. Aber dann sind Sie mit dem Obduktionsbericht aus Grönland gekommen, und darauf sehe ich natürlich, dass er es war. Das war sein Zeichen.« Er sah Maria fragend an. »Aber ich verstehe das nicht. Er hatte ein Motiv, seine Adoptiveltern umzubringen. Rache, Ohnmacht, Wut – persönliche Gründe gab es genug. Ich verstehe nicht, warum er eine fremde Frau umbringen sollte. Dafür war er zu gut.«

»Und der Generalsekretär? Glauben Sie, dass Erik auch ihn umgebracht hat?«

»Das halte ich kaum für möglich. Er war letzte Woche hier. Er ist alt geworden. Nicht so alt und schwach wie ich, bewahre, aber er hat gesagt, dass er krank ist.«

Ostenfeldt dachte einen Moment nach.

»Er hat mich angefleht, mit niemandem über den alten Fall zu sprechen. Es gehe jetzt um mehr als nur um ihn. Aber wissen Sie was? All diese Jahre habe ich sein Geheimnis gehütet. Auch als Sie kamen und den Mord im Callisensvej wieder ausgegraben haben. Ich habe nichts gesagt. Ich hatte den Entschluss gefasst, mein Wissen mit ins Grab zu nehmen … Nein, lassen Sie mich ausreden«, sagte er und hielt die altersfleckige Hand hoch, als Maria etwas erwidern wollte. »Aber dann rief mich eine Stimme aus der Vergangenheit an. Ich hatte eine Frau am Telefon, die nicht mehr schweigen wollte. Sie hat mir gesagt, dass sie ihm damals ein Alibi gegeben habe, weil sie ihm ihr Leben verdankte. Aber jetzt wolle sie nicht länger schweigen. Sie war überzeugt davon, dass Hans im Laufe der Jahre noch andere Menschen getötet hatte.«

»Wer war diese Frau?«

»Seine Freundin von damals. Sie dürfte jetzt über siebzig sein«, sagte Ostenfeldt.

»Seine Freundin von damals?« Maria wurde schwindelig, als ihr die Bedeutung von Ostenfeldts Worten aufging.

»Ja, Ane Lindegaard. Eine Pastorentochter aus Westjütland. Aus guter Familie. Aber sie heißt nicht mehr Lindegaard. Wie war noch gleich ihr Name? Vermutlich hat sie geheiratet«, fuhr Ostenfeldt fort.

Bjerre, dachte Maria. Meine Ane hieß Ane Bjerre.

Sie spürte einen Kloß im Hals und war stolz auf Ane. Dann kehrte die Trauer zurück. Ihre Augen brannten, als Ostenfeldt weiterredete.

»Sie hat ihn damals gedeckt, wollte jetzt aber versuchen, ihre Falschaussage wiedergutzumachen. Sie traute sich nicht, zur Polizei zu gehen. Weil sie Angst davor hatte, für ihre Lüge bestraft zu werden. Deshalb wollte sie die Wahrheit auf andere Weise ans Licht bringen. Das hat sie mir gesagt.« Ostenfeldts Faltennetz verzog sich zu einer fast freudigen Miene. »Und wissen Sie was? Sie hat mich inspiriert. Sie hat mir gezeigt, dass es nicht zu spät ist, die falsche Entscheidung von damals zu korrigieren. Mein Gott, was hat ein alter Mann wie ich schon zu befürchten? Einen Fleck auf meiner weißen Weste? Den Tod? Ha!« Ostenfeldts abgehacktes Lachen klang wie ein Husten. »Ich glaubte damals wirklich, das Richtige zu tun. Sagen Sie mir, Mädchen, glauben Sie an Gott?«

Maria schüttelte den Kopf. Manche Leute wandten sich

sicherlich Gott zu, wenn sie in frühem Alter Trauer erlebten, bei ihr war es umgekehrt.

»Das Schöne an der christlichen Botschaft ist, dass man sich zu jeder Zeit seines Lebens neu erfinden kann. Gott liebt besonders die bekehrten Sünder. Es ist nie zu spät«, sagte Ostenfeldt.

»Dann haben Sie Ane erzählt, dass Hans jetzt Erik Lynge heißt?«

»Ja.«

»Haben Sie ihr auch gesagt, dass jemand vom Polizeimuseum bei Ihnen war und sich nach dem alten Fall erkundigt hat?«

»Ja, ich habe Ihren Namen genannt. Hat sie sich bei Ihnen gemeldet?«

Maria entschied sich, nicht zu antworten. Es gab keinen Grund, den gebrechlichen Mann mit Anes Tod zu belasten.

»Wenn wir nun annehmen, dass Hans Vinther den Mord in Grönland verübt hat... Warum ausgerechnet Grönland? Was hat er da gemacht? Warum ist er nicht nach Thailand oder nach Afrika oder irgendwohin gegangen, wo er wirklich spurlos verschwinden könnte?«

Sie wusste die Antwort, bevor Ostenfeldt weiterredete.

»Die beiden Kinder kamen aus Grönland. Sie waren dort geboren. Hans war etwa sechs Jahre alt, seine Schwester drei Jahre jünger, als sie nach Dänemark kamen. Sie sahen nicht aus wie Grönländer. Ihr Vater war ein dänischer Handwerker, der mehrere Monate am Stück in Grönland gearbeitet hatte, bis er eines Winters auf Nimmerwiedersehen verschwand und die Mutter mit den beiden Kindern im Elend sitzen ließ. Das Rote Kreuz hat die beiden gemeinsam mit anderen elternlosen Kindern oder Kindern von alleinerziehenden Frauen, Armen oder ungeeigneten Eltern hierher nach Dänemark gebracht.

»Das Rote Kreuz?«

Maria horchte auf. Vielleicht war es nur eine Kette von Zufällen. Aber in dem Wirrwarr aus Fällen wurden auf einmal überall Verbindungslinien sichtbar, die die verschiedenen Jahrzehnte und geografischen Orte miteinander verknüpften. Ein elternloser Junge, tote Adoptiveltern, das Rote Kreuz, Ane und Grönland. Alle durch ein und dasselbe Symbol verbunden.

Sie dachte an Anes Zettel. Ane hatte Ostenfeldt angerufen. Offenbar wusste sie, dass Hans sich heute Erik Lynge nannte.

»Sagt Ihnen das Wort Disko etwas?«, fragte sie.

»Disko? Nein.« Ostenfeldt schüttelte desorientiert den Kopf.

Sie hatten beide vergessen, dass die Heimleiterin noch immer im Zimmer war.

»Wir müssen an Mogens Gesundheit denken. Ich kann nicht verantworten, dass wir noch länger weitermachen.«

Ostenfeldt sah geistesabwesend zu Maj Klausen. Er hatte noch etwas zu sagen.

»Seine Taten werden mir immer ein Rätsel bleiben. Es ging ihm gut, als er endlich aus seiner Adoptivfamilie herauskam. Er wurde Kunsthändler. Wohlhabend. Und er hat seine große Liebe gefunden. Zu dieser Zeit muss er das Bild dort gemalt haben«, sagte Ostenfeldt und nickte in Richtung des Gemäldes mit den Meerestieren, das Maria auf den Couchtisch gelegt hatte.

»Als ich das Bild bekam, war ich mir ziemlich sicher, dass Hans es gemalt und mir geschickt hatte. Ich deutete es als eine Geste der Dankbarkeit dafür, dass er die Chance zu einem neuen Leben erhalten hatte. Er hatte die Liebe gefunden und sogar ein Kind bekommen. Sein Sohn hat sich prächtig entwickelt.«

»Er hat einen Sohn?« Maria stutzte. »Wie alt ist der Sohn?«

»Tja … etwa Ihr Alter, vielleicht etwas älter. Ich verfolge die Nachrichten nicht mehr so genau, aber vielleicht kennen Sie seinen Namen? Er arbeitet in Christiansborg.«

69

Mikael starrte auf die Becher mit Vanilleskyr in der Kühlvitrine. *Stay Strong* stand auf einem davon, aber er konnte sich offen gesagt schwer vorstellen, wie ihn der Becher in Größe einer Kaffeetasse den restlichen Vormittag auf den Beinen halten sollte.

Sehnsüchtig sah er zu der Bäckerei, wo zwei gertenschlanke Mädchen Berge von Blätterteigstangen, Würstchen im Schlafrock und Faschingskrapfen von Backblechen hinter die Verkaufstheke luden. Wäre man doch nur wieder fünfundzwanzig, dachte er und nahm einen Becher mit einem undefinierbaren Beerenkompott obendrauf, das den sauren Skyrgeschmack hoffentlich überdeckte.

Sein ehemaliger Partner hätte sich bis ans Ende aller Tage über ihn lustig gemacht, wenn er ihn an einem Sonntagmorgen mit diesem dürftigen Frühstück gesehen hätte. Damals hatte Mikael sich von Kaffee, Zigaretten und Kohlenhydraten ernährt – und einer Line Kokain, wenn er in Hochstimmung war. Oder am Boden. Er lebte, wie Karin sagte, für die Extreme.

In den letzten Jahren aber hatte er eine wachsende Unruhe verspürt, eine Art Selbstekel. In einem Augenblick schmerzlicher Klarsicht hatte er diese Unruhe als Angst vor dem Tod identifiziert.

Vielleicht war das nur natürlich, wenn man sich den vierzig näherte. Als vierzigjähriger Durchschnittsdäne hatte man seinen Zenit hinter sich, mit jedem Tag wurde das vor einem liegende Leben kürzer und das hinter einem liegende länger, und verflucht viele Jahre davon war Mikael ausschließlich mit sich selbst beschäftigt gewesen.

Er wusste nicht mehr, was genau ihn dazu bewogen hatte, sich am Riemen zu reißen. Wahrscheinlich eine ganze Reihe von Faktoren, ein Schwall aus Mist, der ihn zu einer Entscheidung gezwungen hatte: Entweder ging er vor die Hunde oder er änderte seinen Kurs.

Da war natürlich die Scheidung gewesen. Der Selbstmörder im Rundetårn. Und die Angst, gefeuert zu werden, und nichts mehr zu haben, für das es sich zu leben lohnte. Darum hatte er von einem Tag auf den anderen beschlossen, clean zu werden.

Er hatte sich von einem Freund in einem gemieteten Ferienhaus weit außerhalb der Stadt absetzen lassen. Mitten im Winter. Ohne Auto gab es keinen Weg zurück. Mikael hatte lediglich sein iPad und ein paar Tüten mit Lebensmitteln für zwei Wochen mitgebracht. Er hatte reglos mit Kopfhörern in den Ohren vor dem Kamin gelegen und Hörbücher gehört, bis er sicher war, dass sein akutes Bedürfnis nach Kokain, Alkohol und anderen Substanzen nachgelassen hatte.

Er hatte einen zitternden, kaltschweißigen Cold Turkey befürchtet, doch ihm war klar geworden, dass seine Sucht keine körperliche, sondern eine rein psychische Abhängigkeit war. Kokain war zufällig sein »Ding« geworden; Gewalt, Alkohol, Fallschirmspringen hätten den gleichen Zweck erfüllt… was auch immer ihm das Gefühl gab, sich am Limit zu bewegen, auf der Überholspur zu fahren. Durch seine Tätigkeit beim Drogendezernat war Kokain eines der am leichtesten zugänglichen Mittel zur Flucht aus dem Alltag gewesen.

Wundersamerweise hatte er einen großen Teil seines Entzugs verschlafen. Es war, als hätte er mehrere Jahre Schlaf nachgeholt, und nach der Rückkehr in seine damalige Wohnung in Vesterbro waren nur noch zwei mentale Hangover übrig:

Er vermisste Hector mehr denn je.

Und er schämte sich.

Er schämte sich, weil er sich an diesem Januarmorgen 2014, als Hector im Rigshospital geboren wurde, nicht zusammengerissen, zu sich selbst gefunden hatte, erwachsen geworden war oder wie zur Hölle man es nennen sollte. Er schämte sich, weil er bei der Scheidung nicht für Hector gekämpft hatte, für seine Vaterrechte, das Umgangsrecht, ein geteiltes Sorgerecht. Er hatte es nicht mal probiert.

Nicht weil er nicht wollte oder Hector ihm egal war, wie Karin behauptete, sondern weil er das Gefühl hatte, Hector mit seiner bloßen Existenz zu schaden.

So simpel und erbärmlich war es: Sein Selbstwert war am Boden gewesen, und Hector hatte dafür bezahlt. Ob er es jemals verstehen würde? Dass Mikael versucht hatte, ein guter Vater zu sein, indem er sich von ihm fernhielt?

Mikael bezahlte für seinen Skyr, zwei Pepsi Max sowie ein Päckchen Kaugummi und bemerkte, dass das charmante Lächeln der Kassiererin die vom Supermarkt vorgeschriebene Etikette vermutlich überstieg. Er hatte heute auch etwas mehr auf sein äußeres Erscheinungsbild geachtet als üblich. Nicht dass er unter die Krawattenträger gegangen wäre, aber er hatte einen nagelneuen Strickpullover aus dem Schrank gezogen und dazu eine enge dunkelblaue Jeans. Jugendlich, ohne wie eine schreiende Midlife-Crisis auszusehen, wie er fand.

Er war frisch rasiert und hatte extra noch einmal in den Spiegel geschaut, bevor er das Haus in Hvidovre verließ.

Frederik und Mikael hatten sich für 08.00 Uhr auf Teglholmen verabredet, doch es war nicht Dahlin, an den Mikael am Morgen unter der Dusche gedacht hatte. Maria Just vom Polizeimuseum würde um 09.00 Uhr kommen. Sie hatte gestern Nachmittag angerufen und enthusiastisch und nervös geklungen, als sie fragte, ob sie sich treffen könnten. Sie habe etwas herausgefunden.

Im Auto drehte er mit der rechten Hand den Zündschlüssel, während er gleichzeitig mit der linken den Gurt anlegte. Das war eines von vielen Dingen, die er vor Jahren an der Polizeischule gelernt hatte und nun aus dem Effeff beherrschte. Er wurde sich einfach nicht schlüssig, ob er sauer auf Maria oder fasziniert von ihr sein sollte. Obwohl er sie ausdrücklich ermahnt hatte, ihre Nase aus den alten Mordfällen herauszuhalten, hatte sie seine Warnung offensichtlich in den Wind geschlagen und etwas ausgegraben.

Falls dem so war, wäre es beeindruckend. Aber auch verdammt übereifrig. Und keineswegs ungefährlich.

Er wollte ihr einen Rüffel erteilen, der sich gewaschen hatte. Sie sollte sich nicht einbilden, mit ihren Januarsommersprossen und ihrem kilometerbreiten Lächeln professionelle Kriminalbeamte um den Finger wickeln zu können.

70

Mikael Dirk und Frederik Dahlin saßen beide über den Tisch gebeugt da und starrten Maria schweigend an. Sie erwog gerade, mit der Hand vor ihren Gesichtern zu wedeln, um zu prüfen, ob die beiden erstarrten Männer überhaupt anwesend waren, da wandte sich Frederik an seinen Partner.

»Klingt, als hätte sie gerade einen zweiundfünfzig Jahre alten *Cold Case* aufgeklärt«, sagte er, und Maria atmete erleichtert auf, als sie einen Anflug von Munterkeit in seiner Stimme ausmachte.

Erst sagte Mikael gar nichts. Er lächelte auch nicht. Sah sie nur an, bis die Stille unangenehm wurde. Frederik schlug ihm auf den Rücken wie einem Automaten, der neu gestartet werden sollte.

»Habe ich nicht gesagt, dass Sie aufpassen sollen, Maria? Die Sache ruhen lassen?«, fragte Mikael schließlich.

»Ich habe es eher als gute Tat betrachtet. Ich habe einen alten, einsamen Mann besucht«, setzte Maria an, hielt jedoch inne. In Mikaels Gesicht stand deutlich geschrieben, dass jetzt nicht der Moment für lahme Ausflüchte war. »Okay, tut mir leid. Ja, Sie haben gesagt, ich soll mich raushalten. Aber dann ist mir eingefallen, dass das Personal im Pflegeheim erwähnt hat, Ostenfeldt hätte in letzter Zeit *mehrere* Besucher gehabt. Das heißt, außer mir war noch jemand da. Er hat weder Familie noch Kinder und bekommt sonst nie Besuch. Ich musste herausfinden, wer die andere Person war.«

»Und dieser Ostenfeldt gibt jetzt also zu, damals Hans Vinther geschützt zu haben und dass Hans Vinther seinen Namen in seinen Geburtsnamen Erik Lynge zurückgeändert hatte?«

Mikael sah skeptisch aus.

»Er sagt jedenfalls, dass Hans Vinther vermutlich den Doppelmord verübt hat. Damals konnte er es nur nicht beweisen, aber vielleicht wäre es mithilfe moderner Technologie möglich?«, schlug Maria vor.

»Das bezweifle ich. Dazu müssten wir schon brauchbares DNA-Material auf den Asservaten im Archiv finden. Das heißt, sie müssten in luftdichten, sterilen Behältern oder Ähnlichem aufbewahrt worden sein«, sagte Mikael und warf Frederik einen fragenden Blick zu, um dessen Einschätzung zu hören.

»Du hast wahrscheinlich recht, aber wer weiß. Vielleicht gesteht Hans/Erik ja, die Tat begangen zu haben, wenn wir ihn damit konfrontieren. Vielleicht hat ihn all die Jahre sein schlechtes Gewissen geplagt«, meinte Frederik.

»Ganz sicher nicht, wenn er danach noch mehrfach drauflosgemordet hat, erst 1977 und jetzt wieder. Wer weiß, vielleicht gibt es noch weitere Opfer. Ich glaube nicht, dass er auch nur einen Funken schlechten Gewissens hat«, rief Maria. Ihre Stimme zitterte irgendwo zwischen Aufregung und Zorn.

»Okay, okay, immer mit der Ruhe«, sagte Mikael, und Maria funkelte ihn einige Sekunden lang wütend an.

Jetzt kam bestimmt gleich eine ausgiebige Runde *Mansplaining* von dem melancholischen Polizisten, und das durfte er gern stecken lassen. Sie hatte ihnen gerade zu einem Durchbruch verholfen. Definitiv in dem alten Hellerup-Fall, möglicherweise auch in den neueren Mordfällen. Trotzdem saß sie hier und kam sich vor wie ein Labrador, der von einem besserwisserischen und praktisch gleichaltrigen Bullen am Kopf getätschelt wurde.

Mikael schien ihren Ärger zu bemerken.

»Maria, Sie sind da eindeutig auf etwas gestoßen. Jetzt brauchen wir nur noch einen geordneten Überblick, und dabei können Sie uns helfen. Sie kennen die historischen Fälle am besten, wir den aktuellen Fall. Wir arbeiten zusammen, okay?«

Maria nickte. Mikael holte tief Luft und atmete langsam wieder aus.

»Der Vinther-Fall muss natürlich neu aufgerollt werden. Ab morgen früh sollen sich zwei Kollegen damit befassen.«

Frederik nickte und machte sich eine Notiz.

»Eine Sache noch zu dem alten Ermittler«, fügte Mikael hinzu. »Wir sollten in Erwägung ziehen, das Pflegeheim bei Nyboder überwachen zu lassen. Vielleicht zwei Beamte vor dem Gebäude und eine Kamera vor Ostenfeldts Zimmer. Erik Lynge könnte ja noch mal auftauchen, beim nächsten Besuch möglicherweise nicht mehr mit so friedlichen Absichten. Er weiß jetzt, dass zumindest Maria über seine Vergangenheit informiert ist und vielleicht auch, dass Ostenfeldt ihn möglicherweise nicht länger decken wird.« Er wandte sich an Maria. »Was den Mordfall in Nuuk 1977 angeht, verbinden ihn, soweit ich es verstanden habe, zwei Elemente mit den Morden von 1968: der Name Erik Lynge und der Umstand, dass allen Opfern dasselbe Schwanzflossensymbol eingeritzt wurde.«

»Genau«, sagte sie.

»Die Verwendung des Symbols als eine Art Signatur könnte durchaus ein Indiz sein, dass es sich um denselben Erik Lynge, also denselben Mörder handelt. Aber wir wissen es nicht. Falls Lynge unser Mann ist, fehlt uns immer noch ein Motiv.

Der junge Hans oder Erik hatte ein starkes Motiv, seine Adoptiveltern umzubringen. Hass oder Rache, ganz klassisch. Aber wieso sollte er eine fremde Frau umbringen und schänden, zu der er – soweit wir aus den Unterlagen des Falls wissen – bis zu der Abendgesellschaft keinerlei Beziehung hatte?«, sagte Mikael.

»Weil er gaga ist?«, schlug Maria vor.

Sie war müde. Geschlaucht, um genau zu sein. Ihr war schon klar, dass »gaga« in einer polizeilichen Ermittlung oder einem Gerichtssaal vermutlich kaum als Argument durchging. Sie *wusste* einfach, dass es *der* Erik Lynge war, der auch den Mord in Grönland verübt hatte. Sie wusste, dass das Symbol die Fälle trotz der dazwischenliegenden zweiundfünfzig Jahre miteinander verband. Das Symbol hatte eine Bedeutung. Sie musste nur herausfinden, welche.

Mikael ging nicht auf Marias Kommentar ein.

»Frederik, wir müssen uns mit der grönländischen Polizei in Verbindung setzen. Lass das unbedingt Carlsen regeln, die Sache darf auf keinen Fall politische Dimensionen annehmen. Wir dürfen nicht wie irgendeine Kolonialmacht daherkommen und die örtliche Polizei total überfahren. Aber sie müssen den alten Fall wieder aufrollen und prüfen, welche Rolle Erik Lynge damals gespielt hat. Warum war er bei der Abendgesellschaft? Was genau hat er damals ausgesagt? Wann hat er Grönland verlassen, und wie lange hatte er sich dort aufgehalten? Es muss noch ein detaillierteres Vernehmungsprotokoll geben. Und lassen sich noch weitere der damaligen Gäste ausfindig machen? Vielleicht können sie sich an Erik Lynges Verhalten an jenem Abend erinnern.«

Frederik nickte, während er sich alles notierte.

»Geht klar, ich spreche nachher gleich mit Carlsen.«

»Dann ist da noch die Frau in Nordjütland«, fuhr Mikael

fort. Er sah Maria einige lange Sekunden an, und sie spürte etwas fast Sanftes und Mitfühlendes in seinem Blick.

»Ich glaube, ich muss mich bei Ihnen entschuldigen. Sie sagen, diese Frau, die Sie kannten, Ane Bjerre, war die Jugendfreundin von Hans Vinther. Bevor er seinen Namen geändert hat?«

Maria sah auf die Tischplatte. Sie dachte an die freundliche, gutmütige Ane, die in ihrer Kindheit stets das Richtige getan hatte. Wie hatte sie einen Mörder decken können?

»Vielleicht«, murmelte sie.

»Wie bitte?«

»Ich sage ›vielleicht‹. Ane hat damals Ostenfeldt gegenüber ausgesagt, dass Hans bei ihr gewesen sei, als die Morde im Callisensvej verübt wurden. Sie hat ihm ein wasserdichtes Alibi gegeben. Eine jütische Pfarrerstochter, die in der Vernehmung schwört, dass sie zum Tatzeitpunkt mit dem Verdächtigen zusammen war. Natürlich hat die Polizei ihr geglaubt. Ob Ane und Hans tatsächlich ein Paar waren, weiß ich nicht. Ich kannte Ane in meiner Kindheit, und mir ist nie zu Ohren gekommen, dass sie vor Søren, ihrem Mann, einen Freund aus Kopenhagen hatte. 1968 war sie sehr jung, vielleicht hat sie sich gezwungen gefühlt, ihn zu decken.«

»Inwiefern gezwungen?«, hakte Frederik nach.

»Anes Sohn Jakob hat einen Brief oder jedenfalls eine Art Text auf ihrem iPad gefunden, den sie vor Kurzem geschrieben hat. Darin stand ›Ich schulde dir mein Leben.‹. Und dann eine Menge darüber, dass sie die Augen vor ›dem Bösen‹ verschlossen hätte und nicht länger schweigen wolle«, erklärte Maria.

»›Ich schulde dir mein Leben‹? Wissen Sie, worauf sie sich damit bezogen hat?«

»Nein, keine Ahnung. Aber wie Erik und Pipaluk war Ane

aus Grönland adoptiert worden. Ich weiß nicht, ob sich ihre Wege in diesem Zusammenhang gekreuzt haben könnten. In den Fünfzigern waren internationale Adoptionen weit weniger üblich als heutzutage.«

»Okay, ich füge das der Liste hinzu«, sagte Frederik. »Und morgen früh setzen wir uns mit der nordjütischen Polizei in Verbindung und bitten sie, den Todesfall doch noch mal etwas näher unter die Lupe zu nehmen. Falls nötig, müssen wir ein Team dorthin schicken.«

Mikael brummte ein »Hm« und suchte Marias Blick.

»Klingt das nach einem Plan?«

Sie nickte und hoffte, Jakob würde sich freuen, dass der Tod seiner Mutter nun gründlich untersucht wurde.

»Dann wäre da noch ein letztes Puzzleteilchen«, fuhr Mikael fort. »Wir wissen, dass ein Erik Lynge mit Morten Hasselgren in Kontakt getreten ist und ihn beauftragt hat, Todesdrohungen mit dem inzwischen allgegenwärtigen Schwanzflossensymbol an den Ministerpräsidenten sowie siebenundzwanzig Parlamentsmitglieder zu schicken. Auf den ersten Blick haben diese siebenundzwanzig Abgeordneten lediglich gemeinsam, dass sie allesamt im Integrationsausschuss sitzen.«

Er schaute Maria an, um zu sehen, ob sie ihm folgen konnte. Von den Drohbriefen wusste sie bisher primär durch die Presse.

»Daraus ergibt sich natürlich eine Reihe Fragen«, fuhr Mikael fort. »Warum ausgerechnet sie? Warum hat es Erik Lynge auf genau diese siebenundzwanzig Politiker abgesehen? Wenn der Platz im Integrationsausschuss das einzige Verbindungsglied zwischen ihnen ist, sollte man meinen, das Motiv für den Mord hat mit dem ja reichlich brisanten Bereich Einwanderungs- und Asylpolitik zu tun. Was an sich gut mit dem Mord am Generalsekretär zusammenpassen würde, der täglich mit eben diesem Problemfeld gearbeitet hat. Ich erkenne bloß keinen Zusammenhang zu den alten Fällen, in denen das Symbol ebenfalls verwendet wurde.«

»Nein«, sagte Frederik, »das ergibt überhaupt keinen Sinn.«

Maria holte Luft, als wolle sie etwas sagen, hielt jedoch inne. Frederik und Mikael sahen sie erwartungsvoll an.

»Ja?«, fragte Mikael.

»Ach, wahrscheinlich hat es gar nichts zu bedeuten.«

»Sagen Sie's ruhig.« Mikael sah sie geduldig an.

»Bis jetzt hatten Sie schließlich einen ziemlich guten Riecher«, fügte Frederik hinzu.

»Also gut. Mogens Ostenfeldt hat erwähnt, dass Hans Vinther, also Erik, geheiratet und sich ein gutes Leben aufgebaut hat. Jedenfalls war das sein Eindruck. Und Erik hat auch einen Sohn bekommen.«

»Einen Sohn?«

»Ja, einen Sohn in meinem Alter oder vielleicht ein wenig älter, meinte er. Und dieser Sohn arbeitet inzwischen laut Ostenfeldt in Christiansborg.«

»In Christiansborg? Also im Parlament?«

Mikael sah sie überrascht an.

»Möglich. Ich habe keine Ahnung, wer er ist. Er könnte Politiker, Sekretär, Journalist, Hausmeister oder Mitarbeiter des Restaurants sein, ich weiß es nicht«, sagte Maria.

»Oha, mit dem würde ich gern mal reden. Wenn er Politiker ist und auch nur den Hauch einer Ahnung hat, was sein Vater im letzten Jahrhundert so getrieben hat, hätte er es verdammt noch mal schon längst ausspucken sollen«, rief Frederik wütend.

»Immer mit der Ruhe«, sagte Mikael. »Wir wissen ja gar nicht, ob das stimmt.«

»Also, bis jetzt hat Ostenfeldt ziemlichen Klarblick bewiesen«, gab Maria schnippisch zurück.

Sie konnte nicht umhin, eine gewisse Hochachtung für den alten Ermittler zu empfinden. Und sie fühlte sich in gewisser Weise verantwortlich für ihn. Er hatte immer versucht, das Richtige zu tun. Und war grandios gescheitert. Aber seine unglückliche Rolle in dem Fall wäre wohl niemals entdeckt worden, wenn sie nicht ihre Nase in den alten Archivordner gesteckt und ihn aufgesucht hätte.

»Klarblick? Das dürfte die Übertreibung des Jahrtausends sein. Er hat es damals wohl eher ziemlich gründlich vermasselt. Dass wir jetzt hier sitzen, ist zum Teil seine Schuld«, sagte Mikael.

Maria bedachte ihn mit einem wütenden Blick.

»Nein, es ist Erik Lynges Schuld, dass wir hier sitzen. Ostenfeldt hatte damals keine Beweise, nur seine Intuition. Und die hat er mit uns geteilt.«

Mikael antwortete nicht, doch um seine Mundwinkel zuckte der Anflug eines Lächelns. Es schien ihm zu gefallen, wenn sie Kontra gab. Immerhin ein mildernder Charakterzug an dem stocktrockenen Polizisten.

Frederik nahm sein Notizbuch und schlug damit zweimal auf den Tisch, anscheinend ohne das kleine Intermezzo zwischen Maria und Mikael wahrgenommen zu haben.

»Okay, ich schlage vor, wir machen Erik Lynge so schnell wie möglich ausfindig und nehmen ihn fest. Vielleicht können wir ihn nicht mit dem Mord an Georg Schmidt in Verbindung bringen, und es könnte schwer werden, so viele Jahrzehnte später konkrete Beweise für den Mord an seinen Eltern zu finden. Aber es sollte ein Kinderspiel sein zu beweisen, dass er Kontakt mit Hasselgren aufgenommen und eine Lawine Drohbriefe an Politiker in Auftrag gegeben hat. Das verschafft uns etwas Zeit.

Wir warten ja immer noch auf die Resultate der technischen Untersuchungen im Blegdamsvej«, sagte Frederik eifrig.

Mikael runzelte die Stirn und rieb sich mit zwei Fingern den Nasenrücken. »Schalt mal einen Gang zurück, Frederik. Ich finde, wir sollten warten, bis wir handfestere Indizien haben. Wir können nicht wieder die gesamte Kavallerie ausrücken lassen, bevor wir wissen, inwieweit Lynge in den Schmidt-Fall verwickelt ist. Noch so eine pannenhafte Festnahmeaktion, und wir finden uns ruckzuck in der Passkontrolle am Flughafen wieder.«

Frederik sann eine Weile nach.

»Aber können wir es uns leisten zu warten? Was, wenn es tatsächlich Erik Lynge ist und er morgen wieder zuschlägt? Oder heute Abend? Das Symbol und Lynge sind auf irgendeine Weise in alle Morde der letzten zweiundfünfzig Jahre verwickelt, deshalb müssen wir …«

»Aber was ist das *Motiv*, Dahlin?«, unterbrach Mikael ihn, seine Stimme war lauter geworden. »Wir haben bislang weder ein Motiv noch Beweise. Wir wissen, dass Erik Lynge möglicherweise der Urheber des Symbols ist, aber welchen Grund sollte er haben, den Generalsekretär des Roten Kreuzes zu ermorden? Haben sie sich gekannt? War es persönlich? Politisch?«

Mikael stand auf und ging in dem sterilen Besprechungsraum auf und ab, während er laut nachdachte.

»Und dann wäre da noch das Problem mit seinem Alter. Hat ein fünfundsiebzigjähriger Mann die Kraft, einen jüngeren Mann zu überwältigen, ihn die dreißig Treppenstufen hochzuziehen, übers Geländer zu befördern und wie Jesus am Kreuz dort festzubinden? Wir haben das schon öfter diskutiert, aber ich bezweifle nach wie vor, dass ein alter Mann dazu in der Lage ist.«

Frederik schwieg und lehnte sich auf seinem Stuhl zurück.

Maria ärgerte sich. Sie wünschte sich so sehr, dass Erik Lynge der Richtige war. Sie hatte gehofft, Ostenfeldt ein weiteres Mal besuchen und ihm eine Form von Frieden geben zu können. Ganz egoistisch betrachtet, wäre es außerdem eine köstliche Genugtuung, Bodil in ein paar Monaten eine Ausstellung mit einer wahrhaft sensationellen Wendung zu präsentieren: der Aufklärung eines längst als hoffnungslos abgestempelten Mordfalls.

Aber Mikael hatte recht.

»Ostenfeldt hat erzählt, Erik Lynge hätte bei seinem Besuch schwächlich gewirkt. Und Lynge hat wohl tatsächlich gesagt, dass er krank ist«, sagte sie entschuldigend. Sie hätte es gleich erwähnen sollen.

»Es ist aber nach wie vor sehr wahrscheinlich, dass Lynge seine Adoptiveltern umgebracht hat. Und wir wissen, dass ein Erik Lynge die Drohschreiben in Auftrag gegeben hat. Dafür müssen wir ihn doch früher oder später festnehmen, oder?«, wandte Frederik ein.

»Natürlich, aber das kann warten, bis wir uns Klarheit über die Details verschafft haben«, sagte Mikael in einem Ton, der zu verstehen gab, dass er seine Entscheidung als Ermittlungsleiter getroffen hatte.

»Na schön. Aber wenn Erik Lynge den Mord an Schmidt nicht begangen hat, könnte er dann einen Komplizen haben? Oder haben wir es, wie bereits in Betracht gezogen, mit einem Trittbrettfahrer zu tun?«, beharrte Frederik.

Mikael unterbrach seine Wanderung durch den Besprechungsraum und blieb hinter ihm stehen.

»Denkst du an den Sohn?«

»Vielleicht. Keine Ahnung, ob mörderische Neigungen genetisch bedingt sind, aber es ist schließlich bekannt, dass

Gewaltbereitschaft, Pädophilie und solche Dinge vererbbar sind, wenn nicht gegengesteuert wird.«

Mikael dachte einen Moment nach und hob dann resigniert die Arme.

»Ich sehe, was du meinst, aber noch einmal: Was ist das Motiv? Erik Lynge ist traumatisiert wegen seiner Adoption und dem Tod seiner Schwester und bringt seine Adoptiveltern um. Okay. Aber warum sollte sein Sohn zweiundfünfzig Jahre später den jüdischen Chef einer Wohltätigkeitsorganisation umbringen, während sich der Vater mit einem Neonazi zusammentut, um Todesdrohungen an Politiker zu verschicken?«

»Vielleicht hat der Sohn, wenn er selbst in Christiansborg arbeitet, die Leute dort gründlich satt? Und dann hat er die ›Signatur‹ des Vaters übernommen?« Frederik ließ nicht locker.

»Aber wie passt der Generalsekretär ins Bild? Der Mord an ihm kam schließlich zuerst. Außerdem müssen wir ein politisches Motiv zumindest in Erwägung ziehen, immerhin war Schmidt Jude, und wir haben einen Neonazi als Helfershelfer. Ich sage nicht, dass du völlig danebenliegst, aber bevor wir handeln, brauchen wir einfach mehr Gewissheit.«

»*All right*, warten wir die Ergebnisse der technischen Untersuchungen ab«, lenkte Frederik widerwillig ein.

Maria war der Diskussion zwischen den beiden schweigend gefolgt. Jetzt beugte sie sich auf ihrem Stuhl vor und legte die Handflächen auf ihre Knie.

»Ich habe mich etwas gefragt.«

Frederik sah ungeduldig auf seine Uhr, doch Mikael setzte sich wieder und nickte ihr auffordernd zu.

»Die Morde haben eine Sache gemeinsam, nämlich das Symbol. Wir wissen nicht, was es bedeutet, und vermutlich kann diese Frage nur der Täter beantworten. Hans Vinther oder Erik Lynge oder wie auch immer er heißt«, sagte sie und sah Mikael in die Augen. »Aber wenn Sie das Symbol mal für einen Moment vergessen und überlegen, ob es noch eine weitere Gemeinsamkeit gibt: Was fällt Ihnen dann ein?«

»Na ja, normalerweise würde man die Mordmethoden miteinander vergleichen, aber die scheinen in diesem Fall doch ziemlich auseinanderzugehen.«

»Das meine ich nicht. Ostenfeldt hat erzählt, dass Erik und Pipaluk damals vom Roten Kreuz nach Dänemark gebracht wurden. Irgendwie hat das Rote Kreuz daran mitgewirkt, dass sie ihrer grönländischen Mutter weggenommen wurden und bei den Vinthers gelandet sind. Pipaluk stirbt, Erik wird dafür beschuldigt, und aus Rache bringt Erik als Erwachsener seine Eltern um. Ein halbes Jahrhundert später taucht das Symbol, das ihnen in die Haut geritzt wurde, erneut auf, diesmal auf der Leiche des Rotkreuzchefs. Kann das ein Zufall sein?«

Jetzt hatte Maria auch Frederiks Aufmerksamkeit.

»Mikael, Sie haben nach dem Motiv gefragt. Was, wenn das Rote Kreuz der gemeinsame Nenner ist? Könnte der Mord an Georg Schmidt eine symbolische Abstrafung des Rotkreuzvorstands sein und damit eine Vollendung von Erik Lynges Rache für sein schlimmes Schicksal?«

Frederik und Mikael sahen sich an, während Maria fortfuhr:

»Und dann ist da noch die Kinderthematik. Ane hat Formulierungen wie ›gestohlene Kinder‹ und ›Gabenkinder‹ verwendet. In den Todesdrohungen stand, soweit ich aus den Medien weiß, etwas wie ›ein Kind ist eine Gabe‹ und ›einem Kind etwas zuleide zu tun‹. ›Gabenkind‹ und ›ein Kind ist eine Gabe‹. Das sind ja nicht gerade gängige Wendungen. Eventuell gibt es also einen gemeinsamen Nenner, der mit Kindern zu tun hat? Adoptivkinder oder weggegebene Kinder, die das Rote Kreuz zu irgendeinem Zeitpunkt in seiner Obhut hatte?«

»Wie passt dann der Fall aus Grönland dazu?«, gab Frederik zu bedenken.

»Tja, keine Ahnung. Offen gestanden, weiß ich einfach nicht genug über den Fall, deshalb kann ich weder belegen noch von der Hand weisen, dass außer dem Symbol auf Ivalus Leiche eine Verbindung besteht. Und natürlich dem Umstand, dass Erik Lynge in Grönland geboren wurde.«

Mikael schlug mit den Handflächen auf den Tisch. »Verflucht, ja. Das sollten wir untersuchen. Wir müssen uns mit dem Roten Kreuz in Verbindung setzen. Wenn die Organisation damals an der Adoption von Erik und Pipaluk beteiligt war, muss es dazu irgendwo Unterlagen geben. Möchten Sie mitkommen, Maria? Historisches Material zu analysieren zählt nicht zu meinen großen Stärken. Vielleicht fällt Ihnen etwas auf, das ich nicht sehe?«

Maria nickte eifrig. Bisher war ihre Archivrecherche nicht allzu erfolgreich gewesen, aber ein Polizeiausweis würde zweifellos einige Türen öffnen.

»Sehr schön, ich mache einen Termin und gebe Ihnen Bescheid. Wahrscheinlich morgen oder übermorgen. Erst mal müssen Frederik und ich Erik Lynge finden«, sagte er.

Maria stand auf und zog ihre Jacke an, während Mikael sie mit ernstem Blick betrachtete.

»Sie haben mir neulich anscheinend nicht richtig zugehört, aber nehmen Sie sich meine Worte doch bitte zu Herzen und stellen Sie Ihre eigene kleine Ermittlung ein. Wir haben Sie schon viel zu weit in den Maschinenraum mit hineingenommen. Sie sind scharfsinnig, aber Sie sind und bleiben nun mal Zivilistin. Wir können Sie nicht beschützen, wenn Sie nicht tun, was ich sage.«

Maria gab keine Antwort. Eine kämpferische Mischung aus Scham und Aufbegehren machte sich in ihr breit, und sie überlegte einen langen Augenblick, ob sie Mikael erneut anlügen sollte. Herrgott, sie konnte gut auf sich selbst aufpassen.

Dann gab sie nach und ließ sich wieder auf ihren Stuhl plumpsen.

»Eins sollte ich vielleicht noch sagen. Erik Lynge weiß, wer ich bin.«

»Wie bitte?« Mikael sah sie beunruhigt an.

»Das Personal im Pflegeheim dachte, Erik Lynge wäre ein alter Kollege von Ostenfeldt. Ein Polizist. Als er sich erkundigt hat, ob Ostenfeldt in letzter Zeit Besuch hatte, hat ihm eine Pflegerin erzählt, dass eine junge Historikerin vom Polizeimuseum da gewesen sei.«

Mikael und Frederik sahen sie beide mit ernstem Blick an.

»Es gibt nur eine junge Historikerin im Polizeimuseum. Mich.«

71

Rasmus Berg erstarrte, als es an der Tür klopfte. Er erwartete keinen Besuch an einem Sonntagvormittag. Außerdem hatte der PET nach den Drohbriefen der letzten Woche allen betroffenen Politikern geraten, keinem Fremden die Tür zu öffnen.

Er stand auf, ging zu dem kleinen Flachbildschirm in der Ecke der Küche und schaltete ihn ein. Vier schwarz-weiße Überwachungsbilder erschienen als Collage auf dem Display. Vor seiner Tür stand ein hochgewachsener, kahlköpfiger, gut angezogener Mann, den er augenblicklich erkannte. Unter dem Wintermantel waren ein perfekt gebundener Schlipsknoten und ein weißer Hemdkragen zu sehen.

Ulrik Keller, der Wolf im Schafspelz. Was wollte er von ihm?

Rasmus trat an den Küchentisch, auf dem ein eingeschalteter Laptop stand, der mit einem Laserdrucker verbunden war. Er nahm die Papiere, die er ausgedruckt hatte, steckte sie in eine grellgelbe Plastikmappe und überflog noch einmal den Schluss des Textes, an dem er seit Tagen gearbeitet hatte. Ja, er hatte alles gesagt. Er klappte den Laptop zu und ermahnte sich selbst, die Festplatte in den nächsten Tagen neu zu formatieren.

Er sah sich um. Wo konnte er die Mappe verstauen, damit Keller sie nicht sah? Er durfte nicht riskieren, dass Keller ihn jetzt noch aufhielt. Alles, was Rasmus über den »Versuch« wusste, stand in dieser Mappe. Die Empfängerin war auch schon gewählt. Gleich in der nächsten Woche würde er Mette Larsen von der *Morgenavisen* den Umschlag durch einen Fahrradkurier zustellen lassen. Und ihr damit eine Story liefern, deren Ausmaß sie sich nicht im Traum vorstellen konnte. Außerdem enthielt die Mappe das Passwort zu einem E-Mail-Account, in dem sie eine Audiodatei von Rasmus finden würde. Sollte der Inhalt der Mappe nicht reichen, um die Journalistin und ihre Leser davon zu überzeugen, dass der Ministerpräsident des Landes den Befehl zu den so gesetzeswidrigen wie amoralischen, ja geradezu lebensgefährlichen Zwangstrennungen von Kindern und ihren Eltern gegeben hatte, würde die MP3-Datei den notwendigen Ausschlag geben.

Alles war durchdacht.

Abgesehen von der Farbe der Mappe, einer uncharakteristischen Abweichung, die ihn etwas nervös machte. Die neongelbe Mappe würde jedem sofort ins Auge springen, der sein durchdesigntes Zuhause betrat. Küche, Esszimmer und Wohnbereich bildeten einen großen, irgendwie farblosen Raum. Das Interieur war modern und nüchtern gestaltet in Grautönen, Dunkelgrün, Schwarz, Beige und Braun mit vereinzelten weißen Streifen. Wie die Farben von Steinen, Schnee, Erde, Rinde, Kiefer, Eiche, Moos und dem Pelz nordischer Tiere. Wie die Abwesenheit von Farbe in dem Winterwald, der nur wenige Meter hinter den Panoramafenstern begann.

Die Farben der Natur gaben ihm Sicherheit. Sie erinnerten ihn an die Jagdausflüge mit seinem Vater. Tage in seiner Kindheit, an denen es nur sie beide gegeben hatte. Isoliert von der sonstigen Gesellschaft. Ihre Regeln, ihre Sprache, ihre Welt. In der alles einfacher gewesen war.

Dass Rasmus heute ein Mann der Gerechtigkeit war, hatte er seinem Vater zu verdanken. Er hatte ihm eingeprägt, dass es nicht die zufälligen Gesetze des Landes waren, die entschieden, was richtig und falsch, gut und böse war. Auch nicht die wechselnden Politiker oder vergänglichen Ideologien. Was richtig oder falsch war, spürte man nur in seinem Inneren. In seinem Charakter.

Seinen wahren Charakter zeigte man erst an dem Tag, an dem man den Mut fand, allen anderen zu trotzen, lautete die Philosophie seines Vaters. An dem Tag, an dem man begann, nach seinem Gewissen zu leben – ungeachtet der Meinung der anderen.

»Letzten Endes musst du nur vor drei Instanzen Rechenschaft ablegen: den Göttern, deinem Gewissen und mir«, hatte sein Vater an dem Abend gesagt, als sie an einem halb heruntergebrannten Lagerfeuer auf einer Lichtung irgendwo in Osteuropa gesessen hatten.

Rasmus, damals noch Gymnasiast, hatte schuldbewusst ein Geständnis abgelegt. Eines Nachts war er in seinem Internat in Dänemark aufgestanden und hatte eine sorgfältig geplante Racheaktion durchgeführt. Er hatte sich in das Zimmer eines schlafenden Klassenkameraden geschlichen und ihm einen gezielten Schlag ins Gesicht verpasst. Die Lippe des Kameraden war aufgeplatzt und so monumental angeschwollen, dass er ganze zwei Wochen nicht hatte reden können.

Der Grund für den Anschlag war einfach. Rasmus' geliebte Mutter war wenige Monate vor seinem Start an dem Internat nach kurzer, schwerer Krankheit verstorben, und der andere Junge hatte etwas in Rasmus' Ohren Herablassendes über sie gesagt und damit Rasmus' Sehnsucht verhöhnt.

Die Aktion zog einen zweiwöchigen Schulverweis nach sich, weshalb Rasmus damit gerechnet hatte, von seinem Vater zurechtgewiesen zu werden. Doch das genaue Gegenteil war der Fall.

»Gewisse Dinge sind unverzeihlich. Ich bin stolz auf dich«, hatte sein Vater gesagt.

Zu keinem Zeitpunkt seines Lebens hatte Rasmus am Stolz seines Vaters gezweifelt. Und er war stolz, nach seinem Vater zu schlagen.

Dabei waren sie recht verschieden. Sein Vater war so aufbrausend, wie Rasmus kontrolliert und kühl war. Er hatte ein kaum zu bändigendes, explosives Temperament und geriet leicht in Rage. Rasmus hatte das als Kind einmal auf einem Jagdausflug erlebt. Sein Vater, der erst als Erwachsener den Umgang mit Schusswaffen gelernt hatte, hatte auf einen Fuchs gezielt, der vor einer kleinen Anhöhe, auf der sie schon seit Stunden warteten, über das Gelände lief. Der Vater hatte geschossen, das Tier aber nur an der Hüfte getroffen. Der Fuchs lag angeschossen und bewegungsunfähig am Boden und blutete, als sie mit den Hunden zu ihm kamen. Im Glauben, der Fuchs sei tot, hatte der Vater nach dessen Schwanz gegriffen, als der Fuchs unerwartet und aggressiv nach ihm schnappte. Der Vater hatte aufgeschrien, sicher aus Überraschung, und dann acht- oder neunmal mit seinen schweren Jagdstiefeln auf den Kopf des Fuchses getreten, bis der Körper des Tieres nicht mehr gezittert hatte.

»Lass dich niemals auf diese Weise überraschen«, hatte er anschließend gesagt.

Und das war's. Den Fuchs hatten sie liegen lassen, und sein Vater hatte die Geschichte nie wieder erwähnt.

Rasmus erinnerte sich trotzdem daran. Und er hatte daraus eine Sache gelernt, die ihn noch heute prägte. Triff gleich beim ersten Mal richtig.

Rasmus Berg öffnete die Tür und sah in Kellers blaue Augen. Der Blick des Spindoktors war lebloser als jedes Brackwasser. Die Art, wie er die Hände in den Taschen vergrub, wirkte alles andere als entspannt. Als wären seine Arme zu lang. Oder als versteckte er etwas.

»Was willst du?«, fragte Rasmus.

»Reden«, erwiderte Keller.

»Worüber?«

»Darf ich reinkommen?«

»Nein, was willst du?«

Eine tiefe Falte grub sich zwischen Kellers Augenbrauen, die sich schwungvoll in Richtung des frisch rasierten Schädels zogen. Keller war einer dieser Männer, die sich die Haare abrasieren, um ihren Tagesrhythmus zu optimieren. Angeblich ging er jeden Tag ins Fitnesscenter, auch wenn Mejdings Kalender schon kaum Zeit für Schlaf ließ. Seine Haare waren eine der Banalitäten, die Keller auf Mejdings Altar geopfert hatte. Partner, Familie, Kinder, ja überhaupt ein Leben, zählten zu den größeren Opfern.

»Mejding schickt mich. Wir müssen darüber reden, wie es weitergehen soll. Wir wissen, dass du einigen Plänen des Ministerpräsidenten kritisch gegenüberstehst, aber ...«

»Welch interessanter Euphemismus, wenn es in Wirklichkeit um fehlende Fürsorge geht, um Kindesmisshandlung«, sagte Rasmus und erhöhte den Druck: »Oder sollen wir von Vergehen gegen die Menschlichkeit sprechen? Illegalen Verfahren?«

In den Augen des Spindoktors blitzte für einen Moment so etwas wie verletzter Stolz auf, bevor sie wieder erloschen. Kinderheimaugen, dachte Rasmus. Wie konntest du, Keller, ein misshandeltes Kind, selbst zu einem Misshandler werden?

»Lass mich reinkommen. Ich würde dir gern einen Vorschlag machen.«

Dieses Mal wartete Keller nicht auf Erlaubnis, sondern drückte die Tür auf und schob sich an Rasmus vorbei. Rasmus leistete keinen Widerstand, auch wenn er dazu mühelos imstande gewesen wäre.

Vom Windfang trat Keller direkt in Rasmus' Wohnzimmer und sah sich um. Er versuchte, seine Empfindungen zu verbergen, aber ohne Erfolg. Ein Kind der Unterklasse, das in ein Wohnzimmer der Oberschicht tritt, wird nie seine Befremdung und seinen Neid verbergen können, das Gefühl der Minderwertigkeit.

Keller sah zu dem Drucker auf dem Designer-Eichentisch.

»Woran arbeitest du?«, fragte der Spindoktor und zeigte auf den Drucker. Rasmus tappte nicht in die Falle.

»Was willst du, Keller?«

Mit verschränkten Armen baute er sich vor ihm auf. Nach Rasmus' spontaner Einschätzung war er selbst in besserer

Form als der Spindoktor. Weniger muskulös, dafür aber geschmeidiger und mit besserer Kondition.

Keller sah ihn an und öffnete seine Jacke.

»Okay … die Sache ist die. Am Donnerstag will Mejding anlässlich der großen Friedensdemonstration vor dem Roten Kreuz eine Rede halten«, begann er. »Die Veranstaltung findet zum Gedenken an Georg Schmidt statt, ihm zu Ehren werden Musiker auftreten, und dann will Mejding in einer Grundsatzrede all das anprangern, was unsere Demokratie bedroht.«

Rasmus schnaubte höhnisch. Keller ignorierte ihn.

»Mejding will auch einige Punkte unseres Wahlprogramms ansprechen. Das ist eine wunderbare Gelegenheit, daher ist es natürlich wichtig, dass uns niemand diesen Tag vermasselt. Erst recht nicht einer der Unseren.«

Er sah Rasmus direkt an.

»Ich bin nicht einer der Euren«, erwiderte er kalt.

»Oh doch, das bist du, solange du Mitglied einer Regierungspartei bist. Und solange du Ambitionen auf eine politische Zukunft hast. Du solltest zu den richtigen Leuten halten, sonst endet deine Karriere in irgendeiner idiotischen Randgruppenpartei, die niemals zur Primetime ins Fernsehen kommt.«

»Vielleicht bedeutet mir eine politische Karriere deutlich weniger als dir. Oder Mejding«, sagte Rasmus.

»Und Schmidts Nachruhm? Bedeutet dir der gar nichts?«

»Der interessiert mich einen Dreck.«

Rasmus ballte die Hände zu Fäusten und spannte die Kiefer an. Wut und Frustration der letzten Wochen kochten in ihm hoch. Er suchte bewusst die Konfrontation, obwohl das sicher unklug war, und hoffte inständig, dass Keller den Köder schluckte.

Etwas in Kellers Augen taute auf, als sie einander anstierten. Wie in einem Versuch, die feindliche Stimmung zu brechen, setzte er sich auf einen von Rasmus Stühlen.

»Glaubst du mir, wenn ich dir sage, dass der Ministerpräsident wirklich Gutes zu tun versucht? Für die Kinder? Für das Land?«, fragte er mit Schmelzstimme und sah zu Rasmus auf, der jede von Kellers Bewegungen überwachte.

»Gutes?«

»Ja. Ich glaube, du bist inzwischen der Einzige, der nicht erkennt, wie richtig der Grundgedanke ist. Es ist kein Menschenrecht, Kinder zu *haben*. Eltern zu sein, basiert auf Vertrauen. Man muss es sich verdienen und es als ein Geschenk begreifen, mit Kindern gesegnet zu sein. Wenn irgendjemand weiß, wovon ich rede, dann ich«, sagte Keller.

Rasmus blieb stumm.

»Du kennst meine Geschichte ja vielleicht. Nicht im Detail, aber Details sind auch nicht notwendig. Nur so viel: Meine Kindheit war von Alkohol, Missbrauch und Verwahrlosung geprägt«, sagte Keller. »Damals dachte ich, dass es allen Kindern so geht. Dass alle Kinder zu einer bewusstlosen Mutter nach Hause kommen und an die Saufkumpanen des Vaters ausgeliehen werden. Dass alle Kinder Prügel kriegen. Immer auf den Körper, nie ins Gesicht. Dass allen Kindern eingebläut wird, dass sie ihre blauen Flecken niemandem zeigen dürfen. Ich dachte, es wäre normal, wenn im Fernseher Pornos laufen. Dass die Mutter für Tage verschwindet, um anschaffen zu gehen, und die Polizei den Vater holt und wieder zurückbringt. Ohne uns Kinder auch nur eines Blickes zu würdigen. Obwohl wir stanken – nach Pisse, Armut und Verzweiflung.«

Rasmus hätte erwartet, dass Kellers Stimme bei dieser Darstellung vor Bewegung, Wut oder Selbstmitleid zitterte, aber sie blieb monoton und ruhig. Als wäre Kellers Vergangenheit eine Jacke, die er ausgezogen und auf einen Bügel gehängt hatte und nun wie ein Außenstehender betrachtete.

»Ich wurde viel zu spät aus diesen Verhältnissen rausgeholt. *Wir* wurden viel zu spät da rausgeholt. Wir wurden nicht gesehen, nicht gehört, nicht ernst genommen. Mein Bruder ist an Drogen zugrunde gegangen, meine Schwester hat vor fünf Jahren Selbstmord begangen. Waren meine Geschwister schlechte, unbegabte, wertlose Menschen? Nein, verdammt! Aber wir bekamen nicht die Hilfe, auf die wir Anspruch gehabt hätten. Mein Vater kannte alle Sozialgesetze auswendig. Er hat sich immer rausgeredet, und wenn ihm die Gemeinde zu sehr auf die Pelle rückte, zog er mit uns an einen anderen Ort, an dem er und meine Mutter sich verstecken, das Kindergeld einsacken und uns prostituieren konnten. Besonders meine Schwester. Wir waren Geldautomaten. Eine andere Bedeutung hatten wir für sie nicht.« Keller sah Rasmus an. »Du denkst jetzt sicher: ›Aus Ulrik ist doch aber etwas geworden.‹«

Rasmus dachte nichts in dieser Richtung und schüttelte den Kopf, aber Keller redete unbeeindruckt weiter.

»Aus mir ist nur deshalb etwas geworden, weil ich … weil ein Erwachsener mich gefunden, mich *gesehen* hat. Ein einfacher Dänischlehrer hat bemerkt, dass ich gut schreiben kann. Ich war ihm nicht gleichgültig, er mochte mich, auch wenn ich schwer zu mögen war. Er hat Erwartungen an mich gestellt, und das hat mich gerettet, Berg.«

Der Spindoktor holte tief Luft.

»Ich erzähle dir das nicht, weil ich dein Mitleid will. Ich erzähle dir einfach, wie die Dinge von der anderen Seite aussehen können. Du stehst auf der Seite der Eltern. Ich – wir – denken an das Wohl der Kinder.«

Rasmus stand noch immer mit verschränkten Armen da.

Er legte in einer nachdenklichen Pose eine Hand unters Kinn, fasste sich mit der anderen ans Herz und seufzte ironisch.

»Was für eine anrührende Geschichte, Keller. Welch ein Drama. Du rührst mich zu Tränen«, sagte er.

Dann senkte er die Arme und sah Keller kalt an.

»Du hast wirklich nichts begriffen, oder? Es tut mir leid, es dir so unverblümt sagen zu müssen, aber deine persönliche Kindheit am äußersten Rand des Elends hat allerhöchstens anekdotischen Wert. Mit solchen Einzelschicksalen macht man keine Politik! Das solltest du als Spindoktor eigentlich wissen. Wenn Journalisten angelaufen kommen und einen Minister bitten, Stellung zu einem Fall von Kindermisshandlung oder einem ärztlichen Behandlungsfehler zu beziehen, heißt es immer nur ›Ohhh, also, wir können jetzt leider nicht auf diesen einen konkreten Fall eingehen‹, stimmt's?«

Keller war überrascht. Normalerweise reagierten die Leute anders, wenn er sie in seine Vergangenheit einweihte.

»Ich ... Ich sage nicht, dass es um *mich* geht. Es geht um Kinder wie mich. Sie verdienen ...«

»Nein!« Rasmus schrie Keller direkt ins Gesicht. »Bei Mejdings Politik geht es *nicht* um Kinder. Siehst du das denn nicht? Es geht um *Macht*. Es geht darum sicherzustellen, dass in Dänemark keine Erwachsenen von der Norm, vom Wünschenswerten abweichen. Es geht darum, mit aller Macht darauf hinzuwirken, dass die Menschen die Hacken zusammenschlagen und im Takt laufen. Und wie erreicht man das? Man droht ihnen damit, ihnen das Wertvollste zu nehmen, das sie haben: ihre Kinder.«

Rasmus spuckte die letzten Worte regelrecht aus.

»Die beiden kleinen Kinder, die bei Georg Schmidts Experiment fast zu Tode gekommen wären – wohlgemerkt auf Geheiß von Troels Mejding –, das waren keine vernachlässigten Kinder. Keine Inzestopfer. Sie waren weder schmutzig noch ungeliebt oder in Gefahr. Man hat sie ihren Eltern weggenommen, weil man unter den Sachen der Eltern ›besorgniserregende Dinge‹ gefunden hat. Nämlich einen Koran, eine Burka und ein paar Dokumente mit einem Säbel auf der Vorderseite.«

Als Ulrik Keller ihn verwirrt ansah, wurde Rasmus klar, dass der Spindoktor diese Details möglicherweise noch gar nicht kannte. Er nutzte Kellers verdutztes Schweigen, um ihm einen weiteren Schlag zu versetzen.

»Was Mejding vorhat, ist Gedankenkontrolle. Der Ministerpräsident will sicherstellen, dass niemand etwas denkt, sagt oder tut, das von seinem abgesteckten Kurs abweicht. Und das, Keller, ist Tyrannei in Reinkultur!«

»Jetzt übertreibst du aber«, begann Mejdings Spindoktor, der aufgestanden war, um etwas mehr Abstand zwischen sich und Rasmus zu bringen.

»Übertreiben? Wer übertreibt hier? Vielleicht habe ich dieselben Erfahrungen wie du?«

»Dieselben Erfahrungen? Wie meinst du …«

»Vergiss es«, sagte Rasmus und winkte ab. »Ich biedere mich nicht an für das Mitleid anderer.«

Kellers Mund stand offen, und zum ersten Mal an diesem Tag ahnte Rasmus so etwas wie Emotionen bei Ulrik Keller. Überraschung und Schmerz sprachen aus seinen Augen. Sein Ausdruck glich dem eines Tieres, das von einer Schrotladung getroffen wurde, dachte Rasmus.

»Anbiedern? Was zum Teufel bildest du dir eigentlich ein?«, brüllte Keller.

Wie geplant war es Rasmus gelungen, Kellers Selbstkontrolle zu brechen. Keller ging mit erhobenen Fäusten auf ihn los, aber Rasmus, der diese Entwicklung vorhergesehen hatte, trat einen Schritt nach hinten und beugte den Körper um fünfundvierzig Grad zur Seite, sodass Kellers Schlag ins Leere ging und er stolpernd auf die Knie fiel. Mit einem wütenden Aufschrei schwang er herum, doch Rasmus war bereits drei Schritte zurückgewichen und stand jetzt am Regal.

Er öffnete ein Schrankfach und nahm etwas heraus, ehe er ruhig auf den Spindoktor zuging, der wieder aufgestanden war. Er drückte den Gegenstand in Kellers Hände, der darauf starrte, als hätte Rasmus ihm glühende Kohlen in die Finger gelegt.

»Da, nimm! Tu, wofür du in Wahrheit hergeschickt wurdest. Du sollst mich eliminieren. Auf die eine oder andere Weise sollst du mich aus dem Weg räumen. In eurer verrückten Welt heiligt der Zweck doch immer die Mittel, oder? Zeig mir, dass du bereit bist, für Mejding zum Äußersten zu gehen!«

Keller starrte entgeistert auf Rasmus, dann auf seine Hand und wieder auf Rasmus. Ungläubig. Offensichtlich nervös, ob er das Ding in seiner rechten Hand, eine 7,5-mm-Pistole mit rotem Griff, auch richtig hielt.

»Komm schon! … Jetzt mach endlich!«, brüllte Rasmus.

Er packte Kellers Hand und drückte den Griff der Waffe fest zwischen Kellers Daumen und Handfläche, bis er die Waffe schließlich richtig hielt. Im Magazin waren fünfzehn Patronen, und die Pistole war geladen. Mit diabolischem Lächeln hob Rasmus Kellers Hand, richtete die Waffe auf seine eigene Brust, drückte den Lauf für einen langen Moment auf sein Herz und ließ Keller dann los. Er trat erst einen, dann zwei und dann noch zwei weitere Schritte zurück, die Arme mit nach oben gewendeten Handflächen seitlich ausgebreitet wie eine Christusstatue. Keller stand wie paralysiert da, die erhobene Pistole noch immer auf Rasmus gerichtet.

»Das ist deine Chance, Keller. Reiß die letzte Barriere ein, die Mejding noch von seinem Traum von einem totalitären Staat trennt. Bring mich um, und ihr könnt eure Sabotage der Familien, euren Missbrauch der Kinder fortführen. Zum Wohle der Kinder.« Rasmus spuckte die letzten Worte wie eine Paraphrase Mejdings aus.

Keller schüttelte den Kopf, doch die Bewegung war so unscheinbar, dass Rasmus nicht erkennen konnte, ob es ein »Nein« oder einfach nur eine Gefühlsäußerung war.

»Ich weiß es, du hast es in dir, Keller. Ich kenne die Geschichten. Vor ein paar Jahren hast du einen Mann bis zur Unkenntlichkeit zusammengeschlagen, weil der dich in einer Bar provoziert hat. Schon erstaunlich, dass diese Sache nie an die Presse gelangt ist. Das sollte sie eigentlich. Würde die Leser bestimmt interessieren. Die Menschen lieben es, wenn es dem armen Jungen aus der Gosse gut geht. Aber weißt du, was sie noch mehr lieben?«

Keller starrte ihn an, verwirrt, mental aus der Balance.

»Noch mehr lieben sie es, wenn ihre Vorurteile bestätigt werden. Man kann einen Jungen zwar aus der Gosse holen, nie aber die Gosse aus dem Jungen.« Rasmus betonte jedes Wort voller Herablassung.

»Er war der Erste, der meine Schwester vergewaltigt hat«, murmelte Keller kaum hörbar über den Lauf der Pistole hinweg, die er noch immer mit ausgestrecktem Arm hielt, deren Existenz er aber längst vergessen zu haben schien.

»Was?«

»Der Mann, den ich niedergeschlagen habe. Ich habe ihn sofort wiedererkannt. Er war der Erste, der zu uns gekommen ist und meinem Vater dreihundert Kronen gezahlt hat, um meine Schwester vergewaltigen zu dürfen. Sie war damals neun Jahre alt.«

Nun verlor Rasmus für einen Moment die Fassung. Ulrik

Keller ließ derweil den Arm sinken und legte die Pistole vorsichtig auf einen dunkelgrünen Samtpuff. Er zog seine Jacke zu und ging mit schweren Schritten an Rasmus vorbei zum Windfang.

»Du kannst nichts beweisen«, sagte er auf dem Weg nach draußen.

»Was beweisen?«, fragte Rasmus.

»Dass Mejding den Auftrag zu dem Versuch gegeben hat. Sollte uns jemand fragen, waren wir noch im Beratungsstadium. Und dann hat sich Georg Schmidts Idee zu einem Amoklauf entwickelt. Er war ja Jude. Vielleicht war er diese lästigen Muslime einfach leid, wer weiß?«, sagte Keller.

Rasmus lachte trocken. Das diabolische Lächeln kehrte auf seine Lippen zurück und ließ Keller innehalten. Er spürte offensichtlich, dass Rasmus noch ein As im Ärmel hatte.

»Keller, ich habe alles aufgezeichnet. Das ganze Gespräch, das ich am Montag mit Mejding geführt habe. Dieses kleine, herrliche Gespräch liegt auf mehreren E-Mail-Servern, bereit von allen möglichen Journalisten ausgewertet zu werden, sobald ich es sage.«

Der Spindoktor sah aus, als würde sein Herz jeden Moment kollabieren.

»Die Aufnahmetechnik ist mittlerweile erstaunlich weit fortgeschritten. Alles wird digital gespeichert und braucht keinen Platz, und das bei fantastischer Tonqualität. Man hört wirklich alles, Ulrik. Man kann die einzelnen Stimmen unterscheiden, auch wenn sie weit weg sind. Aus der Aufnahme geht klar und deutlich hervor, dass der Regierungschef erst einem vom Volk gewählten Abgeordneten damit droht, seine Karriere zu ruinieren und dann einräumt, Georg Schmidt unter Druck gesetzt zu haben, damit dieser eine Reihe von höchst gesetzeswidrigen Maßnahmen gegen besonders verwundbare Kinder in die Wege leitet. Er hat nicht nur damit gedroht, ihn persönlich finanziell in den Abgrund zu treiben, sondern auch die Finanzen des Roten Kreuzes nachhaltig ins Wanken zu bringen.«

Keller sah zu Rasmus. Mit blankem Gesicht und denselben toten Augen, mit denen er gekommen war.

»Das ist nicht wahr. Das hast du nicht getan«, sagte er.

»Doch, habe ich.« Rasmus lächelte Keller breit an und machte eine Kunstpause, ehe er hinzufügte: »Ich habe das mit den besten Absichten getan, Keller. Verstehst du. Zum *Wohle der Kinder.*«

Keller drehte sich um und ging. Er warf die Tür nicht ins Schloss, sondern zog sie langsam hinter sich zu, ohne noch etwas zu sagen.

Wieder allein, ging Rasmus zufrieden zurück zu dem Monitor in der Küche. Auf den Überwachungsbildern sah er Keller vier, fünf zögernde Schritte über den Bürgersteig gehen, ehe er sich umdrehte und das Haus anstarrte, das er gerade verlassen hatte.

Ein paar Sekunden stand er so da, wobei sein Gesicht sich jetzt, da er allein war, aufzulösen begann. Die Kontrolle schmolz von der Stirn über den Hemdkragen mit dem Schlipsknoten bis zu den Händen, die den Knoten verzweifelt zu öffnen versuchten.

Ulrik Keller war erledigt. Und er wusste es.

72

»Sind Sie sicher, dass Sie okay sind?«

Mikael Dirk begleitete Maria aus dem Besprechungsraum über die Treppe nach unten. Ihre Stimmen und Schritte hallten durch den menschenleeren Eingangsbereich, wo er Maria vor der Sicherheitsschranke zurückhielt.

»Ich überlege, ob wir nicht jemanden für Ihre Bewachung abstellen sollten, *just in case*.«

»Nein, ach Quatsch. Sie haben es doch selbst gesagt: Erik Lynge ist ein alter Mann. Vielleicht ist er sogar krank, ich habe keine Angst vor alten Männern«, erwiderte Maria.

»Wir wissen aber nicht, ob er allein unterwegs ist. Er kann mit dem Sohn zusammenarbeiten, von dem Sie gesprochen haben.« Mikael sah ernsthaft besorgt aus.

Maria zögerte. Ihr gefiel es auch nicht, dass ein Mann, der möglicherweise seine Eltern und eine Person des öffentlichen Lebens ermordet hatte, ihren Namen kannte. Aber Mogens Ostenfeldt, der wie Ane beschlossen hatte, seine Hand nicht mehr schützend über ihn zu halten, bedeutete für Lynge mit Sicherheit das größere Risiko.

Dazu kam die Polizei. Erik Lynge befand sich höchstwahrscheinlich längst auf dem Rückzug. Nach den Presseberichten über die Polizeiaktion gegen den Neonazi in Slagelse musste ihm klar sein, dass es nur eine Frage der Zeit war, bis die Polizei Hasselgren so weichgekocht hatte, dass dieser seinen Auftraggeber ans Messer lieferte. Die Erde unter Lynges

Füßen war mehr als heiß. Würde er da wirklich kostbare Zeit verschwenden, um einen Museums-Nobody aufzusuchen und zu bedrohen?

»Ich komme schon klar«, sagte sie, allerdings schienen ihre Worte keinen großen Eindruck zu hinterlassen. Mikael sah sie mit beinahe väterlicher Fürsorge an, was sie verlegen machte. Der beinharte Polizist mochte es ja gewohnt sein, in Not geratenen Frauen zu helfen, aber Maria gehörte nun wirklich nicht zu dieser Kategorie. Nicht einmal jetzt, obwohl sie tatsächlich etwas beunruhigt war.

»Ich kann mich zur Not verteidigen. Und ich kann ganz sicher vor ihm weglaufen. Außerdem habe ich Ihre Nummer, und dann können Sie ja auf Ihrem weißen Hengst angeritten kommen.«

Mikael Dirk lächelte nicht.

Maria fragte sich, ob es diese Art von ironischen Bemerkungen war, die ihre Jugendpsychologin als »Bewältigungsstrategie« bezeichnet hatte.

»Okay«, sagte der Polizist schließlich. »Es ist sicher nur eine Frage von Tagen, bis wir eine Festnahme vermelden können. Und einen dieser Tage werden wir gemeinsam beim Roten Kreuz verbringen. Aber vergessen Sie nicht, was ich neulich gesagt habe: Machen Sie keinem Fremden die Tür auf, und überprüfen Sie Ihre Schlösser. Speichern Sie meine Nummer ein, damit Sie mich schnell erreichen können«, sagte er, ehe er sie zum Abschied überraschend in den Arm nahm.

Als er sie losließ, zeigte er auf ihr Fahrrad, das an der Glasfassade des Eingangsbereichs lehnte.

»Und passen Sie auf sich auf. Besonders auf dem da. Ich weiß ja, wie Sie fahren«, sagte er mit einem Lächeln und ließ sie durch die Sicherheitsschranke gehen.

Mikael sah Maria nach, bis sie um die nächste Straßenecke in Richtung Innenstadt verschwunden war. Im Gegenlicht glänzte ihr Haar wie rotgoldenes Kielwasser, und er dachte, dass es das Schönste war, was er seit Langem gesehen hatte. Und dass es wirklich unglaublich war, dass sie die ganze Zeit auf dem Bürgersteig fuhr.

Zurück in dem verwaisten Großraumbüro in der ersten Etage schrieb Frederik gerade eine Nachricht auf dem Handy.

»Probleme?«, fragte Mikael.

»Na ja. Louise passt es gar nicht, dass ich wieder das ganze Wochenende arbeiten muss. Sie hat einen klassischen Nine-to-four-Job und kann sich nur schwer vorstellen, dass das, was wir hier machen, nicht bis morgen warten kann.«

»Okay, dann lass uns Erik Lynge so schnell wie möglich finden, damit du nach Hause kannst. Ich gehe die Daten des Personenregisters durch, währenddessen kannst du das Internet durchforsten. Okay?«

Mikael klickte sich durch die Register auf der Suche nach ›Erik Lynge‹ in Kombination mit der Adresse im Callisensvej in Hellerup.

Kein Treffer.

Dann versuchte er es mit ›Hans Vinther‹.

»Verdammt, in dem Register finde ich gar nichts«, sagte er über den Bildschirm hinweg. »Aber wir haben ja auch kaum Ansatzpunkte. Wie sieht es bei dir aus?«

»Im Onlinetelefonbuch sind einundsechzig dänische Männer mit Namen Erik Lynge aufgeführt. Hat er einen zweiten Vornamen, damit wir die Suche etwas eingrenzen können?«

»Nicht, dass ich wüsste. Außerdem ist ja noch gar nicht sicher, dass überhaupt einer von denen unser Mann ist«, sagte Mikael mit einem Seufzer.

Er rief das Kriminalregister auf. Auch darin tauchten einige

Männer mit Namen Erik Lynge auf. Die Delikte reichten von Geschwindigkeitsübertretungen bis hin zu Gewalttaten. Prinzipiell konnte der Gesuchte einer dieser Männer sein, aber ohne einen Wohnsitz oder ein Geburtsdatum war das schwer einzuschätzen.

Sie arbeiteten schweigend weiter, bis Frederik plötzlich »Yes!« zischte.

»Maria hat gesagt, Hans Vinther wäre vor vielen Jahren ins Ausland gegangen und hätte etwa zur selben Zeit seinen Namen in Erik Lynge gewechselt, korrekt?«

Mikael nickte.

»Ja, etwa 1971 oder 72.«

»Und wir wissen nicht, wohin?«

»Nein, das hat er den Behörden allem Anschein nach nicht mitgeteilt. Wenn er den Namen gewechselt und sich ein anderes Geburtsdatum gegeben hat, hätte er auch ganz von der Bildfläche verschwinden und ein komplett neues Leben anfangen können.«

»Es könnte der hier sein: Erik Lynge, Besitzer der Gesellschaft Erica Art, ein internationaler Kunsthandel mit offiziellem Sitz in Livorno, Italien. Die Firma hat eine sehr ansprechende Webseite. Sieht ziemlich professionell aus, das Ganze«, sagte Frederik. »Ich habe versucht, Erik Lynge in den dänischen Handelsregistern zu finden, aber ohne Erfolg«, erklärte er. »Dann habe ich die europäischen Register überprüft. Und voilà! Da haben wir unseren Erik Lynge. Im italienischen Register infocamere.it wird er als alleiniger Besitzer von Erica Art geführt, gegründet 1979. Die Bilanzen sehen wirklich beeindruckend aus. Der ist gut bei Kasse«, sagte Frederik.

»Okay, geh mal in der Zeit zurück. Stehen da irgendwann noch andere Besitzer?«

Mikael hatte sich hinter Frederik gestellt, damit er alles

auf dem Bildschirm verfolgen konnte. Sein Herz schlug schneller.

In den Unterlagen der letzten Jahre hatte immer nur Erik Lynge die Berichte unterschrieben, gemeinsam mit einem registrierten Wirtschaftsprüfer aus Livorno. Frederik ging weitere Jahre zurück und öffnete die Bilanz des Jahres 1988. Dort standen plötzlich zwei Namen: Erik Lynge und Grethe Berg.

»Grethe Berg, wer ist das denn?«, fragte Frederik.

»Scroll mal weiter runter, vielleicht steht da eine Adresse.«

Am unteren Rand des Dokumentes war tatsächlich eine Adresse aufgeführt. Erik Lynge und Grethe Berg wohnten in einer Kleinstadt vor den Toren von Livorno. Einige Jahre zuvor hatten sie in Luxemburg gewohnt und davor in Frankreich.

»Die haben lange zusammen gewohnt? Das muss seine Frau sein. Ist ja der Klassiker, dass man die Firma dann gemeinsam führt und Gewinn und Risiko teilt.«

»Ja, vielleicht. Ostenfeldt hat Maria ja auch gesagt, dass Lynge verheiratet war.«

Jetzt galt es herauszufinden, warum Grethe in den letzten Jahren nicht mehr unterschrieben hatte. Hatten sie sich scheiden lassen? Oder hatte er sie ausbezahlt? Die Antwort fanden sie in den Unterlagen des Jahres 1997. Aus dem Firmenbericht ging hervor, dass die Co-Chefin Grethe Berg nach längerer Krankheit verstorben war.

Also war Erik Lynge aller Voraussicht nach Witwer.

»Dann ist sie raus«, sagte Mikael und malte eine Klammer um den Namen, den er auf seinem Block notiert hatte.

»Guck mal hier«, sagte Frederik und zeigte auf den Bildschirm.

In einer späteren Abrechnung hatte Erik Lynge unterschrieben und dann noch mit Blockbuchstaben hinzugefügt »Taarbæk, 2001.«

»Warte mal.«

Mikael tippte Erik Lynge und Taarbæk ins Personenregister und fand die Adresse eines Lynge, der am 3. Mai 1988 aus dem Ausland zugezogen war.

Für die Adresse in Taarbæk war nur eine Mobilnummer registriert worden. Mikael schrieb sie auf.

»Wir brauchen die Telefondaten für diese Nummer. Wo war er – oder besser sein Handy – am 5. und 6. Januar? Hat es sich womöglich im Blegdamsvej befunden?«

Frederik nickte. Sie mussten sich schnellstmöglich einen Gerichtsbeschluss beschaffen und Kontakt mit der Telefongesellschaft aufnehmen. Mit etwas Glück hatten sie die Daten innerhalb der nächsten Stunde.

73

Erik Lynges Nummer gehörte zur Telefongesellschaft TDC, wo es Frederik nach einigem bürokratischem Hin und Her gelungen war, eine seiner festen Kontaktpersonen dazu zu bringen, ihm eine Übersicht von Lynges Telefondaten des letzten Monats zu schicken.

»Lies schon, was steht da? Na los!«, platzte Mikael ungeduldig heraus. Er hätte Frederik die Liste am liebsten aus den Händen gerissen, als dieser mit dem Stapel Papier in den Händen aus dem Druckerraum kam.

»Hm ... Sieht aus, als wäre er in oder beim Krankenhaus gewesen.«

Mikael spürte ein aufgeregtes Ziehen im Bauch. Erik Lynge war in jener Nacht tatsächlich in der Nähe des Hauptsitzes des Roten Kreuzes und des Rigshospitals gewesen. Die beiden Gebäude lagen nebeneinander am Blegdamsvej.

Er überlegte, wie sie den Schuldigen festnehmen sollten. Am besten ruhig und ohne die unnötige reißerische Dramatik, von der die Aktion gegen den Neonazi in Slagelse geprägt gewesen war.

»Wenn Erik Lynge wirklich in der Nähe des Rigshospitals war, ist die Sache doch ziemlich …«

»Nicht des Rigshospitals. Das ist die Adresse vom Krankenhaus in Herlev«, sagte Frederik und überflog weiter die Papiere.

Mikael hob den Blick, eine tiefe Falte zwischen den Augenbrauen.

»Herlev?«

»Ja, leider. Gut zwanzig Minuten vom Blegdamsvej entfernt. Wir brauchen einen Gerichtsbeschluss, damit die Ärzte uns sagen dürfen, was er da gemacht hat. Falls er denn tatsächlich dort war und nicht nur sein Telefon.«

»Okay, den Beschluss kriegen wir frühestens morgen«, sagte Mikael ärgerlich. »Was hast du sonst noch?«

»Sollten wir nicht versuchen, Eriks Sohn zu finden? Den, der in Christiansborg arbeiten soll? Es gibt keinen Abgeordneten mit Namen Lynge, ich habe schon um eine Liste gebeten«, sagte Frederik.

»Es muss ja kein Abgeordneter sein, vielleicht ist er einfach nur ein Angestellter. Allein das Parlament beschäftigt bestimmt vierhundert Leute.«

Mikael dachte an seinen Ausflug nach Christiansborg und in die Staatskanzlei. Das Entgegenkommen der Männer, mit denen er gesprochen hatte, war gelinde gesagt mäßig gewesen. Ministerpräsident Troels Mejding und sein Spindoktor, dieser Ulrik Keller, wollten sich kaum herablassen, ein paar wenige

Fragen zu beantworten. Und die anderen drei hatten den Eindruck gemacht, als litten sie unter Gedächtnisverlust, als er sie nach der Besprechung mit Georg Schmidt gefragt hatte.

Wie hießen die drei noch gleich? Villy Frandsen, Henning Dyhr und …

Mit einem Mal fiel der letzte Stein des Puzzles mit lautem Krachen an seinen Platz.

»Was hast du gesagt? Wie hieß Erik Lynges Frau?« Mikael hatte einen trockenen Mund.

»Grethe Berg«, antwortete Frederik mit einem Blick auf seinen Block.

Mikael öffnete den Browser und tippte einen Namen ein. Das Porträt eines hübschen, dunkelhaarigen jungen Mannes mit eisblauen Augen öffnete sich. Mikael klickte das Bild an, sodass es in voller Größe gezeigt wurde, und drehte den Bildschirm zu Frederik.

»Frederik … Darf ich dir Rasmus Berg vorstellen. Erik Lynges Sohn.«

FÜNFTE WOCHE

3. Februar bis 6. Februar 2020

74

Die Staatsanwältin Henriette Jansen traf stets als eine der Ersten im Büro im zweiten Stock ein. Sie war zweiundfünfzig, alleinstehend und kinderlos und lebte in der Nähe ihres Arbeitsplatzes in einer der Neubauwohnungen ein Stück die Straße hinunter, mit drei großen Zimmern und Weinkühlschrank.

Mikael mochte Henriette, die bekannt dafür war, hart, aber fair gegenüber sowohl Ermittlern, Angeklagten als auch ihren Kollegen zu sein. Ihr graues Haar war zu einem Pferdeschwanz gebunden, der im Takt mit ihren Schritten auf und ab wippte, und bereits bevor er von seinem Computerbildschirm aufschaute, wusste Mikael, dass sie es war.

»Guten Morgen. Sie sind aber früh auf den Beinen«, begrüßte die Staatsanwältin ihn aufgeräumt und ließ sich auf Frederiks Stuhl nieder. Henriette trug grundsätzlich lange Hosen, bevorzugt kombiniert mit einer Lederjacke. So auch heute. Sie sah jünger aus, als sie war. Soweit Mikael wusste, hatte sie im Hafen von Teglholmen ein Meereskajak liegen, und es hieß, sie habe diverse Meisterschaften in der Schützenabteilung des Polizeisportvereins gewonnen. Seine männlichen Kollegen waren jedenfalls froh, dass die Wettkämpfe nach Geschlecht aufgeteilt waren und ihnen die Demütigung, am Schießstand von einer Sesselpupserin übertrumpft zu werden, erspart blieb.

Außer ihm und Henriette war an diesem nasskalten Januarmorgen um 06.10 Uhr bislang noch niemand im Büro erschienen.

»Morgen, Henriette. Ja, wir haben einen kleinen Durchbruch zu verzeichnen«, lächelte Mikael zurück.

Er wusste, dass Henriette den Entwurf für einen Antrag auf Akteneinsicht gesehen hatte, den Frederik und er am Vortag verfasst hatten, und nun war sie als Staatsanwältin erschienen, um die Sache in die Hand zu nehmen.

»Glückwunsch. Ich sehe, Sie beide haben wirklich geackert. Ich gehe zum Gericht, sobald es öffnet. Können Sie mir etwas genauer sagen, was Sie brauchen und wofür?«

»Vor allem brauchen wir die Auskunft des Arztes, der Erik Lynge vom 4. bis 5. Januar in der Klinik in Herlev behandelt hat. Wir müssen wissen, ob es Beweise dafür gibt, dass er im betreffenden Zeitraum tatsächlich physisch dort anwesend war, denn falls nicht, könnte er potenziell Schmidts Mörder sein«, erklärte Mikael.

Henriette Jansen nickte. Bei einem so konkreten Verdacht in einem Mordfall war es in der Regel eine reine Formsache, Einsicht in die persönlichen Daten des Betreffenden zu erhalten.

»Ich hätte noch ein anderes, streng vertrauliches Anliegen«, sagte Mikael. »Deshalb haben wir auch nichts davon geschrieben.«

Jansen sah ihn neugierig an.

»Wir vermuten, dass Erik Lynges Sohn in den Schmidt-Fall involviert sein könnte. Deshalb möchte ich Sie bitten, vor Gericht einen Beschluss für die Einsicht in die privaten Hintergrunddaten des Abgeordneten Rasmus Berg zu beantragen. Wir brauchen seine Handydaten, seine Patientenakte, müssen wissen, welches Auto er fährt. Alles.«

»Rasmus Berg? Von der Zentrumspartei?«

Jansens Augenbrauen hoben sich bis zum Haaransatz.

»Genau der.«

»Ist er nicht einer der achtundzwanzig Politiker, die eine Morddrohung erhalten haben? Dann hätte Erik Lynge ja seinem eigenen Sohn mit dem Tod gedroht?«

Mikael zögerte.

»Ich verstehe, dass das unlogisch klingt. Aber Berg ist Erik Lynges einziger Angehöriger, und wir brauchen so oder so einen Überblick über seine Aktivitäten. Und die Todesdrohung … Tja, entweder sind wir auf der falschen Fährte oder Lynge hat auf seine alten Tage den Verstand verloren.«

Jansen sah ihn aufmunternd an. »Oder es ist eine Finte.«

»Stimmt, da hätte ich auch wirklich selber draufkommen können.«

»Egal ob Lynge oder sein Sohn Schmidt ermordet hat, wäre es, als würde man sich der Polizei auf einem Silbertablett servieren, wenn alle im Integrationsausschuss die Drohung erhalten, bloß Berg nicht. Natürlich hat Lynge dafür gesorgt, dass sein Sohn ebenfalls einen Brief bekommt«, sagte Jansen.

»Vielleicht sollte ich heute Abend etwas früher schlafen gehen«, lächelte er, um anschließend zum eigentlichen Punkt zu kommen. »Berg ist eine prominente Person. Und möglicherweise vollkommen unschuldig. Wir zerstören seine Karriere und bringen ganz Christiansborg gegen uns auf, wenn die Sache verfrüht an die Öffentlichkeit gelangt. Können Sie den Beschluss beantragen, ohne dass außer dem Richter jemand davon erfährt?«

»Ja, so etwas geht immer unter Ausschluss der Öffentlichkeit vor sich. Ich gehe jetzt sofort zum Gericht. Legen Sie beim Oberstaatsanwalt ein gutes Wort für mich ein, damit mir die Vertretung der Anklage in dem Fall übertragen wird?«

»Na klar«, sagte Mikael und folgte ihr mit dem Blick, als

sie den Raum verließ. Er schmunzelte über ihre letzte Bemerkung. Die Staatsanwälte kämpften erbittert um die besten, prestigeträchtigsten Fälle. Ein Fall wie dieser, der womöglich eines der vielversprechendsten politischen Talente des Landes zu Fall bringen konnte, war der Stoff, aus dem Anwaltsträume gemacht waren.

Er setzte sich an seinen PC, um Hintergrundinformationen über den Parlamentskometen mit den blauen Augen zu suchen, und klickte das Porträt an, das er vor vielleicht einem Jahr in der *Morgenavisen* gelesen hatte. Berg war in verschiedenen Ländern aufgewachsen, doch die Familie war nach Dänemark zurückgekehrt, als er auf einem schicken Internat anfing. Kurz zuvor war die Mutter gestorben. Das alles passte mit ihren bisherigen Informationen über Erik Lynge zusammen.

Mikael hob den Blick vom Bildschirm, als Frederik mit roten Wangen und regennassem Haar das Büro betrat. Es war 07.15 Uhr, allmählich kam Leben in das Gebäude.

»Holla, du bist aber früh dran, Dahlin!«

»Dito. Willst du auch einen Kaffee?«, erwiderte Frederik und ging zur Teeküche, ohne eine Antwort abzuwarten.

Als sie sich wenig später mit je einer Tasse schwarzem Kaffee gegenübersaßen, schaute Frederik Mikael neugierig an.

»Und, hast du was gefunden, das ich vor der Morgenbesprechung wissen sollte?«

»Ich habe mir Rasmus Berg etwas genauer angesehen. Der Typ ist schon interessant. Topausbildung, Militärtraining, im Ausland aufgewachsen. Ein typischer Internatsjunge. Und schau dir das mal an, das ist ein Blog von einem Afghanistanveteranen mit PTBS. ›Der Krieg ist mir nach Hause gefolgt‹ heißt der Blog.«

Mikael deutete auf ein Foto auf seinem Bildschirm. Eine Gruppe schwer bewaffneter Soldaten stand vor einem beigefarbenen Humvee. In ihrer Mitte blinzelte Generalsekretär Georg Schmidt in die Sonne. Er war in Zivil gekleidet und trug einen schwarzen Militärhelm und eine etwas zu klein geratene Sicherheitsweste mit dem Rotkreuzlogo.

»Das Interessante ist nicht Schmidt, sondern er hier.« Mikael wies auf einen Soldaten im Hintergrund, der mit festem Griff um sein Maschinengewehr und breitem Lächeln in die Kamera blickte. »Rasmus Berg war in Afghanistan im Einsatz. Anscheinend hat er während Schmidts Besuch im Land als Personenschutz fungiert.«

Frederik pfiff.

»Du machst mir ja bald Konkurrenz mit deiner Recherche. Was denkst du? Könnte damals in Afghanistan etwas passiert sein, weswegen Berg einen Groll gegen Schmidt gehegt hat?«

»Auf den ersten Blick nicht, wenn man dem Blogbeitrag glauben soll«, meinte Mikael. »Es war eine Stippvisite, ein Ausflug von Camp Bastion zu einem Rotkreuzprojekt anderthalb Stunden Fahrt von dort entfernt und wieder zurück. Der Veteran beschreibt den Tag als willkommene Abwechslung von den alltäglichen Patrouillen. Ein positives Erlebnis, das ihnen das Gefühl gegeben hat, etwas zu bewirken.«

»Also kein Hinweis auf ein Motiv?«

»Nope. Wir müssen Lynges und Bergs Aktivitäten in der Mordnacht überprüfen und sehen, ob es rein praktisch einer der beiden gewesen sein könnte. Um das Motiv kümmern wir uns später«, sagte Mikael und sah auf die Uhr.

Um die obligatorische Morgenbesprechung mit Carlsen kamen sie nicht herum.

Bei der Besprechung waren zwölf Männer und Frauen um den Konferenztisch versammelt. Nach Mikaels Bericht von ihrem Durchbruch am Wochenende und den beiden Namen, die konkret untersucht werden sollten, hatten sich die meisten Gesichter erhellt. Doch nun machte sich erneute Skepsis breit.

»Aber *warum*?«, fragte einer der älteren Ermittler, der gern den Advocatus Diaboli spielte. »Warum in aller Welt sollte Berg, ein erfolgreicher Parlamentspolitiker mit glänzender Karriere beim Militär, Schmidt ermorden? Und dieser Erik Lynge – ein wohlhabender, betagter, möglicherweise kranker Kunsthändler, sagt ihr? Welches Motiv sollte er haben? Alter Groll?«

»Wir wissen es nicht mit Sicherheit, aber Erik Lynge ist mindestens in Bezug auf die Todesdrohungen interessant. Die Indizien reichen für eine baldige Festnahme. Und nach meiner Vernehmung von Berg vor zwei Wochen habe ich Grund zu der Annahme, dass auch er ein wenig mehr über Schmidt weiß, als er mir auf Anhieb erzählen wollte.«

Mikael sah Carlsen an, um ihm zu signalisieren, dass das alles war. Carlsens Blick ruhte einen langen Moment auf ihm. So lange, dass Mikael sich fragte, inwieweit Carlsen die Skepsis seiner Kollegen teilte. Was nachvollziehbar wäre. Sollten sie sich irren, würde die Kritik aus Christiansborg zuallererst Kirtzner treffen, dann Carlsen.

»Ich gebe zu, dass wir uns auf dünnem Eis bewegen, daher müssen wir jetzt bedachtsam vorgehen«, sagte Carlsen. »Die Presse darf unter keinen Umständen Wind davon kriegen, dass wir einen populären Politiker im Visier haben, bevor wir nicht mehr wissen. Aber wir haben keine besseren Spuren als die, die Dirk und Dahlin uns gerade präsentiert haben. Ich habe mir notiert, dass ich mich mit der grönländischen Polizei in Verbindung setze und mich erkundige, was sie über

Erik Lynge wissen. Und ich rufe die Kollegen in Nordjütland an und frage nach dem Stand der Ermittlungen im Todesfall einer dreiundsiebzigjährigen Frau in Vester Torup. Das wird ein, hm … interessanter Tag. Alles klar! Wie verteilen wir den Rest?«

Kurz nachdem Mikael im Anschluss an die Besprechung an seinen Platz im Großraumbüro zurückgekehrt war, ging eine SMS auf seinem Handy ein.

Ihr habt euren Beschluss, schrieb Henriette.

Er öffnete sein E-Mail-Postfach und leitete den Gerichtsbeschluss an die Klinik in Herlev weiter, doch als er endlich zu einem Arzt durchgestellt wurde, erhielt er die Antwort, die er befürchtet hatte: Erik Lynge war in der Pneumologie wegen einer Lungenentzündung behandelt worden, vermutlich infolge seines geschwächten Immunsystems aufgrund der Krebserkrankung, an der er seit mehreren Jahren litt. Nein, er hatte zu keinem Zeitpunkt das Zimmer verlassen. Nein, es war unmöglich, zwei Stunden zu verschwinden, ohne dass das Personal es mitbekam. Nein, auch nicht nachts. Ja, Erik Lynge war unheilbar krank und erhielt ausschließlich schmerzlindernde Medikamente. Ja, er war am Dienstag entlassen worden, lange nach Georg Schmidts Tod.

Mikael bedankte sich und legte mit dem Gefühl auf, dass sie komplett auf dem Holzweg waren. Der alte, krebskranke Erik Lynge hatte vielleicht vor zweiundfünfzig Jahren seine Adoptiveltern ermordet, außerdem hatte er vor Kurzem anscheinend einen Schwung Drohbriefe an die Politiker geschickt. Aber für den Schmidt-Mord war er nicht verantwortlich. Nicht persönlich jedenfalls.

»So ein Scheiß!«, fluchte Mikael und trat gegen einen leeren Papierkorb. Dann machte er sich auf die Suche nach Frederik.

Er fand ihn im Büro mit den Abspielgeräten, wo er gemeinsam mit dem Polizeischüler mehrere Verkehrsaufnahmen von den größeren Einfallstraßen Kopenhagens ansah.

»Erik Lynge lag zum Tatzeitpunkt im Krankenhaus. Er ist ein kranker, alter Herr in Palliativbehandlung. Er kann unmöglich eigenhändig einen hundert Kilo schweren Mann getötet und das Rotkreuzgebäude hochgezogen haben«, sagte Mikael.

»Das hatten wir uns ja schon gedacht. Damit wäre das bestätigt«, antwortete Frederik, ohne sich umzudrehen. Mikael lachte ungläubig. Verlor sein Partner eigentlich niemals den Glauben daran, dass sie diesen Fall schon knacken würden?

»Dafür haben wir den hoffnungverheißenden Sohn auf den Aufnahmen hier gefunden. Rasmus Berg hat einen Audi A6. Der ist leicht zu lokalisieren«, sagte Frederik und rief mit wenigen Klicks das entsprechende Überwachungsvideo des Straßenverkehrsamts auf. »Wir haben den Wagen mit Bergs Kennzeichen am Samstag, den 4. Januar, auf dem Helsingørmotorvejen entdeckt, also einen Tag vor Schmidts Tod. Es sieht aus, als ob er von seinem Haus am Hareskoven zu seinem Vater nach Taarbæk fährt. Jedenfalls nimmt er die Ausfahrt 16 zum Klamenborgvej und kommt wenig später am Bahnhof Klampenborg vorbei, Fahrtrichtung Taarbæk, wo Erik Lynge in einer der Villen mit Meerblick direkt an der Küste wohnt.«

»Woher weißt du das? Bist du dort aufgewachsen?« Es hätte Mikael nicht gewundert, wenn Frederik selbst seine Kindheit in einem der riesigen Kästen im Strandvej nördlich von Kopenhagen verbracht hätte, wo man nicht nur zwei dicke Schlitten in der Garage stehen, sondern auch zwei ebenso dicke Boote am privaten Steg liegen hatte.

»Dort in der Gegend, ja. Aber ich habe auch Google Streetview benutzt.«

Frederik drehte seinen Laptop so, dass Mikael Erik Lynges Adresse aus dem Einwohnermelderegister sehen konnte. Die Fassade sah diskret, teuer und abweisend aus. Ein guter Ort, um sich zu verstecken, wenn man viel Geld hatte – oder etwas zu verbergen.

Den restlichen Samstag und Sonntag war keine Spur von Bergs Audi zu sehen, weder auf den Aufnahmen des Straßenverkehrsamts noch auf denen des nationalen Kameraregisters. Er war auch von keinem der verhassten Blitzer erwischt worden.

Das musste nicht unbedingt heißen, dass Berg das gesamte Wochenende in der Villa seines Vaters in Taarbæk verbracht hatte. Er konnte genauso gut den Strandvej entlang in die Stadt gefahren sein, durch Hellerup nach Østerbro, über Straßen, die nicht permanent überwacht wurden.

»Wir haben seinen Audi erst wieder am Montag, den 6. Januar, entdeckt. Da fährt er um 08.55 Uhr zur Stoßzeit auf dem Helsingørmotorvejen Richtung Süden. Ungefähr um die Zeit haben wir uns am Tatort im Blegdamsvej getroffen. Schau, hier ist er auf Höhe der Ausfahrt Lyngbyvej, also weg von Taarbæk, Richtung Kopenhagen. Vielleicht hat er das Wochenende bei seinem Vater verbracht und war auf dem Weg zur Arbeit«, sagte Frederik.

Mikaels morgendlicher Tatendrang schwand. Er hatte vergessen, wie müde er war. Wie wenig Schlaf er in den letzten Wochen bekommen hatte. Wenn Rasmus Berg sich tatsächlich das ganze Wochenende im Haus des Vaters in Taarbæk aufgehalten und Erik Lynge zum Zeitpunkt des Mordes im Krankenhaus gelegen hatte, standen sie wieder mit leeren Händen da.

Hatte er etwas übersehen? Hatte er Marias Thesen über alte Mordrätsel blauäugig geschluckt, und, wenn ja, was sagte das über seine Urteilskraft aus? Hatte er Hasselgrens Ausreden voreilig Glauben geschenkt?

Nein, verflucht. Zu vieles passte zusammen, als dass es Zufall sein konnte. Erik Lynge musste in irgendeiner Weise beteiligt sein. Krank oder nicht.

Ihm kam ein Gedanke.

»Wissen wir, was für ein Auto Erik Lynge fährt?«

Der Polizeischüler blätterte in seinem Notizbuch.

»Ich habe mit einem seiner Nachbarn in Taarbæk gesprochen, dem zufolge Lynge zwei Autos besitzt und … ah ja, ein Motorboot, das unterhalb seines Hauses vertäut liegt und regelmäßig das ganze Jahr über von ihm benutzt wird.«

»Wenn ich mich nicht täusche, hatte ich nach seinen *Autos* gefragt«, fuhr Mikael ihn an.

»Äh, ja, natürlich«, sagte der Polizeischüler erschrocken. »Das eine, ein älteres Cabrio, benutzt Lynge laut Aussage des Nachbarn nur in den Sommermonaten. Den Rest des Jahres steht es in der Garage. Alltags fährt er einen silbergrauen BMW X6. Der Nachbar wusste das Kennzeichen nicht, aber das habe ich im Fahrzeugregister gefunden. Es lautet …« Der Polizeischüler suchte in seinen Notizen. »CG 83960.«

»Okay, und hast du überprüft, wo sich dieses Fahrzeug gerade befindet?«, fragte Mikael.

Der Polizeischüler wurde blass. Frederik hatte schweigend zugehört. Er sah Mikael mit einem Blick an, der verriet, dass er begriff, worauf sein Partner hinauswollte.

»Ich werde rausfinden, wo der Wagen ist. Und wer ihn gefahren hat«, sagte er.

75

Allmählich begann sich ein Bild abzuzeichnen.

Montag und Dienstag waren lange Arbeitstage gewesen, doch als er spät am vorangegangenen Abend in die Federn gekrochen war, hatte der Schlaf auf sich warten lassen. Die neuen Informationen über Rasmus Berg, Erik Lynge und die Orte, an denen sich die beiden in den letzten Wochen bewegt hatten, bildeten ein Muster, das Mikael unentwegt im Kopf wiederholte, während er nach einem Sinn im Verhalten der beiden Männer suchte.

Sie wussten nun, dass Erik Lynge zum Tatzeitpunkt im Krankenhaus gewesen war. Rasmus Berg war derweil am 4. Januar von seinem Haus am Hareskoven zur Villa des Vaters in Taarbæk gefahren. Ein Ermittler und der Polizeischüler hatten in aller Diskretion mit Erik Lynges Nachbarn gesprochen, die bestätigen konnten, dass Bergs wuchtiges Fahrzeug das gesamte Wochenende in der Einfahrt gestanden hatte.

Eine Nachbarin hatte den Audi noch immer vor Lynges Haus stehen sehen, als sie Montagmorgen um 08.30 Uhr zur Arbeit fuhr. Berg musste Taarbæk jedoch wenig später verlassen haben, da der Audi ja um kurz vor neun auf dem Weg nach Kopenhagen von einer Verkehrskamera gefilmt worden war.

Es war eine Sache, dass Rasmus Bergs Auto das ganze Wochenende nicht bewegt worden war, aber was war mit Lynges Wagen?

Frederik hatte sich durch Überwachungsaufnahmen aller Art gegraben. Er hatte sämtliche Straßen um den Blegdamsvej überprüft, aber sicherheitshalber hatte das Ermittlerteam den Suchradius vergrößert, und zwei Kollegen waren zu den Brücken über den Großen Belt und den Øresund geschickt worden, um auf den Aufnahmen nach Lynges BMW zu suchen.

Nach stundenlanger Durchsicht verpixelter Videos konnte Frederik ein Resultat vorweisen, das die Ermittlungen in eine völlig neue Richtung lenkte.

Erik Lynges Auto war nämlich höchst aktiv gewesen, während er selbst im Krankenhaus lag. Am Sonntag, den 5. Januar, war es nur wenige Stunden vor Georg Schmidts Tod im Tagensvej gefilmt worden, der ja ganz in der Nähe des Blegdamsvejs lag. Auf der pixeligen Schwarz-Weiß-Aufnahme war zu erkennen, dass Rasmus Berg am Steuer saß.

Rasmus Bergs Anwesenheit in der Nähe des Tatorts stellte für sich allein genommen noch keinen Beweis dar, war jedoch ein extrem gutes Indiz.

Noch interessanter aber war, dass die beiden Ermittler, die zur Brücke über den Großen Belt gefahren waren, Bilder von Erik Lynges Wagen auf dem Weg über den Großen Belt und wieder zurück gefunden hatten.

Mikael hatte den Anruf entgegengenommen.

»Und an welchem Datum noch mal genau?«, hatte er mit dem Hörer zwischen Kinn und Schulter geklemmt gefragt, während er aufgeregt durch seine Mails scrollte, um Marias Nachricht zu Ane Bjerres rätselhaftem Tod zu finden.

»Am 22. und 23. Januar«, wiederholte der Ermittler am anderen Ende der Leitung.

Ane war am Morgen des 23. Januar aufgefunden worden. Hatte Maria mit ihrer Intuition auch in diesem Punkt richtig gelegen?

Mikael hatte die beiden Ermittler angewiesen, auf direktem Weg nach Thorup Strand weiterzufahren. Die Kollegen aus Nordjütland hatten zwar bereits einen Anruf von Carlsen erhalten und peinlich berührt begonnen, die Umstände von Ane Bjerres Tod nochmals zu überdenken, doch Mikael konnte es nicht abwarten, Gewissheit zu bekommen.

Die beiden Kollegen hatten an etlichen Tankstellen und anderen Gebäuden mit registrierten Kameras Halt gemacht und an mehreren Orten Erfolg gehabt.

»Die Person hinter dem Steuer war zu einhundert Prozent Rasmus Berg«, hatte einer der Ermittler Mikael aufgeregt berichtet, als er von Nordjütland aus anrief. Er und sein Kollege hatten nach mehrstündiger Fahrt die Aggersundbrücke über den Limfjord erreicht. Hier hatte eine Überwachungskamera ein so deutliches Bild des BMW eingefangen, dass man den Fahrer zweifelsfrei erkennen konnte: Es war Berg.

Mikael hatte sich bei dem Ermittler bedankt und in seinem Notizbuch Anes Adresse nachgeschlagen. Ihr Haus war nur wenige Kilometer von der Aggersundbrücke entfernt.

Er hatte Maria nach Anes Handynummer gefragt, ohne weitere Erklärungen abzugeben, und wenige Augenblicke später war Henriette Jansen auf dem Weg zum Gericht, um einen weiteren richterlichen Beschluss zu beantragen.

76

Die Flagge des Rotkreuzgebäudes stand nicht länger auf Halbmast, als Maria ihr Fahrrad im Blegdamsvej abstellte. Die beiden weißen Flaggen mit dem Logo der Organisation hingen klitschnass von den Fahnenstangen, und wie Maria aus der *Morgenavisen* wusste, hatte drinnen vor einigen Tagen der neu eingestellte Generalsekretär Georg Schmidts Büro und dessen dringliche Aufgaben übernommen.

Die Katastrophen der Welt verschwanden nicht mit Georg Schmidts Tod. Es war wie immer: Terror und brutale Morde lösten Entsetzen und Kopfschütteln aus, doch wenige Tage später kehrte man zum Alltag zurück. Höchstens vielleicht eine Spur zynischer als zuvor.

Morgen, am 6. Februar, lag der Tod des Generalsekretärs genau einen Monat zurück, und aus diesem Anlass sollte vor dem Rotkreuzgebäude eine große Friedensdemonstration zu Ehren Georg Schmidts stattfinden, unter dem Motto: »Liebe und Frieden als Antwort auf Terror, Hass und Intoleranz«, wie die Veranstalter es auf Facebook formuliert hatten. Wenngleich Schmidt zu Lebzeiten eine durchaus kontroverse Persönlichkeit gewesen war, hatten bisher über siebzehntausend Menschen ihre Teilnahme angemeldet, und Zeitungen und soziale Medien berichteten bereits über die geplante Protestversammlung. Ein Aufmarsch dieser Größenordnung bedeutete, dass die Hauptverkehrsadern Østerbros fast den gesamten Donnerstag über gesperrt sein würden, und wenn es eine Sache gab, die den Kopenhagenern noch mehr stank als Hassverbrechen, dann waren es verstopfte Straßen.

Das Rotkreuzgebäude selbst war wie geschaffen als Bühne für die im Rahmen der Demonstration auftretenden Musiker und Gastsprecher. Zudem war Ministerpräsident Troels Mejding als absolute Hauptattraktion der Veranstaltung angekündigt worden.

Maria schaute an dem Gebäude hinauf. Das Rednerpult wurde gerade ein Stück versetzt vom Haupteingang und dem roten Logo aufgebaut, an dem Schmidt gehangen hatte. Mit Sicherheit diktierte der Ministerpräsident selbst den Rahmen der Veranstaltung. Seine geradezu hysterische Detailversessenheit in Zusammenhang mit öffentlichen Auftritten war allgemein bekannt, und es lag auf der Hand, dass Mejding vorrangig erschien, um sich selbst zu promoten, und weniger, um den toten Generalsekretär zu ehren.

»Willkommen am Tatort.«

Maria hatte Mikael nicht kommen hören, ehe er plötzlich hinter ihr stand und mit finsterer Stimme in ihr Ohr sprach. Sie zuckte zusammen.

Er stand mit verschmitztem Grinsen im Nieselregen. Sie bezweifelte, dass sie ihn bisher überhaupt schon mal aufrichtig hatte lächeln sehen. Der Mann hatte weiß Gott einen speziellen Humor.

»Kommen Sie, sie warten drinnen auf uns«, sagte er.

»Erzählen Sie mir erst, ob Sie Erik Lynge gefunden haben? Und was ist mit dem Sohn?«

Seit ihrem Gespräch auf Teglholmen am Sonntag hatte Maria zwei SMS von Mikael erhalten, aber außer der Anweisung, sie am Mittwoch um 10.00 Uhr hier vor dem Rotkreuzgebäude zu treffen, hatte er sie auf dem Trockenen sitzen lassen. Auf ihre Frage nach Erik Lynge war er nicht eingegangen, und das wiederholte sich jetzt.

»Später«, vertröstete er sie und legte ihr galant die Hand auf den Rücken, um ihr den Vortritt zu lassen.

Im Foyer erwartete sie ein junger Hipster in den Dreißigern. Über seinen Stiefeln trug er eine Jeans mit dem breitesten Umschlag, den sie je gesehen hatte, dazu ein Hemd, schwarze Hosenträger und ein rotes Halstuch. Auf der Nase hatte er eine Hornbrille mit dicken Gläsern, die seine Pupillen überdimensional groß erscheinen ließen. Ein bisschen erinnerte er an einen überzüchteten Chihuahua, dachte Maria. Zum Glück lenkte die klobige Brille sämtliche Aufmerksamkeit von seiner unreinen Haut und dem überheblichen Auftreten ab.

»Maria, das ist Frej Thomsen, der ehemalige persönliche Assistent von Georg Schmidt. Frej, das ist Maria Just, von der ich Ihnen vorhin am Telefon erzählt habe. Sie ist eine der führenden Expertinnen Dänemarks für Kriminalgeschichte und hilft uns mit einigen Informationen in Verbindung mit dem Mordfall«, sagte Mikael.

Maria schielte zu Mikael, um zu sehen, ob er das mit »eine der führenden Expertinnen Dänemarks« ernst meinte, entdeckte aber nicht die kleinste Spur von Ironie in seinem Gesicht.

»Ehrlich gesagt, hatte ich erwartet, dass der Mord an Georg inzwischen längst aufgeklärt wäre«, sagte der Rotkreuzmitarbeiter in einem spitzen Tonfall, der schwer erkennen ließ, ob er eher den Tränen nahe oder kurz davor war auszurasten. Mikael ignorierte die Bemerkung.

»Frej und ich hatten zu Beginn der Ermittlungen ein Gespräch auf Teglholmen«, erklärte er Maria, bevor er sich Frej zuwandte und fortfuhr, in der dritten Person über ihn zu sprechen: »Schmidts Assistent war uns sehr behilflich dabei, einen Überblick über die letzten Wochen des Generalsekretärs zu gewinnen, und er wird uns mit Sicherheit auch heute *bereitwillig* zur Verfügung stehen.«

Frej zog eine beleidigte Schnute, protestierte jedoch nicht.

»Ich weiß nicht, ob ich Ihnen groß weiterhelfen kann. Unter uns gesagt, haben Sie Glück, dass ich heute überhaupt hier bin. Wenn es nach mir geht, neigt sich meine Zeit beim Roten Kreuz dem Ende zu«, sagte er und winkte sie hinter sich her.

Maria und Mikael folgten ihm schweigend, während er sein Klagelied fortsetzte.

»Die Stelle als Georgs persönlicher Assistent war wie geschaffen für mich. Ich habe geschuftet und geackert, alles für die Organisation gegeben. Vier Jahre lang habe ich für den Job gelebt, und ich habe nicht einen unzufriedenen Mucks gehört. Dann stirbt Georg, mein Mentor, mein Chef, mein Freund. Und was ist der Dank für mein Engagement? Wer denkt an *mich*?«, fragte er mit bebendem Kinn, während er Maria und Mikael eine Kellertreppe hinabführte.

Er gab selbst die Antwort auf seine Frage.

»Ich werde abgeschoben. In diesen versifften Keller versetzt. Ich habe zwar zwei Jahre Bibliothekswissenschaften studiert, aber das Fach habe ich aus gutem Grund abgebrochen. Zu glauben, ich würde mich nach den Jahren mit Georg und all den Reisen zu den Brennpunkten der Welt damit zufriedengeben, in diesem feuchten Loch zu versauern …«

Der vom Thron gestoßene Sekretär verstummte. Den Schwingungen seiner Stimmbänder nach zu schließen war er kurz davor zu weinen, doch weder Maria noch Mikael gingen darauf ein. Als Frej klar wurde, dass er in seinen beiden Gästen kein atemloses Publikum gefunden hatte, wechselte er vom Vibrato in einen sachlicheren Tonfall.

»Okay, sagen Sie mir, was Sie brauchen, dann sehe ich mal, ob ich etwas dazu finden kann.«

»Maria?«, sagte Mikael.

Maria zögerte. Sie überlegte, wie die Aktivitäten des Roten Kreuzes in den internen Aufzeichnungen der Organisation wohl beschrieben worden sein mochten. Als was würde man die Behandlung von Erik und Pipaluk bezeichnen? Als Nothilfe? Kinderhilfe? Adoptionsvermittlung? War ein Register über die Namen geführt worden? Über die Orte? Die Einsatzgebiete? Waren die Projekte womöglich mit undurchschaubaren »Codenamen« betitelt worden? Die naheliegendste und korrekteste Vorgehensweise im Umgang mit Kindern wäre, ihre Identität zu registrieren, damit sie sich später gegebenenfalls zurückverfolgen ließ.

»Wir müssen Personen finden, mit denen sich das Rote Kreuz Anfang der Fünfzigerjahre in Grönland befasst hat«, begann sie.

»Und was hat das mit Georg zu tun?«, fragte der Ex-Sekretär skeptisch.

»Tun Sie einfach, was sie sagt«, sagte Mikael bestimmt.

»Schon gut, schon gut. Grönland, sehr wohl. Haben Sie einen Namen oder Ähnliches? Das Archiv ist nicht vollständig, aber vor ein paar Jahren wurde alles digitalisiert. Falls wir also etwas dazu haben, sollte es relativ schnell zu finden sein«, sagte Frej und setzte sich mit einem Seufzer an den Computer.

»Wir suchen einen Erik Lynge, geboren 1945. Eventuell auch eine Pipaluk Lynge, geboren 1948. P-I-P-A-L-U-K.« Einer plötzlichen Eingebung folgend, fügte Maria hinzu: »Und könnten Sie nachsehen, ob das Wort ›disko‹ einen Treffer ergibt?«

»Mit C oder K?«

Während der Archivar widerstrebend lostippte, beobachtete Maria Mikael Dirk, der ungeduldig durch den Kellerraum tigerte. Frej hatte recht, der Keller war tatsächlich feucht und modrig. Völlig ungeeignet zur fachgerechten Aufbewahrung jahrzehntealter Dokumente und Fotos.

»Unsere Aufzeichnungen werden laufend ans Landesarchiv überführt«, erklärte Frej, als könne er ihre Gedanken lesen. »Wir haben schlicht nicht die nötigen Ressourcen für die Aufbewahrung von Unterlagen, die möglicherweise von historischem Interesse sind. Mit der Datenschutzgrundverordnung und dem ganzen Hickhack ist es inzwischen auch schon fast eine Wissenschaft für sich geworden. Welche Daten darf man überhaupt aufbewahren? Ich habe keine Ahnung von so was, und im Übrigen schert es mich einen Dreck«, erklärte er, erneut mit belegter Stimme.

Mikael und Maria wechselten einen Blick. Mikael verdrehte die Augen und schenke Maria eines seiner seltenen Lächeln. Sie unterdrückte ein Grinsen und beobachtete den Polizisten heimlich weiter, während er an verschiedenen Dingen herumspielte, hier und da einen Ordner aufschlug, mit dem Finger über ein Regal strich und mit einer gewissen Verblüffung die Staubschicht betrachtete, die sich auf seiner Fingerkuppe gesammelt hatte. Dirk gehörte zu den Menschen, die bei näherer Bekanntschaft an Sympathie gewannen, doch Maria hatte immer noch nicht herausgefunden, was ihn quälte, da sich sein Gesicht stets in traurige Falten legte, sobald er in seinen Gedanken versank. Er war offensichtlich kein einfacher Mensch; ein verschlossener Mann, der – wie sie selbst – eine schwere Last und jede Menge Drama mitbrachte. Nicht wie der gradlinige Jakob. Der immer bei sich war, ehrlich und unkompliziert. Bloß lebte er am falschen Ort. Hier stand ein attraktiver Mann vor ihr, der in Kopenhagen wohnte und ihre Interessen teilte. Wenn man ihn aber auf den Kopf stellte und einige Sekunden lang schüttelte, würden mit Sicherheit alte Skelette und unverarbeitete Traumata herauspurzeln.

»Dann wollen wir doch mal sehen …«, sagte Frej. »Ich glaube zwar nicht, dass es das ist, wonach Sie suchen, aber es gab ein Motorschiff, dass in den Jahren vor und nach dem Zweiten Weltkrieg zwischen Grönland und Dänemark verkehrt ist. Es hat nicht dem Roten Kreuz gehört, sondern war das vorrangige Transportmittel zwischen Kopenhagen und den wichtigsten grönländischen Häfen zu dieser Zeit. Es fuhr zwischen vier- und achtmal jährlich hin und zurück und konnte vierzig bis fünfundfünfzig Passagiere aufnehmen.«

Maria schaute ihn fragend an.

»Dieses Schiff wurde damals vom Roten Kreuz für sämtliche Personentransporte sowie für die Nothilfe verwendet. Es hieß M/S Disko. Sonst kann ich nichts finden, zumal Sie ja gezielt nach Grönland gefragt haben.«

Maria antwortete nicht. Ein Schiff? Wieso machte Ane sie auf ein Schiff aufmerksam?

Auf einmal sah sie Hans Vinthers Gemälde mit dem kleinen Schiff am Horizont vor sich, das jeden Moment von einem monströsen Meereswesen aus der Tiefe verschlungen werden würde.

»Warten Sie. Das könnte relevant sein. Die Namen, die Sie erwähnt haben … Erik und Pipaluk Lynge. Sie müssen auf diesem Schiff gewesen sein«, fuhr Frej fort.

»Ernsthaft?«

»Ja, also … Es ist nicht die ruhmreichste Periode in der Geschichte des Roten Kreuzes, aber in den Fünfzigern hat das Rote Kreuz an einem etwas misslungenen Experiment mit grönländischen Kindern mitgewirkt. Es wurde mit den besten Absichten ins Leben gerufen, rückblickend betrachtet aber war es eine Katastrophe. Vor allem für die Kinder.

Georg Schmidt hat sich vor ein paar Jahren bei einem Besuch in Grönland für die Beteiligung des Roten Kreuzes entschuldigt, allerdings hat das Ereignis kaum Beachtung gefunden. Na ja, da oben vielleicht schon, aber die dänischen Medien hatten wenig Lust, davon zu berichten«, sagte Frej hinter dem Computer.

»Moment mal«, mischte sich Mikael ein. »Was für ein Experiment?«

»In den Fünfzigern war Grönland von großer Armut, unwürdigen Wohnverhältnissen und Epidemien wie Tuberkulose und dergleichen geprägt. Die dänische Regierung stand unter internationalem Druck, Grönland zu dekolonisieren. Das Land sollte ein gleichberechtigter Teil des Königreichs werden. Man begann daher, große Bereiche der grönländischen Gesellschaft zu reformieren. Das Schulsystem beispielsweise. Das bedeutete, dass grönländische Kinder mehr Dänisch lernen sollten. Und da hatte man eine ›gute Idee‹«, sagte Frej und malte Gänsefüßchen in die Luft. »Der dänische Staat tat sich mit Nothilfeorganisationen zusammen und erhielt – anscheinend ohne größere Umstände – das Einverständnis des grönländischen Landrates, ausgewählte grönländische Kinder nach Dänemark zu bringen, wo sie binnen einer Zeitspanne von anderthalb Jahren die Sprache und dänische Gepflogenheiten erlernen sollten. Sie sollten schlicht und ergreifend ›danifiziert‹ und anschließend als eine Art Vorhut der dänischen Sprache und Kultur nach Grönland zurückgeschickt werden.«

»Waren ihre Eltern damit einverstanden?«, fragte Maria.

»Ursprünglich war der Gedanke, besonders intelligente, elternlose Kinder auszuwählen. Oder zumindest arme Kinder mit geringen Zukunftsaussichten. Doch wie sich zeigte, war es schwer, geeignete Kinder zu finden, und das war ein Problem, denn das Experiment war zum Prestigeprojekt für die beteiligten Parteien geworden. Daher schraubte man die Anforderungen herunter, und es wurden auch Kinder ausgewählt, die sehr wohl Familie hatten und deren Eltern überredet wurden, ihre Kinder nach Dänemark zu schicken«, erklärte Frej.

»Aber die Kinder sollten irgendwann nach Grönland zurückkehren?«, fragte Mikael.

»So der Plan, ja. Viele kehrten auch tatsächlich nach Grönland zurück, aber vergessen Sie nicht, dass es kleine Kinder waren. Sie hatten ihre Mutter, ihre Geschwister und übrige Familie sowie die grönländische Umgebung furchtbar vermisst, aber bei der großen Wiedervereinigung stellte sich heraus, dass sie nicht mehr verstanden, was ihre Familien sagten. Sie hatten ihre Muttersprache vergessen, waren Fremde in ihrem eigenen Land geworden. Ihre Sprache, ihre Kultur, ihre Familie und ihr Zuhause waren ihnen genommen worden, und sie kamen nie wieder zurück in ihre Elternhäuser. Sie endeten in einem Kinderheim in Nuuk.«

Frej saß zurückgelehnt auf seinem Bürostuhl, während er sprach, beugte sich nun jedoch über die Tastatur und sah Maria und Mikael mit einem selbstzufriedenen Ausdruck an. Offenbar genoss er die Aufmerksamkeit.

»Man nennt es das ›idealistische Böse‹, wenn Menschen, die Gutes möchten, dabei etwas Böses tun.«

Maria ertrug den selbstgerechten Kellertyp nicht mehr viel länger.

»Dieser Begriff wurde auch in Bezug auf Anders Breivik und Adolf Hitler verwendet, das zählt also kaum als Entschuldigung«, konterte sie.

»Nein, um Gottes willen. Ich will damit nur sagen, dass gewisse Taten im Rückblick unverständlich und böse aussehen. Das bedeutet nicht notwendigerweise, dass es böse

Menschen waren, die sie verübt haben. Das Entscheidende ist wohl, ob man aus seinen Fehlern lernt. Das hat Georg damals jedenfalls gesagt, als er sich für die Beteiligung des Roten Kreuzes an dem Kinderexperiment entschuldigt hat«, erklärte Frej hastig.

»Was haben Sie in Bezug auf die beiden Lynge-Kinder herausgefunden?«, warf Mikael ein.

»Ah ja, richtig. Soweit ich hier sehen kann, wurden sie gemeinsam mit gut zwanzig anderen Kindern im Sommer 1951 von Godthåb mit dem Schiff nach Dänemark gebracht.«

»Sind Sie sicher? Die Kinder, die ich suche, kamen nicht ins Kinderheim in Grönland. Tatsächlich sind sie nie nach Grönland zurückgekehrt«, wandte Maria ein.

»Es könnte trotzdem passen. Nach einer kurzen Quarantäne in einer Aufnahmestation in Dänemark wurden die grönländischen Kinder landesweit bei dänischen Familien in Pflege untergebracht. Manche Familien gewannen die Kinder so lieb, dass sie einen Adoptionsantrag stellten, einige von ihnen sogar erfolgreich. Vielleicht war das einer dieser Fälle?«

»Wie finde ich das heraus?«, fragte Maria.

»Tja, da müssen Sie wohl ins Landesarchiv.«

»Da war ich schon. Die geben keine persönlichen Daten von Privatpersonen heraus. Haben Sie hier Originalmaterial dazu?«

»Nicht zu den einzelnen Kindern, nein. Aber wir haben ein bisschen was zu dem Experiment als Ganzem, wie ich sehe. Augenblick.«

Er stand auf und verschwand tiefer im Keller zwischen den staubigen Regalen. Dann kam er mit einer hellbraunen Archivbox zurück, die eine Reihe Hängehefter mit vergilbten Schwarz-Weiß-Fotos und Kopien enthielt.

Maria und Mikael breiteten die Unterlagen auf dem Tisch

aus. Ein Foto sprang Maria dabei besonders ins Auge. Ein Gruppenbild von einer Schar schwarzhaariger, herausgeputzter Kinder, die gemeinsam mit einer dänisch aussehenden Frau in Krankenschwesternuniform aufgereiht auf einer Treppe vor einem hübschen Holzhaus standen. Die Jungen hatten frisch geschnittene Haare mit strengen Ponys und trugen Wolljacken, in denen die Fünf- oder Sechsjährigen trotz der nackten Knie und kurzen Hosen wie kleine Männer aussahen. Die Mädchen trugen hellere Kleider und Röcke, feine Strümpfe in schwarzen Schnürschuhen und hatten Schleifen in den Haaren.

Die Aufnahme war anscheinend im grellen Sonnenschein gemacht worden. Die Kinder blinzelten allesamt angestrengt in die Sonne. Nur ein Junge stand mit entspannter Gesichtsmuskulatur auf der untersten Treppenstufe. Er war größer als die anderen, sein Haar war heller, und er hatte einen trotzigen, wütenden Ausdruck. Seine eine Hand war zur Faust geballt, die andere hielt mit festem Griff das Handgelenk eines vielleicht dreijährigen Mädchens, das sich durch sein wesentlich jüngeres, magereres und bleicheres Aussehen von den übrigen Kindern unterschied.

Die Augen des Jungen waren auffallend blau, statt kohlschwarz wie die der anderen Kinder. Aber vielleicht sah es in der Sonne auch nur so aus.

Das Foto war auf ein vergilbtes Stück Pappe geklebt. Maria überflog den in säuberlicher Schreibschrift unter dem Bild stehenden Text. *Godthåb, 1951*, stand dort, gefolgt von einer Reihe Vornamen der auf dem Foto abgebildeten Kinder.

Zuunterst: Eva, Malik, Peter, Ane, Pipaluk und Erik.

»Das sind sie«, sagte Maria und zeigte auf den großen Jungen und das kleine Mädchen. Sie sah zu Mikael. »Das sind Erik Lynge und seine Schwester.«

Mikael nickte. Er antwortete etwas, doch Maria hörte nicht hin. Wie versteinert stand sie über das Schwarz-Weiß-Bild gebeugt, während ihr Finger über das Mädchen in dem karierten Rock mit den weißen Seidenschleifen im Haar fuhr, das Pipaluks rechte Hand hielt.

»Das Mädchen sieht aus wie Ane. Sehen Sie das kleine Muttermal unter dem Mund. Ane hat es ihren ›chronischen Kaffeefleck‹ genannt. Sie *ist* es. Ane war eines der Kinder!«, sagte Maria schockiert. »Sie kannte Erik Lynge und Pipaluk von damals. Das war es, was sie mir mitteilen wollte. Sie und Erik Lynge sind gemeinsam mit der M/S Disko nach Dänemark gereist.«

»Wer ist Ane?«, fragte Frej neugierig.

Mikael fuhr dazwischen, ehe Maria antworten konnte.

»Maria, da ist noch etwas, das Sie sich anschauen sollten«, sagte er und reichte ihr ein Dokument, das aussah wie die offizielle Vereinbarung über die bevorstehende Reise der Kinder und ihren Aufenthalt in Dänemark. Maria las das Schriftstück und sah fragend zu Mikael, der auf eine Unterschrift ganz unten auf der Seite deutete.

»Das ist der Name des Mannes, der vonseiten der grönländischen Behörden grünes Licht für die Reise der Kinder gegeben hat. Erkennen Sie ihn wieder?«

Maria schaute auf die gezackte, mit Füller gezeichnete Unterschrift. *Jens Johansen, südgrönländischer Landrat*, stand dort.

»Ivalus Vater!«, rief Maria aus, während ihr Hirn versuchte, die Fäden zu verbinden.

Ivalus Vater hatte im Namen der grönländischen Behörden das Experiment bewilligt, das Erik und Pipaluk von ihrer Mutter getrennt und letzten Endes zu Pipaluks Tod geführt hatte.

»Jens Johansen hat die beiden Kinder aus der Obhut ihrer

Mutter entfernt, also hat Erik ihm sein Kind genommen«, murmelte Maria.

Sie hob den Blick und sah Mikael an, der es mit einem knappen Nicken quittierte. Er nahm ihr das Dokument aus der Hand, schob die Fotografien und die Unterlagen zusammen und packte alles zurück in die Archivbox.

»Das nehmen wir alles mit. Sie erhalten es natürlich zurück, sobald wir fertig sind«, sagte er kalt zu Frej.

»Okay. Also sind wir dann fertig?« Frej schaute erleichtert von Mikael zu Maria.

Maria nickte und wandte sich zum Ausgang, doch Mikael hielt sie zurück und sah Frej an.

»Nein. Da wäre noch eine Sache.«

77

Frej sah aus wie ein zum Nachsitzen verdonnerter Schüler. Er senkte den Kopf und setzte sich gehorsam zurück auf seinen Bürostuhl.

»Als Sie vor drei Wochen zur Vernehmung auf Teglholmen waren, haben Sie uns erzählt, ihr Chef hätte sehr mitgenommen gewirkt, als er Anfang November von seinem Treffen in Christiansborg zurückkam«, begann Mikael. »Nervös, schuldbewusst oder bedrückt. Sie konnten uns nicht sagen, um was es bei dieser Besprechung ging oder warum er so angeschlagen zurückgekehrt ist.«

Frej starrte auf die Tischplatte und begann, an seinem ledernen Gürtel herumzuknibbeln.

»Ich habe anschließend mit den übrigen an diesem Treffen

beteiligten Personen gesprochen, darunter Rasmus Berg. Sie wissen schon, der junge Shootingstar der Zentrumspartei«, fuhr Mikael fort. »Soweit ich es verstanden habe, hat das Rote Kreuz ein paar neue Maßnahmen für gefährdete Kinder ausprobiert, in erster Linie geflüchtete Kinder. Sagt Ihnen das was?«

Der Blick des degradierten Assistenten flackerte, und seine Hände kamen nicht zur Ruhe.

»Frej?« Mikael erhöhte den Druck. Sowohl er als auch Maria hatten die Nervosität des jungen Mannes bemerkt. »Wenn Sie etwas wissen, müssen Sie es jetzt sagen. Georg zuliebe.«

Frej legte seine Hände zusammen, um wenigstens äußerlich zur Ruhe zu kommen.

»Kennen Sie die sieben Grundprinzipien des Roten Kreuzes?«, fragte er nach einigen langen Sekunden.

Mikael schüttelte den Kopf.

»Das Rote Kreuz arbeitet auf Basis einiger unverrückbarer, globaler Prinzipien: Menschlichkeit, Unparteilichkeit, Neutralität, Unabhängigkeit, Freiwilligkeit, Einheit und Universalität.«

Mikael murmelte ein etwas verwirrtes »O-kay?«.

»Diese Prinzipien waren für mich Gesetz. Und ich war stolz darauf, für das Rote Kreuz und nicht zuletzt für Georg arbeiten zu dürfen. Er war für mich der Inbegriff all dieser Werte. Aber ...«

»Aber was?«, blaffte Mikael.

»Er hat mir nicht alles gesagt. Und neulich habe ich dann einen Anruf von einer Journalistin der *Morgenavisen* bekommen. Mette ... den Nachnamen weiß ich nicht mehr.«

Maria hob den Blick.

»Die Journalistin hat mich detailliert zu einem Experiment

befragt, das in einem Heim für Asylsuchende in Mitteljütland durchgeführt worden sein soll. Auf Georgs Geheiß. Es war ein isolierter Versuch, der aber Schule machen sollte, was den weiteren Umgang mit geflüchteten Kindern angeht. Zu uns kommen ja primär Migranten aus muslimischen Ländern, und auch wenn die Politiker der Bevölkerung ein anderes Bild zu vermitteln versuchen, werden wir all diese Personen in Wahrheit nie wieder los. Das gilt insbesondere für die Kinder. Sie bleiben für immer in Dänemark. In letzter Zeit ist daraus ein … sagen wir ein wachsendes Interesse entstanden … die Integration zu beschleunigen, auch durch Mithilfe des Roten Kreuzes.«

»Was war das konkret für ein Versuch?«, fragte Mikael.

»Ich glaube, es ging um kleine Kinder, die von ihren Eltern getrennt werden sollten. Gegen den Willen ihrer Eltern«, sagte Maria.

Mikael hob einen Finger und signalisierte ihr zu schweigen.

»Woher wissen Sie das?«, fragte Frej. »Unfassbar, bin ich wirklich der Einzige, der nichts davon erfahren hat? Na ja, jedenfalls habe ich angefangen, meine Kontakte hier in der Organisation zu befragen, und was ich dabei herausgefunden habe, war … schockierend! Es passt wirklich überhaupt nicht zu dem Roten Kreuz, das ich kenne. Und ganz sicher nicht zu den sieben Grundsätzen! Menschlichkeit, Unparteilichkeit, Neutralität – bewahre … es ging dabei einzig und allein darum, Menschen in die Knie zu zwingen, Partei zu ergreifen in einer politischen Auseinandersetzung.« Frejs Stimme stieg wieder in hysterische Höhen.

»Okay, ich verstehe nur Bahnhof. Was war das für ein Versuch?«, unterbrach Mikael ihn, aber der Rotkreuzmann nahm ihn kaum wahr.

»Das ist es, was ich mit dem Begriff ›das idealistische Böse‹

gemeint habe. Dass man im Dienst einer höheren Sache in die Situation geraten kann, Menschen Schaden zuzufügen. Was da in diesem Heim in Jütland passiert ist, erinnert in vielerlei Hinsicht an das grönländische Experiment vor bald siebzig Jahren«, sagte er.

»Wie meinen Sie das?«

»Ich dachte eigentlich, unsere Organisation hätte aus der Vergangenheit gelernt. Das hat Georg zumindest behauptet, als er sich vor ein paar Jahren bei den grönländischen Opfern entschuldigt hat.«

»Bitte noch mal von vorn, und erklären Sie mir, was Sie herausgefunden haben? Reden Sie von der Versuchsanordnung, die Schmidt mit den Politikern besprochen hat?«

Mikael stand jetzt dicht vor Frej, um das Redetempo des Mannes zu verlangsamen.

»Alles ist streng vertraulich abgelaufen. Georg hat die Sache persönlich koordiniert. Und da ich letzte Woche formell noch immer Georgs engster Mitarbeiter war, ist es mir gelungen, ein paar Mitarbeiter des Heims für Asylsuchende drüben in Jütland zum Reden zu bringen. Letzten Herbst hat das Heim von Georg den Auftrag erhalten, die Familien zu identifizieren, bei denen integrative Probleme zu erwarten waren. Damit waren Familien gemeint, in denen die Religion eine zu große Rolle spielte oder bei denen der Vater Sympathien mit den Extremisten im Nahen Osten zeigte«, sagte Frej.

Er nahm seine Brille ab und offenbarte ein paar tief liegende, von Schlafmangel gezeichnete Augen. Für einen Moment dachte Maria, der Mann würde jetzt endgültig in Tränen ausbrechen.

»In Wirklichkeit ging es aber wohl einfach um Familien, in denen die Mutter ein Kopftuch trug oder es mit der Gleichstellung nicht ganz so weit her war. Ich weiß es nicht genau.

Auf jeden Fall hat man Kinder von ihren Eltern getrennt. Erst für ein paar Stunden, dann für einen ganzen Tag. Natürlich haben die Eltern protestiert, aber ihnen wurde ganz einfach vorenthalten, wo ihre Kinder schliefen und unterrichtet wurden. Falls sie sich beschwerten, hatte dies negative Auswirkungen auf die Asylanträge der ganzen Familie.«

»Was für eine Schweinerei! Das ist doch im höchsten Maße ungesetzlich!«, protestierte Maria und dachte an Mette. Ihre Freundin hatte recht gehabt. Hoffentlich brachte sie die Story bald in der *Morgenavisen,* mit harschen Konsequenzen für die Verantwortlichen.

»Der Grundgedanke war, die Kinder zu danifizieren. Sie sollten die Sprache anständig lernen und die dänischen Werte verinnerlichen, bevor man sie als ›kulturelle Mauerbrecher‹ wieder in die Familien integrierte. Der Versuch wurde ›Operation Troja‹ getauft.«

»Troja?«, fragte Maria.

»Ja, weil die Kinder wie kleine trojanische Pferde eingesetzt werden sollten. Als kulturelle Waffe gegen die eigenen Eltern!«, sagte Frej und ließ sich gegen die Rückenlehne fallen. »Ich weiß wirklich nicht, wie Georg so tief sinken konnte. Es war eine schreckliche Idee, die noch schrecklicher endete.«

»Zwei Kinder sind weggelaufen?«, fragte Maria.

Mikael sah verwundert zu ihr hinüber und formte mit den Lippen leise das Wort »*Woher*...?«

»Ja, zwei Kinder sind aus der Einrichtung fortgelaufen, in der sie untergebracht waren«, sagte Frej. »Mitten in der Nacht. Um ihre Eltern zu suchen. Als die Kleinen morgens gefunden wurden, waren sie fast erfroren.«

»Wann ist das passiert?«, fragte Mikael.

Frej hob den Blick.

»Ich weiß nicht, wie lange dieser Versuch zu dem Zeitpunkt

schon lief. Ein paar Monate in jedem Fall. Ich weiß aber, dass er Anfang November, nach dem Vorfall mit den Kindern, abgebrochen wurde.«

»Also unmittelbar vor Georg Schmidts Treffen in Christiansborg?«

»Ja«, sagte Frej. »Damals wusste ich noch nichts davon. Heute denke ich aber, dass er nach Christiansborg zitiert wurde, um vor dem Ministerpräsidenten und einer Auswahl an Abgeordneten aus dem Integrationsausschuss Rechenschaft abzulegen.«

»Integrationsausschuss … natürlich. Glauben Sie, dass Rasmus Berg und die anderen bei diesem Treffen über den Versuch informiert wurden?«, fragte Mikael.

»Davon gehe ich aus. Und ich weiß mit Sicherheit, dass der Ministerpräsident davon wusste, denn Ulrik Keller, der Spindoktor, der ihm folgt wie ein Schatten, hat mich vor ein paar Tagen vollkommen hysterisch angerufen und mir den Befehl erteilt, den Mund zu halten, falls ich von irgendwelchen Journalisten kontaktiert werde. ›Zum Besten für das Rote Kreuz und Georg Schmidt‹ hat er wörtlich gesagt.«

Frej machte eine kurze Pause und lächelte dann so dämonisch, dass die Hornbrille, die er wieder aufgesetzt hatte, ein paar Millimeter in die Höhe rutschte.

»Nur bedauerlich für Keller, dass ich weder dem Roten Kreuz noch Georg Schmidt irgendetwas schuldig bin. Nicht mehr.«

78

Es war Nachmittag, und Mikael war gerade nach Teglholmen zurückgekommen, nachdem er Maria vom Roten Kreuz zu ihrer Wohnung in der Viborggade begleitet hatte.

»Nur zur Sicherheit«, hatte er zu ihr gesagt, obwohl sie die wenigen hundert Meter bis zu ihrer Wohnung sicher auch allein geschafft hätte.

Frederik lächelte ihn verschwörerisch an, als Mikael später als erwartet zurückkam.

»Steck dein blödes Lächeln sonstwohin«, blaffte Mikael, verstand seinen Kollegen aber nur zu gut. Mikael war Single und Maria wirklich eine hübsche Frau, in deren Nähe er sich wohlfühlte. Sie hatte eine extrem schnelle Auffassungsgabe und verstand sich auf die Arbeit der Polizei. Er hätte nichts dagegen, Maria wiederzusehen, wenn das alles überstanden war. Auch wenn er das Prinzip hatte, nie etwas mit Kriminellen, Zeugen, Opfern, Verdächtigen oder Kollegen anzufangen. Aber Maria war nichts von alledem. Noch nicht.

Niels Carlsen kam an ihren Tisch, stellte sich zwischen sie und schaute erst Frederik, dann Mikael mit amüsiertem Blick an.

»Was verpasse ich hier gerade?«

»Gar nichts.« Mit einer Handbewegung in Frederiks Richtung signalisierte Mikael dem Kollegen, dass er in Gegenwart ihres Chefs nichts sagen sollte.

»Familie Lynge hat einen guten Grund, das Rote Kreuz zu

hassen, und vielleicht sogar Georg Schmidt persönlich«, sagte er stattdessen und weihte Frederik und Carlsen in das Experiment mit den grönländischen Kindern ein, in das das Rote Kreuz in den Fünfzigerjahren involviert gewesen war. Und das Erik Lynge und Ane Bjerre zu Leidensgenossen gemacht hatte.

»Außerdem hat Georg Schmidt kurz vor seinem Tod offenbar einen politisch motivierten Versuch unterstützt, bei dem Kinder von Asylsuchenden von ihren Eltern getrennt wurden. Ein Versuch, der gründlich fehlgeschlagen ist. Ich glaube, Rasmus Berg ist einer der wenigen Politiker und sicher überhaupt einer der wenigen Außenstehenden, der über den Versuch informiert war. Wenige Wochen später wurde Georg Schmidt dann ermordet.«

»Du sagst also, dass Erik Lynge vor siebzig Jahren das Opfer eines Rotkreuzexperiments und einer fehlgeschlagenen Adoption wurde? Und dass er, laut Maria, sein Schicksal gerächt hat, indem er zuerst seine Adoptiveltern und dann die Tochter des grönländischen Politikers getötet hat, der das Experiment damals abgesegnet hatte? Soweit überzeugt mich deine Theorie«, sagte Frederik und kratzte sich irritiert zwischen den Augenbrauen. »Aber du sagst auch, sein Politikersohn hätte eine Generation später herausgefunden, dass das Rote Kreuz jetzt wieder in einen ähnlichen Versuch mit Kindern involviert war? Dass die Geschichte sich ebenso schamlos wie gedankenlos wiederholt? Ist es nicht ein bisschen weit hergeholt, dass Rasmus Berg davon so betroffen ist, dass er die Rache seines Vaters fortführt? Mit derselben Signatur?«

Niels Carlsen sah Mikael fragend an, der sich das Kinn rieb.

»Kann schon sein. Es wäre eine Möglichkeit«, sagte er und ließ sich schwer auf seinen Schreibtischstuhl fallen. »Ich habe in Christiansborg mit Berg gesprochen, nicht einmal eine Woche nach dem Mord! Er wirkte ruhig und gefasst und war der Einzige der drei Politiker, der mir in die Augen gesehen hat.«

Mikael zerrte am Kragen seines Sweatshirts, als schnüre er ihm die Luft ab.

»Die ermordete Frau in Nordjütland beschäftigt mich. Rasmus Berg ist nach Thorup gefahren, aber der Mord da oben unterscheidet sich von den anderen. Wie Maria es beschrieben hat, war er chaotischer und irgendwie zufälliger. Ohne Signatur oder Botschaft an die Nachwelt. Das Ganze wirkte eher panisch und ungeplant. Nur durch Anes Nachricht an Maria sind wir überhaupt auf einen Zusammenhang gestoßen«, sagte er und sah seinen Partner an. »Frederik, was hast du herausgefunden?«

Frederik hatte den Mittwoch damit begonnen, Ane Bjerres Anruflisten durchzugehen, die Henriette Jansen ihnen kurzfristig beschafft hatte. Die Liste war nicht lang. Die meisten Anrufe in den letzten Monaten galten ihrem Sohn oder ihrer Freundin im Nachbarort. Ab dem 18. Januar 2020 tauchte allerdings eine Reihe ungewöhnlicher Anrufe auf. Nachmittags hatte Ane Mogens Ostenfeldt angerufen. Seine Mobilnummer war im Onlinetelefonbuch verzeichnet, und die Frau und der alte Ermittler hatten ganze sechs Minuten und zweiunddreißig Sekunden miteinander telefoniert.

Am folgenden Tag hatte sie eine Nummer angerufen, die sie noch nie zuvor gewählt hatte: die von Erik Lynge. Der Anruf war zur Mailbox umgestellt worden und hatte nur achtundvierzig Sekunden gedauert.

Schließlich hatte Ane am 20. Januar Maria angerufen. Zuerst ein unbeantworteter Anruf, wenige Minuten später dann eine kurze Verbindung, von der Mikael und Frederik bereits wussten, dass es sich um eine Sprachnachricht auf der Mailbox handelte.

»Da müssen wir weitergraben. Wir wissen, dass Ane gegenüber Ostenfeldt Andeutungen gemacht hat, dass sie nicht länger über Erik Lynges Taten im Jahr 1968 schweigen wollte. Aber hat sie das auch Lynge in ihrer Nachricht auf der Mailbox gesagt? Und, falls ja, könnte Berg diese Nachricht gehört haben? Stellte die alte Frau plötzlich eine Bedrohung für Erik Lynge und damit auch für Berg dar? Ist er gleich darauf zu ihr gefahren, um sie zum Schweigen zu bringen?«, fragte Mikael.

»Wir brauchen Zugang zu der aufgezeichneten Nachricht«, sagte Frederik, bevor der Dezernatsleiter sich zu Wort meldete.

»Das müssen wir schnellstens klären. Aber erst erzähle ich euch noch kurz, was ich herausgefunden habe«, sagte Carlsen. »Die vielen tausend Telefonnummern, die in der Mordnacht am Mast in der Nähe des Tatorts eingeloggt waren, sind endlich analysiert worden. Wir haben die Listen mit Bergs Handynummer verglichen, und dabei hat sich gezeigt, dass seine Nummer nicht auf der Liste ist. Sein Handy war in jener Nacht also nicht in der Nähe des Blegdamsvej«, sagte Carlsen und machte eine kleine Kunstpause. »Dafür befand es sich in der Nacht auf den 4. Januar in der Nähe von Erik Lynges Haus in Taarbæk. Danach war es bis Montag, den 6. Januar, 8.30 Uhr abgeschaltet.«

»Interessant«, stellte Mikael fest, während Frederik leise pfiff.

Alle drei wussten, dass ein ausgeschaltetes Handy beinahe ein besseres Indiz war als ein eingeschaltetes.

Carlsen lächelte.

»Und jetzt kommt das Beste. Das Telekommunikationszentrum der Landespolizei hat eine Prepaid-Karte lokalisieren können, die sich in der Nähe des Tatorts mit einem Funkmast verbunden hat. Von einem Handy mit dieser Karte wurde mitten in der Nacht eine SMS an Erik Lynge geschickt.«

Die beiden Ermittler hoben synchron die Köpfe.

»Was?«, fragte Frederik.

»Ja, das ist wirklich interessant. Erik Lynges Handy befand sich, wie ihr wisst, im Krankenhaus in Herlev, als besagte SMS einging. Wir können nicht sehen, was geschrieben wurde, dafür bräuchten wir eines der Handys. Aber darum kümmern wir uns«, triumphierte Carlsen und schob sich die Brille auf die Stirn.

»Durch die Aufnahmen der Verkehrskameras wissen wir, dass Rasmus Berg nur wenige Stunden vor dem Mord in der Gegend um den Blegdamsvej unterwegs war«, sagte Mikael. »Und wir wissen, dass Erik Lynge in dieser Nacht eine SMS erhielt, abgeschickt im Blegdamsvej. Ich würde sagen, die Schlinge zieht sich zu.«

»Das ist noch nicht alles. Die Rechtsgenetik hat die DNA-Spuren auf den Zigarettenkippen der Marke Kings Blau untersucht, die wir am Tatort gefunden haben«, sagte Carlsen. »Es gab genug Material, um die DNA zu bestimmen. Leider hat das Profil keinen Treffer in der Datenbank ergeben.«

»Können wir irgendwie an eine DNA-Probe von Rasmus Berg kommen? Ein Glas, eine Flasche, irgendwas?«, fragte Frederik, der wieder ruhelos auf und ab lief.

Carlsen schüttelte den Kopf.

»Ich habe beschlossen, dass wir gar nicht erst den Versuch unternehmen, Bergs DNA zu sichern, bevor wir zur Festnahme schreiten. Der Mann ist Abgeordneter und eine ziemlich bekannte Figur. Die Unruhe, die dadurch entstehen würde, wäre viel zu groß. Und wir würden riskieren, dass er Lunte riecht. Abgesehen davon können wir angesichts der politischen Sensibilität dieses Falls nichts unternehmen, ehe wir uns nicht ganz sicher sind.«

»Und was ist mit dem Mantel, den wir im Hinterhof in der

Nordre Frihavsngade gefunden haben? Der mit dem Blut von Schmidt?«, fragte Frederik.

»Dazu wollte ich gerade etwas sagen«, meldete Mikael sich zu Wort und nickte in Richtung seines Bildschirms. »Ich habe eben eine Mail von der Kriminaltechnik gekriegt, die ziemlich interessant klingt: Das Blut auf dem Mantel stammt mit an Sicherheit grenzender Wahrscheinlichkeit vom Generalsekretär. Es wurde allerdings auch DNA auf dem Mantel gefunden, die nicht von Schmidt stammt, dafür aber mit der DNA auf den drei Zigarettenstummeln übereinstimmt.«

Mikael starrte konzentriert auf den Bildschirm, drückte ein paar Tasten und bedeutete Frederik und Carlsen, näher zu kommen.

»Außerdem sind die Überwachungsaufnahmen vom Grundstück des Generalsekretärs aufgehellt worden. Guckt euch das mal an.«

Auf dem Bildschirm tauchten die Aufnahmen von Schmidts Haus auf. Die Aufnahme war jetzt wesentlich heller und das Tempo verlangsamt, sodass man erkennen konnte, was die dunkle Gestalt vor Schmidts Haus machte. Es war der 3. Januar, der erste Freitag des neuen Jahres. Die Gestalt schlich dicht am Haus entlang und spähte durch ein Fenster nach drinnen. Das Haus war zu diesem Zeitpunkt leer, doch das musste der ungebetene Gast nicht unbedingt wissen.

Es war eindeutig ein Mann. Er war groß, von Kopf bis Fuß dunkel gekleidet und hatte helle Haut. Westeuropäisches Aussehen.

»Ist das Berg?«, fragte Frederik ungeduldig.

»Schhh«, machte Mikael. »Warte.«

Nach zweiundvierzig Sekunden drehte die Gestalt den Kopf, und trotz der Kapuze waren Augen und Nase des Mannes deutlich zu erkennen.

Es war Rasmus Berg. Ohne Zweifel.

Warum schlich er am Freitag vor dem Mord um Schmidts Haus? Falls Berg der Täter war, hatte er dann schon vorher zuschlagen wollen? Im Haus des Ehepaares in Klampenborg?

»Das ist ja merkwürdig. Der Mord im Blegdamsvej war eine höchst dramatische Zurschaustellung. Diesen Effekt hätte er niemals erreicht, wenn er an der Privatadresse zugeschlagen hätte«, bemerkte Mikael.

Frederik schüttelte den Kopf.

»Wir müssen mit Berg sprechen, sofort«, sagte er und sah zu Carlsen. »Können wir auf die Kavallerie verzichten, wenn Dirk und ich jetzt direkt zu ihm rausfahren und ihn holen?«

»Dafür ist es leider zu spät. Er ist seit Tagen nicht mehr in Christiansborg gesehen worden, meldet der PET. Ich habe ein Observationsteam zu seinem Haus geschickt, sobald ich die Handydaten hatte. Die sitzen schon seit Stunden dort, aber da ist niemand. Das Haus ist dunkel, der Audi weg.«

»Verdammt, und was machen wir jetzt? Schreiben wir den Wagen zur Fahndung aus?«, fragte Frederik.

Mikael hatte bereits den Hörer abgenommen. Der Audi musste auf die Suchliste der Kennzeichenerfassung, damit sofort Alarm ausgelöst wurde, sobald der Wagen irgendwo registriert wurde oder ins Sichtfeld eines mit der entsprechenden Software ausgestatteten Streifenwagens kam.

Als er aufgelegt hatte, sah Mikael seine beiden Kollegen an. Eine prickelnde Nervosität breitete sich in seinem Bauch aus.

»Wenn ihr an Rasmus Bergs Stelle wärt, was würdet ihr tun?«

»Abtauchen? Verschwinden? Vielleicht ins Ausland?«, schlug Frederik vor.

Carlsen nahm sein Handy.

»Ich sorge dafür, dass er auch international zur Fahndung ausgeschrieben wird«, sagte er und machte Anstalten, zu seinem Glaskäfig zu gehen, doch Mikael hob die Hand, um ihn aufzuhalten.

»Wenn Berg abhauen wollte, hätte er das dann nicht längst getan? Das Geld dafür hat er. Und die Gelegenheit auch. Warum war es ihm so wichtig, Ane zum Schweigen zu bringen?«

Frederik sah fragend zu Mikael.

»Glaubst du immer noch, dass …«

Mikael unterbrach ihn.

»Rasmus Berg ist nicht der Typ, der wegläuft. Was er anfängt, beendet er auch. Ich glaube, irgendetwas hält ihn hier fest.«

79

Maria schlug die Augen auf und blieb einen Augenblick im Dunkeln liegen. Sie hatte das Gefühl, als säße etwas Schweres auf ihrer Brust.

Sie hatte wieder geträumt. Hatte sich in turbulentem, wirbelndem Wasser wiedergefunden, voller haiähnlicher Tiere, die im Kreis um sie herumschwammen wie um einen Heringsschwarm, auf den sie gemeinsam Jagd machten. Die Tiere waren mit ihren weiß schimmernden Zähnen immer dichter an sie herangekommen, und irgendwann hatte sie bemerkt, dass ihr Vater mit ihr in diesem Haiwirbel gefangen war.

Diesmal war er nicht tot gewesen. Er war kreideweiß, seine Haut in Auflösung, die Augen leblos und glasig, aber er war am Leben gewesen und mit kräftigen Zügen nach oben in Richtung Licht geschwommen. Sie hatte den Arm nach ihm ausgestreckt, bekam jedoch nur glitschigen Tang zu fassen. Wieder und wieder hatte sie es versucht, doch als sie endlich den Arm ihres Vaters erwischte, hatte er sich wütend losgerissen und geschrien: »Hör auf … mich zu … quälen!«

Mit diesen Worten im Kopf war sie aufgewacht.

Sie wollte Jakob anrufen. Es war höchste Zeit. Sie hätte das schon gestern tun sollen, hatte es aber immer wieder verschoben.

Es fiel ihr schwer, Jakob eine derart entscheidende, fast intime Information zu geben. Ihm zu sagen, was Anes Gewissen all diese Jahre belastet hatte. Unter anderem, weil sie nicht wusste, was sie wirklich aus dem gestrigen Besuch beim Roten Kreuz schließen konnte.

Sie wusste mit Sicherheit, dass Jakobs Mutter gemeinsam mit Erik und Pipaluk Lynge Versuchskaninchen eines Experiments gewesen war, das der dänische Staat mit der Unterstützung der grönländischen Behörden und mehrerer Nothilfeorganisationen unternommen hatte. Die drei gehörten zu den Kindern, die nie nach Grönland zurückgekehrt waren. Sie waren von kinderlosen Dänen adoptiert worden. Ane war nach Jütland gekommen und Erik und Pipaluk nach Hellerup. Anscheinend hatten sie Kontakt gehalten, waren sogar ein Paar geworden, und Ane hatte Erik ein wasserdichtes Alibi gegeben. Mit der Zeit mussten sie dann den Kontakt verloren haben. Aber warum hatte sie sich darauf eingelassen, Erik zu schützen?

Ane hatte auf ihrem iPad einer unbekannten Person geschrieben, dass sie nicht mehr schweigen könne. Diese Person musste Erik Lynge gewesen sein. »Wie lange kann ich die Augen vor dem einen Bösen verschließen, welches das andere

Böse vertreiben soll?«, stand auf ihrem iPad. Was war geschehen, dass sie all die Jahre bezüglich Eriks Mord an seinen Adoptiveltern und seinem möglichen Mord an Ivalu Johansen gut zehn Jahre später geschwiegen hatte?

Maria stand auf und ging unter die Dusche. Vielleicht half ihr das warme Wasser, das Gefühl, ungeliebt zu sein, abzuspülen. War es die letzte ungerechte Äußerung ihres Vaters vor dessen Tod gewesen, die ihr als Erwachsene jegliche Form von Nähe erschwerte? Hatte sie Angst, als lästig und abhängig angesehen zu werden?

Sie schüttelte den Gedanken ab, wrang das Wasser aus ihren Haaren und wickelte sich in ein Handtuch ein. Sie musste Jakob anrufen. Das Problem war nur, dass Maria die Frage, die Jakob am meisten quälte, nicht beantworten konnte: War seine Mutter durch einen Unfall gestorben oder ermordet worden?

Nach dem Besuch beim Roten Kreuz hatte Mikael Dirk darauf bestanden, sie sicher nach Hause zu bringen, sich aber geweigert, sie in die Ermittlungsergebnisse der letzten Tage einzuweihen. Er hatte ihr nicht einmal sagen wollen, ob sie Erik Lynges Sohn inzwischen identifiziert hatten.

»Zu Ihrem und meinem Schutz, Maria. Es ist sicherer für Sie, nur so viel zu wissen wie unbedingt notwendig, und ich kriege intern Probleme, wenn herauskommt, dass ich sensible Informationen mit einer Außenstehenden geteilt habe. Es geht nicht«, hatte er gesagt.

Maria zog sich an. Es schien einer der bislang wenigen Tage des neuen Jahres zu werden, an dem die Sonne schien. Ein großes Glück für die Friedensdemo, die später vor dem Roten Kreuz stattfinden sollte. Als Maria am Vorabend auf Facebook nachgesehen hatte, hatten schon dreiundzwanzigtausend Menschen ihre Teilnahme angekündigt. Sie wollte deshalb früh ins Museum fahren, um spätestens um 15.00 Uhr gehen zu können, damit sie zu Hause war, bevor die Straßen zwischen Nørrebro und Østerbro von wohlmeinenden Bürgern mit Liederbüchern und brennenden Fackeln verstopft waren.

Dabei wollte sie kein schlechtes Wort über diese Menschen verlieren. Unter anderen Umständen hätte sie sicherlich an der Demonstration teilgenommen, um sich für »die Demokratie und die dänischen Werte« einzusetzen. Sie wusste inzwischen nur einfach zu viel über den Mord an Georg Schmidt. Die Leute wollten mit der Demo ein Zeichen gegen Judenhass und Rechtsextremismus setzen. Das war ja alles schön und gut. Nur hatte es nichts mit Schmidts Tod zu tun.

80

Sie konnte ihr Fahrrad nicht finden. Das passierte sonst nur, wenn sie feiern war und angetrunken nach Hause kam. Sie checkte die Fahrradständer vor ihrem Wohnhaus, dann die um die Ecke und zum Schluss die vor dem Waschsalon.

»So ein Scheiß, oh Mann, diese elende Drecksstadt!«, rief sie, als ihr klar wurde, dass das Rad im Laufe der Nacht gestohlen worden sein musste, und ließ einen Schwall westjütischer Kraftausdrücke folgen.

Sie errötete, als sie Augenkontakt mit einem älteren Herrn bekam, der mit heruntergelassenen Scheiben in seinem überdimensionalen BMW vor dem Nachbarhaus saß. Der Mann war sonnengebräunt und trug eine Ray-Ban-Sonnenbrille mit schwarzen Gläsern und goldenem Gestell. Er hatte einen undefinierbaren, selbstgerechten Oberklassenlook, mit seinem schneeweißen Hemdkragen und dem Haar, das in seinem Alter grau oder weiß sein sollte, es jedoch nicht war.

Er starrte sie unbewegt mit einem Ausdruck an, den Maria entweder als Missbilligung oder Schock über ihr Bierkutscher-Gefluche deutete.

Als sie ihm entschuldigend zunickte, dämmerte ihr plötzlich, dass sie das Fahrrad vor dem Rotkreuzgebäude hatte stehen lassen. Sie schlug sich gegen die Stirn. Sie und Mikael Dirk waren gestern den kurzen Weg zu ihrer Wohnung in der Viborggade zu Fuß gegangen, und ihr Rad stand garantiert unverrückbar an Ort und Stelle, eingesperrt von Sicherheitsbarrieren, Lautsprechern und Toilettenwagen, die gerade für die Friedensdemonstration aufgestellt wurden.

Sie sah auf die Uhr und beschloss, direkt zum Polizeimuseum zu gehen. Wenn sie den Gunnar Nu Hansens Plads überquerte, durch den Fælledparken und über das Gelände des Rigshospitals ging, konnte sie in zwanzig bis fünfundzwanzig Minuten dort sein. Es war nicht optimal, aber die einzige Möglichkeit, da alle Busse durch den Blegdamsvej anlässlich der Demonstration umgeleitet wurden.

Während sie ihre Schritte in Richtung Fælledparken lenkte, dachte sie an ihre Chefin, die sich mit Sicherheit als Allererstes nach der Ausstellung erkundigen würde.

An manchen Tagen bereute Maria, den Ordner mit dem zweiundfünfzig Jahre alten Doppelmord in Bodils Büro wiedergefunden zu haben. Hätte sie sich stattdessen doch nur einem Fall aus den Sechzigern gewidmet, der vielleicht nicht ganz so spannend war, sie persönlich aber weniger berührt hätte. Es gab schließlich mehr als genug zu tun.

Was hatte Bodil eigentlich genau gesagt, an dem Tag, als Maria sie schluchzend in ihrem Büro angetroffen hatte? Dass sie die Unterlagen zu dem Fall im Callisensvej mit zu sich genommen habe, weil ein »VIP« da gewesen sei, der sich für die ungelösten Fälle interessiert habe?

Sie musste Bodil fragen, was das für ein VIP gewesen war. Den unbehaglichen Gedanken, der sich meldete, schob sie beiseite. Bodil wäre zwischen den Jahren wohl kaum ins Museum gekommen, um sich mit einem ordinären, zivilen Gast wie Erik Lynge zu treffen. Es sei denn, Lynge hatte sich als Politiker oder irgendeine andere hochdekorierte Persönlichkeit ausgegeben, aber das hätte Bodil sicher durchschaut. Mit klopfendem Herzen zog Maria ihr Handy aus der Tasche und rief in Bodils Büro an, doch der Anruf wurde direkt zum Empfang und zu Pummel-Pelle umgestellt, der beim Klang von Marias Stimme in ein mädchenhaftes Giggeln ausbrach.

»Bodil kommt heute nicht«, sagte er. »Sie arbeitet von zu Hause, weil sie später auf die Friedensdemo geht. Sie hat der Witwe versprochen, sie zu begleiten.«

Maria beendete das Gespräch und rief stattdessen auf Bodils Handy an, das jedoch direkt zur Mailbox schaltete.

»Bodil, hier ist Maria. Ruf mich an, sobald du meine Nachricht abhörst. Ich muss wissen, wer zwischen Weihnachten und Neujahr da war, um den Fall im Callisensvej einzusehen.« Maria konnte nur hoffen, dass Bodils Handy nicht den ganzen Vormittag ausgeschaltet war.

»Es ist sicher nichts«, fügte sie hinzu, »aber wenn du heute noch anrufen oder wenigstens eine SMS mit dem Namen des VIP schicken könntest, wäre es eine Riesenhilfe.«

Als sie den Tagensvej erreichte, bog sie in die Nørre Allé ein, die direkt zum Sankt Hans Torv und dem Polizeimuseum führte. In Gedanken versunken, überquerte sie den Platz mit der großen Granitskulptur von Jørgen Haugen Sørensen und trat auf den Fælledvej, um zum Museum auf der anderen Straßenseite zu gelangen. Die quietschenden Bremsen eines

Busses und wütendes Hupen rissen sie zurück in die Wirklichkeit. Der Busfahrer der Linie 1 A, der einen Sikh-Turban trug, reckte den Mittelfinger in einem unmissverständlichen »Fuck you«, und Maria überlegte gerade, ob sie den obszönen Gruß erwidern sollte, als sie erneut das Auto sah.

Drüben auf der Guldbergsgade, eine oder zwei Hausnummern vom Sankt Hans Torv entfernt, parkte ein überdimensionaler BMW. Sie erkannte die silbermetallene Farbe und das riesige, verchromte Kühlergitter. Und sie erkannte den Mann mit der goldgefassten Ray-Ban-Brille, der sie durch das geöffnete Seitenfenster anstarrte.

Sie blieb abrupt stehen und starrte ihn mit offenem Mund an, und er erwiderte ihren Blick sechs, sieben lange Sekunden, ehe er die Seitenscheibe hochgleiten ließ.

Maria stand wie versteinert da. Sie spähte zum Fußgängerübergang, doch die Ampel hatte gerade auf Rot geschaltet, und vom Blegdamsvej kamen an die dreißig morgengestresste Radfahrer mit Mordlust in den Augen auf sie zugerast.

Außerstande die Straße zu überqueren, sah sie den BMW aus der Parklücke rollen und ein Stück in ihre Richtung fahren, bevor er den Blinker zum Blegdamsvej setzte.

Maria ergriff die Chance, sprang auf die Fahrbahn und hämmerte mit den Fäusten gegen die Beifahrerseite des abbiegenden BMW.

»Anhalten! He, halten Sie an, verdammt!«, rief sie und schlug noch heftiger gegen den Wagen. Der Mann am Steuer konnte sie unmöglich überhören, aber er beschleunigte einfach mit einem potenten Röhren und schoss davon. Sie sah dem Auto nach, bis ein ohrenbetäubendes Hupen hinter ihr erklang. Sie sprang zur Seite auf den Radweg, gerade noch rechtzeitig, um die Buslinie 1 A in der Gegenrichtung an ihr vorbeidonnern zu sehen, nun mit einer grauhaarigen Frau am

Steuer, die offensichtlich ebenfalls fließend Busfahrerjargon sprach. Die Frau hob die rechte Hand und sandte Maria den zweiten Stinkefinger des Tages.

Maria rappelte sich auf und stürmte durch die Tür des Polizeimuseums, wo Pummel-Pelle mit einem Plastikbecher vor sich und einem winzigen Klapplöffel im Mund am Empfangstresen saß.

»War jemand hier?«

»Was meinst du?«, fragte er mit dem Mund voller Orangenjoghurt.

»War jemand hier und hat nach mir gefragt?«

Pelle schüttelte mit flammend roten Wangen den Kopf.

»Schließ die Tür ab. Lass niemanden rein!«, rief Maria auf dem Weg die Treppe hinauf.

»Warte kurz, was sagst du? Du glaubst, der Mann ist dir gefolgt?«

Jakobs Stimme am anderen Ende der Leitung war während ihres vierzigminütigen Telefonats von überrascht zu traurig, dann von einem skeptischen in einen eindeutig besorgten Tonfall gewechselt.

»Ich weiß es nicht. Kopenhagen ist ja nicht gerade die größte Stadt der Welt. Da kann man durchaus mehrmals denselben Leuten über den Weg laufen. Aber irgendwie war die Situation ganz merkwürdig. Als ob er nichts anderes in der Viborggade und auf dem Sankt Hans Torv zu tun hatte, als mich zu beobachten. *Mich*«, sagte Maria.

Ihre Unruhe wuchs, als sie es laut sagte.

Sie hatte die erste halbe Stunde des Gesprächs mit Jakob darauf verwendet, ihm schonend, aber detailliert von den beim Roten Kreuz gewonnenen Erkenntnissen zu berichten. Sie hatte von Ane erzählt, die 1951 mit Seidenschleifen im

Haar im grellen Sonnenschein auf einer Treppe in Nuuk gestanden hatte, noch völlig nichtsahnend, welche fremden Landschaften und lebenslangen Bürden sie im fernen Dänemark erwarteten; von Erik und Pipaluk Lynge, von Eriks wahrscheinlichem Verbrechen gegen seine Adoptiveltern und davon, dass Ane ihn gedeckt hatte.

Sie hatte auch gesagt, dass Ane womöglich von Erik umgebracht worden war, vielleicht weil sie damit gedroht hatte, ihn nach all den Jahren zu enttarnen.

Jakob hatte schweigend zugehört, und nach einer Weile hatte sie gespürt, dass er stumm am anderen Ende weinte. Zum Schluss hatte er gefragt, wie es *ihr* eigentlich ginge, ob sie sich treffen sollten. Er vermisse sie.

Seit sie Thorup Strand vor neun Tagen verlassen hatte, hatten sie kaum miteinander gesprochen, und die Zeit war ihm sicher länger erschienen als ihr, erkannte sie nun. Sie hatte ihn in einem leeren Haus zurückgelassen, zur Untätigkeit verdammt und ohne Antworten.

Also wie ging es *ihr*? Tja, gerade fühlte sie sich beobachtet. Das war wohl kaum die Antwort, die er erwartet hatte.

»Wer war es?«

Sie schwieg, und in der zwischen ihnen herrschenden Stille konnte sie hören, dass ihm die Antwort dämmerte.

»Doch nicht *er*, oder? Dieser Hans oder Erik? Maria, was zur Hölle geht da vor?«

»Ich weiß es nicht«, sagte sie. »Ich glaube, ich rufe Mikael an und …«

»Wer ist Mikael?«

»Mikael Dirk. Mein Kontakt bei der Polizei. Er ermittelt im Fall Georg Schmidt. Das heißt, jetzt wohl in allen Fällen.«

»Klingt, als hätte er anderes zu tun, als auf dich aufzupassen. Ich komme zu dir, Maria.«

»Was?«

»Ich fahre in dreißig Minuten hier los. Wenn dich der Mann im Auto beobachtet hat, darfst du nicht allein sein.«

»Nein, Quatsch, das ist nicht nötig. Vielleicht… vielleicht sehe ich nur Gespenster. Es ist alles ein bisschen viel im Moment.«

»Hör mal, ich bin in sechs Stunden bei dir. Vielleicht in fünf, wenn ich die Fähre nehme. Dann können wir reden. Richtig reden.«

Maria schwieg. Noch nie in ihrem Leben hatte sie jemanden, schon gar nicht einen Mann, gebeten, auf sie aufzupassen. Sie wollte niemandem zur Last fallen. Doch in diesem Moment erschien ihr die Vorstellung, dass der groß gewachsene, breitschultrige, ruhige Jakob heute Nachmittag an ihre Tür klopfte, unheimlich tröstlich.

»Okay«, sagte sie leise.

»Okay?«

»Ja, okay.«

Maria hörte ihn am anderen Ende zufrieden brummen und bemerkte zu ihrer Überraschung, dass sie lächelte. Zum ersten Mal an diesem Tag.

»Dann bis später«, sagte er und legte auf.

Maria legte das Handy weg und arbeitete einige Stunden, ehe sie ihre Tasche packte. Sie war gerade auf dem Weg durch die Tür, als ihr Handy vibrierte. Sicher eine Nachricht von Jakob, der von unterwegs schrieb.

Erst im Fælledparken fischte sie ihr Handy aus der Tasche. Um sie herum wimmelte es von Menschen, die sich eine gute Stunde vor Beginn der Friedensdemo einzufinden begannen, angelockt von gesponserten Bierständen und der golden leuchtenden Wintersonne.

Die Nachricht war nicht von Jakob, sondern von Bodil, die

sich wie üblich weder mit einem »Liebe Maria« noch einem »LG« aufhielt.

Ich wüsste nicht, was dich das angeht, aber es war dieser junge Politiker der Zentrumspartei, der sich um Weihnachten herum für unaufgeklärte historische Mordfälle interessiert hat. Du müsstest ihn kennen. Rasmus Berg. Ein äußerst charmanter Mann.

81

Rasmus Berg saß mit geschlossenen Augen im Schneidersitz auf der Terrasse.

Er hörte zwei Ringeltauben zärtlich miteinander gurren und registrierte Geraschel in einem Busch nahe der Hütte. Sicher ein Vogel, der in der feuchten Erde nach Regenwürmern pickte. Ein Rotkehlchen sang melancholisch im Wald, die Blätter raschelten in der sanften Brise, ein Flugzeug brummte am Himmel auf dem Weg zum knapp fünfzig Kilometer entfernten Kopenhagen.

Wenn man die Augen schloss, schärften sich die übrigen Sinne. Das Register des Gehörs erweiterte sich, Düfte wurden intensiviert, der Tastsinn entfaltete sich. Sein Vater hatte es ihn gelehrt: Wer mit geschlossenen Augen auf dem Waldboden saß, konnte die Beute näher kommen hören, riechen, *spüren*. Häufig brauchte man nur die Augen zu öffnen und zuzuschlagen.

Abgesehen von seiner Kleidung – schwarzer Rollkragenpullover, schwarze Cargohose und schwarze Daunenweste –, konnte man ihn aus der Ferne für einen tief in die Meditation versunkenen Mann halten. Doch Rasmus Berg war hellwach. Achtsam und ausgeruht. Entschlossen. Wütender denn je.

Er öffnete die Augen und blickte über den See, der schillernd blank und hellblau wie der Himmel, der sich in ihm spiegelte, dalag. Welch ein schöner Tag, welch eine klare Luft, welch eine Sichtbarkeit. Welch ein Publikum, das er an diesem Nachmittag haben würde.

Die Zeit war reif. Den dicken Umschlag für die Journalistin hatte er dem Kurier übergeben. Ein Anwalt würde in wenigen Tagen Anweisungen bezüglich des Hauses am Hareskoven, der Jagdhütte hier und Rasmus' Vermögen erhalten. Sein Vater würde in einigen Stunden einen Brief in seinem Briefkasten finden, und er würde verstehen. Niemand sonst würde verstehen, was nun geschah, außer seinem Vater. Sein Vater würde traurig, aber dankbar sein. Mit Sicherheit auch stolz. Nichts anderes zählte.

Vor zwei Monaten hatte Rasmus erschüttert und desillusioniert die Staatskanzlei verlassen, nachdem der verlogene und machthungrige Troels Mejding zum Treffen mit Georg Schmidt geladen hatte. Langsam und mit erstickter Stimme hatte der Generalsekretär Bericht über den »Versuch« erstattet, Operation Troja, wie er dieses Verbrechen getauft hatte, das nichts anderes war als kulturelle Kriegsführung, ausgefochten mit Kindern als Waffen. Wertekampf, verkleidet als Fürsorge für die Schwächsten.

Und Ministerpräsident Mejding war nicht nur von Anfang an dabei gewesen; die Idee zu dem ganzen Projekt stammte von ihm. Rasmus, der opportunistische Dyhr und der schlappschwänzige Muschi-Frandsen waren als Integrationssprecher der Regierungsparteien unter Eid zu Mitwissern gemacht worden. Ohne Vorwarnung hatte Mejding sie zu diesem Verbrechen gezwungen und auf diese Weise seinen politischen Hintern zu versichern versucht.

Es war abscheulich.

Die Operation Troja war, wie zu erwarten, schiefgelaufen. Zwei Kinder wären fast ums Leben gekommen, und Schmidt – diese sündhafte, selbstgerechte, erbärmliche Parodie eines Wohltäters – hatte Blut und Wasser geschwitzt beim Gedanken daran aufzufliegen.

Aber hielten zwei beinahe gestorbene Kinder Mejding auf? Würden sie weitere erzieherische Projekte wie den gescheiterten Versuch stoppen? Nein. Rasmus wusste inzwischen von seinem Vater, dass die Geschichte sich einfach wiederholt hatte. Und sich erneut wiederholen würde, falls niemand einschritt.

Daher befand er sich jetzt hier, zum Handeln gezwungen. Erneut.

Er würde niemals Kinder haben, das lag nach dem heutigen Tag auf der Hand. Aber was gleich passieren würde, geschah im Namen all derjenigen Kinder, die sich nicht selber helfen konnten. Er würde heute für die Mütter sprechen, denen die Kinder genommen worden waren, ihren Armen entrissen von einer tyrannischen Staatsgewalt. Und er würde für sich selbst sprechen. Als Kind eines dieser Kinder. Er würde der Welt zeigen, dass wer Wind säht, Sturm erntet. Wer Unglück säht, erntet Rache.

Einige Leute wie Mejding würden Rasmus als naiv und privilegienblind bezeichnen. Andere würden sagen, Rasmus habe nie in der »richtigen Gesellschaft« gelebt. Dass er dank seiner Herkunft nie gezwungen gewesen sei, sich einzuordnen und der Mehrheit zu fügen.

Vielleicht hatten sie recht. Seine Kindheit mit wohlhabenden und unabhängigen Eltern, seine Jugend im Internat und die frühen Erwachsenenjahre beim Militär hatten sich allesamt in geschlossenen Welten mit tradierten Werten, einem starken Ehrenkodex und strenger Selbstdisziplin abgespielt.

Aber war die Alternative besser? Kein Rückgrat zu zeigen, keine Ehre wie diese ideologischen Kriecher Dyhr und Frandsen? Wie Mejding, der nach Macht gierte, selbst jedoch eine leere, prinzipienlose Hülle war?

Rasmus hatte Christiansborg als Idealist betreten. Sein Vater war erstaunt, wenn nicht gar enttäuscht über seine Wahl gewesen. Darüber, dass er »einer von ihnen« sein wollte, wie er es ausdrückte. Doch Rasmus war überzeugt gewesen, dass er mit seinen Werten und seiner Unbestechlichkeit die politischen Duelle gewinnen würde. Er besaß ein Gespür für politische Strategie und das psychologische Machtspiel. Und er hatte sich erfolgreich gefühlt. Bis Schmidt, Mejding und die Operation Troja all seine Illusionen hatten platzen lassen.

Mejding hatte ihn zum Schweigen verdonnert, und in seiner Frustration hatte er Rat bei seinem Vater gesucht. Er hatte ihm von dem Versuch erzählt, von Mejding, der das Messer gewetzt, und von Schmidt, der es gegen die armen Familien geführt hatte.

Sein Vater hatte ausdruckslos zugehört, während Rasmus wütete.

»Warum überrascht dich das?«, hatte er schließlich gesagt. »So hat der Staat in der Vergangenheit gehandelt, und so handelt der dänische Staat jetzt. Ich weiß es, weil sie dasselbe mit mir gemacht haben.«

Sein Vater hatte ihn gebeten, sich zu setzen, und dann hatte er ihm seine Geschichte erzählt. Davon, wie er und Pipaluk ausgewählt wurden und von ihrer Reise nach Dänemark auf der M/S Disko. Er erzählte von den Kindern, die noch nie zuvor Bäume oder wogende Kornfelder gesehen hatten und sich vor all dem Fremden fürchteten. Von der ersten Zeit in der Aufnahmeunterkunft, wo sie mit Ohrfeigen und Eckestehen gezwungen wurden, die fremde Sprache zu sprechen – auch untereinander. Und wo sie nach ihren Müttern riefen, Nacht um Nacht um Nacht.

Er erzählte, wie er als Ältester in der Gruppe die anderen getröstet hatte. Im Schutz der Nacht hatte der gerade mal Sechsjährige die jüngeren Kinder eines nach dem anderen auf dem Schoß gewiegt und ihnen versichert, dass ihre Eltern kommen und sie finden würden, bevor er ihnen ein traditionelles grönländisches Schlaflied vorsang:

Der Wal schwimmt in der Tiefe des Meeres
Wartet nur auf uns
Beim Wal wirst du schlafen
Beim Wal findest du Ruhe
Schlafe, mein Freund, lausche dem Gesang des Wals
Ich bin das Meer, das Meer ist in mir

Im Grunde hatte sein Vater in den ersten Monaten das Leben und den Verstand der anderen Kinder gerettet. Besonders um ein Mädchen, Ane, hatte er sich gekümmert. Stundenlang hatte er ihr über den Rücken gestreichelt, während sie sich in den Schlaf schluchzte, hatte ihr geduldig zugeredet, das Essen zu essen, das sie nicht mochte, hatte sie zum Lachen gebracht, wenn sie weinte.

Doch eines Tages waren sie in alle Winde verstreut und bei Pflegefamilien untergebracht worden. In seinem und Pipaluks Fall bei einem Ehepaar in Hellerup, das etwas Unaussprechliches getan hatte.

Was das Unaussprechliche war, wollte der Vater nicht sagen. Er hatte mit einer wedelnden Handbewegung vor seinem geschlossenen Mund abgewehrt, als gebe es keine Worte für das, was die Vinthers getan hatten.

Eine kurze Google-Suche hatte gereicht, um herauszufinden,

dass die Vinthers ermordet worden waren. Der Fall war ungelöst. Eine aufgeweckte Parlamentsbibliothekarin hatte Rasmus erklärt, dass ungelöste Fälle früher oder später im Polizeimuseum landeten, woraufhin er die Gelegenheit beim Schopf ergriffen hatte. Die unterwürfige Museumsdirektorin hatte ihm bereitwillig zu Diensten gestanden, nachdem er am Telefon die Worte »Integrationssprecher« und »Christiansborg« hatte fallen lassen, und ihm ohne weitere Fragen alle zugänglichen Informationen zu den Morden im Callisensvej herausgesucht.

Oder vielleicht sollte man besser sagen: zu den *Hinrichtungen* im Callisensvej. Den verdienten Liquidierungen. Er hatte bloß durch die Dokumente im Ordner blättern und einige wenige Bilder in Augenschein nehmen müssen, um es zu wissen. Um zu erkennen, wie mit einem Schlag alles in seiner Kindheit sowie die Lebensart und Denkweise seines Vaters Sinn ergaben.

Die meisten Menschen hielten das, was sein Vater getan hatte, für böse. Das sah Rasmus anders. Er sah es als eine Sünde, die bereits im Augenblick der Tat durch eine noch größere Sünde beglichen war. Sein Vater hatte nicht darauf gewartet, dass andere ihm Gerechtigkeit widerfahren ließen. Er hatte die Sache selbst in die Hand genommen. Er hatte das Gleichgewicht zwischen Gut und Böse wiederhergestellt. Hatte Unrecht mit Rache erwidert. Auge um Auge.

Und Rasmus hatte gewusst, dass er dasselbe tun musste. Es war seine Pflicht. Der Unterschied zwischen ihnen beiden bestand darin, dass sein Vater aus Wut gehandelt hatte. Im Affekt und ungeplant, als sich die Gelegenheit bot.

Rasmus hatte seine Rache bis ins letzte Detail vorbereitet.

Georg Schmidt war an jenem Abend nicht wie erwartet ans Telefon gegangen, woran sein gesamter Plan zu scheitern drohte.

Er war seit Tagen bereit zum Zuschlagen gewesen. Am ersten Freitag des Jahres hatte er Schmidts Haus in Augenschein genommen. Doch er hatte sich lange genug in der politischen Welt bewegt, um zu erkennen, dass Schmidts Villa in Klampenborg als Bühne für seine Botschaft zu privat war. Seine Rache sollte gesehen werden. Aufsehen erregen.

Also hatte er geduldig bis Sonntagabend gewartet, als Schmidt wie üblich im Casino war. Der Plan war, ihn mit der Drohung, zur Presse zu gehen und sein illegales Experiment mit den geflüchteten Kindern publik zu machen, in den Blegdamsvej zu locken. Als das Telefon vergebens klingelte, hatte er im Schutz des Freimaurerlogenhauses zwei, drei Zigaretten geraucht, um seinen abgrundtiefen Zorn zu zügeln und den nächsten Zug zu planen.

Um kurz nach eins kam er endlich durch, und danach brauchte er bloß noch zu warten, während Schmidt seinen erbärmlichen, angstschwitzenden Hintern vom Casino auf Amager nach Østerbro bewegte. Schmidt glaubte bestimmt, dass sich über alles reden ließe. Dass er, der gewiefte Debattant und selbst ernannte führende Humanist Dänemarks, verhandeln könnte.

Doch Humanismus setzte voraus, dass man menschlich war. Vergebung erforderte, dass die Leute bereit waren, aus ihren Fehlern zu lernen. Und Georg Schmidt hatte nichts aus den Fehlern seiner Organisation gelernt. Er war nicht klüger aus der Vergangenheit geworden. Stattdessen hatte er gezeigt, dass er und sein scheinheiliger Verein sechzig Jahre später noch immer bereit waren, Kinder zu benutzen, wenn es für sie selbst von Vorteil war.

Die ersten Schritte war Georg Schmidt freiwillig gegangen. Unbeholfen, anbiedernd und hysterisch brabbelnd, war er die Stufen des Rotkreuzgebäudes hinauf zurückgewichen, bis ihm klar wurde, was passieren würde. Dass ihr Ziel der obere Teil des Gebäudes war, wo keine Überwachungskameras filmten und von wo aus man Schmidt mit Leichtigkeit über den Rand stoßen konnte. Sein Körpergewicht würde den Großteil erledigen.

Die plötzliche Erkenntnis, dass sein Leben in dieser Nacht enden würde, hatte die Angst in Schmidts braunen Augen vervielfacht, und er hatte mit einer – in Anbetracht der Situation – peinlichen Argumentation um sein Leben gebettelt.

»Lassen Sie mich leben. Um meiner Tochter willen. Ich will mein Enkelkind aufwachsen sehen«, hatte er gefleht. Diese ungeheuerliche Doppelmoral hatte Rasmus nur ein höhnisches Grinsen entlockt. Wenn man sich vorstellte, dass er in der dicht verminten Landschaft Helmands sein Leben und das seiner Soldatenkameraden riskiert hatte, um diesen elenden Wurm zu beschützen!

Schmidt war in Trainingssituationen sicher auf das vorbereitet worden, was er nun in seinen letzten Momenten erlebte: mit einer geladenen Waffe bedroht zu werden. Mit einer Pistole im Nacken auf dem Boden zu knien, dazu gezwungen, seinem Henker eigenhändig die Krawattenenden nach hinten zu reichen, damit Rasmus die Schlinge zuziehen konnte. Aber Schmidt hatte allen Widerstand aufgegeben. Er hatte sich mit dem Nylonseil um den Körper über die Kante stoßen lassen, und dann hing er da, mit einem dumpfen Seufzer als letztem Laut. Als wüsste er, dass er verdient hatte, was passierte. Als wäre er innerlich bereits tot.

Die Schändung war ein besonderes Vergnügen gewesen.

Dem feisten Lebemann das Leben zu nehmen, war so leicht gewesen, dass es sich beinahe unbefriedigend angefühlt hatte. Die Signatur dagegen! Es hatte Rasmus mit Stolz erfüllt, sich umzudrehen und sein Werk zu betrachten – einen gekreuzigten Mann, der für seine eigenen Sünden und die der Vergangenheit gestorben war.

Das Symbol war das Zeichen seines Vaters. Rasmus hatte es ihn unzählige Male in verschiedensten Variationen malen sehen, wenn er vertieft an seiner Staffelei stand. Die mit wenigen Strichen umrissene Schwanzflosse eines abtauchenden Wales. Er hatte seinen Vater nach der Bedeutung der Schwanzflosse gefragt, und er hatte geantwortet, dass sie ihn als Kind getröstet, ihn am Leben gehalten habe.

Inzwischen wusste Rasmus, dass die Schwanzflosse Gerechtigkeit symbolisierte. Sie war ein Symbol für »die Seele des Meeres«, die dem unschuldigen Kind das Leben schenkt und für den wohlverdienten Tod der Sünder sorgt, wodurch sie das natürliche Gleichgewicht zwischen Gut und Böse beständig aufrechterhält.

Die Schändung war notwendig gewesen. Die Welt sollte verstehen, was auf dem Spiel stand, und alles war genau nach Plan verlaufen. Die Polizei hatte den Köder geschluckt, Mejding und der gesamte politische Pöbel um ihn herum hatten sich vor Angst in die Hosen geschissen, und er konnte den nächsten Schritt planen.

Aber dann war etwas Unvorhersehbares geschehen.

Die Frau aus Nordjütland hatte angerufen. Sein Vater war noch von seiner letzten Krebsbehandlung geschwächt gewesen, daher hatte Rasmus den Anrufbeantworter abgehört. Die Frau auf dem Band hieß Ane, und sie drohte damit, die zweiundfünfzig Jahre alte Untat des Vaters preiszugeben.

Rasmus hatte seinem Vater die Nachricht nicht gezeigt. Stattdessen hatte er Ane auf Facebook ausfindig gemacht, und da die ältere Frau unvorsichtigerweise ihren Standort in mehreren der von ihr hochgeladenen Bilder markiert hatte, war es ein Leichtes gewesen, sie zu finden.

Er war nicht stolz auf das, was in der Werkstatt geschehen war, doch die Frau hatte kaum bemerkt, wie die Skulptur unheildrohend wankte, ehe sie schließlich umstürzte. Hätte Ane wie angedroht geplaudert, wäre Rasmus' minutiös geplante Aktion gemeinsam mit seinem Vater untergegangen.

Das durfte er nicht zulassen.

Also hatte er seinen Vater vor der Vergangenheit gerettet. Und sein Vater hatte ihn gerettet.

Rasmus hatte sofort gewusst, dass Erik für die Drohbriefe verantwortlich war, die er und seine Parlamentskollegen erhalten hatten. Welch ein Geniestreich, Rasmus zu einem von vielen Opfern einer diffusen, aber effektiven Drohung zu machen. Wer würde ihn jemals verdächtigen, ehe es zu spät war?

Sein Vater hatte ihn immer beschützt. Selbst jetzt, wo das Leben verrann. Für sie beide.

Er erhob sich vom Terrassenboden, schnürte seine Stiefel mit Doppelknoten und nahm den länglichen Canvassack, der im Wohnzimmer bereitstand. Der Inhalt war erst gestern getestet, überprüft, nochmals geprüft und geschmiert worden.

Es war 15.10 Uhr. Er war bereit.

82

Zum ersten Mal an diesem Tag lupfte Amalie Skytte die Jalousien der Balkontür zum Blegdamsvej.

Obwohl die Sonne in einer Stunde untergehen würde, schien sie noch immer strahlend vom blauen Himmel. Das grelle Licht brach durch die Lamellen und stach schmerzhaft in ihrem zugeschwollenen linken Auge.

Gestern war die Schwellung um das Auge noch rot gewesen. Heute schillerte die Haut in einer blaulila Tönung. In zwei Tagen würde sich eine gelbgrüne Färbung einstellen, die sich leichter mit Make-up überdecken ließ. In sechs Tagen würde – toi, toi, toi – kaum noch etwas zu sehen sein. Amalie kannte den Ablauf.

Sie schloss die Lider und wartete darauf, dass der Schmerz nachließ. Dann öffnete sie die Balkontür, trat in ihren Hausschuhen einen Schritt hinaus und schaute nach unten. Die Straße war schwarz vor Menschen. Wegen der Feierlichkeiten zu Ehren des Rotkreuzmannes, natürlich. Carsten hatte gestern lautstark deswegen geflucht. Stahlbarrieren und Toilettenwagen hatten die unschuldigen Anwohner im Gebiet um den Blegdamsvej die letzten zwei Tage als Geiseln gehalten. Zum Gedenken an einen toten Mann, der ihnen schon zu Lebzeiten nichts gesagt hatte und es jetzt erst recht nicht tat.

So war es Carstens Meinung nach immer. Dass Dinge, die sie gar nicht betrafen, letztlich zu ihrem Problem gemacht wurden. Amalies kleines Auto war beispielsweise unten auf dem Netto-Parkplatz eingekeilt, bis die Demonstration vorbei war. Jedenfalls glaubte Carsten das; er wusste nicht, dass einer von Amalies Freunden das Auto weggefahren und in der Holsteinsgade geparkt hatte. Entsprechend hatte Carsten geflucht, weil er nun mit der U-Bahn auf die Arbeit fahren musste. Vielleicht war er deshalb in den letzten Tagen so geladen gewesen.

Trotz des Sonnenscheins war es klirrend kalt draußen. Amalie sah ihren Atem in dem goldenen Licht. Sie wickelte sich enger in den Kimono, während sie die Menschenmenge auf der Straße scannte. Die meisten Köpfe acht Stockwerke unter ihr trugen Strickmützen, darum ließ sich Carstens Glatzenschädel auf dem Weg hinüber zur U-Bahn-Station überraschend leicht ausmachen. Voller Abscheu beobachtete sie, wie er sich mit seiner Mönchstonsur, die ihn älter aussehen ließ, als er war, auf die typisch ungehobelte Art durch die Menge knuffte. Was hatte sie nur je an ihm gefunden?

Sie seufzte erleichtert, weil er erst heute Nacht nach Hause kommen würde. Bis dahin wäre sie längst über alle Berge. Unterwegs in ein neues Leben.

Carsten hatte sie vorgestern geschlagen. Seinen Worten zufolge hatte sie es verdient. Weshalb, wusste sie nicht, aber seit der Polizist – dieser dunkelhaarige mit den netten Augen – vor einem knappen Monat hier gewesen war, war Carsten mürrisch und aufbrausend gewesen. Er hatte sie schon öfter geohrfeigt, was in aller Regel schnell wieder vergeben und vergessen war. Sie liebte ihn schließlich, dachte sie. Jedenfalls hatte sie keine Ahnung, was sie ohne ihn machen sollte. Die Miete musste bezahlt werden, und wie ihre Mutter häufig betonte, näherte sich Amalie rasant dem Verfallsdatum. Bald würden ihre üppigen Brüste schlaff herabhängen, eine schwindende Anzahl Männer würde ihr hungrig hinterherblicken, ihr blondes Haar würde grau werden, und die Kinder, von denen sie so sehnlich träumte, würden zur Unmöglichkeit. Mutter zu sein war das Einzige, was sie sich jemals gewünscht hatte.

Carsten war ihre beste Chance. Vielleicht auch die letzte, wurde ihr in einem Moment des Zweifels bewusst. Aber nein, so durfte sie nicht denken. Sie straffte den Rücken, schloss die Balkontür und ging ins Schlafzimmer. Unter dem Bett zog sie einen Koffer hervor und begann mit dem sorgfältig geplanten Zusammenpacken von Kleidung, Make-up und Schuhen.

In den letzten Wochen hatte Carsten sie mit der Faust geschlagen. Und das war neu. Sein Zorn schien mit jedem Tag zu wachsen.

»Scheiße, du kriegst echt gar nichts geregelt«, hatte er sie kürzlich angeschnauzt, bevor er eine geballte Rückhand gegen ihr Kinn schwang. Und vorgestern hatte er ihr mit fliegendem Speichel ein »Kriegst du den Scheiß jetzt endlich geregelt, hä?« ins Gesicht gebrüllt, nachdem er ihr einen so heftigen Schlag wenige Millimeter unter dem Auge verpasst hatte, dass sie aufs Sofa stürzte.

Amalie hatte keine Ahnung, wovon er redete. Sie hatte noch nie irgendetwas geregelt gekriegt und auch nie das Gegenteil behauptet. In der Regel fühlte sie sich vom Dasein hoffnungslos überfordert. Der einzige Ort, an dem sie die Dinge im Griff hatte, war hinter der Kasse im 7-Eleven. Sie wusste sämtliche Kassencodes des Backsortiments auswendig und kannte die bevorzugte Kaffeevariante von fast fünfundzwanzig Stammkunden. Das war doch immerhin etwas.

Sie hatte sich auf den Abend im Laden gefreut, aber dann hatte sie in den Spiegel geschaut und sich krankgemeldet. Sie sah aus wie eine Boxerin nach dem Knock-out. Und da hatte es ihr gereicht.

Sie hatte bei der Wohnbaugesellschaft angerufen, um den Mietvertrag zu kündigen, und die Frau am Telefon hatte überraschend tatkräftig reagiert, als sie die Begründung hörte. Wenn Amalie sich mithilfe von Freunden eine Woche über Wasser halten könne, hätten sie bereits am nächsten Wochenende eine Übergangswohnung in Brønshøj für sie. Und nein, Carsten würde ihre neue Adresse nicht bekommen. Er würde auf die Straße gesetzt werden. Notfalls mit Gewalt.

Amalie faltete ihre Unterwäsche und stellte sich mit einem Grinsen vor, wie Carsten eines Morgens aus dem Bett getrommelt und auf den Laubengang gezerrt wurde, hielt jedoch abrupt in ihren Bewegungen inne, als sie ein Geräusch hörte. Ein Scharren draußen vom Laubengang, ein Rascheln an der

Tür, die leise quietschende Klappe des Briefschlitzes. Angst schnürte ihr die Kehle zu.

Er war es. Carsten war zurückgekommen. Vielleicht hatte er seinen Schlüssel vergessen? Vielleicht hatte er trotz allem Verdacht geschöpft und ahnte, was sie vorhatte? Amalies Augen füllten sich mit Tränen, während die erträumte Freiheit wie Tau in der Morgensonne verdampfte.

Sie musste ihn daran hindern, die Wohnung zu betreten.

Sie klappte den Koffer zu, hievte ihn auf den Boden und schob ihn so lautlos wie möglich unters Bett. Dann strich sie sich übers Haar, legte sich die kalten Hände aufs Gesicht, um die verräterische Röte zu vertreiben, und ging in den Flur, um mit dem unbewegtesten Blick, den sie aufbringen konnte, die Wohnungstür zu öffnen.

Aber es war nicht Carsten.

Vor der Tür stand ein groß gewachsener, schwarz gekleideter Mann. Er trug eine schwarze Daunenweste, einen schwarzen Rollkragenpullover, eine schwarze Hose und schwarze Stiefel und hatte eine lange Leinentasche über der Schulter.

Zuerst dachte sie, er sei von der Polizei. Am Vorabend hatte sie in den Nachrichten gehört, dass während der Demonstration haufenweise Polizei vor Ort sein würde. Sowohl im Fælledparken als auch im Blegdamsvej sowie »in und um die angrenzenden Gebäude herum«, wie ein Reporter es formuliert hatte.

Nur ein Polizist würde in so einem Einsatzlook herumlaufen. Gut sah er aus.

Amalie presste instinktiv die Arme an den Körper, schob die Brust vor und streckte den Rücken. Man musste nutzen, was man hatte, und ausnahmsweise einmal schien sie Glück zu haben, weil sie als einzige Frau hier im Obergeschoss zu Hause war, wenn ein richtiger Mann vorbeikam.

Aber als sie den Kopf hob und seinen Blick sah, wusste sie, dass sie sich getäuscht hatte.

Der Mann war kein Polizist, und er hatte keine netten Augen.

83

Die Menschenmenge glitt auf der anderen Seite der getönten Scheiben vorbei, doch Troels Mejding registrierte sie kaum. Er beobachtete mit zunehmender Unruhe und Gereiztheit seinen engsten Berater, der schräg vor ihm auf dem Beifahrersitz neben dem Chauffeur saß.

Normalerweise ärgerte er sich über Ulrik Kellers unbewegliches Maskengesicht und darüber, dass er in jeder Situation wie eine Maschine agierte. Aber heute war Kellers Miene anders, und so war es bereits, seit er am Montagmorgen in der Staatskanzlei erschienen war. Verspätet noch dazu. Mejding konnte sich nicht erinnern, dass dies je zuvor geschehen wäre. Und Keller war mit einem Gesichtsausdruck aufgetaucht, als hätte er übers Wochenende jeglichen Lebensantrieb verloren. Seine Züge glichen warmem Wachs: in Auflösung begriffen, konturlos, entglitten. Er sah um zehn Jahre gealtert aus.

»Was zum Teufel ist los mit dir?«, explodierte Mejding zum Schluss und trat gegen den Vordersitz. Er ignorierte den missbilligenden Blick seines betagten Chauffeurs im Rückspiegel. Die Sache war ernst! In Kürze würde er die wichtigste Rede des Jahres halten, und dazu brauchte er einen Berater in Topform an seiner Seite, wenn sie aus dem Wagen stiegen und vor Tausenden von Dänen die Bühne betraten. Vor laufenden Kameras, nicht zu vergessen.

»Mach dich gefälligst kampfbereit. Du siehst aus wie ein kleiner Junge, der seinen Lolli verloren hat. Der heutige Nachmittag wird ein *Gamechanger*, Keller. Wir können die Opposition vollkommen platt walzen. Gleich hier! Gleich jetzt! Du kannst nicht mit dieser Grabesmiene hinter mir stehen, kapiert? Bist du krank oder was?«

Statt einer Antwort starrte der Spindoktor mit leerem Blick hinaus zu den vielen Menschen, die zu Fuß den Tagensvej hinaufwanderten und rechts in den Blegdamsvej einbogen.

Kellers Schweigen brachte sämtliche schlechten Seiten von Mejding zum Schwingen, die gehässigen Kommentare standen bereits Schlange.

»Na, wo ist deine berühmte Coolness abgeblieben, Keller? Setzen dir die Dinge etwa plötzlich zu, Buu-huhu-Ulrik? Kaum wird es ein bisschen heikel, bist du dann in Wahrheit der Erste, der sich in die Hosen scheißt?«

Mejding, der trotz der wiederholten Ermahnungen des Chauffeurs stets ohne Sicherheitsgurt fuhr, beugte sich nun ganz zu Keller vor und flüsterte ihm ins Ohr: »Bist vielleicht nicht länger der Mann der Zukunft, hm, Keller?«

Keller reagierte zunächst nicht. Dann – mit der Bewegung eines Schlafwandlers – drehte er sich um und sah seinen Chef mit roten Augen an.

»Welche Zukunft?«

Sein heiseres Seufzen war so weit von der Antwort entfernt, die Mejding von seinem kampflustigen Berater erwartet hatte, dass er sprachlos zurück in seinen Sitz sank. Sämtliche Politik war doch verdammt noch mal *Zukunft*! Er starrte Keller verständnislos an.

»*Welche Zukunft*? Was bitte …?«

»Da wären wir«, wurde er vom Chauffeur unterbrochen.

Mejding öffnete perplex die Autotür. Der Wagen hatte auf einem gesicherten Parkplatz im Fælledparken gehalten, und der Ministerpräsident trat hinaus in das Summen vieler Tausend Menschen, die sich vor dem Rotkreuzgebäude versammelt hatten. Es klang wie ein Bienenschwarm. Er blickte über den Wagen zu Keller, der mit gekrümmter Haltung auf der anderen Seite ausgestiegen war.

Einer von Mejdings ständigen Leibwächtern vom PET stand bereits vor dem Wagen bereit und fasste Mejding mit festem Griff am Arm, während ein zweiter Leibwächter voranging und ihnen den Weg bahnte.

»Folgen Sie mir, Herr Ministerpräsident«, sagte er und schritt zielgerichtet auf die Menschenmenge zu. Mejding sah auf die Uhr. In wenigen Minuten würde er seine Rede halten. Er warf einen Blick über die Schulter und sah Keller mit hängendem Kopf hinter ihnen hertrotten. Dieser Jammerlappen sollte sich verdammt noch mal …

»Herr Ministerpräsident, entschuldigen Sie, Herr Ministerpräsident, eine Frage!«

Mejding wurde von einer Frauenstimme in seinen Gedanken unterbrochen. Er kannte die Stimme bestens, es war Mette Larsen von der *Morgenavisen*. Ein schrecklich nerviges Weib. Er warf der PET-Wache an seiner Seite einen Blick zu und bedeutete dem Mann mit einer Kopfbewegung, die Journalistin loszuwerden. Jetzt sofort.

»Herr Ministerpräsident, ich würde Ihnen gern einige Fragen zur Zwangstrennung von geflüchteten Kindern und ihren Eltern stellen, die Georg Schmidt angeblich vor seinem Tod in die Wege geleitet hat. Was wissen Sie darüber?« Mette Larsen wedelte mit einem silbernen Olympus-Diktiergerät vor seiner Nase herum. »Bestätigen oder dementieren Sie, Kenntnis davon gehabt zu haben, dass das Rote Kreuz illegale Versuche mit Kindern durchge…«

Mette Larsens Frage wurde abrupt unterbrochen, als Ulrik Keller neben Mejding trat und der Journalistin einen harten Stoß in die Seite versetzte. Sie verhakte sich mit den hohen Absätzen ihrer Stiefel in dem unebenen Kiesbelag und schlug mit schockiertem Gesicht der Länge nach hin. Der PET-Wachmann stieß Mejding resolut vorwärts, der bei der Frage der Journalistin innerlich erstarrt war.

Woher zum Teufel sie davon wusste, war ihm ein Rätsel. Die Informationen zu dem Versuch durften unter keinen Umständen an die Öffentlichkeit gelangen. Nicht jetzt. Es war fast 16.00 Uhr, in Kürze würde er auf die Bühne und live vor das landesweite Fernsehen treten. Seine Worte würden in den nächsten Tagen in Endlosschleife in den Nachrichten gesendet werden. Er brauchte Keller heute mehr denn je. Wenn diese Beschuldigungen im Schmierblatt dieser Journalistenschnepfe gedruckt wurden, mussten sie zurückschlagen. Mit einem kühlen, kalkulierten, gut untermauerten Gegenangriff. Die Einwandererfrage ließ sich glücklicherweise so gut wie immer zu ihrem Vorteil drehen. Darum musste Keller sich kümmern.

Mejding drehte sich um und sah seinem Spindoktor in die Augen. Sein Mut schwand. Keller sah aus wie ein Zombie. Wenn der fast zwei Meter große Mann jemals eine Seele gehabt hatte, hatte sie ihn nun ohne jeden Zweifel verlassen.

84

Das Funkgerät knisterte, und Mikael drehte die Lautstärke hoch, damit er und Frederik das Gespräch mithören konnten.

»Eilmeldung an EZ. Wir haben einen Treffer für den gesuchten Audi A6«, sagte eine Stimme über Funk.

»*Hier EZ, kommen*«, erklang die Antwort aus der Einsatzzentrale, die anlässlich der Friedensdemonstration im Herzen des alten Polizeipräsidiums in der Innenstadt eingerichtet worden war.

»Wagen des Verdächtigen wurde vor der Adresse Havnegade 5 gesichtet. Warten auf Anweisungen.«

»Danke. Wir informieren Dezernat für Gewaltverbrechen. Haltet euch in der Nähe. Ende.«

»Hast du das gehört? Die Havnegade ist doch mitten in der Innenstadt, oder?«, fragte Mikael und sah Frederik an, der am Steuer saß. In diesem Moment klingelte sein Handy. Nach einem kurzen Gespräch legte er wieder auf.

»Es ist Bergs Audi. Er wurde von einer Streife auf dem Parkplatz hinter der Nationalbank gesichtet. Ein Strafzettel über fünfhundertzehn Kronen wartet auf ihn, vor zweiundzwanzig Minuten von einem Ordnungsbeamten ausgestellt.«

Sie waren gerade von der Teglholms Allé losgefahren und auf dem Weg zum Blegdamsvej und zu der großen Friedensdemo. Dass Bergs Wagen mehrere Kilometer von der Demonstration entfernt bei der Nationalbank parkte, war beunruhigend. Wenn er zur Arbeit nach Christiansborg gefahren war, weshalb parkte er dann bei der Bank? Und was war mit dem silbergrauen BMW seines Vaters?

Mikael rief erneut in der Einsatzzentrale an.

»Schicken Sie Streifen in die Straßen um den Blegdamsvej. Sie sollen nach einem silbergrauen BMW X6 Ausschau halten, Kennzeichen Charlie-Golf-acht-neun-sechs-null«, sagte er zu dem Disponenten.

Sie fuhren schweigend weiter und überquerten die Fredensbrücke über die Seen. Der Blegdamsvej war noch drei Minuten entfernt.

Mikael zuckte zusammen, als sein Handy erneut klingelte. Warum war der verfluchte Klingelton so laut gestellt? Er klickte auf lautlos, bevor er ranging. Das Handy stellte auf die Freisprechanlage um, sodass Frederik mithören konnte.

»Wir haben den BMW gesichtet. Er hält in der Ryesgade, circa vierhundert Meter vom Blegdamsvej 27.«

»Scheiße, dann ist er jetzt dort«, sagte Mikael zu Frederik.

Genau das hatte er befürchtet. Rasmus Berg hatte etwas zu beenden, und jetzt stand ihnen eine Verfolgungsjagd bevor. Sie mussten den Mann um jeden Preis aufhalten. Aber zuerst mussten sie ihn finden. Inmitten eines Menschenmeers.

Der Disponent sprach weiter, und Mikael spürte, wie sich erste Schweißperlen auf seiner Stirn bildeten. Sie bogen in den Blegdamsvej ein, und Frederik gestikulierte irritiert in Richtung der Menschenhorden, die dem Wagen bereits hier den Weg versperrten.

»Es herrscht ein einziges Chaos dort. Die Leute strömen aus der U-Bahn, aus Bussen, alle Parkplätze sind belegt. Es sind Tausende von Menschen. Der Ministerpräsident hält in fünf Minuten eine Rede.«

Frederik ließ das Fenster herunter.

»He! Aus dem Weg, verdammt, ihr versperrt hier der Polizei

die Durchfahrt!«, rief er einer Gruppe junger Männer zu, die mit Bierdosen in den Händen mitten auf der Straße schlenderten. Widerwillig machten sie Platz, doch der Jüngste von ihnen ließ es sich nicht nehmen, den Mittelfinger in Frederiks Richtung zu recken.

»Vollpfosten«, murmelte Frederik, als sie sich im Schneckentempo vorbeischoben.

Mikael deutete auf die Busspur gegenüber dem Rigshospital.

»Park da. Den Rest laufen wir.«

Mikael atmete durch, als sie den Bereich unmittelbar vor der Bühne erreichten.

»Die PET-Wachen haben den VIP vor Ort. Gibt's was Neues?«

Die Stimme des Disponenten kratzte in Mikaels Kopfhörer. In der Einsatzzentrale hatten sie mittels einer *Hyperwall* aus Monitoren Überblick über die in der Stadt installierten Überwachungskameras, automatischen Kennzeichenerfasser, die Nachrichten im Fernsehen und die Standorte der verschiedenen Polizeieinheiten. Außerdem stand die Einsatzzentrale in Kontakt mit der Nationalen Situations- und Operationszentrale der Landespolizei sowie dem entsprechenden Pendant des PET. Alle zusammen versuchten sie, einen Überblick über die Friedensdemo in Østerbro zu behalten.

»Ich rate dringend dazu, den Ministerpräsidenten auf der Stelle wegzubringen«, sagte Mikael an Frederik gewandt, der konzentriert die Menschenmenge scannte. Sie hatten sich mit in die Höhe gehaltenen Ausweisen durch den Pulk aus jungen Leuten, Familien mit Kindern und Rentnerpärchen gequetscht.

»Wie schnell können Sie Mejding in Sicherheit bringen?«, fragte Frederik gedämpft, um die Umstehenden nicht zu erschrecken.

»Kann ich nicht sagen, es muss ja erst an den PET weitergeleitet werden, und dann ist es deren Job, die Leibwächter des Ministerpräsidenten zu instruieren.«

Mikael funkte die Einsatzzentrale an.

»Wir müssen den Ministerpräsidenten von der Bühne holen«, sagte er zum Disponenten.

In der Leitung wurde es still.

»Hallo? Der Ministerpräsident muss von der Bühne. Er darf nicht vor die Menschenmenge treten. Es ist ernst!« Mikael hob die Stimme mehr, als es ihm in Hörweite all der Zivilisten behagte.

»Sie meinen, das Ganze soll abgeblasen werden? Die Rede des Ministerpräsidenten?«

»Ja, verdammt! Bringt den VIP weg. Wir haben eine akute Bedrohungssituation!«

Ein Junge von neun oder zehn Jahren sah Mikael mit großen Augen an und zupfte seinen Vater am Ärmel.

»Aber … Troels Mejding steht bereits auf der Bühne«, sagte der Disponent, und Mikael hob den Blick.

Tatsächlich. Da stand der Ministerpräsident, das Gesicht in ernste Falten gelegt, gekleidet in einen schwarzen Burberrymantel über einem Anzug, dunkler Krawatte und weißem Hemd. Eine gute Armlänge zu seiner Linken erkannte Mikael den groß gewachsenen Spindoktor. Keller.

Mejding blickte über die Menschenmenge, und Mikael überkam das Gefühl totalen Kontrollverlusts. Das alles war vollkommen falsch, solange Berg hier irgendwo frei herumlief.

»Informiert die Leibwächter. Sofort«, brüllte er in den Hörer.

85

Mette Larsen kochte vor Wut. Sie leistete sich selten neue Kleider, und ihr nagelneuer, etwas zu teurer Mantel war nun an der unpassendsten Stelle eingesaut. Jetzt durfte sie also den restlichen Tag mit diesem Schlammfleck auf ihrem Hintern herumlaufen. Als wäre das nicht genug, war sie außerdem gegen eine Metallbarriere geknallt. Ihr Steißbein schmerzte höllisch.

Sie atmete ein paarmal tief durch, um sich zu beruhigen.

Mejding und sein unverschämter Spindoktor hatten die *absolut* falsche Strategie gewählt. Mette war an Abweisungen und Provokationen, an beleidigende Äußerungen von Quellen gewöhnt, doch sie bewahrte stets ruhig Blut. Sich aufzuregen, konnte einer Story nur schaden. Besser, man ließ die Quelle in aller Ruhe Imageselbstmord begehen so wie Ulrik Keller, als er sie geschubst hatte. Irgendeiner der Pressefotografen hatte den Moment unter Garantie eingefangen. Und jetzt wusste sie mit neunundneunzigprozentiger Sicherheit, dass an der Geschichte mit den illegal entfernten Kindern etwas dran war. Sie hatte ein Aufblitzen von … nicht Scham, nicht Entsetzen, sondern Ratlosigkeit in Mejdings Augen gesehen, als sie ihn auf den Kinderversuch angesprochen hatte. Zugegeben: Sie hatte im Trüben gefischt, ein wenig geblufft, aber er war direkt in die Falle getappt. Der Ministerpräsident Dänemarks wusste *alles* über diese Zwangstrennungen, und die Chancen standen gut, dass das Ganze obendrein seine eigene Idee gewesen war.

Unfassbar, dass Mejding es offenbar nicht besser wusste. In der dänischen, überhaupt in der gesamten Geschichte der Menschheit fanden sich mehrere Beispiele für ähnliche, sogenannte wohlmeinende Experimente mit kulturell begründeten Zwangsentfernungen von Kindern, und kein einziges dieser Experimente war gut ausgegangen. Mejding war ein geschichtsloser, gewissenloser, skrupelloser, schamloser …

Mettes innere Schimpftirade wurde vom Veranstalter der Demonstration unterbrochen, der die Menge durch ein hitzig pfeifendes Mikrofon willkommen hieß. Sie quetschte sich zu einem kleinen abgesperrten Bereich vor der Bühne durch, der den Journalisten und Fotografen vorbehalten war. Nach den Begrüßungsworten des Veranstalters trat Mejding ans Rednerpult. Ulrik Keller folgte ihm und stellte sich wie ein Schatten zwei Meter neben ihn.

»Liebe Bürgerinnen und Bürger. Liebe Dänen. Liebe Zuschauerinnen und Zuschauer zu Hause in den Wohnzimmern«, leitete Mejding seine Rede langsam ein, damit die summenden Gespräche der Leute verstummten.

Er begann mit ein paar Floskeln über Zusammenhalt, Terror und Bedrohungen durch rechtsextreme Kräfte.

Yada, yada, yada, dachte Mette. Als Zyniker hatte man diese Platte inzwischen ein paarmal zu oft gehört.

»Ich freue mich, dass so viele von Ihnen erschienen sind, um Georg Schmidts zu gedenken. Er war mein Freund. Er war ein Freund der Schwachen. Ein Freund der Gefährdeten. Und er war ein Freund der Kinder«, fuhr Mejding fort. Seine vibrierende Lautsprecherstimme wurde zwischen den Gebäuden im Blegdamsvej hin- und hergeworfen.

Mette zückte Notizblock und Kugelschreiber und schaltete ihr Diktiergerät ein. Sie hatte so eine Ahnung, dass Mejding heute nicht nur zum Gedenken an Georg Schmidt gekommen war. Garantiert würde er die ungeteilte Aufmerksamkeit zu seinem eigenen Vorteil nutzen.

»Georg Schmidt war kompromisslos in seinem Kampf für diejenigen, die keine eigene Stimme haben. Die Hungrigen, die von Krieg Getroffenen und nicht zuletzt die Kinder. Und er hat mich dazu inspiriert, eine Entscheidung zu treffen«, sagte Mejding.

Jetzt kommt's, dachte Mette.

»Ich werde ebenso kompromisslos sein wie Georg Schmidt. Und ich werde wie er den Kindern zur Seite stehen. Denn liebe Dänen ... dass Georg Schmidt auf so grausame Weise auf diesen Treppenstufen getötet wurde und dass Politiker Todesdrohungen erhalten, erfüllt uns mit Abscheu. Das ist nicht dänisch. Das sind nicht wir. Mord und Drohungen haben keine Berechtigung in unserer Gesellschaft. Aber niemand wird böse geboren. Das Böse wird *geschaffen*. Mord, Drohungen, Terror ... Diese Phänomene zeugen von einer Verrohung des Menschen, die wir als Gesellschaft schon längst hätten stoppen müssen.« Der Ministerpräsident hielt inne und blickte über die Menge.

Hört, hört ... Mejding, der bestgekleidete Pädagoge Dänemarks, dachte Mette.

»Deshalb«, fuhr er fort, »müssen wir uns besser um die Kinder kümmern. Und das bedeutet, dass wir die Scheu ablegen müssen, in Familien einzugreifen. Und damit meine ich auch Familien mit Wurzeln in anderen Kulturen. Wir müssen uns eingestehen, dass Eltern heutzutage zu viele Chancen erhalten. Wer weiß? Vielleicht wurde der Täter hinter der Untat auf ebendiesen Stufen als Kind im Stich gelassen?«

Mejding legte eine weitere kurze Kunstpause ein und deutete auf die Stelle, an der Schmidt gefunden worden war.

»Hier und heute verspreche ich Ihnen allen: Mit *mir* als

Ministerpräsident wird Dänemark eine neue Richtung einschlagen. Viele werden uneinig mit mir sein, werden sagen, dass das zu weit geht. Und diese Menschen möchte ich fragen: Auf welcher Seite steht ihr?« Er legte sich die Hand auf die Brust, ehe er fortfuhr: »*Ich* stehe auf der Seite des Kindes. Und *ich* finde, dass wir eine Gesellschaft erschaffen müssen, in der das Wohl des Kindes über die Rechte der Eltern gestellt wird. Wir müssen mehr Kinder zur Adoption freigeben, mehr Kinder aus Problemfamilien entfernen. Vonseiten der Regierung werden wir in Kürze eine Reihe weitreichender Vorschläge präsentieren wie …«

Ein durchdringender Knall zerriss die andächtige Stille, und Mette duckte sich instinktiv.

Es folgte ein weiterer Knall.

Auf der Bühne sah sie Mejding für den Bruchteil einer Sekunde mit verblüfftem Gesichtsausdruck dastehen, der Mund formte noch immer das letzte Wort, als sich eine große Gestalt vor ihn warf und ihn im Fallen mit hinunterriss.

Mehrfaches scharfes Knallen folgte. Mette warf sich auf die Knie und stieß mit dem Kopf mit einem blutjungen Pressefotografen zusammen, dem die Panik in den Augen stand.

»Fuck, was ist los?«, stöhnte er.

»Schüsse, Schüsse«, stammelte Mette und drückte den Kopf zwischen die Arme. Das rote Lämpchen an ihrem Diktiergerät zeigte an, dass es noch immer aufnahm.

Nach vielleicht fünf oder sechs Schüssen – Mette hatte nicht mitgezählt – hörte das Knallen auf. Einen Augenblick herrschte unheilschwangere Stille, bevor die Menschenmenge wie ein großes verwundetes Tier erwachte. Eine Frau schrie, dann eine weitere, und bald fühlte sich Mette gefangen in einer Kakofonie der Angst.

Sie schaute zur Bühne und keuchte entsetzt beim Anblick,

der sich ihr knapp fünfzehn Meter entfernt bot. Die PET-Wachen bildeten eine lebende Mauer um Troels Mejding, der hinter dem Pult am Boden lag, blutbespritzt und außerstande, sich aufzurichten. Voller Panik und Ekel sah er an sich herab. Es war nicht sein Blut, das ihn besudelte, nicht seine Verletzungen, die ihn lähmten. Über seinem Unterkörper lag wie ein Sandsack der heftig blutende Spindoktor. Er hatte sich vor Mejding geworfen, als die ersten Schüsse fielen.

Auf Christiansborg war über den loyalen Keller häufig gesagt worden, dass er für seinen Chef in den Tod gehen würde.

Allem Anschein nach war er gerade dabei, genau das zu tun.

86

Mikael fühlte sich von totaler Stille umgeben. Das Einzige, was er hörte, waren sein Herzschlag und sein stoßweiser Atem.

Dann kehrten auf einen Schlag all seine Sinne zurück. Geräusche, Schreie, die Angst in den Gesichtern der Menschen, das alles stürzte auf ihn ein. Eine Frau sank vor ihm zusammen, während ein Mann an ihrem Arm zerrte und rief: »Komm jetzt, komm jetzt!« Eine Mutter mit einem Baby in einem Tragetuch und einem zweiten Kind an der Hand schrie panisch um Hilfe. Ein grauhaariger Mann stand wie paralysiert da, eine junge Frau übergab sich.

Die Schüsse waren so unerwartet gefallen, dass Mikael für einen Moment geglaubt hatte, selbst getroffen worden zu sein. Hastig hatte er nachgefühlt. Nein, kein Schmerz, kein Blut, keine Wunde. Nach dem ersten Schuss hatte er zum Rednerpult hinaufgestarrt, wo Ministerpräsident Mejding zu den Tausenden Zuhörern gesprochen hatte, und noch in derselben Sekunde war ihm klar geworden, dass die Schüsse dem Regierungschef Dänemarks galten.

Die Menschenmenge stürzte in alle Richtungen davon. Eine Gruppe rannte schreiend zum Jagtvej, eine andere lief kopflos durcheinander, um zur großen Kreuzung zu gelangen. Ein Menschenschwarm mit dem einen gemeinsamen Gedanken: weg von hier. Weg!

Mikael sah zu Frederik.

»Bist du okay?«, rief er seinem Partner zu.

»Ja … ja. Heilige Scheiße. Du auch?«

Beide hatten ihre Dienstwaffe, eine 9-mm-Heckler-&-Koch, gezogen. Mikael hatte zwar erst vor zwei Monaten das halbjährliche Schießtraining absolviert. Er wusste, dass er ins Schwarze treffen konnte, aber galt das auch unter Druck in einer stressigen Situation wie dieser? War er bereit, auf einen anderen Menschen zu schießen? Oder selbst zu sterben? Sein Herz schlug heftig unter der schusssicheren Weste.

Er sah sich um. Blickte nach beiden Seiten, die Hauswände hinauf, zu den Dächern gegenüber dem Roten Kreuz. »Schau immer nach oben«, hatte ein inzwischen pensionierter Personenschützer Mikael einmal gelehrt.

»Dirk, da!«, rief Frederik und zeigte am Gebäude über dem Netto hinauf.

Mikael folgte seinem Blick. Im obersten Stockwerk sahen sie beide die Mündung eines Gewehrs.

Die Tür zum Blegdamsvej 118 war aus Glas, und Mikael hämmerte resolut den Griff seiner Pistole dagegen, bis das Glas splitterte. Dicht gefolgt von Frederik, rannte er zwei Stufen auf einmal nehmend die Treppe zum Dachgeschoss hinauf.

Im dritten Stock steckte ein junger Mann den Kopf ins Treppenhaus.

»Was ist los?«, fragte er, während eine Frau ängstlich hinter ihm hervorlugte.

»Polizei, gehen Sie wieder rein, und bleiben Sie in der Wohnung«, rief Mikael.

»Ja, aber wie lange denn? Wir wollen hier weg, wir haben gerade gesehen, was passiert ist ...«

»Rein, haben wir gesagt! Und bleiben Sie drinnen, bis Sie etwas anderes hören, kapiert?« Frederik klang, als sei er bereit, dem Mann eine runterzuhauen, wenn er nicht umgehend Folge leistete.

»Einsatzzentrale, Eilmeldung, wir haben einen möglichen Schützen identifiziert. Blegdamsvej 118, oberster Stock, beginnen jetzt den Zugriff«, flüsterte Mikael in sein Mikrofon. Die Einsatzzentrale bestätigte. Zusätzliche Einsatzkräfte würden in wenigen Minuten eintreffen.

»Haltet sie noch einen Moment zurück. Wir gehen erst mal allein rein«, sagte Mikael.

Bevor sie auf den Laubengang im obersten Stock hinaustraten, sah Mikael kurz zu Frederik.

»Bereit?«

Frederik nickte, und Mikael schluckte. Beide checkten, dass ihre Waffen durchgeladen und entsichert waren.

»Ich gehe vor, du deckst mich, okay?«, sagte Mikael.

Sie gingen in die Knie und traten auf den Laubengang hinaus. Ein großer, dunkel gekleideter Mann mit einem Gewehr in der rechten Hand stand wie festgefroren am anderen Ende.

»Stehen bleiben, Polizei«, rief Mikael, doch der Dunkelgekleidete drehte sich um und rannte zur Wohnung von Amalie Skytte und Carsten Lassen. Die Tür schlug mit einem Knall hinter ihm zu.

»Scheiße!«, fluchte Mikael. Sie liefen zur Wohnung, und mit einem kleinen Stups gegen die Fußmatte fand Mikael, was sich wie erwartet darunter verbarg: der Ersatzschlüssel.

Lautlos hob er ihn auf, steckte ihn vorsichtig ins Schloss und drehte ihn langsam herum, bis es klickte. Er wischte sich eine Schweißperle von der Stirn, nickte Frederik kurz zu, stieß die Tür auf und brüllte dabei: »Polizei, legen Sie sich auf den Boden!«

Der Anblick, der Mikael traf, erfüllte ihn mit Entsetzen und Mitleid. Carsten war nirgends zu sehen, doch die Frau, die er vor vier Wochen befragt hatte, lag in ihrem rosa Kimono bäuchlings auf dem Wohnzimmerboden. Ihre Hände waren mit Gaffertape fixiert, und sie war so brutal geknebelt, dass ihr Gesicht deformiert aussah. Amalie zitterte wie Espenlaub und sah Mikael und Frederik flehend mit weit aufgerissenen Augen an.

Über ihr stand der schwarz gekleidete Mann. Er riss Amalie an den Haaren, zerrte sie in einer verrenkten Haltung nach hinten, und irgendetwas gab mit einem unschönen Geräusch in ihrem Knie nach. Ein stummer Schrei zeichnete sich in ihrem Gesicht ab, doch unter dem Gaffertape drang kein Laut hervor. Mikael richtete den Blick auf den Mann hinter ihr.

Es war Rasmus Berg.

»Berg, das ist unnötig, lassen Sie die Frau gehen«, sagte Mikael in bemüht ruhigem Ton. Mit einem kurzen Nicken wies er auf Amalie, ohne den Augenkontakt mit Berg zu unterbrechen.

»Vergessen Sie's«, erwiderte Berg kalt.

Er bewegte seine Waffe eine Spur, wie um daran zu erinnern, dass sie noch immer im Spiel war. Das M95-Gewehr zeigte direkt auf Mikael.

»Ich weiß, warum Sie heute hier sind, Berg«, sagte Mikael.

»Ach ja?«

»Schmidt hat den Versuch mit den geflüchteten Kindern initiiert, das wurde Ihnen bei dem Treffen in der Staatskanzlei Anfang November bewusst. Deshalb haben Sie den Generalsekretär umgebracht. Aber dann haben Sie erkannt, dass Schmidt nur das Werkzeug war, stimmt's? In Wahrheit stammte die Idee zu dem Versuch von Mejding. Und das hat Sie wütend gemacht. Denn Sie und Ihr Vater wissen, was es heißt, Opfer eines solchen Übergriffs zu sein, nicht wahr?«, sagte Mikael.

Er suchte nach einer Form von Reaktion in Bergs Augen. Das Wichtigste war jetzt, ihn davon zu überzeugen, dass Mikael auf seiner Seite stand. Doch Bergs Blick zeigte keine Reaktion, und Mikael fühlte sich vollkommen steif, gelähmt vom Adrenalin. Vorsichtig verlagerte er das Gewicht auf den anderen Fuß, während er fieberhaft nach den richtigen Worten suchte.

»Ich verstehe Sie, Berg. Ihr Vater war das Opfer eines unverzeihlichen Übergriffs. Damit wurden auch Sie zum Opfer. Niemand hat aus Ihrem Schicksal gelernt. Niemand hat die Verantwortung übernommen. Aber das hier ist nicht die Lösung«, sagte Mikael und wurde sich bewusst, wie absurd der Versuch war, über zwei erhobene, scharf geladene Waffen hinweg ein Gespräch zu führen.

Amalie stöhnte zu Bergs Füßen.

»Berg, legen Sie die Waffe nieder. Lassen Sie die Frau gehen. Sie hat nichts mit der Sache zu tun. Damit kommen Sie nicht weiter. Sie sind Politiker. Es gibt andere, friedlichere Wege, Gerechtigkeit zu suchen«, sagte Mikael eindringlich, doch Berg drückte zur Antwort lediglich einen Stiefel auf Amalies Arm. Sie schluchzte auf vor Schmerz.

»Es ist zu spät. Die Politik ist durch und durch korrumpiert. Ich dachte, ich könnte etwas ändern, aber das ist unmöglich. Macht bleibt Macht, Übergriffe bleiben Übergriffe«, sagte er.

»Ich bin voll und ganz Ihrer Meinung. Was Schmidt und Mejding getan haben, war in höchstem Maße gesetzeswidrig. Daran besteht kein Zweifel. Aber Berg, lassen Sie Amalie gehen. Wir können Ihnen helfen und die Wahrheit ans Licht bringen. Die Schuldigen zur Verantwortung ziehen.«

»Ah, die Wahrheit… Die Wahrheit wird so oder so ans Licht kommen. Dafür habe ich bereits gesorgt«, erwiderte Berg mit einem Lächeln um die Mundwinkel.

»Was soll dann das hier? Wollen Sie Rache?«

»Sie sind schnell von Begriff, Kommissar Dirk. Aber ›Rache‹ ist ein so… plattes Wort. Nennen wir es stattdessen ›Sühne‹. Der Staat hat enorme Sünden begangen, und jemand muss diese Sünden sühnen. Wer wäre da besser geeignet als Schmidt und Mejding, die die Sünden der Vergangenheit wiederholt haben?«, sagte Berg mit finsterer Stimme.

»Aber…«, begann Mikael.

Berg wischte sein Wort mit einem kleinen Wink seines M95 zur Seite.

»Habe ich ihn erwischt?«

Seine Lippen kräuselten sich in einer Art Lächeln.

»Was?«

»Habe ich ihn getroffen? Mejding? Ist er tot?«

Mikaels Hirn arbeitete auf Hochtouren, und er konnte förmlich hören, wie Frederik schräg hinter ihm dasselbe tat. Welche Reaktion würde es bei Rasmus Berg auslösen, wenn er erfuhr, dass der Ministerpräsident allem Anschein nach unverletzt war?

Es war wichtig, Vertrauen aufzubauen. Er musste einen Mittelweg zwischen Lüge und Wahrheit finden.

»Mejding wurde getroffen, ja.«

»Tödlich getroffen?«

»Nein«, antwortete Mikael nach kurzem Überlegen. »Aber Berg, er ist die längste Zeit Ministerpräsident gewesen, sobald die Sache bekannt wird.«

Berg legte das Gewehr an.

»Nicht, Berg, Sie werden es bereu…«

Weiter kam Mikael nicht, ehe ein greller Schmerz in seiner Schulter explodierte. Berg hatte seine Waffe abgefeuert.

Mikael starrte entsetzt zu dem schwarz gekleideten Mann, griff sich an die Schulter und knickte ein. Blut sickerte zwischen seinen Fingern hervor, doch er bemerkte es kaum, denn in dieser Sekunde feuerte Frederik drei Schüsse kurz nacheinander ab. So nah an Mikaels Kopf, dass er meinte, sein Trommelfell würde zerfetzt. Zwei Schüsse in die Brust, den dritten in den Kopf. *The Mozambique Drill*, wie sie es auf der Polizeischule nannten.

Rasmus sackte über Amalie zusammen, die gerade noch ihren Kopf zur Seite drehen konnte. Sie schrie halb erstickt hinter dem Gaffertape und riss schützend die Arme über den Kopf, während sie sich mit einem Bein abdrückte und nach hinten rutschte, fort von dem Blut.

»Es wurden Schüsse abgefeuert. Schickt Verstärkung und zwei Rettungswagen. Ziel unschädlich gemacht.« Frederik sprach die Nachricht mechanisch hinter Mikael ins Funkgerät.

Mikael lag am Boden und starrte an die Decke. Weiße Gipsplatten mit Nikotinflecken. Der eisenartige Geruch von Blut stieg von ihm auf, und er fühlte sich gelähmt. Rasmus lag wenige Meter von ihm entfernt in verdrehter Haltung da, die Arme seitwärts ausgestreckt, die Waffe über den Kopf geworfen. Die eisblauen Augen starrten an Mikael vorbei. Blau wie das Meer, dachte Mikael. Ein eisblaues Meer aus Hass. Er fühlte das Blut aus seiner Schulter pumpen und hatte den starken Drang, die Augen zu schließen. Alles davonschweben zu lassen. Selber davonzuschweben.

Weit entfernt hörte er Rufe und Schritte auf der Treppe. Er atmete durch die Nase ein und wollte nur einen einzigen Menschen sehen.

Hector.

Hinter geschlossenen Lidern sah Mikael seinen Sohn mit einem gelben Plastikbagger in einem Sandkasten sitzen. Er fühlte die kleinen Arme des Kindes um seinen Hals. Hörte ihn »Dada« sagen.

Ja, Hector, ich bin immer noch dein Vater. Ich bin hier.

Er öffnete die Augen und sah sich um. Amalie war zur Balkontür gekrochen und lehnte hyperventilierend an der großen Fensterpartie. Schleppspuren von Rasmus Bergs Blut zogen sich den ganzen Weg bis dorthin, und ihr Knie sah verdreht aus. Sie benötigte Hilfe.

Dann fiel Mikaels Blick auf Frederik, der sein Leben gerettet hatte. Soweit er wusste, hatte sein Partner noch nie zuvor im Dienst die Waffe abgefeuert. Jetzt hockte Frederik gegen die Wand gelehnt auf dem Boden und stierte bleich auf den toten Berg. Noch immer mit seiner Heckler & Koch in der Hand.

»Frederik?«, rief Mikael.

Frederik starrte in die Luft. Regungslos.

»Frederik?«, stöhnte Mikael. Er konnte sehr gut Unterstützung dabei gebrauchen, Druck auf seine blutende Schulterwunde auszuüben.

Doch Frederik reagierte nicht.

87

Heilige Scheiße, tat das weh.

Mikael saß in der Hecktür eines der vielen Rettungswagen, die vor dem Gebäude vorgefahren waren, und die Wirkung des Morphiums hatte sich noch nicht eingestellt. Er hatte einen Druckverband um die Schulter bekommen, der von kreuz und quer über den gesamten Oberkörper befestigtem weißem Klebeband gehalten wurde. Laut Notarzt war es ein glatter Durchschuss. Er hatte Glück gehabt.

Mikael schaute aus dem Rettungswagen. Die Winterdunkelheit hatte die nachmittägliche Sonne verdrängt, und es war klirrend kalt. Mikael hörte das Knattern eines Helikopters über sich. Er war mit einem grellen Scheinwerfer ausgerüstet, der mit dem Blaulicht der Rettungswagen und Polizeifahrzeuge vor dem nun doppelten Tatort um Aufmerksamkeit wetteiferte.

Es konnte noch Stunden dauern, bis die Techniker mit Rasmus Berg in einem Leichensack herunterkommen würden. Amalie war längst ins wenige hundert Meter entfernte Rigshospital gebracht worden. Sie hatte die Sanitäter angefleht, Carsten nicht zu benachrichtigen. Sie wollte nicht zurück. Sie brauche nur einen Koffer im Krankenhaus, hatte sie gesagt. Der Koffer läge bereits fertig gepackt unter dem Bett.

Mikael entdeckte Frederik, der ein Stück weiter weg mit einer Foliendecke um die Schultern auf einer Trage saß. Carlsen stand bei ihm, und Mikael schnappte ein paar Fetzen ihres Gesprächs auf.

»... sicher, dass alles nach Vorschrift gelaufen ist ... nur der Ordnung halber ... die Aufsichtsbehörde wird ... wir vertrauen dir ...«

Carlsen legte Frederik die Hand auf die Schulter, doch Frederik reagierte nicht auf Carlsens Worte. Er starrte auf dieselbe apathische Weise vor sich hin wie schon oben in der Wohnung.

Mikael runzelte die Brauen. Das glich so gar nicht dem sorglosen, vorlauten Dahlin, den er kennengelernt hatte. Kaum zu fassen, dass es gerade mal einen Monat her war, seit sie sich zum ersten Mal an genau diesem Ort, auf genau dieser Straße in Østerbro begegnet waren. Der Upperdog-Junge, den er in den letzten Wochen widerstrebend zu schätzen gelernt hatte, glich jetzt einem einzigen Häufchen Elend. Frederik barg das Gesicht in den Händen.

Mikael wollte zu ihm gehen. Ihm mit einem Schlag auf den Rücken danken und ihm sagen, dass es schon werden würde. Er war selbst schon in ähnlichen Situationen gewesen, wo die Ereignisse ein tragisches Ende gefunden hatten. So war es manchmal einfach. Er wollte Frederik sagen, dass er das einzig Richtige getan hatte. Berg hatte seine Waffe abgefeuert, und die einzige Möglichkeit war gewesen, das Feuer zu erwidern. Ein Mann mit mehreren Leben auf dem Gewissen – mindestens denen von Schmidt und Ane Bjerre – war tot. Dafür hatte Frederik Mikaels Leben gerettet. Dank Frederik hatte Hector noch immer einen Vater. Mikael wollte sicher sein, dass Frederik verstand, dass er diese Chance zu nutzen gedachte.

Mikael klopfte seine Taschen nach seinem Handy ab und stöhnte vor Schmerz, als er mühsam seine rechte Hand in die Tasche schob. Er hatte mehrere entgangene Anrufe und eine SMS von Maria Just. Außerdem lag eine Nachricht auf der

Mailbox. Die SMS, die vor über einer Stunde eingegangen war, lautete:

Rasmus Berg! Der Integrationssprecher der Zentrumspartei. Ich glaube, er ist Erik Lynges Sohn. Meine Chefin sagt, er war an Weihnachten im Museum und hat sich nach dem Doppelmord erkundigt. Und ich glaube, Erik Lynge ist mir heute gefolgt. Rufen Sie mich an!

Das Adrenalin, das gerade dabei war, Mikaels Körper zu verlassen, hatte sich in Kombination mit den starken schmerzstillenden Tabletten in den Minuten nach dem Schusswechsel angefühlt wie zwei oder drei schnell nacheinander runtergekippte Gläser Rotwein. Eine matte, träge Müdigkeit war in alle Muskeln gedrungen. Dieses Gefühl war schlagartig fort.

Er starrte auf die SMS und wurde sich bewusst, dass er in den letzten Stunden keine Sekunde an Marias Verwicklung in die ganze Geschichte gedacht hatte. Seine Hände fühlten sich auf einmal ungewohnt kalt an, und es fiel ihm schwer, das Handy zu bedienen, als er die Mailbox anrief. Marias zweiter Anruf war vor gerade erst fünf Minuten eingegangen. Bestimmt während Mikaels Arm verbunden wurde. Warum zur Hölle hatte er es auf lautlos gestellt?

Aber Maria hatte keine Nachricht hinterlassen. Es klang eher wie ein versehentlicher Anruf. Die Stimmen auf dem Band waren fern und undeutlich, dennoch erkannte er Marias Stimme. Sie war nicht allein. Ein Mann war bei ihr. Ein älterer Mann.

»Nehmen Sie Ihre Jacke!«, kommandierte der Mann. *»Nehmen! Sie! Ihre! Jacke! Nicht die Tasche, legen Sie die weg. Weg damit, verdammt! Kommen Sie mit, wird's bald! Sie werden mitkommen. Na los, Just. Sehen Sie nicht, dass ich Sie auf der Stelle töten kann? Wir machen jetzt einen Ausflug mit dem Auto.«*

»Nicht schießen.« Das war Maria. Sie klang ängstlich. *»Ich will nicht, ich will nicht.«*

Die Stimme des Mannes war eiskalt, als er sagte: *»Verstehen Sie nicht, was ich sage? Sie* werden *mitkommen. Ziehen Sie Ihre Jacke an! Wir fahren aufs Wasser.«*

Ein dumpfer Aufprall erklang, als ob Handy und Tasche auf den Boden fielen. Danach das schwache Geräusch von Schritten, die eine Treppe hinuntergingen, dann nur noch rauschende Stille. Mikael wartete verzweifelt auf eine Erklärung oder darauf, dass Marias Stimme zurückkehren würde. Aber nichts geschah. Das Rauschen hielt an, bis er nicht länger stillsitzen konnte. Er schnappte seine Dienstwaffe und sprang aus dem Rettungswagen. Ein glühender Schmerz schoss durch seine Schulter und sandte Strahlen den Nacken hinauf bis in den Hinterkopf, als seine Füße auf dem Asphalt auftrafen.

»He, warten Sie, Sie müssen die Schulter ruhig halten!«, rief der Notarzt ihm nach, doch Mikael achtete nicht auf ihn. Er sah sich nach einem Auto um, verwarf den Gedanken jedoch angesichts des Wirrwarrs aus Rettungswagen, laufenden Zeugenvernehmungen und Absperrungen.

Ihm blieb nur eine Möglichkeit: Er rannte los, über die Trianglen-Kreuzung Richtung Viborggade. Mit jedem Schritt jagten Schmerzblitze durch seine verletzte Schulter. Blutgeschmack sammelte sich in seinem Mund, doch er bemerkte es kaum. Er hörte nur immer wieder Marias Stimme.

»Ich will nicht … Ich will nicht!«

88

Mit pochender Schulter zog Mikael sein Portemonnaie aus der Tasche. Eine längst abgelaufene Shell-Karte war seine bevorzugte Wahl, wenn er alte Haustüren wie die von Marias Wohnhaus knackte. Er steckte die Karte oberhalb des Griffs in den Türspalt, führte sie in einer kontrollierten Bewegung nach unten, und die Tür sprang auf.

Auf dem Weg die Treppe hinauf griff er seine Pistole mit der rechten Hand und stieß einen Schmerzensschrei aus. Scheiße noch mal! Mit der Schulter würde er weder sich selbst noch Maria verteidigen können. Die Chancen, dass es ihm gelang, die Pistole mit der Linken abzufeuern, geschweige denn, etwas zu treffen, waren gering.

Auf dem Absatz vor dem zweiten Stock blieb er stehen. Die Tür zu Marias Wohnung stand sperrangelweit offen. Anscheinend war jemand dort drinnen, er hörte Schritte.

Mikael drückte sich an die Wand und schlich lautlos die letzten Stufen zur Tür hinauf. Mit der Pistole im Anschlag trat er über die Schwelle.

»Polizei! Stehen bleiben!«, brüllte er einem hochgewachsenen Mann ins Gesicht, der im selben Moment aus einem der Zimmer in den kleinen Flur der Wohnung trat. Der Mann musste in den Dreißigern sein, hatte dunkles, zurückgestrichenes Haar, schwarze Bartstoppeln und leicht schräg stehende Augen. Er trug Jeans, ein Karohemd und eine blaue Thermojacke und hatte Ähnlichkeit mit Keanu Reeves.

»Die Tür stand offen! Sie … sie … sie stand offen, als ich kam.«

Mikael hielt weiter die Pistole erhoben, auch wenn die Schmerzen kaum auszuhalten waren.

»Ich bin Marias Freund! Jakob«, sagte der Mann, und Mikael senkte die Waffe mit einem schmerzvollen Stöhnen.

»Freund?«

»Sind Sie Mikael Dirk? Der Polizist? Ich habe mit Maria ausgemacht, dass ich komme, weil sie mir von einem Mann erzählt hat, der ihr heute auf der Straße gefolgt ist.«

Nachdem er nicht länger von der Pistole bedroht wurde, lehnte Jakob sich gegen die Wand im Flur und fuhr sich mit beiden Händen durchs Haar. Seine Unruhe färbte auf Mikael ab, auch wenn dieser versuchte, die Fassung zu wahren. Gleichzeitig mischte sich eine irrationale Enttäuschung in seine bleierne Müdigkeit, die Nervosität und die schwindende Konzentration.

Maria hatte einen Freund?

»Die Tür stand offen, als ich kam, aber Maria ist nicht hier. Kurz vorher muss sie noch zu Hause gewesen sein. Ich habe ihr gegen Viertel vor fünf eine Nachricht geschrieben, weil ich auf dem Weg nach Østerbro im Stau stand. Alles war abgesperrt. Anscheinend gab es eine Schießerei bei der großen Demo, richtig? Sie hat ›kein Problem‹ geantwortet, mit Smiley und allem, aber als ich ankam, war sie weg. Dazwischen sind höchstens zehn Minuten vergangen.«

Sein westjütischer Dialekt schien deutlich durch, und Mikael begriff, dass es sich bei dem Mann um Ane Bjerres Sohn handeln musste. War Maria allen Ernstes mit dem Sohn eines der Opfer von Rasmus Berg liiert? Das machte sie in gewisser Weise zur Angehörigen.

Verdammter Mist.

Er sollte dem Mann sein Beileid ausdrücken und sich ordentlich vorstellen. Und ihn vielleicht auch darüber informieren, dass der mutmaßliche Mörder seiner Mutter tot war. Aber dazu war jetzt keine Zeit.

Ein Mann hatte Maria befohlen, ihre Tasche wegzuwerfen und ihm zu folgen. Und die Tasche lag hier, auf dem Boden im Flur. Mit Marias Handy darin.

Fieberhaft rief er sich die Nachricht auf der Mailbox zurück in Erinnerung. »Nicht schießen«, hatte Maria gesagt. Der Mann war also bewaffnet. Und er hatte gedroht: »Ich kann Sie auf der Stelle töten.« Es war die Stimme eines älteren Mannes gewesen. Eines älteren Mannes, den sie die ganze Zeit lang unterschätzt hatten.

Die Frage war, wohin Erik Lynge Maria bringen würde? »Wir fahren aufs Wasser«, hatte er gesagt. Aufs Wasser?

Mikael griff sein Handy und rief im Präsidium an.

»Ich brauche den Aufenthaltsort von Erik Lynges anderen Fahrzeugen«, sagte er, sobald der Disponent der Leitstelle sich meldete. »Vorrangig von seinem Cabrio. Es muss schnell gehen. Und versucht, sein Handy zu orten.«

Der Disponent konnte über das Telekommunikationszentrum der Landespolizei mit wenigen Klicks herausfinden, wo sich ein Handy in dieser Sekunde befand. Aber Mikael spürte das Zögern des Mannes. Die Geschichte, wie Mikael Dirk überstürzt den Blegdamsvej und eine aktive Ermittlung verlassen hatte, war höchstwahrscheinlich bereits ins Präsidium gedrungen.

»Ich glaube, wir haben eine Geiselsituation«, fuhr Mikael fort. »Mögliches Opfer ist eine Frau, einunddreißig Jahre, Mitarbeiterin des Polizeimuseums, Nachname Just, J-U-S-T, Vorname Maria. Beim Täter handelt es sich vermutlich um Erik Lynge, wohnhaft in Taarbæk an der Küste.« Er legte auf.

Jakob hatte sich wieder gefasst und stand mit geballten Fäusten vor Mikael, als wäre er bereit, höchstpersönlich in den Kampf gegen das Böse zu ziehen.

»Wo haben Sie geparkt?«, fragte Mikael.

»Direkt vor dem Haus.«

»Gut. Fahren wir!«

Mikael wartete keine Antwort ab und rannte die Treppe nach unten. Seine Wunde unter dem Schulterverband pochte heftig.

»Wo wollen wir hin?« Jakob folgte ihm dicht auf den Fersen.

»Sie finden, verdammt! Ich glaube, ich weiß, wo er sie hingebracht hat.«

89

Auf dem Weg aus der Stadt standen sie im Stau und kamen sogar an einem Streifenwagen mit zwei Beamtinnen vorbei. Maria versuchte mit flehendem Blick, Augenkontakt zu ihnen herzustellen, doch die Polizistinnen starrten stur geradeaus, konzentriert und offenkundig ungeduldig, in der entgegengesetzten Richtung weiterzukommen. Es hatte eine Schießerei bei der Demo vor dem Rotkreuzgebäude gegeben, vielleicht sogar einen Attentatsversuch auf den Ministerpräsidenten. So viel hatte Maria im Radio aufgeschnappt, bevor es an der Tür geklopft hatte.

Im Glauben, dass es Jakob war, hatte sie geöffnet. Er war es nicht.

Es war Erik Lynge oder besser gesagt Hans Vinther, der talentierte Amateurkünstler, der adoptierte Junge und dreifache Mörder, den sie wochenlang zu finden versucht hatte, und der nun mit einer auf sie gerichteten Pistole auf ihrer Türschwelle stand.

Wie eine Schlafwandlerin war sie ihm gefolgt, als er sie die Treppe hinunter auf die Straße zwang. Jakob war fünf, vielleicht zehn Minuten entfernt gewesen, und sie hatte versucht, Zeit zu schinden, indem sie mit unendlich langsamen Schritten Richtung Haustür ging, doch Lynge hatte ihr die Pistole so hart in den Rücken gestoßen, dass sie beinahe gestürzt wäre, und als sie unten ankamen, war Jakob nirgends zu sehen.

»Warum ich?«, hatte sie gefragt, als Lynge sie unsanft auf den Fahrersitz seines Sportcabrios drückte. Sie war selbst überrascht, wie ängstlich sie klang.

»Sie haben nach mir gesucht«, antwortete er. »Trotz der Warnung, manche Dinge besser ruhen zu lassen. Wenn man seine Nase in fremde Angelegenheiten steckt, muss man auch die Konsequenzen tragen.«

Er hatte ihr gesagt, wie sie fahren sollte, die Østerbrogade entlang, durch Hellerup und auf dem Strandvej weiter nach Norden. Zu keinem Zeitpunkt hatte er die Pistolenmündung von ihr genommen.

Sie musterte ihn heimlich aus dem Augenwinkel. Jetzt, wo sie wusste, dass Rasmus Berg sein Sohn war, sah sie die Ähnlichkeit. Die markanten Wangenknochen, das noch immer auffallend dunkle Haar und die wettergegerbte Haut eines gestandenen Seglers. Die mandelförmigen Augen erzählten ihre eigene Geschichte über Erik Lynges halb grönländische Abstammung. Sie hatten eine ungewöhnlich leuchtend blaue Farbe. Eisblau wie das Meer am Fuß eines Eisbergs.

In Gedanken ging sie ihre Fluchtmöglichkeiten durch. Die eine fataler als die andere. Sollte sie sich während der Fahrt aus dem Auto werfen? Versuchen, den alten Mann ohnmächtig zu schlagen oder auf andere Weise außer Gefecht zu setzen?

Letztlich traute sie sich nicht, irgendetwas zu unternehmen. Sie fühlte sich wie gelähmt. Als wäre sie unter Wasser gefangen, wo alle Bewegungen langsamer und schwerer werden und das Gehirn mit jeder Sekunde den letzten Sauerstoff verbraucht. Ihre Konzentration schwand.

Als sie gerade die einstige Befestigungsanlage Charlottenlund Fort passierten und sich linker Hand in der Dunkelheit ein Waldstück erhob, brach Lynge auf einmal das Schweigen.

»Ich hatte noch nie einen Wald gesehen, bevor ich nach Dänemark kam. Bäume. Ich wusste nicht, was das war, diese rauen Säulen mit gekräuseltem Grün auf der Spitze.«

Maria wagte nicht, ihn anzusehen.

»Meine Mutter konnte nicht Nein sagen. Können Sie sich das vorstellen? Eine der ärmsten Frauen des Ortes zu sein, jeden Tag mit der Sorge leben zu müssen, die eigenen Kinder nicht ernähren zu können. Und dann stehen eines Tages der Pfarrer und einer der mächtigsten Männer des Landes auf Ihrer Türschwelle. Sie erweisen Ihnen eine Ehre mit ihrem hohen Besuch, denken Sie. In Wahrheit sind sie aber gekommen, um Ihnen alles zu rauben, das Ihnen etwas bedeutet.«

Maria sagte nichts. Sie war sich nicht sicher, ob der Mann überhaupt eine Reaktion von ihr erwartete.

»Meine Mutter hatte am Tag zuvor auf Knien den Boden geschrubbt. Pipaluk und ich waren gewaschen und in unseren teuren Sonntagsstaat gekleidet worden. Als der Pfarrer und Jens Johansen kamen, wurden wir zum Spielen nach draußen geschickt. Als man uns wieder rief, erzählte Mutter, dass wir eine weite Reise machen würden. In ein Land, wo alles ganz anders aussähe. Wie im Paradies, so hat sie gesagt.«

Maria schielte zu ihm hinüber. Der alte Mann blickte aus dem Seitenfenster, wo der verlassene und dunkle Hafen von Skovshoved vorbeiglitt. An einer roten Ampel blieb sie stehen, und ein Mann überquerte mit seinem weißen Terrier die Straße. Der Mann schaute neugierig auf das teure Cabrio, und Maria starrte ihn durchdringend mit um Hilfe flehendem Ausdruck an, doch als ihr der Mann endlich in die Augen sah, lächelte er ihr bloß flirtend zu und ging weiter. Die Ampel schaltete auf Grün, und Lynge forderte sie mit einem gereizten Stoß gegen den Ellbogen zum Weiterfahren auf.

»Ich verstand nicht, warum meine Mutter Pipaluk und mich loswerden wollte. Ich wollte nicht wegfahren. Ich dachte, es sei eine Strafe für etwas, das ich getan hatte. Also versuchte ich, es wieder gutzumachen. Ich war ein guter Junge. Jeden Abend, wenn die anderen Kinder nach ihren Müttern riefen, habe ich sie getröstet.«

»Haben Sie Ihre Mutter je wiedergesehen?«, fragte Maria vorsichtig.

»Nein.« Die Stimme des alten Mannes klang belegt. »An jenem Nachmittag 1968 kam ein Brief in den Callisensvej. Er war an mich adressiert und enthielt eine Nachricht des Bestatters, die mich über den Tod meiner Mutter informierte. Zu erben gab es nichts außer einem handgeschriebenen Brief, den Mutter uns hinterlassen hatte. ›An meine Kinder‹ stand auf dem Umschlag.«

»*Kinder?* Aber Ihre Schwester war doch schon lange vorher gestorben?«

»Als ich den Brief las, begriff ich, dass Mutter geglaubt hatte, Pipaluk lebe noch irgendwo in Dänemark. Niemand hatte sich die Mühe gemacht, ihr mitzuteilen, dass ihre Tochter fünfzehn Jahre zuvor gestorben war. Sie schrieb auch, dass sie uns niemals aufgegeben hätte, man ihr aber versichert hätte, dass wir nun an einem besseren Ort seien. Bei einer *besseren* Familie.«

Er sah aus dem Fenster.

»Sie war betrogen und bestohlen worden. Nicht nur ihrer Kinder beraubt, sondern auch der Wahrheit! Und da ist eine Sicherung bei mir durchgebrannt… Aber ich habe es keine Sekunde bereut. Es war leicht für mich, an meiner Unschuld festzuhalten, auch wenn Ostenfeldt mich monatelang umkreist hat. Denn ich habe keine Schuld *gespürt*.«

Er wandte den Blick wieder Maria zu und starrte sie von der Seite an. Seine Augen glichen blauen Glaskugeln.

»Keinerlei Schuld.«

»Jens Johansen hat den Versuch mit Ihnen, mit den grönländischen Kindern, genehmigt. Haben Sie deshalb seine Tochter ermordet? Ivalu?«

Maria erschrak selbst darüber, dass sie die Frage laut ausgesprochen hatte. Der Mann neben ihr wirkte geistig wach, aber reizbar, rachsüchtig und gequält. Wieso provozierte sie einen dreifachen Mörder und hielt nicht wenigstens dieses eine Mal einfach den Mund?

»Es war nicht geplant. Ich war auf Geschäftsreise in Grönland. Die Frau wollte Kunst kaufen und sich dahin gehend beraten lassen. Erst während des Abendessens ging mir auf, wer ihr Vater war. Sie saß da und ereiferte sich darüber, wie unfähig die Grönländer seien, wie sie über Generationen hinweg Bildung und Ambitionen vermissen ließen. Sie hat ihr eigenes Volk in den Dreck gezogen!«

Erik Lynge spie die letzten Sätze aus und sah Maria mit plötzlich vollkommen klarem Blick an.

»Dann wurde mir klar, dass sie und ich exakt gleichaltrig waren. Verstehen Sie, was das heißt? Jens Johansen unterschrieb, dass Kinder wie Pipaluk und ich weggeschickt wurden, und dann ging er nach Hause und lebte mit seinem *eigenen* Kind weiter. Welcher Mensch tut so etwas?«

Maria dachte an die Beschreibung von Ivalus Leiche. An das aufgerissene Kleid, die Hundeschlittenleine um ihren Hals, den zerschnittenen Bauch. Das war das Werk dieses Mannes, des Mannes, der neben ihr auf dem Beifahrersitz saß und sich selbst leidtat. Wie würde diese Fahrt enden? Mit einer Zugleine, einer Krawatte oder einem anderen zur Verfügung stehenden Werkzeug um ihren Hals? Entstellenden Schnitten auf ihrem Körper? Was zum Teufel hatte sie ihm getan? Sie blinzelte die Tränen weg, die ihr in die Augen stiegen.

»Man hat damals einen Übergriff an Ihnen begangen. Daran besteht kein Zweifel. Aber das gibt Ihnen nicht das Recht zu … zu töten«, sagte sie mit erstickter und vor Verzweiflung und Wut zitternder Stimme.

Lynge fegte ihren Einwand beiseite.

»Ihr Fachgebiet ist im Grunde das Wesen des Bösen, nicht wahr? Sie sitzen wie eine Archäologin des Bösen im Polizeimuseum und suchen nach den Gründen, weshalb Leute wie ich so etwas tun. Hier haben Sie also eine Erklärung.«

Er beugte sich zu Maria und hob die Stimme. Sie spürte seinen Atem auf ihrer Wange. Er hatte einen undefinierbaren chemischen Geruch.

»Die Leute werden mich als böse bezeichnen, sie werden sagen, ich sei ein übler Mörder und mieser Verbrecher, aber in meinen Augen habe ich nur das Gleichgewicht wiederhergestellt. Johansen hat meiner Mutter die Kinder genommen. Ich habe ihm ein Kind genommen. Erst als er selbst den Schmerz des Verlustes erleiden musste, hat er seine Sünde begriffen.«

»Also war es Rache?«

»Rache? Es war die natürliche Ordnung!«

Maria schwieg. Sie wagte nicht, ihn weiter zu provozieren.

Erik Lynge und sein Sohn sahen sich offenbar selbst als Ausübende von Gerechtigkeit. Auge um Auge, Zahn um Zahn. Aber hatte sie das weitergeführt?

Sie hatten den Bellevue Strand in Klampenborg hinter sich gelassen und hielten nun an einer roten Ampel.

»Wo ist Ihr Sohn jetzt eigentlich?«, fragte Maria.

»Maul halten!«, brüllte Lynge, und im nächsten Augenblick explodierten ihre Wange und ihr Nasenrücken vor Schmerz, als der alte Mann ihr mit voller Wucht die Pistole ins Gesicht schlug. Ihr wurde schwarz vor Augen, und sie griff sich keuchend ins Gesicht. Im Rückspiegel sah sie eine blutende Wunde über ihrem Jochbein, wo der Pistolengriff sie getroffen hatte.

»Erwähnen Sie ihn nicht! *Erwähnen* Sie ihn nicht!«

Lynge sah sie mit wildem Blick an, ehe er schlaff, als sei jedes Leben aus ihm gewichen, in den Sitz zurücksank.

»Er ist tot. Mein Sohn ist tot. Biegen Sie hier ab.«

Erik Lynge zeigte nach rechts. *Taarbæk* stand auf dem Ortsschild. Die Ampel hatte auf Grün geschaltet, und hinter ihnen hupte ein Auto. Maria sah Lynge benommen an. Sie standen auf der Mittelspur, und hinter ihnen kamen zwei Autos auf der Abbiegespur angefahren.

»Fahren Sie!«, brüllte er.

Maria blinkte und fuhr auf die Kreuzung. Das Auto hinter ihnen musste scharf bremsen, und der Fahrer drückte wild gestikulierend auf die Hupe, ließ sie aber vorbei.

Maria war immer noch benommen, als Lynge sie wenige Hundert Meter den Strandvej hinunter anwies zu halten. Er zog eine kleine Fernbedienung aus der Tasche und drückte darauf. Ein zwei Meter hohes, schwarz lackiertes Tor glitt lautlos zur Seite und eröffnete den Blick auf eine etwas tiefer liegende, diskrete und teuer aussehende Villa aus koksgrauem

Stein. Kaum war Maria auf das Grundstück gefahren, glitt das Tor wieder hinter ihnen zu.

»Aussteigen«, blaffte Lynge und wedelte mit der Pistole.

Maria setzte sich zögernd Richtung Haustür in Bewegung, doch Lynge stoppte sie.

»Da lang«, sagte er und zeigte auf eine schmale Treppe im Granitgestein, die zwischen Haus und Garage den Abhang hinab zu einem privaten Strand und einem kleinen Badesteg führte.

»Zum Wasser?«, fragte Maria.

»Keine Fragen. Tun Sie einfach, was ich sage.«

Widerstrebend begann Maria den Abstieg. Der Wind war aufgefrischt, und der schöne, wolkenlose Tag rächte sich nun. Ohne Wolken, die die Wärme hielten, war der anbrechende Abend eisig kalt.

»Das mit Ihrem Sohn tut mir leid«, sagte sie vorsichtig, bereit, sich zu ducken, falls er erneut zuschlug. Sie musste es jetzt einfach riskieren. Es musste einen Spalt zu Lynges Innerem geben. Einen weichen Punkt. Sie hatte seine Gemälde gesehen. Ein seelenloser Mensch konnte nicht so malen.

Aber er biss nicht an. Er bedeutete ihr bloß mit einer Handbewegung, dass sie weitergehen solle, und folgte ihr.

»Wohin gehen wir?«, fragte Maria, nun mit dem Rücken zu Lynge.

Sie hatte keine Ahnung, ob er sie unten am Strand umbringen oder ihr etwas zeigen wollte. Wartete dort jemand auf sie?

»Los! Weiter!«, trieb er sie an und drückte etwas Kaltes in ihren Nacken, vermutlich die Pistole.

Sie hob den Blick und sah den weißlichen Mond hell am blauschwarzen Himmel scheinen. Es waren noch zwei oder drei Tage bis Vollmond, und die fast kreisrunde Scheibe warf ein bleiches Licht auf den Strand. Nein, dort unten war niemand. Nur eine kleine weiße Jolle mit Außenbordmotor lag vertäut am Steg.

Lynge stieß sie auf die wackelige Stegkonstruktion. Eisblumen hatten sich auf den Holzbohlen geformt, und Maria schaute ungläubig über ihre Schulter.

»Wir steigen aber nicht…?«

»Los!«

»Aber…«

»Los, ins Boot! Wird's bald!«

»Aber… ich kann nicht! Ich *will* nicht!«

Maria schüttelte den Kopf. Was auch immer Lynge mit ihr vorhatte, er musste es hier tun. An Land. Er konnte sie nicht dort raus zwingen, auf das Wasser.

»Ich will nicht. Ich kann nicht schwimmen!«

»Dann sollten Sie wohl besser ruhig sitzen bleiben.«

Lynges Blick ruhte kalt auf Maria, ehe sich seine Lippen zu einem ebenso kalten, kurzen Lächeln kräuselten. Die Jolle dümpelte träge mit ihrem flachen Rumpf in dem unruhigen Wasser. Es gab keinen Ausweg. Lynge deutete wortlos mit der Pistole auf das Boot, bis Maria die drei Schritte dorthin machte. Mit einem Wink der Pistole bedeutete er ihr, sich nach vorn zu setzen, während er selbst beim Motor Platz nahm.

Sie sah über den Rand auf das kohlschwarze Wintermeer und schlang die Arme um ihren vor Angst und Kälte schlotternden Körper. Die Temperatur musste jetzt nahe am Gefrierpunkt sein, und sie trug weder Mütze noch Handschuhe.

Was zur Hölle wollten sie hier?

Erneut füllten sich ihre Augen mit Tränen, und sie wandte Lynge den Rücken zu, um zu verbergen, dass sie weinte. Die Erkenntnis, die sich in den letzten Kilometern im Auto verfestigt hatte, ließ sich nicht länger verdrängen.

Sie würde nicht lebend von hier wegkommen.

90

Das Knattern des Motors, als Lynge ihn startete, sandte neuerliche Schauer durchs Marias Körper. Der Steg verschwand aus ihrem Sichtfeld, während die Jolle zunehmend schneller über das Wasser glitt. Die Lichter der luxuriösen Villen im Strandvej verblassten hinter ihnen, und Maria wurde von Resignation erfüllt. Der Akzeptanz des Unabwendbaren. Dann Trauer. Und Wut.

Mit ihrem Jackenärmel wischte sie sich die Tränen weg und blickte über die Schulter zu Lynge, der, das Steuer in der linken Hand, mit windzerzaustem Haar und eisblauen Augen zum Horizont blickte.

Dieser egozentrische, selbstgerechte Dreckskerl! Wie viele Menschen hatten ebenfalls eine schreckliche Kindheit erlebt und jahrelang unter Vernachlässigung und Missbrauch gelitten, ohne als psychopathische, rachsüchtige Mörder zu enden.

»Warum musste Ane sterben? Sie hat Sie fünfzig Jahre lang geschützt, und dann haben Sie sie umgebracht«, rief sie. Es war, als ob die Wut für einen kurzen Moment ihre Furcht vor dem, was er ihr antun würde, überstieg.

Lynge sah sie gekränkt an. Dann drosselte er das Tempo, damit sie einander hören konnten.

»Das war ich nicht.«

»Was?«

»Ich habe Ane nicht umgebracht. Ich wünschte, sie hätte nicht versucht, mich zu kontaktieren.«

»Wer war es dann? Rasmus?«

Erik Lynge blickte aufs Meer, ohne zu antworten.

»War er es auch, der Schmidt getötet hat? War der Mord an Ane und Schmidt in Wahrheit Ihre Idee? Haben Sie Ihren Sohn *angewiesen*?«

Lynge murmelte so leise, dass Maria ihn nicht verstand.

»Wie bitte?«

»Das war nicht nötig, habe ich gesagt.«

»Ja klar, wer's glaubt.«

»Sie haben keine Kinder. Hätten Sie welche, wüssten Sie, dass Erziehung nur in beschränktem Umfang bewusst geschieht. Als Elternteil kann man eine Richtung vorgeben, loben und schimpfen, aber die tatsächliche Erziehung geht unbewusst vor sich. Durch alles, was man sagt oder tut, wenn man glaubt, das Kind sähe und höre es nicht.

Maria sah ihn verständnislos an.

»Ich habe ihn nicht angewiesen. Aber er ist mein Sohn. Alles, was ich jemals getan habe, hat ihn geprägt. Alles, was ich gesagt habe. Alles, was ich nicht gesagt habe. Ich *brauchte* ihn nicht anzuweisen.«

»Aber das Symbol? Sie haben beide dasselbe Symbol in Ihre Opfer geritzt.«

Lynge lächelte kurz und freudlos und griff sich an den Hals. Er zog eine Silberkette unter dem Mantel hervor. Daran hing ein Anhänger in Form einer Schwanzflosse.

»Die Seele des Meeres. Das Symbol für Gerechtigkeit und die natürliche Ordnung. Jahrelang dachte ich, meine Mutter hätte uns als Strafe weggeschickt. Hinaus aufs Meer, als Opfer an die Seele des Meeres. Ich habe dieses Meeresmonster mehr als alles andere gefürchtet. Nacht für Nacht lag ich auf der Reise nach Dänemark wach und habe darauf gewartet, dass es uns verschlingt.« Lynge blickte übers Wasser und rieb den

Anhänger zwischen den Fingern. »Aber es ist nie passiert. Und mit der Zeit wurde die Meeresriesin zu meiner Verbündeten, meiner Beschützerin. Meine Mutter hat mir von diesem Wesen vorgesungen, als ich klein war. Von der Seele des Meeres, die dem Menschen das Leben schenkt und ihn für seine Sünden straft. Und welche Sünde könnte größer sein, als einem Kind etwas zuleide zu tun?«

Maria versuchte, dem, was der Mann sagte, einen Sinn abzugewinnen. Aber sie wurde nicht schlau daraus. Die Bewegungen des Wassers unter ihr vervielfachten ihre Übelkeit, und während Lynge sprach, hatten sie das Ufer immer weiter hinter sich gelassen. Der Strand war nun sicher fünf-, sechshundert Meter entfernt.

»Was wollen Sie von mir?«, schrie sie.

Lynge schaltete den Motor ab, und eine plötzliche, unheilverkündende Stille legte sich um sie.

»Sie kennen als Einzige meine Geschichte. Sie haben den Zusammenhang erkannt. Sie wurden gewarnt und abgewiesen, aber Sie haben sich dennoch eingemischt. Wie gesagt: Das hat seinen Preis.«

Lynge stand auf, und das Boot neigte sich gefährlich zur Seite. Die unvorhersehbaren Bewegungen der Jolle schienen dem alten Mann nichts auszumachen. Trotz seiner steifen Beine glich er den Tanz des Bootes auf den Wellen mit einer nahezu angeborenen oder eingeübten Leichtigkeit aus. Er stellte sich auf die eine Seite der Jolle, und das Boot kippte noch weiter.

»Stopp!«, kreischte Maria und klammerte sich mit beiden Händen an eine der Querbänke. »Hans, setzen Sie sich hin!«

Sie verstummte, als Lynge den Arm mit der Pistole ausstreckte und sie direkt auf ihr Gesicht richtete. Instinktiv riss sie die Hände vors Gesicht und duckte sich.

»Mein Name ist nicht Hans. Und Sie werden tun, was ich sage. Kapiert?«, rief er.

Das Boot wurde von einer seitlichen Welle getroffen, und der unerwartete Ruck brachte Maria aus dem Gleichgewicht. Sie fiel auf die Knie, während Lynge sich in dem schwankenden Gefährt aufrecht hielt.

»Mein Sohn ist tot. Meine Frau ist tot. Meine Schwester ist tot. Ich selbst bin todgeweiht. Ich habe nur noch eines zu verlieren: die Wahrheit. Sie werden dafür sorgen, dass die Wahrheit erzählt wird.«

Es dauerte einen Moment, bis Maria begriff, was er meinte.

»Sie werden die Wahrheit erzählen! Allen! Versprechen Sie mir das!«

»Die Wahrheit? Okay. Ich verspreche … Ich verspreche es!«, rief sie, die Arme noch immer vor dem Gesicht, überzeugt, dass Lynge jeden Moment feuern würde.

Nichts geschah, und sie senkte die Hände ein winziges Stück. Bei ihren Worten hatten sich seine Züge entspannt. Der geplagte Ausdruck war gewichen, der Blick sanfter. Er ließ die Pistole los, die ins Wasser fiel und verschwand.

Lynge schloss die Augen und murmelte etwas Unhörbares. Aber er sprach nicht länger zu ihr. Er sang. In einer Sprache, die Maria nicht verstand, doch sie kannte die Melodie. Ane hatte sie früher gesummt.

Lynge kam zum Refrain, wechselte ins Dänische, und erstmals hörte Maria die Worte zu Anes Summen:

Ich bin das Meer. Das Meer ist in mir.
Ich bin das Meer. Das Meer ist in mir.
Ich bin das Meer …

Für einige Sekunden schloss Maria die Augen, ihre Gedanken verließen das Boot, und so bemerkte sie Lynges nächsten Schritt erst, als es bereits zu spät war.

Der alte Mann trat rückwärts auf die Reling des Bootes und breitete mit erhobenen Handflächen die Arme aus. Er schaute Maria ein letztes Mal in die Augen, dann wandte er den Blick gen Himmel.

»Nein!«, schrie Maria und sprang auf, um Lynges Jacke zu greifen, seinen Arm, einen Zipfel von irgendwas. Doch es war zu spät. Erik Lynge kippte hintüber und schlug mit einem dumpfen Klatschen auf dem Wasser auf.

Ohne sein Gewicht neigte sich die Jolle augenblicklich nach Backbord, und Maria verlor erneut den Halt. In einer schreckensstarren Sekunde hing sie in der Luft, bevor ihre Füße wieder den Boden des Bootes berührten, doch dabei kippte sie vornüber und landete mit dem Oberkörper im Meer. In dem dunklen, trüben Wasser sah sie für einen Lidschlag die Umrisse von Erik Lynge, der wie ein riesiger Stein in die Tiefe sank.

Eiskaltes Wasser schwappte ihr in Mund und Nase, sie schlug mit den Armen um sich, um mit dem Oberkörper wieder ins Boot zu kommen, doch ihre hektischen Bewegungen hatten einzig zur Folge, dass sie das letzte Stück über die Reling rutschte.

Dann lag sie im Wasser.

91

Ihre Jacke saugte das Wasser auf wie ein Schwamm und wurde zu einem eiskalten Mühlstein um ihren Körper. Sie schlug hektisch und verzweifelt mit den Armen, aber da war nur Wasser, und sie wollte bereits aufgeben, da stieß sie gegen etwas Hartes. Die Jolle. Sie klammerte sich an der Reling fest und zog sich ein paar Zentimeter über Wasser. Mit steifgefrorenen Fingern fummelte sie am Reißverschluss ihrer Jacke herum, bis sie ihn endlich aufbekam. Mühsam schälte sie sich aus dem nassen Kleidungsstück.

Sie schluckte Salzwasser und holte keuchend Luft, als sie spürte, wie etwas ihren Knöchel packte. Vor Schreck ließ sie das Boot los und trat in die Dunkelheit unter sich. Irgendetwas hielt ihren Knöchel und ihre Wade umklammert und zog sie unter die Wasseroberfläche.

Sie riss die Augen auf, die vom Salzwasser brannten. Und da sah sie ihn in dem schwarzgrünen Wasser. Ihren Vater. Carl Christian Just schaute sie mit seinen leblosen, glasigen Augen und seinem warmen, lockenden Lächeln an – ein grotesker Januskopf aus Angst und Geborgenheit, der sie mit in die Tiefe ziehen wollte. Für einen kurzen Moment ließ sie sich verführen, gab nach und ließ sich in die Dunkelheit sinken, hinunter in die Ewigkeit, bis ihr aufging, dass das tote Wesen dort unten nichts als Blendwerk war, ein krankes, sehnsuchtsvolles, peinigendes Fantasiegebilde, das während ihres ganzen Lebens in ihr herangewachsen war. Das Ungeheuer war nicht ihr Vater, es waren Kälte, Stillstand und die Angst vor Nähe. Und sie trat zu. Mit aller Kraft. Tritt, Maria, du musst treten, verdammt.

Ihr ging die Luft aus, sie wusste nicht, wo oben und unten war und wollte sich bereits der Panik ergeben, als ihr Blick auf das Spiel des Mondlichts auf der Wasseroberfläche fiel.

Auf einmal erinnerte ihr Körper sich daran, was Jakob ihr an jenem Montag vor anderthalb Wochen im Schwimmbad von Fjerritslev mit Engelsgeduld beigebracht hatte. Sie legte die Hände zusammen, schob sie nach vorn und zog die Arme mit letzter Kraft seitlich nach hinten.

Hoch, Maria, hoch.

Die Kälte traf sie wie ein Schlag ins Gesicht, als sie die Wasseroberfläche durchbrach. Sie strampelte mit den Beinen und sah sich suchend nach der Jolle um, die hundert Meter weiter wie eine Walnussschale in den Wellen schaukelte, fortgetrieben von Wind und Strömung.

Auf der anderen Seite sah sie noch weiter weg in der Ferne die Lichter der Prachtvillen entlang der Nordküste schimmern. Ihr richtungsloser Überlebenskampf war aussichtslos, sie hatte kein Gefühl mehr in Händen und Füßen und würde weder das Boot noch das Ufer jemals erreichen. Sie sah ihre Arme ins Wasser schlagen, doch es waren nicht länger ihre Arme, nicht länger ihre Hände. Bald wäre es nicht länger ihr Körper.

Sie drehte sich auf den Rücken, versuchte, sich treiben zu lassen, so wie Jakob es ihr gezeigt hatte, doch all ihr Blut strömte zum Herzen, und auf einmal wurde ihr glühend heiß. Unter Mühen gelang es ihr, die Stiefel abzustreifen, und sie probierte, ihren Pullover aufzureißen, doch ihre Arme dümpelten wie Treibholz auf dem Wasser und gehorchten ihr nicht. Sie wollte die Augen schließen, sich der überwältigenden Müdigkeit hingeben, als ein Summen wie von einer wütenden Wespe durch ihre Benommenheit drang.

Das Summen schwoll an, wurde zu einem unregelmäßigen Knattern, und sie ärgerte sich über dieses störende Geräusch, das sie zwang, die Augen offen und ihre Sinne wach zu halten.

Orientierungslos drehte sie sich im Wasser. Sie wollte dem brummenden Insekt zurufen, dass es sie in Ruhe lassen sollte, doch ihr Mund gehorchte ihr nicht.

Kurz bevor ihr Körper aufgab, sah sie es: ein Boot mit zwei Männern an Bord, das in einer Pflugfurche aus Meerwasser donnernd auf sie zukam.

Sie lächelte, als sie endlich in die Tiefe sank, und sich das Wasser über ihrem Kopf schloss.

Epilog

»Die Beerdigung ist am Donnerstag. Ich dachte, das wüssten Sie vielleicht gern.« Maj Klausens Stimme zitterte leicht am Telefon. »Er hatte ja kaum Familie … Hallo? Sind Sie noch dran?«

Marias Kehle war trocken, und sie musste Luft holen, ehe sie eine Antwort hervorbrachte.

»Ja, ich komme. Natürlich.«

Sie schaute lange auf ihr iPhone, ehe sie es zurück in die Halterung an ihrem Oberarm steckte. Der Anruf der Heimleiterin war nicht unerwartet gekommen. Dennoch fühlte sie Wehmut, als sie weiterlief. Das Gewicht von Schuld.

Der Sommer hatte kaum begonnen, dennoch lag bereits seit Wochen eine drückende, trockene Hitze über der Hauptstadt. Der Schweiß rann ihr über das Gesicht, und die Vernunft warnte sie eindringlich, ihren Jogginglauf zu beenden. Stattdessen lief sie schneller, das lange, schattenlose Stück den Kystvejen zwischen dem Hafen von Skovshoved und dem Bellevue Strand hinauf, nutzte die Arme, um ihre Schritte zu verlängern und ihren Puls maximal in die Höhe zu treiben. Am Rand der totalen Erschöpfung konnte sie vielleicht für einen Moment dem Gefühl entrinnen, mitverantwortlich, ja mitschuldig an Mogens Ostenfeldts Tod zu sein.

Der alte Ermittler habe endlich Frieden gefunden, so hatte Maj Klausen es ausgedrückt, und tatsächlich konnte man es wohl kaum als tragisch bezeichnen, wenn ein Mann im Alter von neunundneunzig verstarb. Maj Klausens tröstende Worte wirkten trotzdem nicht auf Maria. Noch nicht.

Sie hatte Ostenfeldt wenige Tage nachdem sie aus dem Krankenhaus entlassen worden war, besucht. Sie wollte ihm persönlich von den Ereignissen erzählen. Von Erik Lynges Geständnis, von Rasmus Bergs Taten, vom Attentatsversuch im Blegdamsvej und von … ja, sie wusste nicht recht, wie sie es nennen sollte, was ihr passiert war. Der Geiselnahme?

Die Unterkühlung und die daraus folgende Lungenentzündung hatten dazu geführt, dass sie erst eine Woche nachdem Jakob ihren leblosen Körper aus dem Øresund gefischt hatte, wieder zu Bewusstsein kam. Ihre Brust war nach der Wiederbelebung noch wochenlang empfindlich gewesen, und sie erinnerte sich nur verschwommen an das, was geschehen war.

Wie sie, ohne schwimmen zu können, so lange in dem wenige Grad warmen Wasser überlebt hatte, war den Ärzten ein Rätsel. Und ihr selbst ebenfalls. Wirklichkeit und Halluzinationen waren verschmolzen, dennoch hatte sie eine deutliche Erinnerung oder vielleicht eher ein Gefühl daran, dass irgendetwas sie oben gehalten hatte. Eine Art Wesen, eine Kraft in ihr selbst oder im Wasser. Vielleicht war es ihr Vater gewesen oder aber das Tier, von dem Lynge gesprochen hatte. Sie wusste es nicht und hatte ihren Frieden damit gemacht, es nicht erklären zu können. Sie fühlte sich demütiger und gleichzeitig stärker als je zuvor.

Das Letzte, woran sie sich klar erinnerte, war Erik Lynge, der sich mit ausgebreiteten Armen rückwärts ins Wasser fallen ließ. Sein halb aufgelöster Leichnam wurde erst drei Monate später gefunden.

In der ersten Zeit danach hatte Maria sich immer wieder dabei ertappt, hinter jeder Autoscheibe nach Lynges Gesicht zu suchen, ihn vor ihrer Wohnungstür zu hören, ihn in den

Schatten ihrer Wohnung zu wähnen, im Polizeimuseum und in ihrem Kopf.

Sie hatte keine Angst vor ihm. Fühlte sich nicht verfolgt. Weder heimgesucht noch gequält.

Sie fühlte sich verpflichtet.

Mette hatte sie angeschaut wie eine Geisteskranke, als sie an einem Frühlingstag, an dem sie mit einer Thermoskanne Kaffee in Marias Auto saßen und übers Meer blickten, eben diese Worte gebrauchte.

»*Verpflichtet?* Der Mann hat dich als Geisel genommen und gezwungen, mit ihm aufs Meer zu fahren. Wäre Dirk nicht darauf gekommen, wo er dich hingebracht hat, wärst du jetzt tot. Und du hast das Gefühl, ihm etwas zu *schulden*?«, hatte sie ausgerufen.

Mette hatte natürlich recht. Auch wenn Maria nun wusste, dass Lynge sie an diesem Abend nicht hatte umbringen wollen, wäre es beinahe so gekommen. Eins musste man Vater und Sohn lassen: Sie hatten denselben Sinn für aufsehenerregende Inszenierungen. Alles von der Ermordung der Vinthers über den Mord an Schmidt bis hin zu Marias Entführung diente einem einzigen Zweck: größtmögliche Aufmerksamkeit zu erreichen. Und wenn es das eigene Leben kostete.

Als Mikael die Meldung erhielt, dass Erik Lynges Handy sich mit einem Funkmast in der Nähe von Taarbæk verbunden hatte, war er gerade mit Jakob in dessen Auto auf der Höhe des Bellevue Strands.

Sie waren gerade noch rechtzeitig bei Lynges Adresse angekommen, um ein kleines Motorboot mit zwei Personen an Bord gute einhundert Meter weit draußen auf dem mondbeschienenen Øresund durchs Wasser pflügen zu sehen.

Sie hatten kostbare Minuten darauf verwendet, einen Nachbarn zu finden, der mitten im Winter ein fahrbereites

Boot im Wasser liegen hatte. Jakob und Mikael waren überzeugt, dass sie zu spät kamen, als sie endlich von der Küste aus in Richtung Lynges nun leerer Jolle dröhnten, die ziellos sechs-, siebenhundert Meter vom Strand entfernt im Wasser trieb. Jakob am Vordersteven hatte Maria als Erster entdeckt. Ihre rote Lockenmähne wogte wie rotbrauner Tang um ihr bleiches Gesicht. Nur wenige Minuten später wäre jeder Rettungsversuch vergebens gewesen.

Also nein, so gesehen schuldete Maria Lynge nichts. Aber sie hatte ihm ihr Wort gegeben. Hatte versprochen, die Wahrheit über seine Vergangenheit, den dänischen Staat und das Experiment der Wohltätigkeitsorganisationen mit den grönländischen Kindern ans Licht zu bringen. Nicht nur um seinetwillen, sondern auch im Namen seiner Opfer. Und dieses Versprechen hatte sie gehalten. Mit umfassender Unterstützung von Mette.

Zwei Wochen nach dem versuchten Attentat auf Troels Mejding hatte die *Morgenavisen* in einer vernichtenden Titelstory enthüllt, wie der Ministerpräsident persönlich und über inoffizielle Kanäle illegale Anweisungen zu weitreichenden Versuchen mit Zwangstrennungen von geflüchteten Kindern gegeben hatte. Alles sorgfältig dokumentiert von Mette. Sie hatte nicht nur E-Mails, Anruflisten, Namen der Beteiligten und Interviews mit verständnislosen und schockierten Eltern. Sie hatte auch eine Tonbandaufnahme von Mejding, auf der er alles zugab. Wie sie diese Aufnahme in die Finger bekommen hatte, wollte sie nicht preisgeben. Nicht mal Maria konnte ihr diese Information entlocken.

Die Enthüllung hatte Entsetzen ausgelöst, in Christiansborg und in der Bevölkerung. Es war die Art Skandal, die kein Politiker überlebte, urteilten die politischen Kommentatoren.

Die Opposition, die schon lange nach einer Schwachstelle gesucht hatte, um Mejding anzugreifen, witterte ihre große

Chance, als Maria und das Polizeimuseum einen Monat später eine Sonderausstellung zu zwei einzigartigen ungelösten Mordfällen der dänischen Kriminalgeschichte eröffneten: dem Doppelmord von 1968 und dem grönländischen Frauenmord 1977. Die Ausstellung verband beide Mordfälle mit demselben Täter – nämlich Rasmus Bergs Vater – und dem schändlichen Experiment mit grönländischen Kindern in den Fünfzigerjahren.

Marias rechtes Knie begann zu streiken, als sie gerade ihr Ziel erreichte: Bellevue Strand. Sie zog die letzte flache Trinkflasche aus ihrem Gürtel und trank mit einer Grimasse den lauwarmen Inhalt, bevor sie auf den Sand trat, wo verstreute Pärchen oder Einzelpersonen mit angemessenem Abstand auf Decken und Badetüchern lagen.

Die Corona-Pandemie prägte noch immer den Alltag der Dänen. Bei der aktuellen Hitzewelle wäre der Strand unter gewöhnlichen Umständen schwarz vor Menschen gewesen, doch das Land war noch immer nicht zur Normalität zurückgekehrt. Worüber Troels Mejding sich in diesen Monaten nur freuen konnte.

Mejding, getragen von einer Welle der Sympathie nach dem versuchten Attentat, war zunächst als sicherer Gewinner der Frühjahrswahlen erschienen, mit deren Ausschreibung jeder gerechnet hatte. Doch dann kam die Enthüllungsstory über die vergangenen und aktuellen Zwangsentfernungen von Kindern. Mejdings Beliebtheit und seine gesamte Glaubwürdigkeit schwanden über Nacht, und die Ausschreibung der Wahlen ließ auf sich warten.

In aller Hast wurde eine Untersuchungskommission eingesetzt, und mehrere prominente Politiker, auch aus Mejdings eigenen Reihen, forderten seinen Rücktritt.

Mejding versuchte derweil, die Verantwortung auf seinen toten Spindoktor abzuwälzen, den sonderbar roboterhaften, gefühlskalten Ulrik Keller. Der Spindoktor, behauptete Mejding, habe gemeinsam mit Schmidt die Idee zu den Zwangsentfernungen entwickelt. Das war der Dank dafür, dass Keller sich für Mejding eine tödliche Kugel eingefangen hatte.

Doch als es am schwärzesten für Mejding aussah, brach das Coronavirus über Dänemark herein. Der Ministerpräsident fuhr das soziale Leben resolut herunter, und während die wirtschaftliche Krise und die Verunsicherung der Dänen wuchsen, verstummte die Kritik. Die Bevölkerung sammelte sich hinter Mejding, sie brauchten nun einen starken Mann, keinen Moralapostel, und nun, zu Beginn des Sommers, war er beliebter denn je.

Maria löste ihren Zopf und schüttelte die offenen Locken, um ihre Kopfhaut von der leichten Brise abkühlen zu lassen und das Bild von Mejdings selbstzufriedener Grimasse zu verdrängen, wenn er bei den Pressekonferenzen der Staatskanzlei am Rednerpult stand.

»Jetzt saufen wir uns die Hucke voll. Morgen ist auch noch ein Tag«, hatte Mette trocken gesagt, als klar wurde, dass ihre bisher größte Enthüllung keinerlei politische Konsequenzen nach sich ziehen würde.

Mejding überlebte. Ostenfeldt dagegen war tot.

»Das alles ist meine Schuld«, hatte er gesagt, als Maria an jenem Nachmittag im Pflegeheim ihren Bericht beendete.

»Nein. Sie haben versucht, etwas Gutes zu tun«, hatte sie erwidert.

Der Alte hatte sich ächzend hochgestemmt und Erik Lynges kleines Gemälde von der Wand genommen. Er hatte es Maria in die Hände gedrückt und geflüstert: »Das Gute ist eine Wahl. Ich habe falsch gewählt.«

Drei Tage darauf hatte Ostenfeldt sich geweigert aufzustehen. Eine Woche darauf hörte er auf zu essen. Zwei Wochen darauf verlor er das Bewusstsein und kam nicht wieder zu sich.

Ein kurzes Hupen ließ Maria den Kopf drehen. Auf dem Parkplatz oben am Kystvejen stieg ein Mann aus dem Auto und winkte ihr zu. Sie hatten vereinbart, sich hier zu treffen.

Sie winkte zurück und zeigte aufs Meer. Der Mann quittierte es mit erhobenem Daumen, bevor er sich umwandte und einem kleinen Jungen mit einer Baseballkappe vom Rücksitz half. Gemeinsam zogen sie ein aufgeblasenes Krokodil und eine Kühltasche aus dem Kofferraum.

Sie sollte ihnen entgegengehen und beim Tragen helfen. Aber das musste warten. Nur einen Moment.

Sie wandte sich wieder zum Meer und rannte los. Mit sieben, vielleicht acht langen Schritten sprang sie durch die träge herandümpelnden Wellen. Dann ließ sie sich fallen.

Danksagung

Alle Ereignisse und Figuren in diesem Buch sind Fiktion. Teile der Handlung sind jedoch von historischen Begebenheiten inspiriert, und polizeifachlich haben wir eine möglichst realitätsnahe Schilderung angestrebt.

Das in den 1950ern in der Realität durchgeführte Experiment mit grönländischen Kindern wird u. a. in Tine Brylds *I den bedste mening* sowie in Helene Thiesens Autobiografie *For flid og god opførsel* beschrieben.

Wir sind vielen Personen zu großem Dank verpflichtet. Ohne eure Hilfe, eure Geduld, eure ermutigenden Worte und euren kritischen Blick stünden wir hier jetzt wohl kaum mit unserem ersten gemeinsam publizierten Werk.

Zuallererst möchten wir uns bei den Kollegen des Politikens Forlag bedanken. Bei Lene Juul und Charlotte Weiss, weil ihr an uns geglaubt habt, bei den engagierten Mitarbeitern in Vertrieb, Marketing und Presse, die hart für uns gearbeitet haben, und nicht zuletzt bei unserem Lektor Anders Wilhelm Knudsen für seinen umfassenden Überblick, seinen Sinn für Details und die Begeisterung für unser Projekt.

Eine Reihe von Fachpersonen und eifrigen Lesern hat mit Wissen, persönlichen Erfahrungen oder Kritik zu diesem Manuskript beigetragen.

Ein herzliches Dankeschön daher an Jens Møller Jensen, Hans Petter Hougen, Claus Birkelyng, Jan Schøtt-Petersen, Simon Bolther Ørsted, Karen Gram-Skjoldager, Thomas

Meedom, Christian Berthelsen, Allan Juul Laugesen, Michael Winsløw, John Dyhrberg Christensen, Søren Thomassen, Ove Dahl, Kurt Kragh, Bent Isager-Nielsen, Ove Pedersen, Torben Vigh, Jakob Buch-Jepsen, Mette Grith Stage, Bent Hytholm Jensen, Asser Hedegård Thomsen, Søren Weiss und Jacob Nielsen sowie an die Mitarbeiter des Landesarchivs.

Ganz besonders danken wir dem realen Direktor des Kopenhagener Polizeimuseums, Frederik Strand.

Unser größter Dank gilt unseren Familien und, am allerwichtigsten, Sofie, Mathias, Vigga und Bjørn für ihre Unterstützung und ihre Geduld.

Johanna Mo

Eine Insel vergisst nie.
Erst recht nicht, wenn du die
Tochter eines verurteilten
Mörders bist ...

Der erste Fall für Hanna Duncker

978-3-453-42580-4

Leseprobe unter **www.heyne.de**

HEYNE